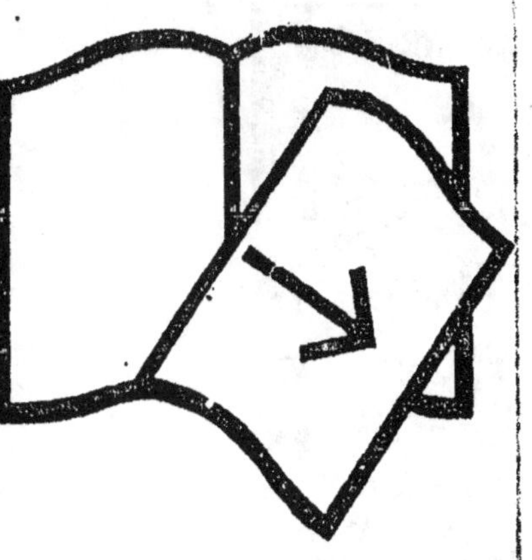

Couverture supérieure manquante

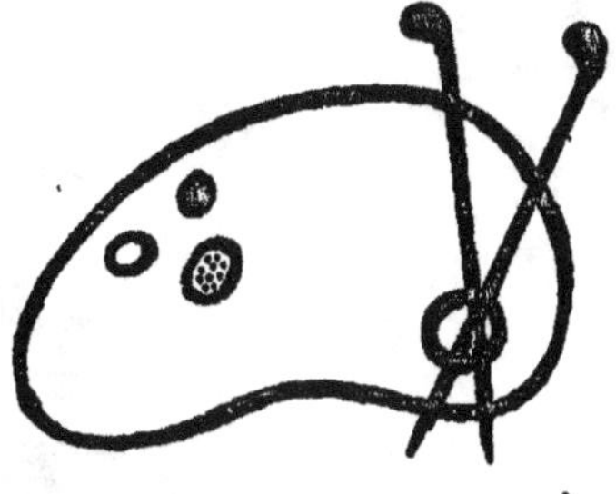

Original en couleur
NF Z 43-120-8

BIBLIOTHÈQUE DES MEILLEURS ROMANS ÉTRANGERS

ÉDITIONS A 1 FRANC LE VOLUME

ROMANS TRADUITS DE L'ANGLAIS

Ainsworth (W.) : Abigaïl, 1 v. — Crichton, 1 v. — Jack Sheppard, 1 v.
Anonymes : Les pilleurs d'épaves, 1 v. — Miss Mortimer, 1 v. — Paul Ferroll, 1 v. — Violette, 1 v. — Whitehall, 2 v. — Whitefriars, 2 v. — La veuve Barnaby, 2 vol. — Tom Brown à Oxford, 1 vol. — Mehaleh, 1 vol. — Molly Bawn, 1 vol.
Austen (Miss) : Persuasion, 1 v.
Beaconsfield (lord) : Endymion, 2 vol.
Beecher-Stowe (Mrs) : La case de l'oncle Tom, 1 v. — La fiancée du ministre, 1 v.
Black (W.) : Anne Beresford, 1 vol.
Blakmore (R.) : Erema, 1 vol.
Braddon (Miss) : Œuvres, 41 volumes.
Bulwer Lytton (Sir Ed.) : Œuvres, 25 vol.
Conway (H.) : Le secret de la neige, 1 v.
Craik (Miss Mulock.) : Deux mariages, 1 v. — Une noble femme, 1 v. — Mildred, 1 v.
Cummins (Miss) : L'allumeur de réverbères, 1 v. — Mabel Vaughan, 1 v. — La rose du Liban, 1 v.
Currer-Bell (Miss Bronte) : Jane Eyre, 2 v. — Le Professeur, 1 v. — Shirley, 2 v.
Dasent : Les Vikings de la Baltique, 1 v.
Derrick (F.) : Olive Varcoe, 1 v.
Dickens (Ch.) : Œuvres, 28 volumes.
Dickens et Collins : L'abîme, 1 v.
Voir ci-dessus Beaconsfield.
Disraeli : Sybil, 1 v. — Lothair, 1 v.
Edwardes (Mrs. Annie) : Un bas-bleu, 1 v. — Une singulière héroïne, 1 v.
Edwards (Miss Amélia.) : L'héritage de Jacob Trefalden, 1 vol.
Elliot (F.) : Les Italiens, 1 vol.
Fleming (M.) : Un mariage extravagant, 2 v. Le mystère de Catheron, 2 vol. — Les chaînes d'or, 1 vol.
Fullerton (Lady) : L'oiseau du bon Dieu, 1 v. — Hélène Middleton, 1 v.
Gaskell (Mrs.) : Autour du sofa, 1 v. — Marie Barton, 1 v. — Marguerite Hall (Nord et Sud), 1 v. — Ruth, 1 v. — Les amoureux de Sylvia, 1 v. — Cousine Phillis, 1 v. — L'œuvre d'une nuit de mai. Le héros du fossoyeur, 1 v.
Grenville Murray : Le jeune Brown, 2 v. — La cabale du boudoir, 1 v. — Veuve ou mariée? 1 v. — Une famille endettée, 1 v. — Étranges histoires, 1 v.
Hall (cap. Basil) : Scènes de la vie maritime 1 v. — Scènes du bord et de la terre ferme, 1 v.
Hamilton-Aïdé : Rita, 1 v.
Hardy (Th.) : Le trompette-major, 1 v.
Harwood (J.) : Lord Ulswater, 1 vol.
Haworth (Miss) : Une méprise. — Les trois soirées de la Saint-Jean. — Morwell, 1 v.
Hawthorne : La lettre rouge, 1 v. — La maison aux 7 pignons, 1 v.
Hildreth : L'esclave blanc, 1 v.
Howells : La passagère de l'Aroostook, 1 v.
James : Léonora d'Orco, 1 v. — L'Américain à Paris, 1 v. — Roderick Hudson, 1 v.
Jenkin (Mrs.) : Qui casse paye, 1 v.
Jerrold (D.) : Sous les rideaux, 1 v.
Kavanagh (J.) : Tuteur et pupille, 2 v.
Kingsley : Il y a deux ans, 2 v.
Lawrence (G.) : Frontière et prison, 1 v. Guy Livingstone, 1 v. — Honneur stérile, 1 v. — L'épée et la robe, 1 v. — Maurice Dering, 1 v. — Flora Bellasys, 1 v.
Longfellow : Drames et poésies, 1 v.
Marryat (Miss) : Deux amours, 1 v.
Marsh (Mrs) : Le contrefait, 1 v.
Mayne-Reid : La piste de guerre, 1 v. — La Quarteronne, 1 v. — Le doigt du destin, 1 v. — Le roi des Séminoles, 1 v. — Les partisans 1 v.
Melville (Whyte) : Les gladiateurs : Rome et Judée, 1 v. — Katerfelto, 1 v. — Digby Grand, 1 v. — Kate Coventry, 1 v. — Satanella, 1 v.
Ouida : Ariane, 2 v. — Pascarel, 1 v.
Page (H.) : Un collège de femmes, 1 v.
Poynter (E.) : Hetty, 1 v.
Reade et Dion Boucicault : L'île providentielle, 1 v.
Sagrave (A.) : Marmorne, 1 v.
Smith (J.) : L'héritage, 3 v.
Stephens (Miss) : Opulence et misère, 1 v.
Thackeray : Henry Esmond, 2 v. — Histoire de Pendennis, 3 v. — La foire aux vanités, 2 v. — Le livre des Snobs, 1 v. — Mémoires de Barry Lyndon, 1 v.
Thackeray (Miss) : Sur la falaise, 1 v.
Townsend (V.-F.) : Madeline, 1 v.
Trollope (A.) : Le domaine de Belton, 1 v. — La veuve remariée, 2 v. — Le cousin Henry, 1 v.
Trollope (Mrs.) : La [illegible], 1 v.
Wilkie Collins : Œuvres, [illegible] volumes.
Wood (Mrs.) : Les filles de lord Oakburn, 2 v. — Le serment de Lady Adélaïde, 2 v. — Le maître de Greylands, 1 v. — La gloire des Verner, 1 v. — [illegible], 1 v. — L'héritier de Court-Netherleigh, 1 v.

AVENTURES

DE MONSIEUR

PICKWICK

OUVRAGES DU MÊME AUTEUR

PUBLIÉS DANS LA BIBLIOTHÈQUE DES ROMANS ÉTRANGERS

PAR LA LIBRAIRIE HACHETTE ET Cie

Œuvres de Charles Dickens, traduites de l'anglais sous la direction de P. Lorain. 28 vol.

Aventures de M. Pickwick. 2 vol.
Barnabé Rudge. 2 vol.
Bleak-House. 2 vol.
Contes de Noël. 1 vol.
David Copperfield. 2 vol.
La petite Dorrit. 2 vol.
Dombey et fils. 3 vol.
Le Magasin d'antiquités. 2 vol.
Les temps difficiles. 1 vol.
Nicolas Nickleby. 2 vol.
Olivier Twist. 1 vol.
Paris et Londres en 1793. 1 vol.
Vie et aventures de Martin Chuzzlewit. 2 vol.
Les grandes Espérances. 2 vol.
L'ami commun. 2 vol.
Le Mystère d'Edwin Drood. 1 vol.

DICKENS ET COLLINS : **L'Abîme,** traduit de l'anglais, par Mme Judith. 1 vol.

Coulommiers. — Imp. PAUL BRODARD.

CHARLES DICKENS

AVENTURES
DE MONSIEUR
PICKWICK

ROMAN ANGLAIS

TRADUIT AVEC L'AUTORISATION DE L'AUTEUR

SOUS LA DIRECTION DE P. LORAIN

PAR P. GROLIER

TOME PREMIER

PARIS
LIBRAIRIE HACHETTE ET Cie
79, BOULEVARD SAINT-GERMAIN, 79

1892

AVENTURES

DE

M. PICKWICK.

CHAPITRE PREMIER.

Les Pickwickiens.

Le premier jet de lumière qui convertit en une clarté brillante les ténèbres dont paraissait enveloppée l'apparition de l'immortel Pickwick sur l'horizon du monde savant, la première mention officielle de cet homme prodigieux, se trouve dans les statuts insérés parmi les procès-verbaux du Pickwick-Club. L'éditeur du présent ouvrage est heureux de pouvoir les mettre sous les yeux de ses lecteurs, comme une preuve de l'attention scrupuleuse, de l'infatigable assiduité, de la sagacité investigatrice, avec lesquelles il a conduit ses recherches, au sein des nombreux documents confiés à ses soins.

« *Séance du 12 mai 1831, présidée par Joseph Smiggers, Esq. V. P. P. M. P. C.*[1] *a été arrêté ce qu'il suit à l'unanimité.*

« L'Association a entendu lire avec un sentiment de satisfaction sans mélange et avec une approbation absolue, les papiers communiqués par Samuel Pickwick, Esq. P. P. M. P. C.[2], et intitulés *Recherches sur les sources des étangs de Hampstead, suivies de quelques observations sur la théorie des têtards.*

« L'Association en offre ses remercîments les plus sincères audit Samuel Pickwick, Esq. P. P. M. P. C.

« L'Association, tout en appréciant au plus haut degré les

1. Écuyer, vice-président perpétuel, membre du Pickwick-Club.
2. Écuyer, président perpétuel, membre du Pickwick Club.

avantages que la science doit retirer des ouvrages susmentionnés, aussi bien que des infatigables recherches de Samuël Pickwick dans Hornsey, Highgate, Brixton et Camberwell[1], ne peut s'empêcher de reconnaître les inappréciables résultats dont on pourrait se flatter pour la diffusion des connaissances utiles, et pour le perfectionnement de l'instruction, si les travaux de cet homme illustre avaient lieu sur une plus vaste échelle, c'est-à-dire si ses voyages étaient plus étendus, aussi bien que la sphère de ses observations.

« Dans ce but, l'Association a pris en sérieuse considération une proposition émanant du susdit Samuël Pickwick, Esq. P. P. M. P. C., et de trois autres pickwickiens ci-après nommés, et tendant à former une nouvelle branche de pickwickiens-unis, sous le titre de *Société correspondante* du Pickwick-Club.

« Ladite proposition ayant été approuvée et sanctionnée par l'Association,

« La *Société correspondante* du Pickwick-Club est par les présentes constituée; Samuël Pickwick, Esq. P. P. M. P. C., Auguste Snodgrass, Esq. M. P. C., Tracy Tupman, Esq. M. P. C., et Nathaniel Winkle, Esq. M. P. C., sont également, par les présentes, choisis et nommés membres de ladite *Société correspondante*, et chargés d'adresser de temps en temps à l'Association du Pickwick-Club, à Londres, des détails authentiques sur leurs voyages et leurs investigations; leurs observations sur les caractères et sur les mœurs; toutes leurs aventures enfin, aussi bien que les récits et autres opuscules auxquels pourraient donner lieu les scènes locales, ou les souvenirs qui s'y rattachent.

« L'Association reconnaît cordialement ce principe que les membres de la *Société correspondante* doivent supporter eux-mêmes les dépenses de leurs voyages; et elle ne voit aucun inconvénient à ce que les membres de ladite société poursuivent leurs recherches pendant tout le temps qu'il leur plaira, pourvu que ce soit aux mêmes conditions.

« Enfin les membres de la susdite société sont par les présentes informés que leur proposition de payer le port de leurs lettres et de leurs envois a été discutée par l'Association; que l'Association considère cette offre comme digne des grands esprits dont elle émane, et qu'elle lui donne sa complète approbation. »

1. Villages aux environs de Londres.

Un observateur superficiel, ajoute le secrétaire, dans les notes duquel nous puisons le récit suivant ; un observateur superficiel n'aurait peut-être rien trouvé d'extraordinaire dans la tête chauve et dans les besicles circulaires qui étaient invariablement tournées vers le visage du secrétaire de l'Association, tandis qu'il lisait les statuts ci-dessus rapportés ; mais c'était un spectacle véritablement remarquable pour quiconque savait que le cerveau gigantesque de Pickwick travaillait sous ce front, et que les yeux expressifs de Pickwick étincelaient derrière ces verres de lunettes. En effet l'homme qui avait suivi jusqu'à leurs sources les vastes étangs de Hampstead[1], l'homme qui avait remué le monde scientifique par sa théorie des têtards, était assis là, aussi calme, aussi immuable que les eaux profondes de ces étangs, par un jour de gelée ; ou plutôt comme un solitaire spécimen de ces innocents têtards dans la profondeur caverneuse d'une jarre de terre.

Mais combien ce spectacle devint plus intéressant, quand aux cris répétés de Pickwick ! Pickwick ! qui s'échappaient simultanément de la bouche de tous ses disciples, cet homme illustre se leva, plein de vie et d'animation, monta lentement l'escabeau rustique sur lequel il était primitivement assis, et adressa la parole au club que lui-même avait fondé. Quelle étude pour un artiste que cette scène attachante ! L'éloquent Pickwick était là, une main gracieusement cachée sous les pans de son habit, tandis que l'autre s'agitait dans l'air pour donner plus de force à sa déclamation chaleureuse. Sa position élevée révélait son pantalon collant et ses guêtres, auxquelles on n'aurait peut-être pas accordé grande attention si elles avaient revêtu un autre homme, mais qui, parées, illustrées par le contact de Pickwick, s'il est permis d'employer cette expression, remplissaient involontairement les spectateurs d'un respect et d'une crainte religieuse. Il était entouré par ces hommes de cœur qui s'étaient offerts pour partager les périls de ses voyages, et qui devaient partager aussi la gloire de ses découvertes. A sa droite, siégeait Tracy Tupman, le trop inflammable Tupman, qui, à la sagesse et à l'expérience de l'âge mûr, unissait l'enthousiasme et l'ardeur d'un jeune homme, dans la plus intéressante et la plus pardonnable des faiblesses humaines, l'amour ! — Le temps et la bonne chère avaient épaissi sa tournure, jadis si romantique ; son gilet de soie noire était gra-

1. Hampstead, village tout près de Londres.

duellement devenu plus arrondi, tandis que sa chaîne d'or disparaissait pouce par pouce à ses propres yeux; son large menton débordait de plus en plus par-dessus sa cravate blanche: mais l'âme de Tupman n'avait point changé; l'admiration pour le beau sexe était toujours sa passion dominante. — A gauche du maître, on voyait le poétique Snodgrass, mystérieusement enveloppé d'un manteau bleu, fourré d'une peau de chien. Auprès de lui, Winkle, le chasseur, étalait complaisamment sa veste de chasse toute neuve, sa cravate écossaise, et son étroit pantalon de drap gris.

Le discours de M. Pickwick et les débats qui s'élevèrent à cette occasion, sont rapportés dans les procès-verbaux du club. Ils offrent également une ressemblance frappante avec les discussions des assemblées les plus célèbres; et comme il est toujours curieux de comparer les faits et gestes des grands hommes, nous allons transcrire le procès-verbal de cette séance mémorable.

« M. Pickwick fait observer, dit le secrétaire, que la gloire est chère au cœur de tous les hommes. La gloire poétique est chère au cœur de son ami Snodgrass; la gloire des conquêtes est également chère à son ami Tupman; et le désir d'acquérir de la renommée dans tous les exercices du corps, existe, au plus haut degré dans le sein de son ami Winkle. Il (M. Pickwick) ne saurait nier l'influence qu'ont exercée sur lui-même les passions humaines, les sentiments humains (*applaudissements*); peut-être même les faiblesses humaines (*violents cris de : non! non*). Mais il dira ceci : que si jamais le feu de l'amour-propre s'alluma dans son sein, le désir d'être utile à l'espèce humaine l'éteignit entièrement. Le désir d'obtenir l'estime du genre humain était son dada, la philanthropie son paratonnerre (*véhémente approbation*). Il a senti quelque orgueil, il l'avoue librement (et que ses ennemis s'emparent de cet aveu s'ils le veulent), il a senti quelque orgueil quand il a présenté au monde sa théorie des têtards. Cette théorie peut être célèbre, ou ne l'être pas. (Une voix dit : *Elle l'est! — Grands applaudissements.*) Il accepte l'assertion de l'honorable pickwickien dont la voix vient de se faire entendre. Sa théorie est célèbre! Mais si la renommée de ce traité devait s'étendre aux dernières bornes du monde connu, l'orgueil que l'auteur ressentirait de cette production ne serait rien auprès de celui qu'il éprouve en ce moment, le plus glorieux de son existence (*acclamations*). Il n'est qu'un individu bien humble

(Non ! non !); cependant il ne peut se dissimuler qu'il est choisi par l'Association pour un service d'une grande importance, et qui offre quelques risques, aujourd'hui surtout que le désordre règne sur les grandes routes, et que les cochers sont démoralisés. Regardez sur le continent, et contemplez les scènes qui se passent chez toutes les nations. Les diligences versent de toutes parts ; les chevaux prennent le mors aux dents ; les bateaux chavirent, les chaudières éclatent ! *(applaudissements. — Une voix crie, non !)* Non ! *(applaudissements)* que l'honorable pickwickien qui a lancé un non si bruyant, s'avance et me démente s'il ose ! Qui est-ce qui a crié non ? *(Bruyantes acclamations.)* Serait-ce l'amour-propre désappointé d'un homme.... il ne veut pas dire d'un bonnetier *(vifs applaudissements)* qui, jaloux des louanges qu'on a accordées, peut-être sans motif, aux recherches de l'orateur, et piqué par les censures dont on a accablé les misérables tentatives suggérées par l'envie, prend maintenant ce moyen vif et calomnieux....

« M. Blotton (d'Algate) se lève pour demander le rappel à l'ordre. — Est-ce à lui que l'honorable pickwickien faisait allusion ? *(Cris à l'ordre ! — Le président*[1] *: — Oui ! — Non ! — Continuez ! — Assez ! —* etc.)

« M. Pickwick ne se laissera pas intimider par des clameurs. Il a fait allusion à l'honorable gentleman ! *(Vive sensation.)*

« Dans ce cas, M. Blotton n'a que deux mots à dire : il repousse avec un profond mépris l'accusation de l'honorable gentleman, comme fausse et diffamatoire *(grands applaudissements)*. L'honorable gentleman est un blagueur. *(Immense confusion. Grands cris de : Le président ! à l'ordre !)*

« M. Snodgrass se lève pour demander le rappel à l'ordre. Il en appelle au président. *(Écoutez !)* Il demande si l'on n'arrêtera pas cette honteuse discussion entre deux membres du club. *(Écoutez ! écoutez !)*

« Le président est convaincu que l'honorable pickwickien retirera l'expression dont il vient de se servir.

« M. Blotton, avec tout le respect possible pour le président, affirme qu'il n'en fera rien.

« Le président regarde comme un devoir impératif de demander à l'honorable gentleman s'il a employé l'expression qui vient de lui échapper, suivant le sens qu'on lui donne communément.

1. C'est par ce cri que les membres du parlement invitent le président à rétablir l'ordre.

« M. Blotton n'hésite pas à dire que non, et qu'il n'a employé ce mot que dans le sens pickwickien. (*Écoutez! écoutez!*) Il est obligé de reconnaître que, personnellement, il professe la plus grande estime pour l'honorable gentleman en question. Il ne l'a considéré comme un blagueur que sous un point de vue entièrement pickwickien. (*Écoutez! écoutez!*)

« M. Pickwick déclare qu'il est complétement satisfait par l'explication noble et candide de son honorable ami. Il désire qu'il soit bien entendu que ses propres observations n'ont dû être comprises que dans leur sens purement pickwickien (*applaudissements.*) »

Ici finit le procès-verbal, et en effet la discussion ne pouvait continuer, puisqu'on était arrivé à une conclusion si satisfaisante, si claire. Nous n'avons pas d'autorité officielle pour les faits que le lecteur trouvera dans le chapitre suivant, mais ils ont été recueillis d'après des lettres et d'autres pièces manuscrites, dont on ne peut mettre en question l'authenticité.

CHAPITRE II.

Le premier jour de voyage et la première soirée d'aventures, avec leurs conséquences.

Le soleil, ce ponctuel factotum de l'univers, venait de se lever et commençait à éclairer le matin du 13 mai 1831, quand M. Samuël Pickwick, semblable à cet astre radieux, sortit des bras du sommeil, ouvrit la croisée de sa chambre, et laissa tomber ses regards sur le monde, qui s'agitait au-dessous de lui. La rue Goswell était à ses pieds, la rue Goswell était à sa droite, la rue Goswell était à sa gauche, aussi loin que l'œil pouvait s'étendre, et en face de lui se trouvait encore la rue Goswell. « Telles, pensa M. Pickwick, telles sont les vues étroites de ces philosophes, qui, satisfaits d'examiner la surface des choses, ne cherchent point à en étudier les mystères cachés. Comme eux, je pourrais me contenter de regarder toujours sur la rue Goswell, sans faire aucun effort pour pénétrer dans les contrées inconnues qui l'environnent. » Ayant laissé tomber cette pensée sublime, M. Pickwick s'occupa de s'habiller et de serrer ses effets dans son portemanteau. Les grands hommes sont rarement très-scrupuleux pour leur costume : aussi la barbe, la toilette, le déjeuner se succédèrent-ils rapidement. Au bout d'une heure M. Pickwick était arrivé à la place des voitures de Saint-Martin le Grand, ayant son portemanteau sous son bras, son télescope dans la poche de sa redingote, et dans celle de son gilet son mémorandum, toujours prêt à recevoir les découvertes dignes d'être notées.

« Cocher ! cria M. Pickwick.

— Voilà, monsieur ! répondit un étrange spécimen du genre homme, lequel avec son sarrau et son tablier de toile, portant au cou une plaque de cuivre numérotée, avait l'air d'être catalogué dans quelque collection d'objets rares. C'était le garçon de place. Voilà, monsieur. Hé ! cabriolet en tête ! » Et le cocher étant sorti de la taverne où il fumait sa pipe, M. Pickwick et son portemanteau furent hissés dans la voiture.

— Golden-Cross, dit M. Pickwick.

— Ce n'est qu'une méchante course d'un shilling, Tom, cria le cocher d'un ton de mauvaise humeur, pour l'édification du garçon de place, comme la voiture partait.

— Quel âge a cette bête-là, mon ami ? demanda M. Pickwick en se frottant le nez avec le shilling qu'il tenait tout prêt pour payer sa course.

— Quarante-deux ans, répliqua le cocher, après avoir lorgné M. Pickwick du coin de l'œil.

— Quoi ! s'écria l'homme illustre en mettant la main sur son carnet. »

Le cocher réitéra son assertion ; M. Pickwick le regarda fixement au visage ; mais il ne découvrit aucune hésitation dans ses traits, et nota le fait immédiatement.

« Et combien de temps reste-t-il hors de l'écurie, continua M. Pickwick, cherchant toujours à acquérir quelques notions utiles.

— Deux ou trois semaines.

— Deux ou trois semaines hors de l'écurie ! dit le philosophe plein d'étonnement ; et il tira de nouveau son portefeuille.

— Les écuries, répliqua froidement le cocher, sont à Pentonville ; mais il y entre rarement à cause de sa faiblesse.

— A cause de sa faiblesse ? répéta M. Pickwick avec perplexité.

— Il tombe toujours quand on l'ôte du cabriolet. Mais au contraire quand il y est bien attelé, nous tenons les guides courtes et il ne peut pas broncher. Nous avons une paire de fameuses roues; aussi, pour peu qu'il bouge, elles roulent après lui, et il faut bien qu'il marche. Il ne peut pas s'en empêcher. »

M. Pickwick enregistra chaque parole de ce récit, pour en faire part à son club, comme d'une singulière preuve de la vitalité des chevaux dans les circonstances les plus difficiles. Il achevait d'écrire, lorsque le cabriolet atteignit Golden-Cross. Aussitôt le cocher saute en bas, M. Pickwick descend avec précaution, et MM. Tupman, Snodgrass et Winkle, qui attendaient avec anxiété l'arrivée de leur illustre chef, s'approchent de lui pour le féliciter.

« Tenez, cocher, » dit M. Pickwick en tendant le shilling à son conducteur.

Mais quel fut l'étonnement du savant personnage lorsque cet homme inconcevable, jetant l'argent sur le pavé, déclara, en langage figuré, qu'il ne demandait d'autre payement que le plaisir de boxer avec M. Pickwick tout son shilling.

« Vous êtes fou, dit M. Snodgrass.

— Ivre, reprit M. Winkle.

— Tous les deux, ajouta M. Tupman.

— Avancez! disait le cocher, lançant dans l'espace une multitude de coups de poings préparatoires. Avancez tous les quatre!

— En voilà une bonne! s'écrièrent une demi-douzaine d'autres cochers : A la besogne, John! et ils se rangèrent en cercle avec une grande satisfaction.

— Qu'est-ce qu'y a, John? demanda un gentleman, porteur de manches de calicot noir.

— Ce qu'y a! répliqua le cocher. Ce vieux a pris mon numéro!

— Je n'ai pas pris votre numéro, dit M. Pickwick d'un ton indigné.

— Pourquoi l'avez-vous noté, alors? demanda le cocher.

— Je ne l'ai pas noté! s'écria M. Pickwick, avec indignation.

— Croiriez-vous, continua le cocher, en s'adressant à la foule; croiriez-vous que ce mouchard-là monte dans mon cabriolet, prend mon numéro, et couche sur le papier chaque parole que j'ai dite? » (Le mémorandum revint comme un trait de lumière dans la mémoire de M. Pickwick.)

« Il a fait ça? cria un autre cocher.

— Oui, il a fait ça. Après m'avoir induit par ses vexations à l'attaquer, voilà qu'il a trois témoins tout prêts pour déposer contre moi. Mais il me le payera, quand je devrais en avoir pour six mois ! Avancez donc. » Et dans son exaspération, avec un dédain superbe pour ses propres effets, le cocher lança son chapeau sur le pavé, fit sauter les lunettes de M. Pickwick, envoya un coup de poing sous le nez de M. Pickwick, un autre coup de poing dans la poitrine de M. Pickwick, un troisième dans l'œil de M. Snodgrass, un quatrième pour varier dans le gilet de M. Tupman ; puis s'en alla d'un saut au milieu de la rue, puis revint sur le trottoir, et finalement enleva à M. Winkle le peu d'air respirable que renfermaient momentanément ses poumons, le tout en une douzaine de secondes.

« Où y a-t-il un constable? dit M. Snodgrass.

— Mettez-les sous la pompe, suggéra un marchand de pâtés chauds.

— Vous me le payerez, dit M. Pickwick respirant avec difficulté.

— Mouchards ! crièrent quelques voix dans la foule.

— Avancez donc, beugla le cocher, qui pendant ce temps avait continué de lancer des coups de poings dans le vide. »

Jusqu'alors la populace avait contemplé passivement cette scène ; mais le bruit que les pickwickiens étaient des mouchards s'étant répandu de proche en proche, les assistants commencèrent à discuter avec beaucoup de chaleur s'il ne conviendrait pas de suivre la proposition de l'irascible marchand de pâtés. On ne peut dire à quelles voies de fait ils se seraient portés, si l'intervention d'un nouvel arrivant n'avait terminé inopinément la bagarre.

« Qu'est-ce qu'il y a? demanda un grand jeune homme effilé, revêtu d'un habit vert, et qui sortait du bureau des voitures.

— Mouchards ! hurla de nouveau la foule.

— C'est faux ! cria M. Pickwick avec un accent qui devait convaincre tout auditeur exempt de préjugés.

— Bien vrai ? bien vrai ? » demanda le jeune homme, en se faisant passage à travers la multitude, par l'infaillible procédé qui consiste à donner des coups de coude à droite et à gauche.

M. Pickwick, en quelques phrases précipitées, lui expliqua le véritable état des choses.

« S'il en est ainsi, venez avec moi, dit l'habit vert, entraînant l'homme illustre et parlant tout le long du chemin. Ici, n° 924, prenez le prix de votre course, et allez vous-en. Respectable gentleman, je réponds de lui. Pas de sottises. Par ici, monsieur. Où sont vos amis? Erreur à ce que je vois. N'importe. Des accidents. Ça arrive à tout le monde. Courage! on n'en meurt pas; il faut faire contre fortune bon cœur. Citez-le devant le commissaire; qu'il mette cela dans sa poche si cela lui va. Damnés coquins! et débitant avec une volubilité extraordinaire un long chapelet de sentences semblables, l'étranger introduisit M. Pickwick et ses disciples dans la chambre d'attente des voyageurs.

— Garçon! cria l'étranger en tirant la sonnette avec une violence formidable, des verres pour tout le monde; du grog à l'eau-de-vie chaud, fort sucré, et qu'il y en ait beaucoup. L'œil endommagé, monsieur? Garçon, un bifteck cru, pour l'œil de monsieur. Rien comme le bifteck cru pour une contusion, monsieur. Un candélabre à gaz, excellent, mais incommode. Diablement drôle de se tenir en pleine rue une demi-heure, l'œil appuyé sur un candélabre à gaz. La bonne plaisanterie, hein! Ha! ha! » Et l'étranger, sans s'arrêter pour reprendre haleine, avala d'un seul trait une demi-pinte de grog brûlant, puis il s'étala sur une chaise, avec autant d'aisance que si rien de remarquable n'était arrivé.

M. Pickwick eut le temps d'observer le costume et la tournure de cette nouvelle connaissance, tandis que ses trois compagnons étaient occupés à lui offrir leurs remerciments.

C'était un homme d'une taille moyenne; mais comme il avait le corps mince et les jambes très-longues, il paraissait beaucoup plus grand qu'il ne l'était en réalité. Son habit vert avait été un vêtement élégant dans les beaux jours des habits à queue de morue; malheureusement, dans ce temps-là, il avait sans doute été fait pour un homme beaucoup plus petit que l'étranger, car les manches salies et fanées lui descendaient à peine aux poignets. Sans égard pour l'âge respectable de cet habit, il l'avait boutonné jusqu'au menton, au hasard imminent d'en faire craquer le dos. Son cou était décoré d'un vieux col noir, mais on n'y apercevait aucun vestige d'un col de chemise. Son étroit pantalon étalait çà et là des places luisantes qui indiquaient de longs services; il était fortement tendu par des sous-pieds sur des souliers rapiécés, afin de cacher, sans doute, des bas, jadis blancs, qui se trahissaient encore malgré cette précaution inutile. De chaque côté d'un chapeau à bords retroussés tombaient en boucles négligées les longs cheveux noirs du personnage, et l'on entrevoyait la chair de ses poignets entre ses gants et les parements de son habit

Enfin son visage était maigre et pâle, et dans toute sa personne régnait un air indéfinissable d'impudence hâbleuse et d'aplomb imperturbable.

Tel était l'individu que M. Pickwick examinait à travers ses lunettes (heureusement retrouvées), et auquel il offrit, en termes choisis, ses remercîments, après que ses trois amis eurent épuisé les leurs.

« N'en parlons plus, dit l'étranger, coupant court aux compliments, ça *suffit*. Fameux gaillard, ce cocher, il jouait bien des poings, mais si j'avais été votre ami à l'habit de chasse vert, Dieu me damne! j'aurais brisé la tête du cocher en moins de rien; celle du pâtissier aussi, parole d'honneur! »

Ce discours tout d'une haleine fut interrompu par le cocher de Rochester, annonçant que le *Commodore* était prêt à partir.

« Commodore! murmura l'étranger en se levant : ma voiture, place retenue. Place d'impériale. Payez l'eau-de-vie et l'eau; faudrait changer un billet de cinq livres; il circule beaucoup de pièces fausses, monnaie de Birmingham; connu. Et il secoua la tête d'un air fin. »

Or, M. Pickwick et ses trois compagnons avaient précisément projeté de faire leur première halte à Rochester. Ils déclarèrent donc à leur nouvelle connaissance qu'ils suivaient la même route, et convinrent d'occuper le siége de derrière de la voiture, où ils pourraient tenir tous les cinq.

« Allons! haut! dit l'étranger, en aidant M. Pickwick à grimper sur l'impériale, avec une précipitation qui dérangea matériellement la gravité ordinaire du philosophe.

— Aucun bagage, monsieur? demanda le cocher.

— Qui? moi? répliqua l'étranger : Paquet de papier gris, voilà! le reste parti par eau; grosses caisses clouées, grosses comme des maisons, lourdes, lourdes, diablement lourdes! » Et il enfonça dans sa poche, le plus qu'il put, le paquet de papier gris, qui, à en juger d'après les apparences paraissait contenir une chemise et un mouchoir.

« Gare! gare les têtes! cria le babillard étranger, quand ils arrivèrent sous la voûte, par laquelle entraient ou sortaient les voitures; terrible endroit, très-dangereux; l'autre jour; cinq enfants; mère; grande femme, mangeant des sandwiches, oublie la voûte; crac! les enfants se retournent; la tête de la mère enlevée! les sandwiches dans sa main; pas de bouche pour les mettre, le chef de la famille n'y était plus. Horrible! horrible! Vous regardez Whitehall, monsieur? beau palais, petite croisée; la tête de quelqu'un tombée là[1]... Eh ! il n'avait pas pris garde non plus ! Eh ! monsieur, eh !

— Je ruminais, dit M. Pickwick, sur l'étrange mutabilité des choses de ce monde.

— Ah ! je devine : on entre par la porte du palais un jour; on en sort par la fenêtre le lendemain. Philosophe, monsieur?

— Observateur de la nature humaine, monsieur.

— Moi aussi, comme la plupart des hommes, quand ils n'ont pas grand'chose à faire, et encore moins à gagner. Poëte, monsieur?

— Mon ami, M. Snodgrass, a une disposition poétique très-prononcée, répondit M. Pickwick.

— Moi aussi, reprit l'étranger, poëme épique; dix mille vers; révolution de juillet; composé sur place; Mars le jour, Apollon la nuit; déchargeant le fusil, pinçant la lyre.

— Vous étiez présent à cette glorieuse scène? demanda M. Snodgrass.

— Présent ! un peu[2], j'ajustais un Suisse; j'ajustais un vers; j'entre chez un marchand de vin et je l'écris; je retourne dans la rue, pouf ! pan ! une autre idée; je rentre dans la boutique, plume et encre; dans la rue, d'estoc et de taille. Noble temps, monsieur ! Chasseur, monsieur? se tournant brusquement vers M. Winkle.

— Un peu, répliqua celui-ci.

— Belle occupation ! belle occupation ! des chiens?

— Pas dans ce moment.

— Ah ! vous devriez en avoir. Noble animal, créature intelligente ! J'en avais un jadis, chien d'arrêt, instinct surprenant. Je chasse un jour, j'entre dans un enclos, je siffle, chien immobile; je siffle encore; Ponto ! Inutile; bouge pas. Ponto ! Ponto ! il ne remue pas. Chien pétrifié, en arrêt devant un écriteau. Une inscription. *Les gardes-chasse ont ordre de tuer tous les chiens qu'ils trouveront dans cet enclos.* Il ne voulait pas avancer. Chien étonnant. Fameuse bête, oh ! oui, fameuse[1] !

1. Charles Ier, décapité sur un échafaud, dressé contre une des fenêtres du palais et par où il sortit. (*Note du traducteur.*)

2. Exemple remarquable de la force prophétique de l'imagination de M. Jingle quand on pense que ce dialogue a lieu en 1827 et que la révolution est de 1830. (*Note de l'auteur.*)

— Singulière circonstance, dit M. Pickwick. Voulez-vous me permettre d'en prendre note ?

— Certainement, monsieur, certainement; cent autres anecdotes du même animal. Jolie fille, monsieur ! continua l'étranger en s'adressant à M. Tracy Tupman, lequel s'occupait à lancer des œillades antipickwickiennes à une jeune femme qui passait sur le bord de la route.

— Très-jolie, répondit M. Tupman.

— Les Anglaises ne valent pas les Espagnoles : nobles créatures; cheveux de jais, noires prunelles, formes séduisantes; douces créatures, charmantes !

— Vous avez été en Espagne, monsieur ? demanda M. Tracy Tupman.

— J'y ai vécu des siècles.

— Vous avez fait beaucoup de conquêtes ?

— Des conquêtes ! par milliers. Don Bolaro Fizzgig, grand d'Espagne; fille unique; doña Christina, superbe créature; elle m'aimait à la folie. Père jaloux; fille passionnée; bel Anglais; doña Christina au désespoir; acide prussique; pompe stomacale dans mon portemanteau; je pratique l'opération; vieux Bolaro en extase, consent à notre union ; joint nos mains, ruisseaux de pleurs ; histoire romantique, très-romantique.

— Cette dame est-elle maintenant en Angleterre ? reprit M. Tupman, sur lequel la description de tant de charmes avait produit une vive impression.

— Morte ! monsieur, morte ! répondit l'étranger en appliquant à son œil droit les tristes restes d'un mouchoir de batiste. Ne guérit jamais de la pompe stomacale, constitution détruite, victime de l'amour.

— Et le père ? demanda le poétique Snodgrass.

— Saisi de remords, disparition subite, conversation de toute la ville. Recherches dans tous les coins, sans succès. Jet d'eau de la fontaine publique dans la grande place s'arrête subitement : le temps passe, toujours point d'eau ; les ouvriers s'y mettent : mon beau-père dans le gros tuyau, une confession complète dans sa botte droite. On le retire, la fontaine coule de plus belle.

— Voulez-vous me permettre d'écrire ce petit roman ? dit M. Snodgrass, profondément affecté.

— Certainement, monsieur, certainement. Cinquante autres à votre service. Étrange histoire que la mienne, non pas extraordinaire, mais curieuse. »

Durant toute la route, l'étranger continua à parler de la sorte, s'interrompant seulement aux relais pour avaler un verre d'ale, en guise de ponctuation. Aussi, lorsque la voiture arriva au pont de Rochester, les carnets de MM. Pickwick et Snodgrass étaient complétement remplis d'un choix de ses aventures.

Lorsqu'on aperçut le vieux château, M. Auguste Snodgrass s'écria avec la ferveur poétique qui le distinguait : « Quelles magnifiques ruines !

— Quelle étude pour un antiquaire! furent les propres paroles qui s'échappèrent de la bouche de M. Pickwick, tandis qu'il appliquait son télescope à son œil.

— Ah! un bel endroit, répliqua l'étranger. Superbe masse, sombres murailles, arcades branlantes, noirs recoins, escaliers croûlants. Vieille cathédrale aussi, odeur terreuse, les marches usées par les pieds des pèlerins, petites portes saxonnes, confessionnaux comme les guérites de ceux qui reçoivent l'argent au spectacle. Drôles de gens que ces moines, papes et trésoriers, et toutes sortes de vieux gaillards, avec des grosses faces rouges et des nez écornés, qu'on déterre tous les jours. Des pourpoints de buffle, des arquebuses à mèche sarcophages. Belle place, vieilles légendes, drôles d'histoires, étonnantes.» Et l'étranger continua son soliloque jusqu'au moment où la voiture s'arrêta, dans la grande rue, devant l'auberge du *Taureau*.

— Allez-vous rester ici, monsieur, lui demanda M. Nathaniel Winkle.

« Ici? non, monsieur. Mais vous ferez bien d'y séjourner, bonne maison, lits propres. L'hôtel *Wright*, à côté, très-cher, une demi-couronne de plus sur votre compte, si vous regardez seulement le garçon; fait payer plus cher si vous dînez en ville que si vous dîniez à l'hôtel : drôles de gens, vraiment. »

M. Winkle s'approcha de M. Pickwick et lui dit quelques paroles a l'oreille. Un chuchotement passa de M. Pickwick à M. Snodgrass, de M. Snodgrass à M. Tupman, et des signes d'assentiment ayant été échangés, M. Pickwick s'adressa ainsi à l'étranger.

« Vous nous avez rendu ce matin un important service, monsieur. Permettez-moi de vous offrir une légère marque de notre reconnaissance, en vous priant de nous faire l'honneur de dîner avec nous.

— Grand plaisir. Ne me permettrai pas de dire mon goût; volaille rôtie et champignons, excellente chose; quelle heure ?

— Voyons, répondit M. Pickwick, en tirant sa montre. Il est maintenant près de trois heures. A cinq heures, si vous voulez.

— Convient parfaitement; cinq heures précises, jusqu'alors prenez soin de vous. »

Ainsi parla l'étranger, et il souleva de quelques pouces son chapeau à bords retroussés, le replaça négligemment sur le coin de l'oreille, traversa la cour d'un air délibéré, et tourna dans la grande rue, ayant toujours hors de sa poche la moitié du paquet de papier gris.

« Évidemment un grand voyageur dans divers climats et un profond observateur des hommes et des choses, dit M. Pickwick.

— J'aimerais à voir son poëme, reprit M. Snodgrass.

— Et moi je voudrais avoir vu son chien, » ajouta M. Winkle.

M. Tupman ne parla point, mais il pensa à doña Christina, à l'acide prussique, à la fontaine, et ses yeux se remplirent de larmes.

Après avoir retenu une salle à manger particulière, examiné les lits, commandé le dîner, nos voyageurs sortirent pour observer la ville et les environs.

Nous avons lu soigneusement les notes de M. Pickwick sur les quatre villes de Stroud, Rochester, Chatham et Brompton, et nous n'avons pas trouvé que ses opinions différassent matériellement de celles des autres savants qui ont parcouru les mêmes lieux. On peut résumer ainsi sa description.

Les principales productions de ces villes paraissent être des soldats, des matelots, des juifs, de la craie, des crevettes, des officiers et des employés de la marine. Les principales marchandises étalées dans les rues sont des denrées pour la marine, du caramel, des pommes, des poissons plats et des huîtres. Les rues ont un air vivant et animé, qui provient principalement de la bonne humeur des militaires. Quand ces vaillants hommes, sous l'influence d'un excès de gaieté et de spiritueux, font, en chantant, des zigzags dans les rues, ils offrent un spectacle vraiment délicieux pour un esprit philanthropique, surtout si nous considérons quel amusement innocent et peu cher ils fournissent à tous les enfants de la ville.

qui les suivent en plaisantant avec eux. Rien (ajoute M. Pickwick), rien n'égale leur bonne humeur. La veille de mon arrivée, l'un d'eux avait été grossièrement insulté dans une auberge. La fille avait refusé de le laisser boire davantage. Sur quoi, et par pur badinage, le soldat tira sa baïonnette et blessa la servante à l'épaule : cependant, le lendemain, ce brave garçon se rendit dès le matin à l'auberge, et fut le premier à promettre de ne conserver aucun ressentiment, et d'oublier ce qui s'était passé.

« La consommation de tabac doit être très-grande dans cette ville, continue M. Pickwick ; et l'odeur de ce végétal, répandue dans toutes les rues, doit être étonnamment délicieuse pour ceux qui aiment à fumer. Un voyageur superficiel critiquerait peut-être les boues qui caractérisent leur viabilité, mais elles offrent, au contraire, un véritable sujet de jouissance à ceux qui y découvrent un indice de mouvement et de prospérité commerciale. »

Cinq heures précises amenèrent à la fois le dîner et l'étranger. Il s'était débarrassé de son paquet de papier gris, mais il n'avait fait aucun changement dans son costume et déployait toujours sa loquacité accoutumée.

« Qu'est-ce que cela? demanda-t-il, comme le garçon ôtait une des cloches d'argent. Des soles! ha! fameux poisson; toutes soles viennent de Londres. Les entrepreneurs de diligences poussent aux dîners politiques pour avoir le transport des soles; des paniers par douzaines; ils savent bien ce qu'ils font. Eh! eh! Un verre de vin avec moi, monsieur.

— Avec plaisir, » répondit M. Pickwick. Et l'étranger prit du vin, d'abord avec lui, puis avec M. Snodgrass, puis avec M. Tupman, puis avec M. Winkle, puis enfin avec la société collectivement; et le tout sans cesser un seul instant de discourir.

« Diable de bacchanale sur l'escalier! Banquettes qu'on monte, charpentiers qui descendent, lampes, verres, harpe. Qu'y a-t-il donc, garçon?

— Un bal, monsieur.

— Un bal par souscription?

— Non, monsieur. Monsieur, un bal public au bénéfice des pauvres, monsieur.

— Monsieur, dit M. Tupman avec un vif intérêt, savez-vous si les femmes sont bien dans cette ville?

— Superbes, magnifiques. Kent, monsieur; tout le monde connaît le comté de Kent, célèbre pour ses pommes, ses cerises, son houblon et ses femmes. Un verre de vin, monsieur?

— Avec grand plaisir, répondit M. Tupman; et l'étranger emplit son verre, et le vida.

— J'aimerais beaucoup aller à ce bal, reprit M. Tupman, beaucoup.

— Nous avons des billets au comptoir, monsieur. Une demi-guinée chaque, monsieur, dit le garçon. »

M. Tupman exprima de nouveau le désir d'être présent à cette fête; mais ne rencontrant aucune réponse dans l'œil obscurci de M. Snodgrass, ni dans le regard distrait de M. Pickwick, il se rejeta, avec un nouvel intérêt, sur le vin de Porto et sur le dessert qu'on venait d'apporter. Le garçon se retira, et nos cinq voyageurs continuèrent à savourer les deux heures d'abandon qui suivent le dîner.

« Pardon, monsieur, dit l'étranger, la bouteille dort, faites-lui faire le tour comme le soleil, par la soute au pain, rubis sur l'ongle, » et il vida son verre qu'il avait rempli deux minutes auparavant, et s'en versa un autre avec l'aplomb d'un homme accoutumé à ce manége.

Le vin fut bu, et l'on en demanda d'autre: le visiteur parla, les pickwickiens écoutèrent; M. Tupman se sentait à chaque instant plus de disposition pour le bal; la figure de M. Pickwick brillait d'une expression de philanthropie universelle; MM. Winkle et Snodgrass étaient tombés dans un profond sommeil.

« Ils commencent là haut, dit l'étranger; écoutez, on accorde les violons, maintenant la harpe; les voilà partis. »

En effet, les sons variés qui descendaient le long de l'escalier annonçaient le commencement du premier quadrille.

« J'aimerais beaucoup aller à ce bal, répéta M. Tupman.

— Moi aussi; maudit bagage; bateau en retard: rien à mettre; drôle, hein? »

Une bienveillance générale était le trait caractéristique des pickwickiens, et M. Tupman en était doué plus qu'aucun autre. En feuilletant les procès-verbaux du club, on est étonné de voir combien de fois cet excellent homme envoya chez les autres membres de l'Association les infortunés qui s'adressaient à lui, pour en obtenir de vieux vêtements ou des secours pécuniaires.

« Je serais heureux de vous prêter un habit pour cette occasion, dit-il à l'étranger; mais vous êtes assez mince, et je suis....

— Assez gros. Bacchus sur le retour, descendu de son tonneau, les pampres au diable, portant des culottes. Ah! ah! Passez le vin. »

Nous ne saurions dire si M. Tupman fut indigné du ton péremptoire avec lequel l'étranger l'engageait à passer le vin, qui passait en effet si vite par son gosier, ou s'il était justement scandalisé de voir un membre influent de Pickwick-Club comparé ignominieusement à un Bacchus démonté; mais, après avoir passé le vin, il toussa deux fois et regarda l'étranger, durant quelques secondes, avec une fixité sévère. Cependant, cet individu étant demeuré parfaitement calme et serein sous son regard scrutateur, il en diminua par degrés l'intensité et recommença à parler du bal.

« J'étais sur le point d'observer, monsieur, lui dit-il, que si mes vêtements doivent vous être trop larges, ceux de mon ami, M. Winkle, pourraient peut-être vous aller mieux. »

L'étranger prit d'un coup d'œil la mesure de M. Winkle et s'écria avec satisfaction : « Justement ce qu'il me faut! »

M. Tupman regarda autour de lui. Le vin, qui avait exercé son influence somnifère sur MM. Snodgrass et Winkle, avait aussi appesanti les sens de M. Pickwick. Ce gentleman avait parcouru successivement les diverses phases qui précèdent la léthargie produite par le dîner et par le vin. Il avait subi les phases ordinaires depuis l'excès de la gaieté jusqu'à l'abîme de la tristesse. Comme un bec de gaz, dans une rue, lorsque le vent a pénétré dans le tuyau, il avait déployé par moments une clarté extraordinaire, puis il était tombé si bas qu'on pouvait à peine l'apercevoir; après un court intervalle il avait fait jaillir de nouveau une éblouissante lumière, puis il avait oscillé rapidement, et il s'était éteint tout à fait. Sa tête était penchée sur sa poitrine, et un ronflement perpétuel, accompagné parfois d'un sourd grognement, étaient les seules preuves auriculaires qui pussent attester encore la présence de ce grand homme.

M. Tupman était violemment tenté d'aller au bal, pour porter son jugement sur les beautés du comté de Kent; il était également tenté d'emmener avec lui l'étranger; car il l'entendait parler des habitants et de la ville comme s'il y avait vécu depuis sa naissance, tandis que lui-même se trouvait entièrement dépaysé. M. Winkle dormait profondément, et M. Tupman avait assez d'expérience de l'état où il le voyait pour savoir que, suivant le cours ordinaire de la nature, son ami ne songerait point à autre chose, en s'éveillant, qu'à se traîner pesamment vers son lit. Cependant il restait encore dans l'indécision.

« Remplissez votre verre, et passez le vin ; » dit l'infatigable visiteur.

M. Tupman fit comme il lui était demandé, et le stimulant additionnel du dernier verre le détermina.

« La chambre à coucher de Winkle, dit-il à l'étranger, ouvre dans la mienne ; si je l'éveillais maintenant je ne pourrais pas lui faire comprendre ce que je désire : mais je sais qu'il a un costume complet dans son sac de nuit. Supposez que vous le mettiez pour aller au bal et que vous l'ôtiez en rentrant, je pourrais le replacer facilement, sans déranger notre ami le moins du monde.

— Admirable ! répondit l'étranger ; fameux plan ! Damnée position, bizarre, quatorze habits dans ma malle et obligé de mettre celui d'un autre. Très-drôle ! vraiment.

— Il faut prendre nos billets, dit M. Tupman.

— Pas la peine de changer une guinée. Jouons qui payera les deux, jetez une pièce en l'air, moi je nomme, allez. Femme, femme, femme enchanteresse ! et le souverain étant tombé laissa voir sur sa face supérieure le dragon, appelé par courtoisie, une femme. Condamné par le sort, M. Tupman tira la sonnette, prit les billets et demanda de la lumière. Au bout d'un quart d'heure l'étranger était complétement paré des dépouilles de M. Nathaniel Winkle.

— C'est un habit neuf, dit M. Tupman, tandis que l'étranger se mirait avec complaisance : c'est le premier qui soit orné des boutons de notre club ; » et il fit remarquer à son compagnon les larges boutons dorés, sur lesquels on voyait les lettres P. C. de chaque côté du buste de M. Pickwick.

« P. C. répéta l'étranger ; drôle de devise, le portrait du vieux bonhomme, avec P. C. Qu'est-ce que P. C. signifie, portrait curieux, hein ? »

M. Tupman, avec une grande importance et une indignation mal comprimée, expliqua le symbole mystique du Pickwick-Club, tandis que l'étranger se tordait pour apercevoir dans la glace le derrière de l'habit dont la taille lui montait au milieu du dos.

« Un peu court de taille, n'est-ce pas? Comme les vestes des facteurs : drôles d'habits, ceux-là, faits à l'entreprise, sans mesures : voies mystérieuses de la providence, à tous les petits hommes, de longs habits ; à tous les grands, des habits courts. »

En babillant de cette manière, le nouveau compagnon de M. Tupman acheva d'ajuster son costume, ou plutôt celui de M. Winkle, et, bientôt après, les deux amateurs de fêtes montèrent ensemble l'escalier.

« Quels noms, messieurs? dit l'homme qui se tenait à la porte. M. Tupman s'avançait pour énoncer ses titres et qualités, quand l'étranger l'arrêta en disant :

— Pas de nom du tout; et il murmura à l'oreille de M. Tupman : « Les noms ne valent rien; inconnus, excellents noms « dans leur genre, mais pas illustres; fameux noms dans une pe« tite réunion, mais qui ne feraient pas d'effet dans une grande « assemblée. Incognito, voilà la chose. Gentlemen de Londres, « nobles étrangers, n'importe quoi. »

La porte s'ouvrit à ces derniers mots prononcés à voix haute, et M. Tupman entra dans la salle de bal avec l'étranger.

C'était une longue chambre garnie de banquettes cramoisies, et éclairée par des bougies, placées dans des lustres de cristal. Les musiciens étaient soigneusement retranchés sur une haute estrade, et trois ou quatre quadrilles se mêlaient et se démêlaient d'une manière scientifique. Dans une pièce voisine on apercevait deux tables à jouer, sur lesquelles quatre vieilles dames, avec un pareil nombre de gros messieurs, exécutaient gravement leur whist.

La finale terminée, les danseurs se promenèrent dans la salle, et nos deux compagnons se plantèrent dans un coin pour observer la compagnie.

« Charmantes femmes ! soupira M. Tupman.

— Attendez un instant. Vous allez voir tout à l'heure. Les gros bonnets pas encore venus. Drôle d'endroit. Les employés supérieurs de la marine ne parlent pas aux petits employés, les petits employés ne parlent pas à la bourgeoisie, la bourgeoisie ne parle pas aux marchands, le commissaire du gouvernement ne parle à personne.

— Quel est ce petit garçon aux cheveux blonds, aux yeux rouges, avec un habit de fantaisie?

— Silence, s'il vous plaît ! yeux rouges, habit de fantaisie, petit garçon, allons donc! Chut! chut! c'est un enseigne du 97ᵉ, l'honorable Wilmot-Bécasse. Grande famille, les Bécasses, famille nombreuse.

— Sir Thomas Clubber, lady Clubber et Miles Clubber! cria d'une voix de stentor l'homme qui annonçait. »

Une profonde sensation se propagea dans toute la salle, à l'entrée d'un énorme gentleman, en habit bleu, avec des boutons brillants; d'une vaste lady en satin bleu, et de deux jeunes ladies taillées sur le même patron et parées de robes élégantes de la même couleur.

« Commissaire du gouvernement, chef de la marine, grand homme, remarquablement grand! dit tout bas l'étranger à M. Tupman, pendant que les commissaires du bal conduisaient sir Thomas Clubber et sa famille jusqu'au haut bout de la salle. L'honorable Wilmot-Bécasse et les meneurs de distinction s'empressèrent de présenter leurs hommages aux demoiselles Clubber, et sir Thomas Clubber, droit comme un i, contemplait majestueusement l'assemblée du haut de sa cravate noire. »

M. Smithie, Mme Smithie et mesdemoiselles Smithie, furent annoncés immédiatement après.

« Qu'est-ce que M. Smithie? demanda M. Tupman.

— Quelque chose de la marine, » répondit l'étranger.

M. Smithie s'inclina avec déférence devant sir Thomas Clubber, et sir Thomas Clubber lui rendit son salut avec une condescendance marquée. Lady Clubber examina à travers son lorgnon Mme Smithie et sa famille; et à son tour Mme Smithie regarda du haut en bas madame je ne sais qui, dont le mari n'était pas dans la marine.

« Colonel Bulder, Mme Bulder et miss Bulder!

— Chef de la garnison, » dit l'étranger, en réponse à un coup d'œil interrogateur de M. Tupman.

Miss Bulder fut chaudement accueillie par les miss Clubber; les salutations entre Mme Bulder et lady Clubber furent des plus affectueuses; le colonel Bulder et sir Thomas s'offrirent mutuellement une prise de tabac, et tous deux regardèrent autour d'eux comme une paire d'Alexandre Selkirk, monarques de tout ce qui les entourait.

Tandis que l'aristocratie de l'endroit, les Bulder, les Clubber et les Bécasse conservaient ainsi leur dignité au haut bout de la salle, les autres classes de la société les imitaient, au bas bout, autant qu'il leur était possible. Les officiers les moins aristocratiques du 97e se dévouaient aux familles des fonctionnaires les moins importants de la marine; les femmes des avoués et la femme du marchand de vin étaient à la tête d'une faction; la femme du brasseur visitait les Bulder; et Mme Tomlinson directrice du bureau de poste, semblait avoir été choisie par un assentiment universel, pour diriger le parti marchand.

Un des personnages les plus populaires dans son propre cercle était un gros petit homme, dont le crâne chauve était entouré d'une couronne de cheveux noirs et roides; c'était le docteur Slammer, chirurgien du 97e. Le docteur Slammer prenait du tabac avec tout le monde, riait, dansait, plaisantait, jouait au whist, était partout, faisait tout. A ces occupations, toutes nombreuses qu'elles fussent déjà, le docteur en joignait une autre, plus importante encore : il enveloppait des attentions les plus dévouées, les plus infatigables, une vieille petite veuve, dont la riche toilette et les nombreux bijoux annonçaient une fortune qui en faisait un parti fort désirable pour un homme d'un revenu limité.

Les yeux de M. Tupman et de son compagnon avaient été fixés sur le docteur et sur la veuve depuis quelque temps, lorsque l'étranger rompit le silence.

« Un tas d'argent, vieille fille, le docteur fait sa tête. excellente idée, bonne charge. »

Tandis que ces sentences peu intelligibles s'échappaient de la bouche de l'étranger, M. Tupman le regardait d'un air interrogateur.

« Je vais danser avec la veuve.

— Qui est-elle?

— N'en sais rien, jamais vue. Supplanter le docteur. En avant, marche! »

En achevant ces mots, l'étranger traversa la pièce, s'appuya contre le manteau de la cheminée, et attacha ses regards, avec un air d'admiration respectueuse et mélancolique, sur la grosse figure de la vieille petite dame. M. Tupman regardait muet d'étonnement. L'étranger faisait évidemment des progrès rapides : le docteur dansait avec une autre dame! La veuve laissa tomber son éventail; l'étranger le releva, et le lui rendit avec empressement : un sourire, un salut, une révérence, quelques paroles de conversation. L'étranger retraversa hardiment la salle, pour chercher le maître des cérémonies, retourna avec lui près de la veuve, et, après quelques instants de pantomime introductrice, il saisit la main de sa conquête et prit place avec elle dans un quadrille.

Grande fut la surprise de M. Tupman à ce procédé sommaire; mais l'étonnement du petit docteur paraissait encore plus grand. L'étranger était jeune; la veuve était flattée; elle ne prenait plus garde aux attentions du docteur, et l'indignation de celui-ci ne faisait aucune impression sur son imperturbable rival. Le docteur Slammer resta paralysé. Lui, le docteur Slammer, du 97e, être anéanti en un moment, par un homme que personne n'avait jamais vu, que personne ne connaissait! Le docteur Slammer! le docteur Slammer, du 97e! Incroyable! cela ne se pouvait pas. Et pourtant cela était. Bon, voilà que l'étranger présente son ami? Le docteur pouvait-il en croire ses yeux? Il regarda de nouveau et il se trouva dans la pénible nécessité de reconnaître la véracité de ses nerfs optiques. Mme Budger dansait avec M. Tupman, il n'y avait pas moyen de s'y tromper. Sa veuve elle-même est là devant lui, en chair et en os, bondissant avec une vigueur inaccoutumée. Là aussi était M. Tupman, sautant à droite et à gauche, d'un air plein de gravité, et dansant (ce qui arrive à beaucoup de personnes) comme si la contredanse était une épreuve solennelle, et qu'il fallût, pour s'en tirer, armer son moral d'une inflexible résolution.

Silencieusement et patiemment le docteur supporta tout ceci. Il vit l'étranger offrir du vin chaud, remporter les verres, se précipiter sur des biscuits; il vit mille coquetteries échangées, et il ne dit rien : mais quelques secondes après que l'étranger eut disparu avec Mme Budger, pour la conduire à sa voiture, il s'élança hors de la chambre, et chaque particule de sa colère, longtemps contenue, sembla s'échapper de son visage en un ruisseau de sueur.

L'étranger revenait, il parlait à voix basse à M. Tupman, il riait, il était radieux, il avait triomphé. Le petit docteur eut soif de sa vie.

« Monsieur! dit-il d'une voix terrible, en montrant sa carte et en se retirant dans un angle du passage : mon nom est Slammer! Le docteur Slammer, monsieur! 97e régiment, caserne de Chatham. Ma carte, monsieur! ma carte! Il aurait voulu poursuivre, mais son indignation l'étouffait.

— Ah! répliqua l'étranger négligemment, Slammer, bien obligé; merci, merci de votre attention délicate, pas malade maintenant, Slammer, quand je le serai, m'adresserai à vous.

— Vous.... vous êtes un intrigant.... un poltron.... un lâche.... un menteur.... un.... un.... Vous déciderez-vous à me donner votre carte, monsieur?

— Ah! je vois, dit l'étranger à demi-voix, punch trop fort, hôte libéral. La limonade beaucoup meilleure, des chambres trop chaudes, gentlemen d'un certain âge, s'en ressentent le lendemain, cruelles souffrances.... et il fit quelques pas.

— Vous demeurez dans cette maison, monsieur? cria le petit homme furieux; vous êtes ivre maintenant, monsieur! Vous entendrez parler de moi, monsieur! Je vous retrouverai, monsieur! je vous retrouverai!

— Vous ferez bien d'abord de retrouver votre lit, » répondit l'impassible étranger.

Le docteur Slammer le regarda avec une férocité inexprimable, et en s'éloignant il enfonça son chapeau sur sa tête d'une manière qui indiquait toute son indignation.

Cependant l'étranger et M. Tupman montèrent dans la chambre de celui-ci pour restituer le plumage qu'ils avaient emprunté à l'innocent M. Winkle. Ils le trouvèrent profondément endormi, et la restitution fut bientôt faite. L'étranger était extrêmement facétieux, et M. Tupman, étourdi par le vin, par le punch, par les lumières, par la vue de tant de femmes, regardait toute cette affaire comme une excellente plaisanterie. Après le départ de son nouvel ami, il éprouva quelque difficulté à découvrir l'ouverture de son bonnet de nuit: dans ses efforts pour le mettre sur sa tête, il renversa son flambeau, et ce fut seulement par une série d'évolutions très-compliquées qu'il parvint à entrer dans son lit. Malgré ces petits accidents il ne tarda pas à trouver le repos.

Le lendemain matin, sept heures avaient à peine cessé de sonner, quand l'esprit universel de M. Pickwick fut tiré de l'état de torpeur où l'avait plongé le sommeil, par des coups violents frappés à sa porte.

« Qui est là? cria-t-il, se dressant sur son séant.

— Le garçon, monsieur.

— Que voulez-vous?

— Pourriez-vous me dire, monsieur, quelle personne de votre société a un habit bleu à boutons dorés, avec P. C dessus? »

On le lui aura donné pour le brosser, pensa M. Pickwick, et il a oublié à qui il appartient. « M. Winkle, cria-t-il, la troisième chambre à droite.

— Merci, monsieur, dit le garçon; et il passa.

— Qu'est-ce que c'est? demanda M. Tupman, en entendant frapper violemment à sa porte.

— Puis-je parler à M. Winkle, monsieur? répliqua le garçon du dehors.

— Winkle! Winkle! cria M. Tupman.

— Ohé! répondit une faible voix qui sortait du lit de la chambre intérieure.

— On vous demande.... Quelqu'un à la porte; et ayant articulé avec effort ces paroles, M. Tupman se retourna et se rendormit immédiatement.

— On me demande? dit M. Winkle en sautant hors de son lit et en s'habillant rapidement. A cette distance de Londres, qui diable peut me demander?

— Un gentleman, en bas, au café, monsieur. Il dit qu'il ne vous dérangera qu'un instant, monsieur; mais il ne veut accepter aucun délai.

— Fort étrange! répliqua M. Winkle. Dites que je descends. »

Il s'enveloppa d'une robe de chambre; mit un châle de voyage autour de son cou, et descendit. Une vieille femme et une couple de garçons balayaient la salle du café. Auprès de la fenêtre était un officier en petite tenue, qui se retourna en entendant entrer M. Winkle, le salua d'un air roide, fit retirer les domestiques, ferma soigneusement les portes, et dit : « M. Winkle, je présume.

— Oui, monsieur, mon nom est Winkle.

— Je viens, monsieur, de la part de mon ami, le docteur Slammer, du 97ᵉ. Cela ne doit pas vous surprendre.

— Le docteur Slammer! répéta M. Winkle.

— Le docteur Slammer. Il m'a chargé de vous dire de sa part que votre conduite d'hier au soir n'était pas celle d'un gentleman, et qu'un gentleman ne pouvait pas la supporter. »

L'étonnement de M. Winkle était trop réel et trop évident pour n'être pas remarqué par le député du docteur Slammer. c'est pourquoi il poursuivit ainsi : « Mon ami, le docteur Slammer, m'a paru fermement convaincu que, pendant une partie de la soirée vous étiez gris, et peut-être hors d'état de sentir l'étendue de l'insulte dont vous vous êtes rendu coupable. Il m'a chargé de vous dire que si vous plaidiez cette raison comme une excuse de votre conduite, il consentirait à recevoir des excuses, écrites par vous sous ma dictée.

— Des excuses écrites! répéta de nouveau M. Winkle avec le ton de la plus grande surprise.

— Autrement, reprit froidement l'officier, vous connaissez l'alternative.

— Avez-vous été chargé de ce message pour moi nominativement? demanda M. Winkle, dont l'intelligence était singulièrement désorganisée par cette conversation extraordinaire.

— Je n'étais pas présent à la scène, et, en conséquence de votre refus obstiné de donner votre carte au docteur Slammer, j'ai été prié par lui de rechercher qui était porteur d'un habit très-remarquable : un habit bleu clair avec des boutons dorés, portant un buste, et les lettres P. C. »

M. Winkle chancela d'étonnement, en entendant décrire si minutieusement son propre costume. L'ami du docteur Slammer continua :

« J'ai appris dans la maison que le propriétaire de l'habit en question était arrivé ici hier avec trois messieurs. J'ai envoyé auprès de celui qui paraissait être le principal de la société, et c'est lui qui m'a adressé à vous. »

Si la grosse tour du château de Rochester s'était soudainement détachée de ses fondations, et était venue se placer en face de la fenêtre, la surprise de M. Winkle aurait été peu de chose, comparée avec celle qu'il éprouva en écoutant ce discours. Sa première idée fut qu'on avait pu lui voler son habit, et il dit à l'officier : « Voulez-vous avoir la bonté de m'attendre un instant?

— Certainement; » répondit son hôte malencontreux.

M. Winkle monta rapidement les escaliers; il ouvrit son sac de nuit d'une main tremblante, l'habit bleu s'y trouvait à sa place habituelle; mais, en l'examinant avec soin, on voyait clairement qu'il avait été porté la nuit précédente.

« C'est vrai, dit M. Winkle, en laissant tomber l'habit de ses mains. J'ai bu trop de vin hier, après dîner, et j'ai une vague idée d'avoir ensuite marché dans les rues, et d'avoir fumé un cigare. Le fait est que j'étais tout à fait dedans. J'aurai changé d'habit; j'aurai été quelque part; j'aurai insulté quelqu'un : je n'en doute plus, et ce message en est le terrible résultat. » Tourmenté par ces idées, il redescendit au café avec la sombre résolution d'accepter le cartel du vaillant docteur et d'en subir les conséquences les plus funestes.

Il était poussé à cette détermination par des considérations diverses. La première de toutes était le soin de sa réputation auprès du club. Il y avait toujours été regardé comme une autorité imposante dans tous les exercices du corps, soit offensifs, soit défensifs, soit inoffensifs. S'il venait à reculer, dès la première épreuve, sous les yeux de son chef, sa position dans l'association était perdue pour toujours. En second lieu, il se souvenait d'avoir entendu dire (par ceux qui ne sont point initiés à ces mystères) que les témoins se concertent ordinairement pour ne point mettre de balles dans les pistolets. Enfin, il pensait qu'en choisissant M. Snodgrass pour second et en lui dépeignant avec force le danger, ce gentleman pourrait bien en faire part à M. Pickwick; lequel, assurément, s'empresserait d'informer les autorités locales, dans la crainte de voir tuer ou détériorer son disciple.

Ayant calculé toutes ces chances, il revint dans la salle du café et déclara qu'il acceptait le défi du docteur.

« Voulez-vous m'indiquer un ami, pour régler l'heure et le lieu du rendez-vous, dit alors l'obligeant officier.

— C'est tout à fait inutile. Veuillez me les nommer, et j'amènerai mon témoin avec moi.

— Hé bien! reprit l'officier d'un ton indifférent, ce soir, si cela vous convient; au coucher du soleil.

— Très-bien, répliqua M. Winkle, pensant dans son cœur que c'était très-mal.

— Vous connaissez le fort Pitt?

— Oui, je l'ai vu hier.

— Prenez la peine d'entrer dans le champ qui borde le fossé; suivez le sentier à gauche quand vous arriverez à un angle des fortifications, et marchez droit devant vous jusqu'à ce que vous m'aperceviez; vous me suivrez alors et je vous conduirai dans un endroit solitaire où l'affaire pourra se terminer sans crainte d'interruption.

— Crainte d'interruption! pensa M. Winkle.

— Nous n'avons plus rien, je crois, à arranger?

— Pas que je sache.

— Alors je vous salue.

— Je vous salue. » Et l'officier s'en alla lestement en sifflant un air de contredanse.

Le déjeuner de ce jour-là se passa tristement pour nos voyageurs. M. Tupman, après les débauches inaccoutumées de la nuit précédente, n'était point en état de se lever; M. Snodgrass paraissait subir une poétique dépression d'esprit; M. Pickwick lui-même montrait un attachement inaccoutumé à l'eau de seltz et au silence; quant à M. Winkle il épiait soigneusement une occasion de retenir son témoin. Cette occasion ne tarda pas à se présenter : M. Snodgrass proposa de visiter le château, et comme M. Winkle était le seul membre de la société qui fût disposé à faire une promenade, ils sortirent ensemble.

« Snodgrass, dit M. Winkle, lorsqu'ils eurent tourné le coin de la rue, Snodgrass, mon cher ami, puis-je compter sur votre discrétion? Et en parlant ainsi il désirait ardemment de n'y pouvoir point compter.

— Vous le pouvez, répliqua M. Snodgrass. Je jure....

— Non, non! interrompit M. Winkle, épouvanté par l'idée que son compagnon pouvait innocemment s'engager à ne pas le dénoncer. Ne jurez pas, ne jurez pas; cela n'est point nécessaire. »

M. Snodgrass laissa retomber la main qu'il avait poétiquement levée vers les nuages, et prit une attitude attentive.

« Mon cher ami, dit alors M. Winkle, j'ai besoin de votre assistance dans une affaire d'honneur.

— Vous l'aurez, répliqua M. Snodgrass, en serrant la main de son compagnon.

— Avec un docteur, le docteur Slammer, du 97e, ajouta M. Winkle, désirant faire paraître la chose aussi solennelle que possible. Une affaire avec un officier, ayant pour témoin un autre officier; ce soir, au coucher du soleil, dans un champ solitaire, au delà du fort Pitt.

— Comptez sur moi, répondit M. Snodgrass, avec étonnement, mais sans être autrement affecté. En effet, rien n'est plus remarquable que la froideur avec laquelle on prend ces sortes d'affaires, quand on n'y est point partie principale. M. Winkle avait oublié cela : il avait jugé les sentiments de son ami d'après les siens.

— Les conséquences peuvent être terribles, reprit M. Winkle.

— J'espère que non.

— Le docteur est, je pense, un très-bon tireur.

— La plupart des militaires le sont, observa M. Snodgrass avec calme; mais ne l'êtes-vous point aussi? »

M. Winkle répondit affirmativement, et s'apercevant qu'il n'avait point suffisamment alarmé son compagnon, il changea de batterie.

« Snodgrass, dit-il d'une voix tremblante d'émotion, si je

succombe vous trouverez dans mon portefeuille une lettre pour mon.... pour mon père. »

Cette attaque ne réussit point davantage. M. Snodgrass fut touché, mais il s'engagea à remettre la lettre aussi facilement que s'il avait fait toute sa vie le métier de facteur.

« Si je meurs, continua M. Winkle, ou si le docteur périt, vous, mon cher ami, vous serez jugé comme complice en préméditation. Faut-il donc que j'expose un ami à la transportation? peut-être pour toute sa vie! »

Pour le coup, M. Snodgrass hésita; mais son héroïsme fut invincible. « Dans la cause de l'amitié, s'écria-t-il avec ferveur, je braverai tous les dangers. »

Dieu sait combien notre duelliste maudit intérieurement le dévouement de son ami. Ils marchèrent pendant quelque temps en silence, ensevelis tous les deux dans leurs méditations. La matinée s'écoulait et M. Winkle sentait s'enfuir toute chance de salut.

« Snodgrass, dit-il en s'arrêtant tout d'un coup, n'allez point me trahir auprès des autorités locales; ne demandez point des constables pour prévenir le duel; ne vous assurez pas de ma personne, ou de celle du docteur Slammer, du 97e, actuellement en garnison dans la caserne de Chatham. Afin d'empêcher le duel, n'ayez point cette prudence, je vous en prie. »

M. Snodgrass saisit avec chaleur la main de son compagnon et s'écria, plein d'enthousiasme : « Non! pour rien au monde. »

Un frisson parcourut le corps de M. Winkle quand il vit qu'il n'avait rien à espérer des craintes de son ami, et qu'il était irrévocablement destiné à devenir une cible vivante.

Lorsqu'il eut raconté formellement à M. Snodgrass les détails de son affaire, ils entrèrent tous deux chez un armurier; ils louèrent une boîte de ces pistolets qui sont destinés à donner et à obtenir *satisfaction*, ils y joignirent un assortiment *satisfaisant* de poudre, de capsules et de balles; puis ils retournèrent à leur auberge, M. Winkle pour réfléchir sur la lutte qu'il avait à soutenir; M. Snodgrass pour arranger les armes de guerre, et les mettre en état de servir immédiatement.

Lorsqu'ils sortirent de nouveau pour leur désagréable entreprise, le soir s'approchait, triste et pesant. M. Winkle, de peur d'être observé, s'était enveloppé dans un large manteau : M. Snodgrass portait sous le sien les instruments de destruction.

« Avez-vous pris tout ce qu'il faut? demanda M. Winkle, d'un ton agité.

— Tout ce qu'il faut. Quantité de munitions, dans le cas où les premiers coups n'auraient point de résultats. Il y a un quarteron de poudre dans la boîte, et j'ai deux journaux dans ma poche pour servir de bourre. »

C'étaient là des preuves d'amitié dont il était impossible de n'être point reconnaissant. Il est probable que la gratitude de M. Winkle fut trop vive pour qu'il pût l'exprimer, car il ne dit rien, mais il continua de marcher, assez lentement.

« Nous arrivons juste à l'heure, dit M. Snodgrass en franchissant la haie du premier champ; voilà le soleil qui descend derrière l'horizon. »

M. Winkle regarda le disque qui s'abaissait, et il pensa douloureusement aux chances qu'il courait de ne jamais le revoir.

« Voici l'officier, s'écria-t-il au bout de quelque temps.

— Où? dit M. Snodgrass.

— Là. Ce gentleman en manteau bleu. »

Les yeux de M. Snodgrass suivirent le doigt de son compagnon, et aperçurent une longue figure drapée, qui fit un léger signe de la main, et continua de marcher. Nos deux amis s'avancèrent silencieusement à sa suite.

De moment en moment la soirée devenait plus sombre. Un vent mélancolique retentissait dans les champs déserts : on eût dit le sifflement lointain d'un géant, appelant son chien. La tristesse de cette scène communiquait une teinte lugubre à l'âme de M. Winkle. En passant l'angle du fossé, il tressaillit, il avait cru voir une tombe colossale.

L'officier quitta tout à coup le sentier, et après avoir escaladé une palissade et enjambé une haie, il entra dans un champ écarté. Deux messieurs l'y attendaient. L'un était un petit personnage gros et gras, avec des cheveux noirs; l'autre, grand et bel homme, avec une redingote couverte de brandebourgs, était assis sur un pliant avec une sérénité parfaite.

« Voilà nos gens, avec un chirurgien, à ce que je suppose dit M. Snodgrass. Prenez une goutte d'eau-de-vie. » M. Winkle saisit avidement la bouteille d'osier que lui tendait son compagnon et avala une longue gorgée de ce liquide fortifiant.

« Mon ami, M. Snodgrass, » dit M. Winkle à l'officier qui s'approchait.

Le second du docteur Slammer salua et produisit une boite

semblable à celle que M. Snodgrass avait apportée. « Je pense que nous n'avons rien de plus à nous dire, monsieur, remarqua-t-il froidement, en ouvrant sa boîte. Des excuses ont été absolument refusées.

— Rien du tout, monsieur, répondit M. Snodgrass, qui commençait à se sentir mal à son aise.

— Voulez-vous que nous mesurions le terrain ? dit l'officier.

— Certainement, » répliqua M. Snodgrass.

Lorsque le terrain eut été mesuré et les préliminaires arrangés, l'officier dit à M. Snodgrass : « Vous trouverez ces pistolets meilleurs que les vôtres, monsieur. Vous me les avez vu charger; vous opposez-vous à ce qu'on en fasse usage?

— Non, certainement, répondit M. Snodgrass. Cette offre le tirait d'un grand embarras, car ses idées sur la manière de charger un pistolet étaient tant soit peu vagues et indéfinies.

— Alors je pense que nous pouvons placer nos hommes, continua l'officier, avec autant d'indifférence que s'il s'était agi d'une partie d'échecs.

— Je pense que nous le pouvons, » répliqua M. Snodgrass, qui aurait consenti à toute autre proposition, vu qu'il n'entendait rien à ces sortes d'affaires.

L'officier alla vers le docteur Slammer, tandis que M. Snodgrass s'approchait de M. Winkle.

« Tout est prêt, dit-il, en lui offrant le pistolet. Donnez-moi votre manteau.

— Vous avez mon portefeuille, mon cher ami, dit le pauvre Winkle.

— Tout va bien. Soyez calme et visez tout bonnement à l'épaule. »

M. Winkle trouva que cet avis ressemblait beaucoup à celui que les spectateurs donnent invariablement au plus petit gamin dans les duels des rues. « Mets-le dessous et tiens-le ferme. » Admirable conseil, si l'on savait seulement comment l'exécuter ! Quoi qu'il en soit, il ôta son manteau en silence (ce manteau était toujours très-long à défaire); il accepta le pistolet : les seconds se retirèrent, le monsieur au pliant en fit autant, et les belligérants s'avancèrent l'un vers l'autre.

M. Winkle a toujours été remarquable par son extrême humanité. On suppose que dans cette occasion la répugnance qu'il éprouvait à nuire intentionnellement à l'un de ses semblables, l'engagea à fermer les yeux en arrivant à l'endroit fatal, et que cette circonstance l'empêcha de remarquer la conduite inexplicable du docteur Slammer. Ce monsieur, en s'approchant de M. Winkle, tressaillit, ouvrit de grands yeux, recula, frotta ses paupières, ouvrit de nouveau ses yeux, autant qu'il lui fut possible, et finalement s'écria : « Arrêtez! arrêtez!

— Qu'est-ce que cela veut dire? continua-t-il lorsque son ami et M. Snodgrass arrivèrent en courant. Ce n'est pas là mon homme.

— Ce n'est pas votre homme! s'écria le second du docteur Slammer.

— Ce n'est pas son homme! dit M. Snodgrass.

— Ce n'est pas son homme! répéta le monsieur qui tenait le pliant dans sa main.

— Certainement non, reprit le petit docteur. Ce n'est pas la personne qui m'a insulté la nuit passée.

— Fort extraordinaire! dit l'officier.

— Fort extraordinaire! répéta le gentleman au pliant. Mais maintenant, ajouta-t-il, voici la question. Le monsieur se trouvant actuellement sur le terrain, ne doit-il pas être considéré, pour la forme, comme étant l'individu qui a insulté hier soir notre ami, le docteur Slammer? » Ayant suggéré cette idée nouvelle d'un air sage et mystérieux, l'homme au pliant prit une énorme pincée de tabac, et regarda autour de lui, avec la profondeur de quelqu'un qui est habitué à faire autorité.

Or, M. Winkle avait ouvert ses yeux et ses oreilles aussi, quand il avait entendu son adversaire demander une cessation d'hostilités. S'apercevant par ce qui avait été dit ensuite qu'il y avait quelque erreur de personnes, il comprit tout d'un coup combien sa réputation pouvait s'accroître s'il cachait les motifs réels qui l'avaient déterminé à se battre. Il s'avança donc hardiment et dit :

« Je sais bien que je ne suis pas l'adversaire de monsieur.

— Alors, dit l'homme au pliant, ceci est un affront pour le docteur Slammer, et un motif suffisant de continuer.

— Tenez-vous tranquille, Payne, interrompit le second du docteur; et s'adressant à M. Winkle : Pourquoi ne m'avez-vous pas communiqué cela ce matin, monsieur?

— Assurément! assurément! s'écria avec indignation l'homme au pliant.

— Je vous supplie de vous tenir tranquille, Payne, reprit l'autre. Puis-je répéter ma question, monsieur?

— Parce que, répliqua M. Winkle qui avait eu le temps de délibérer sa réponse : parce que vous m'avez dit, monsieur, que l'individu en question était revêtu d'un habit que j'ai l'honneur, non-seulement de porter, mais d'avoir inventé. C'est l'uniforme projeté du Pickwick-Club, à Londres. Je me crois obligé de soutenir l'honneur de cet uniforme, et dans cette vue, sans autres informations, j'ai accepté le défi que vous me faisiez.

— Mon cher monsieur, dit le bon petit docteur, en lui tendant la main, j'honore votre courage. Permettez-moi d'ajouter que j'admire extrêmement votre conduite, et que je regrette beaucoup de vous avoir fait déranger inutilement.

— Je vous prie de ne point parler de cela, répondit M. Winkle avec politesse.

— Je me trouverai honoré, monsieur, de faire votre connaissance, poursuivit le petit docteur.

— Et moi, monsieur, j'éprouverai le plus grand plaisir à vous connaître, » répliqua M. Winkle. Et là-dessus il donna une poignée de main au docteur, une poignée de main à son second, le lieutenant Tappleton, une poignée de main à l'homme qui tenait le pliant, une poignée de main, enfin, à M. Snodgrass, dont l'admiration était excessive pour la noble conduite de son héroïque ami.

« Je pense que nous pouvons nous en retourner maintenant, dit le lieutenant Tappleton.

— Certainement, répondit le docteur.

— A moins, suggéra l'homme au pliant, à moins que monsieur Winkle ne se trouve offensé par la provocation qu'il a reçue. Si cela était, je confesse qu'il aurait droit à une satisfaction. »

M. Winkle, avec une grande abnégation de son *moi*, déclara qu'il était entièrement satisfait.

« Peut-être, reprit l'autre, peut-être le témoin du gentleman aura-t-il été personnellement blessé de quelques observations que j'ai faites au commencement de cette rencontre. Dans ce cas, je serais heureux de lui donner satisfaction immédiatement. »

M. Snodgrass se hâta de déclarer qu'il était bien obligé au gentleman de l'offre aimable qu'il lui faisait. La seule raison qui l'empêchât d'en profiter, c'est qu'il était fort satisfait de la manière dont les choses s'étaient passées.

L'affaire s'étant ainsi terminée heureusement, les témoins

arrangèrent leurs boîtes, et tous quittèrent le terrain avec beaucoup plus de gaieté qu'ils n'en laissaient voir en y arrivant.

« Resterez-vous longtemps ici? demanda le docteur Slammer à M. Winkle, tandis qu'ils marchaient amicalement côte à côte.

— Je crois que nous partirons après-demain.

— Je serais très-heureux, après ce ridicule quiproquo, si vous vouliez bien me faire l'honneur de venir ce soir chez moi, avec votre ami. Êtes-vous engagé?

— Nous avons plusieurs amis à l'hôtel du *Taureau*, et je ne voudrais point les quitter aujourd'hui. Mais nous serions enchantés si vous consentiez à amener ces messieurs pour passer la soirée avec nous.

— Avec grand plaisir. Ne sera-t-il point trop tard, à dix heures, pour vous faire une petite visite d'une demi-heure?

— Non certainement. Je serai fort heureux de vous présenter à mes amis, M. Pickwick et M. Tupman.

— J'en serai charmé, répliqua le petit docteur, ne soupçonnant guère qu'il connaissait déjà M. Tupman.

— Vous viendrez sans faute? demanda M. Snodgrass.

— Oh! assurément. »

En parlant ainsi, ils étaient arrivés sur la grande route. Les adieux se firent avec cordialité, et tandis que le docteur et ses amis se rendirent à leur caserne, M. Winkle et M. Snodgrass rentrèrent joyeusement à l'hôtel.

CHAPITRE III.

Une nouvelle connaissance. Histoire d'un clown. Une interruption désagréable et une rencontre fâcheuse.

M. Pickwick avait ressenti quelque inquiétude en voyant se prolonger l'absence de ses deux amis, et en se rappelant leur conduite mystérieuse pendant toute la matinée. Ce fut donc avec un véritable plaisir qu'il se leva pour les recevoir, et avec un intérêt peu ordinaire qu'il leur demanda ce qui avait pu les retenir si longtemps. En réponse à cette question, M. Snodgrass allait faire l'historique des circonstances que nous venons de rapporter, lorsqu'il s'aperçut qu'entre M. Tupman et leur compagnon de voyage il y avait dans la chambre un nouvel étranger, d'une apparence également singulière. C'était un homme vieilli par les soucis, dont la face creuse, aux pommettes proéminentes, avec des yeux étincelants quoique profondément encaissés, était rendue plus frappante encore par les cheveux noirs et lisses qui pendaient en désordre sur son collet. Sa mâchoire était si longue et si maigre qu'on aurait pu croire qu'il faisait exprès de retirer ses joues, par une contraction des muscles, si l'expression immobile de ses traits et de sa bouche entrouverte n'avait pas fait voir que c'était là sa physionomie habituelle. Son cou était entouré d'un châle vert, dont les larges bouts, descendant sur sa poitrine, étaient aperçus à travers les boutonnières usées d'un vieux gilet. Enfin, il avait une longue redingote noire, un pantalon de gros drap et des bottes tombant en ruines.

Les yeux de M. Snodgrass s'arrêtèrent donc sur ce personnage mal léché, et M. Pickwick, qui s'en aperçut, dit en étendant la main de son côté : « Un ami de notre nouvel ami. Nous avons découvert ce matin que notre ami est engagé au théâtre de cet endroit, quoiqu'il désire que cette circonstance ne soit pas généralement connue. Ce gentleman est un membre de la même profession, et il allait nous régaler d'une petite anecdote lorsque vous êtes entrés.

— Masse d'anecdotes, dit l'étranger du jour précédent, en s'approchant de M. Winkle et lui parlant à voix basse : singulier gaillard, pas acteur, fait les utilités, homme étrange, toutes sortes de misères. Nous l'appelons Jemmy le Lugubre. »

M. Winkle et M. Snodgrass firent des politesses au gentleman qui portait ce nom élégant, et s'étant assis autour de la table demandèrent de l'eau et de l'eau-de-vie, en imitation du reste de la société.

« Maintenant, monsieur, dit M. Pickwick, voulez-vous nous faire le plaisir de commencer votre récit? »

L'individu lugubre tira de sa poche un rouleau de papier malpropre, et se tournant vers M. Snodgrass qui venait d'aveindre son mémorandum, il lui dit d'une voix creuse, parfaitement en harmonie avec son extérieur :

« Êtes-vous le poëte?

— Je.... je m'exerce un peu dans ce genre, répondit M. Snodgrass, légèrement déconcerté par la brusquerie de la question.

— Ah! la poésie est dans la vie ce que la lumière et la musique sont au théâtre. Dépouillez celui-ci de ses faux embellissements et celle-là de ses illusions, que reste-t-il de réel et d'intéressant dans tous les deux?

— Cela est bien vrai, monsieur, répliqua M. Snodgrass.

— Assis devant les quinquets, vous faites partie du cercle royal; vous admirez les vêtements de soie de la foule brillante; vous tenez-vous, au contraire, dans la coulisse, vous êtes le peuple qui fabrique ces beaux vêtements; gens inconnus et méprisés qui peuvent tomber et se relever, vivre et mourir, comme il plaît à la fortune, sans que personne s'en inquiète.

— Certainement, répondit M. Snodgrass, car l'œil profond de l'homme lugubre était fixé sur lui, et il sentait la nécessité de dire quelque chose.

— Allons, Jemmy, dit le voyageur espagnol, soyons vifs, pas de croassements, ayez l'air sociable.

— Voulez-vous préparer un autre verre avant de commencer? » dit M. Pickwick.

L'homme lugubre accepta l'offre, mélangea un verre d'eau et d'eau-de-vie, en avala lentement la moitié, développa son rouleau de papier et commença à lire et à raconter tour à tour les événements que l'on va lire, et que nous avons trouvés inscrits dans les registres du club sous le titre de : HISTOIRE D'UN CLOWN.

« Vous ne trouverez rien de merveilleux dans le récit que je vais vous faire. Besoins et maladie, ce sont des choses trop connues, dans beaucoup d'existences, pour mériter plus d'attention qu'on n'en accorde aux vicissitudes journalières de la vie humaine. J'ai rassemblé ces notes parce que celui qui en fait le sujet m'était connu depuis fort longtemps. J'ai suivi pas à pas sa descente dans l'abîme, jusqu'au moment où il atteignit le dernier degré de la misère, dont il ne s'est jamais relevé depuis.

« L'homme dont il s'agit était un acteur pantomime, et, comme beaucoup de gens de cet état, un ivrogne invétéré. Dans ses beaux jours, avant d'être affaibli par la débauche, il recevait un bon salaire, et s'il avait été rangé et prudent, il aurait pu le toucher encore durant quelques années; quelques années seulement, car ceux qui font ce métier meurent de bonne heure ou du moins perdent avant le temps l'énergie physique dont ils ont abusé, et qui était leur unique gagne-pain. Celui-ci se laissa abrutir si vite qu'il devint impossible de l'employer dans les rôles où il était réellement utile au théâtre. Le cabaret avait pour lui des charmes auxquels il ne pouvait résister. Les maladies, la pauvreté l'attendaient aussi sûrement que la mort s'il continuait le même genre de vie, et cependant il le continua. Vous devinez ce qui dut en résulter. Il ne put obtenir d'engagement et il manqua de pain.

Tous ceux qui connaissent un peu le théâtre savent quelle nuée d'individus misérables, râpés, affamés, entourent toujours un vaste établissement de ce genre. Ce ne sont pas des acteurs engagés régulièrement, mais des comparses passagers, des figurants, des paillasses, etc., qui sont employés tant que dure une pantomime ou quelque féerie de Noël et qui sont remerciés ensuite, jusqu'à ce qu'une nouvelle pièce, exigeant un nombreux personnel, réclame de nouveau leurs services. Notre homme fut obligé d'avoir recours à ce genre de vie, et comme, en outre, il prit chaque soir le fauteuil dans un de ces *cafés chantants* de bas étage qui restent ouverts après la fermeture des théâtres, il gagna quelques shillings de plus par semaine, ce qui lui permit de se livrer à ses vieux penchants. Mais cette ressource même lui manqua bientôt, son ivrognerie l'empêchant de mériter la faible pitance qu'il aurait pu se procurer de cette manière. Il se trouva donc réduit à la misère la plus absolue; toujours sur le point de mourir de faim, et n'échappant à cette destinée qu'en recevant quelques secours d'un ancien camarade, ou en obtenant d'être employé par hasard à l'un des plus petits spectacles. Encore, le peu qu'il attrapait ainsi était-il dépensé suivant le même système.

Vers cette époque (il y avait déjà plus d'un an qu'il vivait ainsi, sans qu'on sût de quelles ressources) je fus engagé à un des théâtres situés du côté sud de la Tamise, et je revis cet homme que j'avais perdu de vue, car j'avais parcouru la province pendant qu'il flânait dans les carrefours de Londres. La toile était tombée; je venais de me rhabiller, et je traversais la scène, quand il me frappa sur l'épaule. Non, jamais je n'oublierai la figure repoussante qui se présenta à mes yeux lorsque je me retournai. Les personnages fantastiques de la danse des morts, les figures les plus horribles, tracées par les peintres les plus habiles, rien n'offrit jamais un aspect aussi sépulcral. Il portait le costume ridicule d'un paillasse; et son corps bouffi, ses jambes de squelette étaient rendus plus horribles encore par cet habit de mascarade. Ses yeux vitreux contrastaient affreusement avec la blancheur mate dont toute sa face était couverte. Sa tête, grotesquement coiffée et tremblante de paralysie, ses longues mains osseuses, frottées de blanc d'Espagne, tout contribuait à lui donner une apparence hideuse, hors de nature, qu'aucune description ne peut rendre, qu'aujourd'hui encore je ne me rappelle qu'en frémissant. Il me prit à part, et d'une voix cassée et tremblante, il me raconta un long catalogue de maladies et de privations, qu'il termina comme à l'ordinaire en me suppliant de lui prêter une bagatelle. Je mis quelque argent dans sa main, et, tandis que je m'éloignais, le rideau se leva et j'entendis les bruyants éclats de rire que causa sa première culbute sur le théâtre.

Quelques jours après, un petit garçon m'apporta un morceau de papier malpropre, par lequel j'étais informé que cet homme était dangereusement malade, et qu'il me priait de l'aller voir après la comédie, dans une rue dont j'ai oublié le nom, mais qui n'était pas éloignée du théâtre. Je promis de m'y rendre aussitôt que je le pourrais, et quand la toile fut baissée je partis pour ce triste office.

Il était tard, car j'avais joué dans la dernière pièce, et comme c'était une représentation à bénéfice, elle avait duré fort longtemps. La nuit était sombre et froide, un vent glacial fouettait violemment la pluie contre les vitres des croisées; des mares d'eau s'étaient amassées dans ces rues étroites et peu fréquentées; une partie des réverbères, assez rares en tout temps, avaient été éteints par la violence de la tempête, et je n'étais pas sûr de trouver la demeure qui m'appelait dans des circonstances bien faites pour attrister. Heureusement je ne m'étais pas trompé de chemin et je découvris, quoique avec peine, la maison que je cherchais. Elle n'avait qu'un seul étage, et l'infortuné que je venais voir gisait dans une espèce de grenier, au-dessus d'un hangar qui servait de magasin de charbon de terre.

Une femme, à l'air misérable, la femme du paillasse, me reçut sur l'escalier, me dit qu'il venait de s'assoupir, et m'ayant introduit doucement, me fit asseoir sur une chaise auprès de son lit. Il avait la tête tournée du côté du mur, et, comme il ne s'aperçut pas d'abord de ma présence, j'eus le temps d'examiner l'endroit où je me trouvais.

Au chevet du grabat près duquel j'étais assis, on avait suspendu des lambeaux de couvertures pour préserver le malade du vent qui pénétrait, par mille crevasses, dans cette chambre désolée, et qui, à chaque instant, agitait ce lourd rideau. Sur une grille rouillée et descellée, brûlait lentement du poussier de charbon de terre. A côté, sur une vieille table à trois pieds, il y avait plusieurs fioles, un miroir brisé et quelques autres ustensiles. Un enfant dormait sur un matelas étendu par terre, et sa mère était assise auprès de lui, sur une chaise à moitié brisée. Quelques assiettes, quelques tasses, quelques écuelles, étaient placées sur une couple de tablettes : au-dessous on avait accroché des fleurets avec une paire de souliers de théâtre, et ces objets composaient seuls l'ameublement de la chambre, si l'on excepte deux ou trois petits paquets de haillons, jetés en désordre dans les coins.

Tandis que je considérais cette scène de désolation et que je remarquais la respiration pesante, les soubresauts fiévreux du misérable comédien, il se tournait et se retournait sans cesse pour trouver une position moins douloureuse. Une de ses mains sortit de son lit et me toucha : il tressaillit et me regarda avec des yeux hagards.

« John, lui dit sa femme, c'est M. Hutley que vous avez envoyé cherché ce soir, vous savez.

— Ha! dit-il en passant sa main sur son front, Hutley! Hutley! voyons. Pendant quelques secondes il parut s'efforcer de rassembler ses idées, et ensuite, me saisissant fortement par le poignet, il s'écria : Oh! ne me quittez pas! ne me quittez pas, vieux camarade! Elle m'assassinera. Je sais qu'elle en a envie.

— Y a-t-il longtemps qu'il est comme cela? demandai-je à cette femme qui pleurait.

— Depuis hier soir, monsieur. John! John! ne me reconnaissez-vous pas? »

En disant ces mots elle se courbait vers son lit, mais il s'écria avec un frisson d'effroi :

« Ne la laissez pas approcher! Repoussez-la! Je ne peux pas la supporter près de moi! En parlant ainsi il la regardait d'un air égaré et plein d'une terreur mortelle, puis il me dit à l'oreille : Je l'ai battue, Jem. Je l'ai battue hier, et bien d'autres fois auparavant. Je l'ai fait mourir de faim, et son enfant aussi; et maintenant que je suis faible et sans secours, elle va m'assassiner. Je sais qu'elle en a envie. Si comme moi, aussi souvent que moi, vous l'aviez entendue gémir et crier, vous n'en douteriez pas. Éloignez-la! »

En achevant ces mots il lâcha ma main et retomba épuisé sur son oreiller.

Je n'entendais que trop ce que cela signifiait. Si j'avais pu en douter un seul instant, il m'aurait suffi, pour le comprendre, d'un coup d'œil jeté sur le visage pâle, sur les formes amaigries de sa malheureuse femme. « Vous feriez mieux de vous retirer, dis-je à cette pauvre créature, vous ne pouvez pas lui faire de bien. Peut-être sera-t-il plus calme s'il ne vous voit pas. » Elle se recula hors de sa vue. Au bout de quelques secondes, il ouvrit les yeux et regarda avec anxiété autour de lui, en demandant : « Est-elle partie ?

— Oui, oui, lui dis-je, elle ne vous fera pas de mal.

— Je vais vous dire ce qui en est, reprit-il d'une voix caverneuse. Elle me fait mal ! il y a quelque chose dans ses yeux qui me remplit le cœur de crainte et qui me rend fou. Toute la nuit dernière ses grands yeux fixes et son visage pâle ont été devant moi. Où je me tournais, elle se tournait. Quand je me réveillais en sursaut, elle était-là, tout auprès de mon lit, à me regarder. » Il s'approcha plus près de moi et ajouta d'une voix basse et tremblante : « Jem, il faut qu'elle soit mon mauvais ange ! un démon ! Chut ! j'en suis sûr. Si elle n'était qu'une femme, il y a longtemps qu'elle serait morte. Aucune femme n'aurait pu endurer ce qu'elle a enduré. »

Je me sentis frémir en pensant à la longue série de mépris et de cruautés dont un tel homme devait s'être rendu coupable, pour en conserver une telle impression. Je ne pus rien lui répondre, car quelle espérance, quelle consolation était-il possible d'offrir à un être aussi abject ?

Je restai là plus de deux heures, pendant lesquelles il se retourna cent fois de côté et d'autre, jetant ses bras à droite et à gauche, et murmurant des exclamations de douleur ou d'impatience. A la fin il tomba dans cet état d'oubli imparfait, où l'esprit erre péniblement de place en place, de scène en scène, sans être contrôlé par la raison, mais sans pouvoir se débarrasser d'un vague sentiment de souffrances présentes. Jugeant alors que son mal ne s'aggraverait pas sur-le-champ, je le quittai en promettant à sa femme que je viendrais le revoir le lendemain soir, et que je passerais la nuit auprès de lui, si cela était nécessaire.

Je tins ma promesse. Les vingt-quatre heures qui s'étaient écoulées avaient produit en lui une altération affreuse. Ses yeux, profondément creusés, brillaient d'un éclat effrayant ; ses lèvres étaient desséchées et fendues en plusieurs endroits ; sa peau luisait, sèche et brûlante ; enfin, on voyait sur son visage une expression d'anxiété farouche, qui indiquait encore plus fortement les ravages de la maladie.

et qui ne semblait déjà plus appartenir à la terre. La fièvre le dévorait.

Je pris le siége que j'avais occupé la nuit précédente. Je savais, par ce que j'avais entendu dire au médecin, qu'il était à son lit de mort; et je restai là, durant les longues heures de la nuit, prêtant l'oreille à des sons capables d'émouvoir les âmes les plus endurcies; c'étaient les rêveries mystérieuses d'un agonisant.

Je vis ses membres décharnés, qui peu d'heures auparavant se disloquaient pour amuser une foule rieuse, je les vis se tordre sous les tortures d'une fièvre ardente. J'entendis le rire aigu du paillasse se mêler aux murmures du moribond.

C'est une chose touchante de suivre les pensées qui ramènent un malade vers les scènes ordinaires, vers les occupations de la vie active, lorsque son corps est étendu sans force et sans mouvement devant vos yeux. Mais cette impression est infiniment plus forte quand ces occupations sont entièrement opposées à toute idée grave et religieuse. Le théâtre et le cabaret étaient les principaux sujets de divagation de ce malheureux. Dans son délire, il s'imaginait qu'il avait un rôle à jouer cette nuit même, qu'il était tard et qu'il devait quitter la maison sur-le-champ. Pourquoi le retenait-on? pourquoi l'empêchait-on de partir? Il allait perdre son salaire. Il fallait qu'il partît! Non; on le retenait! Il cachait son visage dans ses mains brûlantes, et il gémissait sur sa faiblesse et sur la cruauté de ses persécuteurs. Une courte pause, et il braillait quelques rimes burlesques, les dernières qu'il eut apprises: tout d'un coup il se leva dans son lit, étendit ses membres de squelette et se posa d'une manière grotesque. Il était sur la scène, il jouait son rôle. Encore un silence, et il murmura le refrain d'une autre chanson. Enfin, il avait regagné son café chantant! Comme la salle était chaude! Il avait été malade, très-malade; mais maintenant il allait bien, il était heureux! Remplissez mon verre! Qui est-ce qui le brise entre mes lèvres? C'était le même persécuteur qui l'avait poursuivi. Il retomba sur son oreiller et poussa de sourds gémissements. Après un court intervalle d'oubli, il se retrouva errant dans un labyrinthe inextricable de chambres obscures, dont les voûtes étaient si basses qu'il lui fallait quelquefois se traîner sur ses mains et sur ses genoux pour pouvoir avancer. Tout était rétréci et menaçant; et de quelque côté qu'il se tournât, un nouvel obstacle s'opposait à son passage. Des reptiles immondes rampaient autour de lui; leurs yeux luisants dardaient des flammes au milieu des ténèbres visibles qui l'entouraient; les murailles, les voûtes, l'air même, étaient empoisonnés d'insectes dégoûtants. Tout à coup les voûtes s'agrandirent et devinrent d'une étendue effrayante; des spectres effroyables voltigeaient de toutes parts, et parmi eux il voyait apparaître des visages qu'il connaissait, et que rendaient difformes des grimaces, des contorsions hideuses. Ces fantômes s'emparèrent de lui; ils brûlèrent ses chairs avec des fers rouges; ils serrèrent des cordes autour de ses tempes, jusqu'à en faire jaillir le sang; et il se débattit violemment pour échapper à la mort qui le saisissait.

A la fin d'un de ces paroxysmes, pendant lequel j'avais eu beaucoup de peine à le retenir dans son lit, il se laissa retomber épuisé, et céda bientôt à une sorte d'assoupissement. Accablé de veilles et de fatigues, j'avais fermé les yeux depuis quelques minutes, lorsque je sentis une main me saisir violemment par l'épaule : je me réveillai aussitôt. Il s'était soulevé et s'était assis dans son lit. Son visage était changé d'une manière effrayante; cependant le délire avait cessé, car il était évident qu'il me reconnaissait. L'enfant qui avait été si longtemps troublé par les cris de son père, accourut vers lui en criant avec terreur, mais sa mère le saisit promptement dans ses bras, craignant que John ne le blessât dans la violence de ses transports, puis, en remarquant l'altération de ses traits, elle resta effrayée et immobile au pied du lit. Lui, cependant, serrait convulsivement mon épaule, et frappant de son autre main sa poitrine, il faisait d'horribles efforts pour articuler : c'était en vain. Il étendit les bras vers sa femme et vers son enfant; ses lèvres blanches s'agitèrent, mais elles ne purent produire d'autre son qu'un râlement sourd, un gémissement étouffé : ses yeux brillèrent un instant; et il retomba en arrière, mort!

Nous éprouverions la satisfaction la plus vive si nous pouvions transmettre au lecteur l'opinion de M. Pickwick sur l'anecdote que nous venons de rapporter, et nous sommes presque certain que cela nous aurait été possible, sans une circonstance malheureuse.

M. Pickwick venait de replacer sur la table le verre qu'il avait tenu dans sa main pendant les dernières phrases de ce récit ; il s'était décidé à parler, et même, si nous en croyons le mémorandum de M. Snodgrass, il avait ouvert la bouche; quand le garçon entra dans la chambre, et dit : « Monsieur, il y a là plusieurs gentlemen. »

Lorsque M. Pickwick fut ainsi interrompu, il était sans doute sur le point de proférer quelque sentence qui aurait illuminé le monde, sinon la Tamise[1], car il examina le garçon d'un air sévère, puis il regarda successivement toute la compagnie, comme pour demander quels pouvaient être ces interrupteurs.

« Oh! fit M. Winkle, en se levant, ce sont quelques-uns de mes amis. Faites-les entrer; et quand le garçon se fut retiré, il ajouta : des gens fort agréables, des officiers du 97e, dont j'ai fait tantôt la connaissance d'une manière assez étrange; ils vous plairont beaucoup. »

La sérénité de M. Pickwick fut sur-le-champ restaurée; le garçon revint, introduisant dans la chambre trois gentlemen, et M. Winkle prit la parole : « Lieutenant Tappleton, dit-il; M. Pickwick. Docteur Payne, M. Pickwick.... vous connaissez déjà M. Snodgrass.... mon ami, M. Tupman. Docteur Slammer, M. Pickwick.... M. Tup.... »

Ici M. Winkle s'arrêta soudainement en remarquant l'émotion profonde qui se manifestait sur la contenance de M. Tupman et du docteur.

« J'ai déjà rencontré ce gentleman dit le docteur avec énergie.

— Ha! ha! fit M. Winkle.

— Et cet individu aussi, si je ne me trompe, reprit le docteur Slammer, en attachant un regard scrutateur sur l'étranger à l'habit vert. Je pense que j'ai fait à cet individu, la nuit dernière, une invitation très-pressante, qu'il a jugé à propos de refuser. » En disant ces mots le docteur lança sur l'étranger un regard plein d'indignation, et commença à parler à voix basse et avec chaleur à son ami le lieutenant Tappleton.

Quand il eut fini, celui-ci s'écria : « Bah! vraiment? »

— Oui, répondit le docteur Slammer.

— Il faut l'assommer sur la place! dit avec le plus grand sérieux le propriétaire du pliant.

— Je vous en prie, Payne, tenez-vous tranquille, » inter-

1. Allusion au proverbe : *Il ne mettra pas le feu à la Tamise*, qui équivaut au français : *Il n'a pas inventé la poudre.*

rompit le lieutenant. Puis s'adressant à M. Pickwick, qui était singulièrement intrigué de ces *a parte* impolis, il continua en ces termes : « Voulez-vous me permettre, monsieur, de vous demander si cette personne appartient à votre société ?

— Non, monsieur, répondit M. Pickwick. C'est seulement un de nos hôtes.

— C'est, je pense, un membre de votre club ?

— Non, certainement.

— Et il ne porte jamais l'uniforme du club ?

— Non, jamais, » répliqua M. Pickwick avec étonnement.

Le lieutenant Tappleton se retourna vers son ami, le docteur Slammer, avec un léger mouvement d'épaules, qui semblait impliquer quelque doute de l'exactitude de ses souvenirs.

Le docteur paraissait enragé, mais confondu, et M. Payne considérait avec une expression féroce la contenance bienveillante de M. Pickwick.

« Monsieur, vous étiez au bal la nuit dernière, » dit tout d'un coup le docteur à M. Tupman, d'un ton qui le fit tressaillir aussi visiblement que si une épingle avait été insérée méchamment dans son mollet. Il répondit un faible « Oui ; » mais sans cesser de regarder M. Pickwick.

« Cette personne était avec vous, » continua le docteur en montrant l'immuable étranger.

M. Tupman admit le fait.

« Maintenant, monsieur, dit le docteur à l'étranger, je vous demande encore une fois, en présence de ces gentlemen, si vous voulez me donner votre carte et vous voir traité en gentleman, ou si vous voulez m'imposer la nécessité de vous châtier personnellement sur la place.

— Arrêtez, monsieur, interrompit M. Pickwick. Je ne puis réellement pas laisser aller plus loin cette affaire sans quelques explications. Tupman, racontez-en les circonstances. »

M. Tupman, ainsi adjuré solennellement, raconta le fait en peu de paroles, passa légèrement sur l'emprunt de l'habit, s'étendit longuement sur ce que cela avait été fait après dîner, exprima un peu de repentir pour son compte, et laissa l'étranger se tirer d'affaire comme il pourrait.

Celui-ci se disposait à parler, quand le lieutenant Tappleton, qui l'avait examiné avec une grande curiosité, lui dit d'un ton dédaigneux :

« Ne vous ai-je pas vu au théâtre, monsieur ?

— Certainement, répliqua l'étranger sans se laisser intimider.

— C'est un comédien ambulant, reprit le lieutenant avec mépris ; et en se tournant vers le docteur Slammer, il ajouta : Il joue dans la pièce que les officiers du 52e ont montée pour demain sur le théâtre de Rochester. Vous ne pouvez pas pousser cela plus loin, Slammer, impossible

— Tout à fait impossible ! répéta le hautain docteur Payne.

— Je suis fâché de vous avoir placé dans cette désagréable situation, dit le lieutenant Tappleton à M. Pickwick. Mais permettez-moi d'ajouter que le meilleur moyen d'éviter de semblables scènes, à l'avenir, serait d'apporter plus de soin dans le choix de vos compagnons. Votre serviteur, monsieur. Et en disant ces mots le lieutenant s'élança hors de la chambre.

— Et permettez-moi de dire, monsieur, ajouta l'irascible docteur Payne, que si j'avais été à la place de Tappleton, ou à celle de Slammer, je vous aurais tiré le nez, monsieur, et à tous les individus présents. Oui, monsieur, à tous les individus présents. Payne est mon nom, monsieur, le docteur Payne, du 43e. Bonsoir, monsieur. » Ayant terminé ce discours, dont les derniers mots furent prononcés d'une voix élevée, il marcha majestueusement sur les traces de son ami, et fut suivi immédiatement par le docteur Slammer, qui ne dit rien, mais qui soulagea sa bile en écrasant la compagnie d'un regard méprisant.

Pendant ces longues provocations, un abasourdissement extrême, une rage toujours croissante, avaient enflé le noble sein de M. Pickwick jusqu'au point de faire crever son gilet. Il était resté pétrifié, regardant encore la place que le docteur Payne avait occupée, quand le bruit de la porte qui se fermait le rappela à lui-même. Il se précipita, la fureur peinte sur le visage et lançant des flammes de ses yeux. Sa main était sur la serrure. Un instant plus tard elle aurait été à la gorge du docteur Payne, du 43e, si M. Snodgrass ne s'était empressé de saisir son vénérable mentor par le pan de son habit et de le tirer en arrière.

« Winkle, Tupman, s'écria-t-il en même temps, avec l'accent du désespoir, retenez-le ! Il ne doit pas risquer sa précieuse vie dans une cause comme celle-ci.

— Laissez-moi ! dit M. Pickwick.

— Tenez ferme, cria M. Snodgrass, et par les efforts réunis de toute la compagnie M. Pickwick fut assis dans un fauteuil.

— Laissez-le, dit l'étranger à l'habit vert. Un verre de grog. Quel vieux gaillard, plein de courage ! Avalez ça. Hein ! fameuse boisson ! »

En parlant ainsi et après avoir préalablement goûté la rasade fumante, l'étranger appliqua le verre à la bouche de M. Pickwick, et le reste de ce qu'il contenait disparut, en peu de temps, dans le gosier du divin philosophe. Il y eut une courte pause : le grog faisait son effet, et la contenance aimable de M. Pickwick reprit rapidement son expression accoutumée, tandis que l'étranger lui disait : « Ils sont indignes de votre attention....

— Vous avez raison, monsieur, répliqua M. Pickwick. Ils n'en sont pas dignes. Je suis honteux de m'être laissé entraîner à la chaleur de mes sentiments. Approchez votre chaise, monsieur. »

Le comédien ne se fit pas prier. On se réunit en cercle autour de la table, et l'harmonie régna de nouveau. M. Winkle lui seul paraissait conserver encore quelques restes d'irritabilité. Cette disposition était-elle occasionnée par la soustraction temporaire de son habit ? Une circonstance aussi futile pouvait-elle allumer un sentiment de colère, même passager dans un cœur pickwickien? Nous l'ignorons, mais à cette exception près, la bonne humeur était complétement rétablie, et la soirée se termina avec toute la jovialité qui en avait signalé le commencement.

CHAPITRE IV.

La petite guerre. — De nouveaux amis. — Une invitation pour la campagne.

Beaucoup d'auteurs éprouvent une répugnance ridicule et même indélicate à révéler les sources où ils ont puisé leur sujet. Nous ne pensons point de la même manière, et toujours nos efforts tendront simplement à nous acquitter d'une façon honorable des devoirs que nous impose notre rôle d'éditeur. Malgré la juste ambition qui, dans d'autres circonstances, aurait pu nous porter à réclamer la gloire d'avoir composé cet ouvrage, nos égards pour la vérité nous empêchent de prétendre à d'autre mérite qu'à celui d'un arrangement judicieux et d'une impartiale narration. Les papiers du Pickwick-Club sont comme un immense réservoir de faits importants. Ce que nous avons à faire, c'est de les distribuer soigneusement à l'univers, qui a soif de connaître les pickwickiens.

Agissant d'après ces principes, et toujours déterminé à avouer nos obligations pour les autorités que nous avons consultées, nous déclarons franchement que c'est au mémorandum de M. Snodgrass que nous devons les particularités contenues dans ce chapitre et dans le suivant, particularités que nous allons rapporter sans autre commentaire, maintenant que nous avons soulagé notre conscience.

Le lendemain, tous les habitants de Rochester et des lieux environnants sortirent de leur lit de très-bonne heure, dans un état d'excitation et d'empressement inaccoutumés, car il s'agissait pour eux de voir les grandes manœuvres. Une demi-douzaine de régiments devaient être inspectés par le regard d'aigle du commandant en chef; des fortifications temporaires avaient été élevées; la citadelle allait être attaquée et emportée d'assaut; enfin on devait faire jouer une mine.

Comme nos lecteurs ont pu le conclure, d'après les notes de M. Pickwick sur la ville de Chatham, il était admirateur enthousiaste de l'armée. Rien ne pouvait donc être plus délicieux pour lui et pour ses compagnons que la vue d'une petite guerre; aussi furent-ils bientôt debout. Ils se dirigèrent à grands pas vers les fortifications, où se rendaient déjà de tous côtés une foule de curieux.

Tout annonçait que la cérémonie devait être d'une importance et d'une grandeur peu communes. On avait posé des sentinelles pour maintenir libre le terrain nécessaire aux manœuvres; on avait placé des domestiques dans les batteries afin de retenir des places pour les dames. Des sergents couraient de toutes parts, portant sous leurs bras des registres reliés en parchemin. Le colonel Bulder, en grand uniforme, galopait d'un côté; puis, d'un autre, faisait reculer son cheval sur les curieux; lui faisait faire des voltes, des courbettes, et criait avec tant de violence, que son visage en était tout rouge, sa voix tout enrouée, sans que personne pût comprendre quelle nécessité il y avait à cela. Des officiers s'élançaient en avant, en arrière; parlaient au colonel Bulder, donnaient des ordres aux sergents, puis repartaient au galop et disparaissaient. Enfin, les soldats eux-mêmes, sous leurs cols de cuir, avaient un air de solennité mystérieuse qui indiquait suffisamment la nature spéciale de la réunion.

M. Pickwick et ses trois compagnons se placèrent sur le

premier rang des curieux, et attendirent patiemment le commencement des manœuvres. La foule augmentait constamment, et les efforts qu'ils étaient obligés de faire pour conserver leur position, occupèrent suffisamment les deux heures qui s'écoulèrent dans l'attente. Quelquefois il se faisait par derrière une poussée soudaine, et alors M. Pickwick était lancé en avant avec une vitesse et une élasticité peu conformes à la gravité ordinaire de son maintien. D'autres fois les soldats engageaient les spectateurs à reculer, et laissaient tomber les crosses de leurs fusils sur les pieds de M. Pickwick, pour lui rappeler leur consigne, ou lui bourraient ladite crosse dans la poitrine pour l'engager à s'y conformer. Dans un autre instant, quelques gentlemen facétieux se pressant autour de M. Snodgrass, le réduisaient à sa plus simple expression, et après lui avoir fait endurer les tortures les plus aiguës, lui demandaient pourquoi il avait le toupet de pousser les gens de cette façon-là. A peine M. Winkle avait-il achevé d'exprimer l'indignation excessive que lui causait cette insulte non provoquée, et épuisé son courroux, qu'un individu placé par derrière lui enfonçait son chapeau sur les yeux, en le priant d'avoir la complaisance de mettre sa tête dans sa poche. Ces mystifications, jointes à l'inquiétude que leur causait la disparition inexplicable et subite de M. Tupman, rendaient, au total, leur situation plus incommode que délicieuse.

A la fin on entendit courir parmi la foule ce bruyant murmure qui annonce l'arrivée de ce qu'elle a attendu pendant longtemps. Tous les yeux se tournèrent vers le fort, et l'on vit bataillons après bataillons se répandre dans la plaine, les drapeaux flottant gracieusement dans les airs, et les armes étincelant au soleil. Les troupes firent halte et prirent position. Les cris inarticulés du commandement coururent sur toute la ligne; les armes furent présentées avec un cliquetis général; le commandant en chef, le colonel Bulder et un nombreux état-major passèrent au petit galop en tête des troupes. Tout d'un coup la musique de tous les régiments fit explosion; les chevaux se dressèrent sur deux pieds, et reculèrent en fouettant leurs queues dans toutes les directions; les chiens aboyèrent; la multitude cria; les troupes reçurent le commandement de fixe; et autant que les yeux pouvaient s'étendre on ne vit plus rien à droite et à gauche qu'une longue perspective d'habits rouges et de pantalons blancs, immobiles, et comme pétrifiés.

M. Pickwick avait été si absorbé par le soin de se reculer et de se dégager d'entre les pieds des chevaux, qu'il n'avait pas eu le temps de jouir de la scène qui se déroulait devant lui. Lorsqu'il lui fut enfin possible de se tenir d'aplomb sur ses jambes, les troupes avaient pris l'apparence inanimée que nous venons de décrire, et son admiration, ses jouissances furent inexprimables.

« Y a-t-il rien de plus beau, rien de plus délicieux? dit-il à M. Winkle.

— Rien, assurément, répliqua ce dernier, qui pendant plus d'un quart d'heure avait porté un petit homme sur chacun de ses pieds.

— Oui! s'écria M. Snodgrass, dans le sein duquel s'allumait rapidement une flamme poétique, oui! c'est un noble et magnifique spectacle de voir ainsi les vaillants défenseurs de la patrie se déployer en files brillantes devant ses paisibles citoyens. Leur visage est empreint, non d'une férocité guerrière, mais d'un esprit de civilisation; leurs yeux n'étincellent pas du feu sauvage de la rapine et de la vengeance, mais de la douce lumière de l'intelligence et de l'humanité! »

M. Pickwick s'unissait entièrement à ces éloges, quant à l'esprit qui les dictait, mais il ne pouvait pas en approuver aussi complétement les termes. En effet, *la douce lumière de l'intelligence* brillait assez faiblement, attendu que le commandement de «yeux, front!» avait été donné, et que les spectateurs n'apercevaient pas autre chose que plusieurs milliers de prunelles, regardant directement devant elles, et entièrement dénuées de toute expression quelconque.

Cependant la foule s'était écoulée peu à peu, et nos voyageurs se trouvaient presque seuls dans cet endroit.

« Nous sommes maintenant dans une excellente position, dit M. Pickwick, en regardant autour de lui.

— Excellente: repartirent à la fois MM. Winkle et Snodgrass.

— Que font-ils maintenant? reprit M. Pickwick, en ajustant ses lunettes.

— Il me.... Il me semble..., balbutia M. Winkle en changeant de couleur, il me semble qu'ils vont faire feu!

— Allons donc! s'écria M. Pickwick avec précipitation.

— Je crois.... je crois qu'il a raison, observa M. Snodgrass avec quelque alarme.

— Impossible! répéta M. Pickwick. » Mais à peine avait-il

prononcé ces mots, que les six régiments, agissant comme un seul homme, et comme s'ils n'avaient eu qu'un seul point de mire, couchèrent en joue les malheureux pickwickiens, et firent la plus effroyable décharge qui ait jamais ébranlé le centre de la terre ou le courage d'un gentleman un peu mûr.

Dans cette situation critique, exposé à un feu continuel de cartouches blanches, harrassé par les opérations des troupes, auxquelles un nouveau renfort venait d'arriver, se développant derrière M. Pickwick, il montra cet admirable sang-froid, compagnon nécessaire d'un esprit supérieur. Saisissant M. Winkle par le bras, et se plaçant entre lui et M. Snodgrass, il les engagea instamment à remarquer qu'excepté le danger d'être assourdi par le bruit, il n'y avait aucun péril à redouter.

« Mais.... mais..., dit M. Winkle, en pâlissant, supposez que les soldats aient quelques cartouches à balles, par erreur? Je viens d'entendre un sifflement aigu, juste à mon oreille.

— Ne ferions-nous pas mieux de nous jeter à plat-ventre? demanda M. Snodgrass?

— Non, non, tout est fini maintenant, répondit M. Pickwick. » Et en disant ces mots, ses lèvres pouvaient trembler, ses joues pouvaient blanchir, mais aucune expression de crainte ou d'inquiétude ne s'échappa de la bouche de cet homme immortel.

M. Pickwick ne s'était pas trompé; la fusillade était terminée. Il ne songeait donc plus qu'à se féliciter de la justesse de son hypothèse, quand il aperçut sur toute la ligne un mouvement rapide. Les cris de commandement retentirent, et avant que nos voyageurs eussent eu le temps de former une conjecture relativement à cette nouvelle manœuvre, les six régiments tout entiers firent une charge à la baïonnette au pas de course sur le lieu même où M. Pickwick et ses amis étaient stationnés.

Tout homme est mortel, et le courage humain a des bornes. Pendant un instant M. Pickwick regarda à travers ses lunettes la masse compacte qui s'avançait; puis il lui tourna le dos, et se mit.... nous ne dirons pas *à fuir*, premièrement, parce que c'est une expression déshonorante; secondement, parce que la personne de M. Pickwick n'était nullement appropriée à ce genre de retraite. Il se mit à trotter aussi vite que le lui permettaient le peu de longueur de ses jambes et la pesanteur de son corps; si vite, en effet, qu'il s'aperçut trop tard de tous les dangers de sa situation.

Les troupes, dont l'apparition sur ses derrières avait déjà inquiété M. Pickwick quelques secondes auparavant, s'étaient déployées en bataille pour repousser la feinte attaque des assiégeants fictifs de la citadelle; de sorte que les trois amis se trouvèrent enfermés entre deux longues murailles de baïonnettes, dont l'une s'avançait rapidement, tandis que l'autre attendait avec fermeté le choc épouvantable.

« Hohé! hohé! crièrent les officiers de la colonne mouvante.

— Otez-vous de là! beuglèrent les officiers de la colonn stationnaire.

— Où pouvons-nous aller? s'écrièrent les pickwickiens pleins de trouble.

— Hohé! hohé! » telle fut la seule réponse; puis il y eut un moment d'égarement inouï, un bruit lourd de pas cadencés, un choc violent, une confusion de rires étouffés, et les troupes se retrouvèrent à cinq cents toises de distance, et les semelles des bottes de M. Pickwick furent aperçues en l'air.

M. Snodgrass et M. Winkle venaient d'exécuter, avec beaucoup de prestesse, une culbute obligée. M. Winkle, assis par terre, étanchait, avec un mouchoir de soie jaune, le sang qui s'écoulait de son nez, quand ils virent leur vénérable chef courant, à quelque distance, après son chapeau, lequel s'éloignait en caracolant avec malice.

Il y a peu d'instants dans l'existence d'un homme où il éprouve plus de détresse visible, où il excite moins de commisération que lorsqu'il donne la chasse à son propre chapeau. Il faut avoir une grande dose de sang-froid, un jugement bien sûr pour le pouvoir rattraper. Si l'on court trop vite, on passe par-dessus; si l'on se baisse trop lentement, au moment où l'on croit le saisir, il est déjà bien loin. La meilleure méthode est de trotter parallèlement à l'objet de votre poursuite, d'être prudent et attentif, de bien guetter l'occasion, de gagner les devants par degrés, puis de plonger rapidement, de prendre votre chapeau par la forme, et de le planter solidement sur votre tête, en souriant gracieusement pendant tout ce temps, comme si vous trouviez la plaisanterie aussi bonne que tout le monde.

Il faisait un petit vent frais, et le chapeau de M. Pickwick roulait comme en se jouant devant lui. Le vent soufflait et

M. Pickwick s'essoufflait; et le chapeau roulait, et roulait aussi gaiement qu'un marsoin en belle humeur dans un courant rapide; il roulerait encore, bien au delà de la portée de M. Pickwick, s'il n'eût été arrêté par un obstacle providentiel, au moment où notre voyageur allait l'abandonner à son malheureux sort.

M. Pickwick, complétement épuisé, allait donc abandonner sa poursuite, quand le chapeau s'aplatit contre la roue d'un carrosse qui se trouvait rangé en ligne avec une douzaine d'autres véhicules. Le philosophe, apercevant son avantage, s'élança vivement, s'empara de son couvre-chef, le plaça sur sa tête, et s'arrêta pour reprendre haleine. Il y avait une demi-minute environ qu'il était là, lorsqu'il entendit son nom chaleureusement prononcé par une voix amie; il leva les yeux et découvrit un spectacle qui le remplit à la fois de surprise et de plaisir.

Dans une calèche découverte, dont les chevaux avaient été retirés à cause de la foule, se tenaient debout les personnes ci-après désignées : un vieux gentleman, gros et vigoureux, vêtu d'un habit bleu à boutons d'or, d'une culotte de velours et de bottes à revers; deux jeunes demoiselles, avec des écharpes et des plumes; un jeune homme, apparemment amoureux d'une des jeunes demoiselles; une dame, d'un âge douteux, probablement tante desdites demoiselles; et enfin M. Tupman, aussi tranquille, aussi à son aise que s'il avait fait partie de la famille depuis son enfance. Derrière la voiture était attachée une bourriche d'une vaste dimension, une de ces bourriches qui, par association d'idées, éveillent toujours, dans un esprit contemplatif, des pensées de volailles froides, de langues fourrées et de bouteilles de bon vin. Enfin, sur le siége de la calèche, dans un état heureux de somnolence, était assis un jeune garçon, gros, rougeaud et joufflu, qu'un observateur spéculatif ne pouvait regarder pendant quelques secondes sans conclure qu'il devait être le dispensateur officiel des trésors de la bourriche, lorsque le temps convenable pour leur consommation serait arrivé.

M. Pickwick avait à peine jeté un coup d'œil rapide sur ces intéressants objets, quand il fut hélé de nouveau par son fidèle disciple.

« Pickwick! Pickwick! lui disait-il! montez! montez vite!

— Venez, monsieur, venez, je vous en prie, ajouta le vieux

gentleman. Joe! Que le diable emporte ce garçon! Il est encore à dormir! Joe! abaissez le marchepied. »

Le gros joufflu se laissa lentement glisser à bas du siége, abaissa le marchepied, et, d'une manière engageante, ouvrit la portière du carrosse. M. Snodgrass et M. Winkle arrivèrent dans ce moment.

« Il y a de la place pour vous tous, messieurs, reprit le propriétaire de la voiture. Deux dedans, un dehors. Joe, faites de la place sur le siége pour l'un de ces messieurs. Maintenant, monsieur, montez. » Et le vieux gentleman, étendant le bras, hissa de vive force dans la calèche, d'abord M. Pickwick, ensuite M. Snodgrass. M. Winkle monta sur le siége; le gros joufflu se percha près de lui et se rendormit instantanément.

« Je suis charmé de vous voir, messieurs, poursuivit le gentleman, je vous connais très-bien, messieurs, quoique vous ne vous souveniez peut-être pas de moi. J'ai passé plusieurs soirées dans votre club, l'hiver dernier. Ce matin j'ai rencontré ici mon ami, M. Tupman, et j'ai été enchanté de le voir. Hé bien! monsieur, comment ça va-t-il? Vous avez l'air tout à fait bien portant, mais là, très-bien portant! »

M. Pickwick, à qui ces dernières paroles étaient adressées, rétorqua le compliment, et donna une vigoureuse poignée de mains au vieux gentleman.

« Eh bien! monsieur, comment ça va-t-il? continua celui-ci en regardant M. Snodgrass avec une sollicitude paternelle. A merveille, n'est-ce pas? Ah! tant mieux, tant mieux! Et comment cela va-t-il, monsieur Winkle? Bien? J'en suis charmé. Mes filles, messieurs. Et voilà ma sœur Rachel Wardle: c'est une demoiselle, sans que cela paraisse. N'est-ce pas, monsieur? N'est-ce pas? ajouta-t-il en riant à gorge déployée, et en insérant plaisamment son coude entre les côtes de M. Pickwick.

— Mon Dieu! frère.... dit miss Wardle, avec un sourire suppliant.

— Vrai, vrai, reprit le vieux gentleman, personne ne peut le nier, messieurs, je vous présente mon ami, M. Trundle. Et maintenant que vous vous connaissez tous, tâchons d'être confortables et heureux, et voyons ce qui se passe. Voilà mon opinion. » Ayant ainsi parlé, il mit ses lunettes, tandis que M. Pickwick tirait son télescope; et chacun se tint debout dans la voiture pour regarder les évolutions des militaires.

C'étaient des manœuvres étonnantes. Un rang tirait pardessus la tête d'un autre rang et se précipitait aussitôt en arrière, puis un autre rang tirait par-dessus la tête d'un autre rang et se précipitait en arrière à son tour; ensuite il y avait des formations de carrés, avec les officiers dans le centre; des descentes dans la tranchée avec des échelles; de l'autre côté des ascensions par le même moyen; puis on abatta't des barricades de paniers; et tout cela se faisait avec un courage sans pareil. Dans les batteries, les artilleurs fourraient de gros tampons dans les bouches d'effroyables canons, et il fallait tant de préparatifs pour les bourrer, et ils faisaient tant de bruit quand on y avait mis le feu, que l'air résonnait au loin des cris plaintifs des femmes. Dans le carrosse, les jeunes miss Wardle étaient si effrayées que M. Trundle fut absolument obligé de soutenir l'une d'elles, tandis que M. Snodgrass supportait la seconde: et les nerfs de miss Rachel Wardle étaient dans un état d'alarme si terrible que M. Tupman trouva indispensable de passer le bras autour de sa taille pour l'empêcher de tomber. Enfin tout le monde éprouvait une exaltation prodigieuse, excepté le groom joufflu, qui dormait au tonnerre du canon aussi profondément que si ç'avait été la chanson habituelle de sa nourrice.

Lorsque la citadelle fut prise et qu'on servit à dîner aux assiégeants et aux assiégés, le vieux gentleman s'écria: « Joe! Joe! Damné garçon, il est encore à dormir! Soyez assez bon, monsieur, pour lui pincer la jambe, s'il vous plaît, c'est le seul moyen de le réveiller. Je vous remercie. Joe, défaites la bourriche. »

Le gros joufflu, qui avait été effectivement éveillé par la compression d'une partie de son mollet, entre le pouce et l'index de M. Winkle, se laissa de nouveau glisser à bas du siége et s'occupa à dépaqueter la bourriche, d'une manière plus expéditive qu'on n'aurait pu l'attendre de sa précédente inactivité.

« Maintenant il faut nous asseoir serrés, » dit le vieux gentleman. Après beaucoup de plaisanteries sur le froissement des manches des dames, après beaucoup de rougeur occasionnée par la joyeuse proposition de les faire asseoir sur les genoux des messieurs, la société tout entière parvint à s'empiler dans la calèche, et le vieux gentleman s'occupa de faire circuler les objets que le gros joufflu lui tendait de derrière la voiture où il était monté.

« Maintenant, Joe, les couteaux, les fourchettes. » Les couteaux et les fourchettes furent passés. Les dames et les messieurs de l'intérieur, et M. Winkle sur son siége, furent fournis de ces ustensiles nécessaires.

« Des assiettes, Joe! des assiettes! » Les assiettes furent distribuées de la même manière.

« Maintenant, Joe, la volaille. Damné garçon, il est encore à dormir. Joe! Joe! Plusieurs coups de canne administrés sur la tête du dormeur le tirèrent enfin de sa léthargie. Allons passez-nous les comestibles. »

Il y avait quelque chose, dans le son de ce dernier mot, qui réveilla entièrement le gros dormeur. Il tressaillit, et ses yeux plombés, à moitié cachés par ses joues bouffies, lorgnèrent amoureusement les comestibles à mesure qu'il les déballait.

« Allons, dépêchons, » dit M. Wardle, car le gros joufflu dévorait du regard un chapon, dont il paraissait ne pas pouvoir se séparer. Il soupira profondément, jeta un coup d'œil désespéré sur la volaille dodue, et la remit tristement à son maître.

« Bon! Un peu de vivacité! Maintenant la langue. Maintenant le pâté de pigeons! Prenez garde au veau et au jambon. Attention aux écrevisses. Otez la salade de la serviette. Passez-moi l'assaisonnement. » Tout en donnant ces ordres précipités, M. Wardle distribuait dans l'intérieur de la voiture les articles qu'il nommait, et plaçait des plats sans nombre dans les mains et sur les genoux de chacun.

Lorsque l'œuvre de destruction fut commencée, le joyeux hôte demanda à ses convives : « Eh bien! n'est-ce pas délicieux?

— Délicieux! répondit M. Winkle, qui découpait une volaille sur le siége.

— Un verre de vin?

— Avec le plus grand plaisir.

— Ne feriez-vous pas mieux d'avoir une bouteille pour vous, là-haut?

— Vous êtes bien bon.

— Joe!

— Oui, monsieur. (Il n'était point endormi, cette fois, étant parvenu à soustraire un petit pâté de veau.)

— Une bouteille de vin au gentleman sur le siége. Je suis charmé de vous voir, monsieur.

— Bien obligé, répondit M. Winkle, en plaçant la bouteille à côté de lui.

— Voulez-vous me permettre de prendre un verre de vin avec vous? dit M. Trundle à M. Winkle.

— Avec grand plaisir, » repartit celui-ci; et les deux gentlemen prirent du vin ensemble; et tous les assistants, même les dames, suivirent leur judicieux exemple.

« Comme notre chère Emily coquette avec ce jeune homme, observa tout bas à M. Wardle la tante demoiselle, avec toute l'envie convenable à une tante demoiselle.

— Bah! répliqua le brave homme de père. Ça n'a rien d'extraordinaire. C'est fort naturel. M. Pickwick, un verre de vin? »

M. Pickwick, interrompant pour un instant les profondes recherches qu'il faisait dans l'intérieur du pâté de pigeons, accepta en rendant grâce.

« Emily, ma chère, dit la tante demoiselle avec un air de chaperon; ne parlez pas si haut, mon amour.

— Plaît-il, ma tante?

— Il paraît que ma tante et le vieux petit monsieur voudraient qu'il n'y en eût que pour eux, » chuchota miss Isabella Wardle à sa sœur Emily. Puis les deux jeunes demoiselles se mirent à rire de tout leur cœur, et la vieille demoiselle s'efforça de prendre une physionomie aimable, mais elle ne put en venir à bout.

« Les jeunes filles ont tant de gaieté! observa-t-elle à M. Tupman avec un air de tendre commisération, comme si la gaieté eût été marchandise de contrebande, et comme si c'eût été un crime que d'en porter sur soi sans avoir un laissez-passer; mais M. Tupman ne fit pas exactement la réponse désirée.

— Vous avez bien raison, dit-il; c'est tout à fait charmant!

— Hem! fit miss Wardle d'un ton dubitatif.

— Voulez-vous me permettre, reprit M. Tupman, de la manière la plus insinuante, en touchant de la main gauche le poignet de la séduisante Rachel, tandis que de la main droite il levait tout doucement une bouteille. Voulez-vous me permettre?..

— Oh! monsieur! »

M. Tupman prit un air encore plus persuasif, et miss Rachel exprima la crainte qu'on ne tirât encore des coups de canon, ce qui aurait naturellement obligé son cavalier à la soutenir.

« Trouvez-vous mes nièces jolies? murmura ensuite la tante affectueuse à l'oreille de M. Tupman.

— Je les trouverais jolies si leur tante n'était pas ici, répondit le galant pickwickien, avec un regard passionné.

— Oh! le méchant homme! Mais réellement, si elles avaient

un peu de fraîcheur, ne trouvez-vous pas qu'elles feraient de l'effet.... à la lumière ?

— Oui,... je le crois, répliqua M. Tupman d'un air indifférent.

— Oh ! moqueur ! Je sais ce que vous alliez dire.

— Quoi donc ? demanda M. Tupman, qui n'était pas bien décidé à dire quelque chose.

— Vous alliez dire qu'Isabelle est voûtée. Je sais que vous l'alliez dire. Les hommes sont de si bons observateurs ! Eh bien ! c'est vrai ; je ne puis pas le nier ! Et certainement s'il y a quelque chose de vilain pour une jeune personne, c'est d'être voûtée. Je le lui dis souvent, et qu'elle deviendra tout à fait effroyable quand elle sera un peu plus vieille. Je vois que vous avez l'esprit malin. »

M. Tupman, charmé d'obtenir cette réputation à si bon marché, s'efforça de prendre un air fin, et sourit mystérieusement.

« Quel sourire sarcastique ! s'écria l'inflammable Rachel. Je vous assure que vous m'effrayez.

— Je vous effraye ?

— Oh ! vous ne pouvez rien me cacher. Je sais ce que ce sourire signifie.

— Hé bien ? dit M. Tupman, qui lui-même n'en avait pas la plus légère idée.

— Vous voulez dire, poursuivit l'aimable tante, en parlant encore plus bas, vous voulez dire que la tournure d'Isabelle vous déplaît encore moins que l'effronterie d'Emily. C'est vrai, elle est effrontée. Vous ne pouvez croire combien cela me rend parfois malheureuse. Je suis sûre que j'en ai pleuré pendant des heures entières. Mon cher frère est si bon, si peu soupçonneux, qu'il n'en voit rien. S'il le voyait, je suis certaine que cela lui briserait le cœur. Je voudrais pouvoir me persuader qu'il n'y a pas de mal au fond. Je le désire si vivement ! (Ici l'affectueuse parente poussa un profond soupir, et secoua tristement la tête.)

— Je suis sûre que ma tante parle de nous, dit tout bas miss Emily Wardle à sa sœur. J'en suis tout à fait sûre : elle a pris son air malicieux.

— Tu crois, répondit Isabelle. Hem ! tante, chère tante !

— Oui, mon cher amour.

— J'ai bien peur que vous ne vous enrhumiez, ma tante : mettez donc un mouchoir de soie autour de votre bonne vieille tête. Vous devriez prendre plus soin de vous, à votre âge. »

Quoique cette revanche fût bien motivée, elle était tellement poignante qu'il est impossible d'imaginer de quelle manière se serait exhalé le courroux de la tante, si M. Wardle n'avait pas fait diversion, sans y penser, en criant d'une voix forte:

« Joe ! Damné garçon ! il est encore à dormir !

— Voilà un jeune homme bien extraordinaire, dit M. Pickwick. Est-ce qu'il est toujours assoupi comme cela ?

— Assoupi ! Il dort toujours. Il fait mes commissions en donnant ; et quand il sert à table, il ronfle.

— Bien extraordinaire ! répéta M. Pickwick.

— Ha ! extraordinaire en vérité, reprit le vieux gentleman. Je suis orgueilleux de ce garçon. Je ne voudrais m'en séparer à aucun prix, sur mon âme. C'est une curiosité naturelle. Hé ! Joe ! Joe ! ôtez tout cela, et débouchez une autre bouteille, m'entendez-vous ? »

Le gros joufflu ouvrit les yeux, avala l'énorme morceau de pâté qu'il était en train de mastiquer lorsqu'il s'était endormi, et tout en exécutant les ordres de son maître, il lorgnait languissamment les débris de la fête, à mesure qu'il les remettait dans la bourriche. La nouvelle bouteille fut débouchée et vidée rapidement : la bourriche fut rattachée à son ancienne place, le gros joufflu remonta sur le siége; les besicles et les lunettes d'approche furent braquées sur nouveaux frais, et les évolutions des soldats recommencèrent. Il y eut encore un grand tapage de canons et de grandes terreurs de femmes; puis on fit jouer une mine à l'immense satisfaction de tout le monde ; et quand la mine eut parti, les troupes et les spectateurs suivirent son exemple, et partirent aussi.

A la fin d'une conversation interrompue par les décharges, le vieux gentleman dit à M. Pickwick, en lui secouant la main:

« Souvenez-vous que vous venez tous nous voir demain matin.

— Très-certainement, répliqua M. Pickwick.

— Vous avez l'adresse ?

— Manoir-ferme, Dingley-dell, répondit M. Pickwick en consultant son mémorandum.

— C'est cela ; et songez bien que je vous garde au moins une semaine. Je me charge de vous faire voir tout ce qu'il y a de curieux aux environs, et puisque vous voulez étudier la vie champêtre, venez chez moi, je vous en donnerai, en veux-tu, en voilà. Joe ! Damné garçon ! il est encore à dormir. Joe, aidez Tom à mettre les chevaux. »

Les chevaux furent mis ; le cocher monta sur son siége, le gros joufflu grimpa à côté de lui ; les adieux furent échangés, et le carrosse roula. Au moment où les pickwickiens se retournèrent pour l'apercevoir encore une fois, le soleil couchant jetait une teinte chaleureuse sur le visage de leur hôte, et faisait ressortir l'attitude somnolente du gros joufflu : il avait laissé tomber sa tête sur sa poitrine, et il était encore à dormir !

CHAPITRE V.

Faisant voir entre autres choses comment M. Pickwick entreprit de conduire une voiture, et M. Winkle de monter un cheval ; et comment l'un et l'autre en vinrent à bout.

Le ciel était brillant et calme ; l'air semblait embaumé ; tous les objets de la création étaient remplis d'un charme inexprimable, et M. Pickwick, appuyé sur le parapet du pont de Rochester, contemplait la nature, et attendait l'heure du déjeuner.

La scène qui se déroulait à ses regards aurait pu charmer un esprit bien moins admirateur des beautés champêtres. A sa gauche s'étendait une antique muraille, éboulée dans beaucoup d'endroits, mais qui, dans d'autres, dominait de sa masse sombre, les rives verdoyantes de la Medway. Des touffes de lierre couronnaient tristement les noirs créneaux, tandis que des festons de plantes marines, suspendues aux pierres dentelées, tremblaient au souffle du vent. Derrière ces ruines s'élevait le vieux château, dont les tours sans toiture, dont les murailles croulantes attestaient encore l'ancienne grandeur, lorsque le bruit des armes ou les chants de fête retentissaient sous ses voûtes splendides. De chaque côté, aussi loin que la vue pouvait s'étendre, on apercevait les bords de la rivière couverts de prairies et de champs de blé, au milieu desquels se détachaient çà et là des moulins et des églises ; paysage riche et varié, que rendaient plus admirable encore les ombres errantes des légers nuages qui flottaient dans la lumière du soleil matinal. La Medway, réfléchissant l'azur argenté du ciel, coulait silencieusement en nappes brillantes ;

et parfois, avec un léger murmure, elle étincelait sous les rames des pêcheurs, qui suivaient lentement le courant, dans leurs bateaux lourds mais pittoresques.

La vue de ce riant tableau avait plongé M. Pickwick dans une agréable rêverie. Il en fut tiré par un profond soupir qu'il entendit auprès de lui, et par un léger coup frappé sur son épaule. Il se retourna et reconnut l'homme lugubre.

« Vous contempliez cette scène? lui dit celui-ci d'une voix grave.

— Oui, monsieur, répliqua M. Pickwick.

— Et vous vous félicitiez d'être levé de si bonne heure? »

M. Pickwick fit un signe d'assentiment.

« Ah! il faut se lever de bonne heure en effet, pour voir le soleil dans sa splendeur, car son éclat dure rarement pendant toute la journée. Le commencement du jour et le matin de la vie ne sont, hélas! que trop semblables!

— Vous avez raison, monsieur.

— On dit souvent, continua l'homme lugubre, on dit souvent: le temps est trop beau ce matin, cela ne durera pas. Avec quelle justesse cette réflexion s'applique à notre existence! Que ne donnerais-je pas pour revoir les jours de mon enfance, ou pour les oublier à jamais!

— Vous avez eu beaucoup de chagrins? demanda M. Pickwick avec compassion.

— Oui certes, répliqua l'homme lugubre d'une voix saccadée; plus qu'on ne pourrait le croire en me voyant aujourd'hui. Il s'arrêta une minute et reprit brusquement: Avez-vous jamais pensé, par une matinée comme celle-ci, que ce serait une chose douce et délicieuse de se noyer?

— Non! que Dieu me protége! s'écria M. Pickwick, en se reculant un peu, dans la crainte que l'étranger n'eût envie de le pousser par-dessus le parapet pour faire une expérience.

— Moi, je l'ai souvent pensé, poursuivit l'homme lugubre sans avoir l'air de remarquer ce mouvement: cette eau froide et tranquille semble m'inviter, en murmurant, à y chercher le repos et l'oubli. On saute.... pouf!... on se débat un instant.... l'onde s'élève par-dessus votre tête.... le tourbillon s'efface.... l'eau redevient claire.... et vos douleurs sont à jamais terminées! »

L'œil caverneux de l'homme lugubre lançait des flammes tandis qu'il parlait ainsi. Mais cette excitation momentanée s'apaisa bientôt; il se détourna d'un air calme, et dit:

« En voilà assez sur ce sujet : je voulais vous parler d'autre chose. Vous m'avez invité hier soir à vous lire une anecdote, et vous l'avez écoutée attentivement....

— Oui certainement, dit M. Pickwick, et je pensais...

— Je ne vous ai pas demandé votre opinion, interrompit l'homme lugubre, et je n'en ai pas besoin. Vous voyagez pour vous amuser et pour vous instruire : supposez que je vous adresse un manuscrit curieux.... Faites attention ; — non pas improbable ni extraordinaire, mais curieux comme une page du roman de la vie réelle ; — le communiqueriez-vous au club dont vous m'avez parlé si souvent ?

— Certainement, si vous le désirez ; et nous le ferons insérer dans les mémoires du club.

— Vous l'aurez donc, répliqua l'homme lugubre. Votre adresse ? »

M. Pickwick lui ayant communiqué son itinéraire probable, l'homme lugubre le nota soigneusement dans un portefeuille assez gros, ramena le savant gentleman à son hôtel, et refusant le déjeuner qu'il lui offrait, s'éloigna d'un pas lent et sombre.

Les trois compagnons de M. Pickwick l'attendaient pour attaquer le déjeuner qui était déjà disposé sur la table d'une façon fort séduisante. Ils s'assirent avec lui, et le jambon grillé, les œufs, le café, le thé et le reste, commencèrent à disparaître avec une rapidité qui témoignait, à la fois, en faveur de la bonne chère et de l'appétit des voyageurs.

« Maintenant, dit M. Pickwick, il s'agit de savoir comment nous irons à Manoir-ferme.

— Nous ferions peut-être bien de consulter le garçon, suggéra M. Tupman ; et ce judicieux conseil ayant été accueilli comme il le méritait, le garçon fut appelé et consulté.

— Dingley-dell, monsieur ? Quinze milles, monsieur ; chemin de traverse, mauvaise route.... Une chaise de poste, monsieur ?

— Une chaise de poste ne tient que deux, répondit M. Pickwick.

— C'est vrai, monsieur, cependant je vous demande pardon, monsieur : nous avons une très-jolie chaise à quatre roues : deux places au fond, un siége pour le gentleman qui conduit.... Oh ! je vous demande pardon, monsieur, elle ne peut tenir que trois.

— Comment donc ferons-nous ? dit M. Snodgrass.

— Peut-être qu'un de ces messieurs aimerait à faire la

route à cheval, dit le garçon en regardant M. Winkle. Nous avons de très-bons chevaux de selle, monsieur. Les gens de M. Wardle, en venant à Rochester, pourraient les ramener, monsieur.

— Voilà notre affaire, s'écria M. Pickwick, Winkle, voulez-vous faire la route à cheval ? »

M. Winkle éprouvait, dans les plus secrets replis de son cœur, des doutes accablants sur sa science équestre ; mais, comme il n'aurait voulu les laisser soupçonner à aucun prix, il répondit sur-le-champ avec une noble hardiesse : « Certainement, j'en serai charmé ! » Il s'était précipité lui-même au-devant de sa destinée : il n'y avait plus à reculer.

« Amenez-les à onze heures, dit alors M. Pickwick au garçon.

— Très-bien, monsieur, » répliqua celui-ci, et il sortit.

Le déjeuner achevé, les voyageurs montèrent dans leurs chambres pour préparer les effets qu'ils voulaient emporter avec eux.

M. Pickwick avait terminé ses arrangements préliminaires, et regardait dans la rue par-dessus les stores du café, lorsque le garçon entra, et annonça que la chaise était prête, ce qui fut confirmé par l'apparition de ladite chaise derrière les susdits stores.

C'était une petite boîte verte, posée sur quatre roues ; sur le devant s'élevait une espèce de perchoir pour le cocher ; sur le derrière se trouvait un banc rétréci, pour deux patients. Cette curieuse machine était mise en mouvement par un immense cheval brun, sur lequel on pouvait étudier l'ostéologie avec beaucoup de facilité. Un valet d'écurie tenait par la bride, pour M. Winkle, un autre cheval immense, apparemment parent très-proche de l'animal du cabriolet.

« Dieu nous protége ! dit M. Pickwick, tandis qu'on mettait leurs paquets dans la voiture ; Dieu nous protége ! Qui est-ce qui va conduire ? Je n'y avais point songé.

— Vous naturellement, repartit M. Tupman.

— Naturellement, ajouta M. Snodgrass.

— Moi ! s'écria M. Pickwick.

— Il n'y a pas le plus petit danger, monsieur, insinua le valet d'écurie. Je vous le garantis pour la douceur : un enfant au maillot le conduirait.

— Il n'est pas ombrageux, hein ?

— Ombrageux ! il ne broncherait pas quand il verrait passer une charretée de singes, avec la queue en feu. »

Cette dernière recommandation était convaincante. M. Tupman et M. Snodgrass furent précieusement enfermés dans la caisse. M. Pickwick monta sur son perchoir, et appuya ses pieds sur une planche revêtue d'un tapis de toile cirée qu'il supposa être destinée à cet usage.

« Maintenant, brillant William, dit le valet d'écurie à son adjoint ; donne les rubans au gentleman. »

Brillant William, ainsi dénommé sans doute à cause de ses cheveux gras et de sa figure huileuse, plaça les guides dans la main gauche de M. Pickwick, tandis que son supérieur insinuait le fouet dans la main droite du philosophe.

« Tout beau ! cria M. Pickwick, car le grand quadrupède témoignait une inclination décidée à reculer dans la fenêtre du café.

— Tout beau ! répétèrent MM. Tupman et Snodgrass, de leur caisse.

— Il s'amuse un peu, messieurs, voilà tout, dit le premier garçon d'écurie d'un ton encourageant. Tenez-le un instant, William. »

Le substitut restreignit l'impétuosité de l'animal, et l'écuyer en chef courut aider M. Winkle à monter en selle.

« De l'autre côté, monsieur, s'il vous plaît.

— J'veux êt' pendu, si le gentleman n'allait pas monter à l'envers ! » dit un postillon grimaçant, au garçon de l'hôtel, qui paraissait goûter une satisfaction indicible.

M. Winkle ayant reçu cet avis se hissa sur sa selle, avec autant de difficultés, à peu près, qu'il en aurait éprouvé pour monter sur un vaisseau de guerre.

« Tout va-t-il bien ? demanda M. Pickwick, tourmenté par un sentiment intuitif que tout allait mal.

— Tout va bien, répondit faiblement M. Winkle.

— En route ! cria le valet d'écurie. Tenez-le bien, monsieur. »

Et parmi les éclats de rire de tous les assistants, la voiture et le cheval de selle décampèrent, M. Pickwick sur le siége de l'un, et M. Winkle sur le dos de l'autre.

« Pourquoi donc va-t-il ainsi de travers ? demanda M. Snodgrass, de dedans sa boîte, à M. Winkle sur sa selle.

— Je n'y comprends rien du tout, » répliqua le pauvre cavalier, dont le cheval, en effet, s'avançait d'une manière excentrique, un de ses flancs en avant, la tête d'un côté de la rue, la queue de l'autre.

M. Pickwick n'avait point le loisir d'observer ce qui se passait derrière lui, car il était obligé de concentrer toutes ses facultés ratiocinantes sur la conduite de l'animal attaché à la voiture. Celui-ci déployait des singularités, fort amusantes pour un spectateur désintéressé, mais fort peu rassurantes pour ceux qui se trouvaient entraînés à sa suite. Secouant sans cesse sa tête d'une manière aussi déplaisante qu'incommode, il pesait sur les guides avec tant de force que M. Pickwick avait beaucoup de peine à le soutenir, et pour comble d'infortune il éprouvait un étrange plaisir à se jeter tout d'un coup sur un côté de la route. Là il s'arrêtait court; puis il repartait pendant quelques minutes avec une vélocité qu'il était physiquement impossible de modérer.

Il venait d'exécuter cette manœuvre pour la vingtième fois, lorsque M. Snodgrass dit à son compagnon :

« Qu'a donc ce cheval?

— Je n'en sais rien, répondit M. Tupman. N'est-ce pas qu'il serait ombrageux? Cela m'en a bien l'air. »

M. Snodgrass allait répliquer, quand il fut interrompu par un cri de M. Pickwick.

« Oh! disait-il. J'ai laissé tomber mon fouet! »

Dans ce moment, M. Winkle, avec son chapeau enfoncé sur ses oreilles, arrivait en trottant sur l'énorme cheval, qui le secouait avec tant de violence qu'il semblait devoir le mettre en pièces.

« Winkle, lui cria M. Snodgrass. Vous qui êtes un bon garçon, ramassez donc le fouet. »

M. Winkle, se penchant en arrière, tira la bride avec tant d'efforts que son visage en devint tout noir. Lorsqu'il fut parvenu à arrêter son grand coursier, il descendit, tendit le fouet à M. Pickwick, et, saisissant les rênes, se prépara à remonter.

Nous ne saurions dire, et on le comprendra facilement, si le grand cheval, dans l'innocente gaieté de son cœur, voulut s'amuser un peu avec M. Winkle; ou s'il s'imagina qu'il trouverait plus de plaisir à faire la route sans cavalier; mais, quels que fussent ses motifs déterminants, le fait est que M. Winkle avait à peine touché les rênes, lorsque l'animal, baissant la tête, les fit glisser par-dessus, et s'élança en arrière de toute leur longueur.

« Bonne bête, dit M. Winkle d'une voix insinuante; bon vieux cheval! »

Mais la bonne bête était à l'épreuve de la flatterie, et plus M. Winkle s'efforçait de l'approcher, plus elle avait soin de se tenir à distance: tellement qu'au bout de dix minutes, et malgré toutes sortes de cajoleries et de ruses, M. Winkle et le grand cheval, après avoir continuellement tourné l'un autour de l'autre se retrouvaient exactement dans la même position. C'était une situation fort désagréable en toutes circonstances, et principalement sur une route déserte, où l'on ne pouvait se procurer aucun secours.

Ce manége s'étant prolongé encore quelque temps, M. Winkle cria à ses compagnons :

« Comment vais-je faire ? Je ne puis pas monter dessus?

— Vous ferez bien de le conduire ainsi jusqu'à ce que nous arrivions à une barrière; répliqua M. Pickwick de son siége.

— Mais il ne veut pas avancer! s'écria M. Winkle, venez, je vous en prie, me le tenir un peu.

M. Pickwick était la personnification de l'obligeance et de l'humanité. Il jeta les guides sur le dos de son cheval, descendit du siége, conduisit soigneusement la voiture le long de la haie, afin de ne point embarrasser la route, et retourna vers son compagnon pour soulager sa détresse, laissant dans la voiture M. Tupman et M. Snodgrass.

Aussitôt que le cheval vit M. Pickwick s'avancer vers lui avec son grand fouet dans sa main, il fit succéder au mouvement de rotation dont il s'était amusé jusqu'alors un mouvement rétrograde si décidé, qu'il força M. Winkle, qui ne voulait pas lâcher le bout de la bride, à marcher d'une vitesse extrême du côté de Rochester. M. Pickwick courut à son secours; mais plus M. Pickwick courait en avant, plus le cheval courait en arrière. Ses pieds sonnaient sur la route; la poussière volait autour de lui, et, à la fin, M. Winkle, dont les bras étaient presque démantibulés, fut obligé de laisser aller la bride. Le cheval s'arrêta, regarda autour de lui d'un air étonné, se retourna, et se mit à trotter tranquillement vers son écurie, laissant là M. Winkle et M. Pickwick, qui échangèrent entre eux des regards de désappointement. Tout à coup le roulement d'une voiture à peu de distance attira leur attention; ils tournèrent la tête : « Il ne manquait plus que cela! s'écria M. Pickwick avec désespoir; voilà l'autre cheval qui s'en va aussi! »

Cela n'était que trop vrai. Le bucéphale de la chaise avait été effrayé par le bruit que faisait son compagnon; il avait la bride sur le cou, et l'on peut sans peine imaginer le résultat.

il s'échappa, entraînant avec rapidité MM. Tupman et Snodgrass. Hélas! leur carrière ne fut pas longue. M. Tupman, hors de lui-même, se jeta dans la haie, et M. Snodgrass suivit instinctivement son exemple. Le cheval brisa la voiture contre un pont de bois, sépara les roues du brancard, le brancard de a caisse, et, finalement, resta immobile à contempler les ruines qu'il avait faites.

Le premier soin des deux amis intacts fut d'extraire les deux amis naufragés de leur lit d'épines. Quand ils y furent parvenus, ils s'aperçurent avec une satisfaction inexprimable que ceux-ci n'avaient pas souffert de dommage sérieux, et qu'ils en étaient quittes pour de nombreuses déchirures dans leurs vêtements et dans leur peau. Tous ensemble, ils s'occupèrent alors à débarrasser le cheval des débris de la chaise; et lorsque cette opération compliquée fut terminée, ils le placèrent au milieu d'eux, et poursuivirent lentement leur chemin, abandonnant les restes de la voiture à leur triste destinée.

Une heure de marche amena nos voyageurs auprès d'une petite auberge plantée entre deux ormes sur le bord de la route. On voyait par-devant une grande auge et une énorme enseigne; par derrière, une ou deux meules déformées; sur le côté, un jardin potager; et tout autour, entassés dans une étrange confusion, des hangars ruinés et des appentis couverts de mousse. Un paysan, porteur d'une tête rousse, travaillait dans le jardin. M. Pickwick l'aperçut et lui cria : «Ohé, là bas! » Le paysan se releva lentement, abrita ses yeux avec ses mains, et examina froidement M. Pickwick et ses compagnons.

« Ohé, là bas! répéta M. Pickwick.

— Ohé, répondit la tête rousse.

— Combien y a-t-il d'ici à Dingley-dell?

— Sept bons milles.

— La route est-elle bonne?

— Non! » rétorqua brièvement le paysan. Puis, ayant fait subir à nos voyageurs un nouvel examen, il se remit à travailler, sans s'occuper d'eux davantage.

« Nous voudrions laisser ce cheval ici, reprit M. Pickwick.

— Laisser le cheval ici? répéta l'homme en s'appuyant sur sa bêche.

— Précisément, répondit M. Pickwick, qui s'était avancé avec son coursier jusqu'à la porte de la palissade du jardin.

— Maîtresse! beugla l'homme à la tête rousse, en sortant

du potager et en regardant le cheval d'un air soupçonneux ; maîtresse! »

Une grande femme osseuse et toute droite du haut en bas répondit à cet appel. Elle était couverte d'un gros sarrau bleu, et sa taille se trouvait à un pouce ou deux de ses aisselles.

« Ma bonne femme, dit M. Pickwick en s'approchant et en faisant usage de sa voix la plus insinuante, pouvons-nous laisser ce cheval ici? »

Le paysan dit quelque chose à l'oreille de la grande femme. Celle-ci regarda toute la caravane du haut en bas, et, après un instant de réflexion, répondit : « Non, je n'en avons pas le cœur!

— Le cœur! répéta M. Pickwick ; qu'est-ce qu'elle parle de son cœur?

— J'avons été inquiétée pour ça l'autre fois, dit la femme, en rentrant dans la maison, et je ne voulons pu rien y voir.

— Voilà la chose la plus extraordinaire qui me soit jamais arrivée dans tous mes voyages, s'écria M. Pickwick, rempli d'étonnement.

— Je crois.... je crois réellement, murmura M. Winkle à ses amis, je crois qu'ils nous soupçonnent d'avoir dérobé ce cheval.

— Comment! s'écria M. Pickwick, avec une explosion d'indignation. M. Winkle répéta modestement l'opinion qu'il venait d'émettre.

— Ohé! l'homme! cria M. Pickwick, irrité, pensez-vous donc que nous avons volé ce cheval?

— Je ne le crois pas, j'en suis sûr! répondit l'homme à la tête rouge, avec une espèce de sourire qui agita toute sa physionomie de l'une à l'autre oreille ; et en parlant ainsi, il entra dans la maison, dont il ferma soigneusement la porte.

— C'est comme un rêve! s'écria M. Pickwick, un hideux cauchemar! O ciel! imaginez-vous un homme marchant toute une journée, poursuivi par un cheval épouvantable, dont il ne peut pas se débarrasser!

Les pickwickiens abattus se remirent tristement en route, l'énorme quadrupède, pour qui ils ressentaient le plus profond dégoût, marchant lentement sur leurs talons.

L'après-midi était fort avancée lorsque nos quatre amis, toujours suivis du malencontreux animal, arrivèrent enfin dans la ruelle qui conduisait à Manoir-ferme. Mais quoiqu'ils touchassent au terme de leurs fatigues, leur satisfaction était prodigieusement amortie par l'absurde singularité de leur apparence; des habits déchirés, des visages égratignés, des souliers sales, des figures exténuées; et pardessus tout, l'affreux cheval. Oh! combien M. Pickwick le maudissait! De temps en temps il jetait sur lui des regards où se peignaient la haine et le désir d'une épouvantable vengeance. Plus d'une fois, il avait calculé le montant probable de ce qu'il faudrait payer pour avoir la satisfaction de lui couper la gorge; et maintenant la tentation de l'assassiner ou de l'abandonner dans les champs déserts se présentait à son esprit avec dix fois plus de violence. Cependant il avançait toujours, et à l'un des détours de la ruelle, il fut distrait de ses horribles pensées par l'apparition soudaine de deux personnages. C'étaient M. Wardle et son fidèle serviteur, le gros garçon rougeaud.

« Eh bien! où donc avez-vous été? demanda le gentleman hospitalier. Je vous ai attendu toute la journée. Vous avez l'air fatigués. Quoi! des égratignures! pas de blessures, j'espère?... Non.... j'en suis bien aise. Vous avez versé? N'y pensez plus, c'est un accident commun dans ce pays-ci. — Joe, damné garçon, il est encore à dormir! Joe, prenez ce cheval et conduisez-le dans l'écurie. »

Le gros joufflu tenant en bride le fatal coursier, se traîna d'un pas paresseux derrière la compagnie, tandis que le vieux gentleman s'efforçait de consoler ses hôtes de la partie de leurs aventures qu'ils jugèrent à propos de lui communiquer.

Arrivés à Manoir-ferme, il commença par les faire entrer dans la cuisine en leur disant: « Nous allons tout réparer ici, et ensuite je vous introduirai dans le salon. — Emma, apportez l'eau-de-vie de cerises. — Maintenant, Jane, une aiguille et du fil. — Mary, des serviettes et de l'eau. Allons vite, mes filles, dépêchons. »

Trois ou quatre grosses réjouies se dispersèrent rapidement pour aller chercher les articles demandés, tandis qu'une couple de domestiques mâles, aux têtes rondes et aux larges visages, se levèrent des siéges qu'ils occupaient auprès de la cheminée comme s'ils avaient été à Noël, se plongèrent dans l'obscurité de divers recoins, et en ressortirent bientôt, armés d'une bouteille de cirage et d'une demi-douzaine de brosses.

« Allons, vite! » répéta le vieux gentleman. Mais c'était une exhortation tout à fait inutile, car l'une des servantes versait l'eau-de-vie, l'autre apportait les serviettes, et l'un des hommes saisissant soudainement M. Pickwick par la jambe, au hasard imminent de lui faire perdre l'équilibre, brossait ses bottes avec tant d'ardeur que ses cors en rougirent au blanc. Dans le même temps, un second domestique frottait M. Winkle avec une énorme brosse, tout en produisant avec sa bouche cette espèce de sifflement que les garçons d'écurie ont l'habitude de faire entendre quand ils étrillent un cheval.

Quant à M. Snodgrass, après avoir terminé ses ablutions, il tourna son dos au feu, et savourant avec délices son eau-de-vie, il se mit à examiner la pièce où il se trouvait.

D'après la description qu'il en a faite, c'était une vaste chambre pavée de briques rouges. La cheminée paraissait immense; le plafond s'honorait d'une garniture de bottes d'oignons, de jambons et de lard; les murs étaient décorés de plusieurs cravaches, de deux ou trois brides, d'une selle et d'une vieille espingole rouillée. Au-dessous de celle-ci, on lisait en gros caractère: CHARGÉE, et elle devait l'être depuis plus d'un demi-siècle, s'il fallait en croire son apparence et celle de l'inscription. Un vieux coucou, au mouvement tranquille et solennel, tictaquait gravement dans un coin, tandis qu'une montre d'argent, d'une égale antiquité, se dandinait à l'un des nombreux crochets dont la muraille était semée.

« Êtes-vous prêts? demanda le vieux gentleman à ses hôtes, quand il les vit bien lavés, bien recousus, bien brossés, bien restaurés.

— Tout à fait, répondit M. Pickwick.

— Alors, venez avec moi. » Trois des voyageurs le suivirent à travers plusieurs corridors sombres, ils furent rejoints à la porte du salon par M. Tupman, qui était resté derrière pour dérober un baiser à Emma, mais qui n'avait obtenu, pour toute récompense, qu'un certain nombre de bourrades et d'égratignures. Cependant le vieillard les introduisit en disant: « Gentlemen, soyez les bienvenus à Manoir-ferme. »

CHAPITRE VI.

Une soirée d'autrefois. Histoire racontée par un ecclésiastique.

Plusieurs visites réunies dans le salon se levèrent pour recevoir les nouveaux venus, et pendant qu'on accomplissait les formalités cérémonieuses des introductions, M. Pickwick eut le loisir d'examiner la figure des assistants et de spéculer sur leur caractère et sur leurs occupations. C'était un genre d'amusement auquel il se livrait volontiers, ainsi que beaucoup d'autres grands hommes.

Une très-vieille dame, avec un énorme bonnet et une robe de soie fanée, occupait le poste d'honneur à l'angle droit de la cheminée. Ce n'était pas un moindre personnage que la mère de M. Wardle. Plusieurs certificats, prouvant qu'elle avait été bien élevée et n'avait pas quitté la bonne route en vieillissant, étaient appendus aux murailles, sous la forme d'antiques paysages en tapisserie, d'alphabets en point de marque, non moins antiques, et de poignées à bouilloires en soie cramoisie, d'une plus récente période. La tante demoiselle, les deux jeunes filles et M. Wardle, groupés autour de la vieille dame, semblaient disputer à qui lui témoignerait les attentions les plus infatigables. L'une tenait son cornet acoustique, l'autre une orange, la troisième un flacon d'odeurs, tandis que M. Wardle tamponnait soigneusement les coussins qui la supportaient. De l'autre côté de la cheminée était assis un vieux gentleman, doué d'une contenance bienveillante et d'une tête chauve c'était le vicaire de Dingley-dell; auprès de lui se trouvait sa femme, bonne vieille dame dont la physionomie robuste et le teint animé semblaient annoncer que, si elle était savante dans la confection de tous les cordiaux fabriqués par une bonne ménagère, elle savait aussi se les administrer à propos. Un petit homme, porteur d'une tête semblable à une pomme de reinette, causait dans un coin avec un gentleman vieux et gros, tandis que deux ou trois autres vieillards et tout autant de vieilles ladies étaient assis, roides et immobiles sur leurs chaises, considérant impitoyablement M. Pickwick et ses compagnons de voyage.

« Ma mère! dit M. Wardle, de toute l'étendue de sa voix, M. Pickwick!

— Oh! fit la vieille lady, en secouant la tête, je ne vous entends pas.

— M. Pickwick! *grand'maman!* crièrent ensemble les deux jeunes demoiselles.

— Ah! reprit la vieille dame, c'est bon; cela ne fait pas grand'chose. Il ne se soucie guère d'une vieille femme comme moi, j'en suis certaine.

— Je vous assure, madame, dit M. Pickwick, en saisissant la main de la vieille lady, et en parlant tellement fort, que sa bienveillante figure en devint écarlate, je vous assure, madame, que rien ne me charme autant que de voir, à la tête d'une si belle famille, une personne de votre âge, paraissant aussi jeune et aussi bien portante.

— Ah! reprit la vieille dame, après une courte pose, tout cela est fort joli, j'en suis sûre; mais je ne peux pas l'entendre.

— Grand'maman est mal disposée maintenant, dit doucement miss Isabella Wardle, mais elle vous parlera tout à l'heure. »

M. Pickwick exprima par un signe son empressement à se prêter aux infirmités de l'âge; et, se retournant, il prit part à la conversation générale.

« Charmante habitation! situation délicieuse! dit-il.

— Délicieuse! répétèrent MM. Snodgrass, Tupman et Winkle.

— Oui, je m'en flatte, répondit M. Wardle.

— Monsieur, dit l'homme à la tête de pomme de reinette, il n'y a pas un meilleur morceau de terre dans tout le comté de Kent; il n'y en a pas, en vérité, monsieur. Je suis sûr qu'il n'y en a pas! » Et il regarda autour de lui d'un air triomphant, comme s'il avait été violemment contredit par quelqu'un, et qu'il fût parvenu à lui imposer silence.

« Il n'y a pas un meilleur morceau de terre dans tout le comté de Kent, répéta l'homme à la tête de pomme de reinette, après une pause.

— Excepté le pré de Mullins, articula solennellement le gros gentleman.

— Le pré de Mullins! s'écria l'autre avec un profond mépris.

— C'est une excellente terre, insinua un second gros homme.

— Oui, assurément, dit un troisième gros homme.

— Tout le monde sait cela, » poursuivit l'hôte corpulent.

L'homme à tête de pomme de reinette regarda dubitativement autour de lui; mais, se trouvant décidément en minorité, il prit un air de supériorité compatissante, et n'ajouta plus rien.

« De quoi parle-t-on? demanda la vieille dame à l'une de ses petites-filles d'un son de voix très-élevé; car, suivant l'usage des sourds, elle ne semblait pas imaginer que d'autres pussent entendre ce qu'elle-même disait.

— On parle de la terre, grand'maman.

— Qu'est-ce qu'on dit de la terre? Est-ce qu'il est arrivé quelque chose?

— Non, non. M. Miller disait que notre terre est meilleure que le pré de Mullins.

— Qu'est-ce qu'il en sait? demanda la vieille dame avec indignation. Miller est un fat impertinent, et vous pouvez le lui dire de ma part. » Ayant proféré cette sentence, la vieille dame se redressa, et regarda le délinquant d'un air sévère, sans se douter un seul instant qu'elle avait parlé de manière à être entendue de tout le monde.

— Allons! allons! fit M. Wardle en s'empressant avec une anxiété naturelle de changer la conversation; que dites-vous d'un whist, monsieur Pickwick?

— Je l'aimerais par-dessus toute chose; mais, je vous prie, ne le faites pas à cause de moi.

— Oh! je vous assure que ma mère aime beaucoup à faire son whist. N'est-ce pas vrai, ma mère? »

La vieille dame, qui était beaucoup moins sourde sur ce sujet que sur tout autre, répondit affirmativement.

« Joe! Joe! cria le vieux gentleman, Joe! damné garçon.... Ah! le voilà! Dressez les tables de jeu. »

Le léthargique jeune homme vint à bout de dresser, sans autre stimulant, deux tables de jeu : l'une pour faire le whist, l'autre pour jouer à la papesse Jeanne. Les joueurs de whist étaient : M. Pickwick et la vieille lady, M. Miller et le gros gentleman. L'autre jeu comprenait le reste de la société.

Le whist fut conduit avec tout le sérieux, avec toute la gravité qu'exige cet acte solennel, auquel, suivant nous, on a mal à propos et avec irrévérence donné le nom de jeu. Mais, à la table ronde, on faisait éclater une gaieté si bruyante, qu'elle nuisait notablement aux réflexions de M. Miller. Ce malheureux personnage n'étant pas aussi absorbé par son jeu qu'il aurait dû l'être, tombait dans des fautes, dans des crimes impardonnables, qui excitaient au plus haut degré la rage du gros gentleman, et éveillaient proportionnellement la bonne humeur de la vieille lady.

«Ah! ah! fit le criminel Miller d'un ton victorieux en prenant la septième levée. Je ne pouvais pas mieux jouer, j'espère; il était impossible de faire un trick de plus.»

La vieille dame ne le laissa pas longtemps dans cette heureuse situation d'esprit. «Miller aurait dû couper le carreau, dit-elle; n'est-il pas vrai, monsieur?»

M. Pickwick salua affirmativement.

Le joueur infortuné fit un appel à la générosité de son partner en disant d'un ton dubitatif: «Devais-je réellement le couper?

— Certainement, monsieur, répondit sèchement le gros gentleman.

— J'en suis désolé, répliqua Miller avec abattement.

— Il est bien temps! grommela son partner.

— Deux d'honneurs. Cela nous fait huit,» dit M. Pickwick.

On redonna des cartes.

«Pouvez-vous en faire encore une? demanda la vieille dame.

— Oui, répondit M. Pickwick. Double, simple; et le rob.

— On n'a jamais vu une pareille chance! fit observer M. Miller.

— Ni d'aussi vilaines cartes!» ajouta le gros gentleman.

Un silence solennel s'ensuivit. M. Pickwick était enjoué, la vieille dame attentive, le gros gentleman querelleur, et M. Miller craintif.

«Encore une partie double! s'écria la vieille dame triomphante, en plaçant sous le flambeau une pièce de six pence et un demi-penny, sans empreinte, comme mémorandum du fait.

— Encore une partie double, monsieur, dit M. Pickwick.

— Je le sais bien, monsieur,» répliqua le gros gentleman avec aigreur.

Dans le courant d'une autre partie, dont le résultat fut le même, M. Miller eut le malheur de faire une renonce. Aussi, le gros gentleman ne fut plus maître de contenir son irritation. La vieille dame, au contraire, entendait de mieux en mieux, tandis que l'infortuné Miller paraissait aussi peu dans son élément qu'un dauphin dans une guérite. Quand le whist fut terminé, le gros gentleman se retira dans un coin et resta parfaitement muet durant une heure vingt-sept minutes : alors seulement, sortant de sa retraite, il offrit à M. Pickwick une prise de tabac, avec l'air généreux d'un homme que la charité chrétienne engage à pardonner les injures qu'il a reçues.

Pendant ces événements, le jeu de la table ronde continuait avec gaieté. Isabelle Wardle s'était associée avec M. Trundle, Emily Wardle avec M. Snodgrass, et qui plus est, M. Tupman et la tante demoiselle avaient aussi formé une société de fiches et de galanteries. Le vieux M. Wardle était au comble de la joie; il conduisait une banque avec tant d'astuce, les dames montraient tant d'âpreté au gain, qu'un tonnerre d'éclats de rire retentissait continuellement autour de la table. Il y avait une vieille lady qui était toujours obligée de payer pour une demi-douzaine de cartes. Tout le monde en riait régulièrement à chaque tour, et quand la vieille lady avait l'air vexé de payer, on riait encore plus fort : alors son visage s'épanouissait par degrés, et elle finissait par faire chorus avec les autres. Quand la tante demoiselle faisait un *mariage*, les jeunes personnes éclataient de nouveau et la tante demoiselle devenait de très-mauvaise humeur; mais elle sentait la main de M. Tupman qui saisissait la sienne par-dessous la table, et son visage s'épanouissait aussi, puis elle prenait un air à peu près malin, comme si le mariage n'avait pas été aussi loin de la question qu'on le supposait. Alors tout le monde recommençait à rire, surtout le vieux Wardle qui s'amusait d'une plaisanterie au moins autant que les plus jeunes. Cependant, M. Snodgrass murmurait continuellement dans l'oreille de sa partner des sentiments poétiques, qui faisaient faire à un vieux gentleman sur les associations pour les cartes et sur les associations pour la vie, des remarques facétieuses et malignes, accompagnées de coups d'œil, de coups de coude et de sourires. L'hilarité de la compagnie en était redoublée, et spécialement celle de l'épouse du susdit vieux gentleman. De temps en temps M. Winkle *éditait* des bons mots, fort connus dans la ville, mais qui ne l'étaient pas encore dans la province; et comme tout le monde en riait de très-bon cœur et les trouvait excellents, M. Winkle était resplendissant d'honneur et de gloire. Quant au bienveillant ecclésiastique, il regardait cette scène d'un air satisfait, car le bon vieillard était heureux de voir des visages heureux autour de lui; et, quoique la joie fût assez bruyante, elle venait du cœur, non des lèvres, c'est-à-dire que c'était la véritable joie, après tout.

La soirée s'écoula rapidement au sein de ces récréations. Après un souper simple et substantiel, un cercle sociable fut formé autour du feu, et M. Pickwick déclara que jamais de sa vie il n'avait ressenti plus de vrai bonheur et n'avait été mieux disposé à jouir du présent hélas! trop fugitif.

Le vieillard hospitalier était assis en cérémonie auprès du fauteuil de sa mère, et tenait une de ses mains dans les siennes : « Voilà précisément ce que j'aime, disait-il. Les plus heureux instants de mon existence se sont passés auprès de ce vieux foyer, et je trouve du plaisir à y faire flamber du feu jusqu'à ce que la chaleur devienne insupportable. Voyez-vous.... ma pauvre vieille mère que voilà, s'asseyait dans cette cheminée sur ce petit tabouret, quand elle était enfant. N'est-il pas vrai, ma mère? »

La vieille lady secoua la tête avec un sourire mélancolique, et l'on vit couler lentement sur ses joues ces larmes involontaires qui s'éveillent au souvenir des anciens temps et du bonheur écoulé depuis de longues années.

« Monsieur Pickwick, continua leur hôte après un court silence, vous m'excuserez si je parle souvent de cet endroit, car je l'aime passionnément, et je n'en connais pas d'autre. La vieille maison et les champs mêmes semblent être pour moi d'anciens amis. J'en dis autant de notre petite église garnie d'une épaisse tenture de lierre, sur lequel, par parenthèse, notre excellent ami que voilà a fait une chanson à son arrivée ici. Monsieur Snodgrass, il me semble que votre verre est vide.

— Je vous demande pardon, répliqua ce gentleman, dont la curiosité poétique avait été grandement excitée par la dernière phrase de son hôte. Vous parliez ce me semble d'une chanson sur le lierre?

— C'est à notre ami qu'il faut vous adresser à ce sujet, dit M. Wardle en indiquant l'ecclésiastique par un signe.

— Oserais-je vous prier, monsieur, de nous faire connaître cette composition? dit alors M. Snodgrass.

— Véritablement, répondit le vénérable ecclésiastique, c'est fort peu de chose et ma seule excuse pour m'en être rendu coupable, c'est que j'étais très-jeune dans ce temps-là. Telle qu'elle est, toutefois, vous allez l'entendre, si vous le désirez. »

Un murmure de curiosité fut naturellement la réplique, et le vieil ecclésiastique, soufflé de temps en temps par sa femme, commença à réciter la pièce de vers en question. « Je l'appelle, » dit-il :

LE LIERRE.

Oh! quelle plante singulière
Que ce vieux gourmand de lierre,
Qui rampe sur d'anciens débris!
Il lui faut l'antique poussière
Que les siècles seuls ont pu faire,
Pour contenter ses appétits.
Oh! quelle plante singulière
Que ce vieux gourmand de lierre!

Dans son domaine solitaire,
Tantôt il s'étend sur la terre,
Rongeant la pierre des tombeaux;
Et tantôt, relevant la tête,
Il grimpe, d'un air de conquête,
Au sommet des plus grands ormeaux.
Oh! quelle plante singulière
Que ce vieux gourmand de lierre!

Par le cours fatal des années,
Les nations sont ruinées,
Mais lui, rien ne peut le flétrir.
Les plus grands monuments de l'homme,
A quoi donc servent-ils, en somme?
A l'abriter, à le nourrir.
Oh! quelle plante singulière
Que ce vieux gourmand de lierre!

Tandis que le bienveillant ecclésiastique répétait ses vers une seconde fois pour permettre à M. Snodgrass d'en prendre note, M. Pickwick étudiait avec un grand intérêt l'expression de sa physionomie. Il prit ensuite la parole et dit au vicaire :

« Voulez-vous me permettre, monsieur, malgré la nouveauté de notre connaissance, de vous demander si, dans le cours de votre carrière, comme ministre de l'évangile, vous n'avez pas observé beaucoup d'événements dignes d'être conservés dans la mémoire des hommes?

— Effectivement, monsieur, répliqua le ministre; j'ai observé beaucoup d'événements, mais dans une sphère étroite; et ils ont toujours été d'une nature simple et ordinaire.

— Vous avez réuni, je pense, quelques notes sur John Edmunds? » reprit M. Wardle, qui désirait mettre son ami en évidence, pour l'édification de ses nouveaux hôtes.

Le vicaire fit un léger signe d'assentiment et se préparait à changer le sujet de la conversation, lorsque M. Pickwick lui dit : « Pardonnez-moi, monsieur; mais je vous serais obligé de m'apprendre qui était ce John Edmunds?

— C'est précisément ce que j'allais demander; ajouta M. Snodgrass avec vivacité.

— Vous êtes pris, s'écria le joyeux hôte. Il faudra, tôt ou tard, que vous satisfassiez la curiosité de ces messieurs; ainsi, vous feriez mieux de profiter de l'occasion et d'en finir sur-le-champ. »

Le vieux ministre sourit avec bonhomie et rapprocha sa chaise de la cheminée. Les autres membres se serrèrent aussi, principalement M. Tupman et la tante demoiselle, qui avaient peut-être l'ouïe un peu dure. Le cornet de la vieille lady fut ajusté soigneusement; M. Miller, qui s'était endormi, fut réveillé par son ex-partner, au moyen d'un pinçon monitoire, administré par-dessous la table, et le ministre, sans autre préface, commença le récit suivant, auquel nous avons pris la liberté de donner pour titre :

LE RETOUR DU CONVICT.

« Lorsque je fus nommé vicaire de ce village, il y a juste vingt-cinq ans, j'y trouvai, parmi mes paroissiens, un certain Edmunds qui tenait à bail une petite ferme du voisinage. C'était un méchant homme, paresseux et dissolu par habitude, morose et féroce par disposition. Excepté quelques vagabonds abandonnés qui flânaient avec lui dans les champs ou qui s'abrutissaient à la taverne, il n'avait pas un seul ami, pas même une connaissance. En général on l'évitait, car personne ne se souciait de parler à un individu redouté par plusieurs, détesté par tous.

Cet homme avait une femme et un fils âgé d'environ douze ans. Je vous attristerais sans nécessité en vous dépeignant les souffrances qu'avait endurées sa femme, et tout ce que je pourrais vous dire ne suffirait pas pour apprécier suffisamment la douceur et la résignation qu'elle déployait dans les circonstances les plus délicates, ni la sollicitude pleine de tendresse et de douleur avec laquelle elle élevait son enfant. Que Dieu me pardonne ce que je vais dire, si c'est un soupçon peu charitable, mais, dans mon âme et conscience, je crois que son mari essaya systématiquement, pendant plusieurs années, de la faire mourir de chagrin. Elle supporta tout, cependant, pour l'amour de son fils; et même, quoique cela puisse paraître étrange à bien des gens, pour l'amour de son mari. Elle l'avait aimé autrefois, et malgré ses brutalités, malgré la cruauté qu'il lui témoignait, le souvenir de ce qu'il avait été pour elle éveillait encore dans son sein des sentiments de douce indulgence, auxquels, excepté la femme, toutes les autres créatures de Dieu sont étrangères.

Ils étaient pauvres : la conduite du mari ne permettait pas qu'il en fût autrement ; mais le travail obstiné, incessant de la femme, les maintenait au-dessus du besoin. Cependant ses efforts étaient bien mal récompensés. Les gens qui passaient auprès de leur maison, le soir, entendaient souvent les pleurs, les gémissements de la malheureuse femme, et le bruit des coups qu'elle recevait. Plus d'une fois, après minuit, l'enfant vint frapper doucement à la porte de quelque maison voisine, où il était envoyé par sa mère, pour échapper à l'ivresse furieuse du père dénaturé.

Pendant tout ce temps, et quoique la pauvre créature portât souvent des marques de mauvais traitements, qu'elle ne pouvait pas entièrement cacher, elle assistait régulièrement au service divin. Chaque dimanche, matin et soir, elle occupait avec son fils le même banc dans notre petite église; et quoique la mère et l'enfant fussent tous deux pauvrement habillés (plus pauvrement même que beaucoup de leurs voisins qui se trouvaient dans une position encore plus précaire), leur toilette était toujours décente et propre. Chacun avait un signe amical et une parole bienveillante pour cette *pauvre madame Edmunds*, et parfois quand, au sortir de l'église, elle s'arrêtait sous les ormes qui conduisaient au porche, pour échanger quelques mots avec un voisin; ou quand elle ralentissait le pas pour regarder, avec l'orgueil et la tendresse d'une mère, son enfant, rose et bien portant, qui jouait devant elle avec quelques petits camarades, sa figure fatiguée s'éclairait d'une expression de gratitude profondément ressentie, et elle paraissait être sinon heureuse ou gaie, du moins résignée et tranquille.

Cinq ou six ans s'écoulèrent : l'enfant était devenu un jeune homme robuste et bien bâti, mais le temps, qui avait renforcé ses membres délicats, avait courbé la taille de sa mère et affaibli sa démarche; et cependant le bras qui aurait dû la supporter n'était plus enchaîné sous le sien, le visage qui aurait dû la réjouir ne la regardait plus en souriant. Elle occupait toujours le même banc, mais il y avait une place vacante à côté d'elle; sa bible était toujours tenue avec autant de soin, elle y faisait des signets pour l'ouvrir aux différentes *lectures;* mais il n'y avait plus personne pour la lire avec elle, et ses larmes coulaient sur son livre, et dérobaient à ses yeux le texte sacré. Ses voisins étaient encore aussi bienveillants qu'autrefois, mais maintenant elle détournait la tête pour éviter leur salut; elle ne s'arrêtait plus sous les vieux ormes, et elle n'enfermait plus dans son cœur des trésors de bonheur et d'espérance. Dans sa désolation elle enfonçait sa coiffe sur son visage et elle s'éloignait d'un pas précipité. Faut-il vous le dire? Ce jeune homme qui aurait dû conserver pieusement dans sa mémoire le souvenir des privations volontaires, des mauvais traitements que sa mère avait endurés pour lui; oubliant au contraire tout ce qu'il lui devait, et méprisant cruellement les angoisses de son cœur brisé, s'était lié avec les hommes les plus dépravés, les plus abandonnés de Dieu, et suivait une carrière de vices et de crimes, qui devait aboutir à la mort pour lui, à la honte pour elle. Hélas! pauvre nature humaine! Vous avez déjà deviné cela depuis longtemps.

La malheureuse femme était sur le point de voir compléter la mesure de ses infortunes. Des délits nombreux avaient été commis dans le voisinage. Les coupables étaient restés impunis, et leur audace s'en augmentait. Un vol nocturne, accompagné de circonstances aggravantes, occasionna des poursuites actives, des recherches sévères, auxquelles il était impossible d'échapper. Le jeune Edmunds fut soupçonné, ainsi que trois de ses compagnons; il fut arrêté, jugé et condamné à mort.

Le cri perçant et égaré, le cri maternel qui effraya l'audience quand le jugement solennel fut prononcé, retentit encore à mon oreille. Ce cri frappa de terreur le cœur du coupable, que le jugement, la condamnation, l'approche de la mort même n'avaient pu ébranler. Ses lèvres, jusqu'alors comprimées avec une sombre obstination, tremblèrent et se séparèrent involontairement. Son visage devint pâle, une sueur froide mouilla son front, ses membres vigoureux frissonnèrent, et il chancela sur son banc.

Dans le premier transport de ses angoisses, la mère désolée se jeta à genoux, et supplia douloureusement l'Être infini, qui l'avait soutenue jusqu'alors dans ses épreuves, de la délivrer de ce monde de misère, et d'épargner la vie de son unique enfant. A cette prière succéda une explosion de pleurs, une agonie de désespoir, telles que j'espère bien n'en revoir jamais de semblables. Dès cet instant, je fus convaincu que la douleur abrégerait sa vie, mais je n'entendis plus une seule plainte, un seul murmure s'échapper de ses lèvres.

C'était un déchirant spectacle de voir de jour en jour, dans la cour de la prison, cette malheureuse mère qui s'efforçait avec ferveur de toucher par l'affection, par les prières, le cœur pétrifié de son fils. Ce fut en vain: il resta sombre, farouche, impénitent. La commutation inespérée de sa peine, en celle de la transportation pour quatorze ans, ne put pas même adoucir pour un seul instant son endurcissement obstiné.

L'esprit de résignation qui avait si longtemps soutenu sa mère ne pouvait plus lutter contre la faiblesse et la maladie. Pourtant elle voulut revoir son fils encore une fois. Elle déroba à son lit de souffrances ses membres chancelants; mais ses forces la trahirent, et elle tomba presque inanimée sur le carreau.

C'est alors que l'indifférence et le stoïcisme tant vantés du coupable furent mis à une rude épreuve. Un jour se passa sans qu'il vît sa mère. Un second jour s'écoula, et elle ne vint pas. Un troisième soir arriva, et sa mère n'avait pas paru. Et dans vingt-quatre heures il devait être séparé d'elle peut-être pour toujours!

Ce nouveau châtiment, qui tombait si pesamment sur lui, le rendit presque fou. Oh! comme les pensées longtemps oubliées de son enfance revinrent en foule dans son esprit, tandis qu'il arpentait l'étroite cour d'un pas rapide, comme si la rapidité de sa course eût pu hâter l'arrivée des nouvelles attendues; comme le sentiment de sa misère et de son abandon s'empara amèrement de lui, lorsqu'il apprit la vérité fatale! Sa mère, la seule personne qui l'eût jamais aimé, sa mère était malade, peut-être mourante, à une demi-lieue de lui; quelques minutes auraient pu le porter près de son lit, s'il avait été libre, mais il ne devait plus la revoir. Il se précipita sur la grille, et saisissant les barreaux de fer avec l'énergie du désespoir, il la secoua et la fit trembler; il s'élança contre les murailles épaisses comme s'il avait voulu les briser. Mais la prison solide bravait ses efforts insensés, et il se mit à pleurer comme un faible enfant, en se tordant les mains.

Je portai au fils emprisonné les paroles de pardon et les bénédictions de sa mère, mais sans lui dire jusqu'à quel point son état était grave : je rapportai au lit de la mourante ses solennelles assurances de repentir et ses supplications ferventes pour obtenir ce pardon. J'écoutai avec une triste compassion les mille projets que le coupable repentant faisait déjà pour soutenir sa mère, pour la rendre heureuse quand il reviendrait de son exil. Et je savais que longtemps avant qu'il eût atteint le but de son voyage elle ne serait plus de ce monde!

Il fut emmené pendant la nuit. Peu de semaines après, l'âme de la pauvre femme prit son vol, et, comme je le crois avec confiance, pour une région de paix et de bonheur éternel. J'accomplis moi-même le service funèbre sur ses restes, qui reposent maintenant dans notre petit cimetière : il n'y a point de pierre à la tête de sa tombe, à quoi bon? Ses chagrins étaient connus aux hommes et ses vertus à Dieu.

Il avait été convenu, avant le départ du condamné, qu'il écrirait à sa mère aussitôt qu'il en pourrait obtenir la permission, et que ses lettres me seraient adressées, car son père avait positivement refusé de le voir, depuis le moment de son arrestation, et se souciait peu qu'il fût mort ou vivant. Nombre d'années s'écoulèrent sans que je reçusse de ses nouvelles ; et lorsque la moitié de son temps fut passée, j'en conclus qu'il n'existait plus, et en vérité, je le souhaitais presque.

Je me trompais cependant. A son arrivée à Botany-Bay [1], il avait été envoyé dans l'intérieur des terres, et ce fut apparemment pour cela qu'aucune de ses lettres ne me parvint. Il resta au même endroit pendant quatorze années, persévérant constamment dans ses bonnes résolutions, et fidèle aux promesses qu'il avait faites à sa mère. Quand son temps fut fini, il surmonta d'énormes difficultés pour regagner l'Angleterre, et revint à pied au lieu de sa naissance.

Par une belle soirée du mois d'août, John Edmunds rentra dans le village dont il avait été honteusement emmené dix-sept années auparavant. Le chemin qu'il suivait passait au milieu du cimetière, et son cœur se gonfla en le traversant. Les rayons du soleil couchant se jouaient à travers les branches gigantesques des vieux ormes qui réveillaient dans l'esprit du libéré les souvenirs de son jeune âge ; il se rappelait le temps où, s'attachant à la main de sa mère, il se rendait

1. Colonie pénitentiaire.

gaiement à l'église avec elle; il croyait voir encore son pâle visage; il croyait sentir les larmes brûlantes qui tombaient sur son front lorsqu'elle se baissait pour l'embrasser, et qui le faisaient pleurer aussi, quoiqu'il ne sût guère alors combien ces larmes étaient remplies d'amertume. Il se rappelait encore combien de fois il avait couru joyeusement dans ce même sentier avec quelques-uns de ses petits camarades, se retournant de temps en temps pour apercevoir le sourire de sa mère, ou pour entendre sa douce voix; et alors il lui sembla qu'un rideau se tirait dans sa mémoire; et mille souvenirs de tendresse méconnue et d'avertissements méprisés, de promesses oubliées, vinrent se presser dans son cerveau et déchirer son cœur.

Il entra dans l'église, car c'était un dimanche, et quoique le service du soir fût fini et que les assistants fussent dispersés, la vieille porte de chêne, aux larges clous, n'était point encore fermée. Les pas du convict retentirent sous la voûte, et dans le calme religieux qui régnait autour de lui, il se trouva si isolé qu'il eut presque peur. Il regarda les objets qui l'entouraient: rien n'était changé. L'église lui paraissait plus petite que dans son enfance, mais elle renfermait toujours les vieux monuments qu'il avait contemplés mille fois avec une crainte enfantine. Là se trouvait la petite chaire, ornée du coussin fané où le ministre posait sa bible, et où il avait entendu prêcher la parole de Dieu; ici la table de communion, devant laquelle il avait si souvent répété, dans son enfance, les commandements qu'il avait oubliés quand il était devenu homme. Il s'approcha de l'ancien banc de sa mère; le coussin avait été retiré, la bible n'y était point. Il pensa que peut-être Mme Edmonds occupait maintenant un siége plus pauvre, ou que peut-être elle était devenue infirme et ne pouvait plus aller seule jusqu'à l'église. Il n'osait pas arrêter son esprit sur une autre supposition. Une sensation de froid s'empara de lui, et il tremblait de tous ses membres en se détournant pour sortir.

Comme il arrivait sous le porche, il y vit entrer un homme vieux et cassé. Il tressaillit, car il le reconnaissait: souvent il l'avait vu creuser des fosses dans le cimetière derrière l'église: et maintenant qu'est-ce que l'honnête sacristain allait dire au convict libéré? Le vieillard leva les yeux, le regarda un instant, lui souhaita le bonsoir, et s'éloigna avec lenteur. Il ne l'avait pas reconnu.

Edmunds descendit la colline et traversa le village. La saison était chaude, et les habitants, assis à leur porte ou se promenant dans leur petit jardin, jouissaient de la fraîcheur du soir et des douceurs du repos, après les fatigues de la journée. Beaucoup de regards se dirigèrent vers l'étranger, et il jeta à droite et à gauche bien des coups d'œil inquiets, pour voir si on se souvenait de lui et si on l'évitait. Il y avait des figures nouvelles dans presque toutes les maisons; à la porte de quelques-unes il reconnaissait la physionomie d'un camarade d'école, un bambin lorsqu'il l'avait quitté, et maintenant environné de ses joyeux enfants: devant d'autres chaumières il voyait, assis dans un fauteuil, un vieillard faible et infirme, qu'il se rappelait avoir connu encore jeune et vigoureux. Tous l'avaient oublié et il passa sans que personne lui adressât une parole.

Les derniers et doux rayons du soleil avaient jeté sur la terre une riche teinte de pourpre, donnant un éclat doré aux épis jaunis et allongeant l'ombre des arbres, lorsqu'il arriva devant la vieille maison, la maison de son enfance, après laquelle son cœur avait soupiré si souvent, si ardemment, durant de longues et pénibles années de captivité et de douleur. La palissade était basse, quoiqu'il se rappelât le temps où elle lui paraissait gigantesque; il regarda par-dessus dans le jardin. Il y vit beaucoup plus de fleurs qu'il n'y en avait autrefois, mais les vieux arbres y étaient encore. Il reconnut celui sous lequel il s'était couché mille fois lorsqu'il était fatigué de jouer au soleil, laissant doucement aller ses sens au léger sommeil d'une enfance heureuse. Il entendit des voix dans l'intérieur de la maison, mais elles affectèrent péniblement son oreille, car il ne les connaissait point, et elles exprimaient la gaieté. Or il savait bien que sa pauvre vieille mère ne pouvait pas être gaie, lui absent. La porte s'ouvrit et il en vit sortir une troupe de petits enfants riant et gambadant.

Le père, avec un marmot dans ses bras, parut sur le seuil et les enfants se pressèrent autour de lui, frappant joyeusement des mains, et le tirant de toutes leurs forces pour lui faire prendre part à leurs jeux. Le convict se rappela combien de fois, à la même place, il s'était dérobé aux regards de son père; il se rappela combien de fois il avait caché sous ses draps sa tête tremblante, en entendant les sanglots étouffés de sa malheureuse mère quand elle avait été injuriée et battue par son mari furieux. Il se détourna, et ses poings étaient crispés.

ses dents étaient serrées avec rage, lorsqu'il s'éloigna de la maison paternelle.

Tel était donc le retour qui avait occupé son esprit pendant un si grand nombre d'années pénibles, et pour lequel il avait supporté tant de souffrances ! Pas un visage ami, pas un regard de pardon, pas une main pour l'aider, pas une maison pour l'accueillir; et cela dans le village où il était né ! Quel abandon! quelle solitude! plus amère mille fois que celle des contrées sauvages où il avait été exilé!

Il reconnut alors que, sur la terre lointaine de l'infamie et de la servitude, il s'était représenté les lieux de sa naissance tels qu'il les avait laissés, non pas tels qu'il devait les retrouver. La triste réalité se dévoila tout d'un coup à son esprit, et abattit son courage. Il n'eut pas la force de prendre des informations ni de se présenter à la seule personne qui devait le recevoir avec compassion. Il marcha lentement devant lui, évitant la grande route, comme un coupable, entra dans une prairie qu'il avait parcourue jadis dans tous les sens, couvrit son visage de ses mains, et se laissa tomber sur l'herbe.

Un homme, qu'Edmunds n'avait point aperçu, était assis tout auprès de lui sur la terre. Il se retourna pour regarder le nouveau venu, et Edmunds entendant le frôlement de ses habits releva la tête.

Cet homme portait le costume du Work-House ; son corps était courbé, sa face jaune et ridée. Il paraissait très-vieux, mais plutôt par l'effet destructeur de l'intempérance et des maladies que par le résultat graduel des années. Ses yeux étaient lourds et ternes, mais quand ils eurent contemplé Edmunds pendant quelques instants, ils s'animèrent d'une étrange expression d'alarme, et s'ouvrirent si horriblement qu'ils semblaient près de sortir de leur orbite.

Le convict, se levant peu à peu sur ses genoux, examinait avec une anxiété toujours croissante le visage du vieillard. Ils s'observèrent ainsi en silence durant assez longtemps.

Tout à coup le vieillard tressaillit, devint affreusement pâle, se leva en chancelant et recula quelques pas, en voyant qu'Edmunds se levait aussi.

« Parlez-moi! que j'entende le son de votre voix ! s'écria le libéré palpitant d'émotion.

— N'avance pas ! » s'écria le vieillard en blasphémant.

Mais Edmunds ne l'écoutait point et continuait à s'approcher de lui.

« N'avance pas ! répéta-t-il en frémissant de rage et de terreur; et en même temps, levant son bâton, il en frappa violemment le libéré au visage.

— Mon père!... Misérable!... » murmura celui-ci entre ses dents serrées; puis, s'élançant avec fureur, il saisit le vieillard à la gorge; mais il se souvint que c'était son père, et ses mains retombèrent sans force à ses côtés.

Le vieillard jeta un cri perçant, qui retentit à travers les champs déserts comme les hurlements d'un mauvais esprit. Sa face devint livide, le sang jaillit de sa bouche et de son nez, il chancela et tomba en arrière. Il s'était rompu un vaisseau, et lorsque son fils le releva de la mare de sang noir et épais qu'il avait vomie, il était mort.

Dans un coin de notre cimetière, repose un homme que j'ai employé à mon service pendant trois années, après cet événement. Il était réellement repentant et corrigé. Personne n'a su durant sa vie qui il était, ni d'où il venait. C'était Edmunds le convict libéré. »

CHAPITRE VII.

Comment M. Winkle, au lieu de tirer le pigeon et de tuer la corneille, tira la corneille et blessa le pigeon. Comment le club de la Crosse de Dingley-Dell lutta contre celui de Muggleton, et comment Muggleton dîna aux dépens de Dingley-Dell. Avec diverses autres matières également instructives et intéressantes.

Les fatigantes aventures de la journée, ou peut-être l'influence somnifère de l'histoire racontée par le ministre, opérèrent si fortement sur les nerfs de M. Pickwick qu'il était à peine au lit depuis cinq minutes, lorsqu'il s'endormit d'un sommeil profond. Il n'en fut tiré que le lendemain matin par les brillants rayons du soleil levant, qui pénétraient dans sa chambre, et qui semblaient lui adresser des reproches.

M. Pickwick n'était pas paresseux : comme un vaillant guerrier, il s'élança hors de sa tente.... je veux dire à bas de son lit.

« Quel délicieux pays ! s'écria-t-il avec enthousiasme en ouvrant sa jalousie. Ah ! lorsqu'on a senti l'influence d'un semblable paysage, pourrait-on consentir à vivre pour n'apercevoir chaque jour que des briques et des ardoises? Pourrait-on continuer d'exister dans un lieu où l'on ne voit pas de foin, excepté dans les écuries ; pas de plantes fleuries excepté des joubarbes sur les toits; pas de vaches, excepté celles de l'impériale des voitures? Rien qui rappelle le dieu Pan, excepté des pans de muraille. Pourrait-on consentir à traîner sa vie dans un tel séjour? je le demande, pourrait-on endurer une semblable existence? »

Après avoir ainsi, durant longtemps, interrogé la solitude, suivant l'usage des plus grands poëtes, M. Pickwick allongea la tête hors de la croisée, et regarda autour de lui.

La douce et pénétrante odeur des foins qu'on venait de faucher montait jusqu'à lui. Les mille parfums des petites fleurs du jardin embaumaient l'air d'alentour ; la verte prairie brillait sous la rosée matinale, et chaque brin d'herbe étincelait agité par un doux zéphyr. Enfin les oiseaux chantaient, comme si chacune des larmes de l'aurore avait été pour eux une source d'inspiration. En contemplant ce spectacle, M. Pickwick tomba dans une douce et mystérieuse rêverie.

« Ohé! » tels furent les sons qui le rappelèrent à la vie réelle.

Sa vue se porta rapidement sur la droite ; mais il ne découvrit personne. Ses yeux s'égarèrent vers la gauche et percèrent en vain l'étendue. Il mesura d'un regard audacieux le firmament; mais ce n'était point de là qu'on l'appelait ; enfin il fit ce qu'un esprit vulgaire aurait fait du premier coup, il regarda dans le jardin et y vit M. Wardle.

« Comment ça va-t-il? lui demanda son joyeux hôte. Belle matinée, n'est-ce pas ? Charmé de vous voir levé de si bonne heure. Dépêchez-vous de descendre, je vous attendrai ici. »

M. Pickwick n'eut pas besoin d'une seconde invitation. Dix minutes lui suffirent pour compléter sa toilette, et à l'expiration de ce terme, il était à côté du vieux gentleman.

« Qu'est-ce qu'il y a? demanda M. Pickwick en voyant que son hôte était armé d'un fusil et qu'il y en avait un second près de lui, sur le gazon.

— Votre ami et moi, répliqua M. Wardle, nous allons tirer des corneilles avant déjeuner. Il est très-bon tireur, n'est-il pas vrai?

— Je le lui ai entendu dire, mais je ne lui ai jamais vu ajuster la moindre chose.

— Je voudrais bien qu'il se dépêchât, murmura M. Wardle; et il appela : Joe! Joe! »

Peu de temps après on vit sortir de la maison le gros joufflu, qui, grâce à l'influence excitante de la matinée, n'était guère assoupi qu'aux trois quarts.

« Allez appeler le gentleman, lui dit son maître, et prévenez-le qu'il me trouvera avec M. Pickwick, dans le bois. Vous lui montrerez le chemin, entendez-vous? »

Joe s'éloigna pour exécuter cette commission, et M. Wardle, portant les deux fusils, conduisit M. Pickwick hors du jardin.

« Voici la place, » dit-il au bout de quelques minutes en s'arrêtant dans une avenue d'arbres. C'était un avertissement inutile, car le croassement continuel des pauvres corneilles indiquait suffisamment leur domicile.

Le vieux gentleman posa l'un des fusils sur la terre et chargea l'autre.

« Voilà nos gens, dit M. Pickwick. Et en effet on aperçut au loin M. Tupman, M. Snodgrass et M. Winkle, car Joe ne sachant pas, au juste, lequel de ces messieurs il devait amener, avait jugé, dans sa sagacité profonde, que pour prévenir toute erreur, le meilleur moyen était de les convoquer tous les trois.

« Arrivez! arrivez! cria le vieux gentleman à M. Winkle. Un fameux tireur comme vous aurait dû être prêt depuis longtemps, même pour si peu de chose. »

M. Winkle répondit par un sourire contraint, et ramassa le fusil qui lui était destiné, avec l'expression de physionomie qui aurait pu convenir à une corneille métaphysicienne, tourmentée par le pressentiment d'une mort prochaine et violente. C'était peut-être de l'indifférence, mais cela ressemblait prodigieusement à de l'abattement.

Le vieux gentleman fit un signe, et deux gamins déguenillés commencèrent à grimper lestement sur deux arbres.

« Pourquoi faire ces enfants? » demanda brusquement M. Pickwick.

Son bon cœur s'était alarmé, car il avait tant entendu parler de la détresse des laboureurs, qu'il n'était pas éloigné de croire que leurs enfants pussent être forcés par la misère, à s'offrir eux-mêmes pour but aux chasseurs, afin d'assurer ainsi à leurs parents une chétive subsistance.

« Seulement pour faire lever le gibier, répondit en riant M. Wardle.

— Pour faire quoi?

— Pour effrayer les corneilles.

— Ah! voilà tout?

— Oui. Vous voilà entièrement tranquille?

— Tout à fait.

— Très-bien! Commencerai-je? ajouta le vieux gentleman en s'adressant à M. Winkle.

— Oui, s'il vous plaît, répondit celui-ci, enchanté d'avoir un moment de répit.

— Reculez-vous un peu. Allons! voilà le moment! »

L'un des enfants cria en secouant une branche, sur laquelle était un nid, et aussitôt une douzaine de jeunes corneilles, interrompues au milieu d'une très-bruyante conversation, s'élancèrent au dehors pour demander de quoi il s'agissait. Le vieux gentleman fit feu, par manière de réplique. L'un des oiseaux tomba et les autres s'envolèrent.

« Ramassez-le Joe, » dit le vieux gentleman.

Le corpulent jeune homme s'avança, et ses traits s'épanouirent en guise de sourire : des visions indistinctes de pâtés de corneilles flottaient devant son imagination. En emportant l'oiseau, il riait, car la victime était grasse et tendre.

« Maintenant, à votre tour, monsieur Winkle, dit le vieux gentleman en rechargeant son fusil. Allons! tirez! »

M. Winkle s'avança, et épaula son fusil. M. Pickwick et ses compagnons se reculèrent involontairement, pour éviter la pluie de corneilles qu'ils étaient sûrs de voir tomber sous le plomb dévastateur de leur ami. Il y eut une pose solennelle, un grand cri, un battement d'ailes, un léger clic....

« Oh! oh! fit le vieux gentleman.

— Il ne veut pas partir? demanda M. Pickwick.

— Il a raté, répondit M. Winkle, qui était fort pâle, probablement de désappointement.

— C'est étrange, dit le vieux gentleman en prenant le fusil. Cela ne lui est jamais arrivé.

— Comment? je ne vois aucun reste de la capsule.

— En vérité? repartit M. Winkle : j'aurai complétement oublié la capsule. »

Cette légère omission fut réparée; M. Pickwick s'abrita de nouveau, et M. Tupman se mit derrière un arbre. M. Winkle fit un pas en avant, d'un air déterminé, en tenant son fusil à deux mains. L'enfant cria; quatre oiseaux s'envolèrent; M. Winkle leva son arme; on entendit une explosion, puis un cri d'angoisse; mais ce n'était pas le cri d'une corneille. M. Tupman avait sauvé la vie à beaucoup d'innocents oiseaux, en recevant dans son bras gauche une partie de la charge.

Il serait impossible d'exprimer la confusion qui s'en suivit; de dire comment M. Pickwick, dans les premiers transports de son émotion, appela M. Winkle, misérable! comment M. Tupman était étendu sur le gazon; comment M. Winkle, frappé d'horreur, s'était agenouillé auprès de lui; comment M. Tupman, dans le délire, invoquait plusieurs noms de baptême féminins, puis ouvrait un œil, puis l'autre, et retombait en arrière, en les fermant tous les deux. Une telle scène serait aussi difficile à décrire, qu'il le serait de peindre le malheureux blessé revenant graduellement à lui-même, voyant bander ses plaies avec des mouchoirs, et regagnant lentement la maison, appuyé sur ses amis inquiets.

Les dames étaient sur le seuil de la porte, attendant le retour de ces messieurs pour déjeuner. La tante demoiselle brillait entre toutes; elle sourit et leur fit signe de venir plus vite. Il était évident qu'elle ne savait point l'accident arrivé. Pauvre créature! Il y a des moments où l'ignorance est véritablement un bienfait.

On approchait de plus en plus.

« Qu'est-il donc arrivé au vieux petit monsieur? dit à demi-voix miss Isabella Wardle. La tante demoiselle ne fit pas attention à cette remarque. Elle crut qu'il s'agissait de M. Pickwick; car à ses yeux, Tracy Tupman était un jeune homme : elle voyait ses années à travers un verre rapetissant.

— Ne vous effrayez point! cria M. Wardle à ses filles; et la petite troupe était tellement pressée autour de M. Tupman, qu'on ne pouvait pas encore distinguer clairement la nature de l'événement.

— Ne vous effrayez point, répéta M. Wardle quelques pas plus loin.

— Qu'y a-t-il donc! s'écrièrent les dames horriblement alarmées par cette précaution.

— Il est arrivé un petit accident à M. Tupman; voilà tout. »

La tante demoiselle poussa un cri perçant, ferma les yeux et se laissa tomber à la renverse dans les bras des deux jeunes personnes.

« Jetez-lui de l'eau froide au visage, s'écria le vieux gentleman.

— Non! non! murmura la tante demoiselle. Je suis mieux

maintenant, Bella.... Emily.... Un chirurgien.... Est-il blessé? est-il mort? est-il.... Ah! ah! ah!... » Et la tante demoiselle, poussant de nouveaux cris, eut une attaque de nerfs n° 2.

« Calmez-vous, dit M. Tupman affecté presque jusqu'aux larmes de cette expression de sympathie pour ses souffrances. Chère demoiselle, calmez-vous!

— C'est sa voix! s'écria la tante demoiselle; et de violents symptômes d'une attaque n° 3 se manifestèrent aussitôt.

— Ne vous tourmentez pas, je vous en supplie, très-chère demoiselle, reprit M. Tupman d'une voix consolante. Je suis fort peu blessé, je vous assure.

— Vous n'êtes donc pas mort? s'écria la nerveuse personne. Oh! dites que vous n'êtes pas mort.

— Ne faites pas la folle, Rachel, interrompit M. Wardle, d'une manière plus brusque que ne semblait le comporter la nature poétique de cette scène. Quelle diable de nécessité y a-t-il, qu'il vous dise lui-même qu'il n'est pas mort?

— Non! je ne le suis pas, reprit M. Tupman; je n'ai pas besoin d'autres secours que les vôtres. Laissez-moi m'appuyer sur votre bras.... » Et il ajouta à son oreille: « O miss Rachel! » Pleine d'agitation, la dame de ses pensées s'avança et lui offrit son bras. Ils entrèrent ensemble dans le salon. M. Tracy Tupman pressa doucement sur ses lèvres une main qu'on lui abandonna, et se laissa tomber ensuite sur un canapé.

« Vous trouvez-vous mal? demanda Rachel avec anxiété.

— Non, ce n'est rien; je serai mieux dans un instant, répondit M. Tupman en fermant les yeux.

— Il dort! murmura la tante demoiselle (il avait clos ses paupières depuis près de vingt secondes). Il dort! cher M. Tupman! »

M. Tupman sauta sur ses pieds. Oh! répétez ces paroles! s'écria-t-il.

La dame tressaillit. « Sûrement vous ne les avez pas entendues, dit-elle avec pudeur.

— Oh! si, je les ai entendues, répliqua chaleureusement M. Tupman. Répétez ces paroles, si vous voulez que je guérisse! répétez-les.

— Silence! dit la dame! voilà mon frère! »

M. Tracy Tupman reprit sa première position, et M. Wardle entra dans la chambre, accompagné d'un chirurgien.

Le bras fut examiné; la blessure pansée, et déclarée fort légère; et l'esprit des assistants se trouvant ainsi rassuré ils procédèrent à satisfaire leur appétit. La gaieté brillait de nouveau sur leurs visages. M. Pickwick seul restait silencieux et réservé ; le doute et la méfiance se peignaient sur sa physionomie expressive, car sa confiance en M. Winkle avait été ébranlée, grandement ébranlée par les aventures du matin.

« Jouez-vous à la *crosse*? demanda M. Wardle au chasseur.

Dans tout autre temps M. Winkle aurait répondu d'une manière affirmative, mais il sentit la délicatesse de sa position, et répliqua modestement : « Non monsieur.

— Et vous, monsieur? demanda M. Snodgrass au joyeux vieillard.

— J'y jouais autrefois, répliqua celui-ci ; mais j'y ai renoncé désormais. Cependant je souscris au club, quoique je ne joue plus.

— N'est-ce pas aujourd'hui qu'a lieu la grande partie entre les camps opposés de Muggleton et de Dingley-Dell? demanda M. Pickwick.

— Oui, répliqua leur hôte : vous y viendrez, n'est-ce pas?

— Oui, monsieur, répondit M. Pickwick : j'ai grand plaisir à voir des exercices auxquels on peut se livrer sans danger, et dans lesquels la maladresse des gens ne met pas en péril la vie de leurs semblables. » En prononçant ces mots M. Pickwick fit une pause expressive, et regarda fixement M. Winkle, qui ne put soutenir sans frémir le coup d'œil pénétrant de son mentor. Celui-ci ajouta alors : « Ne serait-il pas convenable de confier notre ami blessé aux soins de ces dames?

— Vous ne pouvez pas me placer dans de meilleures mains, murmura M. Tupman.

— Ce serait impossible, » ajouta M. Snodgrass.

Il fut donc convenu que M. Tupman resterait à la maison sous la surveillance des dames, et que la portion masculine de la société, conduite par M. Wardle, irait juger des coups dans ce combat d'habileté qui avait tiré Muggleton de sa torpeur, et inoculé à Dingley-Dell une excitation fébrile.

Il n'y avait guère qu'une demi-lieue de distance à parcourir, et le sentier couvert de mousse passait par des allées ombragées. La conversation roula principalement sur les délicieux paysages qui se découvraient tour à tour, et M. Pickwick regretta presque d'avoir été si vite, lorsqu'il se trouva dans la grande rue de Muggleton.

Toutes les personnes dont le génie est doué de la moindre propension géographique savent, nécessairement, que la ville de Muggleton jouit d'une corporation, qu'elle possède un maire, des bourgeois, des électeurs : et quiconque consultera les Adresses du maire aux *freemen*, ou celles des *freemen* au maire, ou celles du maire et des *freemen* à la corporation, ou celles du maire, des *freemen* et de la corporation au Parlement, apprendra par là ce qu'il aurait dû connaître auparavant : à savoir, que Muggleton est un *bourg* ancien et loyal, unissant une ferveur zélée pour les principes du christianisme à un attachement solide aux droits commerciaux. En preuve de quoi, le maire, la corporation et divers habitants, ont présenté à différentes reprises soixante-huit pétitions pour qu'on permît la vente des bénéfices dans l'église, quatre-vingt-six pétitions pour qu'on défendît la vente dans les rues le dimanche, mille quatre cent vingt pétitions contre la traite des noirs en Amérique, avec un nombre égal de pétitions contre toute espèce d'intervention législative, au sujet du travail exagéré des enfants, dans les manufactures anglaises.

Lorsque M. Pickwick se trouva dans la grande rue de cet illustre bourg, il contempla la scène qui s'offrit à ses yeux avec une curiosité mélangée d'intérêt.

La place du marché avait la forme d'un carré au centre duquel s'était érigée une vaste auberge. Son enseigne énorme étalait un objet fort commun dans les arts, mais qu'on rencontre rarement dans la nature, c'est-à-dire un lion bleu, ayant trois pattes en l'air et se balançant sur l'extrémité de l'ongle central de la quatrième. On voyait aux environs un bureau d'assurance contre l'incendie et celui d'un commissaire-priseur, les magasins d'un marchand de blé et d'un marchand de toile, les boutiques d'un sellier, d'un distillateur, d'un épicier et d'un cordonnier, lequel cordonnier faisait également servir son local à la diffusion des chapeaux, des bonnets, des hardes de toute espèce, des parapluies et des connaissances utiles. Il y avait en outre une petite maison de briques rouges, précédée d'une sorte de cour pavée, et que tout le monde, à la première vue, reconnaissait pour appartenir à un avoué. Il y avait encore une autre maison en briques rouges sur la porte de laquelle s'étalait une large plaque de cuivre annonçant, en caractères très-lisibles, que cette maison appartenait à un chirurgien. Quelques jeunes gens se dirigeaient vers le jeu de crosse, et deux ou trois boutiquiers, se tenant debout sur le pavé de leur porte, avaient l'air fort désireux de se rendre au même endroit, comme ils auraient pu le faire, selon toutes les apparences, sans perdre un grand nombre de chalands.

M. Pickwick s'était déjà arrêté pour faire ces observations qu'il se proposait de noter à son aise, mais comme ses amis avaient quitté la grande rue, il se hâta de les rejoindre et les retrouva en vue du champ de bataille.

Les barres que les joueurs doivent conquérir ou défendre étaient déjà placées, aussi bien qu'une couple de tentes pour servir au repos et au rafraîchissement des parties belligérantes. Mais le jeu n'était pas encore commencé. Deux ou trois Dingley-Dellois ou Muggletoniens s'amusaient d'un air majestueux à jeter négligemment leur balle d'une main dans l'autre. Ils avaient des chapeaux de paille, des jaquettes de flanelle et des pantalons blancs, ce qui leur donnait tout à fait la tournure d'amateurs tailleurs de pierre. Quelques autres gentlemen, vêtus de la même manière, étaient éparpillés autour des tentes, vers l'une desquelles M. Wardle conduisit sa société.

Plusieurs douzaines de « Comment vous portez-vous? » saluèrent l'arrivée du vieux gentleman, et il y eut un soulèvement général de chapeaux de paille, avec une inclinaison contagieuse de gilets de flanelle, lorsqu'il introduisit ses hôtes comme des gentlemen de Londres, qui désiraient vivement assister aux agréables divertissements de la journée.

« Je crois, monsieur, que vous feriez mieux d'entrer dans la *marquise*, dit un très-volumineux gentleman, dont le corps paraissait être la moitié d'une gigantesque pièce de flanelle, perchée sur une couple de traversins.

— Vous y seriez beaucoup mieux, monsieur, ajouta un autre gentleman aussi volumineux que le précédent, et qui ressemblait à l'autre moitié de la susdite pièce de flanelle.

— Vous êtes bien bon, répondit M. Pickwick.

— Par ici, reprit le premier gentleman; c'est ici que l'on marque, c'est la place la meilleure; » et il les précéda en soufflant comme un cheval poussif.

Jeu superbe, — noble occupation, — bel exercice, — charmant! Telles furent les paroles qui frappèrent les oreilles de M. Pickwick en entrant dans la tente, et le premier objet qui s'offrit à ses regards fut son ami de la voiture de Rochester. Il était en train de pérorer, à la grande satisfaction d'un cercle choisi des joueurs élus par la ville de Muggleton. Son costume s'était légèrement amélioré. Il avait des bottes neuves, mais il était impossible de le méconnaître.

L'étranger reconnut immédiatement ses amis. Avec son impétuosité ordinaire et en parlant continuellement, il se précipita vers M. Pickwick, le saisit par la main et le tira vers un siége, comme si tous les arrangements du jeu avaient été spécialement sous sa direction.

« Par ici! — par ici! — ça sera fièrement amusant, — muids de bière, — monceaux de bœuf, — tonneaux de moutarde, — glorieuse journée, — asseyez-vous, — mettez-vous à votre aise, — charmé de vous voir, très-charmé. »

M. Pickwick s'assit comme on le lui disait, et MM. Winkle et Snodgrass suivirent également les indications de leur mystérieux ami. M. Wardle l'examinait avec un étonnement silencieux.

« M. Wardle, un de mes amis, dit M. Pickwick à l'étranger.

— Un de vos amis? s'écria celui-ci. Mon cher monsieur, comment vous portez-vous? — Les amis de nos amis sont.... — Votre main, monsieur. »

En enfilant ces phrases, l'étranger saisit la main de M. Wardle avec toute la chaleur d'une vieille intimité, puis se recula de deux ou trois pas, comme pour mieux voir son visage et sa tournure, puis secoua sa main de nouveau plus chaudement encore que la première fois, s'il est possible.

« Et comment êtes-vous venu ici? demanda M. Pickwick avec un sourire où la bienveillance luttait contre la surprise.

— Venu? — Je loge à l'auberge de la Couronne, à Muggleton. — Rencontré une société. — Jaquettes de flanelle, — pantalons blancs, — sandwiches aux anchois, — rognons braisés, — fameux gaillards, — charmant! »

M. Pickwick connaissait assez le système sténographique de l'étranger pour conclure de cette communication rapide et disloquée que, d'une manière ou d'une autre, il avait fait connaissance avec les Muggletoniens, et que, par un procédé qui lui était particulier, il était parvenu à en extraire une invitation générale. La curiosité de M. Pickwick ainsi satisfaite, il ajusta ses lunettes et se prépara à considérer le jeu qui venait de commencer.

Les deux joueurs les plus renommés du fameux club de Muggleton, M. Dumbkins et M. Podder, tenant leurs crosses à la main, se portèrent solennellement vers leurs guichets respectifs. M. Luffey, le plus noble ornement de Dingley-Dell, fut choisi pour *bouler* contre le redoutable Dumkins, et M. Struggles fut élu pour rendre le même office à l'invincible Podder. Plusieurs joueurs furent placés pour *guetter* les balles en différents endroits de la plaine, et chacun d'eux se mit dans l'attitude convenable, en appuyant une main sur chaque genou et en se courbant, comme s'il avait voulu offrir un dos favorable à quelque apprenti *saute-mouton*. Tous les joueurs classiques se posent ainsi, et même on pense généralement qu'il serait impossible de bien voir venir une balle dans une autre attitude.

Les arbitres se placèrent derrière les guichets et les compteurs se préparèrent à noter les points. Il se fit alors un profond silence. M. Luffey se retira quelques pas en arrière du guichet de l'immuable Podder, et, durant quelques secondes, il appliqua sa balle à son œil droit. Dumkins, les yeux fixés sur chaque mouvement de Luffey, attendait l'arrivée de la balle avec une noble confiance.

« Attention, s'écria soudain le *bouleur*, et en même temps la balle s'échappe de sa main, rapide comme l'éclair, et se dirige vers le centre du guichet. Le prudent Dumkins était sur ses gardes; il reçut la balle sur le bout de sa crosse et la fit voler au loin par-dessus les éclaireurs, qui s'étaient baissés justement assez pour la laisser passer au-dessus de leur tête.

— Courez! courez! — Une autre balle! — Maintenant! — Allons! — Jetez-la! — Allons! — Arrêtez-la! — Une autre! — Non! — Oui! — Non! — Jetez-la! — Jetez-la. » Telles furent les acclamations qui suivirent ce coup, à la conclusion duquel Muggleton avait gagné deux points.

Cependant Podder n'était pas moins actif à se couvrir de lauriers, dont l'éclat rejaillissait également sur Muggleton. Il bloquait les balles douteuses, laissait passer les mauvaises, prenait les bonnes et les faisait voler dans tous les coins de la plaine. Les coureurs étaient sur les dents. Les *bouleurs* furent changés et d'autres *boulèrent* jusqu'à ce que leur bras en devinssent roides; mais Dumkins et Podder restèrent invaincus. Vainement la balle était lancée droit au centre du guichet, ils y arrivaient avant elle et la repoussaient au loin. Un gentleman d'un certain âge s'efforçait-il d'arrêter son mouvement, elle roulait entre ses jambes ou glissait entre ses doigts; un mince gentleman essayait-il de l'attraper, elle lui choquait le nez et rebondissait plaisamment avec une nouvelle force, pendant que les yeux du joueur maladroit se remplissaient de larmes et que son corps se tordait par la violence de ses angoisses. Enfin, quand on fit le compte de Dumkins et de Podder, Muggleton avait marqué cinquante-quatre points, tandis que la marque des Dingley-Dellois était aussi blanche que leurs visages. L'avantage était trop grand pour être reconquis. Vainement l'impétueux Luffey, vainement l'enthousiaste Struggles firent-ils tout ce que l'expérience et le savoir pouvaient leur suggérer pour regagner le terrain perdu par Dingley-Dell, tout fut inutile, et bientôt Dingley-Dell fut obligé de reconnaître Muggleton pour son vainqueur.

Cependant l'étranger à l'habit vert n'avait fait que boire, manger et parler à la fois et sans interruption. A chaque coup bien joué, il exprimait son approbation d'une manière pleine de condescendance et qui ne pouvait manquer d'être singulièrement flatteuse pour les joueurs qui la méritaient. Mais aussi, chaque fois qu'un joueur ne pouvait saisir la balle ou l'arrêter, il fulminait contre le maladroit. Ah! stupide! — Allons, maladroit! — Imbécile! — Cruche! etc. Exclamations au moyen desquelles il se posait aux yeux des assistants, comme un juge excellent, infaillible dans tous les mystères du noble jeu de la crosse.

« Fameuse partie! bien jouée! Certains coups admirables! dit l'étranger à la fin du jeu, au moment où les deux partis se pressaient dans la tente.

—Vous y jouez, monsieur? demanda M. Wardle qui avait été amusé par sa loquacité.

— Joué? parbleu! Mille fois. Pas ici; aux Indes occidentales. Jeu entraînant! chaude besogne, très-chaude!

— Ce jeu doit être bien échauffant dans un pareil climat! fit observer M. Pickwick.

—Échauffant? Dites brûlant! grillant! dévorant! Un jour, je jouais un seul guichet contre mon ami le colonel sir Thomas Blazo, à qui ferait le plus de points. Jouant à pile ou face qui commencera, je gagne : sept heures du matin : six indigènes pour ramasser les balles. Je commence. Je renvoie toutes les balles du colonel. Chaleur intense! Les indigènes se trouvent mal. On les emporte. Une autre demi-douzaine les remplace; ils se trouvent mal de même. Blazo joue, soutenu par deux indigènes. Moi, infatigable, je lui renvoie toujours ses balles. Blazo se trouve mal aussi. Enfoncé le colonel! Moi, je ne veux pas cesser. Quanko Sambo restait seul. Le soleil était rouge, les crosses brûlaient comme des charbons ardents, les balles avaient des boutons de chaleur. Cinq cent soixante-dix points! Je n'en pouvais plus. Quanko recueille un reste de force. Sa balle renverse mon guichet; mais je prends un bain, et vais dîner.

— Et que devint ce monsieur..., Chose? demanda un vieux gentleman.

— Qui? Le colonel Blazo?

— Non, l'autre gentleman.

— Quanko Samba?

— Oui, monsieur.

— Pauvre Quanko! n'en releva jamais, quitta le jeu, quitta la vie, mourut, monsieur! » En prononçant ces mots, l'étranger ensevelit son visage dans un pot d'ale. Mais était-ce pour en savourer le contenu, ou pour cacher son émotion? C'est ce que nous n'avons jamais pu éclaircir. Nous savons seulement qu'il s'arrêta tout à coup, qu'il poussa un long et profond soupir, et qu'il regarda avec anxiété deux des principaux membres du club de Dingley-Dell qui s'approchaient de M. Pickwick, et qui lui disaient :

« Nous allons faire un modeste repas au *Lion bleu*. Nous espérons, monsieur, que vous voudrez bien y prendre part, avec vos amis.

— Et naturellement, dit M. Wardle, parmi nos amis nous comptons monsieur..., et il se tourna vers l'étranger.

— Jingle, répondit cet universel personnage. Alfred Jingle, esquire, de Sansterre.

— J'accepte avec grand plaisir, dit M. Pickwick.

— Et moi aussi, cria M. Alfred Jingle en prenant d'un côté le bras de M. Wardle, et, de l'autre, celui de M. Pickwick, et en murmurant à l'oreille de celui-ci :

— Fameux dîner! froid, mais bon. J'ai lorgné dans la chambre, ce matin : volailles et pâtés, et le reste. Charmantes gens, et polis par-dessus le marché, très-polis. »

Comme il n'y avait point d'autres préliminaires à arranger, la compagnie traversa le bourg en petits groupes, et un quart d'heure après elle était tout entière assise dans la grande salle du *Lion bleu* de Muggleton.

M. Dumkins remplit les fonctions de président, et M. Luffey celles de vice-président.

Il y eut un grand cliquetis de paroles et d'assiettes, de

fourchettes et de couteaux. Trois garçons couraient de tous côtés, et les mets substantiels disparaissaient rapidement. Le facétieux M. Jingle contribuait, au moins comme une demi-douzaine d'hommes ordinaires, à chacune de ces causes de confusion. Lorsque tous les convives eurent mangé autant qu'ils purent, la nappe fut enlevée; des bouteilles, des verres et le dessert furent placés sur la table, et les garçons se retirèrent pour débarrasser, en d'autres termes pour s'approprier tous les restes mangeables ou buvables sur lesquels il leur fut possible de mettre la main.

Bientôt on n'entendit plus dans la salle qu'un vaste murmure de conversations et d'éclats de rire. Il se trouvait là un petit homme bouffi, qui avait un air de « ne-me-dites-rien, ou-je-vous-contredirai, » et qui jusqu'alors était demeuré fort tranquille. Seulement, lorsque, par accident, la conversation se ralentissait, il regardait autour de lui, comme s'il avait eu envie de dire quelque chose de remarquable, et de temps en temps il faisait entendre une sorte de toux sèche d'une inexprimable dignité. A la fin, pendant un instant de silence comparatif, le petit homme s'écria d'une voix haute et solennelle : « Monsieur Luffey ! »

Tout le monde se tut, et l'individu interpellé répliqua, au milieu d'un profond silence : « Monsieur? »

« Je désire vous adresser quelques paroles, monsieur, si vous voulez engager ces messieurs à remplir leurs verres. »

M. Jingle, d'un ton protecteur, s'écria : « Écoutez! écoutez! » et ces paroles furent répétées en chœur par toute la compagnie. Le vice-président prit un air de gravité attentive et dit : « Monsieur Staple? »

« Monsieur ! dit le petit homme en se levant, je désire adresser ce que j'ai à dire à vous et non pas à notre digne président, parce que notre digne président est en quelque sorte, et je puis dire en grande partie, le sujet de ce que j'ai à dire, et je puis dire à.... à....

— A démontrer, suggéra M. Jingle.

— Oui, à démontrer, reprit le petit homme; je remercie mon honorable ami, s'il veut me permettre de l'appeler ainsi (quatre *écoutez!* et un *certainement* de M. Jingle) pour la suggestion. Monsieur, je suis un Dellois, un Dingley-Dellois. (Applaudissements.) Je ne puis réclamer l'honneur d'ajouter une unité au chiffre de la population de Muggleton. Et je l'avouerai franchement, monsieur, je ne désire point cet honneur Je vous dirai pourquoi, monsieur. (Écoutez !) Je reconnaîtrai volontiers à Muggleton toutes les distinctions, tous les honneurs qu'il peut réclamer ; ils sont trop nombreux et trop bien connus pour qu'il soit nécessaire que je les récapitule. Mais, monsieur, tandis que nous nous rappelons que Muggleton a donné naissance à un Dumkins, à un Podder, n'oublions jamais que Dingley-Dell peut se vanter d'avoir produit un Luffey et un Struggles ! (Applaudissements tumultueux.) Qu'on ne me croie pas désireux d'obscurcir la gloire des gentlemen que j'ai nommés en premier lieu, monsieur, je leur envie les jouissances qu'ils ont dû ressentir dans cette mémorable journée. (Applaudissements.) Vous connaissez tous, messieurs, la réplique faite à l'empereur Alexandre par un individu qui, pour me servir d'une expression vulgaire, faisait sa tête dans un tonneau: *Si je n'étais pas Diogène, je voudrais être Alexandre.* Je m'imagine que ces messieurs doivent dire : Si je n'étais pas Dumkins, je voudrais être Luffey ; si je n'étais pas Podder, je voudrais être Struggles ! (Enthousiasme.) Mais, gentlemen de Muggleton, est-ce seulement à la crosse que vos compatriotes sont remarquables ? N'avez-vous jamais entendu citer Dumkins comme un exemple de persévérance ? N'avez-vous jamais appris à associer Podder et la propriété ? (Grands applaudissements.) En luttant pour vos droits, pour votre liberté, pour vos priviléges, n'avez-vous jamais été réduits, ne fût-ce que pour un instant, au doute et au désespoir ? et, quand vous étiez ainsi découragés, le nom de Dumkins n'a-t-il pas ranimé dans votre cœur le feu de l'espérance ? Une seule parole de cet homme colossal ne l'a-t-elle pas fait briller avec plus d'éclat que s'il ne s'était jamais éteint ? (Grands applaudissements.) Gentlemen, je vous prie d'entourer d'une riche auréole d'applaudissements frénétiques les noms unis de Dumkins et de Podder ! »

Ici le petit homme se tut, et la compagnie commença un tapage de cris, de coups frappés sur la table, qui dura, avec peu d'interruptions, pendant le reste de la soirée. D'autres toasts furent portés. M. Luffey et M. Struggles, M. Pickwick et M. Jingle, furent, chacun à son tour, le sujet d'éloges sans mélange ; et chacun à son tour exprima ses remercîments pour cet honneur.

Enthousiaste comme nous le sommes pour la noble entreprise à laquelle nous nous sommes dévoué, nous aurions éprouvé une inexprimable sensation d'orgueil, nous nous serions cru certain de l'immortalité dont nous sommes privé actuellement, si nous avions pu mettre sous les yeux de nos ardents lecteurs la plus faible compte rendu de ces discours. Comme à l'ordinaire, M. Snodgrass prit une grande quantité de notes, et sans doute nous y aurions puisé les renseignements les plus importants, si l'éloquence brûlante des orateurs ou l'influence fébrile du vin n'avait point fait trembler la main du gentleman, au point de rendre son écriture presque inintelligible et son style complétement obscur. A force de patience, nous sommes parvenu à reconnaître quelques caractères qui ont une faible ressemblance avec les noms des orateurs. Nous avons pu distinguer aussi le squelette d'une chanson (probablement chantée par M. Jingle), dans laquelle les mots *vin* et *divin*, *rubis* et *ravis*, sont répétés à de courts intervalles. Nous nous imaginons aussi pouvoir déchiffrer à la fin de ces notes quelques allusions à des restes de gigot ou de volaille braisée. Puis ensuite nous distinguons les mots de grog froid et d'ale; mais comme les hypothèses que nous pourrions bâtir sur ces indices n'auraient jamais d'autre fondement que nos conjectures, nous ne voulons nous permettre d'exprimer aucune des suppositions nombreuses qui se présentent à notre esprit.

C'est pourquoi nous allons retourner à M. Tupman, nous contentant d'ajouter que, peu de minutes avant minuit, les sommités réunies de Dingley-Dell et de Muggleton furent entendues, chantant avec enthousiasme cet air si poétique et si national :

Nous ne rentrerons que demain matin,
Nous n'irons coucher qu'au jour!
Nous ne rentrerons que demain matin,
Nous n'irons coucher qu'au jour!
Demain matin au point du jour,
Nous n'irons coucher qu'au jour [1]!

1. Refrain d'une chanson bachique.

CHAPITRE VIII.

Faisant voir clairement que la route du véritable amour n'est aussi unie qu'un chemin de fer.

La tranquille solitude de Dingley-Dell, la présence de tant de personnes du beau sexe, la sollicitude et l'anxiété qu'elles témoignaient à M. Tupman, étaient autant de circonstances favorables à la germination et à la croissance des doux sentiments que la nature avait semés dans son sein, et qui paraissaient maintenant se concentrer sur un aimable objet. Les jeunes demoiselles étaient jolies, leurs manières engageantes, leur caractère aussi aimable que possible, mais à leur âge elles ne pouvaient prétendre à la dignité de la démarche, au *noli me tangere* (ne me touchez pas) du maintien, à la majesté du regard, qui, aux yeux de M. Tupman, distinguaient la tante demoiselle de toutes les femmes qu'il avait jamais lorgnées. Il était évident que leurs âmes étaient parentes, qu'il y avait un je ne sais quoi sympathique dans leur nature, une mystérieuse ressemblance dans leurs sentiments. Son nom fut le premier qui s'échappa des lèvres de M. Tupman, lorsqu'il était étendu blessé sur la terre ; le cri déchirant de miss Wardle fut le premier qui frappa l'oreille de M. Tupman, lorsqu'il fut rapporté à la maison. Mais cette agitation avait-elle été causée par une sensibilité aimable et féminine, qui se serait également manifestée pour tout autre ; ou bien avait-elle été enfantée par un sentiment plus passionné, plus ardent, que lui seul, parmi tous les mortels, pouvait éveiller dans son cœur? Tels étaient les doutes qui tourmentaient l'esprit de M. Tupman, tandis qu'il gisait étendu sur le sofa; tels étaient les doutes qu'il se décida à résoudre sur-le-champ et pour toujours.

Le soleil venait de terminer sa carrière : MM. Pickwick, Winkle et Snodgrass étaient allés avec leur joyeux hôte assister à la fête voisine de Muggleton ; Isabella et Emily se promenaient avec M. Trundle ; la vieille dame sourde s'était endormie dans sa bergère ; le ronflement du gros joufflu arrivait, lent et monotone, de la cuisine lointaine. Les servantes réjoufes, flânant sur le pas de la porte, jouissaient des charmes de la brune, et du plaisir de coqueter, d'une façon toute primitive, avec certains animaux lourds et gauches attachés à la ferme. Le couple intéressant était assis dans le salon, négligés de tout le monde, ne se souciant de personne, et rêvant seulement d'eux-mêmes. Ils ressemblaient, en un mot, à une paire de gants d'agneau, repliés l'un dans l'autre et soigneusement serrés.

« J'ai oublié mes pauvres fleurs, murmura la tante demoiselle.

— Arrosez-les maintenant, répliqua M. Tupman avec l'accent de la persuasion.

— L'air du soir vous refroidirait peut-être, chuchota tendrement miss Rachel.

— Non, non, s'écria M. Tupman en se levant, cela me fera du bien au contraire. Laissez-moi vous accompagner. »

L'intéressante lady ajusta soigneusement l'écharpe qui soutenait le bras gauche du jouvenceau, et, prenant son bras droit, elle le conduisit dans le jardin.

A l'une des extrémités, on voyait un berceau de chèvrefeuille, de jasmin et d'autres plantes odoriférantes; une de ces douces retraites que les propriétaires compatissants élèvent pour la satisfaction des araignées.

La tante demoiselle y prit, dans un coin, un grand arrosoir de cuivre rouge, et se disposa à quitter le berceau. M. Tupman la retint et l'attira sur un siége à côté de lui.

« Miss Wardle, » soupira-t-il.

La tante demoiselle fut saisie d'un tremblement si fort que les cailloux, qui se trouvaient par hasard dans l'arrosoir, se heurtèrent contre les parois de zinc, et produisirent un bruit semblable à celui que ferait entendre le hochet d'un enfant.

« Miss Wardle, répéta M. Tupman, vous êtes un ange.

— Monsieur Tupman? s'écria Rachel en devenant aussi rouge que son arrosoir.

— Oui, poursuivit l'éloquent pickwickien, je le sais trop.... pour mon malheur!

— Toutes les dames sont des anges, à ce que disent les messieurs, rétorqua Rachel d'un ton enjoué.

— Qu'est-ce donc que vous pouvez être alors; à quoi puis-je vous comparer? Où serait-il possible de rencontrer une femme qui vous ressemblât? Où pourrais-je trouver une aussi rare combinaison d'excellence et de beauté? Où pourrais-je aller chercher.... Oh ! » Ici M. Tupman s'arrêta et serra la blanche main qui tenait l'anse de l'heureux arrosoir.

La timide héroïne détourna un peu la tête. « Les hommes sont de si grands trompeurs, objecta-t-elle faiblement.

— Oui, vous avez raison, exclama M. Tupman ; mais ils ne le sont pas tous.... Il existe au moins un être qui ne changera jamais ! Un être qui serait heureux de dévouer toute son existence à votre bonheur ! Un être qui ne vit que dans vos yeux, qui ne respire que dans votre sourire ! Un être qui ne supporte que pour vous seule le pesant fardeau de la vie !

— Si l'on pouvait trouver un être semblable....

— Mais il est trouvé ! interrompit l'ardent Tupman. Il est trouvé ! Il est ici, miss Wardle ! Et avant que la dame pût deviner ses intentions, il se prosterna à ses pieds.

— Monsieur Tupman, levez-vous ! s'écria Rachel.

— Jamais ! répliqua-t-il bravement. Oh ! Rachel ! Il saisit sa main complaisante, qui laissa tomber l'arrosoir, et il la pressa sur ses lèvres. Oh ! Rachel ! dites que vous m'aimez !

— Monsieur Tupman, murmura la ci-devant jeune personne en tournant la tête, j'ose à peine vous répondre.... mais.... vous ne m'êtes pas tout à fait indifférent. »

Aussitôt que M. Tupman eut entendu ce doux aveu, il s'empressa de faire ce que lui inspirait son émotion enthousiaste, et ce que tout le monde fait dans les mêmes circonstances (à ce que nous croyons du moins, car nous sommes peu familiarisé avec ces sortes de choses), il se leva précipitamment, jeta ses bras autour du cou de la tendre demoiselle, et imprima sur ses lèvres de nombreux baisers. Après une résistance convenable, elle se soumit à les recevoir si passivement qu'on ne saurait dire combien M. Tupman lui en aurait donné, si elle n'avait pas tressailli tout d'un coup, sans aucune affectation, cette fois, et ne s'était pas écriée d'une voix effrayée : « Monsieur Tupman ! *on nous voit* ! Nous sommes perdus ! »

M. Tupman se retourna. Le gros joufflu était derrière lui, parfaitement immobile, braquant sur le berceau ses gros yeux circulaires, mais avec un visage si dénué d'expression, que le plus habile physionomiste n'aurait pu y découvrir de traces d'étonnement, de curiosité, ni d'aucune des passions connues qui agitent le cœur humain. M. Tupman regarda le gros joufflu, et le gros joufflu regarda M. Tupman ; et plus M. Tupman étudiait la complète torpeur de sa physionomie, plus il demeurait convaincu que le somnolent jeune homme n'avait pas vu ou n'avait pas compris ce qui s'était passé. Dans cette persuasion il lui dit avec une grande fermeté : « Que venez-vous faire ici ?

— Le souper est prêt, monsieur, répliqua Joe sans hésiter.

— Arrivez-vous à l'instant ? lui demanda M. Tupman, en le transperçant du regard.

— A l'instant, » répondit-il.

M. Tupman le considéra de nouveau très-fixement, mais ses yeux ne clignèrent pas ; il n'y avait pas un pli sur son visage.

M. Tupman prit le bras de la tante demoiselle, et marcha avec elle vers la maison ; le jeune homme les suivit par derrière.

« Il ne sait rien de ce qui vient de se passer, dit tout bas l'heureux pickwickien.

— Rien, » répliqua la dame.

Un bruit se fit entendre derrière eux, semblable à un ricanement étouffé. M. Tupman se retourna vivement. Non.... ce ne pouvait pas être le gros joufflu : on ne distinguait pas sur son visage le moindre rayon de gaieté ; on n'y voyait que de la gloutonnerie.

« Il dormait sans doute tout en marchant, chuchota M. Tupman.

— Je n'en ai pas le moindre doute, » répartit la tante demoiselle ; et alors ils se mirent à rire tous les deux.

Ils se trompaient, cependant. Une fois en sa vie le léthargique jeune homme n'était pas endormi. Il était éveillé, bien éveillé, et il avait tout remarqué.

Le souper se passa sans que personne fît aucun effort pour rendre la conversation générale. La vieille lady était allée se coucher ; Isabella Wardle se dévouait exclusivement à M. Trundle ; les attentions de sa tante étaient réservées pour M. Tupman, et les pensées d'Emily paraissaient occupées de quelque objet lointain ; peut-être étaient-elles errantes autour de M. Snodgrass.

Onze heures, minuit, une heure avaient sonné successivement, et les gentlemen n'étaient pas revenus de Muggleton. La consternation était peinte sur tous les visages. Avaient-ils été attaqués et volés ? Fallait-il envoyer des hommes et des lanternes sur tous les chemins qu'ils avaient pu prendre ? Fallait-il.... Écoutez.... Les voilà ! — Qui peut les avoir tant attardés ? — Une voix étrangère ? à qui peut-elle appartenir ? Tout le monde se précipita dans la cuisine où les truands étaient débarqués, et l'on reconnut au premier coup d'œil le véritable état des choses.

M. Pickwick, avec ses mains dans ses poches et son chapeau complétement enfoncé sur un œil, était appuyé contre le buffet, et, balançant sa tête de droite à gauche, produisait une constante succession de sourires, les plus doux, les plus bienveillants du monde, mais sans aucune cause ou prétexte appréciable. Le vieux M. Wardle, dont le visage était prodigieusement enflammé, serrait les mains d'un visiteur étranger en bégayant des protestations d'amitié éternelle. M. Winkle, se soutenant à la boîte d'une horloge à poids, appelait, d'une voix faible, les vengeances du ciel sur tout membre de la famille qui lui conseillerait d'aller se coucher. Enfin M. Snodgrass s'était affaissé sur une chaise, et chaque trait de son visage expressif portait l'empreinte de la misère la plus abjecte et la plus profonde que se puisse figurer l'esprit humain.

« Est-il arrivé quelque chose? demandèrent les trois dames.

— Rien du tout, répondit M. Pickwick. Nous.... sommes.... tous.... en bon état.... Dites donc.... Wardle.... nous sommes.... tous.... en bon état.... N'est-ce pas?

— Un peu, répliqua le joyeux hôte. Mes chéries.... voici mon ami, M. Jingle.... l'ami de M. Pickwick.... M. Jingle.... venu.... pour une petite visite....

— Monsieur, demanda Emily avec anxiété, est-il arrivé quelque chose à M. Snodgrass?

— Rien du tout, madame, répliqua l'étranger. Dîner de Club, — joyeuse compagnie, — chansons admirables, — vieux porto, — vin de Bordeaux, — bon, — très-bon. — C'est le vin, madame, le vin.

— Ce n'est pas le vin, bégaya M. Snodgrass d'un ton grave. C'est le saumon. (Remarquez qu'en pareille circonstance ce n'est jamais le vin.)

— Ne feraient-ils pas mieux d'aller se coucher, madame? demanda Emma. Deux des gens pourraient porter ces messieurs dans leur chambre.

— Je n'irai pas me coucher! s'écria M. Winkle avec fermeté.

— Aucun homme vivant ne me portera! dit intrépidement M. Pickwick; et il continua de sourire comme auparavant.

— Hourra! balbutia faiblement M. Winkle.

— Hourra! répéta M. Pickwick, et prenant son chapeau il l'aplatit sur la terre, saisit ses lunettes et les fit voler à travers la cuisine; puis, ayant accompli cette heureuse plaisanterie, il recommença à rire comme un insensé.

— Apportez-nous une.... une autre.... bouteille! cria M. Winkle en commençant sur un ton très-élevé et finissant sur un ton très-bas. Mais peu après sa tête tomba sur sa poitrine; il murmura encore son invincible détermination de ne pas s'aller coucher, bégaya un regret sanguinaire de n'avoir pas, dans la matinée, *fait l'affaire du vieux Tupman*, puis il s'endormit profondément. En cet état il fut transporté dans sa chambre par deux jeunes géants, sous la surveillance immédiate du gros joufflu. Bientôt après M. Snodgrass confia sa personne aux soins protecteurs du jeune somnambule. M. Pickwick accepta le bras de M. Tupman et disparut tranquillement, en souriant plus que jamais. M. Wardle fit ses adieux à toute sa famille d'une manière aussi tendre, aussi pathétique, que s'il l'avait quittée pour monter sur l'échafaud, accorda à M. Trundle l'honneur de lui faire gravir les escaliers, et s'éloigna en faisant d'inutiles efforts pour prendre un air digne et solennel.

« Quelle scène choquante! s'écria la tante demoiselle.

— Dégoûtante! répondirent les deux jeunes ladies.

— Terrible! terrible! dit M. Jingle d'un air très-grave. (Il était en avance sur tous ses compagnons d'au moins une bouteille et demie.) Horrible spectacle! Très-horrible.

— Quel aimable homme! dit tout bas la tante demoiselle à M. Tupman.

— Et joli garçon par-dessus le marché, murmura Emily Wardle.

— Oh! tout à fait, observa la tante demoiselle. »

M. Tupman pensa à la petite veuve de Rochester, et son esprit fut troublé. La demi-heure de conversation qui suivit n'était pas de nature à le rassurer. Le nouveau visiteur parla beaucoup, et le nombre de ses anecdotes fut pourtant moins grand que celui de ses politesses. M. Tupman sentit que sa faveur décroissait à mesure que celle de M. Jingle devenait plus grande. Son rire était forcé, sa gaieté était feinte, et lorsqu'à la fin il posa sur son oreiller ses tempes brûlantes, il pensa, avec une horrible satisfaction, au plaisir qu'il aurait à tenir en ce moment la tête de M. Jingle entre son lit de plumes et son matelas.

L'infatigable étranger se leva le lendemain de bonne heure, et tandis que ses compagnons demeuraient dans leur lit, accablés par les débauches de la nuit précédente, il s'employa avec succès à égayer le déjeuner. Ses efforts, à cet égard, furent tellement heureux que la vieille dame sourde se fit répéter, à travers son cornet, deux ou trois de ses meilleures plaisanteries, et poussa même la condescendance jusqu'à dire tout haut à la tante demoiselle que c'était un charmant mauvais sujet. Les autres membres présents de la famille partageaient complétement cette opinion.

Dans les belles matinées d'été, la vieille dame avait l'habitude de se rendre sous le berceau où M. Tupman s'était si bien signalé. Les choses se passaient ainsi : d'abord le gros joufflu prenait sur un champignon, dans la chambre à coucher de la vieille lady, un chapeau ou plutôt un capuchon de satin noir, un châle de coton bien chaud, puis une solide canne, ornée d'une poignée commode. Ensuite, la vieille dame ayant mis posément le capuchon et le châle, s'appuyait d'une main sur la canne, de l'autre sur l'épaule de son page bouffi, et marchait lentement jusqu'au berceau, où Joe la laissait jouir de la fraîcheur de l'air pendant une demi-heure : après quoi il retournait la chercher et la ramenait à la maison.

La vieille dame aimait la précision et la régularité, et, comme depuis trois étés successifs cette cérémonie s'était accomplie sans la plus légère infraction aux règles établies, elle ne fût pas légèrement surprise, dans la matinée en question, lorsqu'elle vit le gros joufflu, au lieu de quitter le berceau d'un pas lourd, en faire le tour avec précaution, regarder soigneusement de tous côtés, et se rapprocher d'elle sur la pointe du pied, avec l'air du plus profond mystère.

La vieille dame était poltronne; — presque toutes les vieilles dames le sont; — sa première pensée fut que l'enflé personnage allait lui faire quelque atroce violence pour s'emparer de la menue monnaie qu'elle pouvait avoir sur elle. Elle aurait voulu crier au secours, mais l'âge et l'infirmité l'avaient depuis longtemps privée de la faculté de crier. Elle se contenta donc d'épier les mouvements de son page avec une terreur profonde, qui ne fut nullement diminuée lorsqu'il s'approcha tout près d'elle, et lui cria dans l'oreille d'une voix agitée, et qui lui parut menaçante : « Maîtresse! »

Or il arriva par hasard que M. Jingle se promenait dans le jardin près du berceau, dans ce même moment. Lui aussi entendit crier « Maîtresse! » et il s'arrêta pour en entendre davantage. Il avait trois raisons pour agir ainsi. Premièrement, il était inoccupé et curieux; secondement, il n'avait aucune espèce de scrupule; troisièmement, il était caché par quelques buissons. Il s'arrêta donc, et écouta.

« Maîtresse! cria le gros joufflu.

— Eh bien, Joe! dit la vieille dame toute tremblante. Vous savez que j'ai toujours été une bien bonne maîtresse pour vous. Vous avez toujours été bien traité, Joe. Vous n'avez jamais eu grand'chose à faire, et vous avez toujours eu suffisamment à manger. »

Cet habile discours ayant fait vibrer les cordes les plus intimes du gros garçon, il répondit avec expression : « Je sais ça.

— Alors, pourquoi m'effrayer ainsi? Que voulez-vous me faire? continua la vieille dame en reprenant courage.

— Je veux vous faire frissonner! »

C'était là une cruelle manière de prouver sa gratitude, et, comme la vieille dame ne comprenait pas bien clairement comment ce résultat serait obtenu, elle sentit renaître toutes ses terreurs.

« Savez-vous ce que j'ai vu dans ce berceau, hier au soir? demanda le gros joufflu.

— Dieu nous bénisse! Quoi donc? s'écria la vieille lady, alarmée par l'air solennel du corpulent jeune homme.

— Le gentleman au bras en écharpe qui embrassait....

— Qui? Joe, qui? aucune des servantes, j'espère?

— Pire que ça! » cria le jeune homme dans l'oreille de la vieille dame.

— Aucune de mes petites-filles?

— Pire que ça!

— Pire que cela, Joe! s'écria la vieille dame, qui avait pensé que c'était là la plus grande des atrocités humaines. Qui était-ce, Joe? Je veux absolument le savoir. »

Le délateur regarda soigneusement autour de lui, et, ayant terminé son inspection, cria dans l'oreille de la vieille lady :

« Miss Rachel!

— Quoi? dit-elle d'une voix aiguë. Parlez plus haut!

— Miss Rachel! hurla le gros joufflu.

— Ma fille! »

Joe répondit par une succession de signes affirmatifs, qui imprimèrent à ses joues un mouvement ondulatoire semblable à celui d'un plat de blanc-manger.

« Et elle l'a souffert! s'écria la vieille dame.

— Elle l'a embrassé à son tour! Je l'ai vue! » répondit le gros joufflu en ricanant.

Si M. Jingle, de sa cachette, avait pu voir l'expression du visage de la vieille dame, à cette communication, il est probable qu'un soudain éclat de rire aurait trahi sa présence auprès du berceau. Mais il recueillit seulement des fragments de phrases irritées, telles que :

« Sans ma permission!... A son âge!... Misérable vieille que je suis!... Elle aurait pu attendre que je fusse morte!... »

Puis, ensuite, il entendit les pas pesants du gros garçon qui s'éloignait et laissait la vieille lady toute seule.

C'est un fait remarquable, peut-être, mais néanmoins c'est un fait, que M. Jingle, cinq minutes après son arrivée à Manoir-ferme, avait résolu, dans son for intérieur, d'assiéger sans délai le cœur de la tante demoiselle. Il était assez bon observateur pour avoir remarqué que ses manières dégagées ne déplaisaient nullement au bel objet de ses attaques, et il la soupçonnait fortement de posséder la plus désirable de toutes les perfections : une petite fortune indépendante. L'impérative nécessité de débusquer son rival d'une manière ou d'une autre s'offrit donc immédiatement à son esprit, et il résolut de prendre sans délai des mesures à cet égard. Fielding nous dit que l'homme est de feu, que la femme est d'étoupe, et que le prince des ténèbres se plaît à les rapprocher. M. Jingle savait que les jeunes gens sont aux tantes demoiselles comme le gaz enflammé à la poudre fulminante, et il se détermina à essayer sur-le-champ l'effet d'une explosion.

Tout en réfléchissant aux moyens d'exécuter cette importante résolution, il se glissa hors de sa cachette, et, protégé par les buissons susmentionnés, regagna la maison sans être aperçu. La fortune semblait déterminée à favoriser ses desseins. Il vit de loin M. Tupman et les autres gentlemen s'enfoncer dans le jardin; il savait que les jeunes demoiselles étaient sorties ensemble après le déjeuner : la côte était donc libre.

La porte du salon se trouvant entr'ouverte, M. Jingle allongea la tête et regarda. La tante demoiselle était en train de tricoter. Il toussa, elle leva les yeux et sourit. Il n'existait aucune dose d'hésitation dans le caractère de M. Jingle; il posa mystérieusement son doigt sur sa bouche, entra dans la chambre et ferma la porte.

« Miss Wardle, dit-il avec une chaleur affectée, pardonnez

cette témérité.... courte connaissance.... pas de temps pour la cérémonie.... Tout est découvert.

— Monsieur ! s'écria la tante demoiselle fort étonnée, et doutant presque que M. Jingle fût dans son bon sens.

— Silence ! dit M. Jingle d'une voix théâtrale. Gros enflé.... face de poupard.... les yeux ronds.... canaille !... »

Ici il secoua la tête d'une manière expressive, et la tante demoiselle devint toute tremblante d'agitation.

« Je présume que vous voulez parler de Joseph, monsieur ? dit-elle en faisant effort pour paraître calme.

— Oui, madame. Damnation sur votre Joe !... Chien de traître que ce Joe !... A instruit la vieille dame.... la vieille dame furieuse.... enragée.... délirante !... Berceau.... Tupman.... caresses.... baisers et tout le reste.... Eh ! madame, eh !

— M. Jingle, s'écria la tante demoiselle, si vous êtes venu ici pour m'insulter....

— Pas du tout ; pas le moins du monde. Entendu l'histoire, venu pour vous avertir du danger, offrir mes services, prévenir les cancans. Tout est dit. Vous prenez cela pour une insulte.... je quitte la place.... »

Et il tourna sur ses talons comme pour exécuter cette menace.

« Que dois-je faire ? s'écria la pauvre demoiselle, en fondant en larmes. Mon frère sera furieux !

— Naturellement. Enragé !

— Oh ! monsieur Jingle, que puis-je faire ?

— Dites qu'il a rêvé, répliqua M. Jingle avec aplomb. »

Un rayon de consolation éclaira l'esprit de la tante demoiselle à cette suggestion. M. Jingle s'en aperçut et poursuivit son avantage.

« Bah ! bah ! rien de plus aisé : garçon mauvais sujet, femme aimable, gros garçon fustigé. Vous toujours crue ; terminaison de l'affaire.... tout s'arrange. »

Soit que la probabilité d'échapper aux conséquences de cette malencontreuse découverte fût délicieuse pour les sentiments de la tante demoiselle, soit que l'âcreté de son chagrin fût adoucie en s'entendant appeler femme aimable, elle tourna vers M. Jingle son visage reconnaissant et couvert d'une légère rougeur.

L'insinuant gentleman soupira profondément, attacha ses regards pendant quelques minutes sur la figure de la tante demoiselle, puis tressaillit mélodramatiquement, et détourna ses yeux avec précipitation.

« Vous paraissez malheureux, monsieur Jingle, dit la dame d'une voix plaintive. Puis-je vous témoigner ma reconnaissance en vous demandant la cause de vos chagrins, afin de tâcher de les alléger?

— Ah! s'écria M. Jingle avec un autre tressaillement, soulager! les alléger! quand votre amour s'est répandu sur un homme indigne d'une telle bénédiction! qui maintenant même a l'infâme dessein de captiver la nièce d'un ange.... Mais non! il est mon ami et je ne veux pas dévoiler ses vices. Miss Wardle, adieu! »

En terminant ce discours, le plus suivi qu'on lui eût jamais entendu proférer, M. Jingle appliqua sur ses yeux le reste du mouchoir dont nous avons déjà parlé, et se dirigea vers la porte.

« Arrêtez, monsieur Jingle, dit avec force la tante demoiselle. Vous avez fait une allusion à M. Tupman ; expliquez-la.

— Jamais! s'écria M. Jingle d'un air théâtral, jamais! »

Et, pour montrer qu'il ne voulait pas être questionné davantage, il prit une chaise et s'assit tout auprès de la tante demoiselle.

« M. Jingle, reprit-elle, je vous implore, je vous supplie de me révéler l'affreux mystère qui enveloppe M. Tupman

— Ah! repartit M. Jingle en fixant ses yeux sur le visage de la tante, puis-je voir.... charmante créature.... sacrifiée à l'autel? Avarice sordide! »

Il parut lutter pendant quelques secondes contre des émotions de toute nature; puis il dit d'une voix basse et profonde :

« Tupman n'aime que votre argent.

— Le misérable! » s'écria la demoiselle avec une énergique indignation.

Les doutes de M. Jingle étaient résolus : elle avait de l'argent.

« Bien plus, ajouta-t-il, il en aime une autre....

— Une autre! balbutia la tante. Et qui?

— Petite jeune fille.... les yeux noirs.... nièce Emily. »

Il y eut un silence; car s'il existait dans tout l'univers un individu femelle pour qui Rachel ressentît une jalousie mortelle, invétérée, c'était précisément cette nièce. Le rouge lui monta au visage et au col, et elle secoua silencieusement sa tête avec une expression d'ineffable dédain.

A la fin, mordant sa lèvre mince et se redressant un peu, elle dit d'une voix aigrelette :

« Cela ne se peut pas. Je ne veux pas le croire.

— Épiez-les, répliqua M. Jingle.

— Je le ferai.

— Épiez les regards de Tupman

— Je le ferai.

— Ses chuchotements.

— Je le ferai !

— Il ira s'asseoir auprès d'elle à dîner.

— Nous verrons.

— Il lui fera des compliments.

— Nous verrons.

— Et il vous plantera là.

— Me planter là ! cria-t-elle en tremblant de rage. Me planter là !

— Avez-vous des yeux pour vous en convaincre ? reprit M. Jingle.

— Oui.

— Montrerez-vous du caractère ?

— Oui.

— L'écouterez-vous ensuite ?

— Jamais !

— Prendrez-vous un autre amant ?

— Oui.

— Ce sera moi ? »

Et M. Jingle tomba sur ses genoux et y resta pendant cinq minutes. Quand il se releva, il était l'amant accepté de la tante demoiselle, conditionnellement, toutefois, et pourvu que l'infidélité de M. Tupman fût rendue manifeste.

M. Jingle devait en fournir des preuves, et elles arrivèrent dès le dîner. Miss Rachel pouvait à peine en croire ses yeux. M. Tracy Tupman était assis à côté d'Émily, lorgnant, souriant, parlant bas, en rivalité avec M. Snodgrass. Pas un mot, pas un regard, pas un signe n'étaient dirigés vers celle qui, le soir précédent, était l'orgueil de son cœur.

« Damné garçon ! pensa le vieux Wardle, qui avait appris de sa mère toute l'histoire ; damné garçon ! Il était endormi. C'est pure imagination !

— Scélérat ! pensait la tante demoiselle. Cher monsieur Jingle, vous ne me trompiez pas. Oh ! que je déteste le misérable ! »

L'inexplicable changement que semblait annoncer la conduite de M. Tupman sera expliqué à nos lecteurs par la conversation suivante.

C'était le soir du même jour, et la scène se passait dans le jardin. Deux personnages marchaient dans une allée écartée. L'un était assez gros et assez court, l'autre assez long et assez grêle. L'un était M. Tupman, l'autre, M. Jingle.

Le gros personnage commença le dialogue en demandant : « M'en suis-je bien tiré ?

— Superbe! fameux! N'aurais pas mieux joué le rôle moi-même. Il faut recommencer demain, tous les jours, jusqu'à nouvel ordre.

— Rachel le désire encore?

— Cela ne l'amuse pas, naturellement; mais il le faut bien. Le frère est terrible; elle a peur. On ne peut faire autrement. Dans quelques jours, les soupçons détruits, les vieilles gens déroutés, elle couronnera votre bonheur.

— Vous n'avez pas d'autre message?

— L'amour, le plus tendre amour, les plus doux sentiments, une affection inaltérable. Puis-je dire quelque chose pour vous?

— Mon cher, répondit l'innocent M. Tupman en serrant chaleureusement la main de son *ami*, portez-lui mes plus vives tendresses. Dites-lui combien j'ai de peine à dissimuler. Dites tout ce qu'on peut dire d'aimable; mais ajoutez que je reconnais la nécessité du rôle qu'elle m'a imposé ce matin par votre conseil. Dites que j'applaudis à sa sagesse et que j'admire sa discrétion.

— Je le lui dirai. Est-ce tout?

— Oui. Ajoutez seulement que je soupire ardemment après l'époque où elle m'appartiendra, où toute dissimulation deviendra inutile.

— Certainement, certainement. Est-ce tout?

— Oh! mon ami! dit le pauvre M. Tupman en pressant de nouveau la main de son compagnon, oh! mon ami, recevez mes remercîments les plus sincères pour votre bonté désintéressée, et pardonnez-moi si, même en imagination, je vous ai jamais fait l'injustice de supposer que vous pourriez me nuire. Mon cher ami, pourrai-je jamais reconnaître un tel service?

— Ne parlez pas de ça, répliqua M. Jingle, ne par.... »

Et il s'interrompit, comme s'il s'était rappelé tout d'un coup quelque chose.

« A propos, reprit-il, vous ne pourriez pas me prêter dix guinées, hein? Affaire très-urgente. Vous rendrai ça dans trois jours.

— Je crois que je puis vous obliger, répondit M. Tupman dans la plénitude de son cœur. Dans trois jours, dites-vous?

— Rien que trois jours; tout fini, alors, plus de difficultés. »

M. Tupman compta les dix guinées dans la main de son compagnon, et celui-ci les insinua dans son gousset, pièce par pièce, tout en regagnant la maison.

« Attention! dit M. Jingle, pas un regard.

— Pas un coup d'œil, repartit M. Tupman.

— Pas un mot!

— Pas une syllabe.

— Toutes vos cajoleries pour la nièce; plutôt brutal qu'autre chose envers la tante, seul moyen de tromper les envieux....

— Je ne m'oublierai pas, répondit tout haut M. Tupman.

— Et je ne m'oublierai pas non plus, » dit tout bas M. Jingle.

Ils entraient alors dans la maison.

La scène du dîner fut répétée le soir même et pendant trois autres dîners et trois soirées subséquentes. Le quatrième soir, le vieux Wardle paraissait fort satisfait, car il s'était convaincu que M. Tupman avait été faussement accusé; celui-ci était également joyeux, car M. Jingle lui avait dit que son affaire serait bientôt terminée; M. Pickwick se trouvait très-heureux, car c'était son état habituel; M. Snodgrass ne l'était pas, car il devenait jaloux de M. Tupman; la vieille lady était de fort bonne humeur, car elle gagnait au whist; enfin M. Jingle et miss Wardle étaient enchantés, pour des raisons tellement importantes dans cette véridique histoire, qu'elles seront racontées dans un autre chapitre.

CHAPITRE IX.

La découverte et la poursuite.

Le souper était servi, les chaises étaient placées autour de la table; des bouteilles, des pots et des verres étaient rangés sur le buffet; tout enfin annonçait l'approche du moment le plus sociable des vingt-quatre heures, c'est-à-dire le moment du souper.

« Où est Rachel? demanda M. Wardle.

— Et Jingle, ajouta M. Pickwick.

— Tiens! reprit son hôte, comment ne nous sommes-nous pas aperçus plus tôt de son absence? Il y a au moins deux heures que je n'ai entendu sa voix. Emily, ma chère, tirez la sonnette. »

La sonnette retentit et le gros joufflu parut.

« Où est miss Rachel? »

Il n'en savait rien.

« Où est M. Jingle, alors? »

Il ne pouvait le dire.

Tout le monde parut surpris. Il était tard : onze heures passées. M. Tupman riait dans sa barbe, car ils devaient être dans quelque coin à parler de lui.

« Drôle de farce, ha! ha!

— Cela ne fait rien, dit M. Wardle après une courte pause. Je suis sûr qu'ils vont revenir à l'instant. Je n'attends jamais personne, au souper.

— Excellente règle! repartit M. Pickwick. Admirable!

— Je vous en prie, asseyez-vous, poursuivit son hôte.

— Certainement, » dit M. Pickwick.

Et ils s'assirent.

Il y avait sur la table une gigantesque pièce de bœuf froid, et M. Pickwick en avait reçu une abondante portion. Il avait porté la fourchette vers ses lèvres et était sur le point d'ouvrir la bouche pour y introduire un morceau convenable, quand un grand bruit de voix s'éleva tout à coup dans la cuisine. M. Pickwick leva la tête et abaissa sa fourchette; M. Wardle cessa de découper, et insensiblement lâcha le couteau, qui resta inséré dans le morceau de bœuf. Il regarda M. Pickwick, et M. Pickwick le regarda.

Des pas lourds retentirent dans le passage. La porte de la salle à manger s'ouvrit tout à coup, et l'homme qui avait nettoyé les bottes de M. Pickwick le jour de son arrivée, se précipita dans la chambre, suivi du gros joufflu et de tous les autres domestiques.

« Que diable cela veut-il dire ? s'écria l'amphytrion.

— Est-ce que le feu est dans la cheminée de la cuisine ? demanda la vieille lady.

— Non ! grand'maman ! crièrent les deux jeunes personnes.

— Qu'est-ce qu'il y a ? » reprit le maître de la maison.

L'homme respira profondément, et dit d'une voix essoufflée :

« Ils sont partis, monsieur ; partis sans tambour, ni trompette, monsieur ! »

Dans ce moment, on remarqua que M. Tupman posait sa fourchette et son couteau et devenait excessivement pâle.

« Qui est-ce qui est parti ? demanda M. Wardle avec colère.

— M. Jingle et miss Rachel, dans une chaise de poste du *Lion Bleu*, à Muggleton ! J'étais là, mais je n'ai pas pu les arrêter ; alors, je suis accouru pour vous dire....

— J'ai payé ses frais ! s'écria M. Tupman en se dressant sur ses pieds d'un air frénétique. Il m'a attrapé dix guinées ! arrêtez-le ! Il m'a filouté ! C'est trop fort ! Je me vengerai, Pickwick ! Je ne le souffrirai pas ! »

Et, tout en proférant mille exclamations incohérentes de cette nature, le malheureux gentleman tournait tout autour de la chambre dans un transport de fureur.

« Le seigneur nous protége ! s'écria M. Pickwick en regardant avec une surprise mêlée de crainte les gestes extraordinaires de son ami. Il est devenu fou ! qu'allons-nous faire ?

— Ce que nous allons faire ! repartit le vigoureux vieillard, qui ne prêta d'attention qu'aux derniers mots de son convive ; mettez le cheval au cabriolet ; je vais prendre une chaise au *Lion Bleu*, et les poursuivre sur-le-champ ! Où est ce scélérat de Joe ?

— Me voici, mais je ne suis pas un scélérat ! répliqua une voix, c'était celle du gros joufflu.

— Laissez-moi l'attraper, Pickwick ! cria M. Wardle en se

précipitant vers le malencontreux jeune homme. Il a été payé par ce fripon de Jingle pour me faire perdre la trace en me contant des balivernes sur ma sœur et sur votre ami Tupman. (Ici M. Tupman se laissa tomber sur une chaise.) Laissez-moi l'attraper !

— Retenez-le ! s'écrièrent toutes les femmes ; et par-dessus leurs voix effrayées, on entendait distinctement les sanglots du gros garçon.

— Je ne veux pas qu'on me retienne ! bégayait le colérique vieillard. M. Winkle, ôtez vos mains ! M. Pickwick ! Lâchez-moi, monsieur ! »

Dans ce moment de tourmente et de confusion, c'était un beau spectacle de voir l'attitude calme et philosophique de M. Pickwick. Une tranquillité majestueuse régnait sur sa figure quoiqu'elle fût un peu enflammée par les efforts qu'il faisait pour modérer les passions impétueuses de son hôte, dont il avait fortement embrassé la vaste ceinture. Pendant ce temps, Joe était égratigné, tiré, bousculé, poussé hors de la chambre par toutes les femmes qui s'y trouvaient rassemblées. Après sa disparition, M. Wardle fut relâché, et dans le même instant, on vint annoncer que le cabriolet était prêt.

« Ne le laissez pas aller seul, crièrent les femmes, il tuera quelqu'un.

— J'irai avec lui, dit M. Pickwick.

— Vous êtes un bon garçon, Pickwick, repartit M. Wardle en lui serrant la main. Emma, donnez un châle à M. Pickwick pour attacher autour de son cou. Dépêchez ! Soignez votre grand-mère, enfants, elle se trouve mal. Allons, êtes-vous prêt ? »

La bouche et le menton de M. Pickwick ayant été rapidement enveloppés d'un châle, son chapeau ayant été enfoncé sur sa tête, et son pardessus jeté sur son bras, il répliqua affirmativement.

Lorsque nos deux amis furent montés dans le cabriolet :

« Lâchez-lui la bride, Tom, » cria le vieillard. Et la voiture partit à travers les ruelles étroites, tombant dans les ornières et frôlant les haies, au hasard de se briser à chaque instant.

« Ont-ils beaucoup d'avance ?... cria M. Wardle en arrivant à la porte du *Lion Bleu* autour de laquelle, malgré l'heure avancée, il s'était formé un groupe de causeurs.

— Pas plus de trois quarts d'heure ; répondirent tous les assistants à la fois.

— Une chaise et quatre chevaux! sur-le-champ. Allons! Allons! Vous rentrerez le cabriolet après.

— Allons, enfants! cria l'aubergiste, une chaise et quatre chevaux. Alerte! Alerte! »

Sans retard s'empressèrent valets et postillons. Les lanternes brillèrent, les hommes coururent çà et là, les fers des chevaux retentirent sur les pavés inégaux de la cour, le roulement de la chaise se fit entendre comme on la tirait de la remise: tout était bruit et mouvement.

« Allons donc! cette chaise viendra-t-elle cette nuit? cria M. Wardle.

— La voilà dans la cour, monsieur, répondit l'aubergiste. »

La chaise sortit en effet; les chevaux y furent attelés; les postillons montèrent sur ceux-ci, les voyageurs dans celle-là.

« Postillon! cria M. Wardle, les sept milles de ce relai en moins d'une demi-heure!

— En route! »

Les postillons appliquèrent le fouet et l'éperon; les garçons saluèrent; les palefreniers crièrent, et ils partirent d'un train furieux.

« Jolie situation! pensa M. Pickwick quand il eut le loisir de la réflexion. Jolie situation pour le président perpétuel du Pickwick-Club! Une chaise humide, des chevaux enragés, quinze milles à l'heure et minuit passé! »

Pendant les trois ou quatre premiers milles, les deux amis, ensevelis dans leurs réflexions, n'échangèrent pas une seule parole, mais lorsque les chevaux, qui s'étaient échauffés, commencèrent à dévorer le terrain, M. Pickwick devint trop animé par la rapidité du mouvement pour continuer à rester entièrement muet.

« Nous sommes sûrs de les attraper, je pense? commença-t-il.

— Je l'espère, répliqua son compagnon.

— Une belle nuit! continua M. Pickwick en regardant la lune qui brillait paisiblement.

— Tant pis, car ils ont eu l'avantage du clair de lune pour prendre l'avance, et nous allons en être privés. Elle sera couchée dans une heure.

— Il sera assez désagréable d'aller de ce train-là dans l'obscurité, n'est-il pas vrai?

— Certainement, » répliqua sèchement M. Wardle.

L'excitation temporaire de M. Pickwick commença à se calmer un peu, lorsqu'il réfléchit aux inconvénients et aux dangers de l'expédition dans laquelle il s'était embarqué si légèrement. Il fut tiré de ces pensées déplaisantes par les clameurs des postillons.

« Ohé ! ohé ! ohé ! ohé ! ohé ! cria le premier postillon.

— Ohé ! ohé ! ohé ! ohé ! ohé ! hurla le second postillon.

— Ohé ! ohé ! ohé ! ohé ! ohé ! vocifera le vieux Wardle lui-même en mettant la moitié de son corps hors de la portière.

— Ohé ! ohé ! ohé ! ohé ! ohé ! » répéta M. Pickwick, en s'unissant au refrain, sans avoir la plus légère idée de ce qu'il signifiait.

Au milieu de ces cris poussés par tous les quatre à la fois, la chaise s'arrêta.

« Qu'est-ce qui nous arrive ? demanda M. Pickwick.

— Il y a une barrière ici, répondit le vieux Wardle, et nous aurons des nouvelles des fugitifs. »

Au bout de cinq minutes consommées à frapper et à crier sans relâche, un vieux bonhomme, n'ayant que sa chemise et son pantalon, sortit de la maison du *Turnpike* et ouvrit la barrière[1].

« Combien y a-t-il qu'une chaise est passée ici ? demanda M. Wardle.

— Combien y a ?

— Oui.

— Ma foi je n'en sais trop rien. N'y a pas trop longtemps, ni trop peu non plus. Juste entre les deux peut-être.

— Est-il passé une chaise, seulement.

— Ah ! mais oui, il est passé une chaise.

— Combien y a-t-il de temps, mon ami ? dit M. Pickwick en s'interposant. Une heure ?

— Ah ! cela se pourrait bien, répliqua l'homme.

— Ou deux heures ? demanda le premier postillon.

— Je n'en serais pas bien étonné, répondit l'homme d'un air de doute.

— En route, postillons ! s'écria M. Wardle irrité ; voilà assez de temps de perdu avec ce vieil idiot.

— Idiot ! répéta le vieux, en contemplant avec un ricanement la chaise qui diminuait rapidement à mesure que la distance augmentait. Non ! Pas si idiot que vous croyez. Vous avez

1. En Angleterre l'entretien des routes se fait au moyen d'un péage, qui est perçu de distance en distance. (*Note du traducteur.*)

perdu dix minutes ici, et vous êtes juste aussi savant qu'auparavant. Si tous les camarades sur la route reçoivent une guinée et la gagnent moitié aussi bien, vous ne rattraperez pas l'autre chaise avant la Saint-Michel, mon gros courtaud! »

Ayant fait suivre son discours d'un ricanement prolongé, le vieux bonhomme ferma la barrière, rentra dans sa maison, et barricada la porte après lui.

Cependant nos voyageurs poursuivaient leur route sans aucun ralentissement. La lune, comme M. Wardle l'avait prédit, déclinait avec rapidité; de sombres et pesants nuages, qui depuis quelques temps s'étaient graduellement étendus dans le ciel, venaient de se réunir au zénith en une masse noire et compacte. De larges gouttes de pluie fouettaient de temps en temps les glaces de la chaise, et semblaient avertir les voyageurs de l'approche rapide d'une tempête. Le vent qui soufflait directement contre eux, s'engouffrait en tourbillon furieux dans la route étroite, et gémissait tristement à travers les arbres. M. Pickwick resserra plus soigneusement sa redingote, s'établit plus commodément dans son coin, et tomba dans un profond sommeil, dont il fut tiré bientôt après par la cessation de tout mouvement, par le bruit d'une sonnette, et par ce cri répété à voix haute:

« Des chevaux sur-le-champ! »

Mais ici il arriva un autre délai. Les postillons dormaient d'un sommeil si mystérieusement profond, qu'il fallut plus de cinq minutes pour éveiller chacun d'eux. Le palefrenier avait perdu la clef de l'écurie, et quand à la fin elle fut trouvée, deux garçons endormis transposèrent les harnais des chevaux, et il fallut recommencer toute l'opération du harnachement. Si M. Pickwick avait été seul, ces obstacles multipliés auraient bientôt mis un terme à la poursuite : mais le vieux Wardle n'était pas démonté si aisément. Il s'employa avec tant de bonne volonté, poussant l'un, bousculant l'autre, prenant une chaîne par-ci, attachant une boucle par-là, que la chaise fut prête à rouler en un espace de temps beaucoup plus court qu'on n'aurait pu l'espérer raisonnablement, sous l'influence de tant de difficultés.

Ils recommencèrent donc leur voyage, et certainement avec une perspective fort peu engageante. Le relai était de 15 milles, la nuit sombre, le vent violent, la pluie battante. Il était impossible de faire beaucoup de chemin en luttant contre tant d'obstacles, aussi ne fallut-il guère moins de deux heures pour arriver au relai suivant. Mais ici, se présenta à leurs yeux un objet qui réveilla leur courage et ranima leurs esprits abattus.

« Quand cette chaise est-elle arrivée? s'écria le vieux Wardle, en sautant hors de sa voiture et montrant une autre chaise couverte d'une boue encore humide, qui était restée dans la cour.

— Il n'y a pas un quart d'heure, monsieur, répliqua le valet d'écurie à qui cette question était adressée.

— Une dame et un gentleman? demanda Wardle, pantelant d'impatience.

— Oui, monsieur.

— Grand homme en habit, longues jambes, le corps mince?

— Oui, monsieur.

— Une dame d'un certain âge, le visage maigre, rien que la peau sur les os, hein?

— Oui, monsieur.

— Pardieu! Pickwick, ce sont eux! s'écria le vieux gentleman.

— Ils auraient été ici plus tôt, poursuivit le palefrenier; mais un de leurs traits s'est cassé.

— Ce sont eux, reprit Wardle. Ce sont eux, par Jupiter! Une chaise et quatre chevaux, à l'instant! Nous les attraperons avant l'autre relai. Allons, postillons! de l'activité. Une guinée chacun, postillons! Vivement; dépêchons, mes enfants, en route! »

Tout en proférant ces exhortations, le vieux gentleman courait à droite et à gauche, et s'occupait de tous les détails avec une excitation qui se communiqua à M. Pickwick. Sous cette influence contagieuse, celui-ci s'empêtra les jambes dans les harnais, se fourra au milieu des chevaux, se fit comprimer l'abdomen par les roues de la chaise, s'imaginant et croyant fermement qu'en faisant tout cela il accélérait matériellement les préparatifs de leur départ.

« Grimpez, grimpez vite! s'écria le vieux Wardle en montant dans la chaise, relevant le marchepied, et fermant la portière après lui. Allons donc! dépêchez-vous. »

M. Pickwick était de l'autre côté de la voiture, et avant qu'il pût savoir précisément de quoi il s'agissait, il se sentit soulever par le vieux gentleman, pousser par le valet d'écurie; et en route! ils étaient partis au grand galop.

« Ah ! voilà qui s'appelle marcher maintenant ! dit M. Wardle avec complaisance. »

Et en effet, ils *marchaient*, comme le témoignaient suffisamment à M. Pickwick ses constantes collisions avec les durs panneaux de la voiture ou avec son compagnon.

« Tenez-vous ferme, dit le robuste vieillard au philosophe, qui venait de piquer une tête au beau milieu de l'immense gilet de son compagnon de voyage.

— Je n'ai jamais été aussi cahoté de ma vie, répondit-il.

— Ne faites pas attention, reprit son camarade. Ce sera bientôt fini. Ferme ! ferme ! »

M. Pickwick se planta dans son coin aussi solidement qu'il le put, et la chaise roula plus vite que jamais.

Ils avaient brûlé de cette manière environ trois milles, quand M. Wardle qui, depuis quelques minutes, tenait sa tête hors de la portière, la retira toute couverte d'éclaboussures, et s'écria, haletant d'impatience : « Les voilà ! »

M. Pickwick mit aussitôt la tête à l'autre portière et vit, à peu de distance devant eux, une voiture qui détalait au grand galop.

« En avant ! en avant ! » vociféra le vieux gentleman. « Deux guinées, postillons ! Rattrapez-les ! rattrapez-les ! »

Les chevaux de la première chaise repartirent de toute leur vitesse, et ceux de M. Wardle galoppèrent avec fureur après eux.

« Je vois sa tête ! » s'écria le colérique vieillard. « Dieu me damne ! je vois sa tête !

— Et moi aussi, » dit M. Pickwick. « C'est lui-même. »

M. Pickwick ne se trompait point. On apercevait clairement à la portière de la chaise la figure de M. Jingle, complétement couverte par la boue que lançaient les roues de sa voiture. Le mouvement de ses bras qu'il agitait violemment vers les postillons dénotait qu'il les encourageait à redoubler leurs efforts.

L'intérêt devint immense. Les champs, les arbres, les haies semblaient tourbillonner autour d'eux. Ils arrivèrent tout auprès de la première chaise ; ils entendaient, par-dessus le bruit des roues, la voix de M. Jingle qui gourmandait ses postillons. Le vieux Wardle écumait de rage et d'excitation ; il rugissait par douzaine des « coquin ! » des « scélérat ! » Il brandissait son poing et en menaçait l'objet de son indignation ; mais M. Jingle ne répondait à ces outrages que par un sourire moqueur, puis par un cri de triomphe et de dérision, lorsque ses chevaux, obéissant à l'énergie croissante du fouet et de l'éperon, redoublèrent de vitesse et laissèrent en arrière ceux qui les poursuivaient.

M. Pickwick venait de retirer sa tête de la portière, et M. Wardle, fatigué de crier, en avait fait autant, quand une secousse terrible les jeta tous les deux sur le devant de la voiture. Un craquement violent se fit entendre, une roue se détacha, et la chaise versa sur le flanc.

Après quelques secondes de confusion où l'on ne pouvait rien discerner que le trépignement des chevaux et le brisement des glaces, M. Pickwick se sentit tirer violemment des décombres, et, aussitôt qu'il fut d'aplomb sur ses pieds et qu'il eut dégagé sa tête du collet de sa redingote, par lequel se trouvaient notablement obstruées les fonctions de ses besicles, il reconnut toute l'étendue de leur désastre. Le jour venait de paraître, et la scène était parfaitement éclairée par la grise lumière du matin.

Le vieux Wardle était debout, à côté de lui, sans chapeau, les habits déchirés. A ses pieds gisaient les débris de la voiture. Les postillons, défigurés par la boue et par une course violente étaient parvenus à couper les traits et se tenaient à la tête de leurs chevaux. A une centaine de pas en avant, on voyait l'autre chaise qui s'était arrêtée en entendant le bruit de leur naufrage. Les postillons, dont la figure était contournée par un ricanement féroce, contemplaient du haut de leur selle leurs adversaires démontés, tandis que M. Jingle, à la portière, examinait, avec une évidente satisfaction la ruine de ses persécuteurs.

« Ohé? cria l'effronté comédien; personne d'endommagé? — Gentlemen d'un certain âge, — assez lourds, — dangereux, — très-dangereux.

— Canaille! vociféra M. Wardle.

— Ah! ah! ah! » répliqua Jingle; et ensuite il ajouta, en clignant de l'œil d'un air malin, et en désignant avec son pouce l'intérieur de la chaise : « Elle va très-bien, — vous offre ses compliments, — vous prie de ne pas vous déranger. Des amitiés à *Tuppy*. — Ne voulez-vous pas monter derrière? — En route, postillons! »

Les postillons se remirent en selle; la chaise recommença à rouler, et M. Jingle, étendant son bras hors de la portière, agitait, par dérision, un mouchoir blanc.

Rien, dans toute cette aventure, n'avait pu troubler l'humeur égale et tranquille de M. Pickwick, pas même la culbute de sa voiture et de sa personne. Mais il ne put supporter patiemment l'infamie de celui qui, après avoir emprunté de l'argent à son fidèle disciple, se permettait d'abréger son nom en celui de Tuppy. Il devint rouge jusqu'au bord de ses lunettes, et, ayant respiré fortement, il dit d'une voix lente et emphatique : « Si jamais je rencontre cet homme, je veux....

— Oui, oui, interrompit M. Wardle, tout cela est fort bien, mais, tandis que nous restons là à parler, ils obtiendront une licence et seront mariés à Londres. »

M. Pickwick s'arrêta et renferma sa vengeance au fond de son cœur.

« Combien y a-t-il d'ici au premier relai ! demanda M. Wardle à l'un des postillons.

— Six milles, n'est-ce pas, Tom ?

— Un peu plus.

— Un peu plus de six milles, monsieur.

— Il n'y a pas de remède, il faut les faire à pied, Pickwick.

— Il n'y a pas de remède, » répéta cet homme vraiment grand.

Par l'ordre de M. Wardle, l'un des postillons partit devant, à cheval, pour faire atteler une nouvelle chaise, et l'autre resta en arrière pour prendre soin de celle qui était brisée. En même temps, M. Pickwick et le vieux gentleman se mettaient courageusement en marche, après avoir soigneusement attaché leurs châles autour de leur cou et avoir enfoncé leur chapeau sur leurs oreilles, pour éviter autant que possible le déluge de pluie qui recommençait à tomber.

CHAPITRE X.

Destiné à dissiper tous les doutes qui pourraient exister sur le désintéressement de M. Jingle.

Il y a dans Londres plusieurs vieilles auberges qui servaient le quartier général aux coches les plus célèbres, dans le temps où les coches accomplissaient leurs voyages d'une manière grave et solennelle; mais ces auberges ont dégénéré peu à peu, et n'abritent plus guère que des voitures de roulage. Le lecteur chercherait en vain quelqu'une de ces anciennes hôtelleries parmi les *Bouches d'or*, les *Croix d'or*, les *Taureaux d'or* qui lèvent leur front superbe dans les belles rues de Londres. S'il veut en étudier les restes, il fera bien de diriger ses pas vers les quartiers les plus obscurs de la ville, et là, dans quelque coin retiré, il en trouvera un certain nombre qui restent encore debout, avec une sombre obstination, au milieu des innovations modernes.

Dans le *Borough*[1] surtout, il reste encore une demi-douzaine de ces anciennes maisons, qui ont conservé sans changement leur singulière physionomie, et qui ont également échappé à la rage des améliorations publiques et des spéculations privées. Ce sont d'étranges bâtiments, avec des galeries, des corridors, des escaliers sans nombre, et assez antiques, assez vastes pour fournir des matériaux à mille histoires de revenants, si nous sommes jamais réduits à la lamentable nécessité d'en inventer quelques-unes, et si le monde dure assez longtemps pour épuiser les innombrables et véridiques légendes qui se rattachent au vieux pont de Londres et à ses environs.

Dans la cour du *Blanc-Cerf*, l'une des plus célèbres entre ces auberges gothiques, et de bonne heure dans la matinée qui suivit les événements funestes racontés dans le précédent chapitre, un homme s'occupait activement à enlever la boue d'une paire de bottes. Cet homme avait un gilet rayé, orné de manches de calicot noir et de boutons de verre bleu, une culotte de gros drap et des guêtres. Autour de son cou s'enroulait négligemment un mouchoir d'un rouge éclatant; un vieux chapeau blanc était posé sans façon sur le côté gauche de sa tête. Il y avait devant ce personnage deux rangées de bottes, les unes propres, les autres crottées, et, à chaque addition qu'il faisait aux bottes nettoyées, il s'arrêtait un instant pour contempler son ouvrage avec une satisfaction évidente.

La cour n'offrait aucun indice de ce tapage, de ce mouvement qui caractérisent les hôtels où s'arrêtent les diligences. Deux ou trois cabriolets, deux ou trois chaises de poste s'abritaient sous différents petits toits en appentis. Trois ou quatre voitures de roulage, chargées d'une montagne de marchandises aussi élevée que le second étage d'une maison ordinaire, res-

1. Faubourg de Londres, situé au midi de la Tamise. (*Note du traducteur.*)

taient immobiles à l'ombre d'un énorme hangar suspendu sur un des côtés de la cour, tandis qu'un autre *camion*, qui probablement devait commencer son voyage dans la matinée, était tiré dans la partie découverte. Les bâtiments qui bordaient deux côtés du parallélogramme étaient garnis d'une double rangée de galeries, ornées d'énormes garde-fous en bois, et sur lesquelles deux files de chambres à coucher venaient s'ouvrir. Deux lignes de sonnettes, qui leur correspondaient, se dandinaient au-dessus de la porte d'entrée, recouverte par un petit toit en ardoise. Enfin, de temps en temps, le piétinement pesant d'un cheval de charge, ou le cliquetis d'une chaîne, annonçait, à ceux qui s'en inquiétaient, que les écuries étaient au bout de la cour. Si nous ajoutons à ce tableau quelques hommes en blouse, dormant sur des ballots; quelques sacs de laine et autres articles de ce genre, répandus sur des monceaux de foin, nous aurons décrit, autant qu'il est nécessaire, l'apparence que présentait, dans la matinée dont il s'agit, la cour du *Blanc-Cerf*, grande rue du Borough.

Le carillon d'une des sonnettes fut suivi de l'apparition d'une servante coquette, dans l'une des galeries du second étage. Elle frappa à l'une des portes, et, ayant reçu une requête de l'intérieur, elle cria par-dessus la balustrade : Sam! »

« Voilà! répliqua l'homme au chapeau blanc.

— Le nº 22 demande ses bottes sur-le-champ.

— Eh bien! demandes-y s'il veut les avoir de suite, ou bien attendre qu'on les lui porte cirées.

— Allons, Sam! pas de bêtises! reprit la jeune fille d'un air engageant; le gentleman a besoin de ses bottes sur-le-champ.

— Parole d'honneur! vous êtes bonne là! repartit le décrotteur. Regardez-moi un peu ces bottes. Onze paires de bottes, et un soulier qui appartient au nº 6, avec une jambe de bois. Les bottes doivent être livrées à huit heures et demie, et le soulier à neuf. Qu'est-ce que c'est que le nº 22, pour monter sur le dos à tous les autres? Non! non! chacun son tour! comme disait Jack Ketch à des particuliers qu'il avait à pendre. Fâché de vous faire attendre, monsieur; mais je ferai vot' affaire tout à l'heure. »

Parlant ainsi, l'homme au chapeau blanc se remit à travailler sur une botte à revers, avec une vitesse accélérée.

On entendit un autre carillon, et la vieille aubergiste du *Blanc-Cerf* parut d'un air affairé dans la galerie opposée.

« Sam! cria l'hôtesse. Où est-il, ce paresseux, ce fainéant, ce.... Oh ! vous voilà donc, Sam ! Pourquoi ne répondiez-vous pas ?

— Ça serait-y gentil de répondre avant que vous eussiez fini de parler ? répliqua Sam un peu brusquement.

— Tenez, cirez ces souliers pour le n° 17, sur-le-champ, et portez-les à la salle à manger particulière, n° 5, au rez-de-chaussée. Ayant ainsi parlé, l'aubergiste jeta dans la cour des souliers de femme, et s'éloigna en trottinant.

— N° 5, dit Sam en ramassant les souliers et tirant un morceau de craie de sa poche, pour noter leur destination sous la semelle : Souliers de femme et salle à manger particulière. je parie bien qu'elle n'est pas venue en charrette, celle-là !

— Elle est venue de bonne heure ce matin, cria la servante, qui était encore appuyée sur la balustrade de la galerie, dans un fiacre, avec un gentleman, et c'est lui qui demande ses bottes, que vous feriez mieux de lui donner : voilà l'histoire.

— Pourquoi ne m'avez-vous pas dit ça d'abord ? s'écria Sam avec une grande indignation, en choisissant les bottes en question parmi toutes celles qui étaient devant lui. Je croyais que c'était une de nos pratiques à trois pence. Salle à manger particulière ! et une lady encore ! S'il y a dans sa peau un peu du véritable gentleman, il me vaudra au moins un shilling par jour, sans compter les commissions. »

Stimulé par cette réflexion consolante, M. Samuel brossa avec tant de bonne volonté, qu'au bout de peu de minutes, il avait donné aux souliers et aux bottes un luisant qui aurait rempli de jalousie l'âme de l'aimable M. *Warren*; car, au *Blanc-Cerf*, on employait le cirage de MM. Day et Martin.

Arrivé à la porte du n° 5, Sam frappa respectueusement.

« Entrez ! » répondit une voix d'homme.

Sam fit son plus beau salut, et parut en présence d'une dame et d'un gentleman qui étaient en train de déjeuner. Ayant officieusement déposé les bottes de droite et de gauche aux pieds respectifs du gentleman, et les souliers de droite et de gauche à ceux de la dame, il se retira vers la porte.

« Garçon ! dit le gentleman.

— Monsieur ! répondit Sam en fermant la porte et tenant la main sur le bouton de la serrure.

— Connaissez-vous.... comment cela s'appelle-t-il ? *Doctors' Commons* ?

— Oui, monsieur.

— Où est-ce ?

— *Paul's church-yards*, monsieur. Une arcade basse; un libraire d'un côté, un hôtel de l'autre, et deux commissionnaires qui se chargent d'obtenir des permis de mariage pour ceux qui en ont besoin.

— Des permis de mariage? répéta le gentleman.

— Oui, des permis de mariage! répéta Sam. Deux individus en tablier blanc touchent leurs chapeaux quand vous entrez: « Un permis, monsieur, un permis? » Drôles de gens, et leurs maîtres aussi! Ils ne valent pas mieux que les procureurs que consultent les plaideurs de la Cour d'assises.

— Et que font-ils? demanda le gentleman.

— Ce qu'ils font? Ils vous mettent dedans, monsieur! Et ce n'est pas tout: ils fourrent dans la tête des vieilles gens des choses comme ils n'en auraient jamais rêvé. Mon père, monsieur, était un cocher, un cocher veuf, monsieur, et assez gros pour être capable de tout; étonnamment gros, mon père. Sa chère épouse décède, et lui laisse quatre cents guinées. Bien! Il s'en va aux *Commons* pour voir l'homme de loi, et toucher le quibus. Fameuse tournure, mon père! Bottes à revers, bouquet à la boutonnière, chapeau à grands bords, châle vert, gentleman fini! Il passe sous l'arcade, pensant où il placerait son argent. Bon! arrive le commissionnaire. Il touche son chapeau: « Un permis, monsieur? — Quoi qu'c'est? dit mon père. — Permis de mariage, dit-il. — Dieu me damne! dit mon père, je n'y avais jamais pensé. — J'imagine qu'il vous en faut un, monsieur, » dit le commissionnaire. Mon père s'arrête et réfléchit un brin. « Non! dit-il, diable m'emporte! Je suis trop vieux. D'ailleurs, je suis beaucoup trop gros, dit-il. — Allons donc, monsieur! dit l'autre. — Vous croyez? dit mon père. — J'en suis sûr, qu'il dit. Nous avons marié un gentleman deux fois vot' corporence lundi passé. — Vrai? dit mon père. — Bien vrai! dit l'autre; vous n'êtes qu'un gringalet auprès. Par ici, monsieur, par ici. » Et ne voilà-t-il pas mon père qui marche après lui, comme un singe apprivoisé derrière un orgue, dans un petit bureau noir, oùs qu'il y avait un gaillard avec des papiers crasseux et des boîtes d'étain, qui travaillait à faire croire qu'il était bien occupé. « Asseyez-vous, « monsieur, pendant que je vas faire le certificat, dit l'homme « de loi. — Merci, monsieur! » dit mon père; et il s'assoit et il examine de tous ses yeux, et avec sa bouche ouverte les noms qu'il y avait sur les boîtes. « Comment vous appelez-vous, « monsieur? dit l'homme de loi. — Tony Weller, dit mon père.

— Votre paroisse? dit l'autre. — La *Belle-Sauvage*, dit mon père, car il s'arrêtait à cet hôtel-là quand il conduisait, et il ne connaissait rien aux paroisses. — Et comment s'appelle la dame? » dit l'homme de loi. Voilà mon père qui n'y est plus du tout. « Diable m'emporte si j'en sais rien! qu'il dit. — Vous n'en savez rien? dit l'autre. — Pas plus que vous, dit mon père. Pourrais-je pas ajouter le nom plus tard? dit-il. — Impossible! dit l'autre. — Très-bien, dit mon père, après avoir réfléchi un instant. Mettez Mme Clarke. — Clarke quoi? dit l'homme de loi en trempant sa plume dans l'encrier. — Susanne Clarke, à l'enseigne du *Marquis de Granby*, *Dorking*, dit mon père. Je crois bien qu'elle me prendra, si je la demande. Je n'y en ai jamais touché un mot; mais elle me prendra, je le sais. » Comme ça, le permis fut enregistré. Et bien sûr qu'elle l'a pris; et ce qu'il y a de pire, c'est qu'elle le tient encore au jour d'aujourd'hui, et moi je n'ai pas seulement vu la couleur des quatre cents guinées. Pas de chance! Je vous demande excuse, monsieur, ajouta Sam, à la fin de son récit; mais quand je commence sur c'te doléance-là, je ne peux pas plus m'arrêter qu'une brouette neuve qui a une roue bien graissée.» Ayant tout dit, et ayant attendu un instant pour voir si l'on n'avait pas besoin de lui, il sortit de la chambre.

«Neuf heures et demie! C'est l'heure; en route! dit alors le gentleman que nous pouvons nous dispenser d'introduire comme étant M. Jingle.

— L'heure de quoi? demanda la tante demoiselle avec coquetterie.

— Du permis, ange chéri; après, il faudra avertir à l'église Demain matin, vous serez à moi, répondit M. Jingle en serrant la main de la tante demoiselle.

— Le permis! soupira Rachel en rougissant.

— Le permis, répéta M. Jingle :

Au galop! au galop! je cours le chercher.
Au galop! et flonflon! je reviens près de vous!

— Comme vous allez vite! dit Rachel.

— Vite! Vous verrez comme iront les heures, jours, semaines, mois, années, quand nous serons unis. Vite! Tonnerre, éclairs, locomotive, force de mille chevaux, rien n'ira si vite!

— Ne pourrions-nous pas.... ne pourrions-nous pas être mariés avant demain matin? demanda Rachel.

— Impossible! Ne se peut pas! Il faut avertir l'église, laisser le permis aujourd'hui, cérémonie demain!

— J'ai une si grande frayeur que mon frère ne nous découvre !

— Nous découvre ! Folie ! Trop secoué par sa culbute ! D'ailleurs, extrême précaution : quitté la chaise de poste, marché, pris une voiture, venus ici, la dernière place où il nous cherchera. Eh ! eh ! fameuse idée !

— Ne soyez pas longtemps, dit la tante demoiselle avec affection, lorsqu'elle vit M. Jingle enfoncer son chapeau râpé sur sa tête.

— Longtemps loin de vous ! beauté cruelle ! Et M. Jingle s'avança d'un air enjoué vers Rachel, imprima un chaste baiser sur ses lèvres, et sortit en dansant de la chambre.

— Cher amant ! dit la demoiselle, tandis qu'il fermait la porte.

— Drôle de vieille folle ! » pensa Jingle en arpentant les corridors. »

Il est pénible de s'appesantir sur la perfidie de notre espèce, et nous ne suivrons pas le fil des méditations de M. Jingle pendant son trajet aux *Doctors' Commons*. Il suffira de dire qu'il échappa aux embuches des gens en tablier blanc qui gardent la porte de cette région enchantée, et qu'il atteignit en sûreté le bureau du vicaire général. Là, il se procura une gracieuse épître de l'archevêque de Cantorbéry : « A ses amés et féaux Alfred Jingle et Rachel Wardle, salut. » Il déposa soigneusement dans sa poche le document mystique, et retourna au Borough, en triomphe.

Il était encore en chemin, lorsque deux gentlemen puissants et un gentleman maigre entrèrent dans la cour du *Blanc-Cerf*, et cherchèrent des yeux quelque personne à laquelle ils pussent adresser un certain nombre de questions. M. Samuel Weller, décrotteur attitré du *Blanc-Cerf*, était en ce moment occupé à brunir une paire de bottes. Ce fut vers lui que se dirigea le gentleman maigre.

« Mon ami ! dit-il.

— Il paraît que celui-là aime les consultations gratuites ; autrement, il ne serait pas si amoureux de moi du premier coup, pensa le sagace garçon ; mais il se contenta de dire : « Eh bien ! monsieur ? »

— Mon ami ! répéta le maigre gentleman avec un *hem!* conciliateur, avez-vous beaucoup de voyageurs en ce moment ? hein ? Bien occupé, n'est-ce pas ? »

Sam examina l'interrogateur. C'était un petit homme, à l'air affairé, au visage brun et anguleux, dont les deux petits yeux toujours clignotants et scintillants de chaque côté d'un nez mince et inquisitif, semblaient faire une perpétuelle partie de cache-cache au moyen de cet organe. Son habit noir faisait ressortir la blancheur de sa chemise et de son étroite cravate; sur son pantalon noir se détachait une chaîne avec des breloques d'or, et ses bottes étaient aussi luisantes que ses yeux. Il tenait à la main ses gants de chevreau noir; et en parlant il fourrait ses poignets sous les pans de son habit, de l'air d'un homme qui est habitué à poser des questions légales.

« Bien occupé, hein? dit le petit homme.

— Pas mal comme ça, monsieur, répliqua Sam. Nous ne ferons pas banqueroute, ni fortune non plus. Nous mangeons not' mouton bouilli sans câpres, et nous nous battons l'œil du raifort, quand nous pouvons attraper du bœuf.

— Ah! dit le petit homme, vous êtes un farceur, n'est-ce pas?...

— Mon frère aîné était affligé de cette maladie-là, répondit Sam. Nous couchions ensemble, et ça s'attrape peut-être....

— Oh! la drôle de vieille maison que voilà! reprit le petit homme en regardant autour de lui.

— Fallait faire prévenir de votre arrivée, on lui aurait fait des réparations, rétorqua le décrotteur imperturbable. »

Son interlocuteur parut un peu déconcerté de ces rebuffades successives. Une courte consultation eut lieu entre lui et les deux gros gentlemen; ensuite il prit une prise de tabac dans une étroite tabatière d'argent, et il paraissait se disposer à renouveler la conversation, quand l'un de ses compagnons, qui, outre une contenance bienveillante, était porteur d'une paire de lunettes et d'une paire de guêtres noires, s'avança et dit en montrant l'autre gros gentleman.

« Le fait est que mon ami vous donnera une demi-guinée, si vous voulez répondre à une ou deux.... »

— Eh! mon cher monsieur! mon cher monsieur! interrompit le petit homme. Permettez, je vous prie, mon cher monsieur Le premier principe à observer dans des cas semblables, est celui-ci : Si vous mettez la chose entre les mains d'un homme d'affaires, vous ne devez plus vous en mêler aucunement. Vous devez reposer en lui une entière confiance. Réellement, monsieur... » Il se tourna vers l'autre gros gentleman en lui disant : « J'ai oublié le nom de votre ami.

— Pickwick, répondit M. Wardle, car c'était ce joyeux personnage lui-même.

— Ah! Pickwick. Réellement, monsieur Pickwick, mon cher

monsieur, excusez-moi : Je serai heureux de recevoir vos avis en particulier, comme *amicus curiæ* : mais vous devez voir l'inconvenance de votre intervention en ce moment, surtout par un argument *ad captandum*, tel que l'offre d'une demi-guinée. Réellement, mon cher monsieur, réellement.... et le petit homme prit un air profond et une prise de tabac argumentative.

— Mon seul désir, monsieur, répondit M. Pickwick, était d'amener à fin, aussi vite que possible, cette désagréable affaire.

— Très-bien, très-bien, dit le petit homme.

— C'est pourquoi, continua M. Pickwick, j'ai fait usage de l'argument que mon expérience des hommes m'a fait reconnaître comme le meilleur dans tous les cas.

— Oui, oui, dit le petit homme : très-bon ! très-bon ! c'est vrai. Mais vous auriez dû me suggérer cela à moi. Vous savez, j'en suis sûr, quelle confiance sans bornes on doit placer dans son homme d'affaires. S'il était besoin d'une autorité à ce sujet, permettez-moi, mon cher monsieur, de vous référer à un cas bien connu dans Barnwell....

— Ne vous alambiquez pas de George Barnevelt, interrompit Sam, qui était resté fort étonné de ce dialogue. Tout le monde connaît son histoire, et, voyez-vous, j'ai toujours imaginé que la jeune femme méritait beaucoup mieux que lui d'être pendue[1]. Mais c'est égal; ça n'a rien à voir ici. Vous voulez que j'accepte une demi-guinée. Très-bien, ça me va ; je ne puis pas parler mieux que ça. Pas vrai, monsieur ? (M. Pickwick sourit.) Alors il ne s'agit plus que de savoir ce que diable vous me voulez, comme dit c't autre quand il vit le revenant.

— Nous voulons savoir.... dit M. Wardle.

— Et ! mon cher monsieur ! mon cher monsieur ! interrompit le petit homme à l'air affairé. »

M. Wardle leva les épaules, et se tut.

« Nous voulons savoir, reprit solennellement le petit homme, et nous vous adressons cette question pour ne pas éveiller d'inutiles appréhensions dans l'auberge ; nous voulons savoir ce qui s'y trouve actuellement.

— Qu'est-ce qu'il y a dans la maison ? Il y a une paire de bottes hongroises, au n° 13, répondit Sam, dans l'esprit duquel les logeurs étaient représentés par la partie de leur costume qui se trouvait sous sa direction immédiate. Il y a une jambe de bois au n° 6; deux paires de demi-bottes dans la salle du

1. Allusion à une cause célèbre.

commerce. Il y a ces bottes à revers ici, au rez-de-chaussée, et cinq autres paires dans le café.

— Pas davantage? dit le petit homme.

— Attendez un brin, reprit Sam, en cherchant à se rappeler; oui, il y a une paire de bottes à la Wellington, pas mal usées, et des souliers de dame, au n° 5.

— Quelle sorte de souliers? demanda avec empressement M. Wardle, qui, ainsi que M. Pickwick, s'était perdu dans ce singulier catalogue de chalands.

— Souliers de province.

— Y a-t-il le nom du cordonnier?

— Brown.

— D'où cela?

— Muggleton.

— Ce sont eux! s'écria Wardle. Par le ciel nous les avons trouvés.

— Chut! dit Sam : Les Wellington sont allés aux *Doctors' Commons.*

— Bah! fit le petit homme.

— Oui, pour un permis.

— Nous arrivons à temps, s'écria Wardle. Montrez-nous la chambre; il n'y a pas un moment à perdre.

— Je vous en prie, mon cher monsieur, je vous en prie, dit le petit homme. De la prudence: de la prudence! »

En parlant ainsi, il tira de sa poche une bourse de soie rouge, dont il aveignit un souverain, en regardant fixement Sam. Celui-ci sourit d'une manière expressive.

« Montrez-nous la chambre, tout d'un coup, sans nous annoncer, dit le petit homme; et il est à vous. »

Sam jeta la botte à revers dans un coin, et conduisit nos gens à travers un corridor sombre et un large escalier. Arrivé dans un second corridor, il fit halte et tendit la main.

« Le voilà, » dit tout bas l'avoué en déposant le souverain dans la main de leur guide.

Sam fit encore quelques pas, et s'arrêta devant une porte.

« C'est ici? demanda le petit homme. »

Sam fit signe que oui.

Le vieux Wardle ouvrit la porte, et tous les trois pénétrèrent dans la chambre, juste au moment où M. Jingle, qui venait de rentrer, montrait le permis à la tante demoiselle.

Rachel jeta un grand cri, et se renversant sur une chaise, se couvrit le visage avec les mains. M. Jingle chiffonna le permis, et le fourra dans sa poche. Les visiteurs intempestifs s'avancèrent au milieu de la chambre.

« Vous êtes un joli coquin! s'écria le vieux Wardle, haletant de colère. Vous êtes....

— Mon cher monsieur! mon cher monsieur! interrompit le petit homme, en posant son chapeau sur la table. Je vous en prie, faites attention. *Scandalum magnatum*.... diffamation.... action pour dommages.... Calmez-vous, mon cher monsieur, je vous en prie.

— Comment osez-vous enlever ma sœur de ma maison? reprit M. Wardle.

— Oui, très-bien, dit le petit gentleman. Vous pouvez lui demander cela. Comment osez-vous enlever sa sœur, eh! monsieur?

— Qui diable êtes-vous! s'écria M. Jingle d'un ton si violent que le petit homme en recula involontairement un pas ou deux.

— Qui il est? coquin! C'est mon avoué, M. Perker. Perker, je veux poursuivre ce gueux-là! je veux le faire empoigner! Je veux.... Je veux.... Dieu me damne! je veux le ruiner. — Et vous, continua M. Wardle en se tournant brusquement vers sa sœur; vous Rachel, à votre âge! quand vous devriez connaître le monde! A quoi pensez-vous de vous enfuir avec un vagabond? de déshonorer votre famille, de vous rendre vous-même misérable! Mettez votre chapeau, et venez avec moi. — Faites venir une voiture et apportez la note de cette dame. Entendez-vous? entendez-vous?

— Voilà, monsieur, répliqua Sam, en répondant au violent coup de sonnette de M. Wardle avec une célérité merveilleuse, pour quiconque ne savait pas que son œil avait été appliqué au trou de la serrure, pendant toute l'entrevue.

— Mettez votre chapeau! reprit Wardle.

— N'en faites rien, s'écria Jingle. Quittez cette chambre, monsieur! Pas d'affaires ici. Dame libre et maîtresse de ses actions. Plus de vingt et un ans.

— Plus de vingt et un ans! répéta M. Wardle avec mépris Plus de *quarante* et un ans!

— Ce n'est pas vrai! s'écria la tante demoiselle, son indignation l'emportant sur son désir de se trouver mal.

— C'est vrai, répliqua M. Wardle. Vous avez cinquante ans, comme un jour! »

La tante demoiselle poussa un cri aigre, et perdit connaissance.

M. Pickwick, avec son aménité accoutumée appela l'hôtesse, et lui demanda un verre d'eau.

« Un verre d'eau ! repartit le colérique vieillard ; apportez-en un baquet et jetez-le sur elle. Cela lui fera du bien, et elle le mérite richement.

— Fi ! brute que vous êtes ! » s'écria la compatissante hôtesse. Puis, avec diverses exclamations de : « pauvre chère dame ! Allons, allons, pauvre chérie ! buvez un peu de ça ; ça vous fera du bien ; ne vous laissez pas abattre comme ça ; pauvre amour ! » etc., etc. L'hôtesse, assistée par une servante commença à humecter le front, à frapper dans les mains, à chatouiller le nez, à délacer le corset de la tante demoiselle, et à lui administrer enfin tous les calmants appliqués ordinairement par les sensibles matrones aux dames qui s'efforcent de se donner des attaques de nerfs.

« La voiture est prête, monsieur, dit Sam, en paraissant à la porte.

— Allons ! venez, reprit M. Wardle. Je vais la porter dans la voiture. »

A cette proposition les attaques de nerfs recommencèrent avec une nouvelle fureur.

L'hôtesse était sur le point de protester violemment contre ce procédé, et avait déjà demandé avec indignation si M. Wardle se croyait seigneur de la création, lorsque M. Jingle s'interposa.

« Garçon, dit-il, amenez-moi un constable.

— Attendez ! attendez ! dit le petit Perker. Considérez, monsieur, considérez.

— Je ne veux rien considérer, répliqua Jingle. Elle est sa maîtresse. Voyons qui osera l'emmener, sans son consentement.

— Je ne veux pas être emmenée, murmura la dame évanouie. Je n'y consens pas. (Ici il y eut une rechute effrayante.)

— Mon cher monsieur, dit le petit avoué, en prenant à part M. Wardle et M. Pickwick ; mon cher monsieur, nous sommes dans une situation bien embarrassante. C'est un cas désolant ; je n'en ai jamais connu de plus désolant, mais, réellement, mon cher monsieur, nous n'avons aucun pouvoir pour contrôler les actions de cette dame. Je vous ai prévenu avant de venir, mon cher monsieur, qu'il n'y avait pas d'autre remède qu'un accommodement.

— Quelle espèce d'accommodement voudriez-vous faire ? demanda M. Pickwick.

— Voyez-vous, mon cher monsieur, votre ami est dans une

position très-déplaisante, excessivement déplaisante. Il faut qu'il consente à subir quelques pertes pécuniaires.

— Je dépenserai tout ce qu'il faudra plutôt que de supporter ce déshonneur, plutôt que de souffrir, toute folle qu'elle est, qu'elle se rende misérable pour sa vie entière.

— Je suppose que cela pourra s'arranger, dit le petit homme affairé. M. Jingle, voulez-vous venir avec nous, pour un instant, dans la chambre à côté? »

M. Jingle y consentit et le quatuor passa dans une pièce voisine.

« Maintenant, monsieur, dit le petit homme en fermant soigneusement la porte, n'y a-t-il aucun moyen d'accommoder cette affaire? Venez par ici, monsieur, dans cette embrasure de croisée, où nous serons en tête-à-tête. Là, monsieur, là! Asseyez-vous s'il vous plaît, monsieur. Maintenant, mon cher monsieur, entre vous et moi, nous savons très-bien, mon cher monsieur, que vous avez enlevé cette dame pour l'amour de son argent. Ne froncez pas le sourcil, monsieur, c'est inutile: je vous dis, entre vous et moi, que *nous* savons cela. Nous sommes tous les deux des hommes du monde, et *nous* savons très-bien que nos amis ici n'en sont pas. N'est-ce pas, monsieur? »

Le visage de M. Jingle s'éclaircit graduellement pendant ce discours, et quelque chose qui ressemblait à un clignement d'œil trembla, pendant un instant, dans sa paupière gauche.

« Très-bien! très-bien! poursuivit M. Perker, observant l'impression qu'il avait faite. Maintenant, le fait est que la dame n'a rien, ou peu de chose, jusqu'à la mort de sa mère.... Une personne bien constituée, mon cher monsieur.

— Vieille! dit M. Jingle laconiquement, mais avec énergie.

— Oui, c'est vrai, reprit l'avoué avec une légère toux; vous avez raison, mon cher monsieur, elle est assez vieille. Mais elle vient d'une vieille famille, mon cher monsieur; vieille dans toutes les acceptions du mot. Le fondateur de cette famille arriva dans le comté de Kent, lors de l'invasion de Jules-César, et depuis ce temps-là il n'y a qu'un seul de ses membres qui n'ait pas vécu jusqu'à quatre-vingt-cinq ans, encore a-t-il été décapité par ordre d'un des Henry. La vieille dame n'a pas soixante-treize ans, mon cher monsieur. »

Le petit homme s'arrêta et prit une prise de tabac.

« Eh bien? fit M. Jingle.

— Eh bien! mon cher monsieur.... Vous ne prenez pas de tabac? Vous avez raison, c'est une habitude coûteuse. Eh bien!

mon cher monsieur, vous êtes un joli garçon, un homme du monde, capable de pousser votre fortune, si vous aviez un capital, hein?

— Eh bien! répéta M. Jingle.

— Vous ne me comprenez pas?

— Pas tout à fait.

— Ne pensez-vous pas.... Je viens au fait, mon cher monsieur. Ne pensez-vous pas que cinquante guinées et la liberté seraient plus agréables que miss Wardle et des espérances?

— Impossible! dit M. Jingle en se levant. Pas assez, de moitié!

— Non! non! mon cher monsieur, reprit le petit avoué en l'arrêtant par un bouton. Bonne somme ronde. Un homme comme vous pourrait la tripler en un rien de temps. On peut faire bien des choses avec cinquante guinées, mon cher monsieur.

— Bien plus avec cent cinquante, répliqua Jingle froidement.

— Allons, mon cher monsieur, nous ne perdrons pas notre temps à couper un cheveu en quatre. Disons.... disons quatre-vingts....

— Impossible!

— Restez, mon cher monsieur. Dites-moi ce que vous voulez.

— Affaire coûteuse, déboursés, chevaux de poste, neuf guinées; licence, trois guinées, douze guinées; compensation, cent guinées, cent douze. Perte d'honneur et perte de la dame....

— Allons! mon cher monsieur, allons! interrompit l'homme d'affaires d'un air malin. Ne parlons pas des deux derniers articles. Cela fait cent douze guinées. Mettons cent, allons!

— Cent vingt[1].

— Allons! allons! je vais vous écrire un mandat, reprit le petit homme en s'asseyant près d'une table, et commençant à écrire. Je le ferai payable pour après demain et nous pouvons emmener la dame d'ici là? » ajouta-t-il en interrogeant M. Wardle du regard.

Celui-ci fit un sombre signe d'assentiment.

« Cent, dit le petit homme.

— Et vingt, ajouta Jingle.

— Mon cher monsieur! reprit l'avoué.

— Donnez-les lui, interrompit M. Wardle. Et qu'il s'en aille au diable avec! »

1. 3000 francs.

Le mandat fut donc écrit par le petit gentleman, et empoché par M. Jingle.

« Maintenant quittez cette maison sur-le-champ! dit M. Wardle, en se levant.

— Mon cher monsieur.... observa l'homme d'affaires.

— Et sachez, continua M. Wardle sans s'occuper de l'interrupteur, sachez que rien au monde, pas même l'honneur de ma famille, n'aurait pu me faire consentir à cet arrangement, si je n'étais pas convaincu que vous deviendrez la proie du diable d'autant plus vite que vous aurez plus d'argent.

— Mon cher monsieur, représenta de nouveau le petit homme.

— Tenez-vous tranquille, Perker, lui répondit son colère client. Quittez cette chambre, monsieur!

— En route sur-le-champ, répliqua l'impassible Jingle. Adieu Pickwick. »

Si quelque spectateur désintéressé avait pu contempler, pendant la fin de cette conversation, la contenance de l'homme illustre dont le nom décore notre titre, il aurait été étonné que le feu de l'indignation qui jaillissait de ses yeux ne fît pas fondre les verres de ses lunettes. Ses narines s'enflèrent, ses poings se fermèrent involontairement, quand il s'entendit nommer familièrement par le misérable. Mais il se contint; il ne le pulvérisa point.

« Tenez, continua le scélérat endurci, en jetant la licence aux pieds de M. Pickwick. Changez les noms, emmenez la dame, — fera l'affaire de Tuppy. »

M. Pickwick était un philosophe. Mais, après tout, les philosophes ne sont que des hommes revêtus d'une armure de sagesse. Le trait mordant pénétra à travers le harnais philosophique de notre héros et déchira profondément son cœur. Dans un accès de rage il lança, au hasard, l'encrier qui avait servi à M. Perker, et se précipita dans la même direction. Mais son adversaire était disparu et il se trouva arrêté dans les bras de Sam.

« Ohé! dit cet excentrique fonctionnaire. Le mobilier n'est pas cher dans vot' pays, vieux gentleman. Voilà une encre qui écrit toute seule, hein? Elle vient d'écrire vot' nom sur ce mur. Laissez donc monsieur; à quoi bon courir après un homme qui est, à présent, à l'autre bout du Borough? »

L'esprit de M. Pickwick, comme celui de tous les hommes vraiment grands, était ouvert à la persuasion, et comme il raisonnait puissamment et rapidement, un seul instant de réflexion suffit pour le convaincre de l'inutilité de son courroux. Il s'apaisa aussi vite qu'il s'était enlevé, respira fortement, et jeta un regard bénin sur ses amis.

Rapporterons-nous les lamentations de miss Wardle quand elle apprit de quelle manière son infidèle amant l'abandonnait? Imprimerons-nous les détails de cette scène déchirante, si admirablement décrite par M. Pickwick? Son livre de notes est ouvert devant nous; une légère moisissure indique encore combien de larmes lui arracha l'humanité sympathisante. Un seul mot, et ces notes seront entre les mains de l'imprimeur. Mais non! nous résisterons à cette pensée! nous ne désolerons pas le cœur du public par la peinture de ces affreuses souffrances.

Le lendemain, la lourde voiture de Muggleton ramena, lentement et tristement, les deux amis avec la dame délaissée. Les ombres de la nuit étaient tombées depuis bien longtemps sur toute la nature, quand ils arrivèrent à la porte de Manoir-ferme.

CHAPITRE XI.

Contenant un autre voyage et une découverte d'antiquité : annonçant la résolution de M. Pickwick d'assister à une élection, et renfermant un manuscrit donné par le vieil ecclésiastique.

Une nuit de repos et de tranquillité dans le profond silence de Dingley-dell, et, le lendemain matin, une heure d'immersion dans l'air frais et parfumé de la campagne, effacèrent complètement, chez M. Pickwick, les traces de la fatigue que son corps avait supportée et de l'anxiété qui avait agité son esprit. Depuis deux jours cet homme illustre était séparé de ses amis, de ses sectateurs, et lorsqu'au retour de sa promenade matinale il rencontra M. Winkle et M. Snodgrass, ce fut avec un sentiment de délices qui peut à peine être compris par une imagination vulgaire, qu'il s'avança au-devant d'eux pour leur dire bonjour. Le plaisir fut mutuel. Qui pourrait, en effet, contempler, sans en éprouver, le visage rayonnant de M. Pickwick? Et cependant un nuage semblait obscurcir le front de ses disciples. Ils avaient un air mystérieux, aussi alarmant qu'extraordinaire. Le grand homme s'en aperçut et ne put en deviner la cause.

Après avoir serré les mains des deux jeunes gens, et proféré de chaudes expressions de bienvenue, M. Pickwick leur dit : « Comment va Tupman? »

M. Winkle, à qui cette question était plus particulièrement adressée, ne fit point de réponse. Il détourna la tête et parut absorbé dans de mélancoliques réflexions.

« Snodgrass, reprit M. Pickwick avec vivacité, comment va notre ami? Est-il malade?

— Non! répliqua M. Snodgrass; et une larme trembla sur sa paupière sentimentale, comme une goutte de pluie sur le bord d'une croisée. Non! il n'est pas malade! »

M. Pickwick contempla tour à tour chacun de ses amis.

« Winkle! Snodgrass! leur dit-il quand il les eut suffisamment contemplés, que signifie cela? Où est notre ami? Qu'est-il arrivé? Parlez, je vous en supplie, je vous en conjure! Que dis-je? je vous le commande, parlez! »

Il y avait dans le maintien et dans l'accent de M. Pickwick une dignité, une solennité à laquelle il était impossible de résister. « Il nous a quittés, répondit M. Snodgrass.

— Quittés! s'écria M. Pickwick.

— Quittés, répéta M. Snodgrass.

— Où est-il? demanda M. Pickwick.

— Nous pouvons seulement le soupçonner d'après cet écrit, répliqua M. Snodgrass en tirant une lettre de sa poche et la plaçant entre les mains de son ami. Hier matin, quand nous avons reçu une lettre de M. Wardle, qui nous annonçait pour la nuit le retour de sa sœur, nous avons remarqué que la mélancolie qui assombrissait l'âme de notre ami, semblait s'accroître encore. Peu de temps après il disparut. Nous le cherchâmes vainement durant tout le jour; et, dans la soirée, cette lettre nous fut apportée par le palefrenier de la *Couronne*, à Muggleton. Notre ami la lui avait laissée dès le matin, en lui recommandant bien de ne nous la remettre que lorsque les ombres de la nuit auraient obscurci la nature. »

M. Pickwick ouvrit la lettre. Elle était de l'écriture de M. Tupman, et contenait ce qui suit :

« Mon cher Pickwick,

« Vous qui êtes placé dans une région supérieure aux faiblesses humaines, vous ignorez quel coup fatal on reçoit lorsqu'on est abandonné par une charmante, par une fascinante créature; et lorsqu'on devient la victime d'un monstre qui cachait la ruse et le vice hideux sous le masque de l'amitié. Ah! puissiez-vous ne l'apprendre jamais!

« Les lettres qui me seront adressées à *la Bouteille de cuir*, à Cobham-Kent, me seront transmises, supposé que j'existe encore. Je m'éloigne d'une partie du monde qui m'est devenue odieuse. Si je quitte le monde tout entier, plaignez-moi, pardonnez-moi. La vie, mon cher ami, m'est devenue insupportable! La flamme qui brûle au dedans de nous est comme les crochets d'un porteur, sur lesquels repose l'énorme poids des soins et des soucis du monde; quand cette flamme nous manque, le fardeau devient trop pesant pour que nous puissions le supporter et nous tombons accablés sur la terre. Vous pouvez dire à Rachel.... Ah! ce nom!.... Quel souvenir!....

« TRACY TUPMAN. »

« Nous allons partir sur-le-champ, dit M. Pickwick en refermant cette lettre. Nous n'aurions pu, dans aucune circonstance, rester décemment ici après les événements qui s'y sont passés; mais maintenant, c'est un devoir pour nous d'aller à la recherche de notre ami. » En prononçant ces nobles paroles, M. Pickwick prit le chemin de la maison.

Ses intentions furent promptement communiquées à ses hôtes. Leurs prières pour le retenir furent instantes, mais inutiles. « D'importantes affaires, leur dit-il, rendent mon départ indispensable. »

Le vieil ecclésiastique était présent.

« Vous êtes donc décidé à nous quitter? » dit-il à M. Pickwick, en le prenant à part; et sur sa réponse affirmative, il ajouta: « S'il en est ainsi, voilà un petit manuscrit que j'espérais avoir le plaisir de vous lire moi-même. Ayant perdu un de mes amis, qui était médecin de notre hôpital des fous, j'ai trouvé ce manuscrit parmi beaucoup d'autres papiers qu'il m'avait chargé de brûler ou de conserver, à mon choix. Il n'est point de la main de mon ami, et j'ai peine à croire qu'il ne soit pas apocryphe : lisez-le, mon cher monsieur, et jugez par vous-même s'il a été réellement écrit par un maniaque, ou, ce qui me paraît plus probable, si les rêveries d'un de ces infortunés ont été recueillies par une autre personne. »

M. Pickwick reçut le manuscrit, et se sépara du bienveillant vieillard avec mille expressions d'estime et d'affection.

C'était une tâche bien plus difficile de prendre congé des habitants de Manoir-ferme, où nos voyageurs avaient été reçus avec tant d'hospitalité, avec des attentions si délicates. M. Pickwick embrassa les jeunes ladies. Nous allions dire, *comme si elles avaient été ses propres filles*, mais la comparaison pourrait bien n'être pas entièrement exacte, car peut-être y mit-il un peu plus de chaleur. Il embrassa la vieille lady avec une tendresse filiale, et en glissant dans la main des servantes quelques preuves substantielles de sa bienveillance, il tapota leurs joues rosées, d'une manière toute patriarcale. Ensuite, des protestations bien plus cordiales encore, bien plus prolongées, furent échangées avec leur excellent amphytrion et avec M. Trundle. Cependant M. Snodgrass était disparu; et il fallut l'appeler plusieurs fois avant de le déterminer à sortir de certains corridors sombres.

Miss Émily rentra bientôt après, et ses yeux, ordinairement si brillants, paraissaient ternes et battus. Enfin les trois amis s'arrachèrent des bras de leurs aimables hôtes, et tout en s'éloignant lentement de la ferme, ils jetèrent en arrière bien des regards attendris. On prétend même que M. Snodgrass lança d'innombrables baisers dans les airs, en reconnaissance de quelque chose de blanchâtre qui continua à s'agiter à une des croisées de la maison, jusqu'au moment où un détour du chemin leur cacha la vieille demeure : ce quelque chose ressemblait beaucoup à un mouchoir de femme.

A Muggleton nos voyageurs prirent la voiture de Rochester, et lorsqu'ils arrivèrent dans ce dernier endroit, leur douleur s'était suffisamment apaisée pour leur permettre de faire un excellent dîner. Quelque temps après, ayant pris les informations nécessaires concernant le chemin qu'ils devaient suivre, ils se dirigèrent, en se promenant, vers Cobham.

C'était par une charmante soirée du mois de juin. La route, qui serpentait à l'ombre d'un bois, était égayée par le chant des oiseaux, et rafraîchie par l'haleine du zéphir; le lierre grimpant et les mousses pendantes ornaient le tronc des vieux arbres; la terre était revêtue d'un vert gazon, aussi délicat qu'un tapis de soie. En sortant du bois, nos voyageurs se trouvèrent dans un parc ouvert, au milieu duquel s'élevait un ancien château construit dans le style pittoresque et singulier du temps d'Élisabeth. De longs points de vue s'étendaient de tous les côtés, au milieu des chênes et des ormes gigantesques; de nombreux troupeaux de daims paissaient l'herbe fraîche, et de temps en temps une biche effrayée traversait le chemin, légère comme l'ombre des nuages qui glisse rapidement sur un paysage inondé par la chaude lumière du soleil.

« Si tous ceux qui sont attaqués de la maladie de notre ami se retiraient dans cette contrée, dit M. Pickwick, en regardant autour de lui, je m'imagine que leur vieil attachement pour le monde renaîtrait bientôt.

— Je le pense aussi, dit M. Winkle.

— Et réellement, ajouta M. Pickwick, lorsqu'une demi-heure de marche les eut amenés dans le village, réellement, quoique choisi par un misanthrope, cet endroit me semble le plus joli et le plus séduisant que j'aie jamais rencontré. »

M. Winkle et M. Snodgrass s'associèrent sans restriction à ces louanges.

Bientôt après, ayant demandé *la Bouteille de cuir*, nos voyageurs furent dirigés vers une auberge d'assez bonne apparence, pour une auberge de village, et s'enquirent s'il s'y trouvait un gentleman nommé Tupman.

« Tom, dit l'hôtesse, menez ces messieurs, dans la salle. »

Sous la conduite d'un vigoureux paysan, les trois amis entrèrent dans une chambre longue et basse, dont les murailles étaient embellies d'une ribambelle de vieux portraits et d'images grossièrement coloriées, et dont le plancher était semé d'une multitude de chaises de cuir, d'une forme fantastique, au dos gigantesque. A l'extrémité de la salle une table se faisait remarquer par la blancheur éblouissante de sa nappe. Elle était décorée d'une volaille dodue, d'un jambon appétissant, d'un pot d'ale fraîche, etc. Et c'est à cette table séduisante qu'était assis M. Tupman, n'ayant en aucune façon l'air d'un homme qui a pris congé de ce monde.

A l'arrivée de ses amis, il posa son couteau, sa fourchette, et s'avança au-devant d'eux d'un air sombre.

« Je ne m'attendais pas à vous voir ici, dit-il en saisissant la main de M. Pickwick. C'est bien aimable.

— Ah ! fit M. Pickwick, en s'asseyant et en essuyant sur son front la sueur causée par sa promenade. Finissez votre dîner et venez dehors avec moi. Je désire vous parler, à vous seul. »

M. Tupman fit comme il lui était enjoint, et M. Pickwick s'étant rafraîchi d'un copieux coup d'ale, attendit le loisir de son ami. En moins d'une heure le dîner fut dépêché, et ils sortirent ensemble.

Pendant une demi-heure on put les voir passer et repasser dans le cimetière, tandis que M. Pickwick combattait la résolution de M. Tupman. Il serait inutile de répéter ses arguments, car quel langage pourrait rendre l'énergie que leur communiquait l'action de ce grand orateur? Il n'est pas davantage nécessaire de savoir si M. Tupman était déjà fatigué de la solitude, ou s'il lui fut impossible de résister à l'éloquent appel qui lui fut adressé. En fait, il n'y résista pas.

« Il lui importait peu, dit-il, où il traînerait les misérables restes de son existence; et puisque ses amis attachaient tant d'importance à son humble coopération, il consentait à partager leurs travaux. »

M. Pickwick sourit, une poignée de main fut échangée, et ils retournèrent auprès de leurs compagnons.

C'est en ce moment que M. Pickwick fit l'immortelle découverte qui sera à jamais un sujet d'orgueil pour ses amis, un sujet d'envie pour tous les antiquaires des quatre parties du monde. Ils avaient dépassé la porte de leur auberge, et ne se rappelant pas où elle était située, ils avaient été un peu plus loin dans le village. Comme ils revenaient sur leurs pas, les yeux de M. Pickwick tombèrent sur une petite pierre brisée et à moitié ensevelie dans la terre, sur le devant d'une chaumine.

M. Pickwick s'arrêta.

« Ceci est fort étrange! dit-il.

— Qu'y a-t-il d'étrange? demanda M. Tupman, en regardant avec empressement tous les objets qui l'entouraient, excepté celui dont il était question. Eh! mais de quoi s'agit-il donc? »

Cette dernière exclamation lui était arrachée par la vue de M. Pickwick qui, dans son enthousiasme pour sa découverte, se jetait à genoux devant la petite pierre, et en balayait la poussière avec son mouchoir.

« Il y a une inscription ici! s'écria M. Pickwick.

— Est-il possible? dit M. Tupman.

— Je puis distinguer, continua M. Pickwick, en frottant de toutes ses forces, et en regardant attentivement à travers ses lunettes, je puis distinguer, une croix, et un *B*, et ensuite un *T*. Ceci est très-important! poursuivit M. Pickwick en se relevant. C'est une inscription fort ancienne, et qui existait peut-être longtemps avant les antiques *Alms houses*[1] de cette petite ville. Il ne faut pas laisser échapper cette trouvaille. »

Ayant ainsi parlé, M. Pickwick frappa à la porte de la chaumière. Un laboureur l'ouvrit.

« Mon ami, lui demanda le philosophe d'un ton bienveillant, savez-vous comment cette pierre est venue ici ?

— Nein, m'sieu, j'n'en savons rin, répondit l'homme civilement. All' était là hen du temps avant moi, et avant l'pus ancien du village itou. »

M. Pickwick regarda son compagnon avec triomphe.

« Vous.... vous n'y êtes pas bien attaché, j'imagine, poursuivit-il, en tremblant d'anxiété. Vous ne seriez pas fâché de la vendre ?

— Ah ! ben oui ! qui qui voudrait l'acheter ? répondit l'homme avec une expression de visage qu'il s'imaginait probablement rendre très-rusée.

— Je vous en donnerai une demi-guinée sur-le-champ, reprit M. Pickwick, si vous voulez la retirer de terre. »

Lorsque la petite pierre eut été déracinée, moyennant quelques coups de bêche, M. Pickwick l'enleva de ses propres mains, à grand'peine, et au grand étonnement de tout le village. Il la porta dans l'auberge, et après l'avoir soigneusement lavée, il la déposa sur la table.

Les transports de joie des pickwickiens ne connurent plus de bornes quand ils virent couronner de succès leur patience et leur assiduité, leurs lavages et leurs grattages. La pierre était anguleuse et brisée, les lettres mal alignées et peu régulières, mais cependant on pouvait déchiffrer le fragment suivant d'inscription :

†
BIL
STUM
PS
SAMA
RK

Les prunelles de M. Pickwick étincelèrent de délice lorsqu'il s'assit auprès de la table, en couvant des yeux le trésor qu'il

1. Petites maisons où les vieillards pauvres sont logés gratuitement.

avait déterré. Il avait atteint le plus grand objet de son ambition. Dans un comté connu pour être couvert par des restes de l'antiquité, dans un village où il existait encore quelques gages des anciens temps, lui, le président du Pickwick-Club, avait découvert une étrange et curieuse inscription, d'une antiquité incontestable, et qui avait entièrement échappé aux observations de tous les savants hommes qui l'avaient précédé. Il pouvait à peine en croire l'évidence de ses sens.

« Ceci, dit-il, ceci me détermine. Nous retournerons à la ville dès demain.

— Demain ! s'écrièrent ses disciples pleins d'admiration.

— Demain, répéta M. Pickwick. Ce trésor doit être déposé sur-le-champ dans un endroit où il puisse être complétement étudié et convenablement compris. J'ai une autre raison pour cette démarche. Dans quelques jours une élection doit avoir lieu pour le bourg d'Eatanswill. Un gentleman que j'ai rencontré dernièrement, M. Perker, est l'agent d'un des candidats. Nous contemplerons, nous étudierons minutieusement une scène intéressante pour quiconque est Anglais.

— Nous vous suivrons ! » s'écrièrent en même temps trois voix, qui semblaient n'en former qu'une.

M. Pickwick promena ses regards autour de lui. L'attachement, la ferveur de ses disciples allumèrent dans son sein le feu de l'enthousiasme. Il était leur maître, et il le sentit.

« Célébrons, reprit-il, célébrons cette réunion fortunée par des libations amicales. » Cette nouvelle proposition ayant été également accueillie par des applaudissements unanimes, M. Pickwick déposa l'importante pierre dans une petite boîte de sapin, qu'il eut le bonheur d'obtenir de l'hôtesse; puis il se plaça dans un fauteuil au haut bout de la table, et la soirée tout entière fut consacrée à la gaieté et à la conversation.

Il était onze heures passées, heure indue pour le petit village de Cobham, lorsque M. Pickwick se retira dans la chambre à coucher qui lui avait été préparée. Il leva la jalousie, et, posant sa lumière sur la table, il se laissa aller à de profondes méditations sur les nombreux événements des deux journées précédentes.

L'heure et l'endroit étaient favorables à la contemplation et M. Pickwick n'en fut tiré que par le bruit de l'horloge de l'église, qui frappait lentement minuit. Le premier coup de la cloche retentit à son oreille d'une manière solennelle et lugubre à la fois; mais quand elle cessa de tinter, le silence lui parut insupportable. Il lui semblait qu'il venait de perdre un compagnon chéri. Son système nerveux était excité et dérangé ; il le sentit et, s'étant déshabillé rapidement, il plaça sa lumière dans la cheminée et entra dans son lit.

Tout le monde a éprouvé cet état désagréable dans lequel une sensation de lassitude corporelle lutte vainement contre l'insomnie : telle était la situation de M. Pickwick en ce moment. Il se tourna sur un côté, puis sur l'autre; il tint ses yeux fermés avec persévérance, comme pour s'engager à dormir : mais ce fut en vain. Soit que cela provînt de la fatigue inaccoutumée qu'il avait soufferte, ou de la chaleur, ou du grog, ou du changement de lit, le sommeil s'enfuyait loin de ses paupières. Ses pensées se reportaient malgré lui et avec une obstination pénible sur les peintures effrayantes qu'il avait vues dans la salle d'en bas, sur les vieilles légendes qui avaient été racontées dans le cours de la soirée. Après s'être vainement agité pendant une demi-heure, il arriva à la triste conviction qu'il ne pourrait pas parvenir à s'endormir. Il se rhabilla donc en partie, regardant comme la pire des situations d'être étendu dans son lit à imaginer toutes sortes d'horreurs. Une fois habillé, il mit la tête à la fenêtre; le temps était affreusement sombre : il se promena dans sa chambre; elle était déplorablement solitaire.

Il avait fait quelques promenades de la porte à la fenêtre et de la fenêtre à la porte, lorsque le manuscrit du vieux ministre lui revint à la mémoire. C'était une bonne pensée. Si ce manuscrit ne l'intéressait pas, il pourrait toujours l'endormir. Notre philosophe le tira donc de la poche de sa redingote, approcha une petite table de son lit, moucha la chandelle, mit ses lunettes et s'arrangea pour lire. L'écriture était étrange; le papier froissé et taché. Le titre du manuscrit fit courir un frisson dans tous les membres de M. Pickwick, et il ne put s'empêcher de jeter un regard inquiet autour de sa chambre. Cependant, réfléchissant à l'absurdité de céder à de semblables idées, il moucha de nouveau sa chandelle, et lut ce qui suit :

MANUSCRIT D'UN FOU.

« Oui, d'un fou ! — Comme ces mots m'auraient glacé jusqu'au fond du cœur, il y a quelques années ! Comme ils auraient réveillé cet effroi qui faisait bourdonner et bouillonner mon sang dans mes veines, jusqu'à ce que mon front se couvrît de larges gouttes d'une sueur froide, jusqu'à ce que mes genoux s'entre-choquassent d'épouvante ! Et pourtant j'aime ce nom maintenant, c'est un beau nom ! Montrez-moi le monarque dont le front courroucé ait jamais causé autant de peur que le regard brillant d'un fou ; dont la hache et la corde aient fait la besogne aussi sûrement que les serres d'un fou. Oh ! oh ! c'est une grande chose d'être fou, d'être regardé comme un lion sauvage à travers des barreaux, de grincer des dents et de hurler pendant les longues nuits silencieuses, et de se rouler sur la paille, aux sons joyeux d'une lourde chaîne. Hourra pour la maison des fous ! C'est un charmant endroit.

« Je me rappelle le temps où j'avais peur de devenir fou; où je m'éveillais en sursaut, pour tomber sur mes genoux, et demander au ciel de me délivrer du fléau de toute ma race; où je fuyais la vue de la gaieté et du bonheur pour me cacher dans un coin solitaire, et consumer les heures pesantes à guetter les progrès de la fièvre qui devait dévorer mon cerveau. Je savais que la folie était mêlée dans mon sang même, et jusque dans la moelle de mes os; qu'une génération avait passé sans qu'elle reparût dans ma famille, et que j'étais le premier chez qui elle devait revivre. Je savais que cela devait être ainsi, que cela avait toujours été et devait toujours être de même; et quand je m'isolais dans l'angle d'un salon plein de monde, quand je voyais les invités parler bas et tourner les yeux vers moi, je savais qu'ils s'entretenaient du fou prédestiné. Je m'enfuyais alors et j'allais me nourrir de mes tristes pensées dans la solitude.

« J'ai fait cela pendant des années, de longues, de pénibles années. Les nuits sont longues ici quelquefois, très-longues; mais ce n'est rien auprès des nuits sans repos, des rêves épouvantables, qui me tourmentaient dans ce temps-là. J'ai froid quand j'y pense. De grandes figures sombres rampaient dans tous les coins de ma chambre; et pendant la nuit leurs visages grimaçants et moqueurs se penchaient sur ma couche, pour me faire perdre l'esprit. Ils me disaient, en murmurant tout bas, que le plancher de notre vieille maison était souillé du sang de mon grand père, versé par ses propres mains, dans un accès de fureur. J'enfonçais mes doigts dans mes oreilles, de peur de les entendre, mais leurs voix s'élevaient comme la tempête, et elles me criaient que la folie avait sommeillé pendant une génération avant mon grand-père, et que son grand-père, à lui, avait vécu pendant des années, avec ses mains enchaînées à la terre, pour l'empêcher de se déchirer lui-même.

Je savais que c'était la vérité ; je le savais bien, je l'avais découvert nombre d'années auparavant, quoiqu'on s'efforçât de me le cacher. Ah ! ah ! j'étais trop malin pour eux, quoiqu'ils me crussent fou.

« A la fin la folie vint sur moi, et je m'étonnai de l'avoir jamais redoutée. Je pouvais aller dans le monde, et rire, et plaisanter, avec les plus brillants d'entre eux. Je savais que j'étais fou, mais eux ils ne s'en doutaient pas. Comme je jouissais, en moi-même, du tour que je leur jouais, après tous leurs chuchotements et tous leurs airs effrayés, lorsque je n'étais pas fou, lorsque je craignais seulement de le devenir ! Comme je riais, quand j'étais seul, en pensant que je gardais si bien mon secret ; en pensant à la terreur de mes bons amis, s'ils avaient seulement soupçonné la vérité ! Lorsque je dînais en tête-à-tête avec quelque beau garçon tapageur, j'aurais pu hurler de délice, en songeant comme il serait devenu pâle et comme il se serait enfui, s'il avait su que ce cher ami, assis près de lui et qui aiguisait un couteau effilé, était un fou, avec la puissance et presque la volonté de lui plonger sa lame dans le cœur. Oh ! c'était une joyeuse vie.

« D'immenses richesses devinrent mon partage, et je m'enivrai de plaisirs qui étaient rehaussés mille fois par la conscience du secret que je gardais si bien. J'héritai d'un château ; la loi aux yeux de lynx, la loi elle-même fut déçue ; elle remit entre les mains d'un fou une fortune prodigieuse et contestée. Où donc était l'esprit des hommes sages et clairvoyants ? Où était la dextérité des hommes de loi, si habiles à découvrir le moindre vice de forme ? La malice d'un fou les avait tous abusés.

« J'avais de l'argent : comme j'étais courtisé ! Je le dépensais largement : comme j'étais loué ! comme ces trois frères orgueilleux s'humiliaient devant moi ! Le vieux père aussi, avec sa tête blanche ! Tant de déférence, tant de respect, tant d'amitié dévouée ! Véritablement ils m'idolâtraient. Le vieux homme avait une fille ; les jeunes gens avaient une sœur ; et tous les cinq étaient pauvres, et j'étais riche, et quand j'épousai la jeune fille, je vis un sourire de triomphe sur le visage de ses avides parents. Ils pensaient à leur plan, si bien conduit, à la bonne prise qu'ils avaient faite : c'était à moi de sourire.... de sourire ?... De rire aux éclats, et de me rouler sur la terre, en m'arrachant les cheveux avec des cris de joie ! Ils ne se doutaient guère qu'ils l'avaient mariée à un fou.

« Un moment.... S'ils l'avaient su, aurait-elle été sauvée? Le bonheur d'une sœur contre l'or de son mari? Le plus léger duvet qui vole dans l'air contre la superbe chaîne qui orne mon corps!

« Sur un point, cependant, je fus trompé, malgré toute ma malice. Si je n'avais pas été fou.... car, nous autres fous, quoique nous soyons assez rusés, nous nous embrouillons quelquefois...., si je n'avais pas été fou, je me serais aperçu que la jeune fille aurait mieux aimé être placée, roide et froide, dans un cercueil de plomb, que d'être amenée, riche et noble mariée, dans ma maison fastueuse. J'aurais su que son cœur était avec le jeune homme aux yeux noirs, dont je lui ai entendu murmurer le nom pendant son sommeil agité; j'aurais su qu'elle m'était sacrifiée pour secourir la pauvreté de son père aux cheveux blancs, et de ses frères orgueilleux.

« Je ne me rappelle plus les visages maintenant, mais je sais que la jeune fille était belle. Je le sais, car pendant les nuits où la lune brille, quand je me réveille en sursaut et que tout est tranquille autour de moi, je vois dans un coin de cette cellule une figure maigre et blanche, qui se tient immobile et silencieuse. Ses longs cheveux noirs, épars sur ses épaules, ne sont jamais agités par le vent. Ses yeux, qui fixent sur moi leur regard brûlant, ne clignent jamais, et ne se ferment jamais.... Silence! mon sang se gèle dans mon cœur, en écrivant ceci. Cette figure, c'est elle!... Son visage est très-pâle et ses prunelles sont vitreuses; mais je la connais bien.... Cette figure ne bouge jamais, elle ne fronce point ses sourcils, elle ne grince pas des dents comme les autres fantômes qui peuplent souvent ma cellule; et cependant elle est bien plus affreuse pour moi que tous les autres; elle est plus affreuse que les esprits qui me tentaient jadis; elle sort de sa tombe, et la mort est sur son visage.

« Pendant près d'un an je vis les couleurs de ses joues se ternir de jour en jour; pendant près d'un an je vis des larmes silencieuses couler de ses yeux battus. Je n'en savais pas la cause, mais je la découvris à la fin. Ils ne purent pas me la cacher plus longtemps. Elle ne m'avait jamais aimé; je n'avais pas pensé qu'elle m'aimât. Elle méprisait mes richesses, et détestait la splendeur où elle vivait; je ne m'étais pas attendu à cela. Elle en aimait un autre; cette idée ne m'était pas entrée dans la tête. D'étranges sentiments s'emparèrent de moi; des pensées inspirées par quelque pouvoir secret bouleversèrent ma cervelle. Je ne la haïssais pas, quoique je haïsse le jeune homme qu'elle pleurait encore. J'avais pitié.... oui, j'avais pitié de la vie misérable à laquelle ses égoïstes parents l'avaient condamnée. Je savais qu'elle ne vivrait pas longtemps, mais la pensée qu'avant sa mort elle pouvait donner naissance à un être infortuné destiné à transmettre la folie à ses enfants.... Cette pensée me détermina.... Je résolus de la tuer.

« Pendant plusieurs semaines je voulus la noyer; puis je songeai au poison, puis au feu. Quel beau spectacle, de voir la grande maison tout en flammes, et la femme du fou réduite en cendres! Quelle bonne charge de promettre, pour la sauver, une grande récompense, et ensuite de faire pendre, comme incendiaire, quelque homme sage et innocent! et tout cela par la malice d'un fou. J'y rêvais souvent, mais j'y renonçai à la fin. Oh! quel plaisir de repasser tous les jours le rasoir, d'essayer comme il était bien affilé et de penser à l'entaille que pourrait faire un seul coup de cette lame brillante!

« A la fin les esprits qui avaient été si souvent avec moi auparavant, chuchotèrent dans mon oreille que le temps était venu. Ils me mirent un rasoir tout ouvert dans la main; je le serrai avec force; je me levai doucement du lit et me penchai sur ma femme endormie. Son visage était caché dans ses mains; je les écartai doucement, et elles tombèrent nonchalamment sur son sein. Elle avait pleuré, les traces de ses larmes étaient encore visibles sur ses joues pâles; cependant son visage était calme et heureux, et tandis que je la regardais, un tranquille sourire éclairait ses traits amaigris. Je posai doucement ma main sur son épaule; elle tressaillit, mais sans entr'ouvrir ses longues paupières. Je la touchai de nouveau : elle poussa un cri et s'éveilla.

« Un mouvement de ma main, et elle n'aurait jamais fait entendre un autre son; mais je fus surpris, et je reculai. Ses yeux étaient fixés sur les miens. Je ne sais pas comment cela se fit, ils m'intimidèrent, j'étais dompté par ce regard. Elle se leva de son lit, en me regardant fixement et continuellement. Je tremblai, le rasoir était dans ma main, mais je ne pouvais faire aucun mouvement. Elle se dirigea vers la porte. Quand elle en fut proche elle se détourna, et retira ses yeux de dessus moi. Le charme était brisé : je fis un bond et je la saisis par le bras; elle tomba par terre en poussant des cris désespérés.

« Alors j'aurais pu la tuer sans résistance, mais la maison

était alarmée, j'entendais des pas sur l'escalier; je remis le rasoir à sa place, j'ouvris la porte et j'appelai moi-même du secours.

« On vint, on la releva, on la plaça sur le lit. Elle resta sans connaissance pendant plusieurs heures, et quand elle recouvra la vie et la parole, elle avait perdu l'esprit, elle délirait avec des transports furieux.

« Des médecins furent appelés, de savants hommes qui roulaient jusqu'à ma porte dans d'excellents carrosses, avec des domestiques revêtus d'une livrée brillante. Ils restèrent près de son lit pendant des semaines. Il y eut une grande consultation, et ils conférèrent ensemble d'une voix solennelle. J'étais dans la pièce voisine; l'un des plus célèbres, parmi eux, vint m'y trouver, me prit à part, et, me disant de me préparer à la plus funeste nouvelle, m'apprit à moi, le fou! que ma femme était folle. Le docteur était seul avec moi, tout auprès d'une fenêtre ouverte, ses yeux fixés sur mon visage, sa main posée sur mon bras. D'un seul effort j'aurais pu le précipiter dans la rue, ç'aurait été une fameuse farce! mais mon secret était en jeu et je le laissai partir. Quelques jours après, on me dit que je devrais la faire surveiller, lui choisir un gardien, *moi!* Je m'en allai dans la campagne où personne ne pouvait m'entendre, et je poussai des éclats de rire, qui retentissaient au loin.

« Elle mourut le lendemain. Le vieillard aux cheveux blancs suivit son cercueil, et les frères orgueilleux laissèrent tomber des larmes sur le corps insensible de celle dont ils avaient contemplé la souffrance avec des muscles d'airain. Tout cela nourrissait ma gaieté secrète et, en retournant à la maison, je riais derrière le mouchoir blanc que je tenais sur mon visage, je riais tant que les larmes m'en venaient aux yeux.

« Mais quoique j'eusse atteint mon but en la tuant, j'étais inquiet et agité; je sentais que mon secret devait m'échapper avant longtemps. Je ne pouvais cacher la joie sauvage qui bouillonnait dans mon sang; et qui, lorsque j'étais seul à la maison, me faisait sauter et battre des mains, et danser, et tourner, et rugir comme un lion. Quand je sortais et que je voyais la foule affairée se presser dans les rues ou au théâtre, quand j'entendais les sons de la musique, quand je regardais les danseurs, je ressentais des transports si joyeux, que j'étais tenté de me précipiter au milieu d'eux et d'arracher leurs membres pièce à pièce, et de hurler avec les instruments. Mais alors, je grinçais des dents, je frappais du pied sur le plancher, j'enfonçais mes ongles aigus dans mes mains, je maîtrisais la folie et personne ne se doutait encore que j'étais un fou.

« Je me rappelle.... quoique ce soit une des dernières choses que je puisse me rappeler.... car maintenant je mêle mes rêves avec les faits réels, et j'ai tant de choses à faire ici et je suis si pressé que je n'ai pas le temps de mettre un peu d'ordre dans cette étrange confusion.... je me rappelle comment cela éclata à la fin. Ha! ha! il me semble que je vois encore leurs regards effrayés! Avec quelle facilité je les rejetai loin de moi; comme je meurtrissais leur visage avec mes poings fermés, et comme je m'enfuis avec la vitesse du vent, les laissant huer et crier bien loin derrière moi. La force d'un géant renaît en moi, lorsque j'y pense. Là! voyez comme cette barre de fer ploie sous mon étreinte furieuse! Je pourrais la briser comme un roseau; mais il y a ici de longues galeries, avec beaucoup de portes, je crois que je ne pourrais pas y trouver mon chemin, et même si je pouvais le trouver, il y a en bas des grilles de fer qu'ils tiennent soigneusement fermées, car ils savent quel fou malin j'ai été, et ils sont fiers de m'avoir pour me montrer aux visiteurs.

« Voyons.... oui c'est cela.... j'étais allé dehors; la nuit était avancée quand je rentrai à la maison, et je trouvai le plus orgueilleux des trois orgueilleux frères, qui m'attendait pour me voir. Affaire pressante disait-il : je me le rappelle bien. Je haïssais cet homme avec toute la haine d'un fou; souvent, bien souvent, mes mains avaient brûlé de le mettre en pièces. On m'apprit qu'il était là; je montai rapidement l'escalier. Il avait un mot à me dire; je renvoyai les domestiques.

« Il était tard et nous étions seuls ensemble, *pour la première fois!*

« D'abord je détournai soigneusement les yeux de dessus lui, car je savais, ce qu'il n'imaginait guère, et je me glorifiais de le savoir.... que le feu de la folie brillait dans mes yeux comme une fournaise. — Nous restâmes assis en silence pendant quelques minutes. Il parla à la fin. Mes dissipations récentes et d'étranges remarques, faites aussitôt après la mort de sa sœur, étaient une insulte à sa mémoire. Rassemblant beaucoup de circonstances qui avaient d'abord échappé à ses observations, il pensait que je n'avais pas bien traité la défunte, il désirait savoir s'il devait en conclure que je voulais jeter quelques reproches sur elle, et manquer au respect dû à sa famille. Il devait à l'uniforme qu'il portait de me demander cette explication.

« Cet homme avait une commission dans l'armée ; une commission achetée avec mon argent, avec la misère de sa sœur ! C'était lui qui avait été le plus acharné dans le complot pour m'enlacer et pour s'approprier ma fortune. C'était pour lui surtout, et par lui, que sa sœur avait été forcée de m'épouser, quoiqu'il sût bien qu'elle avait donné son cœur à ce jeune homme sentimental. — *Il devait à son uniforme!* — Son uniforme ! La livrée de sa dégradation ! Je tournai mes yeux vers lui, je ne pus pas m'en empêcher, mais je ne dis pas un mot.

« Je vis le changement soudain que mon regard produisit dans sa contenance. C'était un homme hardi, et pourtant son visage devint blafard. Il recula sa chaise, je rapprochai la mienne plus près de lui, et comme je me mis à rire (j'étais très-gai alors), je le vis tressaillir. Je sentis que la folie s'emparait de moi : lui, il avait peur.

« Vous aimiez beaucoup votre sœur quand elle vivait, lui « dis-je. Vous l'aimiez beaucoup ? »

« Il regarda avec inquiétude autour de lui, et je vis que sa main droite serrait le dos de sa chaise; cependant il ne répondit rien.

« Misérable ! m'écriai-je, je vous ai deviné ! J'ai découvert « votre complot infernal contre moi. Je sais que son cœur était « avec un autre lorsque vous l'avez forcée de m'épouser. Je le « sais, je le sais ! »

« Il se leva brusquement, brandit sa chaise devant lui et me cria de reculer ; car je m'étais approché de lui, tout en parlant.

« Je hurlais plutôt que je ne parlais, et je sentais bouillonner dans mes veines le tumulte des passions; j'entendais le vieux chuchotement des esprits qui me défiaient d'arracher son cœur.

« Damnation ! m'écriai-je en me précipitant sur lui. J'ai « tué ta sœur ! Je suis fou ! Mort ! Mort ! Du sang, du sang ! « J'aurai ton sang ! »

« Je détournai la chaise, qu'il me lança dans sa terreur ; je l'empoignai corps à corps, et nous roulâmes tous les deux sur le plancher.

« Ce fut une belle lutte, car il était grand et fort; il combattait pour sa vie, et moi j'étais un fou puissant, altéré de vengeance. Je savais qu'aucune force humaine ne pouvait égaler la mienne, et j'avais raison, raison, raison ! quoique fou! Sa résistance s'affaiblit; je m'agenouillai sur sa poitrine, je serrai fortement avec mes deux mains son cou musculeux ; son visage devint violet, les yeux lui sortaient de la tête, et il tirait la langue comme s'il voulait se moquer. Je serrais toujours plus fort.

« Tout à coup la porte s'ouvrit avec un grand bruit; beaucoup de gens se précipitèrent dans la chambre en criant : « Arrêtez le fou ! » Mon secret était découvert; il fallait lutter maintenant pour la liberté ; je fus sur mes pieds avant que personne pût me saisir ; je m'élançai parmi les assaillants, et je m'ouvris un passage d'un bras vigoureux. Ils tombaient tous devant moi comme si je les avais frappés avec une massue. Je gagnai la porte, je sautai par-dessus la rampe ; en un instant j'étais dans la rue.

« Je courus devant moi, droit et roide, et personne n'osait m'arrêter. J'entendais le bruit des pas derrière moi, et je redoublais de vitesse. Ce bruit devenait de plus en plus faible, à mesure que je m'éloignais, et enfin il s'éteignit entièrement. Moi, je bondissais toujours par-dessus les ruisseaux et les mares, par-dessus les murs et les fossés, en poussant des cris sauvages, qui déchiraient les airs et qui étaient répétés par les êtres étranges dont j'étais entouré. Les démons m'emportaient dans leurs bras, au milieu d'un ouragan qui renversait en passant les haies et les arbres; ils m'emportaient en tourbillonnant, et je ne voyais plus rien autour de moi, tant j'étais étourdi par le fracas et la rapidité de leur course. A la fin, ils me lancèrent loin d'eux, et je tombai pesamment sur la terre.

« Quand je me réveillai, je me trouvai ici.... ici dans cette gaie cellule, où les rayons du soleil viennent rarement, où les rayons de la lune, quand ils s'y glissent, ne servent qu'à me faire mieux voir les ombres menaçantes qui m'entourent, et cette figure silencieuse, toujours debout dans ce coin. Quand je suis éveillé, je puis entendre quelquefois des cris étranges, des gémissements affreux, qui retentissent dans ces grands bâtiments antiques. Ce que c'est, je l'ignore; mais ils ne viennent pas de cette pâle figure et n'ont aucun rapport avec elle, car depuis les premières ombres du crépuscule jusqu'aux lueurs matinales de l'aurore, elle reste immobile à la même place, écoutant l'harmonie de mes chaînes de fer, et contemplant mes gambades sur mon lit de paille. »

. . . .

A la fin du manuscrit la note suivante était écrite d'une autre main.

« L'infortuné dont on vient de lire les rêveries est un triste exemple du résultat que peuvent avoir des passions effrénées et des excès prolongés, jusqu'à ce que leurs conséquences deviennent irréparables. La dissipation, les débauches répétées de sa jeunesse, amenèrent la fièvre et le délire. Le premier effet de celui-ci fut l'étrange illusion par laquelle il se persuada qu'une folie héréditaire existait dans sa famille. Cette idée, fondée sur une théorie médicale bien connue, mais contestée aussi vivement qu'elle est appuyée, produisit chez lui une humeur atrabilaire qui, avec le temps, dégénéra en folie, et se termina enfin par la fureur. J'ai lieu de croire que les événements racontés par lui sont réellement arrivés, quoiqu'ils aient été défigurés par son imagination malade. Ce qui doit étonner davantage ceux qui ont eu connaissance des vices de sa jeunesse, c'est que ses passions, lorsqu'elles n'ont plus été contrôlées par la raison, ne l'aient point poussé à commettre des crimes encore plus effroyables. »

La chandelle de M. Pickwick s'enfonçait dans la bobèche, précisément au moment où il achevait de lire le manuscrit du vieil ecclésiastique ; et comme la lumière s'éteignit tout d'un coup, sans même avoir vacillé, l'obscurité soudaine fit une impression profonde sur ses nerfs déjà excités. Il tressaillit et ses dents claquèrent de terreur. Otant donc avec vivacité les vêtements qu'il avait mis pour se relever, il jeta autour de la chambre un regard craintif et se fourra promptement entre ses draps, où il ne tarda pas à s'endormir.

Lorsqu'il se réveilla, le soleil faisait resplendir tous les objets dans sa chambre et la matinée était déjà avancée. La tristesse qui l'avait accablé le soir précédent s'était dissipée avec les ombres qui obscurcissaient le paysage ; toutes ses pensées, toutes ses sensations étaient aussi gaies et aussi gracieuses que le matin lui-même. Après un solide déjeuner, les quatre philosophes, suivis par un homme qui portait la pierre dans sa boîte de sapin, se dirigèrent à pied vers Gravesend, où leur bagage avait été expédié de Rochester. Ils atteignirent Gravesend vers une heure, et ayant été assez heureux pour trouver des places sur l'impériale de la voiture de Londres, ils y arrivèrent, sains et saufs, dans la soirée.

Trois ou quatre jours subséquents furent remplis par les préparatifs nécessaires pour leur voyage au bourg d'Eatanswill; mais comme cette importante entreprise exige un chapitre séparé, nous emploierons le petit nombre de lignes qui nous restent à raconter, avec une grande brièveté, l'histoire de l'antiquité rapportée par M. Pickwick.

Il résulte des mémoires du club, que M. Pickwick parla sur sa découverte, dans une réunion générale qui eut lieu le lendemain de son arrivée, et promena l'esprit charmé de ses auditeurs sur une multitude de spéculations ingénieuses et érudites, concernant le sens de l'inscription. Il paraît aussi qu'un artiste habile en exécuta le dessin, qui fut gravé sur pierre et présenté à la Société royale des antiquaires de Londres et aux autres sociétés savantes; que des jalousies et des rivalités sans nombre naquirent des opinions émises à ce sujet; que M. Pickwick lui-même écrivit un pamphlet de quatre-vingt-seize pages, en très-petits caractères, où l'on trouvait vingt-sept versions différentes de l'inscription; que trois vieux gentlemen, dont les fils aînés avaient osé mettre en doute son antiquité, les privèrent de leur succession, et qu'un individu enthousiaste fit ouvrir prématurément la sienne, par désespoir de n'en avoir pu sonder la profondeur; que M. Pickwick fut élu membre de dix-sept sociétés savantes, tant nationales qu'étrangères, pour avoir fait cette découverte; qu'aucune des dix-sept sociétés savantes ne put en tirer la moindre chose, mais que toutes les dix-sept s'accordèrent pour reconnaître que rien n'était plus curieux.

Il est vrai que M. Blotton, et son nom sera dévoué au mépris éternel de tous ceux qui cultivent le mystérieux et le sublime; M. Blotton, disons-nous, vétilleux et méfiant, comme le sont les esprits vulgaires, se permit de considérer la chose sous un point de vue aussi dégradant que ridicule. M. Blotton, dans le vil dessein de ternir le nom éclatant de Pickwick, entreprit en personne le voyage de Cobham. A son retour, il déclara ironiquement au club, qu'il avait vu l'homme dont la pierre avait été achetée; que cet individu la croyait ancienne, mais qu'il niait solennellement l'ancienneté de l'inscription, et assurait avoir gravé lui-même, dans un instant de désœuvrement, ces lettres grossières, qui signifiaient tout bonnement: *Bill Stumps, sa marque.* M. Blotton ajoutait que M. Stumps ayant peu l'habitude de la composition, et se laissant guider par le son des mots plutôt que par les règles sévères de l'orthographe, n'avait mis qu'un *l* à la fin de son prénom, et avait remplacé par un *k* les lettres *qu* et *e* du nom marque.

Les illustres membres du Pickwick-Club, comme on pouvait l'attendre d'une société aussi savante, reçurent cette histoire avec le mépris qu'elle méritait, chassèrent de leur sein l'ignorant et présomptueux Blotton, et votèrent à M. Pickwick une paire de besicles en or, comme un gage de leur admiration et de leur confiance. Pour reconnaître cette marque d'approbation, M. Pickwick se fit peindre en pied, et fit suspendre son portrait dans la salle de réunion du club, portrait que, par parenthèse, il n'eut aucune envie de voir disparaître lorsqu'il fut moins jeune qu'on ne l'y représentait.

M. Blotton était expulsé, mais il ne se tenait pas pour battu. Il adressa aux dix-sept sociétés savantes un pamphlet dans lequel il répétait l'histoire qu'il avait émise, et laissait apercevoir assez clairement qu'il regardait comme des gobe-mouches les membres des dix-sept sociétés susdites.

A cette proposition malsonnante, les dix-sept sociétés furent remplies d'indignation. Il parut plusieurs pamphlets nouveaux. Les sociétés savantes étrangères correspondirent avec les sociétés savantes nationales; les sociétés savantes nationales traduisirent en anglais les pamphlets des sociétés savantes étrangères; les sociétés savantes étrangères traduisirent dans toutes sortes de langages les pamphlets des sociétés savantes nationales, et ainsi commença cette lutte scientifique, si connue de tout l'univers sous le nom de *Controverse pickwickienne*.

Cependant les efforts calomnieux destinés à perdre M. Pickwick retombèrent sur la tête de leur méprisable auteur. Les dix-sept sociétés savantes votèrent unanimement que le présomptueux Blotton n'était qu'un tatillon ignorant, et écrivirent contre lui des opuscules sans nombre; enfin la pierre elle-même subsiste encore aujourd'hui, monument illisible de la grandeur de M. Pickwick et de la petitesse de ses détracteurs.

CHAPITRE XII.

Qui contient une très-importante détermination de M. Pickwick, laquelle fait époque dans sa vie non moins que dans cette véridique histoire.

Quoique l'appartement de M. Pickwick dans la rue Goswell fût d'une étendue restreinte, il était propre et confortable, et surtout en parfaite harmonie avec son génie observateur. Son parloir était au rez-de-chaussée sur le devant, sa chambre à coucher sur le devant, au premier étage; et ainsi, soit qu'il fût assis à son bureau, soit qu'il se tînt debout devant son miroir à barbe, il pouvait également contempler toutes les phases de la nature humaine dans la rue Goswell, qui est presque aussi populeuse que populaire. Son hôtesse, Mme Bardell, veuve et seule exécutrice testamentaire d'un douanier, était une femme grassouillette, aux manières affairées, à la physionomie avenante. A ces avantages physiques, elle joignait de précieuses qualités morales : par une heureuse étude, par une longue pratique, elle avait converti en un talent exquis le don particulier qu'elle avait reçu de la nature pour tout ce qui concernait la cuisine. Il n'y avait dans la maison ni bambins, ni volatiles, ni domestiques. Un grand homme et un petit garçon en complétaient le personnel. Le premier était notre héros, le second une production de Mme Bardell. Le grand homme était rentré chaque soir précisément à dix heures, et peu de temps après il se condensait dans un petit lit français, placé dans un étroit parloir sur le derrière. Quant au jeune master Bardell, ses yeux enfantins et ses exercices gymnastiques étaient soigneusement restreints aux trottoirs et aux ruisseaux du voisinage. La propreté, la tranquillité régnaient donc dans tout l'édifice, et la volonté de M. Pickwick y faisait loi.

La veille du départ projeté pour Eatanswill, vers le milieu de la matinée, la conduite de notre philosophe devait paraître singulièrement mystérieuse et inexplicable, pour quiconque connaissait son admirable égalité d'esprit et l'économie domestique de son établissement. Il se promenait dans sa chambre d'un pas précipité. De trois minutes en trois minutes, il mettait la tête à la fenêtre, il regardait constamment à sa montre et laissait échapper divers autres symptômes d'impatience, fort extraordinaires chez lui. Il était évident qu'il y avait en l'air quelque chose d'une grande importance; mais ce que ce pouvait être, Mme Bardell elle-même n'avait pas été capable de le deviner.

« Madame Bardell? dit à la fin M. Pickwick, lorsque cette aimable dame fut sur le point de terminer l'époussetage, longtemps prolongé, de sa chambre.

— Monsieur? répondit Mme Bardell.

— Votre petit garçon est bien longtemps dehors.

— Vraiment, monsieur, c'est qu'il y a une bonne course d'ici au Borough.

— Ah! cela est juste, » repartit M. Pickwick, et il retomba dans le silence.

Mme Bardell recommença à épousseter avec le même soin.

« Madame Bardell? reprit M. Pickwick au bout de quelques minutes.

— Monsieur?

— Pensez-vous que la dépense soit beaucoup plus grande pour deux personnes que pour une seule?

— Là! monsieur Pickwick! répliqua Mme Bardell en rougissant jusqu'à la garniture de son bonnet, car elle croyait avoir aperçu dans les yeux de son locataire un certain clignotement matrimonial. Là! monsieur Pickwick, quelle question!

— Hé bien! qu'en pensez-vous?

— Cela dépend! repartit Mme Bardell en approchant son plumeau près du coude de M. Pickwick; cela dépend beaucoup de la personne, vous savez, monsieur Pickwick; et si c'est une personne soigneuse et économe.

— Cela est très-vrai; mais la personne que j'ai en vue (ici il regarda fixement Mme Bardell) possède, je pense, ces qualités. Elle a de plus une grande connaissance du monde, et beaucoup de finesse, madame Bardell. Cela me sera infiniment utile.

— Là! monsieur Pickwick! murmura Mme Bardell, en rougissant de nouveau.

— J'en suis persuadé! continua le philosophe avec une énergie toujours croissante, comme c'était son habitude quand il parlait sur un sujet intéressant; j'en suis persuadé, et pour vous dire la vérité, madame Bardell, c'est un parti pris.

— Seigneur Dieu ! s'écria Mme Bardell.

— Vous trouverez peut-être étrange, poursuivit l'aimable M. Pickwick, en jetant à sa compagne un regard de bonne humeur; vous trouverez peut-être étrange que je ne vous aie pas consultée à ce sujet, et que je ne vous en aie même jamais parlé, jusqu'au moment où j'ai envoyé votre petit garçon dehors ? »

Mme Bardell ne put répondre que par un regard. Elle avait longtemps adoré M. Pickwick comme une divinité dont il ne lui était pas permis d'approcher, et voilà que tout d'un coup la divinité descendait de son piédestal et la prenait dans ses bras. M. Pickwick lui faisait des propositions directement, par suite d'un plan délibéré, car il avait envoyé son petit garçon au Borough pour rester seul avec elle. Quelle délicatesse! quelle attention!

« Hé bien! dit le philosophe, qu'en pensez-vous?

— Ah! monsieur Pickwick ! répondit Mme Bardell toute tremblante d'émotion, vous êtes vraiment bien bon, monsieur!

— Cela vous épargnera beaucoup de peines, n'est-il pas vrai?

— Oh! je n'ai jamais pensé à la peine, et naturellement j'en prendrai plus que jamais pour vous plaire. Mais vous êtes si bon, monsieur Pickwick, d'avoir songé à ma solitude.

— Ah! certainement. Je n'avais pas pensé à cela.... Quand je serai en ville, vous aurez toujours quelqu'un pour causer avec vous. C'est, ma foi, vrai.

— Il est sûr que je dois me regarder comme une femme bien heureuse!

— Et votre fils?

— Que Dieu bénisse le cher petit! interrompit Mme Bardell avec des transports maternels.

— Lui aussi aura un compagnon, poursuivit M. Pickwick en souriant gracieusement; un joyeux compagnon qui, j'en suis sûr, lui enseignera plus de tours, en une semaine, qu'il n'en aurait appris tout seul en un an.

— Oh! cher, excellent homme! » murmura Mme Bardell.

M. Pickwick tressaillit.

« Oh! cher et tendre ami! » Et sans plus de cérémonies, la dame se leva de sa chaise et jeta ses bras au cou de M. Pickwick, avec un déluge de pleurs et une tempête de sanglots.

« Le ciel me protége! s'écria M. Pickwick plein d'étonnement; madame Bardell! ma bonne dame! Bonté divine, quelle situation! Faites attention, je vous en prie! Laissez-moi, madame Bardell, si quelqu'un venait!

— Eh! que m'importe? répondit Mme Bardell avec égarement; je ne vous quitterai jamais! Cher homme! excellent cœur! Et en prononçant ces paroles elle s'attachait à M. Pickwick aussi fortement que la vigne à l'ormeau.

— Le Seigneur ait pitié de moi! dit M. Pickwick en se débattant de toutes ses forces; j'entends du monde sur l'escalier. Laissez-moi, ma bonne dame; je vous en supplie, laissez-moi! »

Mais les prières, les remontrances étaient également inutiles, car la dame s'était évanouie dans les bras du philosophe, et avant qu'il eût eu le temps de la déposer sur une chaise, master Bardell introduisit dans la chambre MM. Tupman, Winkle et Snodgrass.

M. Pickwick demeura pétrifié. Il était debout, avec son aimable fardeau dans ses bras, et il regardait ses amis d'un air hébété, sans leur faire un signe d'amitié, sans songer à leur donner une explication. Eux, à leur tour, le considéraient avec étonnement, et master Bardell, plein d'inquiétude, examinait tout le monde, sans savoir ce que cela voulait dire.

La surprise des pickwickiens était si étourdissante, et la perplexité de M. Pickwick si terrible, qu'ils auraient pu demeurer exactement dans la même situation relative jusqu'à ce que la dame évanouie eût repris ses sens, si son tendre fils n'avait précipité le dénoûment par une belle et touchante ébullition d'affection filiale. Ce jeune enfant, vêtu d'un costume de velours rayé, orné de gros boutons de cuivre, était d'abord demeuré, incertain et confus, sur le pas de la porte; mais, par degrés, l'idée que sa mère avait souffert quelque dommage personnel s'empara de son esprit à demi-développé. Considérant M. Pickwick comme l'agresseur, il poussa un cri sauvage, et se précipitant tête baissée, il commença à assaillir cet immortel gentleman aux environs du dos et des jambes, le pinçant et le frappant aussi vigoureusement que le lui permettaient la force de son bras et la violence de son emportement.

« Otez-moi ce petit coquin! s'écria M. Pickwick dans une agonie de désespoir; il est enragé!

— Qu'est-il donc arrivé? demandèrent les trois pickwickiens stupéfaits.

— Je n'en sais rien, répondit le Mentor avec dépit; ôtez-moi cet enfant! »

M. Winkle porta à l'autre bout de l'appartement l'intéressant garçon, qui criait et se débattait de toutes ses forces.

« Maintenant, poursuivit M. Pickwick, aidez-moi à faire descendre cette femme.

— Ah! je suis mieux maintenant, soupira faiblement Mme Bardell.

— Permettez-moi de vous offrir mon bras, dit M. Tupman, toujours galant.

— Merci, monsieur, merci! » s'écria la dame d'une voix hystérique, et elle fut conduite en bas, accompagnée de son affectionné fils.

— Je ne puis concevoir, reprit M. Pickwick quand ses amis furent revenus, je ne puis concevoir ce qui est arrivé à cette femme. Je venais simplement de lui annoncer que je vais prendre un domestique, lorsqu'elle est tombée dans le singulier paroxysme où vous l'avez trouvée. C'est fort extraordinaire!

— Il est vrai, dirent ses trois amis.

— Elle m'a placé dans une situation bien embarrassante, continua le philosophe.

— Il est vrai, » répétèrent ses disciples, en toussant légèrement et en se regardant l'un l'autre d'un air dubitatif.

Cette conduite n'échappa pas à M. Pickwick. Il remarqua leur incrédulité; son innocence était évidemment soupçonnée.

Après quelques instants de silence, M. Tupman prit la parole et dit :

« Il y a un homme en bas, dans le vestibule.

— C'est celui dont je vous ai parlé, répliqua M. Pickwick; je l'ai envoyé chercher au bourg. Ayez la bonté de le faire monter, Snodgrass. »

M. Snodgrass exécuta cette commission, et M. Samuel Weller se présenta immédiatement.

« Ha! ha! vous me reconnaissez, je suppose? lui dit M. Pickwick.

— Un peu! répliqua Sam avec un clin d'œil protecteur. Drôle de gaillard, celui-là! Trop malin pour vous, hein? il vous a légèrement enfoncé, n'est-ce pas?

— Il ne s'agit point de cela maintenant, reprit vivement le philosophe; j'ai à vous parler d'autre chose. Asseyez-vous.

— Merci, monsieur, répondit Sam, et il s'assit sans autre cérémonie, ayant préalablement déposé son vieux chapeau blanc sur le carré. Ça n'est pas fameux, disait-il en parlant de son couvre-chef, et en souriant agréablement aux pickwickiens assemblés, mais c'est étonnant à l'user. Quand il avait des bords, c'était un beau bolivar; depuis qu'il n'en a plus, il est plus léger; c'est quelque chose : et puis chaque trou laisse entrer de l'air; c'est encore quelque chose. J'appelle ça un feutre ventilateur.

— Maintenant, reprit M. Pickwick, il s'agit de l'affaire pour laquelle je vous ai envoyé chercher, avec l'assentiment de ces messieurs.

— C'est ça, monsieur, accouchons, comme dit c't autre à son enfant qui avait avalé un liard.

— Nous désirons savoir, en premier lieu, si vous avez quelque raison d'être mécontent de votre condition présente.

— Avant de satisfaire cette question ici, je désirerais savoir, en premier lieu, si vous en avez une meilleure à me donner. »

Un rayon de calme bienveillance illumina les traits de M. Pickwick lorsqu'il répondit : « J'ai quelque envie de vous prendre à mon service.

— Vrai ? » demanda Sam.

M. Pickwick fit un geste affirmatif.

« Gages ?

— Douze guinées par an.

— Habits ?

— Deux habillements.

— L'ouvrage ?

— Me servir et voyager avec moi et ces gentlemen.

— Otez l'écriteau ! s'écria Sam avec emphase. Je suis loué à un gentleman seul, et le terme est convenu.

— Vous acceptez ma proposition ?

— Certainement. Si les habits me prennent la taille moitié aussi bien que la place, ça ira.

— Naturellement, vous pouvez fournir de bons certificats ?

— Demandez à l'hôtesse du *Blanc-Cerf*, elle vous dira ça, monsieur.

— Pouvez-vous venir ce soir ?

— Je vas endosser l'habit à l'instant même, s'il est ici, s'écria Sam avec une grande allégresse.

— Revenez ce soir, à huit heures, répondit M. Pickwick, et si les renseignements sont satisfaisants, nous verrons à vous faire habiller. »

Sauf une aimable indiscrétion, dont s'était en même temps rendue coupable une des servantes de l'hôtel, la conduite de

M. Weller avait toujours été très-méritoire. M. Pickwick n'hésita donc pas à le prendre à son service, et avec la promptitude et l'énergie qui caractérisaient non-seulement la conduite publique, mais toutes les actions privées de cet homme extraordinaire, il conduisit immédiatement son nouveau serviteur dans un de ces commodes *emporiums*, où l'on peut se procurer des habits confectionnés ou d'occasion, et où l'on se dispense de la formalité inconnue de prendre mesure. Avant la chute du jour, M. Weller était revêtu d'un habit gris avec des boutons P. C., d'un chapeau noir avec une cocarde, d'un gilet rayé, de culottes et de guêtres, et d'une quantité d'autres objets trop nombreux pour que nous prenions la peine de les récapituler.

Lorsque, le lendemain matin, cet individu, si soudainement transformé, prit sa place à l'extérieur de la voiture d'Eatanswill : « Ma foi, se dit-il, je ne sais point si je vas être un valet de pied, ou un groom, ou un garde-chasse ; j'ai la philosomie mitoyenne entre tout ça ; mais c'est égal, ça va me changer d'air ; y'a du pays à voir, et pas grand'chose à faire, ça va fameusement à ma maladie : ainsi donc vive Pickwick, que je dis ! »

CHAPITRE XIII.

Notice sur Eatanswill, sur les partis qui le divisent, et sur l'élection d'un membre du parlement par ce bourg ancien, loyal et patriote.

Nous confessons franchement que nous n'avions jamais entendu parler d'Eatanswill, jusqu'au moment où nous nous sommes plongé dans les volumineux papiers du Pickwick-Club. Nous reconnaissons, avec une égale candeur, que nous avons cherché en vain des preuves de l'existence actuelle de cet endroit. Sachant bien quelle profonde confiance on doit placer dans toutes les notes de M. Pickwick, et ne nous permettant pas d'opposer nos souvenirs aux énonciations de ce grand homme, nous avons consulté, relativement à ce sujet, toutes les autorités auxquelles il nous a été possible de recourir. Nous avons examiné tous les noms contenus dans les tables A et B[1], sans trouver celui d'Eatanswill ; nous avons minutieusement collationné toutes les cartes des comtés, publiées, dans l'intérêt de la science, par nos plus distingués éditeurs, et le même résultat a suivi nos investigations

Nous avons donc été conduit à supposer que, dans la crainte obligeante de blesser quelqu'un, et par un sentiment de délicatesse dont M. Pickwick était si éminemment doué, il avait, de propos délibéré, substitué un nom fictif au nom réel de l'endroit où il avait fait ses observations. Nous sommes confirmé dans cette opinion par une circonstance qui peut sembler légère et frivole en elle-même, mais qui, considérée sous ce point de vue, n'est point indigne d'être notée. Dans le mémorandum de M. Pickwick, nous pouvons encore découvrir que sa place et celles de ses disciples furent retenues dans la voiture de Norwich ; mais cette note fut ensuite rayée, apparemment pour ne point indiquer dans quelle direction est situé le bourg dont il s'agit. Nous ne hasarderons donc point de conjectures à ce sujet, et nous allons poursuivre notre histoire sans autre digression.

Il paraît que les habitants d'Eatanswill, comme ceux de beaucoup d'autres petits endroits, se croyaient d'une grande, d'une immense importance dans l'État ; et chaque individu ayant la conscience du poids attaché à son exemple, se faisait une obligation de s'unir corps et âme à l'un des deux grands partis qui divisaient la cité, les *bleus* et les *jaunes*. Or, les bleus ne laissaient échapper aucune occasion de contrecarrer les jaunes, et les jaunes ne laissaient échapper aucune occasion de contrecarrer les bleus ; de sorte que quand les jaunes et les bleus se trouvaient face à face dans quelque réunion publique, à l'hôtel de ville, dans une foire, dans un marché, des gros mots et des disputes s'élevaient entre eux. Il est superflu d'ajouter que dans Eatanswill toutes choses devenaient une question de parti. Si les jaunes proposaient de recouvrir la place du marché, les bleus tenaient des assemblées publiques où ils démolissaient cette mesure. Si les bleus proposaient d'ériger une nouvelle pompe dans la grande rue, les jaunes se levaient comme un seul homme et déblatéraient contre une aussi infâme motion. Il y avait des boutiques bleues et des boutiques jaunes, des auberges bleues et des auberges jaunes ; il y avait une aile bleue et une aile jaune dans l'église elle-même.

1. C'est-à-dire dans la loi sur les élections. (*Note du traducteur.*)

Chacun de ces puissants partis devait nécessairement avoir un organe avoué, et, en effet, il paraissait deux feuilles publiques dans la ville, la *Gazette d'Eatanswill* et l'*Indépendant d'Eatanswill*. La première soutenait les principes bleus, le second se posait sur un terrain décidément jaune. C'étaient d'admirables journaux. Quels beaux articles politiques! quelle polémique spirituelle et courageuse. « La *Gazette*, notre ignoble antagoniste.... — L'*Indépendant*, ce méprisable et dégoûtant journal.... — La *Gazette*, cette feuille menteuse et ordurière.... — L'*Indépendant*, ce vil et scandaleux calomniateur.... » Telles étaient les récriminations intéressantes qui assaisonnaient les colonnes de chaque numéro, et qui excitaient dans le sein des habitants de l'endroit les sentiments les plus chaleureux de plaisir ou d'indignation.

M. Pickwick, avec sa prévoyance et sa sagacité ordinaires, avait choisi, pour visiter ce bourg, une époque singulièrement remarquable. Jamais il n'y avait eu une telle lutte. L'honorable Samuel Slumkey, de Slumkey-Hall[1], était le candidat bleu; Horatio Fizkin, esquire, de Fizkin-Loge, près d'Eatanswill, avait cédé aux instances de ses amis, et s'était laissé porter pour soutenir les intérêts jaunes. La *Gazette* avertit les électeurs d'Eatanswill que les regards, non-seulement de l'Angleterre, mais du monde civilisé tout entier, étaient fixés sur eux. L'*Indépendant* demanda d'un ton péremptoire si les électeurs d'Eatanswill méritaient encore la renommée qu'ils avaient acquise d'être de grands, de généreux citoyens, ou s'ils étaient devenus de serviles instruments du despotisme, indignes également du nom d'Anglais et des bienfaits de la liberté. Jamais une commotion aussi profonde n'avait encore ébranlé la ville.

La soirée était avancée quand M. Pickwick et ses compagnons, assistés par Sam Weller, quittèrent l'impériale de la voiture d'Eatanswill. De grands drapeaux bleus flottaient aux fenêtres de l'auberge des *Armes de la ville*, et des écriteaux, placés derrière les vitres, indiquaient en caractères gigantesques que le comité de l'honorable Samuel Slumkey, y tenait ses séances. Un groupe de flâneurs, assemblés devant la porte de l'auberge, regardaient un homme enroué, placé sur le balcon de l'auberge, et qui paraissait parler en faveur de M. Samuel Slumkey, avec tant de chaleur que son visage en devenait tout rouge. Mais la force et la beauté

1. *Hall*, château.

de ses arguments étaient légèrement infirmées par le roulement perpétuel de quatre énormes tambours, posés au coin de la rue par le comité de M. Fizkin. Quoi qu'il en soit, un petit homme affairé, qui se tenait auprès de l'orateur, ôtait de temps en temps son chapeau et faisait signe à la foule d'applaudir. La foule applaudissait alors régulièrement et avec beaucoup d'enthousiasme ; et comme l'homme enroué allait toujours parlant, quoique son visage devînt de plus en plus rouge, on pouvait croire que son but était atteint, aussi bien que si l'on avait pu l'entendre.

Aussitôt que les pickwickiens furent descendus de leur voiture, ils se virent entourés par une partie de la populace, qui, sur-le-champ, poussa trois acclamations assourdissantes. Ces acclamations, répétées par le rassemblement principal (car la foule n'a nullement besoin de savoir pourquoi elle crie), s'enflèrent en un rugissement de triomphe si effroyable, que l'homme au rouge visage en resta court sur son balcon.

« Hourra ! hurla le peuple pour terminer.

— Encore une acclamation ! s'écria le petit homme affairé sur le balcon. » Et la multitude de rugir aussitôt, comme si elle avait eu un larynx de fonte et des poumons d'acier trempé.

« Vive Slumkey ! beugla la multitude.

— Vive Slumkey ! répéta M. Pickwick en ôtant son chapeau.

— A bas Fizkin ! vociféra la foule.

— Oui, assurément ! s'écria M. Pickwick.

— Hourra ! » Et alors un autre rugissement s'éleva, semblable à celui de toute une ménagerie quand l'éléphant a sonné l'heure du repas.

« Quel est ce Slumkey ? demanda tout bas M. Tupman.

— Je n'en sais rien, reprit M. Pickwick sur le même ton. Silence ! ne faites point de question. Dans ces occasions, il faut faire comme la foule.

— Mais supposez qu'il y ait deux partis, fit observer M. Snodgrass.

— Criez avec les plus forts, » répliqua M. Pickwick.

Des volumes n'auraient pu en dire davantage.

Ils entrèrent dans la maison, la populace s'ouvrant à droite et à gauche pour les laisser passer et poussant des acclamations bruyantes. Ce qu'il y avait à faire, en premier lieu, c'était de s'assurer un logement pour la nuit.

« Pouvons-nous avoir des lits ici ? demanda M. Pickwick au garçon.

— Je n'en sais rien, m'sieu. J'ai peur qu'ils ne soient tous pris, m'sieu. Je vais m'informer, m'sieu. »

Il s'éloigna, mais revenant aussitôt, il demanda si les gentlemen étaient *bleus*.

Comme M. Pickwick et ses compagnons ne prenaient guère d'intérêt à la cause des candidats, la question était difficile à résoudre. Dans ce dilemme, M. Pickwick pensa à son nouvel ami, M. Perker.

« Connaissez-vous, dit-il, un gentleman nommé Perker ?

— Certainement, m'sieu ; l'agent de l'honorable M. Samuel Slumkey.

— Il est bleu, je pense ?

— Oh ! oui, m'sieu.

— Alors nous sommes bleus, » dit M. Pickwick ; mais remarquant que le garçon recevait d'un air dubitatif cette profession de foi accommodante, il lui donna sa carte en lui disant de la remettre sur-le-champ à M. Perker, s'il était dans la maison. Le garçon disparut, mais il reparut bientôt, pria M. Pickwick de le suivre, et le conduisit dans une grande salle, où M. Perker était assis à une longue table, derrière un monceau de livres et de papiers.

« Ha ! ha ! mon cher monsieur, dit le petit homme en s'avançant pour recevoir M. Pickwick. Très-heureux de vous voir, mon cher monsieur. Asseyez-vous, je vous prie. Ainsi vous avez exécuté votre projet ? Vous êtes venu pour assister à l'élection, n'est-ce pas ? »

M. Pickwick répondit affirmativement.

« Une élection bien disputée, mon cher monsieur.

— J'en suis charmé, répondit M. Pickwick en se frottant les mains. J'aime à voir cette chaleur patriotique, n'importe pour quel parti : c'est donc une élection disputée ?

— Oh ! oui, singulièrement. Nous avons retenu toutes les auberges de l'endroit et n'avons laissé à nos adversaires que les boutiques de bière. C'est un coup de maître, mon cher monsieur, qu'en dites-vous ? »

Le petit homme, en parlant ainsi, souriait complaisamment et insérait dans ses narines une large prise de tabac.

« Et quel est le résultat probable de l'élection ?

— Douteux, mon cher monsieur, douteux jusqu'à présent. Les gens de Fizkin ont trente-trois votants dans les remises du *Blanc-Cerf*.

— Dans les remises! s'écria M. Pickwick, singulièrement étonné par cet autre coup de maître.

— Ils les y tiennent enfermés jusqu'au moment où ils en auront besoin, afin de nous empêcher, comme vous vous en doutez bien, d'arriver jusqu'à eux. Mais quand même nous pourrions leur parler, cela ne nous servirait pas à grand'chose, car ils les maintiennent exprès constamment gris. Un habile homme, l'agent de Fizkin! Un habile homme, en vérité! »

M. Pickwick ouvrit de grands yeux, mais il ne dit rien.

« Malgré cela, poursuivit M. Perker en baissant la voix, malgré cela, nous avons bonne espérance. Nous avons donné un thé ici, la nuit dernière. Quarante-cinq femmes, mon cher monsieur, et lorsqu'elles sont parties, nous avons offert à chacune d'elles un parasol vert.

— Un parasol! s'écria M. Pickwick.

— Oui, mon cher monsieur, oui, quarante-cinq parasols verts, à sept shillings et six pence la pièce. Toutes les femmes sont coquettes: ces parasols ont produit un effet incroyable; assuré tous les maris et la moitié des frères; enfoncé les bas, la flanelle et toutes ces sortes de choses. Idée de moi, mon cher monsieur, entièrement de moi. Grêle, pluie, soleil, vous ne pouvez pas faire quinze pas dans la ville, sans rencontrer une demi-douzaine de parasols verts. »

Ici le petit avoué se laissa aller à des convulsions de gaieté qui ne furent interrompues que par l'entrée en scène d'un troisième interlocuteur.

C'était un homme long et fluet. Sa tête, d'un roux ardent, paraissait inclinée à devenir chauve; sur son visage se peignaient une importance solennelle, une profondeur incommensurable. Il était revêtu d'une longue redingote brune, d'un gilet et d'un pantalon de drap noir. Un double lorgnon se dandinait sur sa poitrine; sur sa tête il portait un chapeau dont la forme était étonnamment basse et les bords étonnamment larges. Ce nouveau venu fut présenté à M. Pickwick comme M. Pott, éditeur de la *Gazette d'Eatanswill*.

Après quelques remarques préliminaires, M. Pott se tourna vers M. Pickwick et lui dit avec solennité:

« Cette élection excite un grand intérêt dans la métropole, monsieur.

— Je le pense, répondit M. Pickwick.

— Auquel je puis me flatter, continua M. Pott en regardant M. Perker de manière à faire confirmer ses paroles, auquel je puis me flatter d'avoir contribué en quelque chose par mon article de samedi dernier.

— Sans aucun doute, assura le petit homme.

— Monsieur, poursuivit M. Pott, la presse est un puissant engin. »

M. Pickwick donna un assentiment complet à cette proposition.

« Mais je me flatte, monsieur, que je n'ai jamais abusé de l'énorme pouvoir que je possède. Je me flatte, monsieur, que je n'ai jamais dirigé le noble instrument placé entre mes mains par la Providence, contre le sanctuaire inviolable de la vie privée, contre la réputation des individus, cette fleur tendre et fragile. Je me flatte, monsieur, que j'ai dévoué toute mon énergie à.... à des efforts.... faibles peut-être, oui, j'en conviens, à de faibles efforts, pour inculquer ces principes que.... dont.... pour lesquels... »

L'éditeur de la *Gazette d'Eatanswill* paraissant s'embrouiller, M. Pickwick vint à son secours en lui disant :

« Certainement, monsieur.

— Et permettez-moi de vous demander, monsieur, de vous demander comme à un homme impartial ce que le public de Londres pense de ma polémique avec *l'Indépendant ?* »

M. Perker s'interposa et dit avec un sourire malicieux qui n'était pas tout à fait accidentel :

« Le public de Londres s'y intéresse beaucoup, sans aucun doute.

— Cette polémique, poursuivit le journaliste, sera continuée aussi longtemps qu'il me restera un peu de santé et de force, un peu de ces talents que j'ai reçus de la nature. A cette polémique, monsieur, quoiqu'elle puisse déranger l'esprit des hommes, exaspérer leurs opinions et les rendre incapables de s'occuper des devoirs prosaïques de la vie ordinaire ; à cette polémique, monsieur, je consacrerai toute mon existence, jusqu'à ce que j'aie broyé sous mon pied *l'Indépendant d'Eatanswill.* Je désire, monsieur, que le peuple de Londres, que le peuple de mon pays sache qu'il peut compter sur moi, que je ne l'abandonnerai point, que je suis résolu, monsieur, à demeurer son champion jusqu'à la fin.

— Votre conduite est très-noble, monsieur, s'écria M. Pickwick, et il secoua chaleureusement la main du magnanime éditeur.

— Je m'aperçois, monsieur, répondit celui-ci, tout essoufflé par la véhémence de sa déclaration patriotique ; je m'aperçois que vous êtes un homme de sens et de talent. Je suis très-heureux, monsieur, de faire la connaissance d'un tel homme.

— Et moi, monsieur, rétorqua M. Pickwick, je me sens profondément honoré par cette expression de votre opinion. Permettez-moi, monsieur, de vous présenter mes compagnons de voyage, les autres membres correspondants du club que je suis orgueilleux d'avoir fondé. »

M. Pott ayant déclaré qu'il en serait enchanté, M. Pickwick alla chercher ses trois amis, et les présenta formellement à l'éditeur de la *Gazette d'Eatanswill*.

« Maintenant, mon cher Pott, dit le petit M. Perker, la question est de savoir ce que nous ferons de nos amis ici présents.

— Nous pouvons rester dans cette maison, je suppose? dit M. Pickwick.

— Pas un lit de reste, monsieur, pas un seul lit.

— Extrêmement embarrassant! reprit M. Pickwick.

— Extrêmement, répétèrent ses acolytes.

— J'ai à ce sujet, dit M. Pott, une idée qui, je l'espère, peut être adoptée avec beaucoup de succès. Il y a deux lits au *Paon d'argent*, et je puis dire hardiment, au nom de Mme Pott, qu'elle sera enchantée de donner l'hospitalité à M. Pickwick et à l'un de ses compagnons, si les deux autres gentlemen et leur domestique consentent à s'arranger de leur mieux au *Paon d'argent*. »

Après des instances répétées de M. Pott, et des protestations nombreuses de M. Pickwick, qu'il ne pouvait pas consentir à déranger l'aimable épouse de l'éditeur, il fut décidé que c'était là le seul arrangement exécutable; aussi fut-il exécuté. Après avoir dîné ensemble aux *Armes de la ville*, et être convenus de se réunir le lendemain matin dans le même lieu pour accompagner la procession de l'honorable Samuel Slumkey, nos amis se séparèrent, M. Tupman et M. Snodgrass se retirant au *Paon d'argent*, M. Pickwick et M. Winkle se réfugiant sous le toit hospitalier de M. Pott.

Le cercle domestique de M. Pott se composait de lui-même et de sa femme. Tous les hommes qu'un puissant génie a élevés à un poste éminent dans le monde, ont ordinairement quelque petite faiblesse, qui n'en paraît que plus remarquable par le contraste qu'elle forme avec leur caractère public. Si M. Pott avait une faiblesse, c'était apparemment d'être un peu trop soumis à la domination légèrement méprisante de son épouse. Cependant nous n'avons pas le droit d'insister sur ce fait, car, dans la circonstance actuelle, toutes les manières les plus engageantes de Mme Pott furent employées à recevoir les deux gentlemen amenés par son mari.

« Chère amie, dit M. Pott, M. Pickwick, M. Pickwick de Londres. »

Mme Pott reçut avec une douceur enchanteresse le serrement de main paternel de M. Pickwick, tandis que M. Winkle, qui n'avait pas été annoncé du tout, salua et se glissa dans un coin obscur.

« Mon cher, dit la dame.

— Chère amie, répondit l'éditeur.

— Présentez l'autre gentleman.

— Je vous demande un million de pardons, dit M. Pott. Permettez-moi.... Madame Pott, monsieur....

— Winkle, dit M. Pickwick.

— Winkle, répéta M. Pott; et la cérémonie de l'introduction fut complète.

— Nous vous devons beaucoup d'excuses, madame, reprit M. Pickwick, pour avoir ainsi troublé vos arrangements domestiques.

— Je vous prie de n'en point parler, monsieur, répliqua avec vivacité la moitié féminine de Pott. C'est, je vous assure, un grand plaisir pour moi d'apercevoir de nouveaux visages, vivant comme je le fais de jour en jour, de semaine en semaine, dans ce triste endroit, et sans voir personne.

— Personne ! ma chère ? s'écria M. Pott, avec finesse.

— Personne que *vous*, rétorqua son épouse avec aspérité.

— En effet, monsieur Pickwick, reprit leur hôte pour expliquer les lamentations de sa femme; en effet, nous sommes privés de beaucoup de plaisirs que nous devrions partager. Ma position comme éditeur de la *Gazette d'Eatanswill*, le rang que cette feuille occupe dans le pays, mon immersion constante dans le tourbillon de la politique.... »

Mme Pott interrompit son époux. « Mon cher, dit-elle.

— Chère amie, répondit l'éditeur.

— Je désirerais que vous voulussiez bien trouver un autre sujet de conversation, afin que ces messieurs puissent y prendre quelque intérêt.

— Mais, mon amour, dit M. Pott avec humilité, M. Pickwick y prend grand intérêt.

— C'est fort heureux pour lui ! Mais *moi* je suis lasse, à

mourir, de votre politique, de vos querelles avec l'*Indépendant*, et de toutes ces sottises. Je suis tout à fait étonnée, Pott, que vous donniez ainsi en spectacle vos absurdités.

— Mais, chère amie, murmura le malheureux époux.

— Sottises ! ne me parlez pas. Jouez-vous à l'écarté, monsieur ?

— Je serai enchanté, madame, d'apprendre avec vous, répondit galamment M. Winkle.

— Eh bien ! alors, tirez cette table auprès de la fenêtre, pour que je n'entende plus cette éternelle politique.

— Jane, dit M. Pott à la servante, qui apportait de la lumière, descendez dans le bureau, et montez-moi la collection des gazettes pour l'année 1830. Je vais vous lire, continua-t-il en se tournant vers M. Pickwick, je vais vous lire quelques-uns des articles de fond que j'ai écrits, à cette époque, sur la conspiration des jaunes pour faire nommer un nouveau péager à notre Turnpike. Je me flatte qu'ils vous amuseront.

— Je serai véritablement charmé de vous entendre, » répondit M. Pickwick.

Son vœu fut bientôt exaucé. La servante revint avec une collection de gazettes, et l'éditeur s'étant assis auprès de son hôte, se mit à lire immédiatement.

Nous avons feuilleté le mémorandum de M. Pickwick, dans l'espoir de retrouver au moins un sommaire de ces magnifiques compositions; mais ce fut vainement. Nous avons cependant des raisons de croire que la vigueur et la fraîcheur du style le ravirent entièrement, car M. Winkle a noté que ses yeux, comme par un excès de plaisir, restèrent fermés pendant toute la durée de la lecture.

L'annonce que le souper était servi mit un terme au jeu d'écarté et à la récapitulation des beautés de la *Gazette*. M. Winkle avait déjà fait des progrès considérables dans les bonnes grâces de Mme Pott. Elle était d'une humeur charmante, et n'hésita pas à l'informer confidentiellement que M. Pickwick était un vieux bonhomme tout à fait aimable. Il y a dans ces expressions une familiarité que ne se serait permise aucun de ceux qui connaissaient intimement l'esprit colossal de ce philosophe. Cependant nous les avons conservées parce qu'elles prouvent d'une manière touchante et convaincante la facilité avec laquelle il gagnait tous les cœurs, et le cas immense que faisaient de lui toutes les classes de la société.

La nuit était avancée, M. Tupman et M. Snodgrass dormaient depuis longtemps sous l'aile du *Paon d'argent*, lorsque nos deux amis se retirèrent dans leurs chambres. Le sommeil s'empara bientôt de leurs sens, mais, quoiqu'il eût rendu M. Winkle insensible à tous les objets terrestres, le visage et la tournure de l'agréable Mme Pott se présentèrent, pendant longtemps encore, à sa fantaisie excitée.

Le mouvement et le bruit de la matinée suivante étaient suffisants pour chasser de l'imagination la plus romantique toute autre idée que celle de l'élection. Le roulement des tambours, le son des cornes et des trompettes, les cris de la populace, le piétinement des chevaux, retentissaient dans les rues depuis le point du jour; et de temps en temps une escarmouche entre les enfants perdus des deux partis égayait et diversifiait les préparatifs de la cérémonie.

Sam parut à la porte de la chambre à coucher de M. Pickwick, justement comme il terminait sa toilette. Hé! bien, Sam, lui dit-il, tout le monde est en mouvement, aujourd'hui?

« Oh! personne ne caponne, monsieur. Nos particuliers sont rassemblés aux *Armes de la ville*, et ils ont tant crié déjà qu'ils en sont tout enrouillés.

— Ah! ont-ils l'air dévoué à leur parti, Sam?

— Je n'ai jamais vu de dévouement comme ça, monsieur.

— Énergique, n'est-ce pas?

— Je crois bien. Je n'ai jamais vu boire ni bâfrer si énergiquement. Il pourrait bien en crever quelques-uns, voilà tout.

— Cela vient de la générosité malentendue des bourgeois de cette ville.

— C'est fort probable, répondit Sam d'un ton bref.

— Ha! dit M. Pickwick, en regardant par la fenêtre, de beaux gaillards, bien vigoureux, bien frais.

— Très-frais, pour sûr. Les deux garçons du *Paon d'argent* et moi, nous avons pompé sur tous les électeurs qui y ont soupé hier.

— Pompé sur des électeurs indépendants!

— Oui, monsieur. Ils ont ronflé cette nuit oùs qu'ils étaient tombés ivres-morts hier soir. Ce matin, nous les avons insinués, l'un après l'autre, sous la pompe, et voilà! Ils sont tous en bon état maintenant. Le comité nous a donné un shilling par tête pour ce service-là!...

— Est-il possible qu'on fasse des choses semblables! s'écria M. Pickwick plein d'étonnement.

— Bah! monsieur, ça n'est rien, rien du tout.

— Rien?

— Rien du tout, monsieur. La nuit d'avant le dernier jour de la dernière élection, ci, l'autre parti a gagné la servante des *Armes de la ville* pour épicer le grog de quatorze électeurs qui restaient dans la maison, et qui n'avaient pas encore voté.

— Qu'est-ce que vous entendez par *épicer* du grog?

— Mettre de l'eau d'ânon dedans, monsieur. Que le bon Dieu m'emporte si ça ne les a pas fait roupiller douze heures après l'élection. Ils en ont porté un sur un brancard, tout endormi, pour essayer, mais bernique! le maire n'a pas voulu de son vote; ainsi ils l'ont rapporté et replanté dans son lit.

— Quel étrange expédient! murmura M. Pickwick, moitié pour lui-même, moitié pour son domestique.

— Pas si farce qu'une histoire qu'est arrivée à mon père, en temps d'élection, à ce même endroit ici, monsieur.

— Contez-moi cela, Sam.

— Voilà, monsieur. Il conduisait une mail-coach[1] de Londres ici, dans ce temps-là. L'élection arrive, et il est retenu par un parti pour charrier des voteurs de Londres. La veille du jour où il allait se mettre en route, le comité de l'autre parti l'envoie chercher tout tranquillement. Il s'en va avec le commissionnaire, qui le fait entrer dans une grande chambre. Tas de gentlemen, montagnes de papiers, plumes et le reste. « Ah! monsieur Weller, dit le président, charmé de vous voir. Comment ça va-t-il? qu'il dit. — Très-bien, mossieur, merci, dit mon père. J'espère que vous ne maigrissez pas, non plus, qu'il dit. — Merci, ça ne va pas mal, dit le gentleman. Asseyez-vous, monsieur, je vous en prie. » Ainsi mon père s'asseoit, et le gentleman et lui se regardent fisquement leurs deux boules. « Vous ne me reconnaissez pas? dit l'autre. — Peux pas dire que je vous aie jamais vu, répond mon père. — Oh! moi je vous connais, dit l'autre. Je vous ai connu tout petit, dit-il. — C'est égal, je ne vous remets pas du tout, dit mon père. — C'est fort drôle, dit l'autre. — Joliment, dit mon père. — Faut qu' vous ayez une mauvaise mémoire, monsieur Weller, dit l'autre. — C'est vrai qu'a n'est pas fameuse, dit mon père. — Je m'en avais douté, dit l'autre. » Comme ça, il lui verse un verre de vin, et il le chatouille sur sa manière de conduire, et il le met dans une bonne humeur soignée, et à la fin il lui

1. Sorte de diligence.

montre une banknote de vingt livres sterling[1]. « C'est une mauvaise route d'ici à Londres? qu'il lui dit. — Par-ci par-là y a de vilains endroits, dit mon père. — Et surtout près du canal, je crois? dit le gentleman. — Pour un vilain endroit, c'est un vilain endroit, dit mon père. — Hé bien! monsieur Weller, dit l'autre, vous êtes un excellent cocher, et vous pouvez faire tout ce que vous voulez avec vos chevaux, on sait ça. Nous avons tous bien de l'amitié pour vous, monsieur Weller. Ainsi, dans le cas qu'il vous arriverait *par hasard* un accident quand vous amènerez les électeurs ici, dans le cas que vous les verseriez dans le canal, sans leur faire aucun mal, ceci est pour vous, qu'il dit. — Mossieur, vous êtes extrêmement bon, dit mon père, et je vais boire à vot' santé un autre verre de vin, dit-il. » Alors il boit, empoche la monnaie, et il salue son monde. Hé bien! monsieur, continua Sam en regardant son maître avec un air d'impudence inexprimable, croiriez-vous que, justement le jour où il menait ces mêmes électeurs, sa voiture fut versée précisément dans cet endroit-là, et tous les voyageurs lancés dans le canal?

— Et retirés sur-le-champ? demanda vivement M. Pickwick.

— Pour ça, répliqua Sam très-lentement, on dit qu'il y manquait un vieux gentleman. Je sais bien qu'on a repêché son chapeau, mais je ne suis pas bien certain si sa boule était dedans, oui-z-ou non. Mais ce que je regarde, c'est la hextraordinaire coïncidence que la voiture de mon père s'est versée, juste au même endroit et le même jour, après ce que le gentleman lui avait dit.

— Sans aucun doute, c'est un hasard bien extraordinaire, répondit M. Pickwick; mais brossez mon chapeau, Sam, car j'entends M. Winkle qui m'appelle pour déjeuner. »

M. Pickwick descendit dans le parloir, où il trouva le déjeuner servi et la famille déjà rassemblée. Le repas disparut rapidement; les chapeaux des gentlemen furent décorés d'énormes cocardes bleues, faites par les belles mains de Mme Pott elle-même; et M. Winkle se chargea d'accompagner cette dame sur le toit d'une maison voisine des *hustings*, tandis que M. Pickwick se rendrait avec M. Pott aux *Armes de la ville*. Un membre du comité de M. Slumkey haranguait, d'une des fenêtres de cet hôtel, six petits garçons et une jeune fille, qu'il appelait pompeusement à tout bout de champ : *hommes d'Ea-*

1. 500 francs.

tanswill; sur quoi les six petits garçons susmentionnés applaudissaient prodigieusement.

La cour de l'hôtel offrait des symptômes moins équivoques de la gloire et de la puissance des bleus d'Eatanswill. Il y avait une armée entière de bannières et de drapeaux, étalant des devises appropriées à la circonstance, en caractères d'or, de quatre pieds de haut et d'une largeur proportionnée. Il y avait une bande de trompettes, de bassons et de tambours, rangés sur quatre de front et gagnant leur argent en conscience, principalement les tambours, qui étaient fort musculeux. Il y avait des troupes de constables, avec des bâtons bleus, vingt membres du comité avec des écharpes bleues, et tout un monde d'électeurs, avec des cocardes bleues. Il y avait des électeurs à cheval et des électeurs à pied. Il y avait un carrosse découvert, à quatre chevaux, pour l'honorable Samuel Slumkey. Et les drapeaux flottaient, et les musiciens jouaient, et les constables juraient, et les vingt membres du comité haranguaient, et la foule braillait, et les chevaux piaffaient et reculaient, et les postillons suaient; et toutes les choses, tous les individus réunis en cet endroit, s'y trouvaient pour l'avantage, pour l'honneur, pour la renommée, pour l'usage spécial de l'honorable Samuel Slumkey, de Slumkey-Hall, l'un des candidats pour la représentation du bourg d'Eatanswill, dans la chambre des communes du parlement du Royaume-Uni.

Longues et bruyantes furent les acclamations, et l'un des drapeaux bleus, portant ces mots : LIBERTÉ DE LA PRESSE, s'agita convulsivement quand la tête rousse de M. Pott fut aperçue par la foule à l'une des fenêtres. Mais l'enthousiasme fut épouvantable quand l'honorable Samuel Slumkey lui-même, en bottes à revers et en cravate bleue, s'avança, saisit la main dudit Pott, et témoigna à la multitude par des gestes mélodramatiques, sa reconnaissance ineffaçable des services que lui avait rendus la *Gazette d'Eatanswill*.

« Tom est-il prêt? demanda ensuite l'honorable Samuel Slumkey à M. Perker.

— Oui, mon cher monsieur, répliqua le petit homme.

— On n'a rien oublié, j'espère?

— Rien du tout, mon cher monsieur; pas la moindre chose. Il y a vingt hommes, bien lavés, à qui vous donnerez des poignées de main, à la porte; et six enfants, dans les bras de leurs mères, que vous caresserez sur la tête et dont vous demanderez l'âge. Surtout ne négligez pas les enfants, mon cher monsieur. Ces sortes de choses produisent toujours un bon effet.

— J'y penserai, dit l'honorable Samuel Slumkey.

— Et, peut-être, mon cher monsieur, ajouta le prévoyant petit homme, si vous pouviez.... je ne dis pas que cela soit indispensable.... mais si vous pouviez prendre sur vous de baiser un des bambins, cela produirait une grande impression sur la foule.

— L'effet ne serait-il pas le même si vous vous chargiez de la besogne? demanda M. Samuel Slumkey.

— J'ai peur que non, mon cher monsieur. Mais si vous le faisiez vous-même, je pense que cela vous rendrait très-populaire.

— Très-bien, dit l'honorable Samuel Slumkey d'un air résigné, il faut en passer par là, voilà tout.

— Arrangez la procession! » crièrent les vingt membres du comité.

Au milieu des acclamations de la multitude, musiciens, constables, membres du comité, électeurs, cavaliers, carrosses prirent leurs places. Chacune des voitures à deux chevaux contenait autant de gentlemen empilés et debout qu'il avait été possible d'en faire tenir. Celle qui était assignée à M. Perker renfermait M. Pickwick, M. Tupman, M. Snodgrass et une demi-douzaine de membres du comité.

Il y eut un moment de silence solennel, lorsque la procession attendit que l'honorable Samuel Slumkey montât dans son carrosse.

Tout d'un coup la foule poussa une acclamation.

« Il est sorti! » s'écria le petit Perker, d'autant plus ému que sa position ne lui permettait pas de voir ce qui se passait en avant.

Une autre acclamation, plus forte :

« Il a donné des poignées de main aux hommes! » dit le petit agent.

Une autre acclamation, beaucoup plus violente :

« Il a caressé les bambins sur la tête! » continua M. Perker tremblant d'anxiété.

Un tonnerre d'applaudissements qui déchirent les airs :

« Il en a baisé un! » s'écria le petit homme enchanté.

Un second tonnerre :

« Il en a baisé un autre! »

Un troisième tonnerre, assourdissant :

« Il les baise tous ! » vociféra l'enthousiaste petit gentleman, et au même instant la procession se mit en marche, saluée par les acclamations retentissantes de la multitude.

Comment et par quelle cause les deux processions se heurtèrent, et comment la confusion qui s'ensuivit fut enfin terminée, c'est ce que nous ne pouvons entreprendre de décrire : car au commencement de la bagarre le chapeau de M. Pickwick fut enfoncé sur ses yeux, sur son nez et sur sa bouche, par l'application d'un drapeau jaune. D'après ce que cet illustre philosophe put conclure du petit nombre de rayons visuels qui passaient entre ses joues et son feutre, il se représente comme entouré de tous côtés par des physionomies irritées et féroces, par un vaste nuage de poussière et par une foule épaisse de combattants. Il raconte qu'il fut arraché de sa voiture par un pouvoir invisible, et qu'il prit part personnellement à des exercices pugilastiques ; mais avec qui, ou comment, ou pourquoi, c'est ce qu'il lui est absolument impossible d'établir. Ensuite il fut poussé sur des gradins de bois par les personnes qui étaient derrière lui, et, en retirant son chapeau, il se trouva environné de ses amis, sur le premier rang du côté gauche des *hustings*. Le côté droit était réservé pour le parti jaune ; le centre pour le maire et ses assistants. L'un de ceux-ci, le gros crieur d'Eatanswill, secouait une énorme cloche, ingénieux moyen de faire faire silence. Cependant M. Horatio Fizkin et l'honorable Samuel Slumkey, leur main droite posée sur leur cœur, s'occupaient à saluer, avec la plus grande affabilité, la mer orageuse de têtes qui inondait la place et de laquelle s'élevait une tempête de gémissements, d'acclamations, de sifflements, de hurlements, qui aurait fait honneur à un tremblement de terre.

« Voilà Winkle, dit M. Tupman à son illustre ami, en le tirant par la manche.

— Où ? demanda M. Pickwick en ajustant sur son nez ses lunettes, qu'il avait heureusement gardées jusque-là dans sa poche.

— Là, répondit M. Tupman, sur le toit de cette maison. »

Et en effet, dans une large gouttière de plomb, M. Winkle et Mme Pott étaient confortablement assis sur une couple de chaises, agitant leurs mouchoirs pour se faire mieux reconnaître. M. Pickwick rétorqua ce compliment en envoyant un baiser de sa main à la dame.

L'élection n'avait pas encore commencé, et comme une multitude inactive est généralement disposée à être facétieuse, cette innocente action fut suffisante pour faire naître mille plaisanteries.

« Ohé! là-haut! vieux renard! C'est-i' beau de faire des galanteries aux filles?

— Oh! le vénérable pécheur!

— Il met ses besicles pour lorgner les femmes mariées.

— Le scélérat! Il lui fait les yeux doux, à travers ses carreaux.

— Surveillez votre femme, Pott! » Et ces lazzis furent suivis de grands éclats de rire.

Comme ces brocards étaient accompagnés d'odieuses comparaisons entre M. Pickwick et un vieux bouc, ainsi que d'autres traits d'esprit du même genre, et comme elles tendaient, en outre, à entacher l'honneur d'une innocente dame, l'indignation de notre héros fut excessive : mais le silence étant proclamé dans cet instant, il se contenta de jeter à la populace un regard de mépris et de pitié, qui la fit rire plus bruyamment que jamais.

« Silence! beuglèrent les acolytes du maire.

— Whiffin, proclamez le silence! dit le maire d'un air pompeux, qui convenait à sa position élevée. Le crieur, pour obéir à cet ordre, exécuta un autre concerto sur sa sonnette, après quoi un gentleman de la foule cria, de toutes ses forces, *Fifine!* ce qui occasiona d'autres éclats de rire.

— Gentlemen! dit le maire, en donnant toute l'étendue possible à sa voix. Gentlemen, frères électeurs du bourg d'Eatanswill, nous sommes assemblés aujourd'hui pour élire un représentant à la place de notre dernier.... »

Ici, le maire fut interrompu par une voix qui criait dans la foule :

« Bonne chance à M. le maire! et qu'il reste toujours dans les clous et les casseroles qu'ils y ont fait sa fortune. »

Cette allusion aux entreprises commerciales de l'orateur excita un ouragan de gaieté qui, avec son accompagnement de sonnette, empêcha d'entendre un seul mot de la harangue du maire, à l'exception, cependant, de la dernière phrase, par laquelle il remerciait ses auditeurs de l'attention bienveillante qu'ils lui avaient prêtée. Cette expression de gratitude fut accueillie par une autre explosion de joie, qui dura environ un quart d'heure.

Un grand gentleman efflanqué, dont le cou était comprimé

par une cravate blanche très-roide, parut alors en scène, au milieu des interruptions fréquentes de la foule, qui l'engageait à envoyer quelqu'un chez lui pour voir s'il n'avait pas oublié sa voix sous son traversin. Il demanda la permission de présenter une personne propre et convenable, pour représenter au parlement les électeurs d'Eatanswill, et quand il déclara que c'était Horatio Fizkin, Esquire, de Fizkin-Loge, près Eatanswill, les fizkiniens applaudirent et les slumkéiens grognèrent, si longtemps et si bruyamment, que le parrain du candidat, au lieu de parler, aurait pu chanter des chansons bachiques sans que personne s'en fût douté.

Les amis d'Horatio Fizkin, Esquire, ayant joui de leur primauté, un petit homme, au visage colérique et rouge comme un œillet, s'avança afin de nommer une autre personne propre et convenable, pour représenter au parlement les électeurs d'Eatanswill; mais la nature de cet individu était trop irritable pour lui permettre de cheminer tranquillement parmi les forces de la multitude. Après quelques sentences d'éloquence figurative, le gentleman colérique se mit à tonner contre les interrupteurs ; puis il échangea des provocations avec les gentlemen placés sur les hustings. Alors il s'éleva de toutes parts un tapage qui l'obligea d'exprimer ses sentiments par une pantomime sérieuse, au bout de laquelle il céda la place à l'orateur chargé de seconder sa motion. Celui-ci, pendant une bonne demi-heure, psalmodia un discours écrit, qu'aucun tumulte ne put lui faire interrompre; car il l'avait envoyé d'avance à la *Gazette d'Eatanswill*, qui devait l'imprimer mot pour mot.

Enfin, Fizkin, Esquire de Fizkin-Loge, près d'Eatanswill, se présenta pour parler aux électeurs, mais aussitôt les bandes de musiciens employées par l'honorable Samuel Slumkey, commencèrent à exécuter une fanfare avec une vigueur toute nouvelle. En échange de cette attention, la multitude jaune se mit à caresser la tête et les épaules de la multitude bleue; la multitude bleue voulut se débarrasser de l'incommode voisinage de la multitude jaune, et il s'ensuivit une scène de bousculades, de luttes, de combats, que nous désespérons de pouvoir représenter. Le maire s'efforça vainement d'y mettre fin; vainement il ordonna d'un ton impératif à douze constables de saisir les principaux meneurs, qui pouvaient être au nombre de deux cent cinquante; le tumulte continua. Durant l'émeute, Horatio Fizkin, Esquire de Fizkin-Loge et ses amis devinrent de plus en plus furieux; enfin, Horatio Fizkin demanda, d'un ton péremptoire, à son adversaire l'honorable Samuel Slumkey, de Slumkey-Hall, si ces musiciens jouaient par son ordre. L'honorable Samuel Slumkey, de Slumkey-Hall, refusant de répondre à cette question, Horatio Fizkin, Esquire, de Fizkin-Loge, montra le poing à l'honorable Samuel Slumkey-Hall : sur quoi, le sang de l'honorable Samuel Slumkey s'étant échauffé, il provoqua, en combat mortel, Horatio Fizkin, Esquire. Quand le maire entendit cette violation de toutes les règles connues et de tous les précédents, il ordonna une nouvelle fantaisie sur la sonnette, et déclara que son devoir l'obligeait à faire comparaître devant lui, Horatio Fizkin, Esquire, de Fizkin-Loge, et l'honorable Samuel Slumkey, de Slumkey-Hall, pour leur faire prêter serment de ne point troubler la paix de Sa Majesté. A cette menace terrible, les amis des deux candidats s'interposèrent, et lorsque les deux partis se furent querellés, deux à deux, pendant trois quarts d'heure, Horatio Fizkin, Esquire, mit la main à son chapeau, en regardant l'honorable Samuel Slumkey; l'honorable Samuel Slumkey mit la main à son chapeau en regardant Horatio Fizkin, Esquire, les musiciens furent interrompus; la multitude s'apaisa en partie, et Horatio Fizkin, Esquire, put continuer sa harangue.

Les discours des deux candidats, quoique différents sous tous les autres rapports, s'accordaient pour offrir un tribut touchant au mérite et à la noblesse d'âme des électeurs d'Eatanswill. Chacun exprima son intime conviction, qu'il n'avait jamais existé, sur la terre, une réunion d'hommes plus indépendants, plus éclairés, plus patriotes, plus vertueux, plus désintéressés que ceux qui avaient promis de voter pour *lui* : chacun fit entendre obscurément qu'il soupçonnait les électeurs de l'autre parti d'être influencés par de honteux motifs, d'être adonnés à d'ignobles habitudes d'ivrognerie, qui les rendaient tout à fait indignes d'exercer les importantes fonctions confiées à leur honneur pour le bonheur de la patrie. Fizkin exprima son empressement à faire tout ce qui lui serait proposé[1]; Slumkey, sa détermination de ne jamais rien accorder de ce qui lui serait demandé. L'un et l'autre mirent en fait, que l'agriculture, les manufactures, le commerce, la prospérité d'Eatanswill, seraient toujours plus chers à leur cœur que tous les autres

1. Le ministère était apparemment libéral. (*Note du traducteur.*)

objets terrestres. Chacun d'eux, enfin, était heureux de pouvoir déclarer que, grâce à sa confiance dans le discernement des électeurs, il était sûr que c'était lui qui serait nommé.

A la suite de ce discours, on procéda par main levée; le maire décida en faveur de l'honorable Samuel Slumkey, de Slumkey-Hall; Horatio Fizkin, Esquire, de Fizkin-Loge, demanda un scrutin: et en conséquence un scrutin fut décrété. Ensuite on vota des remerciements au maire, pour son admirable façon de présider, et le maire remercia l'assemblée, en souhaitant de tout son cœur que *le fauteuil de la présidence* n'eût pas été un vain mot, car il avait été debout pendant toute la durée de l'opération. Les processions se reformèrent; les voitures roulèrent lentement à travers la foule, et celle-ci applaudit ou siffla, suivant ce que lui dictaient ses affections ou ses caprices.

Pendant toute la durée du scrutin, la ville entière sembla agitée d'une fièvre d'enthousiasme. Tout se passait de la manière la plus libérale et la plus délicieuse. Les spiritueux étaient remarquablement bon marché, chez tous les débitants. Des brancards parcouraient les rues pour la commodité des électeurs qui se trouvaient incommodés d'étourdissements passagers; car, durant toute la lutte électorale, cette espèce d'indisposition épidémique s'étant développée chez les votants avec une rapidité singulière et tout à fait alarmante, on les voyait souvent étendus sur le pavé des rues, dans un état d'insensibilité complète. Le dernier jour il y avait encore un petit nombre d'électeurs qui n'avaient point voté. C'étaient des individus réfléchis, calculateurs, qui n'étaient pas suffisamment convaincus par les raisons de l'un ou l'autre parti, quoiqu'ils eussent eu de nombreuses conférences avec tous les deux. Une heure avant la fermeture du scrutin, M. Perker sollicita l'honneur d'avoir une entrevue privée avec ces nobles, ces intelligents patriotes. Les arguments qu'il employa furent brefs, mais convaincants. Les retardataires allèrent en troupe au scrutin, et quand ils en sortirent, l'honorable Samuel Slumkey, de Slumkey-Hall, était sorti déjà de l'urne électorale.

CHAPITRE XIV.

Contenant une courte description de la compagnie assemblée au *Paon d'argent*, et de plus une histoire racontée par un commis-voyageur.

C'est avec un plaisir toujours nouveau, qu'après avoir contemplé les tourments et les combats de la vie politique, on ramène son attention sur la tranquillité de la vie privée. Quoique en réalité, M. Pickwick ne tint pas beaucoup à l'un ou à l'autre parti, il avait été assez enflammé par l'enthousiasme de Pott, pour appliquer ses immenses facultés intellectuelles aux opérations que nous venons de raconter, d'après son mémorandum. Pendant qu'il était ainsi occupé, M. Winkle ne restait pas oisif, mais il dévouait tout son temps à d'agréables promenades, à de petites excursions romantiques avec Mme Pott; car, lorsque l'occasion s'en présentait, cette aimable dame ne manquait jamais de chercher quelque soulagement à l'ennuyeuse monotonie dont elle se plaignait avec tant d'amertume. M. Pickwick et M. Winkle, étant ainsi complétement acclimatés dans la maison de l'éditeur, M. Tupman et M. Snodgrass, se trouvèrent en grande partie réduits à leurs propres ressources. Prenant peu d'intérêt aux affaires publiques, ils eurent recours, pour charmer leurs loisirs, aux amusements que pouvait offrir le *Paon d'argent*. Ces amusements se composaient d'un jeu de bagatelle, au premier étage, et d'un solitaire jeu de quilles, dans l'arrière-cour. Grâce au dévouement de Sam, nos voyageurs furent graduellement initiés dans les mystères de ces passe-temps, beaucoup plus abstraits que ne le supposent les hommes ordinaires. C'est ainsi qu'ils parvinrent à charmer la lenteur des heures paresseuses, quoiqu'ils fussent en grande partie deshérités de la société de M. Pickwick.

C'était principalement le soir que le *Paon d'argent* offrait, aux deux amis, des attractions qui leur permettaient de résister aux invitations pressantes de l'éloquent, quoique verbeux, journaliste. C'était le soir que le café de l'hôtel se remplissait d'un cercle d'originaux, dont les caractères et les manières présentaient à M. Tupman des observations délicieuses et dont les discours et les actions étaient habituellement notés par M. Snodgrass.

On sait ce que sont ordinairement les cafés où se rassemblent messieurs les commis voyageurs. Celui du *Paon d'argent* ne sortait point de la règle commune. C'était une vaste pièce toute nue, dont le maigre ameublement avait, sans aucun doute, été meilleur lorsqu'il était plus neuf. Une curieuse collection de chaises, aux formes grotesques et variées, était distribuée autour d'une grande table placée au centre de la salle, et d'une infinité de petites tables rondes, carrées ou triangulaires, qui en occupaient tous les coins. Un vieux tapis de Turquie faisait, sur le plancher, l'effet d'un petit mouchoir de femme sur le plancher d'une guérite. Les murs étaient garnis de deux ou trois grandes cartes géographiques, et de plusieurs grosses houppelandes, qui pendaient à une rangée de champignons. On voyait, sur la cheminée, un livre de poste; une histoire du Comté, moins la couverture; les restes mortels d'une truite, contenus dans un cercueil de verre; un encrier de bois, contenant un tronçon de plume, avec la moitié d'un pain à cacheter. Le buffet s'honorait de porter une quantité d'objets divers, parmi lesquels se faisaient remarquer principalement, une burette fort nuageuse; deux ou trois fouets; autant de châles de voyage; un assortiment de couteaux et de fourchettes, et surtout la moutarde. Enfin, l'atmosphère, épaissie par la fumée de tabac, avait communiqué une teinte de bistre à tous les objets, et principalement à des rideaux rouges et poussiéreux, qui pendaient tristement aux croisées.

C'est là que MM. Tupman et Snodgrass buvaient et fumaient, dans la soirée qui suivit l'élection, avec plusieurs autres habitants temporaires de l'hôtel.

« Allons! messieurs, dit *ex abrupto*, un grand et vigoureux personnage, qui ne possédait qu'un seul œil, mais un petit œil noir étincelant, comme quatre, de malice et de bonne humeur. Allons! messieurs, à nos nobles santés! Je propose toujours ce toast-là à la compagnie, mais dans mon for intérieur je bois à la santé de Mary. Pas vrai, Mary?...

— Laissez-moi, monstre! répondit la servante, qui, toutefois, était évidemment flattée du compliment.

— Ne vous en allez pas, Mary, reprit l'homme à l'œil noir,

— Laissez-moi tranquille, impertinent!

— Ne pleurez pas d'être obligée de me quitter, Mary, poursuivit le personnage à l'œil unique, tandis que la jeune fille quittait la chambre; j'irai vous retrouver tout à l'heure, ne vous chagrinez pas, ma chère'! En disant ces mots il cligna son œil solitaire du côté de la compagnie, à la grande satisfaction d'un personnage assez âgé, qui avait une pipe de terre et un visage également *culottés*.

— Les femmes, c'est des drôles de créatures, dit l'homme au visage culotté, après une pause.

— Ah! c'est fameusement vrai! » s'écria, derrière son cigare, un second monsieur au visage couperosé.

Après ce petit bout de philosophie, il y eut une autre pause.

« Malgré cela, voyez-vous, il y a dans ce monde des choses plus drôles que les femmes, reprit l'homme à l'œil noir, en remplissant gravement une pipe hollandaise d'une énorme dimension.

— Êtes-vous marié? demanda le visage culotté.

— Pas que je sache.

— Je m'en avais douté. »

En parlant ainsi, l'homme au visage culotté tomba dans une extase de joie, occasionnée par sa propre répartie; ce en quoi il fut imité par un individu à la voix douce, au visage pacifique, qui avait pour principe d'être toujours d'accord avec tout le monde.

« Après tout, gentlemen, dit l'enthousiaste M. Snodgrass, les femmes sont le charme et la consolation de notre existence.

— Cela est vrai, répliqua le personnage à l'air doucereux.

— Quand elles sont de bonne humeur, ajouta le visage culotté.

— Oh! cela est très-vrai, dit le gentleman pacifique.

— Je repousse cette restriction! reprit M. Snodgrass dont la pensée retournait rapidement vers Emily Wardle. Je la repousse avec dédain. Montrez-moi l'homme qui profère quelque chose contre les femmes, en tant que femmes, et je déclare hardiment qu'il n'est pas un homme. En prononçant ces mots, M. Snodgrass ôta son cigare de sa bouche, et frappa violemment sur la table avec son poing fermé.

— Voilà un bon argument, dit l'homme pacifique.

— Contenant une assertion que je nie, interrompit le visage culotté.

— Et il y a certainement aussi beaucoup de vérité dans ce que vous observez, monsieur, répliqua le pacifique.

— Votre santé, monsieur, reprit le commis voyageur, à

l'œil unique, en le dirigeant amicalement vers M. Snodgrass.

Le pickwickien répondit à cette politesse comme il convenait.

« J'aime toujours à entendre un bon argument, continua le commis voyageur; un argument frappant comme celui-ci. C'est fort instructif. Mais cette petite discussion sur les femmes m'a fait souvenir d'une histoire que j'ai entendu raconter à mon oncle. C'est ce qui m'a fait dire tout à l'heure qu'il y a des choses plus drôles que les femmes.

— Je voudrais bien entendre cette histoire-là, dit l'homme au cigare et au visage rouge.

— Votre parole d'honneur? répliqua laconiquement le commis voyageur; et il continua à fumer avec grande véhémence.

— Et moi aussi, ajouta M. Tupman, qui parlait pour la première fois, et qui était toujours désireux d'augmenter son bagage d'expérience.

— Et vous aussi? Eh bien! je vais vous la raconter. Pourtant ce n'est pas trop la peine; je suis sûr que vous ne la croirez pas. »

Et pendant que le commis voyageur parlait ainsi, son œil solitaire clignait d'une façon singulièrement malicieuse.

« Si vous m'assurez que l'histoire est vraie, je la croirai certainement, dit M. Tupman.

— Moyennant cette condition, je vais vous la raconter. Avez-vous entendu parler de la maison Bilson et Slum? Au reste, que vous en ayez entendu parler ou non, cela ne fait pas grand'chose, puisqu'ils sont retirés du commerce depuis longtemps. Il y a quatre-vingts ans que l'histoire en question arriva à un commis voyageur de cette maison; il était ami intime avec mon oncle, et mon oncle m'a raconté l'histoire à peu près comme vous allez l'entendre. Il l'appelait

L'HISTOIRE DE TOM SMART, LE COMMIS VOYAGEUR.

Par une soirée d'hiver, au moment où l'obscurité commençait à tomber, on aurait pu voir sur la route qui traverse le plateau de Marlborough, une carriole, et dans cette carriole un homme qui pressait son cheval fatigué. Je dis *qu'on aurait pu voir*, et je n'ai pas le moindre doute qu'on aurait vu, s'il était passé par là quelque personne qui n'eût pas été aveugle. Mais la saison était si froide et la nuit si pluvieuse, qu'excepté l'eau qui tombait il n'y avait pas un chat dehors. Si un commis voyageur de cette époque avait rencontré ce casse-cou de petite carriole, avec sa caisse grise, ses roues écarlates, et sa jument baie à l'allure allongée, au caractère capricieux, qui avait l'air de descendre d'un cheval de boucher et d'une rosse de la petite poste, il aurait conclu du premier coup, que le conducteur de la carriole était nécessairement Tom Smart, de la grande maison Bilson et Slum, de Cateaton-Street, dans la Cité; mais comme il ne se trouvait là aucun commis voyageur, personne ne se doutait de l'affaire, et Tom Smart, sa carriole grise, ses roues écarlates et sa jument capricieuse, gardaient mutuellement leur secret, en cheminant de compagnie.

Même dans ce triste monde, il y a bien des endroits plus agréables que la plaine de Marlborough, quand le vent souffle violemment. Si vous y joignez une sombre soirée d'hiver, une route défoncée et fangeuse, une pluie froide et battante, et que vous en fassiez l'expérience sur votre propre individu, vous comprendrez toute la force de cette observation.

Le vent ne soufflait pas en face, ni par derrière, quoique ce soit assez mauvais, mais il venait en travers de la route, poussait la pluie obliquement, comme les lignes qu'on traçait dans nos cahiers d'écriture pour nous apprendre à bien pencher nos lettres : il s'apaisait par instants, et le voyageur commençait à se flatter qu'épuisé par sa furie, il s'était enfin endormi. Mais pfffouh ! il recommençait à hurler et à siffler au loin; il arrivait en roulant par-dessus les collines; il balayait la plaine, et s'approchant avec une violence toujours croissante, il tourbillonnait autour de l'homme et du cheval; il fouettait dans leurs yeux, dans leurs oreilles, des bouffées d'une pluie froide et piquante; il soufflait son haleine humide et glacée jusque dans la moelle de leurs os; puis, quand il les avait dépassés il tempêtait au loin avec des mugissements étourdissants, comme s'il avait voulu se moquer de leur faiblesse, et se glorifier de sa puissance.

La jument baie pataugeait dans la boue, les oreilles pendantes, et de temps en temps secouait la tête, comme pour exprimer le dégoût que lui inspirait la conduite inconvenante des éléments. Cependant elle allait toujours d'un bon pas, quand tout à coup, entendant venir un tourbillon, plus furieux que tous les autres, elle s'arrêta court, écarta ses quatre pieds, et les planta solidement sur la terre. Ce fut par une grâce spéciale de la Providence qu'elle agit ainsi, car la carriole était si légère, Tom-Smart si mince, et la jument capricieuse si efflanqude, qu'une fois enlevés par l'ouragan, tous les trois auraient infailliblement roulé, l'un par-dessus l'autre, jusqu'à ce qu'ils eussent atteint les bornes de la terre, où jusqu'à ce que le vent se fût apaisé. Or, dans l'une comme dans l'autre hypothèse, il est probable que ni la jument capricieuse, ni Tom Smart, ni la carriole grise aux roues écarlates, n'auraient jamais pu être remis en état de service.

« Par mes sous-pieds et mes favoris! s'écria Tom Smart (il avait parfois la mauvaise habitude de jurer); par mes sous-pieds et mes favoris! s'écria Tom, voilà un temps gracieux, que le diable m'évente! »

On me demandera probablement pourquoi Tom Smart exprimait le vœu d'être éventé sur nouveaux frais, lorsqu'il était soumis à ce genre de traitement depuis si longtemps. Je n'en sais rien : seulement je sais que Tom Smart parla de la sorte, ou du moins raconta à mon oncle, qu'il avait ainsi parlé; ce qui revient au même.

« Que le diable m'évente! » dit Tom Smart; et la jument renifla comme si elle avait été précisément du même avis.

« Allons! ma vieille fille, reprit Tom, en lui caressant le cou avec le bout de son fouet; il n'y a pas moyen d'avancer cette nuit. Nous resterons à la première auberge. Ainsi plus tu iras vite, plus vite ça sera fini. Oh! oh! bellement! bellement! »

La jument capricieuse était-elle assez habituée à la voix de son maître pour comprendre sa pensée, ou trouvait-elle qu'il faisait plus froid à rester en place qu'à marcher, c'est ce que je ne saurais dire; mais ce qu'il y a de sûr, c'est que Tom avait à peine cessé de parler, qu'elle releva ses oreilles et recommença à trotter. Elle allait grand train et secouait si bien la carriole grise, que Tom s'attendait à chaque instant à voir les rayons rouges de ses roues voler à droite et à gauche, et s'enfoncer dans le sol humide. Tout bon conducteur qu'il était, Tom ne put ralentir sa course jusqu'au moment où la courageuse bête s'arrêta d'elle-même devant une auberge, à main droite de la route, à environ deux milles des collines de Marlborough.

Le voyageur déposa son fouet, et jeta les rênes au valet d'écurie, tout en examinant la maison. C'était un drôle de vieux bâtiment, construit avec une sorte de cailloutage et des poutres entre-croisées. Les fenêtres, surmontées d'un petit toit pointu, s'avançaient sur la route; la porte était basse, et pour entrer dans la maison, il fallait descendre deux marches assez roides, sous un porche obscur, au lieu de monter un perron extérieur, comme c'est l'usage moderne. Cependant l'auberge avait l'air confortable : il s'échappait de la fenêtre de la salle commune une lumière réjouissante, qui rayonnait sur la route et jusque sur la haie opposée. Une seconde clarté, tantôt vacillante et faible, tantôt vive et ardente, perçait à travers les rideaux fermés d'une croisée de la même salle, indice flatteur de l'excellent feu qui flambait dans l'intérieur. Remarquant ces petits symptômes avec l'œil d'un voyageur expérimenté, Tom descendit aussi agilement que le lui permirent ses membres à moitié gelés, et s'empressa d'entrer dans la maison.

En moins de cinq minutes, il était établi dans la salle (c'était bien celle qu'il avait rêvée), en face du comptoir, et non loin d'un feu substantiel, composé d'à peu près un boisseau de charbon de terre et d'assez de broussailles pour former une douzaine de buissons fort décents. Ces combustibles étaient empilés jusqu'à la moitié de la cheminée, et ronflaient, en petillant, avec un bruit qui aurait suffi pour réchauffer le cœur de tout homme raisonnable. Cela était confortable, mais ce n'était pas tout; car une piquante jeune fille, à l'œil brillant, au pied fin, à la mise coquette, mettait sur la table une nappe parfaitement blanche. De plus, Tom, ses pieds dans ses pantoufles et ses pantoufles sur le garde-feu, le dos tourné à la porte ouverte, voyait, par réflexion dans la glace de la cheminée, la charmante perspective du comptoir, avec ses délicieuses rangées de fromages, de jambons bouillis, de bœuf fumé, de bouteilles portant des inscriptions d'or, de pots de marinades et de conserves ; le tout disposé sur des tablettes d'une manière séduisante. Eh bien! cela était confortable; mais cela n'était pas encore tout, car dans le comptoir une veuve appétissante était assise pour prendre le thé, à la plus jolie petite table possible, près du plus brillant petit feu imaginable, et cette veuve, qui avait à peine quarante-huit ans et dont le visage était aussi confortable que le comptoir, était évidemment la dame et maîtresse de l'auberge, l'autocrate suprême de toutes ces agréables possessions. Malheureusement il y avait une vilaine ombre à ce charmant tableau : c'était un grand homme, un homme très-grand, en habit brun à énormes boutons de métal, avec des moustaches noires et des cheveux noirs bouclés. Il prenait le thé à côté de la veuve, et, comme on pouvait le deviner sans grande pénétration, il était en beau chemin de prendre la veuve elle-même, en lui persuadant de confier à Sa Grandeur le privilége de s'asseoir dans ce comptoir, à perpétuité.

Le caractère de Tom Smart n'était nullement irritable ni envieux, et pourtant, d'une manière ou d'une autre, le grand homme à l'habit brun fit fermenter le peu d'humeur qui entrait dans sa composition. Ce qui le vexait surtout, c'était d'observer de temps en temps dans la glace certaines petites familiarités innocentes, mais affectueuses, qui s'échangeaient entre la veuve et le grand homme, et qui le posaient évidemment comme le favori de la dame. Tom aimait le grog chaud — je puis même dire qu'il l'aimait beaucoup; — aussi, après s'être assuré que sa jument avait de bonne avoine et de bonne litière, après avoir savouré, sans en laisser une bouchée, l'excellent petit dîner que la veuve avait apprêté pour lui de ses propres mains, Tom demanda un verre de grog, par manière d'essai. Or, s'il y avait une chose que la veuve sût fabriquer mieux qu'une autre, parmi toutes les branches de l'art culinaire, c'était précisément cet article-là. Le premier verre se trouva donc adapté si heureusement au goût de Tom, qu'il ne tarda pas à en ordonner un second. Le punch chaud est une chose fort agréable, gentlemen, une chose fort agréable dans toutes les circonstances; mais dans ce vieux parloir si propre, devant ce feu si petillant, au bruit du vent qui rugissait en dehors à faire craquer tous les ais de la vieille maison, Tom trouva son punch absolument délicieux. Il en demanda un troisième verre, puis un quatrième, puis un cinquième; je ne sais pas trop s'il n'en ordonna pas encore un autre après celui-là. Quoi qu'il en soit, plus il buvait de punch, plus il s'irritait contre le grand homme.

« Le diable confonde son impudence! pensa Tom Smart en lui-même; qu'a-t-il à faire dans ce charmant comptoir, ce vilain museau? Si la veuve avait un peu de goût, elle pourrait assurément ramasser un gaillard mieux tourné que cela. » Ici les yeux de Tom quittèrent la glace et tombèrent sur son verre de punch. Il le vida, car il devenait sentimental, et il en ordonna encore un.

Tom Smart, gentlemen, avait toujours ressenti le noble désir de servir le public. Il avait longtemps ambitionné d'être établi dans un comptoir qui lui appartînt, avec une grande redingote verte, en culottes de velours à côtes et des bottes à revers. Il se faisait une haute idée de présider à des repas de corps; il s'imaginait qu'il parlerait joliment dans une salle à manger qui serait à lui, et qu'il donnerait de fameux exemples à ses pratiques, en buvant avec intrépidité. Toutes ces choses passèrent rapidement dans l'esprit de Tom, pendant qu'il sirotait son punch, auprès du feu jovial, et il se sentit justement indigné contre le grand homme, qui paraissait sur le point d'acquérir cette excellente maison, tandis que lui, Tom Smart, en était aussi éloigné que jamais. En conséquence, après s'être demandé, pendant ses deux derniers verres, s'il n'avait pas le droit de chercher querelle au grand homme pour s'être insinué dans les bonnes grâces de l'appétissante veuve, Tom Smart arriva finalement à cette conclusion peu satisfaisante, qu'il était un pauvre homme fort maltraité, fort persécuté, et qu'il ferait mieux de s'aller jeter sur son lit.

La jolie fille précéda Tom dans un large et vieil escalier : elle abritait sa chandelle avec sa main, pour la protéger contre les courants d'air qui, dans un vieux bâtiment aussi peu régulier que celui-là, auraient certainement pu trouver mille recoins pour prendre leurs ébats, sans venir précisément souffler la lumière. Ils la soufflèrent cependant, et donnèrent ainsi aux ennemis de Tom une occasion d'assurer que c'était *lui*, et non pas le vent, qui avait éteint la chandelle, et que, tandis qu'il prétendait souffler dessus pour la rallumer, il embrassait effectivement la servante. Quoi qu'il en soit, la chandelle fut rallumée, et Tom fut conduit, à travers un labyrinthe de corridors, dans l'appartement qui avait été préparé pour sa réception. La jeune fille lui souhaita une bonne nuit, et le laissa seul.

Il se trouvait dans une grande chambre, accompagnée de placards énormes; le lit aurait pu servir pour un bataillon tout entier; les deux armoires, en chêne bruni par le temps, auraient contenu le bagage d'une petite armée : mais ce qui frappa le plus l'attention de Tom, ce fut un étrange fauteuil, au dos élevé, à l'air refrogné, sculpté de la manière la plus bizarre, couvert d'un damas à grands ramages, et dont le pieds étaient soigneusement enveloppés dans de petits sacs rouges, comme s'ils avaient eu la goutte dans les talons. De tout autre fauteuil singulier, Tom aurait pensé simplement que c'était un singulier fauteuil; mais il y avait dans ce fauteuil-là quelque chose, — il lui aurait été impossible de dire quoi, — quelque chose qu'il n'avait jamais remarqué dans aucune autre pièce d'ameublement, quelque chose qui semblait le fasciner. Il s'assit auprès du feu et il regarda de tous ses yeux le vieux fauteuil, pendant plus d'une demi-heure. Damnation sur ce

I. — 13

fauteuil ! C'était une vieillerie si étrange, qu'il n'en pouvait pas détacher ses regards.

« Sur ma foi ! dit Tom en se déshabillant lentement et en considérant toujours le vieux fauteuil, qui se tenait d'un air mystérieux auprès du lit, je n'ai jamais vu rien de si drôle de ma vie ni de mes jours; farcement drôle ! dit Tom, qui, grâce au punch, était devenu singulièrement penseur. Farcement drôle ! » Il secoua la tête avec un air de profonde sagesse et regarda le fauteuil sur nouveaux frais ; mais il eut beau regarder, il n'y pouvait rien comprendre. Ainsi, il se fourra dans son lit, se couvrit chaudement, et s'endormit.

Au bout d'une demi-heure, Tom s'éveilla en sursaut au milieu d'un rêve confus de grands hommes et de verres de punch. Le premier objet qui s'offrit à son imagination engourdie, ce fut l'étrange fauteuil.

« Je ne veux plus le regarder, » se dit Tom à lui-même, en fermant solidement ses paupières; et il tâcha de se persuader qu'il allait se rendormir. Impossible! une quantité de fauteuils bizarres dansaient devant ses yeux, battaient des entrechats avec leurs pieds, jouaient à saute-mouton et faisaient toutes sortes de bamboches.

« Autant voir un fauteuil réel que deux ou trois douzaines de fauteuils imaginaires, » pensa Tom, en sortant sa tête de dessous la couverture.

L'objet de son étonnement était toujours là, fantastiquement éclairé par la lumière vacillante du feu.

Tom le contemplait fixement, lorsque soudain il le vit changer de figure. Les sculptures du dossier prirent graduellement les traits et l'expression d'une face humaine, vieillotte et ridée ; le damas à ramages devint un antique gilet flamboyant; les pieds s'allongèrent, enfoncés dans des pantoufles rouges ; et le fauteuil, enfin, offrit l'apparence d'un très-vieux et très-vilain bourgeois du siècle précédent, qui se serait campé là, les poings sur les hanches. Tom s'assit sur son lit et se frotta les yeux, pour chasser cette illusion. Mais non ! le fauteuil était bien réellement un vieux gentleman; et qui plus est, il commença à cligner de l'œil en regardant Tom Smart.

Tom était naturellement un gaillard audacieux, et par-dessus le marché il avait dans l'estomac cinq verres de punch. Quoiqu'il eût été d'abord un peu démoralisé, il sentit que sa bile s'échauffait en voyant l'antique gentleman le lorgner ainsi d'un air impudent. A la fin, il résolut de ne pas le souffrir et comme la vieille face continuait à cligner de l'œil aussi vite qu'un œil peut cligner, Tom lui dit d'un ton courroucé :

« Pourquoi diantre me faites-vous toutes ces grimaces-là?

— Parce que cela me plaît, Tom Smart, » répondit le fauteuil, ou le vieux gentleman, comme vous voudrez l'appeler. Cependant il cessa de cligner de l'œil, mais il se mit à ricaner en montrant ses dents, comme un vieux singe décrépit.

« Comment savez-vous mon nom, vieille face de casse-noisettes? demanda Tom un peu ébranlé, quoiqu'il voulût avoir l'air de faire bonne contenance.

— Allons! allons! Tom, ce n'est pas comme cela qu'on doit parler à de l'acajou massif. Dieu me damne! on ne traiterait pas ainsi le plus mince plaqué. » En disant ces mots, le vieux gentleman avait l'air si féroce, que Tom commença à s'effrayer.

« Je n'avais pas l'intention de vous manquer de respect, monsieur, répondit-il d'un ton beaucoup plus humble.

— Bien! bien! reprit le bonhomme; je le crois, je le crois. Tom?

— Monsieur?

— Je sais toute votre histoire, Tom; toute votre histoire. Vous n'êtes pas riche, Tom.

— C'est vrai; mais comment savez-vous...?

— Cela n'y fait rien. Écoutez-moi, Tom : Vous aimez trop le punch. »

Tom était sur le point de protester qu'il n'en avait pas tâté une goutte depuis le dernier anniversaire de sa fête, lorsque ses yeux rencontrèrent ceux du fauteuil. Il avait l'air si malin, que Tom rougit, et garda le silence.

« Tom! la veuve est une belle femme : une femme bien appétissante! eh! Tom? » En parlant ainsi, le vieil amateur tourna la prunelle, fit claquer ses lèvres, et releva une de ses petites jambes grêles d'un air si roué, que Tom prit en dégoût la légèreté de ses manières, à son âge surtout.

« Tom! reprit le vieux gentleman, je suis son tuteur.

— Vraiment?

— J'ai connu sa mère, Tom, et sa grand'mère aussi. Elle était folle de moi. C'est elle qui m'a fait ce gilet-là, Tom.

— Oui-da!

— Et ces pantoufles-là, continua le vieux camarade en levant un de ses échalas. Mais n'en parlez pas, Tom; je ne voudrais pas qu'on sût combien elle m'était attachée; cela pourrait occasionner quelques désagréments dans sa famille. » En disant ces mots, le vieux débauché avait l'air si impertinent, que Tom a déclaré depuis qu'il aurait pu s'asseoir dessus sans le moindre remords.

« J'étais la coqueluche des femmes dans mon temps. J'ai tenu bien des jolies femmes sur mes genoux pendant des heures entières ! Eh ! Tom, qu'en dites-vous ? » Le vieux farceur allait poursuivre et raconter sans doute quelque exploit de sa jeunesse, lorsqu'il lui prit un si violent accès de craquements qu'il lui fut impossible de continuer.

« C'est bien fait, vieux libertin ! pensa Tom. Mais il ne dit rien.

— Ah ! reprit son étrange interlocuteur, cette maladie m'incommode beaucoup maintenant. Je deviens vieux, Tom, et j'ai perdu presque tous mes bâtons. On m'a fait dernièrement une vilaine opération : on m'a mis dans le dos une petite pièce. C'était une épreuve terrible, Tom.

— Je le crois, monsieur.

— Mais il ne s'agit point de cela, Tom ; je veux vous marier à la veuve.

— Moi ! monsieur ?

— Vous.

— Que Dieu bénisse vos cheveux blancs ! (le fauteuil conservait encore une partie de ses crins). Elle ne voudrait pas de moi ! Et Tom soupira involontairement, car il songeait au comptoir.

— Allons donc ! dit le vieux gentleman avec fermeté.

— Non, non. Il y a un autre vent qui souffle : un damné coquin, d'une taille superbe, avec des favoris noirs !

— Tom ! reprit le vieillard solennellement, il ne l'épousera jamais !

— Ah ! si vous aviez été dans le comptoir, vieux gentleman, vous conteriez un autre conte.

— Bah ! bah ! je sais toute cette histoire-là....

— Quelle histoire ?

— Les baisers dérobés derrière la porte, et cætera, » dit le vieillard avec un regard impudent qui fit bouillonner le sang de Tom ; car, je vous le demande, messieurs, y a-t-il rien de plus vexant que d'entendre parler de la sorte un homme de cet âge, qui devrait s'occuper de choses plus convenables.

« Je sais tout cela, Tom ; j'en ai vu faire autant à bien d'autres, que je ne veux pas nommer; mais, après tout, il n'en est rien résulté.

— Vous devez avoir vu de drôles de choses dans votre temps?

— Vous pouvez en jurer, Tom, répondit le vieillard avec une grimace fort compliquée. Puis il ajouta en poussant un profond soupir : hélas! je suis le dernier de ma famille.

— Était-elle nombreuse?

— Nous étions douze gaillards solidement bâtis, nous tenant droits comme des i. Quelle différence avec vos avortons modernes! Et nous avions reçu un si beau poli (quoique je ne dusse peut-être pas le dire moi-même), un si beau poli, qu'il vous aurait réjoui le cœur.

— Et que sont devenus les autres, monsieur? »

Le vieux gentleman appliqua son coude à son œil, et répondit tristement : « Défunts! Tom, défunts! Nous avons fait un rude service, et ils n'avaient pas tous ma constitution. Ils ont attrapé des rhumatismes dans les pieds et dans les bras, si bien qu'on les a relégués à la cuisine et dans d'autres hôpitaux. L'un d'eux, par suite de longs services et de mauvais traitements, devint si disloqué, si branlant, qu'on prit le parti de le mettre au feu. Une fin bien rude, Tom!

— Épouvantable! »

Le pauvre vieux bonhomme fit une pause. Il luttait contre la violence de ses émotions. Enfin, il continua en ces termes :

« Il ne s'agit point de cela, Tom. Ce grand homme est un coquin d'aventurier. Aussitôt qu'il aurait épousé la veuve, il vendrait tout le mobilier, et il s'en irait. Qu'arriverait-il ensuite? Elle serait abandonnée, ruinée, et moi je mourrais de froid dans la boutique de quelque brocanteur.

— Oui, mais....

— Ne m'interrompez pas, Tom. J'ai de vous une opinion bien différente. Je sais que si une fois vous étiez établi dans une taverne vous ne la quitteriez jamais, tant qu'il y resterait quelque chose à boire.

— Je vous suis très-obligé de votre bonne opinion, monsieur.

— C'est pourquoi, reprit le vieux gentleman d'un ton doctoral, c'est pourquoi vous l'épouserez et il ne l'épousera point.

— Et qui l'en empêchera? demanda Tom avec vivacité

— Une petite circonstance : il est déjà marié.

— Comment pourrai-je le prouver ? s'écria Tom, en sautant à moitié de son lit.

— Il ne se doute guère qu'il a laissé dans le gousset droit d'un pantalon enfermé dans cette armoire, une lettre de sa malheureuse femme, qui le supplie de revenir pour donner du pain à ses six,... remarquez bien, Tom, à ses six enfants, tous en bas âge. »

Lorsque le vieux gentleman eut prononcé ces mots avec solennité, ses traits devinrent de moins en moins distincts et sa personne plus vaporeuse; un voile semblait s'étendre sur les yeux de Tom; l'antique gilet du vieillard se résolut en un coussin de damas; ses pantoufles rouges devinrent de petites enveloppes : toute sa personne, enfin, reprit l'apparence d'un vieux fauteuil. Alors la lumière du feu s'éteignit, et Tom Smart, retombant sur son oreiller, s'endormit profondément.

Le matin le tira du sommeil léthargique qui s'était emparé de lui, après la disparition du vieil homme. Il s'assit sur son lit, et, pendant quelques minutes, il s'efforça vainement de se rappeler les événements de la soirée précédente. Tout d'un coup ils lui revinrent à la mémoire. Il regarda le fauteuil; c'était certainement un meuble gothique, sombre, fantastique, mais il aurait fallu une imagination plus ingénieuse que celle de Tom pour y découvrir quelque ressemblance avec un vieillard.

« Comment ça va-t-il, vieux garçon ? » dit Tom, car il se trouvait plus brave à la lumière, comme il arrive à la plupart des hommes.

Le fauteuil resta immobile et ne répondit pas un seul mot.

« Vilaine matinée ! » continua Tom.

Motus. Le fauteuil ne voulait pas se laisser entraîner à causer.

« Quelle armoire m'avez-vous montrée ? poursuivit Tom. Vous pouvez bien me dire cela ? »

Même rengaine. le fauteuil ne consentait pas à souffler un seul mot.

« Quoi qu'il en soit, il n'est pas bien difficile de l'ouvrir, » pensa Tom. Il sortit du lit résolûment et s'approcha d'une des armoires. La clef était à la serrure; il la tourna et ouvrit la porte. Il y avait dans l'armoire un pantalon; Tom fourra sa main dans la poche et en tira la lettre même, dont le vieux gentleman avait parlé.

« Drôle d'histoire, dit Tom en regardant d'abord le fauteuil, ensuite l'armoire, puis la lettre, et en revenant enfin au fauteuil. Drôle d'histoire ! » Mais il avait beau regarder, cela n'en devenait pas plus clair et il pensa qu'il ferait aussi bien de s'habiller et de terminer l'affaire du grand homme, simplement pour ne pas le laisser en suspens.

En descendant au parloir il examina les localités avec l'œil scrutateur du maître, pensant qu'il n'était pas impossible que toutes ces chambres, avec leur contenu, devinssent avant peu sa propriété. Le grand homme était debout dans le séduisant comptoir, ses mains derrière son dos, comme chez lui. Il sourit à Tom, d'un air distrait. Un observateur superficiel aurait pu supposer qu'il n'agissait ainsi que pour montrer ses dents blanches, mais Tom pensa qu'un sentiment de triomphe remuait l'endroit où aurait dû être l'esprit du grand homme, si toutefois il en avait. Tom lui rit au nez et appela l'hôtesse.

« Bonjour, *madame*, dit Tom Smart, en fermant la porte du petit parloir, après que la veuve fut entrée.

— Bonjour, monsieur, répondit la veuve, que voulez-vous prendre pour déjeuner, monsieur? »

Tom ne répondit point, car il cherchait de quelle manière il devait entamer l'affaire.

« Il y a un excellent jambon, reprit la veuve, et une excellente volaille froide. Vous les enverrai-je, monsieur? »

Ces mots firent cesser les réflexions de Tom, et son admiration pour la veuve s'en augmenta. Soigneuse créature! prévoyante! confortable!

« Madame, demanda-t-il, qui est ce monsieur dans le comptoir?

— Il s'appelle Jinkins, monsieur, répondit la veuve en rougissant un peu.

— C'est un grand homme.

— C'est un très-bel homme, monsieur, et un gentleman fort distingué.

— Hum! fit le voyageur.

— Désirez-vous quelque chose, monsieur, reprit la veuve un peu embarrassée par les manières de son interlocuteur.

— Mais oui, vraiment, répliqua-t-il. Ma chère dame voulez-vous avoir la bonté de vous asseoir un instant? »

La veuve parut fort étonnée, mais elle s'assit, et Tom s'assit auprès d'elle. Je ne sais pas comment cela se fit, gentlemen, et mon oncle avait coutume de dire que Tom Smart ne savait pas lui-même comment cela s'était fait; mais d'une manière ou d'une autre, la paume de sa main tomba sur le dos de la main de la veuve et y resta tout le temps de la conférence.

« Ma chère dame, dit Tom, car il savait fort bien se rendre aimable; ma chère dame, vous méritez un excellent mari, en vérité.

— Seigneur! monsieur! s'écria la veuve; et elle n'avait pas tort : cette manière d'entamer la conversation était assez inusitée, pour ne pas dire plus, surtout si l'on considère qu'elle n'avait jamais vu Tom avant la soirée précédente. Seigneur! monsieur!

— Je ne suis point un flatteur, ma chère dame. Vous méritez un mari parfait et ce sera un homme bien heureux. »

Tandis que Tom parlait ainsi, ses yeux s'égaraient involontairement du visage de la veuve sur les objets confortables qui l'environnaient.

La veuve eut l'air plus embarrassé que jamais; elle fit un mouvement pour se lever; mais Tom pressa doucement sa main comme pour la retenir et elle resta sur son siége. Les veuves, messieurs, sont rarement craintives, comme disait mon oncle.

« Vraiment, monsieur, je vous suis bien obligée, de votre bonne opinion, dit-elle en riant à moitié; et si jamais je me marie....

— Si? interrompit Tom en la regardant très-malignement du coin droit de son œil gauche.

— Eh bien! *quand* je me marierai, j'espère que j'aurai un aussi bon mari que vous le dites.

— C'est-à-dire Jinkins?

— Seigneur! monsieur!

— Allons! ne m'en parlez point, je le connais....

— Je suis sûre que ceux qui le connaissent ne connaissent pas de mal de lui, reprit la dame un peu piquée par l'air mystérieux du voyageur.

— Hum! » fit Tom.

La veuve commença à croire qu'il était temps de pleurer. Elle tira donc son mouchoir et elle demanda si Tom voulait l'insulter; s'il croyait que c'était l'action d'un gentleman de dire du mal d'un autre gentleman, en arrière; pourquoi, s'il avait quelque chose à dire, il ne l'avait pas dit à son homme, comme un homme, au lieu d'effrayer une pauvre faible femme de cette manière etc., etc.

« Je ne tarderai pas à lui dire deux mots à lui-même, répondit Tom. Seulement je désire que vous m'entendiez auparavant.

— Eh bien! dites, demanda la veuve en le regardant avec attention.

— Je vais vous étonner, répliqua-t-il, en mettant la main dans sa poche.

— Si c'est qu'il n'a pas d'argent, je sais cela déjà et ce n'est pas la peine de vous déranger.

— Pouh! cela n'est rien. *Moi non plus*, je n'ai point d'argent! Ce n'est pas ça.

— Oh! mon Dieu! qu'est-ce que c'est donc? s'écria la pauvre femme.

— Ne vous effrayez pas, reprit Tom en tirant la lettre. Et ne criez pas: poursuivit-il en dépliant lentement le papier.

— Non! non! laissez-moi voir.

— Vous n'allez pas vous trouver mal ni vous livrer à d'autres démonstrations de ce genre?

— Non, je vous le promets.

— Ni vous précipiter vers la salle commune pour lui dire son affaire? ajouta Tom; car, voyez-vous, je ferai tout ça pour vous : ce n'est donc pas la peine de vous agiter.

— Allons, allons, fit la veuve, laissez-moi lire.

— Voilà, » répliqua Tom Smart, qui plaça la lettre dans les mains de la veuve.

Les lamentations de la pauvre femme, quand elle en eut pris lecture, auraient percé un cœur de pierre. Tom avait toujours eu le cœur très-tendre, aussi fut-il percé de part en part. La veuve se roulait sur sa chaise en se tordant les mains.

« Oh! la trahison! oh! la scélératesse des hommes! s'écriait-elle

— Effroyables, ma chère dame; mais calmez-vous.

— Non! Je ne veux pas me calmer! sanglotait la veuve. Je ne trouverai jamais personne que je puisse aimer comme lui.

— Si, si, oh! si, ma chère dame! » s'écria Tom Smart en laissant tomber une pluie d'énormes larmes sur les infortunes de la veuve. Il avait passé un bras autour de sa taille, dans l'énergie de sa compassion; et la veuve, dans son transport de chagrin, avait serré la main de Tom. Elle regarda le visage du voyageur et elle sourit à travers ses larmes : Tom se pencha vers elle, il contempla ses traits, et il sourit aussi à travers ses pleurs.

Je n'ai jamais pu découvrir si Tom embrassa la veuve dans ce moment-là. Il disait souvent à mon oncle qu'il n'en avait rien fait, mais j'ai des doutes là-dessus. Entre nous, messieurs, je m'imagine qu'il l'embrassa.

Quoi qu'il en soit, Tom jeta le grand homme à la porte, et il épousa la veuve dans le mois. On le voyait souvent se promener aux environs avec sa jument capricieuse, qui traînait lestement la carriole grise aux roues écarlates. Après beaucoup d'années il se retira des affaires et s'en alla en France avec sa femme. L'antique maison fut alors abattue.,

Un vieux gentleman curieux prit la parole après le commis voyageur.

« Voulez-vous me permettre, lui dit-il, de vous demander ce que devint le fauteuil ?

— On remarqua qu'il craquait beaucoup le jour de la noce, mais Tom Smart ne pouvait pas dire positivement si c'était de plaisir ou par suite de souffrances corporelles. Cependant il pensait plutôt que c'était pour la dernière cause, car il ne l'entendit plus parler depuis.

— Et tout le monde crut cette histoire-là, hein? demanda le visage culotté en remplissant sa pipe.

— Tout le monde, excepté les ennemis de Tom. Ceux-ci disaient que c'était une *blague*. D'autres prétendirent qu'il était gris, qu'il avait rêvé tout cela et qu'il s'était trompé de culotte. Mais personne ne s'arrêta à ce qu'ils disaient.

— Tom Smart soutint que tout était vrai?

— Chaque mot.

— Et votre oncle?

— Chaque lettre.

— Ça devait faire deux jolis gaillards tous les deux.

— Oui, deux fameux gaillards, répondit le commis voyageur. Deux fameux gaillards, véritablement. »

CHAPITRE XV.

Dans lequel se trouve un portrait fidèle de deux personnes distinguées, et une description exacte d'un grand déjeuner qui eut lieu dans leur maison et domaine. Ledit déjeuner amène la rencontre d'une vieille connaissance, et le commencement d'un autre chapitre.

La conscience de M. Pickwick lui reprochait d'avoir un peu négligé ses amis du *Paon d'argent*, et dans la matinée du troisième jour après l'élection, il allait sortir pour les visiter, lorsque son fidèle domestique remit entre ses mains une carte de visite, sur laquelle était gravée l'inscription suivante, en lettres gothiques.

MADAME CHASSE-LION.

La Caverne. Eatanswill.

« La personne attend, dit Sam.

— C'est bien moi qu'elle demande?

— C'est vous particulièrement et sans remplacement, comme dit *le secrétaire* privé du diable quand il vint emporter le docteur Faust. C'est bien vous qu'il demande.

— *Il?* c'est donc un gentleman?

— Si ça n'en est pas un, c'en est une imitation soignée.

— Mais c'est la carte d'une dame.

— Je l'ai reçue d'un monsieur, malgré ça. Il attend dans le salon et il dit qu'il attendra toute la journée plutôt que de ne pas vous voir. »

Ayant appris cette détermination, M. Pickwick descendit au parloir. Un homme grave y était assis. Il se leva promptement en voyant entrer notre philosophe, et dit avec un air de profond respect :

« Monsieur Pickwick? je présume.

— Oui, monsieur.

— Permettez-moi, monsieur, d'avoir l'honneur de presser votre main. Permettez-moi de la secouer.

— Avec plaisir, » répondit M. Pickwick.

L'étranger secoua la main qui lui était offerte, et continua ainsi.

« Monsieur la renommée nous a parlé de vous comme d'un savant antiquaire. Le bruit de vos découvertes a frappé l'oreille de Mme Chasselion, ma femme, monsieur; *moi*, je suis M. Chasselion. »

Ici l'homme grave s'arrêta, comme s'il avait cru que M. Pickwick devait être étourdi par cette communication; mais voyant que le philosophe demeurait parfaitement calme, il poursuivit en ces termes :

« Ma femme, monsieur, mistress Chasselion, est fière de compter parmi ses connaissances tous ceux qui se sont illustrés par leurs ouvrages et par leurs talents. Permettez-moi, monsieur, de placer dans cette liste le nom de M. Pickwick, et celui de ses confrères du club qu'il a fondé.

— Je serai très-heureux, monsieur, de faire la connaissance d'une dame aussi distinguée.

— Vous la ferez, monsieur. Demain matin, nous donnons un grand déjeuner, une fête champêtre, à un nombre considérable de ceux qui se sont rendus célèbres par leurs ouvrages et par leurs talents. Accordez à Mme Chasselion la satisfaction de vous voir à la Caverne.

— Avec grand plaisir.

— Mme Chasselion donne beaucoup de ces déjeuners, monsieur; *galas de la raison, effluves de l'âme*[1], comme l'observa avec un sentiment plein d'originalité quelqu'un qui a adressé un sonnet à Mme Chasselion, sur ces déjeuners.

— Était-il célèbre par ses ouvrages et par ses talents? demanda M. Pickwick.

— Certainement, monsieur. Toutes les connaissances de Mme Chasselion sont célèbres : c'est son ambition, monsieur, de n'avoir pas d'autres connaissances.

— C'est une très-noble ambition.

— Quand j'informerai Mme Chasselion que cette remarque est tombée de vos lèvres, monsieur, elle en sera fière, en vérité. Vous avez avec vous, monsieur, un gentleman qui, je crois, a produit quelques petits poëmes d'une grande beauté?

— Mon ami, M. Snodgrass, a beaucoup de goût pour la poésie.

— C'est comme Mme Chasselion, monsieur. Elle adore la poésie, monsieur; elle en est folle. Je puis dire que toute son âme et tout son esprit sont pétris de poésie. Elle-même a produit quelques pièces délicieuses, monsieur. Vous pouvez avoir rencontré son ode *A une grenouille expirante*.

— Je ne le crois pas.

— Vous m'étonnez. Elle a fait une immense sensation. Elle a paru originairement dans le *Magasin des dames*, et était signée d'un C et de neuf étoiles. Elle commençait ainsi :

> Puis-je te voir sanglante et pantelante,
> Sur ton ventre, sans soupirer?
> Puis-je sans pleurs te contempler mourante,
> Sur un rocher,
> Grenouille expirante?

— Charmant! s'écria M. Pickwick.

1. *Feast of reason, flow of soul* est une citation de je ne sais quel poëte, devenue proverbiale pour se moquer des réunions où il n'y a rien à boire ni à manger.

— Beau, dit l'homme grave. Si simple !

— Sublime !

— La strophe suivante est plus touchante encore. Voulez-vous que je la répète ?

— S'il vous plaît.

— La voici, continua l'homme grave, d'un ton encore plus grave.

Dis-moi si des démons avec leur voix hurlante,
Sous la figure de gamins,
Loin des marais t'auraient chassée, errante,
Avec des chiens,
Grenouille expirante !

— Joliment exprimé, dit M. Pickwick.

— C'est un diamant, monsieur. Mais vous entendrez Mme Chasselion vous réciter cette ode. *Elle* seule peut la faire valoir. Demain matin, monsieur, elle la récitera en costume.

— En costume !

— Sous la figure de Minerve.... Mais j'oubliais.... c'est un déjeuner costumé.

— Eh ! mais, eh mais ! s'écria M. Pickwick, en jetant un coup d'œil sur sa personne : Je ne puis vraiment pas me travestir.

— Pourquoi pas, monsieur ? pourquoi pas ? Salomon Lucas, le juif, dans la grande rue, a mille habillements de fantaisie. Voyez, monsieur, combien de caractères convenables vous pouvez choisir : Platon, Zénon, Epicure, Pythagore, tous fondateurs de clubs.

— Je le sais bien, mais comme je ne puis me comparer à ces grands hommes, je ne saurais me permettre de porter leur habit. »

L'homme grave médita profondément, pendant quelques minutes, et dit ensuite.

« En y réfléchissant, monsieur, je ne sais pas si Mme Chasselion ne sera pas charmée de faire voir à ses hôtes une personne de votre célébrité, dans le costume qui lui est habituel, plutôt que sous une enveloppe étrangère. Je crois pouvoir prendre sur moi de vous promettre, au nom de mistress Chasselion, qu'elle fera une exception en votre faveur. Oui, monsieur, je suis tout à fait certain que je puis me le permettre.

— En ce cas, répondit M. Pickwick, j'aurai grand plaisir à me rendre à votre invitation.

— Mais je vous fais perdre votre temps, monsieur, dit soudainement l'homme grave, d'un ton pénétré. J'en connais la valeur, monsieur, et je ne veux pas vous retenir plus longtemps. Je dirai donc à Mme Chasselion qu'elle peut vous attendre avec confiance, ainsi que vos illustres amis. Adieu monsieur Je suis fier d'avoir vu un personnage aussi éminent. Pas un pas, monsieur; pas une parole. » Et sans donner à M. Pickwick le temps de lui répondre, M. Chasselion s'éloigna gravement.

Le philosophe prit son chapeau et se rendit au *Paon d'argent*. M. Winkle y avait déjà parlé du bal déguisé.

« Mme Pott y va, furent les premières paroles dont il salua son mentor.

— Ah! ah! fit M. Pickwick.

— Sous la figure d'Apollon. Seulement Pott s'oppose à la tunique.

— Il a raison! il a parfaitement raison! dit le savant homme avec emphase.

— Oui; aussi elle portera une robe de satin blanc, avec des paillettes d'or.

— N'aura-t-on pas de la peine à reconnaître son personnage? demanda M. Snodgrass.

— Par exemple! riposta M. Winkle avec indignation. Est-ce qu'on ne verra pas sa lyre?

— C'est vrai : je n'avais pas pensé à la lyre.

— Et moi, dit alors M. Tupman, j'irai en bandit.

— Quoi? s'écria M. Pickwick en faisant un soubresaut.

— En bandit, répéta M. Tupman avec douceur.

— Vous ne prétendez pas, répliqua M. Pickwick, en examinant son ami avec une sévérité solennelle, vous ne prétendez pas, monsieur Tupman, que c'est votre intention de porter une veste de velours vert avec des pans longs de deux doigts?

— C'est pourtant mon intention, monsieur, répondit avec chaleur M. Tupman; et pourquoi pas s'il vous plaît?

— Parce que, dit M. Pickwick, considérablement excité, parce que vous êtes trop vieux, monsieur!

— Trop vieux! s'écria M. Tupman.

— Et s'il est besoin d'une autre raison, parce que vous êtes trop gras, monsieur!... »

La figure de M. Tupman devint pourpre.

« Monsieur! cria-t-il, ceci est une insulte....

— Monsieur! répliqua M. Pickwick, sur le même ton, si vous paraissiez devant moi avec une veste de velours vert et des pans longs de deux doigts, ce serait pour moi une insulte beaucoup plus grave.

— Monsieur ! vous êtes un impertinent !

— Monsieur ! vous en êtes un autre ! »

M. Tupman s'avança d'un pas ou deux et jeta à M. Pickwick un regard de défi. M. Pickwick lui renvoya un regard semblable, concentré en un foyer dévorant par le moyen de ses lunettes. M. Snodgrass et M. Winkle demeuraient immobiles, pétrifiés de voir une telle scène entre de tels hommes.

Après une courte pause, M. Tupman reprit sur un ton plus bas, mais profondément accentué : « Vous m'avez appelé vieux monsieur !

— Oui.

— Et gras.

— Je le répète.

— Et impertinent.

— C'est vrai. »

Il y eut un instant de silence épouvantable.

« Mon attachement à votre personne, monsieur, repartit M. Tupman, en parlant d'une voix tremblante d'émotion, et en relevant en même temps ses manchettes ; mon attachement à votre personne est grand, très-grand ; mais il faut que je prenne sur cette même personne une vengeance sommaire.

— Avancez, monsieur, » répliqua M. Pickwick.

Stimulé par la nature excitante de ce dialogue, l'homme immortel prit immédiatement une attitude de paralytique, persuadé sans aucun doute, comme le supposèrent les deux témoins de cette scène, que c'était une posture défensive.

Heureusement que M. Snodgrass se précipita entre les deux combattants, au hasard imminent de recevoir sur les tempes un coup de poing de chacun d'eux.

« Quoi ! s'écria-t-il, recouvrant tout à coup le don de la parole, que l'excès de son étonnement lui avait ravi jusqu'alors. Quoi ! monsieur Pickwick, vous ! sur qui les yeux de l'univers sont attachés ! Monsieur Tupman ! vous qui êtes illuminé, comme nous tous, par l'éclat divin de son nom ! Quelle honte, messieurs, quelle honte ! »

De même que les traces de la mine de plomb cèdent à la douce influence de la gomme élastique, de même les sillons inaccoutumés imprimés par une colère passagère sur le front lisse et ouvert de M. Pickwick, s'effacèrent graduellement pendant le discours de son jeune ami. Celui-ci parlait encore, et déjà la physionomie du philosophe avait repris son expression habituelle de bénignité.

« J'ai été trop vif, dit M. Pickwick : beaucoup trop vif. Tupman, votre main. »

Un nuage sombre qui couvrait la figure de M. Tupman se dissipa à ces mots, et il pressa chaleureusement la main de son ami en répondant : J'ai été trop vif aussi. »

— Non, non, reprit précipitamment M. Pickwick, c'est moi qui ai tort : vous mettrez la veste de velours vert.

— Pas du tout, pas du tout.

— Pour m'obliger, vous la mettrez....

— Eh! bien, oh! bien, je la mettrai donc. »

Il fut en conséquence décidé que M. Tupman, M. Winkle et M. Snodgrass porteraient des costumes de fantaisie, et c'est ainsi que M. Pickwick fut entraîné, par la chaleur de ses sentiments, à approuver une conduite dont son excellent jugement l'eût détourné. On ne pourrait trouver une preuve plus frappante de son aimable caractère, quand même les événements racontés dans ce volume seraient entièrement le produit de l'imagination.

M. Chasselion n'avait pas exagéré les ressources de M. Salomon Lucas. Ses costumes étaient nombreux, innombrables : non pas strictement classiques, peut-être; pas entièrement neufs, et ne représentant précisément les modes d'aucun âge ni d'aucun pays; mais ils étaient tous plus ou moins pailletés; et qu'y a-t-il de plus joli que des paillettes ? On peut objecter qu'elles ne font point d'effet à la clarté du soleil; mais tout le monde sait qu'elles étincelleraient s'il y avait des bougies; or, quand on veut donner des bals déguisés pendant le jour, si les costumes ne brillent pas comme ils auraient brillé à la lumière, la faute n'en est nullement aux paillettes, elle est entièrement aux gens qui donnent des bals dans la matinée. Tels furent les raisonnements convaincants de M. Salomon Lucas, et sous leur influence, MM. Tupman, Winkle et Snodgrass s'engagèrent à porter les déguisements que son goût et son expérience lui firent recommander comme admirablement appropriés à l'occasion.

Une calèche fut louée par les pickwickiens, dans leur hôtel : un coupé, tiré du même endroit, devait transporter M. et Mme Pott sur le domaine de Mme Chasselion. Comme un remercîment délicat de l'invitation qu'il avait reçue, M. Pott avait déjà prédit avec confiance, dans la *Gazette d'Eatanswill*, que la Caverne offrirait une scène d'enchantement aussi variée que délicieuse, un éblouissant foyer de beautés et de talents, un spectacle touchant d'hospitalité abondante et prodigue, et surtout un degré de splendeur, adouci par le goût le plus délicieux; un luxe embelli par une parfaite harmonie et par le plus exquis bon ton, et auprès duquel les merveilles fabuleuses des *Mille et une Nuits* paraîtraient revêtues de couleurs aussi lugubres et aussi sombres que doit l'être l'esprit de l'être atrabilaire et grossier qui oserait souiller du venin de l'envie les préparatifs faits par l'illustre et vertueuse dame, à l'autel de laquelle est offert cet humble tribut d'admiration. Cette dernière phrase était un mordant sarcasme dirigé contre l'*Indépendant*, qui n'ayant pas été invité à la fête, avait affecté, dans ses quatre derniers numéros, de la tourner en ridicule; et qui avait imprimé ses plaisanteries à ce sujet avec ses plus gros caractères, en écrivant, qui pis est, tous les adjectifs en lettres majuscules.

Le matin arriva. C'était un séduisant spectacle de voir M. Tupman, en costume complet de brigand, avec une veste tellement serrée qu'elle en était plissée sur son dos et sur ses épaules. La portion supérieure de ses jambes se trouvait comprimée dans une culotte de velours, et la partie inférieure était enlacée dans les bandages compliqués, pour lesquels tous les brigands ont un attachement si inconcevable. C'était plaisir de voir ses moustaches retroussées et son col de chemise ouvert, d'où sortait un visage plus ouvert encore; c'était plaisir de contempler son chapeau en pain de sucre décoré de rubans de toutes couleurs, et que le brigand était obligé de porter sur ses genoux, car nul mortel ne saurait mettre un semblable chapeau sur sa tête, dans une voiture fermée. L'apparence de M. Snodgrass était également agréable et réjouissante : il avait des chausses de satin bleu, des souliers de satin et de soie; sa tête était ombragée d'un casque grec; et, comme tout le monde le sait, comme l'affirmait M. Salomon Lucas, il possédait ainsi le costume journalier, authentique, des troubadours, depuis les temps les plus reculés jusqu'à l'époque où ils disparurent finalement de la surface de la terre.

La calèche qui transportait le brigand et le troubadour s'arrêta derrière le coupé de M. Pott, lequel coupé lui-même s'était arrêté à la porte de M. Pott, laquelle porte s'ouvrit, et parmi les cris de la populace laissa voir le grand journaliste, accoutré comme un officier de justice russe, et tenant dans sa main un terrible knout, symbole élégant du redoutable pouvoir que possédait la *Gazette d'Eatanswill*, et des flagellations effrayantes qu'elle infligeait aux coupables politiques.

« Bravo ! s'écrièrent M. Tupman et M. Snodgrass en voyant cette allégorie marchante.

— Bravo ! répéta la voix de M. Pickwick du fond du couloir.

— Hou ! hou ! Pott ! ohé ! Pott ! » beugla la populace.

Pendant ces salutations, l'éditeur montait dans le coupé, tout en souriant avec une sorte de dignité gracieuse, qui témoignait suffisamment qu'il sentait son pouvoir et savait comment l'exercer.

Après lui on vit sortir de la maison Mme Pott, qui aurait parfaitement ressemblé à Apollon, si elle n'avait pas eu de robe. Elle était conduite par M. Winkle, et celui-ci, avec son petit habit rouge, se serait fait nécessairement reconnaître pour un chasseur, s'il n'avait point également ressemblé à un facteur de Londres. Enfin parut M. Pickwick, et il fut applaudi par les gamins, aussi bruyamment que les autres, probablement parce que sa culotte et ses guêtres passaient à leurs yeux pour quelque reste de l'antiquité.

Les deux voitures se dirigèrent ensemble vers la demeure de Mme Chasselion : celle qui contenait M. Pickwick, portait aussi sur le siége Sam Weller, qui devait aider au service.

Tous les individus, hommes et femmes, garçons et filles, bambins et vieillards, qui étaient assemblés pour voir les visiteurs dans leurs costumes, se pâmèrent de délice quand ils aperçurent M. Pickwick donnant le bras d'un côté au brigand, de l'autre au troubadour : mais lorsque M. Tupman, pour faire son entrée dans le bon style, s'efforça de fixer sur sa tête son chapeau pointu, des cris tumultueux s'élevèrent, tels qu'on n'en avait jamais entendu auparavant.

Les immenses et somptueux préparatifs de la fête réalisaient complétement les prophétiques louanges de Pott, *sur les merveilles fabuleuses des Mille et une Nuits*, et contredisaient, du même coup, les insinuations perfides du venimeux *Indépendant*. Le jardin, qui avait plus d'une acre d'étendue, était rempli de monde. Jamais on n'avait vu un tel foyer de beauté, d'élégance et de littérature. La jeune lady, qui *faisait* la poésie dans la *Gazette d'Eatanswill*, s'était revêtue ou plutôt dévêtue d'un costume d'odalisque. Elle s'appuyait sur le bras du jeune gentleman, qui *faisait* la critique, et qui portait fort convenablement un uniforme de feld-maréchal, moins les bottes. Il y avait une armée de génies de la même force, et toute personne raisonnable aurait regardé comme un honneur suffisant de se rencontrer là avec eux; mais il y avait mieux encore, il y avait une demi-douzaine de *lions* de Londres, — des auteurs, des auteurs réels, qui avaient écrit des livres tout entiers, et qui les avaient fait imprimer. On pouvait les voir, marchant comme des hommes ordinaires, souriant, parlant, oui, et disant même pas mal de sottises, sans doute dans l'intention bénigne de se rendre intelligibles aux gens vulgaires qui les entouraient. Il y avait en outre une bande de musiciens en chapeaux de carton doré; quatre chanteurs, soi-disant italiens, dans leur costume national, et une douzaine de domestiques de louage, aussi dans leur costume national, costume fort mal propre, par parenthèse. Enfin, et par-dessus tout, il y avait Mme Chasselion, en Minerve, recevant la compagnie, et laissant déborder l'orgueil et le plaisir qu'elle éprouvait à voir rassemblés autour d'elle tant d'individus distingués.

« M. Pickwick, madame, » dit un domestique; et cet illustre personnage s'approcha de la divinité présidente, ayant ses deux bras passés dans ceux du brigand et du troubadour, et tenant son chapeau à sa main.

« Quoi! où? s'écria Mme Chasselion, en tressaillant avec un ravissement immense.

— Ici, madame, dit M. Pickwick d'une voix douce.

— Est-il possible que j'aie réellement la satisfaction de voir M. Pickwick lui-même!!!

— En personne, madame, répliqua le philosophe, en saluant très-bas. Permettez-moi de présenter mes amis, M. Tupman, M. Winkle, M. Snodgrass, à l'auteur de *la Grenouille expirante*. »

Peu de personnes, à moins de l'avoir essayé savent combien il est difficile de saluer avec d'étroites culottes de velours vert, une veste serrée et un chapeau en pain de sucre; ou bien avec un justaucorps de satin bleu et des bas de soie, ou bien avec des jarretières et des bottes à la russe; surtout quand toutes ces choses n'ont point été faites pour celui qui les porte, et ont été fixées sur lui sans la plus légère attention aux dimensions respectives de l'habillement et de l'habillé. Jamais on ne vit de contorsions semblables à celles que faisait M. Tupman pour paraître à son aise et gracieux; jamais on ne vit de postures aussi ingénieuses que celles de ses compagnons de déguisement.

« Monsieur Pickwick, dit Mme Chasselion, il faut que vous me promettiez de rester auprès de moi durant toute la journée. Il y a ici des centaines de personnes que je dois absolument vous présenter.

— Vous êtes bien bonne, madame, répondit M. Pickwick.

— En premier lieu voici mes fillettes ; je les avais presque oubliées, » dit Minerve, en montrant d'un air négligent deux demoiselles parfaitement développées, qui pouvaient avoir de vingt à vingt-deux ans, et qui portaient l'une et l'autre des costumes enfantins. Était-ce pour les faire paraître plus modestes, ou pour faire paraître leur maman plus jeune? M. Pickwick ne nous en informe pas clairement.

« Elles sont charmantes, dit M. Pickwick, lorsque ces aimables enfants se retirèrent, après lui avoir été présentées.

— Monsieur, répliqua M. Pott avec un air de majesté, c'est qu'elles ressemblent comme deux gouttes d'eau à leur maman.

— Taisez-vous, méchant homme! s'écria gaiement Mme Chasselion, en frappant de l'éventail le bras de l'éditeur. (Minerve avec un éventail!)

— Certainement, ma chère madame Chasselion, reprit M. Pott, qui était le trompette attitré de la Caverne. Vous savez bien que l'année dernière, quand votre portrait était à l'exposition, tout le monde demandait si c'était le vôtre ou celui de votre plus jeune fille; car vous vous ressembliez tant qu'il n'y avait pas moyen de faire la différence.

— Eh bien! quand cela serait, qu'est-ce que vous avez besoin de le répéter devant des étrangers? répliqua Minerve en accordant un autre coup d'éventail au lion endormi de *la Gazette d'Eatanswill*.

— Comte! comte! cria tout à coup Mme Chasselion à un individu qui passait à portée de sa voix, et qui avait un uniforme étranger, surmonté d'énormes moustaches.

— Ah! fous fouloir te moi, dit le comte en se retournant.

— Je veux présenter l'un à l'autre deux hommes fort spirituels. Monsieur Pickwick, je suis heureuse de vous présenter le comte Smorltork. » Mme Chasselion ajouta à l'oreille du philosophe : « Le fameux étranger qui rassemble des matériaux pour son ouvrage sur l'Angleterre, vous savez? — Le comte Smorltolk, monsieur Pickwick. »

M. Pickwick salua le comte avec toute la révérence due à un si grand homme, et le comte tira ses tablettes.

« Comment fous tire, madame Châsse-long ? demanda le comte en souriant gracieusement à la dame enchantée. Monsieur Pigwig, hé ? ou Bigwig.... un.... avocat, n'est-ce pas ? Je vois, c'est ça, j'inscris monsieur Bigwig[1]. »

Le comte allait enregistrer M. Pickwick sur ses tablettes comme un gentleman qui se chargeait de faire les affaires des autres, et dont le nom était dérivé de sa profession, lorsque Mme Chasselion l'arrêta en disant :

« Non, non ! comte. Pick-wick.

— Ha ! ha ! je vois. Pique, nom de baptême ; Figue, nom de famille. Très-fort bien, très-fort bien. Comment portez-fous, Figue ?

— Très-bien, je vous remercie, répondit M. Pickwick, avec son affabilité accoutumée. Y a-t-il longtemps que vous êtes en Angleterre ?

— Long, très-fort longtemps. Quinzaine.... plus....

— Resterez-vous encore longtemps ?

— Ein semaine.

— Vous avez beaucoup à faire, poursuivit M. Pickwick en souriant, pour rassembler en aussi peu de temps tous les matériaux dont vous avez besoin.

— Eh ! elles sont rassembler, dit le comte.

— En vérité ! s'écria M. Pickwick.

— Elles sont là, ajouta le comte en se frappant le front d'un air significatif. Dans mon patrie.... fort livre.... comblé de notes.... mousique, science, poésie, politique, tout....

— Le mot *politique*, monsieur, comprend en soi-même une étude difficile et d'une immense étendue.

— Ah ! s'écria le comte en tirant ses tablettes ; très-fort bon ! Beaux paroles pour commencer une capitle. Capitle sept et quarante : *Le mot politique surprend* en soi-même.... » Et la remarque de M. Pickwick fut notée dans les tablettes du comte Smorltork, avec les additions et variantes occasionnées par son imagination ardente et sa connaissance imparfaite de la langue.

« Comte ! dit Mme Chasselion.

— Madame Châsse ? répondit le comte.

— Voici M. Snodgrass, un ami de M. Pickwick, et un poëte.

— Attendez ! s'écria le comte en tirant ses tablettes sur

1. *Big-wig*, grosse perruque, sobriquet par lequel on désigne les avocats.

nouveaux frais. Lifre, poisie; capitle, amis littéraires; nom, l'Homme-grasse. Très-fort bien. Présenté à l'Homme-grasse, ami de Pique-Figue, par madame Châsse, qui d'autres délicate poimes a produits. Comment s'appelle? Grenouille.... Grenouille soupirante. Très-fort bien. » Et le comte referma ses tablettes, fit mille révérences, mille remercîments, et s'éloigna, persuadé qu'il venait d'ajouter à ses connaissances sur l'Angleterre, les plus importantes et les plus utiles observations.

« C'est un homme bien étonnant! s'écria Minerve.

— Un philosophe profond! ajouta Pott.

— Un esprit fort et pénétrant! » continua M. Snodgrass.

Un chœur d'invités relevèrent les louanges du comte Smorltork, en secouant gravement leur tête et en disant d'une voix unanime: « Étonnant!!! »

Comme l'enthousiasme en faveur du comte Smorltork s'allumait de plus en plus, ses louanges auraient pu être célébrées jusqu'à la fin de la fête, si les quatre soi-disant chanteurs italiens, rangés autour d'un petit pommier, pour produire un effet pittoresque, ne s'étaient pas mis à dérouler leurs chansons nationales. Il faut avouer qu'elles ne paraissaient point d'une exécution bien difficile, et tout le secret semblait consister à ce que trois des soi-disant chanteurs italiens grognaient, tandis que le quatrième miaulait. Cet intéressant morceau étant terminé, aux applaudissements de toute la compagnie, un jeune garçon commença à se faufiler entre les bâtons d'une chaise, et à sauter par-dessus, et à ramper par-dessous, et à se culbuter avec, et à en faire toutes les choses imaginables, excepté de s'asseoir dessus. Ensuite il se fit une cravate de ses jambes et les attacha autour de son cou; puis il fit voir avec quelle facilité une créature humaine peut prendre l'apparence d'un crapaud. Les nombreux spectateurs étaient transportés de jouissance et d'admiration. Bientôt après on entendit gazouiller faiblement: c'était la voix de Mme Pott, et ses auditeurs pleins de courtoisie s'imaginèrent entendre une chanson parfaitement classique, une vraie chanson de caractère, car Apollon était un compositeur, et les compositeurs chantent très-rarement leurs propres œuvres, et pas davantage celles d'autrui. Enfin Mme Chasselion s'avança et récita son ode immortelle à une Grenouille expirante. Des *bravo*, des *brava*, des *bravi*, des *ançore* se firent entendre; et elle la récita une seconde fois. Elle allait la réciter une troisième, mais la majorité de ses hôtes, pensant qu'il était bien temps de manger quelque chose, s'écrièrent que c'était une honte d'abuser de la complaisance de Mme Chasselion. Vainement Mme Chasselion protesta qu'elle était tout à fait disposée à réciter son ode sur nouveaux frais; ses amis étaient trop polis, trop discrets, trop soigneux de sa santé, pour consentir à l'entendre encore, sous aucun prétexte. La salle des rafraîchissements fut donc ouverte, et tous ceux qui étaient déjà venus chez Mme Chasselion se précipitèrent en tumulte, pour y arriver les premiers. Ils savaient, en effet, que l'habitude de cette illustre dame était de faire faire un déjeuner pour cinquante et des invitations pour trois cents ; ou, en d'autres termes, de nourrir les *lions* les plus remarquables, et de laisser les petits animaux se tirer d'affaire comme ils pouvaient.

« Où donc est monsieur Pott ? demanda Mme Chasselion en s'occupant de placer les susdits lions autour d'elle.

— Me voici ! s'écria l'éditeur du bout le plus reculé de la chambre, hors de toute espérance de nourriture, à moins que son hôtesse ne fît quelque chose d'extraordinaire pour lui.

— Voulez-vous venir par ici ? lui cria-t-elle.

— Oh ! je vous en prie, ne vous tourmentez pas pour lui, interrompit Mme Pott de sa voix la plus obligeante. Vous vous donnez beaucoup trop de peine, madame Chasselion. Il est très-bien là-bas. N'est-ce pas, mon cher, que vous êtes très-bien là-bas ?

— Certainement, mon amour, » répliqua l'infortuné Pott avec un triste sourire. Hélas ! à quoi lui servait son knout ? Le bras nerveux qui le faisait tomber sur les hommes publics avec une vigueur gigantesque, était paralysé par un coup d'œil de l'impérieuse Mme Pott.

Mme Chasselion regarda autour d'elle avec triomphe. Le comte Smorltork était activement occupé à prendre note de ce que contenaient les plats ; M. Tupman, avec plus de grâce que n'en avaient jamais déployé tous les brigands de l'Italie, faisait à diverses lionnes les honneurs d'une salade de homard ; M. Snodgrass, ayant supplanté le jeune gentleman chargé des *éreintements* dans *la Gazette d'Eatanswill*, était enfoncé dans une dissertation passionnée avec la jeune lady qui *faisait* la poésie; et M. Pickwick, enfin, se rendait universellement agréable : rien ne semblait manquer à ce cercle choisi, lorsque M. Chasselion, dont le département, dans ces occasions, était de se tenir debout près de la porte, et de parler aux gens les moins importants, cria de toutes ses forces à Minerve :

« Ma chère, voici M. Charles Fitz-Marshall.

— Enfin ! s'écria Mme Chasselion. Avec quelle anxiété je l'ai attendu ! Messieurs, je vous prie, laissez passer M. Fitz-Marshall. Mon cher, dites à M. Fitz-Marshall de venir me trouver sur-le-champ, pour que je le gronde d'être arrivé si tard.

— Voilà, ma chère dame, dit une voix claire. Aussi vite que possible, — foule étonnante, — chambre comble, — fort difficile d'approcher, très-difficile. »

Le couteau et la fourchette de M. Pickwick lui tombèrent des mains. Il regarda M. Tupman, qui avait aussi laissé tomber sa fourchette et son couteau, et qui paraissait prêt à s'abîmer sous terre.

« Ah ! » s'écria la voix, tandis que son possesseur s'ouvrait un passage à travers une vingtaine de Turcs, d'officiers, de cavaliers et de Charles II, qui formaient une dernière barricade entre lui et la table.

« Voilà mes vêtements tout cylindrés, — brevet d'invention, — pas un pli dans mon habit, — joliment pressé ! — Pas besoin de faire repasser mon linge, ha ! ha ! — la bonne idée, — drôle de chose, malgré ça, de faire cylindrer son linge sur soi, — opération fatigante, très-fatigante. »

En prononçant ces phrases brisées, un jeune homme, vêtu en officier de marine, parvint à s'approcher de la table, et présenta aux regards étonnés des pickwickiens la tournure et les traits identiques de M. Alfred Jingle.

Il avait à peine eu le temps de prendre la main que lui tendait Mme Chasselion, lorsque ses yeux rencontrèrent les orbes indignés de M. Pickwick.

« Tiens ! tiens ! s'écria le coupable ; oublié, — pas d'ordre aux postillons, — j'y vais moi-même, — revenu dans un instant.

— Le domestique, ou bien M. Chasselion, donnera vos ordres, monsieur Fitz-Marshall, dit la maîtresse de la maison.

— Non ! non ! — moi-même, ne serai pas long, — revenu dans un clin d'œil, » répliqua Jingle, et il disparut dans la foule.

M. Pickwick se leva plein d'indignation.

« Madame, dit-il, permettez-moi de vous demander qui est ce jeune homme, et où il réside ?

— C'est un gentleman d'une grande fortune, monsieur Pickwick, à qui je meurs d'envie de vous présenter. Le comte aussi sera enchanté de le connaître.

— Oui, oui, comptez là-dessus, dit M. Pickwick avec vivacité. Il demeure ?

— A Bury, hôtel de l'Ange.

— A Bury ?

—A Bury Saint-Edmunds, à quelques milles d'ici.... Mais, mon Dieu! monsieur Pickwick, vous n'allez pas nous quitter. Vous ne pouvez pas, monsieur Pickwick, songer à vous en aller sitôt. »

Longtemps avant que Mme Chasselion eût prononcé ces paroles, M. Pickwick s'était plongé dans la foule et avait atteint le jardin. Il y fut bientôt rejoint par M. Tupman, qui l'avait suivi de près et qui lui dit :

« Cela est inutile, il est parti.

— Je le sais, répondit M. Pickwick, avec chaleur, et je le suivrai !

— Vous le suivrez ! Où donc ?

— A Bury, hôtel de l'Ange. Comment savons-nous s'il n'abuse point quelqu'un dans cet endroit ? Il a trompé une fois un digne homme, et nous en étions la cause innocente : cela n'arrivera plus, si je puis l'empêcher ! Je veux le démasquer.— Sam ! où est mon domestique ?

— Voilà ! ici, monsieur, dit Sam, en sortant d'un endroit écarté, où il était occupé à examiner une bouteille de vin de Madère, qu'il avait enlevée sur la table une heure ou deux auparavant. Voilà vot' serviteur, monsieur, et fier du titre encore, comme disait au public l'esquelette vivant qu'on faisait voir pour trois pence.

— Suivez-moi sur-le-champ ! reprit M. Pickwick. — Tupman, si je reste à Bury, vous pourrez m'y rejoindre quand je vous écrirai. Jusque-là, adieu ! »

Les remontrances devenaient inutiles : M. Pickwick était animé, et sa résolution était prise. M. Tupman retourna vers ses compagnons, et, une heure après, il avait noyé tout souvenir de M. Alfred Jingle, ou de M. Charles Fitz-Marshall, au moyen d'une bouteille de vin de Champagne et d'une contredanse, également petillantes.

Pendant ce temps, M. Pickwick et Sam Weller, perchés à l'extérieur d'une voiture publique, voyaient de minute en minute diminuer la distance qui les séparait de la bonne ville de Bury Saint-Edmunds.

CHAPITRE XVI.

Trop plein d'aventures pour qu'on puisse les résumer brièvement.

Il n'y a pas, dans toute l'année, de mois où la nature ait un plus joli visage que durant le mois d'août. Le printemps a bien des charmes, et mai, certainement, est frais et joli, et son éclat est rehaussé par le contraste des frimas qui viennent de finir. Août n'a pas de semblables avantages : lorsqu'il arrive, nos sens sont accoutumés à la pureté du ciel, au verdoiement des prairies, au parfum embaumé des fleurs ; le brouillard, le givre, la neige et les glaces sont effacés de notre mémoire, comme de la surface de la terre. Et cependant, quelle saison charmante ! Les champs, les vergers, sont animés par la voix, par la présence des travailleurs ; les arbres, chargés de fruits, inclinent leurs branches jusqu'à terre ; les blés, réunis en gerbes gracieuses ou se balançant au souffle du zéphir comme pour agacer la faucille, couvrent le paysage d'une teinte dorée ; une douce langueur semble répandue sur toute la nature, et l'on dirait même que la molle influence de la saison s'étend jusque sur les charrettes dont l'œil aperçoit le mouvement uniforme à travers les champs moissonnés, sans que l'oreille soit déchirée par aucun bruit inharmonieux.

Pendant que la voiture publique roule rapidement à travers les champs et les vergers qui bordent la route, des groupes de femmes et d'enfants, empilant des fruits dans des corbeilles ou recueillant les épis de blé dispersés, suspendent un instant leur travail, abritent leurs visages brunis par le soleil avec une main plus brune encore, et suivent les voyageurs d'un regard curieux ; quelque vigoureux bambin, trop jeune pour travailler, mais trop turbulent pour être laissé à la maison, se hisse sur le bord du grand panier où il a été emprisonné, et gigotte et braille avec délices ; le moissonneur arrête sa faucille, se redresse, croise les bras et contemple la voiture qui passe auprès de lui comme un tourbillon ; les lourds chevaux de son char rustique suivent l'attelage brillant et animé d'un regard endormi, qui dit aussi clairement que le peut dire un regard de cheval: « Tout cela est fort joli à regarder, mais marcher lentement dans une terre pesante vaut encore mieux, après tout, que de galoper si chaudement sur une route pleine de poussière ! » Cependant les voyageurs volent, et, profitant d'un détour, jettent un dernier coup d'œil derrière eux : les femmes et les enfants ont repris leur travail ; le moissonneur s'est courbé de nouveau sur sa faucille ; les chevaux de labour poursuivent leur marche mesurée ; et tout se montre, comme tout à l'heure, plein de vie et de mouvement.

Une semblable scène ne pouvait manquer d'influer sur l'esprit délicat et bien réglé de M. Pickwick. Préoccupé de la résolution qu'il avait formée de démasquer le véritable caractère de Jingle, en quelque lieu qu'il pût le découvrir, il était demeuré d'abord taciturne et rêveur, réfléchissant aux moyens qu'il devait employer pour réussir dans son projet ; mais peu à peu son attention fut attirée par les objets environnants, et à la fin il y prit autant de plaisir que s'il avait entrepris ce voyage pour la cause la plus agréable du monde.

« Délicieux paysage, Sam ! dit-il à son domestique.

— Enfonce les toits et les cheminées, monsieur, répondit celui-ci en touchant son chapeau.

— En effet, reprit M. Pickwick avec un sourire, je suppose que vous n'avez guère vu, toute votre vie, que des toits et des cheminées, du mortier et des briques.

— Je n'ai pas toujours été valet d'auberge, monsieur, répliqua Sam en secouant la tête. J'ai été autrefois garçon de roulier.

— Quand cela ?

— Quand j'ai été jeté la tête la première dans le monde pour jouer à saute-mouton avec ses soucis. Donc, pour commencer, j'ai été garçon d'un charretier, et puis ensuite d'un roulier, et puis ensuite commissionnaire, et puis ensuite valet d'auberge. A présent v'là que je suis domestique d'un gentleman. Je serai peut-être un gentleman moi-même un de ces jours, avec ma pipe dans ma bouche et un berceau dans mon jardin. Qui sait ? je n'en serais pas surpris, moi

— Vous êtes un véritable philosophe, Sam.

— Je crois que ça court dans la famille, monsieur. Mon père est dans cette profession-là maintenant. Quand ma belle-mère le tarabuste, il se met à siffler ; elle s'enlève comme une soupe au lait, et elle lui casse sa pipe : il s'en va pacifiquement, et il en rapporte une autre ; alors elle braille tant qu'elle peut, et elle tombe dans des attaques de nerfs : il ne bouge pas, il fume confortablement jusqu'à ce qu'elle revienne. C'est ça de la philosophie, monsieur !...

— Ou du moins un très-bon équivalent, répondit en riant M. Pickwick. Cela doit vous avoir été fort utile dans votre vie errante, Sam.

— Utile, monsieur ! vous pouvez bien le dire. Après que je me suis sauvé d'avec le charretier et avant que j'aie rentré avec le roulier, j'ai couché pendant une quinzaine dans un appartement sans meubles.

— Un appartement sans meubles !

— Oui, les arches à sec du pont de Waterloo. Jolie chambre à coucher ; à dix minutes du centre des affaires. Seulement s'il y a quelque chose à lui reprocher, c'est qu'elle est un peu aérée. J'ai vu là des drôles de spectacles.

— Ha ! je le suppose, dit M. Pickwick d'un air plein d'intérêt.

— Des spectacles qui perceraient votre tendre cœur, monsieur, et qui ressortiraient de l'autre côté. On n'y trouve pas les mendiants réguliers ; vous pouvez vous fier à ceux-là pour savoir se tirer d'affaire. De jeunes mendiants, mâles et femelles, qui n'ont pas encore fait leur chemin dans la profession, s'y logent quelquefois ; mais c'est généralement les pauvres créatures sans asile, éreintées, mourant de faim, qui se roulent dans les coins sombres de ces tristes places ; les pauvres créatures qui ne peuvent pas se repasser la corde de deux pence.

— Dites-moi, Sam, qu'est-ce que c'est que la corde de deux pence ?

— C'est une auberge, monsieur, où les lits coûtent deux pence par nuit....

— Pourquoi donnent-ils aux lits le nom de *cordes ?*

— Que vous êtes donc jeune, monsieur ! Quand les ladies et les gentlemen qui tiennent ces hôtels-là ont ouvert leur bazar, ils faisaient les lits sur le plancher, mais ils ne faisaient pas leurs affaires. Au lieu de prendre un somme raisonnable pour deux pence, les logeurs s'y vautraient la moitié de la journée. Aussi, maintenant, ils ont deux cordes, éloignées d'à peu près six pieds, et à trois pieds du plancher, qui vont tout du long de la chambre, et les lits sont faits avec des grosses toiles tendues en travers.

— Eh bien ?

— Eh bien! l'avantage du plan est visible. Tous les matins, à six heures, ils laissent aller une des cordes, et patatra, v'là tous les logeurs par terre. Ça les réveille fameusement, ils se relèvent de bonne humeur, et ils s'en vont comme des jolis garçons.... Demande pardon, monsieur, dit Sam, en interrompant tout à coup son verbeux discours, c'est-il Bury Saint-Edmunds qu'est là-bas?

— Précisément, répondit M. Pickwick. »

Bientôt après la voiture roula dans les rues propres et bien pavées d'une jolie petite ville, et s'arrêta devant une auberge située au milieu de la grande route, presque en face de l'antique abbaye.

« Voici l'Ange, dit M. Pickwick, en regardant l'enseigne. Nous descendons ici, Sam. Mais il faut prendre quelques précautions. Demandez une chambre particulière et ne mentionnez pas mon nom; vous comprenez.

— Compris! monsieur, » répondit Sam, avec un clin d'œil intelligent. Il tira le portemanteau du coffre de derrière, où il avait été jeté à Eatanswill, et disparut pour faire sa commission. Une chambre particulière fut facilement retenue, et M. Pickwick y fut introduit sans délai.

« Maintenant, Sam, dit M. Pickwick, la première chose à faire....

— C'est de commander le dîner, monsieur, suggéra Sam: il est fort tard, monsieur.

— Ah! c'est vrai, répliqua le philosophe en regardant sa montre. Vous avez raison, Sam.

— Et si c'était moi, monsieur, je voudrais prendre juste une bonne nuit de repos avant de demander des renseignements sur ce finaud. Il n'y a rien pour rafraîchir l'esprit comme un bon somme, monsieur, comme dit la servante avant d'avaler son petit verre de l'eau d'ânon.

— Je crois que vous avez raison, Sam; mais je veux d'abord m'assurer qu'il est dans cet hôtel et qu'il ne m'échappera point.

— Laissez-moi c'te affaire-là, monsieur. Je vas vous ordonner un joli petit dîner et faire une enquête en bas, pendant qu'on l'apprêtera. Je tirerai tous les secrets du décrotteur, en cinq minutes.

— A la bonne heure, » dit M. Pickwick, et Sam se retira.

Au bout d'une demi-heure M. Pickwick était assis devant un dîner très-satisfaisant, et un quart d'heure plus tard, Sam lui rapportait l'assurance que M. Charles Fitz-Marshall avait retenu, jusqu'à nouvel ordre, sa chambre particulière; il était allé passer la soirée dans une maison du voisinage, avait ordonné au garçon de l'attendre et avait emmené son domestique avec lui.

« Maintenant, monsieur, continua Sam, après avoir fait son rapport, si je puis causer un brin avec ce domestique ici, il me contera toutes les affaires de son maître.

— Comment savez-vous cela? demanda M. Pickwick.

— Que vous êtes donc jeune monsieur! Tous les domestiques en font autant.

— Oh! oh! fit le philosophe, j'avais oublié cela : c'est bon.

— Alors, vous verrez ce qu'il y a de mieux à faire, monsieur, nous agirons en conséquence. »

Comme cet arrangement paraissait le meilleur possible, il fut finalement adopté. Sam se retira, avec la permission de son maître, pour passer la soirée comme il l'entendrait. Il dirigea ses pas vers la buvette de la maison, et peu de temps après, fut élevé au fauteuil par la voix unanime de l'assemblée. Une fois parvenu à ce poste honorable, il fit éclater tant de mérite, que les éclats de rire des gentlemen habitués, et les marques bruyantes de leur satisfaction, parvinrent jusqu'à la chambre à coucher de M. Pickwick, et raccourcirent, de plus de trois heures, la durée naturelle de son sommeil.

Le lendemain, dès le matin, Sam Weller s'occupa de calmer l'agitation fiévreuse qui lui restait de la veille, par l'application d'une douche d'un penny; c'est-à-dire que, moyennant cette pièce de monnaie, il engagea un jeune gentleman du département de l'écurie à faire jouer la pompe sur sa tête et sur sa face, jusqu'à l'entière restauration de ses facultés intellectuelles. Tandis qu'il subissait ce traitement médical, son attention fut attirée par un jeune homme, assis sur un banc, dans la cour. Il était vêtu d'une livrée violette, et lisait dans un livre d'hymnes, avec un air d'abstraction profonde, qui ne l'empêchait cependant pas de jeter de temps en temps un coup d'œil vers Sam, comme s'il avait pris grand intérêt à l'opération qu'il se faisait faire.

« Voilà un drôle de corps, pensa celui-ci, la première fois que ses yeux rencontrèrent ceux de l'étranger en livrée violette. Et, en effet, avec son pâle visage, large et plat, avec ses yeux enfoncés et sa tête énorme, d'où pendaient plusieurs mèches de cheveux noirs et lisses, l'étranger pouvait passer pour un drôle de corps. « Voilà un drôle de corps, » pensa donc Sam Weller, et après avoir pensé cela, il continua de se laver, et n'y pensa pas davantage.

Cependant l'homme en livrée violette continuait à regarder Sam et son livre d'hymnes, son livre d'hymnes et Sam, comme s'il avait eu envie d'entamer la conversation. A la fin, pour lui en fournir l'occasion, Sam lui dit, avec un signe de tête familier : « Comment ça va-t-il, mon bonhomme?

— Je suis heureux de pouvoir dire que je vais assez bien, monsieur, répondit l'homme violet d'une voix mesurée et en fermant son livre avec précaution. J'espère que vous allez de même, monsieur?

— Eh! eh! je serais plus solide sur mes jambes si je ne me sentais pas comme une bouteille d'eau-de-vie ambulante; mais vous, mon vieux, restez-vous dans cette maison ici? »

L'homme violet répondit affirmativement.

« Comment se fait-il donc que vous n'étiez pas avec nous hier soir? demanda Sam, en se frottant la face avec un essuie-mains. Vous me faites l'effet d'un bon vivant, l'air aussi gaillard qu'une truite dans un panier plein de chaux, ajouta-t-il d'un ton un peu plus bas.

— J'étais sorti avec mon maître, répondit l'étranger.

— Comment s'appelle-t-il? demanda vivement Sam Weller, dont le visage devint tout rouge par l'effet combiné de la surprise et du frottement de son essuie-mains.

— Fitz-Marshall, répliqua l'homme violet.

— Donnez-moi la patte, dit Sam en s'avançant vers lui. J'ai envie de vous connaître, votre philosomie me va, mon fiston.

— Eh bien! voilà qui est très-extraordinaire, rétorqua l'homme violet, avec une grande simplicité de manières. La vôtre m'a plu si fort, que j'ai eu envie de vous parler, dès le premier moment où je vous ai vu sous la pompe.

— C'est-il vrai.

— Sur mon honneur! Cela n'est-il pas curieux, hein?

— Très-curieux, répondit Sam, en se congratulant intérieurement sur la bonhomie de l'étranger. Comment nous appelons-nous, mon patriarche?

— Job.

— Et c'est un fameux nom. Le seul nom, à ma connaissance qui n'a pas reçu une abréviation. Et l'autre nom?

— Trotter, dit l'étranger. Et le vôtre? »

Sam se rappela les ordres de son maître et répondit : « Mon nom est Walker, le nom de mon maître est Wilkins. Voulez-vous prendre une goutte de quelque chose ce matin, M. Trotter ? »

M. Trotter donna son complet assentiment à cette agréable proposition, et ayant déposé son livre dans la poche de son habit, il accompagna M. Walker à la buvette. Là, ils s'occupèrent à discuter le mérite d'un agréable mélange, contenu dans un vase d'étain et composé de l'essence parfumée du clou de girofle et d'une certaine quantité de genièvre de Hollande, fabriqué en Angleterre.

« Et c'est-il une bonne place que vous avez ? demanda Sam, en remplissant pour la seconde fois le verre de son compagnon.

— Mauvaise, répondit Job, en se léchant les lèvres, très-mauvaise.

— Vrai ?

— Oui, sûr ; et pire que cela ; mon maître va se marier.

— Pas possible !

— Si, et pire que cela. Il va enlever une grosse héritière dans une pension.

— Quel dragon ! dit Sam, en remplissant encore le verre de son camarade. C'est quelque pension de cette ville, je suppose ? »

Cette question fut faite du ton le plus indifférent qu'on puisse imaginer. Cependant M. Job Trotter montra clairement, par ses manières, qu'il remarquait avec quelle anxiété son nouvel ami attendait sa réponse. Il vida son verre, regarda mystérieusement Sam Weller, cligna l'un après l'autre chacun de ses petits yeux, et finalement fit avec sa main le geste de manier une pompe imaginaire, donnant à entendre par là qu'il considérait son compagnon comme trop désireux de pomper ses secrets.

« Non, non, observa-t-il, en conclusion. Cela ne se dit pas à tout le monde. C'est un secret ; un grand secret, M. Walker. »

En prononçant ces paroles, l'homme violet retourna son verre sens dessus dessous, afin de faire remarquer ingénieusement à son compagnon qu'il n'y restait plus rien pour assouvir sa soif. Sam comprit l'apologue ; il en apprécia la délicatesse, et ordonna de remplir, sur nouveaux frais, le vase d'étain. Cet ordre fit briller de plaisir les petits yeux de l'homme violet.

« Ainsi donc, c'est un secret ? reprit Sam.

— Je l'imagine comme cela, répliqua l'autre en sirotant sa liqueur avec complaisance.

— Je suppose que votre maître est un richard? »

M. Trotter sourit, et, tenant son verre de la main gauche, il donna, avec sa main droite, quatre tapes distinctes sur le gousset de sa culotte violette, comme pour faire entendre que son maître aurait pu agir de même sans alarmer personne par le bruit de son argent.

« Ah! reprit Sam, voilà l'histoire? »

L'homme violet baissa la tête d'une manière significative.

« Et est-ce que vous n'imaginez pas, mon vieux, que vous seriez une fameuse canaille si vous laissiez votre maître empoigner cette jeune demoiselle?

— Je sais cela, répliqua Job Trotter, en soupirant profondément et en tournant vers son interlocuteur un visage plein de contrition. Je sais cela, et c'est ce qui pèse sur mon esprit · mais qu'est-ce que je peux faire?

— Faire? s'écria Sam, chanter à la maîtresse et enfoncer votre maître.

— Qui est-ce qui me croirait? La jeune lady est regardée comme un modèle de prudence et de discrétion; elle dirait que non, et mon maître aussi. Qui est-ce qui me croirait? Je perdrais ma place et je me verrais poursuivi comme diffamateur ou quelque chose comme ça. Voilà tout ce que j'y gagnerais.

— Il y a du vrai, dit Sam en ruminant; il y a du vrai dans ce que vous dites là.

— Si je connaissais quelque respectable gentleman qui voulût se charger de l'affaire, je pourrais espérer d'empêcher l'enlèvement. Mais il y a la même difficulté, monsieur Walker; juste la même. Je ne connais pas de gentleman respectable en ce pays, et si j'en connaissais un, il y a dix à parier contre un qu'il ne croirait pas mon récit.

— Venez par ici, cria Sam, en se levant tout d'un coup et en saisissant son compagnon par le bras. Mon maître est l'homme qu'il vous faut. »

Après une légère résistance, Job Trotter fut conduit dans l'appartement de M. Pickwick, et lui fut présenté, avec un court sommaire du dialogue que nous venons de rapporter.

« Je suis bien fâché de trahir mon maître, monsieur, dit Job Trotter, en appliquant à son œil un mouchoir rouge d'environ trois pouces carrés.

— Ce sentiment vous fait beaucoup d'honneur, répliqua M. Pickwick. Mais, cependant, c'est votre devoir....

— Je sais que c'est mon devoir, monsieur, reprit Job avec une grande émotion. Nous devons tous nous efforcer de remplir nos devoirs, monsieur, et je m'efforce humblement de remplir les miens, monsieur. Mais c'est une dure épreuve de trahir un maître, monsieur, dont vous portez les habits, dont vous mangez le pain, même quand c'est un coquin, monsieur.

— Vous êtes un brave garçon, dit M. Pickwick fort affecté, un honnête garçon.

— Allons! allons! observa Sam, qui avait vu avec beaucoup d'impatience les larmes de M. Trotter; assez d'arrosage comme ça; ça n'est bon à rien.

— Sam, reprit M. Pickwick d'un ton de reproche, je suis fâché de voir que vous ayez si peu de respect pour les sentiment de ce jeune homme.

— Ses sentiments sont très-beaux, monsieur, et même si beaux que c'est une pitié qu'il les perde comme ça; et je pense qu'il ferait mieux de les garder dans son estomac que de les laisser évaporiser en eau chaude, espécialement comme ça ne sert à rien. Des larmes, ça n'a jamais servi à remonter une horloge ni à faire marcher une machine. La première fois que vous irez dans le monde, fourrez-vous ça dans la caboche, mon vieux; et pour le présent introduisez ce morceau de guingamp ouge dans votre poche. Il n'est pas assez beau pour le secouer comme ça en l'air, comme si vous étiez un danseur de corde.

— Sam a raison, remarqua M. Pickwick, en s'adressant à Job: Sam a raison, quoique sa manière de s'exprimer soit un peu commune et quelquefois incompréhensible.

— Il a tout à fait raison, monsieur, répliqua M. Trotter, et je ne céderai pas davantage à cette faiblesse.

— Très-bien, reprit notre sage; et maintenant, où est cette pension de demoiselles?

— C'est une vieille maison de briques rouges, tout juste en dehors de la ville, monsieur.

— Et quand ce perfide dessein sera-t-il exécuté? Quand est-ce que l'enlèvement doit avoir lieu?

— Cette nuit, monsieur.

— Cette nuit?

— Cette nuit même, monsieur. C'est ce qui me fâche tant.

— Il faut prendre des mesures instantanées. Je vais voir immédiatement la dame qui dirige l'établissement.

— Je vous demande pardon, monsieur, mais cela ne servira à rien.

— Pourquoi donc?

— Mon maître, monsieur, est un homme très-artificieux.

— Je le sais bien.

— Et il s'est si bien entortillé autour du cœur de la vieille dame qu'elle ne croirait rien à son préjudice, quand vous en feriez serment sur vos deux genoux. D'ailleurs vous n'avez pas d'autre preuve que la parole d'un domestique; mon maître ne manquera pas de dire qu'il m'a renvoyé pour quelque chose, et que je fais cela afin de me venger.

— Qu'est-ce que nous pourrions donc faire, alors?

— Rien ne pourra convaincre la vieille dame, monsieur, si elle ne le prend pas sur le fait de l'enlèvement.

— Ces vieilles mules-là, interposa Sam, en guise de parenthèse, ces vieilles mules-là, s'obstinent à prendre des vessies pour des lanternes.

— Mais, fit observer M. Pickwick, j'ai peur qu'il ne soit infiniment difficile de le prendre sur le fait.

— Je ne sais pas, monsieur, répondit Job après un instant de réflexion; il me semble que cela pourrait se faire très-aisément.

— Comment cela?

— Voyez-vous, mon maître a gagné les deux servantes, et elles doivent nous introduire dans la cuisine, ce soir, à dix heures. Quand toute la maison se sera retirée pour dormir, nous sortirons de la cuisine, et alors la jeune personne descendra de sa chambre; il y aura une chaise de poste, et en route!

— Eh bien? fit M. Pickwick.

— Eh bien! monsieur; je crois que si vous nous attendiez dans le jardin, tout seul....

— Tout seul! Pourquoi tout seul?

— Je pensais que la vieille demoiselle n'aimerait pas qu'une découverte aussi désagréable se fît devant beaucoup de monde; et puis la jeune lady, monsieur, considérez sa confusion!...

— Vous avez tout à fait raison. Cette réflexion montre une grande délicatesse de sentiments. Poursuivez; vous avez raison....

— Eh bien! monsieur; je pensais donc que si vous attendiez

tout seul dans le jardin, je pourrais vous introduire dans la maison, à onze heures et demie précises, et qu'alors vous vous trouveriez juste à temps pour m'aider à démonter les projets de ce méchant homme, par qui j'ai eu le malheur d'être séduit. »

Ici, M. Trotter soupira profondément.

« Ne vous tourmentez pas de cela, dit M. Pickwick; s'il avait un grain de la probité qui vous distingue, malgré votre humble condition, je ne désespérerais pas de lui. »

Job salua très-bas, et, en dépit des précédentes remontrances de Sam, ses yeux se remplirent de larmes.

« Je n'ai jamais vu un pleurard comme ça, dit Sam. Dieu me pardonne, s'il n'a pas un robinet toujours ouvert dans la tête!

— Sam! dit M. Pickwick avec une grande sévérité, retenez votre langue.

— Oui, monsieur.

— Je n'aime pas ce plan, poursuivit notre philosophe après une profonde méditation. Pourquoi ne pas communiquer avec les amis de la jeune personne?

— Parce qu'ils habitent à cinquante lieues d'ici, monsieur.

— Il n'y a rien à répondre à ça, remarqua Sam, à part.

— Ensuite, ce jardin, reprit M. Pickwick, comment y entrerai-je?

— Le mur est très-bas, monsieur, et votre domestique vous fera la courte échelle.

— Mon domestique me fera la courte échelle, répéta machinalement M. Pickwick, et vous ne manquerez pas de m'ouvrir la porte de la maison?...

— Vous ne pouvez pas vous tromper, monsieur. Il n'y a qu'une porte dans le jardin; tapez-y quand vous entendrez sonner l'horloge, et je vous ouvrirai sur-le-champ.

— Je n'aime pas ce plan, redit M. Pickwick; mais il faut bien l'adopter, car je n'en vois pas d'autre, et il s'agit du bonheur de cette jeune personne, pour toute sa vie. J'y irai, soyez-en sûr. »

Ainsi, pour la seconde fois, la bonté naturelle de M. Pickwick l'entraîna dans une entreprise, dont son excellent jugement l'aurait détourné.

« Comment s'appelle la maison? demanda-t-il.

— Westgate-House, monsieur. Vous tournez un peu à droite quand vous arrivez au bout de la ville; la maison est isolée, à une petite distance de la route, et son nom est sur une plaque de cuivre, sur la porte.

— Je le sais répondit M. Pickwick; j'avais remarqué cette

maison la première fois que j'ai visité cette ville. Vous pouvez compter sur moi. »

M. Trotter salua et se détourna pour partir. M. Pickwick lui mit une guinée dans la main.

« Vous êtes un brave garçon, lui dit-il, et j'admire la bonté de votre cœur. Pas de remercîments. Souvenez-vous : onze heures et demie.

— Il n'y a pas de danger que je l'oublie, monsieur, répondit Job Trotter, et il quitta la chambre.

— Camarade, lui dit Sam, qui l'avait suivi, ce n'est pas une mauvaise chose, cette pleurnicherie. Je voudrais pleurer comme une gouttière dans une averse, à ce prix-là. Comment donc que vous faites?

— Cela vient du cœur, monsieur Walker, répondit Job solennellement. Je vous souhaite le bonjour.

— Voilà un gaillard facile à émouvoir, pensa Sam Weller en le voyant s'éloigner. C'est égal, nous lui avons tiré les vers du nez, toujours. »

Nous ne pouvons pas dire précisément quelles étaient les pensées qui occupaient l'esprit de M. Trotter, attendu que nous n'en savons rien du tout.

Cependant le jour s'écoula, le soir vint, et, un peu avant dix heures, Sam rapporta à son maître que M. Jingle et Job étaient sortis ensemble, que leurs bagages étaient empaquetés, et qu'ils avaient commandé une chaise. Le complot était évidemment en voie d'exécution, comme M. Trotter l'avait prédit.

Dix heures et demie arrivèrent. C'était l'instant où M. Pickwick devait partir pour sa délicate entreprise. Afin de ne pas être embarrassé pour escalader le mur, il refusa le pardessus que lui offrait Sam, et sortit, suivi de ce fidèle serviteur.

La lune était sur l'horizon, mais cachée derrière des nuages, la nuit était belle et sèche, mais singulièrement sombre; les sentiers, les haies, les champs, les maisons et les arbres étaient enveloppés d'une ombre épaisse; l'atmosphère était lourde et brûlante; des éclairs de chaleur illuminaient de temps en temps les nuages, et c'était la seule chose qui animât un peu la triste obscurité dont la terre était couverte; aucun son ne se faisait entendre, excepté l'aboiement éloigné de quelque chien inquiet.

Nos aventuriers trouvèrent la maison, reconnurent l'inscription de cuivre, firent le tour du mur, et s'arrêtèrent vers le fond du jardin.

« Sam, dit M. Pickwick, vous retournerez à l'auberge quand vous m'aurez aidé à monter par-dessus le mur.

— Très-bien, monsieur.

— Et vous m'attendrez.

— Certainement, monsieur.

— Prenez ma jambe, et quand je dirai : *haut!* élevez-moi doucement.

— Me voilà prêt, monsieur.... »

Ayant arrangé ces préliminaires, M. Pickwick empoigna le sommet du mur, et donna le mot *haut!* qui fut obéi très-littéralement; car, soit que son corps participât en quelque degré de l'élasticité de son esprit, soit que les idées de Sam sur une *douce élévation* ne fussent pas exactement les mêmes que celles de son maître, l'effet immédiat de son assistance fut de le jeter par-dessus le mur. Après avoir écrasé trois framboisiers et un rosier, cet immortel gentleman descendit enfin de toute sa longueur sur la terre.

« Vous ne vous êtes pas blessé, monsieur? demanda Sam, aussitôt qu'il fut revenu de la surprise que lui avait causée la mystérieuse disparition du philosophe.

— Non, certainement, je ne me suis pas blessé, répondit celui-ci, de l'autre côté du mur. Je croirais plutôt que c'est vous qui m'avez blessé, Sam.

— J'espère que non, monsieur!

— Ne vous tourmentez point, reprit notre sage en se relevant; ce n'est rien.... quelques égratignures.... Allez vous-en, car nous serions entendus.

— Bonne chance, monsieur.

— Bonsoir. »

Sam s'éloigna donc doucement, laissant M. Pickwick seul dans le jardin.

Des lumières se montraient de temps en temps aux différentes fenêtres du bâtiment, ou passaient dans les escaliers, comme pour indiquer que les pensionnaires se retiraient dans leurs chambres. N'ayant nulle envie d'approcher de la porte avant l'heure fixée, M. Pickwick se blottit dans un angle du mur pour attendre qu'elle arrivât.

Il était alors dans une position qui aurait abattu l'audace de bien des héros, et cependant il ne ressentit ni inquiétude ni découragement : il savait que son dessein était honorable, et il se confiait, sans nulle hésitation, aux nobles sentiments de Job Trotter. La situation était triste certainement, pour ne pas dire accablante; mais un esprit contemplatif peut toujours se distraire par la méditation. A force de méditer, M. Pickwick était tombé dans une sorte d'assoupissement, lorsqu'il en fut tiré par l'horloge de l'église voisine, qui sonnaient onze heures et demie.

« Voici le moment, » pensa-t-il, en se mettant avec précaution sur ses pieds. Il examina la maison : les lumières avaient disparu, les volets étaient fermés; tout le monde était au lit, sans aucun doute. Il s'avança à pas de loup vers la porte, et frappa doucement. Deux ou trois minutes s'étaient passées sans réponse, il frappa un autre coup plus fort, puis un autre plus fort encore.

A la fin, un bruit de pas se fit entendre dans l'escalier; la lumière d'une chandelle brilla à travers le trou de la serrure; des barres, des verrous furent tirés, et la porte s'ouvrit lentement.

La porte s'ouvrit lentement, et à mesure qu'elle s'ouvrait de plus en plus, M. Pickwick se retirait de plus en plus derrière elle. Il allongea la tête avec précaution pour reconnaître la personne qui s'avançait; mais quel fut son étonnement lorsqu'il aperçut, au lieu de Job Trotter, une servante inconnue, qui tenait une chandelle dans sa main. M. Pickwick retira sa tête avec la vivacité déployée par Polichinelle, cet admirable comédien, quand il craint d'être découvert par le commissaire.

« Sarah, dit la servante en s'adressant à quelqu'un dans la maison, c'est apparemment le chat. Minet! minet! petit! petit! petit! »

Aucun animal n'ayant été attiré par ces incantations, la servante referma lentement la porte, et la reverrouilla, laissant M. Pickwick aplati contre le mur.

« Ceci est fort étrange, pensa-t-il avec tristesse. Elles veillent, à ce que je suppose, plus tard qu'à l'ordinaire. Il est bien malheureux qu'elles aient choisi précisément cette nuit-ci, extrêmement malheureux! » Tout en faisant ces réflexions, M. Pickwick se retirait avec précaution dans l'angle du mur, où il avait été originairement caché, résolu d'attendre là assez longtemps pour pouvoir répéter, sans danger, son signal.

Il y était à peine depuis cinq minutes, lorsque la lueur éblouissante d'un éclair fut immédiatement suivie d'un violent coup de tonnerre, qui fit retentir les cieux d'un épouvantable roulement puis vint un autre éclair plus éblouissant que le premier; puis un autre coup de tonnerre, plus épouvantable que le précédent; puis enfin arriva la pluie, plus terrible encore que les uns et les autres.

M. Pickwick savait parfaitement qu'un arbre est un très-dangereux voisin pendant un orage : or, il avait un arbre à sa droite, un autre à sa gauche, un troisième devant lui, un quatrième derrière. S'il restait où il était, il risquait d'être foudroyé; s'il se montrait au milieu du jardin, il pouvait être saisi et livré aux constables. Une ou deux fois il essaya d'escalader le mur; mais, n'ayant alors aucun aide, le seul résultat de ses efforts fut de mettre toute sa personne dans un état de transpiration abondante, et d'opérer sur ses genoux et sur les os de ses jambes une infinité d'égratignures.

« Quelle épouvantable situation! » se dit-il à lui-même, en s'arrêtant après cet exercice pour essuyer son front et pour frotter ses genoux. En même temps, il regardait vers la maison, et n'y voyant plus de lumière, il se flatta que tout le monde serait couché; il résolut donc de répéter son signal.

Il marche sur la pointe du pied, dans le sable humide; il frappe à la porte; il retient son haleine; il écoute à travers le trou de la serrure. Pas de réponse. C'est singulier. Un autre coup. Il écoute de nouveau; un chuchotement se fait entendre dans l'intérieur, et une voix crie ensuite :

« Qui va là?

— Ce n'est pas Job, pensa M. Pickwick en s'aplatissant contre le mur. C'est une voix de femme. »

A peine était-il arrivé à cette conclusion, qu'une fenêtre du premier étage s'ouvrit, et trois ou quatre voix de femmes répétèrent la question : « Qui est là? »

M. Pickwick n'osa pas bouger. Il était clair que toute la maison était réveillée. Il résolut de rester où il était jusqu'à ce que l'alarme fût apaisée, et ensuite de faire un effort surnaturel, d'escalader le mur, ou de périr dans cette noble entreprise.

Comme toutes les résolutions de M. Pickwick, celle-ci était la meilleure qu'il pût prendre dans les circonstances données; mais malheureusement elle était fondée sur l'hypothèse que les habitants de la maison n'oseraient point rouvrir la porte. Quel fut donc son désappointement lorsqu'il entendit tirer barres et verrous, et lorsqu'il vit la porte s'entre-bâiller lentement, mais de plus en plus. Il fit retraite, pas à pas, jusqu'auprès des gonds; mais ce fut en vain qu'il s'effaça contre la mur : l'interposition de sa personne empêchait la porte de s'ouvrir tout à fait.

« Qui est là? » s'écria, de l'escalier, un chœur nombreux de voix de soprano. C'étaient la vieille demoiselle, maîtresse de l'établissement, trois sous-maîtresses, cinq domestiques femelles, et trente pensionnaires, toutes à demi-vêtues, toutes ombragées d'une forêt de papillotes.

Comme on s'en doute bien, M. Pickwick ne répondit point *qui était là*, et alors le refrain du chœur fut changé en celui-ci : « Mon Dieu! mon Dieu! comme j'ai peur!

— Cuisinière, dit la vieille demoiselle, qui avait pris soin de rester au haut de l'escalier, la dernière du groupe; cuisinière, pourquoi n'avancez-vous pas dans le jardin?

— Si vous plaît, ma'ame, je n'en avons pas envie.

— Mon Dieu! mon Dieu! que cette cuisinière est stupide! s'écrièrent les trente pensionnaires.

— Cuisinière! reprit la vieille demoiselle avec grande dignité, ne me raisonnez pas, s'il vous plaît. Je vous ordonne de regarder dans le jardin, sur-le-champ. »

Ici la cuisinière commença à pleurer : la servante dit que c'était une honte de la traiter ainsi, et pour cet acte de rébellion elle reçut son congé sur la place.

« Cuisinière! entendez-vous? cria la vieille demoiselle en frappant du pied avec colère.

— Cuisinière! entendez-vous votre maîtresse? crièrent les trois sous-maîtresses.

— Cette cuisinière est-elle impudente! » crièrent les trente pensionnaires.

L'infortunée cuisinière, ainsi poussée en avant, fit un pas ou deux en ayant soin de tenir sa chandelle de manière qu'il lui fût impossible de rien apercevoir. Elle déclara donc qu'elle ne voyait rien dans le jardin, et que ce devait être le vent.

La porte allait se refermer, en conséquence, lorsqu'une pensionnaire curieuse s'étant hasardée à regarder entre les gonds, jeta un cri effroyable qui fit rentrer en un clin d'œil la cuisinière, la servante et les plus aventureuses.

« Qu'est-ce qui est donc arrivé à miss Smithers? demanda la vieille demoiselle, tandis que ladite miss Smithers tombait dans une attaque de nerfs de la puissance de quatre jeunes ladies.

— Mon Dieu! mon Dieu! chère miss Smithers! dirent les vingt-neuf autres pensionnaires.

— Oh! l'homme! l'homme derrière la porte! » cria miss Smithers d'une voix entrecoupée.

Aussitôt que la vieille demoiselle eut entendu ces mots effrayants, elle battit en retraite jusque dans sa chambre à coucher, ferma la porte à double tour, et se trouva mal tout à son aise. Cependant les pensionnaires, les sous-maîtresses, les servantes se précipitaient sur l'escalier, les unes par-dessus les autres; et jamais on n'avait vu tant de bousculades, tant d'évanouissements, tant de cris. Au milieu du tumulte, M. Pickwick sortit de sa cachette et se présenta devant ces colombes effarouchées.

« Ladies! chères ladies! leur dit-il.

— Oh! il nous appelle *chères*, cria la plus laide et la plus vieille des sous-maîtresses. Dieux! le misérable!

— Ladies! vociféra M. Pickwick, devenu désespéré par le danger de sa situation. Écoutez-moi! je ne suis point un voleur! Tout ce que je veux, c'est la maîtresse de la maison!

— Oh! quel monstre féroce! s'écria une autre sous-maîtresse, il en veut à miss Tomkins! »

Ici les gémissements devinrent universels.

« Sonnez la cloche d'alarme! dirent une douzaine de voix.

— Non! non! cria M. Pickwick, regardez-moi! ai-je l'air d'un voleur? Mes chères dames, vous pouvez m'attacher, m'enfermer, pieds et poings liés, dans un cabinet, si cela vous fait plaisir. Seulement écoutez ce que j'ai à dire! seulement écoutez-moi!

— Comment êtes-vous entré dans notre jardin? balbutia la servante.

— Appelez la maîtresse de la maison, et je lui dirai tout, tout! continua M. Pickwick de toutes les forces de ses poumons. Appelez-la donc; seulement soyez calmes, et appelez-la : vous entendrez tout! »

Était-ce grâce à la figure de M. Pickwick, ou à son éloquence, ou à la tentation irrésistible pour des esprits féminins d'entendre quelque chose de mystérieux? nous l'ignorons; mais les femelles les plus raisonnables de l'établissement, au nombre d'environ quatre ou cinq, parvinrent enfin à recouvrer une tranquillité comparative. Elles proposèrent à M. Pickwick de se soumettre immédiatement à une contrainte personnelle, afin de prouver sa sincérité : il y consentit, et, pour obtenir de conférer avec miss Tomkins, il entra spontanément dans le cabinet où les externes pendaient leurs bonnets et leurs sacs durant les classes. Lorsqu'il y fut soigneusement renfermé, les brebis effrayées commencèrent peu à peu à reprendre courage. Miss Tomkins fut tirée de son évanouissement et de sa chambre ; ses acolytes l'apportèrent au rez-de-chaussée, et la conférence commença.

« Eh bien! l'homme, dit miss Tomkins d'une voix faible, que faisiez-vous dans mon jardin?

— Je venais pour vous avertir qu'une de vos jeunes demoiselles doit s'échapper cette nuit, répondit M. Pickwick de l'intérieur du cabinet.

— S'échapper! s'écrièrent miss Tomkins, les trois sous-maîtresses et les trente pensionnaires. Et avec qui?

— Avec votre ami, M. Charles Fitz-Marshall.

— *Mon* ami! je ne connais personne de ce nom.

— Eh bien! M. Jingle alors.

— Je n'ai jamais entendu ce nom de ma vie.

— Alors j'ai été trompé! abusé! dit M. Pickwick ; j'ai été la victime d'un complot, d'un lâche et vil complot! Envoyez à l'hôtel de l'Ange, ma chère madame, si vous ne me croyez pas. Je vous en supplie, madame, envoyez à l'hôtel de l'Ange, et faites demander le domestique de M. Pickwick.

— Il paraît que c'est un homme respectable, puisqu'il garde un domestique! dit miss Tomkins à la maîtresse d'écriture et de calcul.

— J'imagine plutôt, répondit celle-ci, que c'est son domestique qui *le garde*. Je pense qu'il est fou, miss Tomkins, et que l'autre est son gardien.

— Je crois que vous avez raison, miss Gwynn, répondit la vieille demoiselle. Il faut que deux des servantes aillent à l'hôtel de l'Ange, et que les autres restent ici pour nous protéger. »

Deux des servantes furent en conséquence dépêchées à l'hôtel de l'Ange, en quête de M. Samuel Weller, tandis que les trois autres restèrent pour protéger miss Tomkins, les trois sous-maîtresses et les trente pensionnaires. M. Pickwick s'assit par terre, dans le cabinet, et attendit le retour des deux messagers avec toute la philosophie, tout le courage qu'il put appeler à son aide.

Une heure et demie s'écoulèrent dans cette pénible situation, et lorsque les deux servantes revinrent enfin, M. Pickwick reconnut, outre la voix de Samuel Weller, deux autres voix dont l'accent paraissait familier à son oreille, mais dont il n'aurait pas pu deviner les propriétaires, quand il se serait agi de sa vie.

Une courte conférence s'ensuivit; la porte fut ouverte; M. Pickwick sortit du cabinet et se trouva en présence de toute la pension, de Sam Weller, du vieux M. Wardle et de son futur gendre.

« Mon cher ami! dit M. Pickwick en se précipitant vers M. Wardle et en saisissant ses mains; mon cher ami! au nom du ciel! expliquez à ces dames la malheureuse, l'horrible situation dans laquelle je me trouve placé. Vous devez l'avoir apprise de mon domestique. Dites-leur à tout hasard, mon cher camarade, que je ne suis ni un brigand, ni un fou.

— Je l'ai dit, mon cher ami, je l'ai dit, répliqua M. Wardle en secouant la main droite du philosophe, tandis que M. Trundle secouait sa main gauche.

— Et ceux qui disent, ou bien qui ont dit qu'il l'était, s'écria Sam en s'avançant au milieu de la société, ils disent quelque chose qui n'est pas vrai, mais au contraire qu'est tout à fait l'opposite. Et s'il y a ici des hommes, n'importe combien, qui disent ça, je leur y donnerai une preuve convaincante du contraire, dans cette même chambre ici, si ces très-respectables ladies veulent avoir la bonté de se retirer et de faire monter leurs hommes, un à un. » Ayant exprimé ce défi chevaleresque avec une grande volubilité, Sam Weller frappa énergiquement la paume de sa main avec son poing fermé, et regarda miss Tomkins d'un air gracieux et en clignant de l'œil. Mais la galanterie de Sam ne produisit aucun effet sur cette vertueuse personne, qui avait entendu avec une horreur indicible la supposition, implicitement exprimée, qu'il pouvait se trouver *des hommes* dans l'enceinte d'une pension de demoiselles.

L'apologie de M. Pickwick fut bientôt terminée, mais on ne put tirer de lui aucune parole, ni pendant son retour à l'hôtel, ni lorsqu'il fut assis, avec ses amis, entre un bon feu et le souper dont il avait tant besoin. Il semblait étourdi, stupéfié. Une fois, une fois seulement, il se tourna vers M. Wardle et lui demanda :

« Comment êtes-vous venu ici?

— J'avais arrangé, pour le premier du mois, une partie de chasse avec Trundle. Nous sommes arrivés cette nuit, et avons été fort étonnés d'apprendre que vous étiez dans ce pays. Mais je suis charmé de vous y voir, continua l'enjoué vieillard en frappant M. Pickwick sur le dos; je suis charmé de vous y voir; nous aurons une partie de chasse au premier jour, et nous donnerons à Winkle une autre chance. N'est-ce pas, vieux camarade? »

M. Pickwick ne répondit point. Il ne demanda pas même des nouvelles de ses amis de Dingley-Dell ; et peu après il se retira pour la nuit, après avoir ordonné à Sam de venir prendre sa chandelle lorsqu'il sonnerait.

Au bout d'un certain temps, la sonnette retentit, et Sam Weller se présenta devant son maître.

« Sam! dit M. Pickwick en écartant un peu ses draps, pour le regarder.

— Monsieur? » répondit Sam.

M. Pickwick fit une pause, et Sam moucha la chandelle.

« Sam! répéta M. Pickwick avec un effort désespéré.

— Monsieur? répondit Sam de nouveau.

— Où est ce Trotter?

— Job, monsieur?

— Oui.

— Parti, monsieur.

— Avec son maître, je suppose.

— Son maître ou son ami, ou son je ne sais quoi. Ils sont filés ensemble. Ça fait un joli couple, monsieur.

— Jingle aura soupçonné mon projet, et vous aura détaché ce fripon-là, avec son histoire, reprit M. Pickwick, que ces paroles semblaient étouffer.

— Juste la chose, monsieur.

— Nécessairement c'était une invention.

— D'un bout à l'autre, monsieur. On nous a mis dedans C'est adroit, tout de même!

— Je ne pense pas qu'ils nous échappent aussi aisément la première fois, Sam?

— Je ne le pense pas, monsieur.

— En quelque lieu, en quelque endroit que je rencontre ce Jingle, s'écria M. Pickwick en se levant sur son lit et en déchargeant sur son oreiller un coup terrible, je ne me contenterai point de le démasquer, comme il le mérite si richement, mais je lui infligerai un châtiment personnel. Oui, je le ferai, ou mon nom n'est pas Pickwick.

— Et quand j'attraperai une patte de ce pleurnichard-là, avec sa tignasse noire, si je ne lui tire pas de l'eau réelle de ses quinquets, mon nom n'est pas Weller! — Bonne nuit, monsieur. »

CHAPITRE XVII.

Montrant qu'une attaque de rhumatisme peut quelquefois servir de stimulant à un génie inventif.

Quoique la constitution de M. Pickwick fût capable de soutenir une somme très-considérable de travaux et de fatigues, elle n'était cependant point à l'épreuve d'une combinaison de semblables assauts. Il est aussi dangereux que peu ordinaire d'être lavé à l'air de la nuit, et d'être séché ensuite dans un cabinet fermé : M. Pickwick apprit cet aphorisme à ses dépens, et fut confiné dans son lit par une attaque de rhumatisme.

Mais si les forces corporelles de ce grand homme étaient anéanties, il n'en conservait pas moins toute la vigueur, toute l'élasticité de son esprit, toutes les grâces de sa bonne humeur. La vexation même, causée par sa dernière aventure, s'était entièrement évanouie, et il se joignait sans colère et sans embarras au rire joyeux de M. Wardle, chaque fois qu'on faisait une allusion à ce sujet. Pendant deux jours notre philosophe fut retenu dans son lit et reçut de son domestique les soins les plus empressés. Le premier jour, Sam s'efforça de l'amuser en lui racontant une foule d'anecdotes; le second jour, M. Pickwick demanda son écritoire et fut profondément occupé jusqu'à la nuit. Le troisième jour, se trouvant assez bien pour rester assis dans sa chambre, il dépêcha son valet à M. Wardle et à M. Trundle, pour les engager à venir le soir prendre un verre de vin chez lui. L'invitation fut avidement acceptée, et lorsque la société se trouva réunie, en conséquence, autour d'une table chargée de verres, M. Pickwick, avec une modeste rougeur, produisit la petite nouvelle suivante, comme ayant été *éditée* par lui-même, durant sa récente indisposition, d'après le récit non sophistiqué de Sam Weller.

LE CLERC DE PAROISSE,

Histoire d'un véritable amour.

Il y avait une fois, dans une toute petite ville de province, à une distance considérable de Londres, un petit homme nommé

Nathaniel Pipkin. Il était clerc de la paroisse, et habitait une petite maison, dans la petite Grande-Rue, à dix minutes de chemin de la petite église. Tous les jours, depuis neuf heures jusqu'à quatre, on le trouvait en train d'enseigner à des petits enfants une petite dose d'instruction. Nathaniel Pipkin était un être doux, bienveillant, inoffensif, avec un nez retroussé, des jambes tant soit peu cagneuses, des yeux un peu louches et une allure boiteuse. Il partageait son temps entre l'église et son école, et il croyait fermement qu'il n'y avait pas dans le monde un homme aussi savant que le curé, un appartement aussi imposant que la sacristie, une institution aussi bien tenue que la sienne. Une fois, et une fois seulement dans sa vie, Nathaniel Pipkin avait vu un évêque, un évêque véritable, avec ses bras dans des manches de linon et sa tête dans une perruque. Il l'avait vu marcher, il l'avait entendu parler, lors de la confirmation; et dans cette majestueuse cérémonie, quand l'évêque avait posé les mains sur la tête de Nathaniel Pipkin, celui-ci avait été tellement saisi d'une crainte respectueuse, qu'il avait entièrement perdu connaissance et avait été emporté, hors de l'église, dans les bras du bedeau.

C'était là une ère importante, un événement terrible dans la vie de notre héros, et c'était le seul qui eût jamais troublé le cours régulier de sa paisible existence, lorsqu'une après-midi, comme il était occupé à poser sur une ardoise un effroyable problème d'addition composée qu'il voulait faire résoudre par un coupable gamin, il s'avisa de lever les yeux, dans un accès d'abstraction mentale, et aperçut à une fenêtre, de l'autre côté de la rue, le visage riant de Maria Lobbs. Maria Lobbs était la fille unique du vieux Lobbs, le grand sellier de la Grande-Rue. Bien des fois déjà, soit à l'église, soit ailleurs, les yeux de M. Pipkin s'étaient arrêtés sur la jolie figure de Maria Lobbs; mais les noires prunelles de Maria Lobbs n'avaient jamais été si brillantes, les joues de Maria Lobbs n'avaient jamais été si fleuries que dans cette occasion particulière. Il était donc naturel que le maître d'école n'eût pas la force de détacher ses regards du visage de miss Lobbs; il était naturel que miss Lobbs, en s'apercevant qu'elle était contemplée par un jeune homme, retirât sa tête, fermât la croisée et abaissât le store; il était naturel enfin que Nathaniel Pipkin, immédiatement après cela, tombât sur le coupable moutard et le giflât de tout son cœur. Tout cela était parfaitement naturel et n'avait absolument rien d'étonnant.

Mais ce qu'il y a d'étonnant, c'est qu'un homme d'un caractère timide et discret, comme Nathaniel Pipkin, un homme dont le revenu était si imperceptible, ait osé aspirer, depuis ce jour, à la main et au cœur de la fille unique de l'orgueilleux Lobbs, du grand sellier qui aurait pu acheter tout le village d'un trait de plume, sans se gêner en aucune façon ; du vieux Lobbs, qui était connu pour avoir des trésors déposés à la banque de la province et qui, suivant la voix publique, avait en outre des monceaux d'argent dans un petit coffre-fort de fer, placé sur le manteau de la cheminée, dans l'arrière-parloir; de Lobbs, qui, au vu et au su de tout le village, garnissait sa table, les jours de fête, avec une théière, un pot à crème et un sucrier de véritable argent, lesquels, comme il avait coutume de s'en vanter dans l'orgueil de son cœur, devaient un jour devenir la propriété de l'homme assez heureux pour plaire à sa fille. Je le répète, on ne saurait suffisamment s'étonner, s'émerveiller, que Nathaniel Pipkin jetât ses regards dans cette direction; mais l'amour est aveugle et Nathaniel était louche : ces deux circonstances réunies l'empêchèrent apparemment de voir les choses sous leur véritable point de vue.

Or, si le vieux Lobbs avait pu soupçonner, le moins du monde, l'état des affections de Nathaniel Pipkin, il aurait fait raser l'école jusque dans ses fondements, ou il aurait exterminé le maître de la surface de la terre, ou il aurait commis quelque autre atrocité encore plus hyperbolique; car c'était un terrible vieillard que ce Lobbs, quand son orgueil était blessé, quand sa colère était excitée; il jurait alors !!! — Quelquefois, quand il maudissait la paresse de son apprenti aux jambes grêles, on entendait rouler jusque dans la rue un tonnerre retentissant de jurons, qui faisaient trembler d'horreur Nathaniel Pipkin dans ses souliers, tandis que les cheveux de ses disciples épouvantés se dressaient sur leur tête.

Cependant, chaque soirée, quand les devoirs étaient terminés, quand les élèves étaient partis, Nathaniel Pipkin s'asseyait auprès de sa fenêtre, et faisant semblant de lire, il lançait de côté des regards qui cherchaient à rencontrer les yeux brillants de Maria Lobbs. O bonheur! quelques jours à peine s'étaient écoulés, lorsque ces yeux brillants apparurent à une fenêtre du deuxième étage, occupés aussi, en apparence, à lire attentivement. Quelle délicieuse pâture pour le cœur de Nathaniel Pipkin! Quel plaisir de rester là, ensemble, pendant des heures, et de considérer ce joli visage tandis que ces yeux charmants étaient baissés. Mais lorsque Maria Lobbs commença à lever les yeux de son livre, et à darder leurs rayons dans la direction de Nathaniel Pipkin, ses transports et son admiration ne connurent plus de bornes. A la fin, un beau jour, sachant que le vieux Lobbs était dehors, le maître d'école eut la témérité d'envoyer un baiser à Maria Lobbs, et Maria Lobbs, au lieu de fermer la fenêtre et de baisser le rideau, sourit et lui renvoya son baiser. Sur cela, et quoiqu'il en pût arriver, Nathaniel Pipkin prit la résolution de développer à Maria Lobbs, sans plus de délai, l'état de ses sentiments.

Un plus joli pied, un cœur plus gai, un visage plus riant, une taille plus gracieuse, ne passèrent jamais sur la terre aussi légèrement que le pied mignon, que le cœur d'or, que le visage heureux, que la taille séduisante de Maria Lobbs, la fille du vieux sellier. Il y avait dans ses yeux brillants une étincelle de friponnerie qui aurait enflammé un cœur bien moins susceptible que celui du maître d'école. Il y avait tant de gaieté dans le son contagieux de ses éclats de rire, que le plus farouche misanthrope n'aurait pu s'empêcher de sourire en les entendant. Le vieux Lobbs lui-même, au plus haut degré de sa férocité, ne savait pas résister aux câlineries de sa jolie fille. Lorsqu'elle se mettait après lui (ce qui pour dire la vérité arrivait assez souvent), et lorsqu'elle était secondée par sa cousine Kate, petite personne à l'air agaçant, effronté, scélérat, le pauvre bonhomme était incapable d'articuler un refus, même si elles lui avaient demandé une partie des trésors inouïs entassés dans son coffre-fort.

Par une belle soirée d'été, le cœur de Nathaniel Pipkin battit violemment dans sa poitrine d'homme, lorsqu'il vit ce couple séduisant arriver dans le champ même où tant de fois il s'était promené, à la brune, en ruminant sur les beautés de Maria Lobbs. Il avait souvent pensé, alors, à l'air dégagé avec lequel il s'approcherait d'elle pour lui peindre sa passion, s'il pouvait seulement la rencontrer. Mais maintenant qu'elle se présentait inopinément devant lui, il sentait que tout son sang refluait vers son visage, au détriment manifeste de ses jambes, qui, privées de leur portion habituelle de ce fluide, tremblaient et s'entre-choquaient violemment. Quand les deux jeunes filles s'arrêtaient pour cueillir une fleur dans la haie, ou pour écouter un oiseau, le maître d'école s'arrêtait aussi, en prenant un air profondément rêveur; et il n'en avait pas l'air seulement, car il songeait avec égarement à ce qu'il allait devenir, quand les cousines reviendraient sur leurs pas, et le rencontreraient face à face, comme cela devait inévitablement arriver au bout d'un certain temps. Toutefois, quoiqu'il n'osât pas les rejoindre, il eût été désolé de les perdre de vue. Aussi, quand elles couraient, il courait; quand elles marchaient, il marchait; quand elles s'arrêtaient, il s'arrêtait: et il aurait pu continuer ce manége jusqu'à ce que la nuit les eût surpris, si la maligne Kate n'avait regardé derrière elle, et n'avait fait à Nathaniel un signe encourageant, pour le déterminer à s'approcher. Il y avait quelque chose d'irrésistible dans les manières de Kate, aussi Nathaniel obéit-il à son invitation. Puis, avec beaucoup de confusion de sa part, et tandis que la méchante petite cousine riait de tout son cœur, Nathaniel Pipkin se mit à genoux sur l'herbe humide, et déclara sa ferme résolution de rester là pour toujours, à moins qu'il ne lui fût permis de se relever comme l'amoureux accepté de Maria Lobbs. A cette déclaration, le rire joyeux de Maria Lobbs retentit à travers la calme atmosphère du soir, sans la troubler néanmoins, tant c'était un son harmonieux. La maligne petite cousine éclata de rire encore plus immodérément, et Nathaniel Pipkin rougit plus que jamais. A la fin, Maria Lobbs, violemment pressée par le petit homme rongé d'amour, détourna la tête, et murmura à sa cousine de dire, ou du moins sa cousine dit pour elle : qu'elle se sentait très-honorée de la demande de M. Pipkin; que sa main et son cœur étaient à la disposition de son père; mais que personne ne pouvait être insensible au mérite de monsieur Pipkin. Comme tout cela fut fait avec beaucoup de gravité, et comme Nathaniel Pipkin reconduisit Maria Lobbs et s'efforça de lui dérober un baiser, en partant, il se mit au lit le plus heureux des petits hommes, et rêva toute la nuit qu'il amollissait le vieux Lobbs, recevait la clef du coffre-fort, et épousait Maria.

Le lendemain, Nathaniel vit le sellier partir sur son vieux bidet gris; il vit, à la croisée, la maligne petite cousine qui lui faisait un grand nombre de signes, auxquels il ne pouvait rien comprendre; et enfin il vit venir vers lui l'apprenti aux jambes grêles. Celui-ci dit à Nathaniel que son maître ne reviendrait pas avant le lendemain, et que ces dames attendaient M. Pipkin, pour prendre le thé, à six heures précises. Comment les leçons furent récitées ce jour-là, ni Nathaniel Pipkin, ni ses élèves ne le savent mieux que vous: mais elles furent récitées bien ou mal, et lorsque les enfants furent partis, Nathaniel Pipkin s'occupa, jusqu'à six heures sonnées, de sa toilette, avant d'être habillé à son goût. Ce n'est pas qu'il lui fallût beaucoup de temps pour choisir les vêtements qu'il devait porter, attendu qu'il n'y avait aucun choix à faire dans sa garde-robe, mais c'était une tâche pleine de difficultés et d'importance que de les nettoyer et de les mettre de la manière la plus avantageuse.

Nathaniel trouva chez le sellier une petite société choisie, composée de Maria Lobbs, de sa cousine Kate et de trois ou quatre jeunes filles folâtres, réjouies, rosées. Il eut alors une preuve positive que les rumeurs relatives aux trésors du vieux Lobbs n'étaient pas exagérées; il vit, de ses yeux, la théière en véritable argent massif, et les petites cuillers en argent pour remuer le thé, et les tasses en véritable porcelaine, pour le boire, et les plats de même matière, qui contenaient les gâteaux et les rôties. Le seul revers de la médaille, c'était un frère de Kate, un cousin de Maria Lobbs, qu'elle appelait Henry, et qui semblait garder sa cousine pour lui tout seul, à un bout de la table. Il est délicieux de voir les membres d'une même famille avoir de l'affection l'un pour l'autre, mais cette affection peut être poussée trop loin, et Nathaniel Pipkin ne put s'empêcher de penser que Maria Lobbs devait aimer bien particulièrement tous ses parents, si elle avait pour chacun d'eux autant d'attentions que pour le cousin dont il s'agit. Ce n'est pas tout: après le thé, lorsque la maligne petite cousine eut proposé de jouer au colin-maillard, il arriva, d'une manière ou d'une autre, que Nathaniel Pipkin avait presque toujours les yeux bandés; et chaque fois qu'il mettait la main sur le cousin, il ne manquait pas de trouver Maria Lobbs auprès de lui. La petite cousine et les autres jeunes filles étaient sans cesse occupées à le pousser, à lui tirer les cheveux, à lui jeter des chaises dans les jambes, à lui faire toutes les misères imaginables; mais Maria Lobbs ne semblait jamais l'approcher, et une fois Nathaniel Pipkin aurait pu jurer qu'il avait entendu le bruit d'un baiser suivi d'une faible remontrance de Maria Lobbs, et des rires à demi étouffés de ses bonnes amies. Tout cela était singulier, et on ne saurait dire ce que le petit homme aurait pu faire ou ne pas faire, en conséquence, si ses pensées n'avaient pas été forcées soudainement de prendre un autre cours.

La circonstance qui força ses pensées à prendre un autre cours, c'est qu'il entendit frapper violemment à la porte de la rue, et la personne qui frappait à la porte de la rue n'était autre que le vieux Lobbs lui-même. Il était revenu inopinément, et il tapait, il tapait, comme un fabricant de cercueils, car il n'avait pas encore soupé. Aussitôt que cette nouvelle alarmante eut été communiquée par l'apprenti, les jeunes filles grimpèrent les escaliers, quatre à quatre pour se réfugier dans la chambre à coucher de Maria Lobbs, et, faute d'une meilleure cachette, le cousin et Nathaniel furent fourrés dans deux cabinets du parloir. Enfin quand la maligne petite cousine et Maria Lobbs les eurent enfermés et eurent remis la chambre en ordre, elles ouvrirent la porte de la rue au vieux Lobbs, qui n'avait pas cessé de frapper un seul instant.

Il arriva malheureusement que le vieux Lobbs avait faim, et qu'il était d'une monstrueuse mauvaise humeur. Nathaniel Pipkin l'entendait grommeler comme un vieux dogue enroué, et chaque fois que le malheureux apprenti aux jambes grêles entrait dans la chambre, le vieux Lobbs se mettait à jurer après lui comme un atroce païen, sans autre but apparent que de soulager sa poitrine par la décharge de quelques jurons surabondants. A la fin, le souper qu'on avait fait chauffer fut placé sur la table; le vieux Lobbs tomba dessus comme la misère sur le pauvre monde, et ayant fait les plats nets en un rien de temps, il baisa sa fille et demanda sa pipe.

La nature avait placé les genoux de Nathaniel Pipkin fort près l'un de l'autre, mais ils s'entre-choquèrent à se briser lorsqu'il entendit le vieux Lobbs demander sa pipe. En effet, depuis cinq ans au moins, Nathaniel avait vu le vieux sellier fumer régulièrement, tous les soirs, dans la même pipe à fourneau d'argent, et cette pipe était suspendue précisément dans le cabinet où l'infortuné maître d'école était renfermé. Les deux jeunes filles descendirent pour chercher la pipe, montèrent pour chercher la pipe, et en un mot cherchèrent la pipe partout, excepté où elles savaient fort bien qu'elle se trouvait. Pendant ce temps, le vieux Lobbs tempêtait de la manière la plus épouvantable. Tout d'un coup il pensa au cabinet et se leva pour y regarder. Il était complétement inutile qu'un petit homme, comme Nathaniel Pipkin, cherchât à retenir la porte en dedans, quand un grand et vigoureux gaillard, comme le sellier, la tirait en dehors. Elle s'ouvrit donc et découvrit Nathaniel Pipkin debout dans le cabinet et tremblant comme un voleur. Dieu nous bénisse! quel effroyable regard le vieux Lobbs lui jeta, en le saisissant par le collet, et en le tenant, pour le considérer, à l'extrémité de son bras.

« De par tous les diables! que faites-vous là? » s'écria le sellier d'une voix terrible.

Nathaniel Pipkin ne put faire de réponse, et le vieux Lobbs le secoua de toutes ses forces, pendant deux ou trois minutes, pour l'aider à mettre de l'ordre dans ses idées.

« Que faites-vous ici? Vous êtes venu pour ma fille, apparemment? »

Le vieux Lobbs ne disait cela qu'en manière de sarcasme, car il ne croyait pas que la présomption d'un mortel pût conduire Nathaniel Pipkin aussi loin. Quelle fut donc son indignation, lorsque le pauvre maître d'école répondit :

« C'est vrai, monsieur Lobbs, je suis venu pour votre fille j'aime votre fille, monsieur Lobbs.

— Comment, misérable petit singe! balbutia le vieux Lobbs, paralysé par cette étrange confession; qu'est-ce que cela signifie? Me dire cela à ma barbe! Dieu me damne! je vais vous étrangler. »

Il n'est nullement improbable que le vieux Lobbs, dans l'excès de sa rage, eût exécuté cette menace, s'il n'en avait pas été empêché par une apparition complétement inattendue : à savoir le cousin, qui, sortant de son cabinet, lui dit en s'approchant :

« Je ne puis laisser cette innocente personne qui a été invitée ici par une plaisanterie de jeune fille, prendre sur elle, d'une manière très-noble, la faute (si faute il y a) dont je suis seul coupable, et que je suis prêt à avouer. J'aime votre fille, monsieur, et je suis venu pour la voir. »

Pendant cette déclaration imprévue, le vieux Lobbs ouvrait de grands yeux, mais pas plus grands que Nathaniel. A la fin, lorsqu'il retrouva assez de souffle pour parler :

« Ah! vous êtes venu pour voir ma fille!

— Oui, monsieur.

— Et ne vous avais-je pas défendu d'entrer ici?

— Oui, monsieur, et sans cela je ne serais pas venu en cachette. »

Je suis fâché de rapporter cela du vieux Lobbs, mais je crois qu'il aurait assommé le cousin, si sa jolie fille, dont les yeux brillants étaient noyés de larmes, ne s'était point suspendue à son bras.

« Ne le retenez pas, Maria, dit le jeune homme. S'il a envie de frapper le fils de sa sœur, laissez-le faire. Pour toutes les richesses du monde, je ne toucherais pas un de ses cheveux blancs. »

Les yeux du vieillard s'abaissèrent sous ce reproche, et rencontrèrent ceux de Maria. J'ai déjà dit plusieurs fois que c'étaient des yeux très-brillants, et quoique alors ils fussent pleins de larmes, leur influence n'en était aucunement diminuée. Le vieux Lobbs détourna la tête pour éviter d'être persuadé par les regards de sa fille, mais la fortune voulut qu'il rencontra ceux de la maligne petite cousine, qui, à moitié effrayée pour son frère, à moitié riante et moqueuse en pensant à Nathaniel Pipkin, avait une physionomie si touchante et si comique à la fois, qu'elle devait nécessairement séduire l'homme qui la regardait, jeune ou vieux. Elle passa son bras d'un air câlin dans le bras du sellier, et elle lui chuchota quelque chose à l'oreille ; et il eut beau faire, le vieux Lobbs, il ne put s'empêcher de sourire, tandis qu'une larme coulait en même temps sur sa joue.

Cinq minutes après, les jeunes filles furent tirées de la chambre à coucher de Maria, avec beaucoup de ricanements et de rougeur ; puis, tandis que les jeunes gens s'arrangeaient pour être parfaitement heureux, le vieux Lobbs aveignit sa pipe et la fuma : c'est une circonstance remarquable, que cette pipe de tabac fut précisément la plus douce et la plus consolante qu'il eût jamais fumée de sa vie.

Nathaniel Pipkin jugea convenable de garder son secret. Par ce moyen il se trouva graduellement en grande faveur auprès du riche sellier, qui lui apprit à fumer en mesure. Pendant un grand nombre d'années, on put les voir tous les deux, assis le soir dans le jardin du vieux Lobbs, fumant et buvant en grande pompe. Nathaniel se rétablit apparemment bientôt de sa passion, car, dans le registre de la paroisse, nous trouvons son nom parmi ceux des témoins du mariage de Maria Lobbs avec son cousin. Il paraît en outre, d'après un autre document, que dans la nuit des noces, il fut conduit au violon du village pour avoir, dans un état complet d'ivresse, commis dans les rues différents excès, dont l'apprenti aux jambes grêles s'était rendu fauteur et complice.

CHAPITRE XVIII.

Qui prouve brièvement deux points : savoir, le pouvoir des attaques de nerfs et la force des circonstances.

Pendant deux jours, après le déjeuner de mistress Chasselion et le départ précipité de M. Pickwick, les trois disciples de ce savant homme restèrent à Eatanswill, attendant avec anxiété quelque nouvelle de leur respectable ami. M. Tupman et M. Snodgrass étaient de nouveau abandonnés à leurs propres ressources, car M. Winkle, cédant aux invitations les plus pressantes, continuait de résider chez M. Pott, et de dévouer tout son temps à la société de son aimable épouse. M. Pott lui-même, pour compléter leur félicité, se joignait de temps en temps à la conversation. Habituellement absorbé par la profondeur de ses spéculations pour le bien public et pour la destruction de *l'Indépendant*, ce grand homme n'était pas accoutumé à s'abaisser des hauteurs de l'intelligence dans les humbles vallées qu'habitent les esprits ordinaires. Toutefois, dans cette occasion et comme pour honorer un disciple de M. Pickwick, il se dérida, il se courba, il descendit de son piédestal, il consentit à marcher sur la terre, adaptant avec bénignité ses remarques à la compréhension du vulgaire et se confondant, du moins quant aux formes extérieures, avec le troupeau des humains.

Telle ayant été la conduite de cet illustre publiciste vis-à-vis de M. Winkle, on comprendra facilement la surprise de celui-ci, lorsqu'un matin où il se trouvait seul, assis dans la salle à manger, il entendit la porte s'ouvrir avec violence et se refermer de même, et vit M. Pott s'avancer majestueusement, repousser la main qu'il lui tendait avec amitié, grincer des dents comme pour rendre ses paroles plus incisives, et dire avec une voix semblable au cri aigu d'une scie :

« Serpent !

— Monsieur ! s'écria M. Winkle en tressaillant et en se levant de sa chaise.

— Serpent, monsieur ! » répéta Pott en élevant la voix. Puis, en l'abaissant tout à coup, il ajouta : « J'ai dit serpent, monsieur. Vous me comprenez, j'espère ? »

Or, quand on a quitté un homme à deux heures du matin, avec des expressions d'intérêt, de bienveillance et d'amitié réciproques, et quand on le revoit à neuf heures et demie et qu'il vous traite de *serpent*, il n'est point déraisonnable de conclure qu'il doit être arrivé dans l'intervalle quelque chose d'une nature déplaisante. C'est aussi ce que pensa M. Winkle. Il renvoya à M. Pott son regard glacial, et, conformément à l'espoir exprimé par ce gentleman, il fit tous ses efforts pour comprendre le *serpent*, mais il n'en put venir à bout, et après un profond silence, qui dura plusieurs minutes, il dit :

« Serpent, monsieur ? Serpent, M. Pott ? Qu'est-ce que vous entendez par là, monsieur ? c'est une plaisanterie apparemment ?

— Une plaisanterie, monsieur ! s'écria l'éditeur avec un mouvement de la main qui indiquait un violent désir de jeter à la tête de son hôte la théière de métal anglais ; une plaisanterie, monsieur !... Mais, non ; je serai calme ; je veux être calme, monsieur !... Et pour prouver qu'il était calme, M. Pott se jeta dans un fauteuil en écumant de la bouche.

— Mon cher monsieur.... lui représenta M. Winkle.

— Cher monsieur ! Comment osez-vous m'appeler *cher monsieur*, monsieur ? Comment osez-vous me regarder en face, en m'appelant ainsi ?

— Ma foi, monsieur, si nous en venons-là, comment osez-vous me regarder en face, en m'appelant *serpent* ?

— Parce que vous en êtes un.

— Prouvez-le, s'écria M. Winkle avec chaleur, Prouvez-le ! »

Un nuage sombre et menaçant passa sur le visage profond de l'éditeur. Il tira de sa poche *l'Indépendant*, qu'on venait de lui apporter, et le passa par-dessus la table à M. Winkle, en lui montrant du doigt un paragraphe.

Le Pickwickien étonné prit le journal et lut tout haut ce qui suit :

« Notre obscur et ignoble contemporain, dans ses observations dégoûtantes sur les dernières élections de cette cité, a eu l'infamie de violer le sanctuaire sacré de la vie privée et de faire des allusions fort claires aux affaires personnelles de notre dernier candidat ; oui, et nous dirons même, malgré le honteux résultat de l'intrigue, aux affaires personnelles de notre futur représentant, M. Fizkin, qui, malgré un échec dû à d'ignobles menées, n'en sera pas moins notre représentant un jour ou l'autre. A quoi pense donc notre lâche contemporain? Que dirait-il, ce malheureux, si, méprisant comme lui les convenances de la société, nous levions le rideau qui, heureusement pour lui, dérobe les turpitudes de sa vie privée au ridicule public, pour ne pas dire à l'exécration publique? Que dirait-il si nous indiquions, si nous commentions des circonstances notoires et aperçues par tout le monde, excepté par notre aveugle contemporain? Que dirait-il, si nous imprimions l'effusion suivante, que nous avons reçue au moment de mettre sous presse et qui nous est adressée par un de nos concitoyens de cette ville, l'un de nos plus spirituels correspondants?...

VERS ADRESSÉS A UN POT DE CUIVRE.

O pot, si vous aviez prévu,
Ce qui de tout le monde est maintenant connu,
Quand les cloches pour vous dans l'église ont fait *tinkle;*
Vous auriez fait alors ce qui ne se peut plus,
Et, donnant à madame un bel et bon refus,
Vous l'auriez envoyée à W.....

— Eh bien! dit M. Pott avec solennité; eh bien! scélérat! qu'est-ce qui rime avec *tinkle?*

— Ce qui rime avec *tinkle?* interrompit mistress Pott, qui entrait dans la chambre en ce moment et qui n'avait entendu que les derniers mots, ce qui rime avec *tinkle?* c'est *Winkle*, j'imagine. »

En prononçant ces paroles, mistress Pott sourit gracieusement au Pickwickien agité, en lui tendant la main. Dans sa confusion l'honnête jeune homme allait serrer cette main, lorsque M. Pott indigné se jeta entre eux deux.

« Arrière, madame! arrière! s'écria-t-il. Prendre sa main à mon nez, à ma barbe!

— Monsieur Pott! fit son épouse étonnée.

— Misérable femme! regardez ici! regardez ici, madame! *Vers adressés à un Pot....* C'est moi, madame! *Vous l'auriez renvoyée à Winkle....* C'est vous, madame, vous! » Avec cette ébullition de rage, accompagnée cependant d'une sorte de tremblement, occasionné par l'expression du visage de sa femme, M. Pott lança à ses pieds le numéro de *l'Indépendant.*

« Eh bien, monsieur? dit mistress Pott en se baissant, tout étonnée, pour ramasser le journal; eh bien, monsieur? »

M. Pott fléchit sous le regard méprisant de sa femme. Il fit un effort désespéré pour rassembler tout son courage, mais ce fut en vain.

Lorsqu'on lit cette courte phrase : « Eh bien, monsieur? » il ne semble pas qu'elle contienne rien de bien effrayant. Mais le ton de voix dont elle fut prononcée, le regard qui l'accompagna, paraissaient annoncer quelque future vengeance, suspendue par un cheveu sur la tête de l'éditeur, et qui produisit sur lui un effet magique. L'observateur le plus inhabile aurait découvert, dans son maintien troublé, un singulier empressement à céder sa culotte à quiconque aurait consenti à s'y tenir dans ce moment.

Mme Pott lut le paragraphe, poussa un cri déchirant, et se jeta tout de son long sur le tapis du foyer; là, étendue sur le dos, elle frappa le plancher de ses talons avec une assiduité et une violence qui ne laissaient aucun doute sur la délicatesse de ses sentiments, dans cette occasion.

« Ma chère, balbutia M. Pott, dans sa terreur, ma chère, je n'ai pas dit que je croyais cela. Je.... je n'ai pas.... » Mais la voix du malheureux mari était couverte par les hurlements de sa gracieuse moitié.

« Madame Pott, reprit M. Winkle, ma chère dame, permettez-moi de vous supplier de vous tranquilliser un peu. » Inutile! les cris et les coups de talons étaient plus violents et plus fréquents que jamais.

« Ma chère, recommença l'éditeur, je suis bien fâché.... Si ce n'est pas pour votre santé, que ce soit pour moi.... Vous allez attirer toute la populace autour de notre maison.... » Mais plus M. Pott mettait de chaleur dans ses supplications, plus son épouse mettait de vigueur dans ses cris.

Très-heureusement cependant, Mme Pott avait attaché à sa personne une sorte de garde du corps, dans la personne d'une jeune *lady* dont l'emploi ostensible était de présider à la toilette de sa maîtresse, mais qui se rendait utile d'une infinité d'autres manières, et principalement en aidant cette aimable femme à contrecarrer chaque désir, chaque inclination du malheureux journaliste. Les hurlements hystériques de Mme Pott atteignirent bientôt les oreilles de ladite garde du corps, et l'amenèrent dans le parloir, avec une rapidité qui menaçait de déranger matériellement l'harmonie exquise de son bonnet et de sa chevelure.

« O ma chère maîtresse! ma chère maîtresse! s'écria la jeune personne, en s'agenouillant d'un air égaré à côté de la glante Mme Pott; ô ma chère maîtresse ! qu'est-ce que vous avez ?

— Votre maître !... votre brutal de maître.... » balbutia la malade.

Pott faiblissait évidemment.

« C'est une honte ! dit la jeune fille d'un ton de reproche. Je suis sûre qu'il vous fera mourir, madame. Pauvre cher ange ! »

Pott faiblit encore plus : l'autre parti continua ses attaques.

« Oh ! ne m'abandonnez pas ! Ne m'abandonnez pas, Goodwin ! murmura Mme Pott, en s'attachant avec une force convulsive au poignet de la jeune demoiselle. Vous êtes la seule personne qui m'aimiez, Goodwin ! »

A cette apostrophe touchante, miss Goodwin monta, de son côté, une petite tragédie, et versa des larmes en abondance.

« Jamais ! madame, soupira-t-elle. Ah ! monsieur, vous devriez prendre garde.... Vous devriez être prudent ! vous ne savez pas quel mal vous pouvez faire à ma maîtresse. Vous en seriez fâché un jour.... Je le sais bien.... je l'ai toujours dit. ! »

Le malheureux Pott regarda sa moitié d'un air timide, mais il ne dit rien.

« Goodwin.... dit Mme Pott, d'une voix douce.

— Madame ?

— Si vous saviez combien j'ai aimé cet homme-là !

— Ne vous tourmentez pas en vous rappelant ça, madame. »

Pott laissa voir qu'il était effrayé ; c'était le moment de frapper un coup décisif.

« Et maintenant ! sanglota Mme Pott, maintenant ! Après tant d'amour, être traitée comme cela ! Être méconnue ! être insultée ! en présence d'un tiers, d'un *étranger !* Mais je ne me soumettrai pas à cela, Goodwin, continua Mme Pott en se soulevant, dans les bras de sa suivante. Mon frère le lieutenant me protégera.... Je veux une séparation, Goodwin.

— Certainement, madame. Il le mériterait bien. »

Quelles que fussent les pensées qu'une menace de séparation pût exciter dans l'esprit de l'éditeur, il ne les exprima pas ; mais il se contenta de dire avec grande humilité : « Ma chère âme, voulez-vous m'entendre ? »

Une nouvelle décharge de sanglots fut la seule réponse, et Mme Pott, devenue encore plus nerveuse, demanda, d'une voix entrecoupée, pourquoi elle avait été mise au monde, pourquoi elle s'était mariée, et voulut être informée d'une foule d'autres secrets de ce genre.

« Ma chère, lui remontra M. Pott, ne vous abandonnez pas à ces sentiments exaltés. Je n'ai jamais cru que ce paragraphe eût aucun fondement; aucun, ma chère! Impossible! J'étais seulement irrité, je puis dire furieux, ma chère, contre les éditeurs de l'*Indépendant* qui ont eu l'insolence de l'insérer. Voilà tout. » En parlant ainsi, M. Pott jeta un regard suppliant à la cause innocente du grabuge, pour l'engager à ne point parler du *serpent*.

« Et quelles démarches ferez-vous, monsieur, pour obtenir satisfaction? demanda M. Winkle, qui reprenait du courage, en voyant que M. Pott perdait le sien.

— O Goodwin, murmura Mme Pott; va-t-il cravacher l'éditeur de l'*Indépendant?* le fera-t-il, Goodwin?

— Chut! chut! madame. Calmez-vous, je vous en prie! Certainement, il le cravachera si vous le désirez, madame.

— Assurément, reprit Pott, en voyant que sa moitié était sur le point de retomber en faiblesse. Nécessairement, je le cravacherai....

— Quand? Goodwin, quand? poursuivit Mme Pott, ne sachant pas encore si elle devait retomber.

— Sans délai, naturellement, répondit l'éditeur : avant que le jour soit terminé.

— O Goodwin! reprit la dame, c'est le seul moyen d'apaiser le scandale, et de me remettre sur un bon pied dans le monde.

— Certainement, madame; aucun homme, s'il est un homme, ne peut se refuser à faire cela. »

Cependant les attaques de nerfs planaient toujours sur l'horizon. M. Pott répéta de nouveau qu'il cravacherait, mais Mme Pott était si accablée par la seule idée d'avoir été soupçonnée, qu'elle fut une douzaine de fois sur le point de retomber; et probablement une rechute serait arrivée, sans les efforts infatigables de l'attentive Goodwin, et sans les supplications repentantes du parti vaincu. A la fin, quand le malheureux Pott fut convenablement maté et complétement remis à sa place, Mme Pott se trouva mieux, et nos trois personnages commencèrent à déjeuner.

« J'espère, dit Mme Pott avec un sourire qui brillait à travers les traces de ses larmes, j'espère, monsieur Winkle, que les basses calomnies de ce journal n'accourciront pas votre séjour avec nous.

— J'espère que non, ajouta M. Pott, qui dans son cœur souhaitait ardemment que son hôte s'étouffât avec le morceau de rôtie qu'il portait dans ce moment à sa bouche, et terminât ainsi ses visites. J'espère que non.

— Vous êtes bien bon, répondit M. Winkle; mais, ce matin, j'ai trouvé à la porte de ma chambre à coucher une note de M. Tupman, pour m'annoncer que M. Pickwick nous écrit de le rejoindre aujourd'hui à Bury. Nous devons partir par la voiture de midi....

— Mais vous reviendrez? dit mistress Pott.

— Oh! certainement.

— En êtes-vous bien sûr? continua la dame en jetant à la dérobée un tendre regard à son hôte.

— Certainement, répondit M. Winkle. »

Le déjeuner se termina en silence, car chacun des assistants ruminait sur ses chagrins : mistress Pott regrettait la perte de son cavalier; M. Pott, son imprudente promesse de cravacher l'Indépendant; M. Winkle, les galanteries qui l'avaient placé dans une si embarrassante situation. L'heure de midi approchait, et après beaucoup d'adieux et de promesses de retour, M. Winkle s'arracha de cette famille, où il avait été si bien reçu.

« S'il revient jamais, je l'empoisonne! pensa M. Pott en se retirant dans le petit bureau où il préparait les foudres de son éloquence.

— Si jamais je reviens m'empêtrer parmi ces gens-là, pensa M. Winkle en se rendant au Paon d'argent, je mérite d'être cravaché moi-même; voilà tout. »

Ses amis étaient prêts, la voiture arriva bientôt, et au bout d'une demi-heure les trois pickwickiens accomplissaient leur voyage, par la même route que M. Pickwick avait si heureusement parcourue avec Sam. Comme nous en avons déjà parlé, nous ne croyons pas devoir extraire la belle et poétique description qu'en donne M. Snodgrass.

Sam Weller les attendait à la porte de l'Ange et les introduisit dans l'appartement de M. Pickwick. Là, à la grande surprise de M. Winkle et de M. Snodgrass, et à l'immense confusion de M. Tupman, ils trouvèrent le vieux Wardle avec M. Trundle.

« Comment ça va-t-il? dit le vieillard en serrant la main de M. Tupman. Allons! allons! ne prenez pas un air sentimental. Il n'y a pas de remède à cela, vieux camarade. Pour l'amour d'elle je voudrais qu'elle vous eût épousé, mais dans votre intérêt je suis bien aise qu'elle ne l'ait pas fait. Un jeune gaillard comme vous réussira mieux un de ces jours, eh! » Tout en proférant ces consolations, le vieux Wardle tapait sur le dos de M. Tupman, et riait de tout son cœur.

« Et vous, mes joyeux compagnons, comment ça va-t-il? poursuivit le vieux gentleman, en secouant à la fois la main de M. Winkle, et celle de M. Snodgrass. Je viens de dire à Pickwick que je voulais vous avoir tous à Noël. Nous aurons une noce; une noce réelle, cette fois-ci.

— Une noce! s'écria M. Snodgrass en pâlissant.

— Oui, une noce. Mais ne vous effrayez pas, répliqua le bienveillant vieillard; c'est seulement Trundle que voici, et Bella.

— Oh! est-ce là tout? reprit M. Snodgrass, soulagé d'un doute pénible qui avait étreint son cœur comme une main de fer. Je vous fais mon compliment, monsieur. Comment va Joe?

— Lui? très-bien. Toujours endormi.

— Et madame votre mère? et le vicaire? et tout le monde?

— Parfaitement bien.

— Monsieur, dit M. Tupman avec effort; où est.... où est-*elle*? » En parlant ainsi il détourna la tête et couvrit ses yeux de ses mains.

« *Elle?* répliqua le vieux gentleman, en secouant la tête d'un air malin. Voulez-vous dire ma sœur, eh? »

M. Tupman indiqua par un signe que sa question se rapportait à la demoiselle abandonnée.

« Oh! elle est partie; elle demeure chez une parente, assez loin. Elle ne pouvait plus soutenir la vue de mes filles, si bien que je l'ai laissée aller. Mais voici le dîner; vous devez être affamé après votre voyage, et moi je le suis sans cela. Ainsi donc, à l'œuvre! »

Ample justice fut faite au repas, et lorsque les restes en eurent été enlevés, lorsque nos amis furent établis commodément autour de la table, M. Pickwick raconta les mésaventures qu'il avait subies, et le succès qui avait couronné la ruse infâme du diabolique Jingle. Ses disciples étaient pétrifiés d'indignation et d'horreur.

« Enfin, dit en concluant M. Pickwick, le rhumatisme que j'ai attrapé dans ce jardin me rend encore boiteux.

— Moi aussi, j'ai eu une espèce d'aventure, dit M. Winkle, avec un sourire; et à la requête de M. Pickwick il rapporta le malicieux libelle de l'Indépendant d'Eatanswill, et l'irritation subséquente de leur ami, l'éditeur de la Gazette.

Le front de M. Pickwick s'obscurcit pendant ce récit; ses amis s'en aperçurent et, lorsque M. Winkle se tut, gardèrent un profond silence. M. Pickwick frappa emphatiquement la table avec son poing fermé, et parla ainsi qu'il suit :

« N'est-ce pas une circonstance étonnante, que nous semblions destinés à ne pouvoir entrer sous le toit d'un homme que pour y porter le trouble avec nous. Je vous le demande, ne dois-je pas croire à l'indiscrétion, ou, bien pis encore, à l'immoralité de mes disciples, lorsque je les vois, dans chaque maison où ils pénètrent, détruire la paix du cœur, le bonheur domestique de quelque femme confiante. N'est-ce pas, je le dis.... »

Suivant toutes les probabilités, M. Pickwick aurait continué sur ce ton pendant un certain temps, si l'entrée de Sam avec une lettre n'avait pas interrompu son éloquent discours. Il passa son mouchoir sur son front, ôta ses lunettes, les essuya et les remit sur son nez : c'était assez; sa voix avait recouvré sa douceur habituelle lorsqu'il demanda : « Qu'est-ce que vous m'apportez là, Sam ?

— Je viens de la poste, monsieur, et j'y ai trouvé cette lettre ici : elle y a attendu deux jours; elle est cachetée avec un pain enchanté et l'adresse est figurée en ronde.

— Je ne connais pas cette écriture-là, dit M. Pickwick en ouvrant la lettre. Le ciel aie pitié de nous ! qu'est-ce que ceci ? Il faut que ce soit un songe ! Cela.... cela ne peut pas être vrai !

— Qu'est-ce que c'est donc ? demandèrent tous les convives.

— Personne de mort ! j'espère ? » dit M. Warlde, alarmé par l'expression d'horreur qui contractait le visage de M. Pickwick.

Le philosophe ne fit pas de réponse, mais passant la lettre par-dessus la table, il pria M. Tupman de la lire tout haut, et se laissa retomber sur sa chaise avec un air d'étonnement d'égarement, qui faisait peine à voir.

M. Tupman, d'une voix tremblante, lut la lettre ci-dessous rapportée.

« Freeman's-Court, Cornhill, August, 28e, 1831.

« BARDELL CONTRE PICKWICK.

« Monsieur,

« Ayant été chargés par Mme Martha Bardell de commencer une action contre vous pour violation d'une promesse de mariage, pour laquelle la plaignante fixe ses dommages à quinze cents guinées, nous prenons la liberté de vous informer qu'une citation a été lancée contre vous devant la cour de *Common pleas*; et désirons savoir, courrier pour courrier, le nom de votre avoué à Londres, qui sera chargé de suivre cette affaire.

« Nous sommes, monsieur, vos obéissants serviteurs.

« DODSON et FOGG.

« *M. Samuel Pickwick.* »

Le muet étonnement avec lequel cette lecture fut accueillie avait quelque chose de tellement solennel, que chacun des assistants paraissait craindre de rompre le silence, et regardait tour à tour ses voisins et M. Pickwick. A la fin M. Tupman répéta machinalement : « Dodson et Fogg !

— Bardell contre Pickwick, chuchota M. Snodgrass d'un air distrait.

— La paix du cœur, le bonheur domestique de quelque femme confiante ! murmura M. Winkle avec abstraction.

— C'est un complot ! s'écria M. Pickwick, recouvrant enfin le pouvoir de parler. C'est un infâme complot de ces deux avoués rapaces. Mme Bardell n'aurait jamais fait cela. Elle n'aurait pas le cœur de le faire; elle n'en aurait pas le droit. Ridicule ! ridicule !

— Quant à son cœur, reprit M. Wardle avec un sourire, vous en êtes certainement le meilleur juge; mais pour son droit, je vous dirai, sans vouloir vous décourager, que Dodson et Fogg en sont meilleurs juges qu'aucun de nous ne peut l'être.

— C'est une basse tentative pour m'escroquer de l'argent.

— Je l'espère, répliqua M. Wardle avec une toux sèche et courte.

— Qui m'a jamais entendu lui parler autrement qu'un locataire doit parler à sa propriétaire? continua M. Pickwick avec grande véhémence. Qui m'a jamais vu avec elle? Non! pas même mes amis ici présents.

— Excepté une seule fois, interrompit M. Tupman.

M. Pickwick changea de couleur.

« Ah ! reprit M. Wardle, ceci est important. Il n'y avait rien de suspect cette fois-là, je suppose? »

M. Tupman lança un coup d'œil timide à son mentor. « Vraiment, dit-il, il n'y avait rien de suspect, mais.... je ne sais comment cela était arrivé.... Il la tenait certainement dans ses bras.

— Juste ciel! s'écria M. Pickwick, le souvenir de la scène en question se retraçant avec vivacité à son esprit. Cela est vrai! cela est vrai! Quelle affreuse preuve du pouvoir des circonstances!

— Et notre ami tâchait de la consoler, ajouta M. Winkle avec un grain de malice.

— Cela est vrai, dit M. Pickwick. Je ne le nierai point, cela est vrai!

— Ho! ho! cria M. Wardle, pour une affaire dans laquelle il n'y a rien de suspect, cela a l'air assez drôle. Eh! Pickwick, ah! ah! rusé garnement! rusé garnement! » Et il éclata de rire avec tant de force que les verres en retentirent sur le buffet.

« Quelle épouvantable réunion d'apparences! s'écria M. Pickwick en appuyant son menton sur ses deux mains. Winkle! Tupman! je vous prie de me pardonner les observations que je viens de faire à l'instant. Nous sommes tous les victimes des circonstances, et moi la plus grande des trois! »

Ayant fait cette apologie, M. Pickwick ensevelit sa tête dans ses mains et se mit à réfléchir, tandis que M. Wardle adressait aux autres membres de la compagnie une collection de clignements d'œil et de signes de tête.

« Quoi qu'il en soit, dit M. Pickwick en relevant son front indigné, et en frappant sur la table, je veux que tout cela s'explique. Je verrai ce Dodson et ce Fogg. J'irai à Londres, demain.

— Non, pas demain, reprit M. Wardle, vous êtes trop boiteux.

— Eh bien! alors, après-demain.

— Après-demain est le premier septembre, et vous avez promis de venir avec nous jusqu'au manoir de sir Geoffrey Manning, pour nous tenir tête au déjeuner, si vous ne nous accompagnez pas à la chasse.

— Eh bien! alors, le jour suivant, jeudi. Sam!

— Monsieur?

— Retenez deux places d'impériale pour Londres, pour jeudi matin.

— Très-bien, monsieur. »

Sam Weller partit donc pour exécuter sa commission. Il avait ses mains dans ses poches, ses yeux fixés sur la terre et il marchait lentement, en se parlant à lui-même.

« Drôle de corps que mon empereur ! Faire la cour à cette Mme Bardell, une femme qui a un petit moutard ! Toujours comme ça qu'ils font ces vieux garçons qui ont l'air si sage. Quoique ça, je n'aurais pas cru ça de lui, je n'aurais pas cru ça de lui ! » Tout en moralisant de la sorte, M. Weller était arrivé au bureau des voitures.

CHAPITRE XIX.

Un jour heureux, terminé malheureusement.

Les oiseaux saluèrent la matinée du 1er septembre 1831 comme l'une des plus agréables de la saison, car ils ignoraient, heureusement pour la paix de leur cœur, les immenses préparatifs qu'on faisait pour les exterminer. Plus d'une jeune perdrix, qui trottait complaisamment dans les prés, avec toute la gracieuse coquetterie de la jeunesse; et plus d'une mère perdrix, qui, de son petit œil rond, considérait cette légèreté avec l'air dédaigneux d'un oiseau plein d'expérience et de sagesse, ignorant également le destin qui les attendait, se baignaient dans l'air frais du matin, avec un sentiment de bonheur et de gaieté. Quelques heures plus tard, leurs cadavres devaient être étendus sur la terre ! Mais silence ! il est temps de terminer cette tirade, car nous devenons trop sentimental.

Donc, pour parler d'une manière simple et pratique, c'était une belle matinée, si belle qu'on aurait eu peine à croire que les mois rapides d'un été anglais étaient déjà presque écoulés. Les haies, les champs, les arbres, les côteaux, les marais, se paraient de mille teintes variées. A peine une feuille tombée, à peine une nuance de jaune mêlée aux couleurs du printemps, vous avertissaient que l'automne allait commencer. Le ciel était sans nuage; le soleil s'était levé, chaud et brillant; l'air retentissait du chant des oiseaux et du bourdonnement des insectes; les jardins étaient remplis de fleurs odorantes, qui étincelaient sous la rosée comme des lits de joyaux éblouissants; toutes choses enfin portaient la marque de l'été, et pas une de ses beautés ne s'était encore effacée.

Malgré le charme de la saison, M. Snodgrass ayant préféré

demeurer au logis, les trois autres pickwickiens montèrent dans une voiture découverte avec M. Wardle et M. Trundle, tandis que Sam Weller se plaçait sur le siége à côté du cocher.

Au bout d'une couple d'heures leur carrosse s'arrêta devant une vieille maison, sur le bord de la route. Ils étaient attendus, et trouvèrent à la porte, outre deux chiens d'arrêt, un garde-chasse, grand et sec, avec un enfant, dont les jambes étaient couvertes de guêtres de cuir. L'un et l'autre portaient une carnassière d'une vaste dimension.

« Dites-moi donc, murmura M. Winkle à M. Wardle, pendant qu'on abaissait le marchepied. Est-ce qu'ils supposent que nous allons tuer du gibier plein ces deux sacs-là.

— Plein ces deux sacs ! s'écria le vieux Wardle. Que Dieu vous bénisse ! vous en remplirez un et moi l'autre, et quand ils seront pleins, les poches de nos vestes en tiendront encore autant. »

M. Winkle descendit sans rien répondre ; mais il ne put s'empêcher de penser que s'ils devaient tous rester en plein air jusqu'à ce qu'il eût rempli un de ces *sacs*, ses amis et lui couraient un danger assez considérable d'attraper des fraîcheurs et des rhumatismes.

« Hi ! Junon, hi ! vieille fille ! A bas, Deph ! à bas ! dit M. Wardle en caressant les chiens. Sir Geoffrey est encore en Écosse, Martin ? »

Le grand garde-chasse répondit affirmativement, en promenant des regards surpris de M. Winkle, qui tenait son fusil comme s'il avait voulu que sa veste lui épargnât la peine de tirer la gâchette, à M. Tupman, qui portait le sien comme s'il en avait été effrayé ; et il y a tout lieu de croire qu'il l'était effectivement.

M. Wardle remarqua l'air inquiet du grand garde-chasse. « Mes amis, lui dit-il, n'ont pas beaucoup l'habitude de ces sortes de choses. Vous savez.... ce n'est qu'en forgeant qu'on devient forgeron.... Ils seront bons tireurs un de ces jours.... Je demande pardon à mon ami Winkle, il a déjà quelque habitude, cependant. »

Pour reconnaître ce compliment, M. Winkle sourit faiblement par-dessus sa cravate bleue, et dans sa modeste confusion il se trouva si mystérieusement emmêlé avec son fusil, que si celui-ci avait été chargé, il se serait infailliblement tué sur la place.

« Il ne faut pas manier votre fusil dans cette imagination ici, monsieur, quand vous aurez de la charge dedans, dit le grand garde-chasse d'un air rechigné; ou je veux être damné si vous ne faites pas de la viande froide avec quelqu'un de nous. »

Ainsi admonesté, M. Winkle changea brusquement de position, et dans son empressement il amena le canon de son fusil en contact assez intime avec la tête de Sam.

« Holà ! cria Sam en ramassant son chapeau et en frottant les tempes. Holà ! monsieur, si vous y allez comme ça, vous remplirez grandement un de ces sacs ici, et du premier coup, encore. »

A ces mots le petit garçon aux guêtres de cuir laissa échapper un éclat de rire, et s'efforça au même instant de reprendre un air grave, comme si ce n'avait pas été lui. M. Winkle fronça le sourcil majestueusement.

« Martin, demanda M. Wardle, où avez-vous dit au garçon de nous retrouver avec le goûter ?

— Sur le coteau du chêne, monsieur, à midi.

— Est-ce que c'est sur la terre de sir Geoffrey ?

— Non, monsieur, c'est tout à côté. C'est sur la terre du capitaine Boldwig, mais il ne s'y trouvera personne pour nous déranger, et il y a là un joli brin de gazon.

— Très-bien, dit le vieux Wardle. Maintenant, plus tôt nous partirons, mieux cela vaudra. Vous nous rejoindrez à midi, Pickwick. »

M. Pickwick désirait voir la chasse, principalement parce qu'il avait quelques inquiétudes pour la vie et l'intégrité des membres de M. Winkle. D'ailleurs, par une si belle matinée, il était cruel de voir partir ses amis et de rester en arrière. C'est donc avec un air fort piteux qu'il répondit : « Il le faut bien, je suppose....

— Est-ce que le gentleman ne tire point ? demanda le long garde-chasse.

— Non, répondit M. Wardle, et de plus il est boiteux.

— J'aimerais beaucoup à aller avec vous, dit M. Pickwick, beaucoup. »

Il y eut un court silence de commisération. Le petit garçon le rompit en disant : « Il y a là, de l'aut' côté de la haie, une brouette. Si le domestique du gentleman voulait le brouetter dans le sentier, il pourrait venir avec nous, et nous le ferions passer par-dessus les barrières, et tout ça.

— Voilà la chose, s'empressa de dire Sam Weller, qui était partie intéressée, car il désirait ardemment voir la chasse

Voilà la chose. Bien dit, p'tit môme. Je vas l'avoir dans un instant. »

Mais ici une autre difficulté s'éleva. Le grand garde-chasse protesta résolûment contre l'introduction d'un gentleman brouetté dans une partie de chasse, soutenant que c'était une violation flagrante de toutes les règles établies et de tous les précédents.

L'objection était forte, mais elle n'était pas insurmontable. On cajola le garde-chasse, on lui graissa la patte; lui-même se soulagea le cœur en ramollissant la tête inventive du jeune garçon qui avait suggéré l'usage de la machine, et enfin la caravane se mit en route. M. Wardle et le garde-chasse ouvraient la marche; M. Pickwick, dans sa brouette poussée par Sam, formait l'arrière-garde.

« Arrêtez, Sam! cria M. Pickwick lorsqu'ils eurent traversé le premier champ.

— Qu'est-ce qu'il y a maintenant? demanda M. Wardle.

— Je ne souffrirai pas que cette brouette avance un pas de plus, déclara M. Pickwick d'un air résolu, à moins que Winkle ne porte son fusil d'une autre manière.

— Et comment dois-je le porter? dit le misérable Winkle.

— Portez-le avec le canon en bas.

— Cela a l'air si peu chasseur, représenta M. Winkle.

— Je ne me soucie pas si cela a l'air chasseur ou non; mais je n'ai pas envie d'être fusillé dans une brouette pour l'amour des apparences.

— Sûr que le gentleman mettra cette charge ici dans le corps de quelqu'un, grommela le grand homme.

— Bien! bien! reprit le malheureux Winkle en renversant son fusil; cela m'est égal; voilà....

— C'est les concessions mutuelles qui fait le charme de la vie, » fit observer Sam, et la caravane se remit en marche.

Elle n'avait point fait cent pas lorsque M. Pickwick cria de nouveau : « Arrêtez!

— Qu'est-ce qu'il y a encore? demanda M. Wardle.

— Le fusil de Tupman est aussi dangereux que l'autre; j'en suis sûr.

— Eh quoi? dangereux! s'écria M. Tupman! fort alarmé.

— Dangereux si vous le portez comme cela. Je suis très-fâché de faire de nouvelles objections, mais je ne puis consentir à continuer si vous ne l'abaissez point comme Winkle.

— J'imagine que vous feriez mieux, monsieur, ajouta le

grand garde-chasse, autrement vous pourriez mettre votre bourre dans votre gilet aussi bien que dans celui des autres. »

M. Tupman, avec l'empressement le plus obligeant, plaça son fusil dans la position requise, et le convoi repartit encore, les deux amateurs marchant avec leur fusil renversé comme une couple de soldats à des funérailles.

Tout d'un coup les chiens s'arrêtèrent, et leurs maîtres en firent autant.

« Qu'est-ce qu'ils ont donc dans les jambes? demanda M. Winkle. Comme ils ont l'air drôle.

— Chut! réplique M. Wardle doucement. Ne voyez-vous pas qu'ils arrêtent!

— Ils s'arrêtent! répéta M. Winkle en regardant tout autour de lui, comme pour chercher la cause qui avait interrompu leur progrès. Pourquoi s'arrêtent-ils?

— Attention! murmura M. Wardle, qui, dans l'intérêt du moment, n'avait pas entendu cette question. Allons maintenant. »

Un violent battement d'ailes se fit entendre si soudainement que M. Winkle en recula comme si lui-même avait été tiré. Pan! pan! deux coups de fusil retentirent, et la fumée s'éleva tranquillement dans l'air en décrivant des courbes gracieuses.

« Où sont-elles? s'écria M. Winkle dans le plus grand enthousiasme et se retournant dans toutes les directions. Où sont elles? Dites-moi quand il faudra faire feu! Où sont-elles? où sont-elles?

— Ma foi! les voilà, dit M. Wardle en ramassant deux perdrix que les chiens avaient déposées à ses pieds.

— Non! non! je veux dire les autres! reprit M. Winkle encore tout effaré.

— Assez loin, à présent, si elles courent toujours, répliqua froidement M. Wardle en rechargeant son fusil.

— J'imagine que nous en trouverons une autre compagnie dans cinq minutes, observa le grand garde-chasse. Si le gentleman commence à tirer maintenant, son plomb sortira peut-être du canon quand nous les ferons lever.

— Ah! ah! ah! fit M. Weller.

— Sam! dit M. Pickwick, touché de la confusion de son disciple.

— Monsieur?

— Ne riez pas.

— Très-bien, monsieur, » répondit Sam. Mais en guise d'indemnité il se mit à contourner ses traits, derrière la brouette, pour l'amusement exclusif du jeune Bas de cuir. L'innocent jeune homme laissa éclater un bruyant ricanement, et fut sommairement calotté par le grand garde-chasse, qui avait besoin d'un prétexte pour se détourner et cacher sa propre envie de rire.

Peu de temps après M. Wardle dit à M. Tupman : « Bravo ! camarade. Vous avez au moins tiré à temps cette fois-là.

— Oui, répliqua M. Tupman avec un sentiment d'orgueil, j'ai lâché mon coup.

— A merveille ! vous abattrez quelque chose la première fois, si vous regardez bien. C'est très-aisé, n'est-ce pas ?

— Oui, c'est très-aisé. Mais malgré cela, comme ça vous abîme l'épaule ! J'ai presque cru que j'en tomberais à la renverse. Je n'imaginais pas que des petites armes à feu comme cela repoussaient tant.

— Oh ! dit le vieux gentleman en souriant, vous vous y habituerez avec le temps. Maintenant, sommes-nous prêts ? Tout va-t-il bien là-bas, dans la brouette ?

— Tout va bien, monsieur, répliqua Sam.

— En route donc.

— Tenez ferme, monsieur, dit Sam en levant la brouette.

— Oui, oui, repartit M. Pickwick ; » et ils cheminèrent aussi vite que besoin était.

« Maintenant, dit M. Wardle, après que la brouette eût été passée par-dessus une barrière, et lorsque M. Pickwick y fut déposé de nouveau. Maintenant, tenez cette brouette en arrière.

— Bien, monsieur, répondit Sam en s'arrêtant.

— A présent, Winkle, continua le vieux gentleman, suivez-moi doucement et ne soyez pas en retard, cette fois-ci.

— N'ayez pas peur, dit M. Winkle. Arrêtent-ils ?

— Non ! non ! pas encore. Du silence, maintenant, du silence ! »

Et en effet ils s'avançaient silencieusement, lorsque M. Winkle, voulant exécuter une évolution fort délicate avec son fusil, le fit partir par accident, au moment critique, et envoya sa charge juste au-dessus de la tête du petit garçon, et à l'endroit précis où aurait été la cervelle du grand homme s'il s'était trouvé là au lieu de son jeune substitut.

« Au nom du ciel, pourquoi avez-vous fait feu ? demanda

M. Wardle, pendant que les oiseaux s'envolaient en toute sûreté.

— Je n'ai jamais vu un fusil comme cela dans toute ma vie, répondit le pauvre Winkle en regardant la batterie, comme si cela avait pu remédier à quelque chose. Il part de lui-même, il veut partir bon gré mal gré.

— Ah! il veut partir! répéta M. Wardle avec un peu d'irritation. Plût au ciel qu'il voulût aussi tuer quelque chose!

— Il le fera avant peu, monsieur, dit le grand garde-chasse.

— Qu'est-ce que vous entendez par cette observation, monsieur? demanda aigrement M. Winkle.

— Rien du tout, monsieur, rien du tout. Moi, je n'ai pas de famille, et la mère de ce garçon ici aura quelque chose de sir Geoffrey, si le moutard est tué sur ses terres. Rechargez, monsieur, rechargez votre arme.

— Otez-lui son fusil! s'écria de sa brouette M. Pickwick, frappé d'horreur par les sombres insinuations du grand homme. Otez-lui son fusil! M'entendez-vous, quelqu'un! »

Personne cependant ne s'offrit pour exécuter ce commandement, et M. Winkle, après avoir lancé un regard de rébellion au philosophe, rechargea son fusil et marcha en avant avec les autres chasseurs.

Nous sommes obligé de dire, d'après l'autorité de M. Pickwick, que la manière de procéder de M. Tupman paraissait beaucoup plus prudente et plus rationnelle que celle adoptée par M. Winkle. Cependant ceci ne doit en aucune manière diminuer la grande autorité de ce dernier dans tous les exercices corporels; car, depuis un temps immémorial, comme l'observe admirablement M. Pickwick, beaucoup de philosophes, et des meilleurs, qui ont été de parfaites lumières pour les sciences, en matière de théorie, n'ont jamais pu parvenir à faire quelque chose dans la pratique.

Comme la plupart des plus sublimes découvertes, la manière d'agir de M. Tupman paraissait extrêmement simple. Avec la pénétration intuitive d'un homme de génie, il avait remarqué, du premier coup, que les deux grands points à obtenir étaient : 1° de décharger son fusil sans se nuire; 2° de le décharger sans endommager les assistants. Donc et évidemment, lorsqu'on était parvenu à surmonter la difficulté de faire feu, la meilleure chose était de fermer les yeux solidement et de tirer en l'air. Q. E. D.

Une fois, après avoir exécuté ce tour de force, M. Tupman, en rouvrant les yeux, vit une grosse perdrix qui tombait blessée sur la terre. Il allait congratuler M. Wardle sur ses invariables succès, quand celui-ci s'avança vers lui et lui serrant chaudement la main :

« Tupman, vous avez choisi cette perdrix-là parmi les autres?

— Non! non!

— Si, je l'ai remarqué. Je vous ai vu la choisir. J'ai observé comment vous leviez votre fusil pour l'ajuster; et je dirai ceci : que le meilleur tireur du monde n'aurait pas pu l'abattre plus admirablement. Vous êtes moins novice que je ne le croyais, Tupman : vous avez déjà chassé? »

Vainement M. Tupman protesta, avec un sourire de modestie, que cela ne lui était jamais arrivé. Son sourire même fut regardé comme une preuve du contraire, et depuis cette époque sa réputation fut établie. Ce n'est pas la seule réputation qui ait été acquise aussi aisément, et l'on peut admirer les effets heureux du hasard ailleurs que dans la chasse aux perdrix.

Pendant ce temps, M. Winkle s'environnait de feu, de bruit et de fumée, sans produire aucun résultat positif digne d'être noté. Quelquefois il envoyait sa charge au milieu des airs; quelquefois il lui faisait raser la surface du globe, de manière à rendre excessivement précaire l'existence des deux chiens. Sa manière de tirer, considérée comme une œuvre d'imagination et de fantaisie, était extrêmement curieuse et variée; mais matériellement et quant au produit réel, c'était peut-être, au total, un non-succès. C'est un axiome établi que *chaque boulet a son adresse;* si on peut l'appliquer également à des grains de petit plomb, ceux de M. Winkle étaient de malheureux bâtards, privés de leurs droits naturels, jetés au hasard dans le monde, et qui n'étaient adressés nulle part.

« Eh bien! dit M. Wardle en s'approchant de la brouette et en essuyant la sueur de son visage joyeux et rougeaud; une journée un peu chaude, hein?

— C'est vrai, répondit M. Pickwick. Le soleil est effroyablement brûlant, même pour moi. Je ne sais pas comment vous devez le trouver.

— Ma foi! pas mal chaud, mais c'est égal. Il est midi passé; voyez-vous ce coteau vert, là?

— Certainement.

— C'est l'endroit où nous devons déjeuner. De par Jupiter! le gamin y est déjà avec son panier. Exact comme une horloge!

— Je le vois, dit M. Pickwick, dont le visage devint rayonnant. Un bon garçon! je lui donnerai un shilling pour sa peine. Allons! Sam, roulez-moi.

— Tenez-vous ferme, monsieur, répliqua Sam, ravigoté par l'apparition du déjeuner. Gare de là, jeune cuirassier! Si vous appréciez ma précieuse vie, ne me versez pas, comme dit le gentleman au charretier qui le conduisait à la potence.» Avec cette heureuse citation, Sam partit au pas de charge, brouetta habilement son maître jusqu'au sommet du coteau vert, et le déchargea, avec adresse, à côté du panier de provision, qu'il se mit à dépaqueter sans perdre une minute.

— Pâté de veau, disait Sam, tout en arrangeant les comestibles sur le gazon. Très-bonne chose, le pâté de veau, quand vous connaissez la lady qui l'a fait et que vous êtes sûr que ce n'est pas du minet. Et après tout, qu'est-ce que ça fait encore, puisqu'il ressemble si bien au veau que les pâtissiers eux-mêmes n'en font pas la différence?

— Ils n'en font pas la différence, Sam?

— Non, monsieur, repartit Sam en touchant son chapeau. J'ai logé dans la même maison avec un vendeur de pâtés, une fois, et un homme bien agréable, monsieur, et pas bête du tout. Il savait faire des pâtés, n'importe avec quoi. Voilà que je lui dis, quand j'ai été amical avec lui: Quel troupeau de chats que vous avez-là! monsieur Brook. — Ah! dit-il, c'est vrai, j'en ai beaucoup, qu'il dit. — Faut que vous aimiez bien les chats, que je dis. — Oui, dit-il, en clignant de l'œil, y a des gens qui les aiment. Malgré ça, qu'il me dit, c'est pas encore leur saison, faut attendre l'hiver. — C'est pas leur saison? — Non, dit-il. Quand le fruit mûrit, le chat maigrit. — Qu'est-ce que vous me chantez-là? J'y entends rien, que je dis. — Voyez-vous, dit-il, je ne veux pas entrer dans la coalition des bouchers pour augmenter la viande au pauvre monde. Mossieu Weller, qu'il me dit, en me serrant la main gentiment et en me soufflant dans l'oreille; mossieu Weller, qu'il me dit, ne répétez pas ça; mais c'est l'assaisonnement qui fait tout: ils sont tous faits avec ces nobles animaux ici, dit-il, en m'indiquant un joli petit minet. Et je les assaisonne en beefteak, en veau, en rognon, au goût de la pratique. Et mieux que ça, qu'il dit, je peux faire du beefteak avec du veau ou du rognon avec du beefteak, ou du mouton avec les deux, en prévenant trois minutes d'avance, selon les besoins du marché ou l'appétit public, qu'il me dit.

— Ce devait être un jeune homme fort ingénieux, dit M. Pickwick avec un léger frisson.

— Je crois bien, monsieur, et ses pâtés étaient superbes, répliqua Sam en continuant de vider le panier. Langue ; bien ça. C'est une très-bonne chose, quand c'est pas une langue de femme. Pain, jambon, frais comme une peinture. Bœuf froid en tranches. Très-bon. Qu'est-ce qu'il y a dans ces cruches-là, jeune évaporé ?

— De la bière dans stelle-ci et du punch froid dans stelle-là, répondit le jeune paysan en ôtant de dessus ses épaules deux vastes bouteilles de grès, attachées ensemble par une courroie.

— Et v'là un petit goûter bien organisé, reprit Sam en examinant avec grande satisfaction les préparatifs. Et maintenant, gentlemen, commencez, comme les Anglais dirent aux Français, en mettant leurs baïonnettes. »

Il ne fallut pas une seconde invitation pour engager la société à rendre pleine justice au repas, et il ne fallut pas plus d'instances pour décider Sam, le grand garde-chasse et les deux gamins à s'asseoir sur l'herbe, à une petite distance, et à battre en brèche une proportion décente de la victuaille. Un vieux chêne accordait son agréable ombrage aux deux groupes de convives, tandis que devant eux se déroulait un superbe paysage, entrecoupé de haies verdoyantes et richement orné de bois.

« Ceci est délicieux ! tout à fait délicieux ! s'écria M. Pickwick, avec un visage rayonnant, dont la peau pelait rapidement sous l'influence brûlante du soleil.

— Oui vraiment, vieux camarade, répliqua M. Wardle, allons, un verre de punch ?

— Avec grand plaisir, répondit M. Pickwick ; et l'expression radieuse de sa physionomie, après qu'il eût bu, témoigna de la sincérité de ses paroles.

— Bon ! dit le philosophe en faisant claquer ses lèvres ; très-bon ! J'en vais prendre un autre verre. Frais ! très-frais !... Allons ! messieurs, poursuivit-il sans lâcher la bouteille, un toast ! Nos amis de Dingley-Dell ! »

Le toast fut bu avec de bruyantes acclamations.

« Je vais vous apprendre comment je m'y prendrai pour retrouver mon adresse à la chasse, dit alors M. Winkle, qui mangeait du pain et du jambon avec un couteau de poche. Je mettrai une perdrix empaillée sur un poteau, et je m'exercerai à tirer dessus, en commençant à une petite distance, et en reculant par degrés. C'est un excellent moyen.

— Monsieur, dit Sam, je connais un gentleman qui a fait ça et qui a commencé à quatre pieds; mais il n'a jamais continué, car du premier coup il avait si bien ajusté son oiseau que le diable m'emporte si on en a jamais revu une plume depuis.

— Sam! dit M. Pickwick.

— Monsieur?

— Ayez la bonté de garder vos anecdotes jusqu'à ce qu'on vous les demande.

— Certainement, monsieur. »

Sam se tut, mais il cligna si facétieusement l'œil qui n'était point caché par le pot de bière dont il humectait ses lèvres, que les deux petits paysans tombèrent dans des convulsions spontanées, et que le grand garde-chasse, lui-même, condescendit à sourire.

« Voilà, ma foi, d'excellent punch froid, dit M. Pickwick en regardant avec tendresse la bouteille de grès; et le jour est extrêmement chaud, et... Tupman, mon cher ami, un verre de punch?

— Très-volontiers, » répliqua M. Tupman.

Après avoir bu ce verre, M. Pickwick en prit un autre, seulement pour voir s'il n'y avait pas de pelure d'orange dans le punch, parce que la pelure d'orange lui faisait toujours mal. S'étant convaincu qu'il n'y en avait point, M. Pickwick but un autre verre à la santé de M. Snodgrass; puis il se crut obligé, en conscience, de proposer un toast en l'honneur du fabricant de punch anonyme.

Cette constante succession de verres de punch produisit un effet remarquable sur notre sage. Sa physionomie resplendissait de la plus douce gaieté; le sourire se jouait sur ses lèvres; la bonne humeur la plus franche étincelait dans ses yeux. Cédant, par degrés, à l'influence combinée de ce liquide excitant et de la chaleur, il exprima un violent désir de se rappeler une chanson qu'il avait entendue dans son enfance; mais ses efforts furent inutiles. Il voulut stimuler sa mémoire par un autre verre de punch, qui malheureusement parut produire sur lui un effet entièrement opposé; car, non content d'avoir oublié la chanson, il finit par ne plus pouvoir articuler une seule parole. Ce fut donc en vain qu'il se leva sur ses jambes pour adresser à la compagnie un éloquent discours, il retomba dans la brouette et s'endormit presque au même instant.

Le panier fut rempaqueté, mais on trouva qu'il était tout à fait impossible de réveiller M. Pickwick de sa torpeur. On discuta s'il fallait que Sam recommençât à le brouetter ou s'il valait mieux le laisser où il était, jusqu'au retour de ses amis. Ce dernier parti fut adopté à la fin, et comme leur expédition ne devait pas durer plus d'une heure, comme Sam demandait avec instance à les accompagner, ils se décidèrent à abandonner M. Pickwick endormi dans sa brouette et à le prendre au retour. La compagnie s'éloigna donc, laissant notre philosophe ronfler harmonieusement et paisiblement, à l'ombre antique du vieux chêne.

On peut affirmer avec certitude que M. Pickwick eût continué de ronfler à l'ombre du vieux chêne jusqu'au retour de ses amis, ou, à leur défaut, jusqu'au subséquent lever de soleil, s'il lui avait été permis de rester en paix dans sa brouette; mais cela ne lui fut pas permis, et voici pourquoi.

Le capitaine Boldwig était un petit homme violent, vêtu d'une redingote bleue soigneusement boutonnée jusqu'au menton et surmontée d'un col noir bien roide. Lorsqu'il daignait se promener sur sa propriété, il le faisait en compagnie d'un gros rotin plombé, d'un jardinier et d'un aide-jardinier, qui luttaient d'humilité en recevant les ordres qu'il leur donnait avec toute la grandeur et toute la sévérité convenables : car la sœur de la femme du capitaine avait épousé un marquis; et la maison du capitaine était une *villa*, et sa propriété une *terre;* et tout était chez lui très-haut, très-puissant et très-noble.

M. Pickwick avait à peine dormi une demi-heure lorsque le petit capitaine, suivi de son escorte, arriva en faisant des enjambées aussi grandes que le lui permettaient sa taille et son importance. Quand il fut auprès du vieux chêne, il s'arrêta, il enfla ses joues et en chassa l'air avec noblesse; il regarda le paysage comme s'il eût pensé que le paysage devait être singulièrement flatté d'être regardé par lui; et enfin, ayant emphatiquement frappé la terre de son rotin, il convoqua le chef jardinier.

« Hunt! dit le capitaine Boldwig.

— Oui, monsieur, répondit le jardinier.

— Cylindrez le gazon de cet endroit demain matin. Entendez-vous, Hunt?

— Oui, monsieur.

— Et prenez soin de me tenir cet endroit proprement. Entendez-vous, Hunt?

— Oui, monsieur.

— Et faites-moi penser à faire mettre un écriteau menaçant de piéges à loup, de chausse-trapes et tout cela, pour les petites gens qui se permettront de se promener sur mes terres. Entendez-vous, Hunt? entendez-vous?

— Je ne l'oublierai pas, monsieur.

— Pardon, excuse, monsieur, dit l'autre jardinier en s'avançant avec son chapeau à la main.

— Eh bien! Wilkins, qu'est-ce qui vous prend?

— Pardon, excuse, monsieur, mais je pense qu'il y a des gens qui sont entrés ici aujourd'hui.

— Ha! fit le capitaine en jetant autour de lui un regard farouche.

— Oui, monsieur, ils ont dîné ici, comme je pense.

— Damnation! c'est vrai, dit le capitaine en voyant les croûtes de pain étendues sur le gazon; ils ont véritablement dévoré leur nourriture sur ma terre. Ha! les vagabonds! si je les tenais ici!... dit le capitaine en serrant son gros rotin.

— Pardon, excuse, monsieur, mais....

— Mais quoi, eh? vociféra le capitaine; et suivant le timide regard de Wilkins, ses yeux rencontrèrent la brouette et M. Pickwick.

— Qui es-tu, coquin? cria le capitaine en donnant plusieurs coups de son rotin dans les côtes de M. Pickwick. Comment t'appelles-tu?

— Punch! murmura l'homme immortel, et il se rendormit immédiatement.

— Quoi? » demanda le capitaine Boldwig.

Pas de réponse.

« Comment a-t-il dit qu'il s'appelait?

— Punch[1], monsieur, comme je pense.

— C'est un impudent, un misérable impudent. Il fait semblant de dormir à présent, dit le capitaine plein de fureur. Il est soûl, c'est un ivrogne plébéien. Emmenez-le, Wilkins, emmenez-le sur-le-champ.

— Où faut-il que je le roule, monsieur, demanda Wilkins avec grande timidité.

— Roulez-le à tous les diables.

1. Le polichinelle anglais s'appelle *Punch*. (*Note du traducteur.*)

— Très-bien, monsieur.

— Arrêtez, dit le capitaine. »

Wilkins s'arrêta brusquement.

« Roulez-le dans la fourrière[1], et voyons s'il s'appellera encore Punch, quand il se réveillera.... Il ne se *rira* pas de moi! Il ne se *rira* pas de moi, emmenez-le! »

M. Pickwick fut emmené en conséquence de cet impérieux mandat, et le grand capitaine Boldwig, enflé d'indignation, continua sa promenade.

L'étonnement de nos chasseurs fut inexprimable quand ils s'aperçurent, à leur retour, que M. Pickwick était disparu et qu'il avait emmené la brouette avec lui. C'était la chose la plus mystérieuse et la plus inexplicable. Qu'un boiteux se fût tout d'un coup remis sur ses jambes et s'en fût allé, c'était déjà passablement extraordinaire : mais qu'en manière d'amusement il eût roulé devant lui une pesante brouette, cela devenait tout à fait miraculeux. Ses amis cherchèrent aux environs, dans tous les coins, sous tous les buissons, en compagnie et séparément; ils crièrent, ils sifflèrent, ils rirent, ils appelèrent, et tout cela sans aucun résultat : impossible de trouver M. Pickwick. Enfin, après plusieurs heures de recherches inutiles, ils arrivèrent à la pénible conclusion qu'il fallait s'en retourner sans lui.

Cependant notre philosophe, profondément endormi dans sa brouette, avait été roulé et soigneusement déposé dans la fourrière du village, en compagnie de divers animaux immondes. Tous les gamins et les trois quarts des autres habitants s'étaient rassemblés autour de lui, pour attendre qu'il s'éveillât. Si leur satisfaction avait été immense en le voyant rouler, elle fut infinie quand, après avoir poussé quelques cris indistincts pour appeler Sam, il s'assit dans sa brouette et contempla, avec un inexprimable étonnement, les visages joyeux qui l'entouraient.

Des huées générales furent, comme on l'imagine, le signal de son réveil ; et lorsqu'il demanda machinalement : « Qu'est-ce qu'il y a? » elles recommencèrent avec plus de violence, s'il est possible.

« En voilà, une bonne histoire! hurlait la populace.

— Où suis-je? demanda M. Pickwick.

1. Espèce de parc commun, où l'on met les animaux errants, en *fourrière*. (*Note du traducteur.*)

— Dans la fourrière! beugla la canaille.

— Comment suis-je venu ici? Où étais-je? Qu'est-ce que je faisais?

— Boldwig! capitaine Boldwig! vociféra-t-on de toutes parts; et ce fut la seule explication.

— Tirez-moi d'ici! cria M. Pickwick. Où est mon domestique? Où sont mes amis?

— Vous n'en avez pas des amis! hurrah! » et comme corroboration de ce fait, M. Pickwick reçut dans sa brouette un navet, puis une pomme de terre, puis un œuf et quelques autres légers gages de la disposition enjouée de la multitude.

Personne ne saurait dire combien cette scène aurait duré, ni combien M. Pickwick aurait pu souffrir, si tout à coup un carrosse, qui roulait rapidement sur la route, ne s'était pas arrêté en face du parc. Le vieux Wardle et Sam Weller en sortirent. En moins de temps qu'il n'en faut pour écrire ces mots et peut-être même pour les lire, le premier avait dégagé M. Pickwick et l'avait placé dans sa voiture, tandis que le second terminait la troisième reprise d'un combat singulier avec le bedeau de l'endroit.

« Courez chez le magistrat, crièrent une douzaine de voix.

— Ah! oui, courez-y; dit Sam en sautant sur le siége de la voiture, faites-lui mes compliments, les compliments de M. Weller. Dites-lui que j'ai gâté son bedeau et que s'il veut en faire un nouveau je reviendrai demain matin pour le lui gâter encore. En route, mon vieux! »

Lorsque la voiture fut sortie du village, M. Pickwick respira fortement et dit: « Aussitôt que je serai arrivé à Londres j'actionnerai le capitaine Boldwig pour détention illégale.

— Il paraît que nous étions en contravention, fit observer M. Wardle.

— Cela m'est égal, je l'attaquerai.

— Non, vous ne l'attaquerez pas.

— Si, je l'attaquerai, sur mon... » M. Pickwick s'interrompit en remarquant l'expression goguenarde de la physionomie du vieux Wardle. « Et pourquoi ne le ferais-je pas? reprit-il.

— Parce que, dit le vieux Wardle, en éclatant de rire, parce qu'il pourrait se retourner sur quelqu'un de nous et dire que nous avions pris trop de punch froid. »

M. Pickwick eut beau faire, il ne put s'empêcher de sourire; par degrés, son sourire s'agrandit et devint un éclat de rire; enfin cet éclat de rire contagieux fut répété par toute la compagnie. Afin de fomenter cette bonne humeur, nos amis s'arrêtèrent à la première taverne qu'ils rencontrèrent sur la route; chacun d'eux se fit servir un verre d'eau et d'eau-de-vie, mais ils eurent soin de faire administrer à M. Samuel Weller une dose d'une force *extra*.

CHAPITRE XX.

Où l'on voit que Dodson et Fogg étaient des hommes d'affaires, et leurs clercs des hommes de plaisir; qu'une entrevue touchante eut lieu entre M. Samuel Weller et le père qu'il avait perdu depuis longtemps; où l'on voit, enfin, quels esprits supérieurs s'assemblaient à *la Souche et la Pie*, et quel excellent chapitre sera le suivant.

Dans une pièce située au rez-de-chaussée d'une sombre maison, tout au fond de Freeman's-Court, quartier de Cornhill, étaient assis les quatre clercs de MM. Dodson et Fogg, solliciteurs près la haute cour de chancellerie et procureurs de Sa Majesté près la cour du banc du roi et la cour des communs-plaids, à Westminster; les susdits clercs, dans le cours de leurs travaux journaliers, ayant à peu près autant de chances d'apercevoir les rayons du soleil que pourrait en avoir un homme placé au fond d'un puits, mais sans jouir des avantages de cette situation retirée, où l'on peut, du moins, découvrir des étoiles en plein jour.

La chambre où ils se trouvaient renfermés, était obscure, humide, et sentait la moisissure; une séparation de bois les abritait des regards du vulgaire, et les clients qui attendaient le loisir de MM. Dodson et Fogg n'apercevaient ainsi, pour toute distraction, qu'une couple de vieilles chaises, une horloge au bruyant tic-tac, un almanach, un porte-parapluie, une rangée de pupitres, et plusieurs tablettes chargées de liasses de papiers étiquetés et malpropres, de vieilles boîtes de sapin et de grosses bouteilles d'encre. Une porte vitrée ouvrait sur le passage qui donnait dans la cour, et c'est en dehors de cette porte vitrée que se présenta M. Pickwick, deux jours après les événements rapportés dans le précédent chapitre.

« Est-ce que vous ne pouvez pas entrer? dit une voix criarde en réponse au coup modeste frappé par M. Pickwick à la susdite porte.

Le philosophe entra, suivi de Sam.

« M. Dodson ou M. Fogg sont-ils chez eux, monsieur? demanda gracieusement M. Pickwick, en s'approchant de la cloison, avec son chapeau à la main.

— M. Dodson n'est pas chez lui, et M. Fogg est en affaire, » répliqua la voix; et en même temps la tête à qui la voix appartenait, se montra par-dessus la cloison, avec une plume derrière l'oreille, et examina M. Pickwick.

C'était une tête malpropre; ses cheveux roux, scrupuleusement séparés sur le côté et aplatis avec du cosmétique, étaient tortillés en accroche-cœurs et garnissaient une face plate ornée en outre d'une paire de petits yeux, d'un col de chemise fort crasseux et d'une vieille cravate noire usée.

« M. Dodson n'est pas chez lui, et M. Fogg est en affaire, dit l'homme à qui appartenait cette tête.

— Quand M. Dodson reviendra-t-il, monsieur?

— Sais pas.

— M. Fogg sera-t-il longtemps occupé, monsieur?

— Sais pas. »

Ayant ainsi parlé, le jeune homme se mit fort tranquillement à tailler sa plume, tandis qu'un autre clerc riait d'une manière approbative, tout en mêlant de la poudre de Sedlitz dans un verre d'eau.

« Puisqu'il en est ainsi, je vais attendre, dit M. Pickwick, et il s'assit, sans y avoir été invité, écoutant le tic-tac bruyant de l'horloge et le chuchotement des clercs.

— C'était là une bonne farce, hein? dit l'un de ceux-ci, pour conclure la relation d'une aventure nocturne qu'il avait racontée à voix basse.

— Diablement bonne, diablement bonne, répondit l'homme à la poudre de Sedlitz.

— Tom Cummins était au fauteuil, reprit le premier clerc, qui avait un habit brun, avec des boutons de cuivre. Il était quatre heures et demie quand je suis arrivé à Somers-Town, et j'étais si joliment dedans que je n'ai pas pu trouver le trou de la serrure et que j'ai été obligé de réveiller la vieille femme. Je voudrais bien savoir ce que le vieux Fogg dirait s'il savait cela. J'aurais mon paquet, je suppose, eh? »

A cette idée plaisante, tous les clercs éclatèrent de rire; l'homme à l'habit brun poursuivit:

« Il y a eu une fameuse farce avec Fogg ici ce matin, pendant que Jack était en haut à arranger les papiers et que vous deux vous étiez allés au timbre. Fogg était en bas à ouvrir ses lettres quand voilà venir le gaillard de Comberwell contre lequel nous avons un mandat. Vous savez bien.... comment s'appelle-t-il déjà ?

— Ramsey, dit le clerc qui avait parlé à M. Pickwick.

— Ah ! Ramsey.... en voilà une pratique qui a l'air râpé !

— Eh bien, monsieur, dit le vieux Fogg, en le regardant d'un air sauvage. Vous savez, sa manière.... — Eh bien, monsieur, êtes-vous venu pour terminer ? — Oui, monsieur, dit Ramsey, en mettant sa main dans sa poche, et en tirant son argent. La dette est de deux livres sterling et dix shillings, et les frais de trois livres sterling et cinq shillings ; les voici ici, monsieur, et il soupira comme un soufflet de forge, en tendant sa monnaie dans un petit morceau de papier brouillard. Le vieux Fogg regarda d'abord l'argent et ensuite l'homme, et ensuite il toussa de sa drôle de toux, si bien que je me doutais qu'il allait arriver quelque chose. — Vous ne savez pas, dit-il, qu'il y a une déclaration enregistrée qui augmente notablement les frais. — Qu'est-ce que vous dites là, monsieur, cria Ramsey, en tressaillant ; le délai n'est expiré qu'hier au soir, monsieur. Cela n'empêche pas, reprit Fogg. Mon clerc est justement parti pour la faire enregistrer. M. Jackson n'est-il pas allé pour faire enregistrer cette déclaration dans Bullman et Ramsey, monsieur Wicks ? — Naturellement je réponds que *oui*, et alors Fogg tousse encore et regarde Ramsey. — Mon Dieu ! disait Ramsey, je me suis rendu presque fou pour ramasser cet argent, et tout cela pour rien ! — Pour rien du tout, reprit Fogg, froidement ; ainsi vous ferez bien mieux de vous en retourner, d'en ramasser un peu plus et de l'apporter ici à temps. — Je n'en pourrai pas trouver, sur mon âme ! s'écria Ramsey en frappant le bureau avec son poing. — Ne me menacez pas, monsieur, dit Fogg, en se mettant en colère à froid. — Je n'ai pas eu l'intention de vous menacer, monsieur, répondit Ramsey. — Si, monsieur, repartit Fogg ; sortez d'ici, monsieur ! sortez de ce bureau, monsieur, et ne revenez que quand vous aurez appris à vous conduire, monsieur ! — Alors Ramsey a fait tout ce qu'il a pu pour se défendre, mais comme Fogg lui coupait la parole, il a été obligé de remettre son argent dans sa poche et de filer. A peine la porte était-elle fermée, que voilà le vieux Fogg qui se retourne vers moi, avec un sourire agréable, et qui tire la déclaration de sa poche. — Monsieur Wicks, dit-il, prenez un cabriolet et allez au Temple, aussi vite que vous le pourrez, pour faire enregistrer cela. Les frais sont sûrs, car c'est un homme laborieux, avec une famille nombreuse, et qui gagne vingt-cinq shillings par semaine. S'il nous signe une procuration (et il faudra bien qu'il en vienne là), je suis sûr que ses maîtres payeront. Ainsi, monsieur Wicks, il faut tirer de lui tout ce que nous pourrons. C'est un acte de bon chrétien, monsieur Wicks, car avec une grande famille et un petit revenu, il sera heureux de recevoir une bonne leçon, qui lui apprenne à ne plus faire de dettes. N'est-il pas vrai ? n'est-il pas vrai ? — Et en s'en allant son sourire était si bienveillant que cela vous réjouissait le cœur. — C'est un fier homme pour les affaires, ajouta Wicks du ton de l'admiration la plus profonde, un fier homme, hein ? »

Les trois autres clercs s'unirent cordialement à cette admiration et parurent charmés de l'anecdote.

« Jolis gars, ici, monsieur, murmura Sam à son maître. Bonne idée qu'ils ont sur les farces, monsieur. »

M. Pickwick fit un signe d'assentiment et toussa, pour attirer l'attention des jeunes gentlemen qui étaient derrière la cloison. Ayant raffraîchi leurs esprits par cette petite conversation entre eux, ils eurent la condescendance de s'occuper de l'étranger.

« M. Fogg est peut-être libre maintenant, dit Jackson.

— Je vais voir, reprit Wicks en se levant avec nonchalance. Quel nom dirai-je à M. Fogg ?

— Pickwick, » répliqua l'illustre sujet de ces mémoires.

M. Jackson disparut par l'escalier et revint bientôt annoncer que maître Fogg recevrait M. Pickwick dans cinq minutes. Ayant fait ce message, il retourna derrière son bureau.

« Quel nom a-t-il dit ? demanda tout bas M. Wicks.

— Pickwick, répliqua Jackson. C'est le défendeur dans Bardell et Pickwick. »

Un soudain frottement de pieds, mêlé d'éclats de rires étouffés, se fit entendre derrière la cloison.

« Monsieur, murmura Sam à son maître, voilà qu'ils vous mécanisent.

— Ils me mécanisent, Sam ! Qu'est-ce que vous entendez par *me mécaniser* ? »

Pour toute réplique, Sam passa son pouce par-dessus son

épaule, et M. Pickwick, levant la tête, reconnut la vérité de ce fait, à savoir : que les quatre clercs avaient allongé pardessus la cloison des figures pleines d'hilarité, et examinaient minutieusement la tournure et la physionomie de ce Lovelace présumé, de ce grand destructeur du repos des cœurs féminins. Au mouvement qu'il fit, la rangée de têtes disparut comme par enchantement, et l'on entendit à l'instant même le bruit de quatre plumes voyageant sur le papier avec une furieuse vitesse.

Le tintement d'une sonnette suspendue dans le bureau appela M. Jackson dans l'appartement de Me Fogg. Il en revint bientôt, et annonça à M. Pickwick que son patron était prêt à le recevoir.

En conséquence, M. Pickwick monta l'escalier. Au premier étage, l'une des portes étalait, en caractères lisibles, ces mots imposants : M. FOGG. Ayant frappé à cette porte et ayant été invité à entrer, M. Jackson introduisit M. Pickwick en présence de l'avoué.

« M. Dodson est-il revenu ? demanda Me Fogg.

— A l'instant, monsieur.

— Priez-le de passer ici.

— Oui, monsieur. (Jackson sort.)

— Prenez un siége, monsieur, dit Me Fogg. Voici le journal, monsieur. Mon partner va être ici dans un moment, et nous pourrons causer sur cette affaire, monsieur. »

M. Pickwick prit un siége et un journal ; mais au lieu de lire ce dernier, il dirigea son rayon visuel par-dessus, afin d'examiner l'homme d'affaires. C'était un personnage d'un certain âge, dont le corps long et fluet était engainé dans un étroit habit noir, dans une culotte sombre, dans de petites guêtres noires. Il semblait être partie essentielle de son bureau et paraissait avoir à peu près autant d'esprit et de sensibilité que lui.

Au bout de quelques minutes arriva Me Dodson, homme gros et gras, à l'air sévère, à la voix bruyante. La conversation commença immédiatement.

« Monsieur est M. Pickwick, dit Me Fogg.

— Ha ! ha ! monsieur, vous êtes le défendeur dans Bardell et Pickwick ?

— Oui, monsieur, répondit le philosophe.

— Eh bien, monsieur, reprit Me Dodson, que nous proposez-vous ?

— Ah ! dit Me Fogg en fourrant ses mains dans les poches

de sa culotte et s'appuyant sur le dos de sa chaise ; qu'est-ce que vous nous proposez, monsieur Pickwick ?

— Silence, Fogg! reprit Dodson. Laissez-moi entendre ce que M. Pickwick veut dire.

— Je suis venu, messieurs, répliqua notre sage, en regardant avec douceur les deux partners, je suis venu ici, messieurs, pour vous exprimer la surprise avec laquelle j'ai reçu votre lettre de l'autre jour et pour vous demander quels sujets d'action vous pouvez avoir contre moi ?

— Quels sujets !... s'écriait Mᵉ Fogg, lorsqu'il fut arrêté par Mᵉ Dodson.

— Monsieur Fogg, dit celui-ci, je vais parler.

— Je vous demande pardon, monsieur Dodson, répondit Fogg.

— Quant aux sujets d'action, monsieur, reprit Mᵉ Dodson, avec un air plein d'élévation morale; quant aux sujets d'action, vous consulterez votre propre conscience et vos propres sentiments. Nous, monsieur, nous sommes entièrement guidés par les assertions de notre client. Ces assertions, monsieur, peuvent être vraies ou peuvent être fausses ; elles peuvent être croyables ou incroyables ; mais si elles sont croyables, je n'hésite pas à dire, monsieur, que nos sujets d'action sont forts et invincibles. Vous pouvez être un homme infortuné, monsieur, ou vous pouvez être un homme rusé ; mais si j'étais appelé comme juré, monsieur, et sur mon serment, à exprimer mon opinion sur votre conduite, je vous affirme, monsieur, que je n'hésiterais pas un seul instant. » Ici Mᵉ Dodson se redressa avec l'air d'une vertu offensée et regarda Mᵉ Fogg, qui enfonça ses mains plus profondément dans ses poches, et, secouant sagement sa tête ajouta d'un ton convaincu : « Très-certainement !

— Eh bien, monsieur, repartit M. Pickwick d'un air peiné, je vous assure que je suis un homme très-malheureux, au moins dans cette affaire.

— Je désire qu'il en soit ainsi, monsieur, répliqua Mᵉ Dodson. J'aime à croire que cela peut être, monsieur. Mais si vous êtes réellement innocent de ce dont vous êtes accusé, vous êtes plus infortuné que je ne croyais possible de l'être. Qu'en dites-vous monsieur Fogg ?

— Je dis absolument comme vous, répondit Mᵉ Fogg avec un sourire d'incrédulité.

— L'assignation qui commence l'action, monsieur, continua Mᵉ Dodson, a été délivrée régulièrement. Monsieur Fogg, où est notre registre ?

— Le voici, dit Me Fogg en lui passant un volume carré recouvert en parchemin.

— Voici l'enregistrement, continua Dodson. *Middlesex, mandat : Veuve Martha Bardell versus Samuel Pickwick. Dommages-intérêts*, 1500 *guinées. Dodson et Fogg pour le demandeur, aug.* 28, 1831. Tout est régulier, monsieur, parfaitement régulier. »

Ayant articulé ces mots, Me Dodson toussa et regarda Me Fogg. Me Fogg répéta : « Parfaitement, » et tous les deux regardèrent M. Pickwick.

Celui-ci dit alors : « Vous voulez donc me faire entendre que c'est réellement votre intention de poursuivre ce procès ?

— Vous faire entendre ! monsieur. Oui, apparemment, répondit Me Dodson, avec quelque chose qui ressemblait à un sourire autant que le lui permettait sa dignité.

— Et que les dommages-intérêts demandés sont réellement de quinze cents guinées ?

— Vous pouvez ajouter que si notre cliente avait suivi nos conseils, elle aurait réclamé le triple de cette somme.

— Je crois cependant, fit observer Me Fogg, en jetant un coup d'œil à Me Dodson, je crois que Mme Bardell a déclaré positivement qu'elle n'accepterait pas un liard de moins.

— Sans aucun doute, répliqua Me Dodson d'un ton sec ; » car le procès ne faisait que de commencer, et il ne convenait pas aux avoués de le terminer par un compromis, quand même M. Pickwick y aurait été disposé.

« Comme vous ne nous faites point de propositions, monsieur, continua Me Dodson, en déployant de sa main droite un morceau de parchemin, et tendant gracieusement, de sa gauche, un papier à M. Pickwick ; comme vous ne nous faites pas de propositions, monsieur, je vais vous offrir une copie de cet acte, dont voici l'original.

— Très-bien ! monsieur ; très-bien ! dit en se levant notre philosophe, dont la bile commençait à s'échauffer. Vous aurez de mes nouvelles par mon homme d'affaires.

— Nous en serons charmés, répondit Me Fogg en se frottant les mains.

— Tout à fait, ajouta Dodson, en ouvrant la porte.

— Et avant de vous quitter, messieurs, reprit M. Pickwick en se retournant sur le palier, permettez-moi de vous dire que de toutes les manœuvres honteuses et dégoûtantes....

— Attendez, monsieur, attendez, interrompit Me Dodson avec grande politesse. Monsieur Jackson! monsieur Wicks!

— Monsieur? répondirent les deux clercs, apparaissant au bas de l'escalier.

— Faites-moi le plaisir d'écouter ce que ce gentleman va dire. Allons! monsieur, je vous en prie. Vous parliez, je crois, de manœuvres honteuses et dégoûtantes?

— Oui, monsieur, s'écria M. Pickwick entièrement excité, je disais que de toutes les manœuvres honteuses et dégoûtantes auxquelles se livrent les fripons, celle-ci est la plus dégoûtante et la plus honteuse. Je le répète, monsieur.

— Vous entendez cela, monsieur Wicks? cria Me Dodson.

— Vous n'oublierez pas ces expressions, monsieur Jackson? ajouta Me Fogg.

— Peut-être, monsieur, reprit Dodson, peut-être que vous aimeriez à nous appeler escrocs? Allons, monsieur, si cela vous fait plaisir, dites-le.

— Oui, s'écria M. Pickwick. Oui, vous êtes des escrocs!

— Très-bien, observa Dodson. J'espère que vous pouvez entendre de là-bas, monsieur Wicks?

— Oh oui! monsieur.

— Vous devriez monter quelques marches, ajouta Fogg.

— Poursuivez, monsieur, poursuivez. Vous feriez bien de nous appeler voleurs, monsieur. Ou peut-être que vous auriez du plaisir à nous maltraiter? Vous le pouvez, monsieur, si cela vous fait plaisir. Nous ne vous opposerons pas la plus petite résistance. Allons, monsieur! »

Comme M. Fogg se plaçait d'une manière fort tentante à proximité du poing fermé de M. Pickwick, il est fort probable que notre sage aurait cédé à ses sollicitations pressantes, s'il n'en avait pas été empêché. Mais Sam, en entendant la dispute, était sorti du bureau, avait escaladé l'escalier et saisi son maître par le bras.

« Allons, monsieur! lui dit-il, donnez-vous la peine de venir par ici. C'est très-amusant de jouer au volant, mais pas quand les deux raquettes sont des hommes de loi et qu'ils jouent avec vous. C'est trop excitant pour être agréable. Si vous voulez vous soulager le cœur en bousculant quelqu'un, venez dans la cour et bousculez-moi. Avec ceux-là c'est une besogne un petit peu trop dépensière. »

Disant ces mots et sans plus de cérémonie, Sam emporta son maître à travers l'escalier, à travers la cour, et l'ayant déposé en sûreté dans Cornhill, se retira modestement derrière lui, prêt à le suivre en quelque lieu qu'il lui plût d'aller.

M. Pickwick marcha tout droit devant lui d'un air d'abstraction, traversa en face de Mansion-house et dirigea ses pas vers Cheapside. Sam commençait à s'émerveiller du chemin que prenait son maître, quand celui-ci se retourna et lui dit :

« Sam, je vais aller immédiatement chez M. Perker.

— C'est juste l'endroit où vous auriez dû aller d'abord, monsieur.

— Je le crois, Sam.

— Et moi j'en suis sûr et certain, monsieur.

— Bien! bien! Sam, j'irai tout à l'heure. Mais d'abord, comme j'ai été mis un peu hors de moi-même, j'aimerais à prendre un verre d'eau-de-vie et d'eau chaude. Où pourrai-je en avoir, Sam? »

Sam connaissait parfaitement Londres, aussi répondit-il sans réfléchir un instant :

« La seconde cour à main droite, monsieur; l'avant-dernière maison du même côté. Prenez la stalle qui est à côté du poêle, parce qu'il n'y a pas de pied au milieu de la table, comme il y en a à toutes les autres, ce qui est très-inconvénient. »

M. Pickwick observa scrupuleusement les indications de son domestique et entra bientôt dans la taverne qu'il lui avait indiquée. De l'eau-de-vie et de l'eau chaude furent promptement placées devant lui, et Sam, s'asseyant à une distance respectueuse de son maître, quoique à la même table, fut accommodé d'une pinte de porter.

La pièce où ils se trouvaient était fort simple et semblait sous le patronage spécial des cochers de diligence, car plusieurs gentlemen qui paraissaient appartenir à cette savante profession, fumaient et buvaient dans leurs stalles respectives. Parmi eux se trouvait un gros homme rougeaud, d'un certain âge, assis en face de M. Pickwick, et qui attira son attention. Le gros homme fumait avec grande véhémence, mais, à chaque demi-douzaine de bouffées, il ôtait sa pipe de sa bouche et examinait d'abord Sam, puis M. Pickwick. Ensuite il exécutait encore une demi-douzaine de bouffées, d'un air de méditation profonde, et recommençait à considérer notre philosophe et son acolyte. Enfin le gros homme, mettant ses jambes sur une chaise et appuyant son dos contre le mur, s'occupa d'achever sa pipe sans interruption, et tout en contemplant, au travers de sa fumée, les deux nouveaux venus, comme s'il avait été décidé à les étudier le plus possible.

Les évolutions du gros homme avaient d'abord échappé à Sam, mais voyant les yeux de M. Pickwick se diriger de temps en temps vers lui, il commença à regarder dans la même direction, puis il abrita ses yeux avec sa main comme si, ayant partiellement reconnu l'objet placé devant lui, il désirait s'assurer de son identité. Mais ses doutes furent promptement résolus, car le gros homme, ayant chassé un nuage épais de sa pipe, fit sortir de dessous le châle volumineux qui enveloppait sa gorge et sa poitrine une voix enrouée, semblable à quelque étrange essai de ventriloquisme, et prononça lentement ces mots :

« Eh bien ! Sammy ?

— Qu'est-ce que c'est que cela, Sam ? demanda M. Pickwick.

— Hé bien ! je ne l'aurais pas cru, monsieur, répondit Sam en ouvrant des yeux étonnés. C'est le vieux.

— Le vieux ! reprit M. Pickwick, quel vieux ?

— Mon père, monsieur. Comment ça va-t-il, mon ancien ? »

Et avec cette touchante ébullition d'affection filiale, Sam fit une place sur le siége à côté de lui pour le gros homme, qui venait le congratuler, pipe en bouche et pot en main.

« Hé ben ! Sammy ? dit le père, je ne ne t'ai pas vu depuis deux ans et mieux.

— C'est vrai ça, vieux farceur. Comment va la belle-mère ?

— Hé ben ! je vas te dire quoi, Sammy, reprit M. Weller *senior* d'une voix très-solennelle. I' n'y a jamais évu une pus belle veuve que ma seconde. Une douce criature que c'était, Sammy, et tout ce que je peux dire à présent, c'est ça : pisqu'elle faisait une si extra-superfine veuve, c'est ben dommage qu'elle ait changé de condition. Elle ne réussit pas pour une femme, Sammy.

— Bah ! vraiment ? » demanda M. Weller *junior*.

M. Weller *senior* secoua la tête en répondant avec un soupir :

« J'ai fait la chose une fois de trop, Sammy, j'ai fait la chose une fois de trop. Prenez exemple sur vot' père, mon garçon, et prenez ben garde aux veuves toute vot' vie, espécialement si elles tiennent une auberge, Sammy. »

Ayant expectoré cet avis paternel, avec grand pathos, M. Weller *senior* tira de sa poche une boîte d'étain, remplit sa pipe, l'alluma avec les cendres de la précédente et recommença à fumer d'un grand train.

Après une pause considérable il s'adressa à M. Pickwick, en continuant le même sujet :

« Demande vot' excuse, mossieu; rien de personnel, j'espère, mossieu? vous n'avez pas empaumé une veuve?

— Non, pas encore, répondit M. Pickwick en riant; » et tandis que M. Pickwick riait, Sam informa son père à l'oreille des rapports qui existaient entre lui et ce gentleman.

« Demande vot' excuse, mossieu, dit M. Weller en ôtant son chapeau; j'espère que vous n'avez pas de reproches à faire à Sammy, mossieu?

— Pas le moindre, répliqua M. Pickwick.

— Fort heureux d'apprendre ça, mossieu. J'ai pris beaucoup de peine pour son éducation, mossieu. J'y ai laissé rouler les rues tout petiot pour qu'il sache se tirer d'affaire tout seul, mossieu : la véritable méthode pour rendre un jeune homme malin.

— J'imaginerais que c'est une méthode un peu dangereuse, observa M. Pickwick avec un sourire.

— Et qui n'est pas pleine de certitude non plus, objecta Sam; j'ai été régulièrement enfoncé l'autre jour.

— Non? dit le père.

— Si, » reprit *le fils*; et il raconta aussi brièvement que possible comment il avait été dupe des stratagèmes de Job Trotter.

M. Weller écouta ce récit avec l'attention la plus profonde, et lorsqu'il fut terminé :

« L'un de ces bijoux, dit-il, n'était-ce pas un grand efflanqué avec des cheveux noirs comme des chandelles et le don de l'oratoire très-galopant? »

M. Pickwick n'entendait pas parfaitement le dernier *item* de cette description, mais comprenant le premier, il répondit : « Oui, » à tous hasards.

« Et l'aut' gnillard, un toupet noir, en livrée violette, avec une très-grosse boule?

— Oui, oui, c'est lui! s'écrièrent vivement le maître et le valet.

— Alors je sais où qu'i' sont remisés; i' sont à Ipswich, en bon état tous les deux.

— Impossible! dit M. Pickwick.

— C'est un fait, répliqua M. Weller, et je vas vous dire comment je sais ça. Je travaille une voiture d'Ipswich de temps en temps, pour un camarade. Je l'ai menée juste le jour d'après la nuit oùs que vous avez attrapé le rhumatique, et je les ai ramenés juste au *négrillon*, à Chelmsford, et je les ai disposés droit à Ipswich oùs que le domestique, celui qu'est en violet, m'a dit qu'ils allaient rester pour longtemps.

— Je le suivrai, dit M. Pickwick. Nous pouvons visiter Ipswich aussi bien qu'un autre endroit. Je le suivrai.

— Vous êtes sûr et certain que c'était eux, gouverneur? demanda Sam.

— Tout à fait, Sammy, tout à fait, car leur apparition est fort singulière. Outre ça, je me confondais de voir un gen'l'm'n si familier avec son valet. Pus qu' ça ; comme i's étaient assis derrière mon siége, je leu's y ai entendu dire qu'ils avaient enfoncé le vieux Bouffe-la-balle.

— Le vieux quoi? demanda M. Pickwick.

— Le vieux Bouffe-la-balle, mossieu, par quoi, ma coloquinte à couper, qu'ils parlaient de vous, mossieu. »

Il n'y a rien de positivement vil ni atroce dans l'appellation le *vieux Bouffe-la-balle*, mais cependant c'est une désignation qui n'est nullement respectueuse ni agréable. Le souvenir de tous les torts qu'il avait soufferts de Jingle s'était amassé dans l'esprit de M. Pickwick, du moment où M. Weller avait commencé à parler. Il ne fallait qu'une plume pour faire pencher la balance, et *Bouffe-la-balle* le fit.

« Je le suivrai, s'écria le philosophe en donnant sur la table un coup de poing emphatique.

— Je conduirai après-demain à Ipswich, mossieu : la voiture part du *Taureau*, dans White-Chapel; si vous avez réellement envie d'y descendre, vous feriez mieux d'y descendre avec moi.

— C'est vrai, dit M. Pickwick. Très-bien. Je puis écrire à Bury et dire à ces messieurs de venir me retrouver à Ipswich. Nous irons avec vous. Mais ne vous en allez pas si vite, M. Weller, voulez-vous prendre quelque chose?

— Vous êtes bien bon, mossieu, répondit M. Weller en s'arrêtant court. Peut-être qu'un petit verre d'eau-de-vie pour boire à vot' santé et à la bonne chance de Sammy, ça ne ferait pas de mal. »

L'eau-de-vie fut apportée, et M. Weller, après avoir tiré son poil à M. Pickwick et adressé un signe gracieux à Sam, la fit descendre dans son large gosier comme s'il y en avait eu plein un dé.

« Bien exécuté, papa. Mais il faut prendre garde, vieux gaillard, ou bien vous vous ferez pincer par la goutte

— J'ai trouvé pour ça un remède souverain, répliqua M. Weller en reposant son verre.

— Un remède souverain pour la goutte, s'écria M. Pickwick en tirant promptement son mémorandum, qu'est-ce que c'est?

— La goutte, mossieu, la goutte est une maladie qu'elle est naquise de trop d'aises et de comforts. Si vous êtes jamais attaqué par la goutte, mossieu, vite épousez une veuve qu'a une bonne voix forte avec une idée décente de s'en faire usage, vous n'aurez pus jamais la goutte. C'est une proscription capitale, mossieu. Je la consomme régulièrement et je vous réponds qu'elle chasse toutes les maladies qu'est causée par trop de joyeuseté. »

Ayant communiqué ce secret inestimable, M. Weller vida son verre de nouveau, cligna de l'œil d'une manière prétentieuse, soupira profondément, et se retira avec lenteur.

« Eh bien! Sam, que pensez-vous de ce qu'a dit votre père? demanda M. Pickwick en souriant.

— Ce que j'en pense? monsieur; je pense qu'il est victime du matrimonial, comme disait le chapelain de la Barbe-Bleue, en l'enterrant avec une larme de pitié. »

Il n'y avait pas de réplique possible à l'à-propos de cette conclusion; c'est pourquoi M. Pickwick, après avoir payé leur écot, reprit son chemin vers Grey's Inn. Lorsqu'il atteignit ses grottes retirées, huit heures avaient sonné, et le flot incessant de gentlemen en pantalons crottés, en chapeaux gris déformés, en habits râpés, qui se précipitait par toutes les issues, l'avertit que la majorité des études était fermée pour ce jour-là.

Après avoir grimpé deux étages rapides et malpropres, M. Pickwick vit réaliser ses prévisions : la porte de M. Perker était close, et le morne silence qui suivit les coups répétés frappés par Sam, leur annonça suffisamment que les gens d'affaires s'étaient retirés pour la nuit.

« Voilà qui est bien contrariant, Sam. Je ne voudrais pourtant pas perdre un moment pour le voir. Je suis sûr que je ne pourrai pas fermer l'œil avant d'avoir confié cette affaire à un homme du métier.

— Voici une vieille qui monte les escaliers, monsieur, répliqua Sam. Peut-être qu'elle sait où nous pourrons trouver quelqu'un. Ohé! vieille lady, où est les gens de M. Perker?

— Les gens de M. Perker, dit une vieille femme maigre et misérable, en s'arrêtant pour respirer après avoir monté l'escalier; les gens de M. Perker est parti et moi je vas pour faire le bureau.

— Êtes-vous servante de M. Perker? demanda M. Pickwick.

— Je suis sa blanchisseuse.

— Ah! dit M. Pickwick, pour l'édification exclusive de son domestique, c'est une curieuse circonstance, Sam, que, dans ces *inns*[1], ils appellent les femmes de ménage des blanchisseuses. Je ne comprends pas pourquoi.

— Je me figure, monsieur, que c'est parce qu'elles ont une aversion mortelle à laver quelque chose.

— Cela ne m'étonnerait pas, » répondit M. Pickwick en regardant la vieille femme. En effet, son apparence, comme la tenue du bureau, qu'elle venait d'ouvrir, indiquait une antipathie enracinée contre l'emploi du savon et de l'eau.

« Ma bonne femme, reprit M. Pickwick, savez-vous où je puis trouver M. Perker?

— Non, je n'en sais rien, répliqua-t-elle d'une voix aigre; il est hors de la ville, maintenant.

— Cela est bien malheureux! Et où est son clerc, savez-vous?

— Oui, je le sais, mais i' me remercierait drôlement de vous le dire.

— J'ai des affaires très-particulières avec lui.

— Ça ne peut pas se faire demain matin?

— Pas aussi bien.

— Eh bien, si c'est quelque chose de très-particulier, je puis dire où il est. Ainsi je suppose qu'il n'y a pas de mal à le dire. Si vous allez à *la Souche et la Pie* et que vous demandiez au comptoir M. Lowten, ils vous introduiront, et c'est le clerc de M. Perker. »

Avec ces instructions, et ayant appris de plus que l'hôtellerie en question était au fond d'une cour, heureusement située

1. C'est le nom des maisons garnies, habitées ordinairement par les hommes de loi ou les étudiants. (*Note du traducteur.*)

entre Clare-Market et New Inn, M. Pickwick et Sam descendirent en sûreté l'escalier raboteux et se mirent en quête de *la Souche et la Pie*.

Cette taverne favorite, consacrée aux orgies nocturnes de M. Lowten et de ses compagnons, était ce que des gens ordinaires appellent un *bouchon*. Une petite échoppe adossée à la muraille et sous-louée à un cordonnier en vieux, marquait suffisamment que le propriétaire de *la Pie* était un homme disposé à gagner de l'argent; en même temps que la protection par lui accordée à un vendeur de petits pâtés, qui débitait ses chatteries sans crainte d'interruption sur le pas même de la porte, démontrait évidemment que ledit propriétaire possédait un esprit philanthropique. Deux ou trois pancartes imprimées, faisant allusion à du cidre de Devonshire et à de l'eau-de-vie de Dantzig, pendaient aux carreaux inférieurs des fenêtres, décorées de rideaux safran, tandis qu'un large écriteau noir annonçait, en lettres blanches, au public savant, qu'il y avait cinq cent mille barils de double bière dans les celliers de la maison, laissant l'esprit dans un état de doute fort agréable quant à la direction précise dans laquelle on pouvait supposer que cette immense caverne s'étendait dans les entrailles de la terre. Nous aurons décrit autant qu'il est nécessaire l'extérieur de l'édifice, lorsque nous aurons ajouté que l'enseigne antique étalait la figure à moitié effacée d'une *pie* contemplant attentivement une ligne tortueuse de couleur brune, que les voisins avaient été habitués dès l'enfance à reconnaître pour la *souche*.

Lorsque M. Pickwick se présenta au comptoir, il fut reçu par une femme d'un certain âge qui sortit de derrière un paravent.

« M. Lowten est-il ici, madame?

— Oui, monsieur, il y est. Charley, introduisez le gentleman auprès de M. Lowten.

— Le gen'l'm'n peut pas entrer à c't' heure, répondit un jeune Ganymède à la tête rousse. M'sieu Lowten i' chante une chanson farce, et ça l'interloquerait. Ça ne sera pas bien long m'sieu. »

Le Ganymède roux avait à peine cessé de parler, lorsque le cliquetis des verres et le tonnerre des coups frappés sur la table annoncèrent que la chanson était terminée. M. Pickwick engagea Sam à se délasser dans la buvette, et suivit son introducteur.

Sur cette annonce : « Un gen'l'm'n pour vous parler, m'sieu. »

un jeune homme bouffi, qui remplissait le fauteuil au sommet de la table, leva la tête, regarda avec quelque surprise dans la direction d'où partait la voix, et sa surprise ne fut aucunement diminuée lorsqu'il reconnut qu'il ne connaissait nullement l'individu sur lequel se reposaient ses yeux.

« Je vous demande pardon, monsieur, dit M. Pickwick, et je suis aussi très-fâché de déranger ces messieurs, mais je viens pour une affaire pressante. Si vous voulez me permettre de vous entretenir au bout de cette chambre pendant cinq minutes, je vous serai fort obligé. »

Le jeune homme bouffi se leva, et, tirant une chaise dans un coin obscur de la salle, écouta attentivement le récit des infortunes de M. Pickwick. Lorsqu'il fut terminé : « Ah ! dit-il, Dodson et Fogg ! habiles dans la pratique ! hommes d'affaires, bien malins, monsieur ! »

M. Pickwick admit la malice de Dodson et Fogg, et M. Lowten poursuivit :

« Perker n'est pas dans la ville et n'y reviendra pas avant la fin de la semaine prochaine; mais si vous voulez faire défendre à l'action, vous n'avez qu'à me laisser cette copie, je pourrai faire tout ce qui est nécessaire jusqu'à son retour.

— C'est précisément pour cela que je suis venu ici, répliqua M. Pickwick en tendant le document. S'il arrive quelque chose de nouveau vous pouvez m'écrire, poste restante, à Ipswich.

— C'est fort bien, » répondit le clerc de Mᵉ Perker; et, voyant les regards de M. Pickwick se diriger curieusement vers la table, il ajouta : « Voulez-vous rester avec nous pour une demi-heure ? Nous avons fameuse compagnie ce soir. Il y a Samkin, et le premier clerc de Green, et Smithers, et la chancellerie de Price, et Pimkins, et Thomas.... il chante à ravir ; et Jack Bamber, et beaucoup d'autres. Vous arrivez de la campagne, je suppose : voulez-vous vous joindre à nous ? »

M. Pickwick ne pouvait laisser échapper une occasion si séduisante d'étudier la nature humaine : il se laissa mener vers la table, fut présenté formellement à la compagnie, prit un siége auprès du président et fit venir un verre de son breuvage favori.

Un profond silence s'ensuivit, contrairement à l'attente de M. Pickwick. Enfin son voisin de droite, gentleman qui étalait des boutons de mosaïque sur une chemise rayée, lui dit en ôtant avec deux doigts son cigare de sa bouche :

« J'espère que cela ne vous incommode pas, monsieur ?

— Pas le moins du monde, répliqua M. Pickwick. J'en aime beaucoup l'odeur, quoique je ne fume pas moi-même.

— Je serais bien fâché d'en dire autant, observa un autre gentleman du côté opposé de la table. Ma pipe, c'est pour moi la table et le logement. »

M. Pickwick examina celui qui parlait ainsi et ne put s'empêcher de penser que tout aurait été pour le mieux, si sa pipe avait aussi été pour lui le blanchissage.

Il y eut une autre pause. M. Pickwick était un étranger, et son arrivée avait évidemment refroidi les assistants.

« M. Grundy va régaler la compagnie d'une chanson, dit le président.

— Non, il ne la régalera pas, répliqua M. Grundy.

— Pourquoi ? demanda le président.

— Parce que je ne peux pas.

— Vous feriez mieux de dire que vous ne voulez pas.

— Eh bien ! alors, parce que je ne veux pas. »

Un autre silence fut occasionné par ce refus positif de régaler la compagnie.

« Personne ne nous mettra-t-il en train ? dit le président d'un ton dubitatif.

— Pourquoi ne nous mettez-vous pas en train vous-même, monsieur le président, » fit observer du bout de la table un jeune gentleman avec des moustaches, un œil louche et un col de chemise rabattu.

« Écoutez ! écoutez ! » cria le fumeur aux joyaux de clinquant.

Le président répliqua : « Parce que je viens de chanter la seule chanson que je sache, et que celui qui chante deux fois la même chanson dans une soirée est à l'amende d'une tournée. »

C'était une raison sans réplique, aussi fut-elle suivie d'un nouveau silence.

M. Pickwick, désirant susciter un sujet qui pût être discuté par tout le monde, éleva la voix et parla en ces termes :

« J'ai été ce soir, gentlemen, dans un endroit que vous tous connaissez parfaitement sans aucun doute, mais où je n'avais pas mis le pied depuis bien des années et que je connais fort peu. Je veux parler de *Gray's Inn*. Ces vieux hôtels sont de curieux recoins, dans une grande ville comme Londres.

— Par Jupiter, murmura le président à M. Pickwick, vous êtes tombé sur un sujet qui fera causer l'un de nous, du moins. Vous allez tirer de sa coquille le vieux Jack Bamber. On ne l'a jamais entendu parler sur autre chose que sur les *Inns*. Il y a vécu si longtemps tout seul qu'il en est devenu à moitié fou. »

L'individu dont parlait M. Lowton était un vieux petit homme, aux épaules élevées, qui avait l'habitude de se pencher en avant quand il était silencieux, et qui, pour cette raison, n'avait pas été remarqué de M. Pickwick. Mais lorsque le vieux homme leva sa face jaune et décharnée, et fixa sur lui ses yeux gris pleins de finesse et de pénétration, notre illustre observateur s'étonna que des traits aussi singuliers eussent pu échapper un seul instant à son attention. Un sourire chagrin contractait perpétuellement la figure du vieillard; il appuyait son menton sur une grande main maigre, dont les ongles étaient d'une longueur extraordinaire; son regard pénétrant et fixe luisait sous d'épais sourcils grisonnants; enfin il y avait dans toute l'expression de sa physionomie quelque chose d'étrange, de sauvage, de rusé, qui rendaient son aspect tout à fait repoussant.

Telle était la figure qui se redressa tout à coup et d'où jaillit un torrent de paroles brûlantes. Cependant comme ce chapitre est déjà bien long, et comme le vieux homme est un personnage notable, il sera plus respectueux pour lui et plus commode pour nous, de le laisser parler dans un nouveau chapitre.

CHAPITRE XXI.

Dans lequel le vieux homme se lance sur son thème favori, et raconte l'histoire d'un drôle de client.

« Ha! ha! dit le vieux homme dont nous avons donné une courte description dans le précédent chapitre, ha! ha! qui parle des *Inns*?

— C'est moi, monsieur, répondit M. Pickwick. Je remarquais que ce sont de vieux endroits bien singuliers.

— *Vous!* repartit le vieux homme d'un ton méprisant. Que

pouvez-vous savoir du temps où les jeunes gens s'enfermaient dans ces chambres solitaires, et lisaient, et lisaient, heure après heure, nuit après nuit, jusqu'à ce que leur raison fût altérée par leurs études nocturnes, jusqu'à ce que les forces de leur esprit fussent épuisées, jusqu'à ce que la lumière du matin ne leur apportât plus ni fraîcheur ni santé; si bien qu'ils finissaient par périr après avoir dévoué inutilement leurs jeunes énergies à de vieux bouquins desséchés. *Vous*, qui êtes venu plus tard, à une époque toute différente, que savez-vous de cet affaissement graduel par une lente consomption, ou de ces ravages rapides de la fièvre, résultat de la débauche et de la dissipation, pour les habitants de ces chambres sombres ? Savez-vous combien de plaideurs, après avoir vainement imploré la merci des hommes de loi, s'en sont allés, le cœur brisé, chercher du repos dans la Tamise ou un refuge dans la prison ? Il n'y a pas un panneau, dans les vieilles boiseries, qui ne pût faire un récit plein d'horreur sur le roman de la vie, de la vie réelle, monsieur ! Tout prosaïques que ces hôtels puissent vous sembler maintenant, je vous dis qu'ils sont remplis d'affreux mystères ; et j'aimerais mieux entendre, à minuit, bien des légendes ornées d'un titre terrible, que la véritable histoire d'une de ces chambres antiques. »

Il y avait quelque chose de si singulier dans l'énergie soudaine du vieillard et dans le sujet qui l'avait réveillé, que M. Pickwick ne trouva point de paroles prêtes pour lui répondre. Cependant le vieillard, réprimant son impétuosité et reprenant l'air goguenard que l'excitation du moment lui avait fait perdre, poursuivit en ces termes :

« Regardez-les sous un autre aspect moins romantique. Quels admirables instruments de lente torture ! Pensez au pauvre homme qui a dépensé tout ce qu'il possédait, qui s'est réduit à la mendicité, qui a rançonné ses amis pour entrer dans une profession où il ne gagnera jamais un morceau de pain. L'attente, l'espoir, le désappointement, la crainte, le malheur, la pauvreté, les espérances anéanties, la carrière perdue, le suicide, peut-être, ou mieux encore, l'ivrognerie en guenilles, en savates ! voilà ce que l'on trouve dans ces sombres demeures. Ne sont-ce pas là de drôles d'hôtels, hein ? »

Le vieillard se frottait les mains en ricanant, enchanté d'avoir placé son sujet favori sous un nouveau point de vue ; M. Pickwick le considérait avec curiosité, et le reste de la compagnie souriait et regardait en silence.

« Vous parlez de vos universités allemandes, poursuivit le petit vieillard, pouh! pouh! Il y a assez de poésie ici, à côté de nous, sous nos yeux; seulement personne n'y pense.

— Certainement, dit en riant M. Pickwick, je n'ai jamais pensé à la poésie de ces endroits-là.

— Sans doute, vous n'y avez pas pensé: naturellement. C'est comme un de mes amis qui me disait souvent: « Qu'est-ce qu'il y a de particulier dans ces vieilles maisons? — Drôles de vieux endroits, répondais-je. — Pas du tout, disait-il. — Solitaires, reprenais-je. — Pas le moins du monde, » disait-il. Un matin, comme il allait ouvrir sa porte pour sortir, il tomba frappé d'apoplexie foudroyante. Il est tombé la tête dans sa propre boîte à lettres. Il resta là pendant dix-huit mois. Tout le monde le crut parti de la ville.

— Et comment fut-il trouvé, à la fin? demanda M. Pickwick.

— Comme il n'avait pas payé son loyer depuis deux ans, on se détermina à entrer d'autorité. En effet, la serrure fut forcée, et un cadavre desséché, en habit bleu, en culotte noire, en bas de soie, tomba dans les bras du portier qui ouvrait la porte. C'est drôle, ça? assez drôle peut-être? assez drôle, eh? » Et le petit vieillard pencha sa tête encore plus sur son épaule, en frottant ses mains avec un indicible plaisir.

« Je sais une autre aventure du même genre, reprit-il, quand sa joie fut un peu calmée. Elle arriva dans Clifford's Inn. Un locataire, sous les toits, mauvaise réputation, s'enferme dans le cabinet de sa chambre à coucher et prend une dose d'arsenic. L'intendant croit qu'il est décampé, ouvre sa porte et met écriteau. Un autre homme arrive, loue la chambre, la meuble et vient l'habiter. Mais, d'une manière ou d'une autre, il ne peut pas dormir. Toujours agité, inconfortable: C'est bien drôle! se dit-il. Je ferai ma chambre à coucher dans l'autre pièce, et celle-ci sera mon cabinet. Il fait l'échange et dort très-bien la nuit, mais soudainement il devient incapable de lire le soir; il se trouve nerveux, inquiet, et ne peut rien faire que de moucher sa chandelle ou de regarder autour de soi. « Je n'y comprends rien, » se dit-il un soir qu'il revenait de la comédie et buvait un verre de grog froid, le dos appuyé sur le mur, pour ne pas pouvoir s'imaginer qu'il y eût quelqu'un derrière lui. « Je n'y comprends rien, » se dit-il, et justement ses yeux s'arrêtent sur le petit cabinet qui était toujours resté fermé en dedans Un frisson le saisit des pieds à la tête. « J'ai déjà éprouvé cette étrange sensation, pense-t-il. Je ne puis pas m'empêcher d'imaginer qu'il y a quelque mystère dans ce cabinet.... » En même temps, il fait un effort, rassemble tout son courage, brise la serrure avec le fourgon, ouvre la porte, et là, ma foi ! il découvre, debout dans un coin, le dernier locataire, tenant une petite bouteille dans sa main crispée, et dont le visage portait les traces affreuses d'une mort violente. »

Ayant ainsi parlé, le vieux homme recommença à ricaner, en promenant ses regards refrognés sur les visages étonnés et attentifs de ses auditeurs.

« Quelles choses étranges vous nous dites là, monsieur ! s'écria M. Pickwick en observant minutieusement les traits du vieillard, au moyen de ses lunettes.

— Étranges ? reprit celui-ci, nullement. Vous les trouvez étranges parce qu'elles sont nouvelles pour vous. Elles sont farces, mais ordinaires.

— Farces ! s'écria M. Pickwick involontairement.

— Oui, farces ! n'est-il pas vrai ? » répliqua le petit vieillard avec un ricanement diabolique ; et alors sans attendre une réponse, il continua :

« Il y a une quarantaine d'années, je connaissais un autre individu qui loua, dans un des plus anciens Inns, un appartement vieux, humide, moisi, demeuré vacant et fermé depuis des années, des siècles. Il courait une quantité d'histoires de vieilles femmes sur ce logement-là, et certainement il était loin d'être gai ; mais la pauvreté rongeait notre homme, et quand ces chambres auraient été dix fois pires, leur bon marché l'aurait décidé. Il fut obligé de racheter quelques vieux meubles qui étaient scellés à la muraille, et entre autres une grande armoire à papiers, avec de grandes portes vitrées, garnies en dedans de rideaux verts. C'était un meuble fort inutile pour lui, car il n'avait pas de papiers à y mettre, et quant à ses vêtements il les portait toujours sur son dos, sans se fatiguer, encore. C'est bien. Il fait donc porter tous ses meubles, et il n'en avait pas la charge d'un brancard ; il éparpille ses quatre chaises dans la chambre pour leur faire faire, autant que possible, la figure d'une douzaine, et, le soir venu, il se met à boire auprès du feu le premier verre d'un gallon d'eau-de-vie qu'il avait acheté à crédit. Tout en buvant, il se demandait à lui-même si l'eau-de-vie serait jamais payée, et dans ce cas, au bout de combien d'années, lorsque ses yeux vinrent à tomber sur les portes vitrées de l'armoire de chêne. « Ah ! se dit-il, si je n'avais pas été obligé de prendre ce vilain bahut à l'estimation du vieux brocanteur, j'aurais pu avoir pour mon argent quelque chose de plus confortable. Je vous dirai ce qui en est, vieille ganache, ajouta-t-il en parlant tout haut à l'armoire, seulement parce qu'il n'avait personne autre à qui parler; s'il ne fallait pas plus de peine pour briser votre vilaine carcasse qu'elle ne me ferait de profit, vous allumeriez mon feu en moins de rien. » Il avait à peine prononcé ces paroles qu'un son, ressemblant à un faible gémissement, parut sortir de l'armoire. Notre homme en fut effrayé d'abord, mais réfléchissant ensuite que ce bruit devait être produit par quelque voisin qui rentrait chez lui de bonne humeur, il mit ses pieds sur le garde-feu et leva le poker pour remuer le charbon de terre. En ce moment le même son fut répété, l'une des portes vitrées s'ouvrit lentement et laissa voir, debout dans l'armoire, la figure d'un grand homme, couvert de vêtements sales et déchirés. Son visage pâle et maigre semblait rongé de chagrin, et il y avait dans la couleur de sa peau, dans ses formes de squelette, dans toute sa contenance, enfin, quelque chose qui n'appartenait pas à un habitant de ce monde. « Qui êtes-vous ? balbutia le nouveau locataire devenu plus blanc que sa chemise, et balançant toutefois dans sa main le poker, de manière à ajuster assez décemment la figure surnaturelle. Qui êtes-vous ? — Ne me jetez pas ce poker, répliqua le revenant. Vous auriez beau me viser en plein, il passerait au travers de moi sans résistance et ne frapperait que le fond de l'armoire. Je suis un esprit. — Et que me voulez-vous, s'il vous plaît ? repartit le locataire d'une voix tremblante. — Dans cette chambre, répliqua l'apparition, s'est consommée ma ruine terrestre. Dans cette chambre, j'ai été réduit à la mendicité, ainsi que mes enfants. Dans cette armoire s'accumulèrent chaque année les papiers d'un long, d'un éternel procès. Dans cette chambre, lorsque je mourus de chagrin, de désespoir, deux rusés vampires se partagèrent les richesses pour lesquelles j'avais empoisonné mon existence, et dont ils ne laissèrent pas un liard à mes pauvres enfants. Je les ai si bien épouvantés que je les ai fait déguerpir de ces lieux ; et depuis, afin de revoir le théâtre de mes longues misères, j'y reviens toutes les nuits, seule époque où je puisse encore visiter votre planète. Cet appartement est à moi. Laissez-le-moi. — Si vous insistez pour revenir dans cette chambre, répondit le locataire, qui avait eu le temps de se recueillir pendant le prolixe récit du revenant, je vous en quitterai la possession avec le plus grand plaisir; mais, si vous me le permettez, je désirerais vous adresser une question. — Parlez, dit l'esprit d'une voix sévère. — Eh bien! reprit notre homme, je ne veux pas vous appliquer personnellement mon observation, puisqu'elle est commune à tous les esprits dont j'ai entendu parler, mais il me semble un peu.... inconséquent, que vous reveniez toujours exactement aux lieux où vous avez été le plus malheureux, lorsque vous avez la facilité de visiter les plus beaux pays de la terre, puisque l'espace ne doit rien être pour vous. — Ma foi! cela est vrai! je n'y avais jamais pensé, répliqua le revenant. — Vous voyez, monsieur, poursuivit le locataire, que cette chambre est bien misérable. D'après l'apparence de cette armoire, j'oserais dire qu'il n'y manque point de punaises; et réellement j'imagine que vous pourriez trouver un domicile beaucoup plus confortable, sans parler du climat de Londres, qui est extrêmement peu flatteur. — Vous avez tout à fait raison, monsieur, répondit l'esprit avec politesse. Je n'avais jamais pensé à cela. Je vais essayer immédiatement du changement d'air. » En effet, tout en parlant, il commença à s'évanouir; ses jambes étaient déjà entièrement disparues, lorsque le locataire le rappela. « Monsieur, lui cria-t-il, vous rendriez un bien grand service à la société si vous vouliez avoir la bonté de suggérer aux autres ladies et gentlemen qui s'occupent à hanter les vieilles maisons, qu'ils pourraient être beaucoup plus confortablement ailleurs. — Je n'y manquerai pas, répondit le revenant. Il faut en vérité que nous soyons bien bêtes, nous autres esprits, pour n'avoir point trouvé cela. Je ne me pardonne point d'avoir été si stupide! » En disant ces mots, le revenant disparut, et ce qui est remarquable, ajouta le vieux homme en jetant un regard malin autour de la table, il ne revint jamais.

« Ce n'est pas mauvais, si c'est vrai, dit l'homme aux boutons de mosaïque en allumant un nouveau cigare.

— Si! s'écria le vieillard d'un air excessivement méprisant. Voyez-vous, continua-t-il en se tournant vers Lowten, je ne serais pas bien étonné qu'il finît par dire que l'histoire du singulier client que nous avions, quand j'étais chez l'avoué, n'est pas vraie non plus.

— Oh! cette histoire-là, je n'en dirai rien du tout, car je ne l'ai jamais entendue, répondit l'homme aux bijoux de clinquant.

— Monsieur, dit M. Pickwick, je souhaiterais fort que vous voulussiez bien nous la raconter.

— Oh ! oui, ajouta Lowten, racontez-la. Personne ici ne l'a entendue, excepté moi, et je l'ai presque oubliée. »

Le vieux homme regarda autour de la table et ricana plus horriblement que jamais, en remarquant l'attention peinte sur tous les visages. Ensuite, frottant son menton avec sa main et contemplant le plafond, comme pour rafraîchir sa mémoire, il commença ainsi qu'il suit :

HISTOIRE D'UN SINGULIER CLIENT.

Il n'importe guère où ni comment j'ai appris cette courte histoire ; si je vous la racontais dans l'ordre où je l'ai sue, je commencerais par le milieu, et quand je serais arrivé à la conclusion, je retournerais en arrière chercher un commencement. Il suffira de vous dire que quelques-uns des événements se sont passés devant mes yeux. Quant aux autres, *je sais* qu'ils sont arrivés, et plusieurs personnes encore vivantes ne se les rappellent que trop bien.

Dans la grande rue du faubourg de Londres, près de l'église Saint-George, et du même côté de la rue, se trouve, comme presque tout le monde le sait, une petite prison pour dettes, nommée Marshalsea. Quoiqu'elle ne ressemble plus guère à l'infâme cloaque d'autrefois, cependant, dans son état amélioré, elle offre encore peu de tentation pour les extravagants, peu de consolation pour les imprévoyants. L'assassin condamné jouit, dans Newgate, d'une cour plus vaste et plus aérée qu'il n'y en a dans la prison de Marshalsea, pour le débiteur insolvable.

Que ce soit une idée, que ce soit à cause des vieux souvenirs que me rappelle cette partie de Londres, je ne puis la supporter. La rue est large ; les boutiques sont spacieuses ; le bruit des voitures, des passants, des industries actives, y résonne depuis le matin jusqu'à minuit ; mais les rues d'alentour sont étroites et sales ; la pauvreté, la débauche suppurent de toutes les allées ; l'infortune et le besoin sont renfermés dans la sombre prison ; un air de tristesse, de désolation, semble, à mes yeux du moins, être répandu sur les alentours et leur communiquer une teinte maladive et dégoûtante.

Bien des gens dont les yeux se sont depuis fermés dans la tombe, ont commencé par contempler assez légèrement cette scène, en entrant pour la première fois dans la vieille prison de la Marshalsea ; car le désespoir vient rarement avec les premières atteintes de l'infortune. Le nouveau prisonnier se confie aux amis qu'il n'a pas éprouvés encore ; il se rappelle les nombreuses offres de services qui lui ont été faites, lorsqu'il n'en avait pas besoin ; dans son inexpérience heureuse, il conserve l'espérance, fleur salutaire, que le premier vent de l'adversité fait courber à peine, qui se redresse et fleurit de nouveau pendant quelque temps, et qui peu à peu se fane et se dessèche sous l'influence des désappointements et de l'oubli. Alors les yeux se creusent et deviennent hagards ; les joues pâles et maigres se collent sur les os ; le manque d'air et d'exercice, la faim plus terrible encore, détruisent le prisonnier. A l'époque dont nous parlons, on pouvait dire, sans aucune métaphore, que les pauvres débiteurs pourrissaient dans la prison, sans aucun espoir d'en sortir vivants. De semblables atrocités n'existent plus au même degré, mais il en reste encore suffisamment pour enfanter des misères qui font saigner le cœur.

Il y a trente ans environ, une jeune femme, avec son enfant, se présentait de jour en jour à la porte de la prison, dès que le soleil paraissait et avec autant de régularité que lui. Elle venait pour voir son mari, emprisonné pour dettes ; souvent, après une nuit inquiète et sans sommeil, elle arrivait à cette porte une heure trop tôt, et alors, s'en retournant d'un air doux et résigné, elle menait son enfant sur le vieux pont, l'élevait dans ses bras sur le parapet, et lui montrait, pour le distraire, la Tamise étincelante sous les rayons du soleil levant, et déjà animée par mille préparatifs de travail et de plaisir. Mais bientôt elle remettait l'enfant par terre et se prenait à pleurer amèrement, car nulle expression d'amusement ou d'intérêt n'était venu éclairer le visage pâle et amaigri qu'elle aimait tant à contempler. Hélas ! ce pauvre enfant ne comptait que des souvenirs d'une seule espèce, souvenirs qui se rattachaient à la pauvreté, aux malheurs de ses parents. Durant de longues heures, il restait assis sur les genoux de sa mère, et considérait avec une sympathie enfantine les larmes qui coulaient le long de ses joues ; puis il se traînait silencieusement dans un coin sombre, où il s'endormait en pleurant. Les pénibles réalités du monde, avec ses plus dures privations, la faim, la soif, le froid, tous les besoins, étaient à demeure dans sa maison, depuis les premières lueurs de son intelligence; et quoiqu'il eût encore les formes de l'enfance, il n'en avait plus ni le cœur léger, ni le rire joyeux, ni les yeux brillants.

Son père et sa mère étudiaient la pâleur de son visage, et leurs regards se rencontraient ensuite avec des pensées de désespoir, qu'ils n'osaient exprimer par des paroles. L'homme vigoureux, bien portant, qui aurait pu supporter toutes les fatigues d'une vie active, se consumait dans la longue inaction, dans l'atmosphère malsaine d'une prison populeuse. La femme délicate et fragile s'affaissait sous les maux combinés de l'esprit et du corps. Quant au jeune enfant, son cœur était déjà brisé.

L'hiver arriva, et avec l'hiver des semaines entières de pluies froides et tristes. La pauvre femme était venue demeurer dans une misérable chambre, près de la prison de son mari, et quoique leur pauvreté croissante fût la cause de ce changement, elle se trouvait plus heureuse alors, car elle était plus près de lui. Pendant deux mois elle vint comme à l'ordinaire attendre, avec son enfant, l'ouverture de la porte. Un matin, elle ne vint pas : c'était la première fois. Un autre matin, elle vint seule : l'enfant était mort.

Ils savent peu, ceux qui parlent légèrement des pertes du pauvre comme d'une heureuse cessation de douleurs pour celui qui n'est plus, comme d'une économie providentielle pour le survivant ; ils savent peu quelle agonie causent ces pertes. Un regard silencieux d'affection, quand tous les autres regards se détournent froidement ; la conscience que nous possédons la sympathie d'un être humain, lorsque tous les autres nous ont abandonnés : c'est là une consolation, un soutien, un appui, que nulle richesse ne peut payer, que ne peut donner nul pouvoir. L'enfant était resté, pendant des heures entières, assis aux pieds de ses parents, avec ses petites mains pressées dans les leurs ; avec son visage maigre et pâle levé vers leur visage. Ils l'avaient vu s'étioler de jour en jour ; mais quoique sa courte existence eût été privée de toute joie, quoiqu'il reposât maintenant dans cette paix qu'il n'avait jamais connue sur la terre, cependant ils étaient ses parents, et sa perte pénétra profondément dans leur cœur.

Il était clair pour ceux qui regardaient la figure épuisée de la jeune mère, qu'elle n'avait plus de longues épreuves à subir. Les camarades de prison de son mari craignaient de troubler tant de douleurs et de misères, et lui laissaient à lui seul la petite chambre qu'il avait d'abord partagée avec deux compagnons. La jeune femme l'occupait avec lui; elle languissait sans souffrances, mais sans espoir, et sa vie s'éteignait doucement.

Un soir elle s'était évanouie dans les bras de son mari, et il l'avait portée à la fenêtre ouverte, pour la ranimer par la sensation de l'air. La lumière de la lune, en tombant sur son pâle visage, lui montra tant d'altération dans ses traits qu'il chancela, comme un faible enfant, sous le fardeau qui lui était si cher.

« Asseyez-moi, George, » dit-elle d'une voix faible. Il obéit, et s'asseyant auprès d'elle, il couvrit son front de ses mains et fondit en larmes.

« Il est bien dur de vous quitter, George; mais c'est la volonté de Dieu, et vous devez supporter cela pour l'amour de moi. Oh! combien je le remercie de nous avoir pris d'abord notre enfant! Il est heureux; il est dans le ciel maintenant. Que se ait-il devenu ici, sans sa mère?

— Vous ne mourrez pas, Mary! non, vous ne mourrez pas! » s'écria le mari en se levant. Il fit le tour de la chambre, avec violence, en se frappant le front de ses poings fermés; puis, se rasseyant auprès de sa femme et la supportant dans ses bras, il ajouta avec plus de calme: « Remettez-vous, je vous en prie, ma chère enfant. Reprenez courage; vous vivrez encore.

— Non, George, non, je le sens bien. Faites-moi mettre près de mon pauvre enfant, maintenant; mais promettez-moi que si jamais vous quittez cette affreuse demeure, si vous devenez riche, vous nous ferez transporter dans quelque paisible cimetière de village, loin, bien loin d'ici, pour que nous puissions nous y reposer en paix. Cher George, me le promettez-vous?

— Oui, oui, dit le pauvre homme en se jetant à genoux devant elle. Répondez-moi, Mary! encore un mot! un regard! un seul! »

Il cessa de parler, car le bras qui serrait son cou était roide et pesant. Un profond soupir s'échappa de la poitrine desséchée de la jeune femme, ses lèvres remuèrent, un sourire se joua sur son visage, mais les lèvres étaient blanches, le sourire devint fixe et glacé: George Heyling était seul dans le monde!

Cette nuit, dans le silence et la désolation de sa chambre lugubre le misérable époux s'agenouilla auprès de ce qui n'était plus qu'un cadavre, et appela Dieu à témoin du serment effroyable qu'il faisait de venger la mort de sa femme et de son enfant; de dévouer le reste de son existence à ce seul but; d'obtenir une vengeance prolongée et terrible; de nourrir une haine éternelle, inextinguible, et d'en poursuivre l'objet à travers le monde entier.

Un désespoir surnaturel, une rage démoniaque avaient fait de si affreux ravages sur sa figure, dans cette seule nuit, que le lendemain matin ses compagnons se reculaient avec effroi lorsqu'il passait auprès d'eux. Ses yeux étaient lourds et sanglants, son visage cadavéreux, son corps voûté comme par l'âge. Dans la violence de ses angoisses mentales, il avait mordu sa lèvre inférieure, et le sang, coulant de la blessure, avait souillé son menton, sa cravate, sa chemise. Pas une larme, pas un soupir, pas une plainte ne lui échappait; mais l'égarement de ses regards, l'irrégularité de ses pas, tandis qu'il arpentait la cour, toute sa contenance, enfin, révélait la fièvre qui le dévorait intérieurement.

Il était nécessaire que le corps de sa femme fût enlevé sans délai de la prison. Il en reçut l'avis avec calme et en reconnut la convenance. Presque tous les prisonniers s'étaient assemblés pour voir cet enlèvement. Ils se rangèrent des deux côtés lorsque George Heyling parut. Il s'avança d'un pas précipité; il se plaça dans un petit espace grillé, auprès de la porte d'entrée: la foule s'en retira par un sentiment instinctif de délicatesse. Bientôt le cercueil grossier descendit, porté lentement sur les épaules de quatre hommes. Un silence de mort l'accueillit, rompu seulement par les lamentations des femmes et par le bruit des pieds des porteurs sur le pavé. Quand ils atteignirent le lieu où se tenait l'époux délaissé, ils s'arrêtèrent. Il étendit sa main sur la bière, et arrangeant machinalement le drap qui la couvrait, il leur fit signe de continuer. Les guichetiers, sous le portique, ôtèrent leurs chapeaux; le cercueil passa; la porte pesante se referma par derrière. Heyling regarda d'un air distrait la foule dont il était entouré, et se laissa tomber lourdement sur la terre.

Pendant plusieurs semaines, on fut obligé de le veiller nuit et jour; mais dans les plus violentes rêveries de la fièvre, il ne perdit pas la conscience de ses malheurs, ni le souvenir du vœu qu'il avait fait. Des lieux, des scènes, des événements divers, se succédaient devant ses yeux avec la rapidité confuse du délire; et pourtant tous ses rêves étaient liés, en quelque manière, au sujet terrible qui remplissait son esprit. Il naviguait sur une mer sans bornes. Le ciel brûlant paraissait ensanglanté; les vagues furieuses bondissaient, tourbillonnaient de toutes parts. Un autre vaisseau labourait péniblement les flots agités : ses voiles déchirées flottaient comme des rubans sur ses mâts; son pont était encombré de créatures humaines, sur lesquelles, à chaque instant, crevaient des vagues monstrueuses qui les balayaient dans la mer écumante. Cependant le vaisseau que montait Heyling s'avançait au milieu de la masse mugissante des eaux, avec une force et une vitesse irrésistibles. Frappant l'autre navire sur le flanc, il l'écrasa sous sa quille. Un cri terrible, le cri de mort de cent misérables, s'éleva ; si affreux qu'il retentit par-dessus les clameurs des éléments; si aigu qu'il semblait percer l'air et l'Océan et les cieux. — Mais qu'est-ce que cela? Quelle est cette vieille tête grise, qui s'élève au-dessus des vagues, qui lutte contre la mort, et dont les cris, le regard plein d'agonie, appellent du secours? Un seul coup d'œil, et George Heyling s'est élancé dans la mer; il nage vigoureusement vers le vieillard ; il s'en approche : oui! ce sont bien ses traits! Le vieillard le voit venir et s'efforce vainement de lui échapper. Heyling le saisit, l'étreint, l'entraîne avec lui sous les flots, au fond! au fond! sous des masses d'eau ténébreuses. Les efforts du vieillard deviennent de plus en plus faibles et bientôt cessent entièrement : il est mort; Heyling l'a tué; il a tenu son serment!

Seul et les pieds nus, il traversait les plaines brûlantes d'un immense désert. Le sable soulevé par le simoun l'étouffait, l'aveuglait. Ses grains imperceptibles pénétraient dans chaque pore de sa peau, et lui causaient une irritation qui allait jusqu'à la fureur. Des masses gigantesques de la même poussière, emportées par les vents et rougies par le soleil, marchaient autour de lui comme des piliers de feu vivant. Les ossements des voyageurs qui avaient péri, dans ces affreux déserts, blanchissaient à ses pieds; une lumière sanglante tombait sur tous les objets environnants; et aussi loin que ses regards pouvaient s'étendre, il n'apercevait que de nouveaux sujets de crainte et d'horreur. C'est en vain qu'il s'efforce de pousser un cri de détresse; sa langue brûlante est collée à son palais. Il se précipite en avant comme un désespéré. Doué d'une force surnaturelle, il fend les sables mouvants : mais à la fin, épuisé de soif et de fatigue, il tombe sans connaissance sur la terre. Quelle fraîcheur enivrante le ravive? D'où vient cet agréable murmure? De l'eau, c'est une source; le clair ruisseau coule à ses pieds. Il en boit avec ardeur, et reposant sur la rive ses membres endoloris, il tombe dans un assoupissement délicieux. Un bruit de pas le réveille. Un vieux homme à la tête grise s'avance en chancelant pour apaiser sa soif dévorante. C'est encore *lui!* Heyling saisit le vieillard d'un bras et l'éloigne de l'onde bienfaisante. Vainement celui-ci se débat avec d'affreuses convulsions; vainement il demande avec des cris déchirants de l'eau, une seule goutte d'eau pour sauver sa vie! Heyling le repousse d'un bras impitoyable; il contemple d'un œil avide sa longue agonie, et quand sa tête grise tombe sans vie sur son sein, il laisse aller son cadavre et le repousse du pied.

Lorsque la fièvre le quitta, lorsque la connaissance lui revint, il s'éveilla pour se trouver libre et riche; pour apprendre que son père, qui l'aurait laissé mourir dans une prison, qui avait laissé ceux qui devaient lui être plus chers que sa propre existence, périr de besoin et de cette tristesse du cœur qu'aucun médecin ne peut guérir; que son père dénaturé avait été trouvé mort dans son lit. Il aurait bien eu le courage de faire de son fils un mendiant; mais orgueilleux jusqu'au bout de sa santé et de sa force, il avait ajourné les mesures à prendre pour cela, jusqu'au moment où il était trop tard pour le faire: et maintenant il pouvait grincer des dents, dans l'autre monde, à la pensée de toutes les richesses que cette négligence avait fait passer sur la tête de son fils!

George Heyling revint à lui pour apprendre sa fortune nouvelle, pour se souvenir du serment terrible qu'il avait fait, pour se rappeler que son ennemi était le père de sa propre femme, l'homme qui l'avait plongé dans une prison, et qui, quand sa fille et son petit enfant s'étaient jetés à ses pieds, pour lui demander grâce, les avait chassés avec mépris. Oh! combien le malheureux Heyling déplorait la faiblesse qui l'empêchait de se lever et de poursuivre activement sa vengeance!

Il se fit transporter loin des lieux qui avaient été témoins de sa misère et de la double perte qu'il avait faite; il se retira sur le bord de la mer, dans une résidence paisible, non avec l'espoir de recouvrer le bonheur ou même la tranquillité, car l'un et l'autre s'étaient enfuis pour toujours, mais afin de retrouver son énergie abattue et de méditer sur le projet qu'il nourrissait avec une persistance implacable. Dans cet endroit même, quelque mauvais esprit, sans doute, lui fournit l'occasion de sa première et de sa plus horrible vengeance.

C'était l'été : plongé dans ses sombres pensées, Heyling sortait vers le soir de son logis solitaire, suivait un étroit sentier, au pied des falaises, jusqu'à un site désert et sauvage qu'il avait rencontré dans ses courses vagabondes et qui avait plu à son imagination exaltée. Là, il s'asseyait sur des débris de rochers, et, ensevelissant son visage dans ses deux mains, il y restait pendant des heures entières, jusqu'à ce que les hautes ombres des rocs effroyables qui menaçaient sa tête eussent jeté une épaisse nuit sur tous les objets environnants.

Par une calme soirée, il était assis là, dans sa posture habituelle, levant de temps en temps les yeux pour suivre le vol d'une mouette, ou pour contempler le glorieux sillon de lumière qui, commençant au bord de l'Océan, semblait conduire jusqu'au point extrême de l'horizon où le soleil commençait à se plonger, lorsque la profonde tranquillité du paysage fut troublée par un long cri de détresse. Heyling prêta l'oreille, ne sachant pas d'abord s'il avait bien entendu ; puis le cri étant répété d'une manière plus déchirante, il se dressa et se hâta de courir dans la direction d'où venait le bruit.

La scène qui s'offrit à ses yeux parlait d'elle-même. Des vêtements étaient déposés sur la plage; une tête d'homme s'élevait à peine au-dessus des flots, à quelque distance du bord, tandis que, sur le rivage, un vieillard, tordant ses mains avec désespoir, courait çà et là, en appelant au secours. Heyling, dont les forces étaient alors suffisamment rétablies, arracha son habit et s'élança vers les flots, avec l'intention de s'y précipiter et de ramener l'homme qui se noyait.

« Hâtez-vous, monsieur, au nom de Dieu! sauvez-le, sauvez-le, pour l'amour du ciel! C'est mon fils, monsieur, mon seul fils! dit le vieillard en s'approchant tout tremblant d'émotion. Mon seul fils, monsieur, et qui meurt là, sous les yeux de son père! »

Aux premiers mots que le vieillard avait prononcés, celui qu'il regardait comme un sauveur s'était arrêté court, et, croisant ses bras sur sa poitrine, était demeuré complétement immobile.

« Grand Dieu! s'écria le vieillard en reculant; Heyling! »

Heyling sourit et garda le silence.

« Heyling, reprit le vieillard avec égarement; mon fils, Heyling! mon enfant chéri! Voyez.... voyez.... » Et pantelant d'angoisse, le misérable père montrait l'endroit où le jeune homme se débattait contre la mort.

« Écoutez! poursuivit le vieillard, il vient encore de crier! Il est encore vivant! Heyling! sauvez-le! sauvez-le! »

Heyling sourit de nouveau et ne fit aucun mouvement.

« Je vous ai maltraité, cria le vieillard en tombant à genoux et le suppliant à mains jointes. Vengez-vous! prenez tout mon bien! prenez ma vie! Jetez-moi dans l'eau à vos pieds, et si la nature peut se contenir, je mourrai sans me débattre! Par pitié, tuez-moi, Heyling, mais sauvez mon fils! Il est si jeune! si jeune pour mourir!

— Écoutez, dit Heyling en saisissant fortement le poignet du vieillard, je veux avoir vie pour vie, en voici une! Mon enfant, à moi, est mort sous les yeux de son père! il est mort dans une agonie bien plus affreuse que celle de ce jeune calomniateur de sa sœur. Vous avez ri alors; vous avez fermé votre porte au visage de votre fille, où la mort avait déjà mis son empreinte! Vous avez ri de nos souffrances.... qu'en pensez-vous maintenant? Regardez là! regardez là! »

En parlant ainsi, Heyling montrait l'Océan. Un faible cri s'y fit entendre; les dernières, les terribles convulsions d'un noyé agitèrent les flots clapotants; et l'instant d'après leur surface était unie; l'œil ne pouvait plus distinguer l'endroit où le jeune homme avait disparu dans une tombe prématurée.

Trois ans s'étaient écoulés, lorsqu'un gentleman descendit de sa voiture à la porte d'un avoué de Londres, bien connu pour ne pas exagérer la délicatesse. Il demanda une entrevue pour une affaire d'importance. Le visage de l'étranger était pâle, battu, hagard, et il ne fallait pas toute la finesse de l'homme d'affaires pour reconnaître que les maladies ou le malheur avaient fait plus de ravages sur sa personne que la main du temps n'aurait pu en accomplir pendant le double de la durée de sa vie.

« Je désire, dit l'étranger, que vous veuillez bien vous charger d'une affaire qui m'intéresse beaucoup.... »

L'avoué salua obséquieusement et jeta un coup d'œil au paquet que le gentleman tenait dans sa main. Celui-ci le remarqua et poursuivit :

« Ce n'est pas une affaire ordinaire, et ces papiers ne sont pas venus entre mes mains sans de longues peines et de grandes dépenses. »

L'avoué examina le paquet avec plus de curiosité encore, et son nouveau client dénouant la corde qui l'attachait, lui fit voir une quantité de billets avec quelque copies d'actes et d'autres documents.

« Comme vous le verrez, dit le client, l'homme dont voici le nom a emprunté, depuis quelques années, de vastes sommes sur ces papiers. Il était convenu tacitement avec ses premiers prêteurs, dont j'ai par degrés acheté le tout, pour le triple ou le quadruple de sa valeur ; il était convenu, dis-je, que ces billets seraient renouvelés de temps en temps, jusqu'à une certaine époque ; mais cette convention n'est exprimée nulle part. L'emprunteur a dernièrement subi de grandes pertes, et ces obligations, en venant sur lui tout d'un coup, le mettraient sur la paille.

— Le montant total est de quelque mille livres sterling, dit l'avoué en regardant les papiers.

— Oui, répondit le client.

— Eh bien ! que ferons-nous ?

— Ce que vous ferez ? s'écria le client avec une véhémence soudaine. Employez, pour sa perte, toutes les ressources de la loi, toutes les subtilités de la chicane, tous les moyens, honnêtes ou non, que peuvent inventer les plus rusés praticiens. Je veux qu'il meure d'une mort prolongée, harassante ! Ruinez-le ! saisissez, vendez ses biens, ses terres ! chassez-le de son domicile ! Qu'il mendie dans sa vieillesse et qu'il expire en prison !

— Mais les frais, monsieur, les frais de tout ceci, fit observer l'avoué lorsqu'il fut revenu de sa première surprise. Si le défendant est ruiné, qui payera les frais ?...

— Nommez une somme, s'écria l'étranger, dont les mains tremblaient si violemment qu'il pouvait à peine tenir la plume qu'il avait saisie ; nommez une somme quelconque et elle vous sera remise. N'ayez pas peur de demander ! rien ne me semblera trop cher pourvu que j'atteigne mon but. »

L'avoué nomma à tous hasards une grosse somme, plutôt pour savoir jusqu'où son client avait réellement l'intention d'aller, que dans la pensée qu'il la lui accorderait. L'étranger, sans hésiter, écrivit une traite sur son banquier, la lui remit, et s'éloigna.

La traite fut convenablement honorée, et l'avoué, voyant qu'il pouvait compter sur son étrange client, se mit sérieusement à la besogne. Pendant plus de deux années, ensuite,

M. Heyling vint passer des jours entiers dans l'étude, courbé sur les papiers qui s'accumulaient, à mesure qu'on commençait poursuite après poursuite, procès après procès. Il relisait, avec des yeux étincelants de joie, les demandes de délai, les lettres de supplication, les représentations de la ruine certaine que l'autre partie devait subir. A toutes ces prières pour un peu d'indulgence, il n'y avait qu'une seule réponse : *Il faut payer*. Les terres, les maisons, les meubles furent vendus tour à tour, et le vieillard lui-même aurait été claquemuré dans une prison, s'il n'était parvenu à s'enfuir, en trompant la vigilance du garde chargé de sa capture.

Bien loin d'être rassasiée par le succès, l'implacable animosité de Heyling semblait s'accroître avec la ruine qu'il infligeait. Sa furie fut sans bornes lorsqu'il apprit la fuite du vieillard. Dans sa rage il grinçait des dents, il arrachait ses cheveux, et il chargeait d'imprécations horribles les hommes à qui on avait confié l'exécution de la prise de corps. Enfin on ne put lui rendre une espèce de calme que par des assurances répétées que le fugitif serait certainement découvert. On envoya des gens dans toutes les directions, on eut recours à tous les stratagèmes imaginables, pour apprendre le lieu de sa retraite ; mais ce fut en vain, et six mois se passèrent sans qu'il fût possible de le retrouver.

Un soir, à une heure avancée, Heyling, dont on n'avait pas entendu parler depuis plusieurs semaines, se rendit à la résidence privée de son avoué et lui fit dire que quelqu'un demandait à lui parler sur-le-champ. L'avoué avait reconnu la voix du haut de l'escalier ; mais avant qu'il eût pu donner l'ordre de l'introduire, Heyling avait franchi les degrés et était entré, pâle, palpitant, dans le salon. Après avoir fermé la porte, de peur d'être entendu, il se laissa tomber sur un siége, et dit d'une voix basse :

« Je l'ai trouvé, à la fin !

— Bah ! fit l'avoué. Très-bien, monsieur, très-bien.

— Il est caché dans un misérable logement à Camden. Peut-être est-ce aussi bien que nous l'ayons perdu de vue, car il a vécu là tout seul et dans la plus abjecte misère. Il est pauvre, très-pauvre.

— Très-bien, dit l'avoué. Vous ferez faire sa capture demain, naturellement.

— Oui.... attendez.... non, le jour d'après. Vous êtes surpris que je désire reculer, ajouta le client avec un affreux sourire ;

mais j'avais oublié.... Après-demain est un anniversaire dans sa vie. Que ce soit après-demain.

— Très-bien. Voulez-vous écrire des instructions pour le garde?

— Non; qu'il me prenne ici à huit heures du soir, et je l'accompagnerai moi-même. »

Effectivement ils se réunirent à l'heure convenue, et prenant une voiture de louage, ils dirent au cocher d'arrêter au coin de la vieille route, près du *Work-house* de Camden. Lorsqu'ils y arrivèrent il faisait nuit. Ils suivirent le mur de l'hôpital vétérinaire, et entrèrent dans une petite rue désolée, entourée de fossés et de champs.

Après avoir enfoncé son chapeau sur ses yeux et s'être enveloppé de son manteau, Heyling s'arrêta devant la maison la plus misérable de la rue et frappa doucement à la porte. Elle fut immédiatement ouverte par une vieille femme qui fit un salut d'intelligence. Heyling dit tout bas au garde de l'attendre, monta l'escalier, ouvrit la porte d'une chambre et y entra tout à coup.

L'objet de ses recherches implacables, vieillard décrépit maintenant, était assis près d'une vieille table de sapin, sur laquelle il n'y avait rien qu'une misérable chandelle. A l'entrée d'un étranger, il tressaillit et se leva avec peine.

« Qu'y a-t-il encore? qu'y a-t-il encore? demanda-t-il d'une voix cassée. Quelle nouvelle misère est ceci? Qu'est-ce que vous désirez?

— Un mot avec vous, » répondit Heyling. En même temps il s'assit à l'autre bout de la table, et, rejetant son manteau et son chapeau, il découvrit ses traits.

Le vieillard, frappé de surprise, retomba sur sa chaise, et, serrant ses deux mains ensemble, contempla cette apparition avec un regard mêlé d'horreur et de crainte.

« Il y a aujourd'hui six ans, dit Heyling, que j'ai réclamé de vous la vie que vous me deviez pour mon enfant. Vieillard, auprès du cadavre de votre fille, j'ai juré de vivre une vie de vengeance. Depuis ce temps, je n'ai pas regretté mon serment une seconde; mais si j'en avais été capable, le souvenir d'un seul regard de l'innocente créature, lorsqu'elle se mourait sans plainte sous mes yeux; le souvenir du visage affamé de notre malheureux enfant, m'aurait fortifié pour l'accomplissement de ma tâche. Vous vous rappelez ma première revanche: celle-ci est la dernière. »

Le vieillard frissonna; ses mains tombèrent sans force à ses côtés.

« Demain, je quitte l'Angleterre, poursuivit Heyling après une pause d'un instant. Cette nuit je vous dévoue à la mort vivante à laquelle vous m'aviez condamné, une prison sans espérance!... »

En cet endroit, jetant les yeux sur le vieillard, il cessa de parler; il approcha la lumière de son visage décharné, la remit doucement sur la table, et quitta la chambre.

« Vous feriez bien de monter vers le vieux bonhomme, je crois qu'il se trouve mal, » dit-il à la femme en ouvrant la porte de la rue et faisant signe au garde de le suivre. La femme referma la porte, monta le plus vite qu'elle put l'escalier, et trouva le vieillard.... mort!

Dans l'une des vallées les plus gracieuses du jardin britannique, dans un des cimetières les plus tranquilles du comté de Kent, où les fleurs sauvages se marient au gazon, où les oiseaux chantent sans cesse, sous une pierre simple et polie, reposent en paix la mère et l'enfant. Mais les cendres du père ne sont pas mêlées avec les leurs, et depuis sa dernière expédition l'avoué n'eut plus aucune nouvelle de son singulier client.

Lorsque le vieux clerc eut terminé son récit, il se leva, s'approcha d'une des patères, et décrochant son chapeau et sa redingote, il les mit avec beaucoup de tranquillité; ensuite, sans ajouter un seul mot, il s'éloigna lentement. Le gentleman aux boutons de mosaïque s'était profondément endormi; et tandis que la majeure partie des assistants étaient gravement occupés à faire tomber des gouttes de suif dans leur grog, M. Pickwick se retira sans être remarqué. Il paya son écot, aussi bien que celui de Sam, et tous deux quittèrent les domaines de *la Souche et la Pie*.

CHAPITRE XXII.

M. Pickwick se rend à Ipswich, et rencontre une aventure romantique, sous la figure d'une dame d'un certain âge, en papillotes de papier brouillard.

« C'est ça le matériel de ton gouverneur, Sammy? demanda M. Weller *senior* à son affectionné fils, comme celui-ci entrait, avec un sac de voyage et un petit portemanteau, dans la cour de l'hôtel du *Taureau*, à Whitechapel.

— Vous avez mis votre nez rouge desaus, vieux, répliqua Sam, en s'asseyant sur son fardeau, qu'il avait déposé à terre. Le gouverneur va arriver *recta*.

— Il est cabriolant, je suppose.

— Oui; il s'administre deux milles de danger pour huit pence. Comment va la belle-mère, ce matin?

— Drôlement, Sammy, drôlement, répliqua M. Weller avec une gravité imposante. Elle s'est enfoncée dans les méthodistes dernièrement et elle est diablement pieuse, c'est sûr. C'est une trop bonne créature pour moi, Sammy. Je sens que je ne la mérite pas.

— Ha! dit Sam, c'est bien de l'abnégation de votre part.

— Juste! repartit le père avec un soupir. Elle s'est embourbée dans une nouvelle invention pour la renaissance morale des gens. La *vie nouvelle*, qu'ils appellent ça, j'crois. J'aimerais ben à voir marcher c'te invention-là, Sammy. J'aimerais ben à voir ta belle-mère renaître. Comme je la mettrais vite en nourrice! — Sais-tu ce qu'elles ont fait l'autre jour, poursuivit M. Weller après une pause, durant laquelle il avait frappé une demi-douzaine de fois le côté de son nez avec son index, d'une manière très-significative.

— Sais pas. Qu'est-ce que c'est?

— Elles ont arrangé une grande boisson de thé pour un gaillard qu'elles appellent leur berger. J' m'étais arrêté devant l'auberge à regarder not' enseigne, v'là qu' j'aperçois à la croisée un p'tit écriteau. *Billets, deux shillings. Les demandes doivent être faites au comité. Secrétaire, madame Weller.* J'entre à la maison. Le comité siégeait dans l'arrière-parloir.

Quatorze femmes! Je voudrais que tu les eusses entendues, Sammy! Elles passaient des résolutions, elles votaient des contributions; toutes sortes de farces. Bien. V'là ta belle-mère qui m' travaille pour que j'y aille, et pis que j' croyais que j' verrais quette chose de drôle si j'y allais. Je souscris mon nom pour un billet. Le vendredi soir, à six heures, je m'habille très-galamment, j' m'emballe avec la vieille femme, et nous arrivons à un premier étage oùs qu'il y avait des *tasses* à thé et le reste pour une trentaine, avec une pacotille de femmes qui commencent à chuchoter respectivement en me regardant, et comme si elles n'avaient jamais vu auparavant un gentleman de cinquante-huit ans, un peu puissant. Comme ça v'là qu' j'entends un grand remue-ménage sur l'escalier, et v'là un grand maigre, avec un nez rouge et une cravate blanche, qui caracole dans la chambre et qui chante : « V'là l' berger qui vient visiter son fidèle troupeau! » et v'là un gros gras qui vient, avec une grande face blanche, tout en souriant autour de lui, comme un séducteur. Polisson de séducteur, Sammy! — « Le baiser de paix, » dit le berger, et alors i' baise les femmes à la ronde, et quand il a fini v'là le nez rouge qui recommence; et alors j'étais juste à ruminer si je ne ferais pas bien de commencer aussi, espécialement comme il y avait une petite lady ben gentille à côté de moi, quand v'là le thé qu'arrive avec ta belle-mère qu'avait resté en bas à faire bouillir la marmite. Pendant que le thé trempait, quelle fameuse hymne qu'ils ont braillée! quelles *grâces!* et comme i' mangeaient! comme i' buvaient. Je voudrais que tu eusses vu l' berger travailler dans le jambon et les tartines, Sammy; j' n'ai jamais vu un même com' ça pour manger et pour boire, jamais! Le nez rouge n'était pas non plus l'individu qu' vous aimeriez à nourrir à tant par an, mais i' n'était rien auprès du berger. Bien. Après que le thé est enfoncé i' cornent une autre hymne, et puis le berger commence à prêcher; et fameusement bien encore, qu'i' prêchait, considérant les tartines qui devaient y être lourdes sur l'estomac. Tout d'un coup i' s'arrête court et v'là qu'i' braille: « Oùs qu'est le pécheur? oùs qu'est le misérable pécheur! » Sur quoi v'là toutes les femmes qui me regardent et qui commencent à exprimer des gémissements, comme si elles avaient été pour mourir là. Je pensais que c'était peut-être un peu s'gulier, mais malgré ça je ne disais rien. Tout d'un coup v'là qu'i' s'arrête court encore, et qu'i' me regarde fisquement, et qu'i' dit: « Oùs qu'est le pécheur? oùs qu'est le misérable pécheur? » Et v'là toutes les femmes qui gémissent dix fois pus fort qu'auparavant. Moi j' deviens un peu sauvage, là-dessus; ainsi j' fais un pas ou deux en avant et j' lui dis : « Mon ami, que j' dis, c'est-il à moi que vous avez appliqué c'te observation-là? » Au lieu de me demander excuse, comme on doit faire entre gen'l'm'n, v'là qu'i' devient pus outrageux que jamais. I' m'appelle un vase, Sammy, un vase de perdition, et toutes sortes de quolibets, si bien que mon sang me bouillait, et je lui donne deux ou trois giffles pour lui, et deux ou trois autres pour repasser au nez rouge, et puis j' m'en vas. J'aurais voulu que tu eusses entendu les femelles crier, Sammy, quand elles ont ramassé le berger de dessous la table.... — Ohé! v'là l'gouvernéur, grandeur naturelle.... »

En effet, M. Pickwick descendait de cabriolet et entrait dans la cour, pendant que M. Weller prononçait ces mots.

« Une belle matinée, mossieu, dit-il au philosophe.

— Très-belle, en vérité, répondit celui-ci.

— Très-belle, en vérité, répéta un homme orné de cheveux roux, d'un nez inquisitif, de lunettes bleues, et qui avait débarqué d'un autre cabriolet en même temps que M. Pickwick. « Vous allez à Ipswich, monsieur? demanda-t-il à notre héros.

— Oui, monsieur.

— Coïncidence extraordinaire! j'y vais aussi. »

M. Pickwick le salua.

« Vous voyagez en dehors? demanda encore l'homme aux cheveux rouges. »

M. Pickwick salua de nouveau.

« Dieu de Dieu! comme c'est remarquable! Je vais en dehors aussi. Nous allons positivement voyager ensemble! » En prononçant ces mots, d'un air mystérieux et important, l'homme aux cheveux rouges se prit à sourire, avec la même complaisance que s'il avait fait l'une des découvertes les plus étranges qui aient jamais récompensé la sagacité humaine.

« Monsieur, lui dit M. Pickwick, je suis heureux d'avoir votre compagnie.

— Ah! reprit le nouveau venu, qui avait un nez effilé et l'habitude de secouer la tête, comme un oiseau, à chaque parole; ah! c'est une bonne chose pour tous les deux, n'est-ce pas? La compagnie, voyez-vous, la compagnie est.... est une chose fort différente de la solitude, n'est-ce pas?

— C'est ça une vérité qu'on ne peut pas nier, dit Sam en se mêlant à la conversation avec un sourire affable. C'est ce que j'appelle une proposition naturellement évidente ; comme le marchand de mou de veau le disait à la cuisinière, quand elle lui soutenait qu'il n'était pas un gentleman.

— Ah! fit l'homme aux cheveux rouges, en regardant Sam du haut en bas ; un de vos amis, monsieur?

— Pas exactement, monsieur, repartit M. Pickwick à voix basse. Le fait est que c'est mon domestique ; mais je lui permets beaucoup de libertés, car, entre nous, je me flatte que c'est un original, et j'en suis assez orgueilleux.

— Ha! reprit l'homme aux cheveux roux, cela, c'est une affaire de goût. Moi, je n'aime rien de ce qui est original. Ça ne me convient pas : je n'en vois pas la nécessité. Quel est votre nom, monsieur?

— Voici ma carte, monsieur, répondit M. Pickwick, fort amusé par la brusquerie de la question et par les singulières manières de l'étranger.

— Ha! dit l'homme aux cheveux rouges en plaçant la carte dans son portefeuille, Pickwick? Très-bien. J'aime à savoir le nom des gens, cela est fort utile. Voici ma carte : Magnus, comme vous voyez, monsieur. Magnus est mon nom. C'est un assez beau nom, je pense, monsieur?

— Un très-beau nom, en vérité, répliqua M. Pickwick sans pouvoir réprimer un sourire.

— Oui, je le crois. Il y a un beau nom aussi devant, comme vous verrez.... Permettez, monsieur.... En tenant la carte un peu inclinée, comme ceci, le nom devient visible ; voilà : Peter Magnus. Cela sonne bien, je pense, monsieur.

— Très-bien.

— Curieuse circonstance sur ces initiales, monsieur, comme vous voyez. P. M., *post meridiem*. Dans les petits billets avec mes intimes, je signe quelquefois *Après-midi*. Cela amuse beaucoup mes amis, monsieur Pickwick.

— En effet, je m'imagine que cela doit leur procurer la plus vive satisfaction, répliqua M. Pickwick, qui enviait en lui-même la facilité avec laquelle s'amusaient les amis de M. Magnus. »

Un valet d'écurie vint interrompre leur conversation. « Gentlemen, leur dit-il, la voiture est prête, s'il vous plaît.

— Tout mon bagage est-il dedans? demanda M. Magnus.

— Tout est bien, monsieur.

— Le sac rouge est-il dedans?

— Tout est bien, monsieur.

— Et le sac rayé?

— Dans le coffre de devant, monsieur.

— Et le paquet de papier gris?

— Sous le siége, monsieur.

— Et le carton à chapeau de cuir?

— Tout est dedans, monsieur.

— Maintenant, voulez-vous monter? demanda M. Pickwick.

— Excusez-moi, répondit M. Magnus en restant immobile sur la roue. Excusez, M. Pickwick. Je ne puis pas consentir à monter dans cet état d'incertitude. D'après les manières de cet homme, je suis convaincu que le carton à chapeau n'est pas dans la voiture. »

Les solennelles protestations du valet d'écurie n'ayant pu tranquilliser M. Magnus, il fallut, pour le satisfaire, tirer des plus profondes cavités du coffre le carton à chapeau de cuir; mais lorsque M. Magnus eut été rassuré sur son feutre, il ressentit d'infaillibles pressentiments, d'abord que le sac rouge était égaré, ensuite que le sac rayé avait été volé, puis que le paquet de papier gris s'était dénoué. A la fin, après avoir reçu des démonstrations oculaires du peu de fondement de chacun de ses soupçons, il consentit à monter sur l'impériale de la voiture, déclarant que son esprit était soulagé de toute inquiétude, et qu'il se trouvait maintenant confortable et heureux.

« Vous avez vos nerfs susceptibles, mossieu? dit M. Weller, en regardant l'étranger de travers, tout en montant sur son siége.

— Oui, je suis assez susceptible pour toutes ces petites choses; mais me voilà rassuré, maintenant, tout à fait rassuré.

— Eh ben! c'est une bénédiction, cela. — Sammy, aide ton maître à monter. L'autre jambe, mossieu. C'est cela. Donnez-moi votre main, mossieu. Allons, haut! Vous étiez pus léger quand vous étiez en nourrice, mossieu.

— C'est assez probable, monsieur Weller, répondit M. Pickwick avec bonne humeur, quoique tout essoufflé. »

Lorsqu'il eut pris place auprès du corpulent cocher, celui-ci poursuivit :

« Grimpe ici, Sammy. — Maintenant, Villam, faites-les sortir. Prenez garde à l'arcade, gen'l'm'n. Gare les têtes! comme disait le marchand de pâtés en jouant à pile ou face. — C'est ben comme ça, Villam; laissez-les aller. »

William lâcha la tête des chevaux, et en route! Voilà la voiture lancée à travers Whitechapel, à la grande admiration de toute la populace de ce quartier, qui n'est pas désert.

« Un voisinage pas trop beau, dit Sam, avec le mouvement de chapeau qui précédait toujours son entrée en conversation avec son maître.

— Cela est vrai, Sam, répliqua M. Pickwick en examinant les rues malpropres et encombrées que traversait la voiture.

— Monsieur, poursuivit Sam, n'est-ce pas une chose bien extra que la pauvreté et les huîtres marchent toujours ensemble?

— Je ne vous comprends pas, Sam.

— Voilà ce que je veux dire, monsieur : c'est que plus un endroit est misérable, plus on y mange des huîtres. Regardez ici, monsieur, il y a des coquilles d'huîtres à presque toutes les portes. Dieu me pardonne si je ne crois pas que les gens très-pauvres sortent de leur appartement pour manger des huîtres, par pur désespoir.

— C'est sûr ça, observa M. Weller, et c'est juste tout d'même pour le saumon salé.

— Voilà deux faits très-remarquables qui ne m'avaient jamais frappé, dit alors M. Pickwick; je les noterai certainement à la première place où nous arrêterons. »

Tout en causant ainsi, ils avaient atteint la barrière de péage de Mile-End. Un profond silence régnait sur l'impériale; mais deux ou trois milles plus loin, M. Weller, se tournant tout à coup vers M. Pickwick, lui dit :

« Drôle de vie, mossieu, que celle de ces gens-là.

— Quelles gens? s'écria le philosophe.

— Un gardien de pike!

— Qu'est-ce que vous entendez par un gardien de piques? demanda M. Peter Magnus.

— L'ancien veut dire un gardien de *turnpike*, gentlemen, fit observer Sam en manière d'explication.

— Oh! dit M. Pickwick, je comprends. Oui, une vie très-curieuse, très-peu confortable....

— C'est tous des hommes qu'a eu des désagréments dans la vie, poursuivit M. Weller.

— Ah! ah! fit M. Pickwick.

— Oui. En conséquence d'quoi, i'se retirent du monde et i' s'enferment dans des pikes, partie pour être solitude, partie pour se revancher du genre humain en faisant payer les droits.

— Vraiment! dit M. Pickwick, je ne savais pas cela non plus.

— C'est un fait, mossieu. Si i's étaient des gen'l'men, vous les appelleriez misencroupes; mais ces gens-là, ça se nomme simplement des gabeloux. »

C'est par de semblables discours, réunissant à la fois l'agréable et l'utile, que M. Weller charmait les ennuis du voyage. Les sujets de conversation ne manquaient point; et lorsque, par hasard, la loquacité de l'honorable cocher semblait diminuer un instant, M. Peter Magnus remplissait abondamment l'intervalle par des enquêtes sur l'histoire personnelle de ses compagnons de voyage, et par l'anxiété qu'il exprimait hautement, à chaque relai, concernant la sûreté et le bien-être des deux sacs, du carton à chapeau de cuir et du paquet de papier gris.

A gauche, dans la grande rue d'Ipswich, à peu de distance après l'hôtel de ville, se trouve l'auberge au loin connue sous le nom du *Grand Cheval blanc*. Au-dessus de la principale porte, on remarque une énorme statue de pierre, représentant un animal bondissant, avec une queue et une crinière ondoyantes, et qui ressemble à peu près à un cheval de brasseur qui aurait perdu l'esprit. L'auberge du *Grand Cheval blanc* est fameuse dans le voisinage, au même titre qu'un bœuf gras, qu'un verrat monstrueux, qu'un navet enregistré dans la feuille de l'endroit, c'est à savoir pour sa taille gigantesque. Jamais, sous aucun toit, on ne vit de tels labyrinthes de couloirs sans tapis, un tel amas de chambres humides et mal éclairées, enfin un aussi grand nombre de petites tanières pour manger ou pour dormir.

C'est à la porte de cette hydropique taverne que la voiture de Londres s'arrête à la même heure tous les soirs, et c'est de ladite voiture de Londres que descendirent M. Pickwick, Sam Weller et M. Peter Magnus, dans la soirée à laquelle se rapporte ce chapitre de notre histoire.

« Restez-vous ici, monsieur? » demanda M. Peter Magnus lorsque le sac rayé, le sac rouge, le carton à chapeau de cuir et le paquet de papier gris, eurent été déposés l'un après l'autre dans le passage.

« Oui, monsieur, répliqua M. Pickwick.

— Dieu de Dieu! s'écria M. Magnus, je n'ai jamais rien vu d'aussi remarquable que cette coïncidence. Eh bien! moi aussi, je reste ici! J'espère que nous dînerons ensemble?

— Avec plaisir, répondit le philosophe. Cependant il serait possible que je trouvasse ici quelques amis. Garçon, y a-t-il dans l'hôtel un gentleman nommé Tupmann? »

Un homme corpulent, qui avait sous son bras une serviette âgée d'une quinzaine de jours, et sur ses jambes des bas contemporains de la serviette, daigna cesser de regarder dans la rue lorsqu'il entendit cette question de M. Pickwick; et, après avoir soigneusement examiné l'apparence du savant homme, depuis son chapeau jusqu'à ses guêtres, lui répondit avec emphase : « Non!

— Ni un gentleman nommé Snodgrass? poursuivit M. Pickwick.

— Non.

— Ni un gentleman nommé Winkle?

— Non.

— Mes amis ne sont pas arrivés aujourd'hui, et par conséquent, monsieur, nous dînerons seuls. Garçon! conduisez-nous dans une salle à manger particulière. »

En vertu de cette requête, l'homme corpulent voulut bien ordonner au commissionnaire d'apporter les bagages des gentlemen; puis il leur fit traverser un passage long et sombre, et les introduisit dans une grande chambre, à peine meublée, où fumait, sur une grille malpropre, un petit feu de charbon de terre qui s'efforçait en vain de paraître joyeux, et qui noircissait misérablement sous l'influence attristante du local. Au bout d'une heure, un plat de poisson et des côtelettes furent servis aux voyageurs, et enfin, lorsque ce dîner eut été remporté, M. Pickwick et M. Peter Magnus, tirant leurs chaises plus près du feu, demandèrent une bouteille de vin de Porto, le plus mauvais possible, au prix le plus élevé possible, pour le bénéfice de la maison, et burent, pour le leur, de l'eau-de-vie et de l'eau chaude.

M. Peter Magnus était naturellement d'une disposition très-communicative, et le grog opéra d'une manière surprenante pour faire écouler les secrets les plus cachés de son cœur. Après avoir donné de nombreux renseignements sur lui-même, sur sa famille, sur ses alliances, sur ses amis, sur ses plaisanteries, sur ses affaires et sur ses frères (la plupart des bavards ont beaucoup de choses à dire sur leurs frères), M. Peter Magnus contempla M. Pickwick pendant plusieurs minutes, à travers ses lunettes bleues, et dit ensuite avec un air de modestie:

« Et maintenant, monsieur Pickwick, que pensez-vous que je sois venu faire ici?

— Sur ma parole, répondit le philosophe, il m'est tout à fait impossible de le deviner. Pour affaire, peut-être?

— Vous avez moitié raison, moitié tort en même temps. Essayez encore, monsieur Pickwick.

— Réellement j'implore votre merci, et vous me l'apprendrez ou non, à votre choix; car je ne pourrai jamais deviner, quand j'essayerais toute la nuit.

— Eh bien! alors, hi! hi! hi! reprit M. Peter Magnus avec un ricanement timide : que penseriez-vous, monsieur Pickwick, si je vous disais que je suis venu ici pour faire une déclaration et une demande de mariage? Eh! monsieur? hi! hi! hi!

— Je penserais qu'il est fort probable que vous réussirez, répondit notre aimable ami avec un de ses sourires les plus radieux.

— Ah! monsieur Pickwick, le pensez-vous vraiment? Le pensez-vous?

— Certainement.

— Non! vous plaisantez; j'en suis sûr.

— Je ne plaisante pas, en vérité!

— Eh bien! alors, pour vous dire un petit secret, je le pense aussi, moi. Je vous dirai même, monsieur Pickwick, quoique je sois jaloux comme un tigre, de mon naturel, je vous dirai que la dame est dans cette maison-ci. En prononçant ces dernières paroles, M. Magnus ôta ses lunettes bleues pour cligner de l'œil, et les remit ensuite d'un air décidé.

— C'est donc pour cela, demanda M. Pickwick avec malice, c'est donc pour cela que vous sortiez de la chambre à chaque instant, avant le dîner.

— Chut! vous avez raison; c'était pour cela. Cependant je n'étais pas assez fou pour l'aller voir.

— Pourquoi donc?

— Cela ne vaudrait rien, voyez-vous, juste après un voyage. Il vaut mieux attendre jusqu'à demain matin; j'aurai bien plus de chances alors. Monsieur Pickwick, il y a dans ce sac un habit, et dans cette boîte un chapeau, qui sont inestimables pour moi, d'après l'effet que j'en attends.

— En vérité!

— Oui, monsieur. Vous devez avoir observé mon anxiété à leur sujet aujourd'hui. Je ne crois pas, monsieur Pickwick, qu'on puisse avoir, pour de l'argent, un autre habit et un autre chapeau comme ceux-là. »

Notre philosophe félicita, sur son bonheur, le possesseur du vêtement irrésistible, et M. Peter Magnus demeura pendant quelque temps absorbé dans la contemplation intellectuelle de ses trésors.

« C'est une belle créature ! s'écria-t-il enfin.

— Vraiment ?

— Charmante ! charmante ! Elle habite à dix-huit milles d'ici, monsieur Pickwick. J'ai appris qu'elle serait ici ce soir et toute la matinée de demain, et je suis accouru pour saisir l'occasion. Je pense qu'une auberge doit être un endroit très-favorable pour faire des propositions à une femme seule; car, lorsqu'elle voyage, elle doit sentir sa solitude bien plus que dans sa maison. Qu'en pensez-vous, monsieur Pickwick ?

— Cela me paraît en effet fort probable.

— Je vous demande pardon, monsieur Pickwick; mais je suis naturellement assez curieux. Pour quelle cause êtes-vous ici ? »

Le rouge monta au visage de M. Pickwick au souvenir du sujet de son voyage. « Le motif qui m'amène, répondit-il, n'est nullement agréable. Je viens ici, monsieur, pour dévoiler la perfidie et la fausseté d'une personne dans l'honneur de laquelle j'avais mis une entière confiance.

— Dieu de Dieu ! cela est bien désagréable ! C'est une dame, je présume ? Eh ! eh ! fripon de M. Pickwick ! petit fripon ! Bien, bien, monsieur Pickwick !... Monsieur, je ne voudrais pas blesser votre délicatesse pour le monde entier. Pénible sujet, monsieur, très-pénible. Que je ne vous gêne pas, monsieur Pickwick, si vous voulez donner cours à votre chagrin. Je sais ce que c'est que d'être trahi, monsieur; j'ai enduré cette sorte de chose trois ou quatre fois.

— Je vous suis fort obligé pour votre sympathie sur ce que vous supposez être mon cas mélancolique, repartit M. Pickwick en montant sa montre et en la posant sur la table, mais....

— Non ! non ! interrompit M. Peter Magnus; pas un mot de plus. C'est un sujet pénible; je le vois; je le vois. Quelle heure est-il, monsieur Pickwick ?

— Minuit passé.

— Dieu de Dieu ! il est bien temps de s'aller coucher ! quelle sottise de rester debout si tard ! Je serai pâle demain matin, monsieur Pickwick. »

Contristé par l'idée d'une telle calamité, M. Peter Magnus tira la sonnette. Une servante apparut, et le sac rayé, le sac rouge, le carton à chapeau en cuir, et le paquet de papier gris ayant été transportés dans sa chambre à coucher, il se retira, avec un chandelier vernissé, dans une des ailes de la maison, tandis que M. Pickwick, avec un autre chandelier vernissé, était conduit dans une autre aile, à travers une multitude de passages tortueux.

« Voici votre chambre, monsieur, dit la servante.

—Très-bien, » répondit M. Pickwick en regardant autour de lui. C'était une assez grande pièce à deux lits, dans laquelle il y avait du feu, et qui paraissait plus confortable, au total, que M. Pickwick n'était disposé à l'espérer d'après sa courte expérience de l'aménagement du Grand Cheval blanc.

« Il va sans dire que personne ne dort dans l'autre lit? fit-il observer.

— Oh! non, monsieur.

— Très-bien. Dites à mon domestique que je n'ai plus besoin de lui ce soir, et qu'il m'apporte de l'eau chaude demain à huit heures et demie.

— Oui, monsieur. » Et la servante se retira après avoir souhaité une bonne nuit à notre philosophe.

M. Pickwick, demeuré seul, s'assit dans un fauteuil auprès du feu, et se laissa aller à une longue suite de méditations. D'abord il songea à ses amis, et se demanda quand ils viendraient le rejoindre. Ensuite son esprit retourna vers mistress Martha Bardell, et de cette dame, par une transition naturelle, il se reporta au bureau malpropre de Dodson et Fogg. De là, il s'enfuit, par une tangente, au centre même de l'histoire du singulier client; puis il revint dans l'auberge du Grand Cheval blanc, à Ipswich, avec assez peu de lucidité pour convaincre M. Pickwick que le sommeil s'emparait rapidement de lui. Il se secoua donc, et commençait à se déshabiller lorsqu'il se rappela qu'il avait laissé sa montre sur la table, dans la salle d'en bas.

Or cette montre était un des biens meubles favoris de M. Pickwick, ayant été transportée de tous côtés, à l'ombre de son gilet, pendant un nombre d'années plus considérable qu'il ne nous paraît nécessaire de le déclarer actuellement au lecteur. On n'aurait pu faire pénétrer dans le cerveau du philosophe la possibilité de s'endormir sans entendre le tic-tac régulier de cette montre sous son traversin, ou dans le porte-montre accroché au chevet de son lit. En conséquence, comme il était tard et qu'il ne voulait pas faire retentir sa sonnette, à cette heure de la nuit, il remit son habit qu'il avait déjà ôté, et prenant le chandelier vernissé, il descendit tranquillement les escaliers.

Mais plus M. Pickwick descendait les escaliers, plus il semblait qu'il lui restât d'escaliers à descendre; et plusieurs fois après être parvenu dans un étroit passage et s'être félicité d'être enfin arrivé au rez-de-chaussée, M. Pickwick vit un autre escalier apparaître devant ses yeux étonnés. Au bout d'un certain temps, cependant, il atteignit une salle dallée qu'il se rappela avoir vue en entrant dans la maison. Avec un nouveau courage il explora passage après passage; il entr'ouvrit chambre après chambre, et à la fin, quand il allait abandonner ses recherches de pur désespoir, il se trouva dans la salle même où il avait passé la soirée, et il aperçut sur la table sa propriété manquante.

M. Pickwick saisit la montre d'un air triomphant, et s'occupa ensuite de retourner sur ses traces, pour regagner sa chambre à coucher; mais si le trajet pour descendre avait été environné de difficultés et d'incertitudes, le voyage pour remonter était infiniment plus embarrassant. Dans toutes les directions possibles s'embranchaient des rangées de portes, garnies de bottes et de souliers. Une douzaine de fois, M. Pickwick avait tourné doucement la clef d'une chambre à coucher, dont la porte ressemblait à la sienne, lorsqu'un cri bourru de l'intérieur: « Qui diable est cela? » ou, « Qu'est-ce que vous venez faire ici? » l'obligeait à se retirer sur la pointe du pied, avec une célérité parfaitement merveilleuse. Il se trouvait de nouveau réduit au désespoir, lorsqu'une porte entr'ouverte attira son attention. Il allongea la tête et regarda dans la chambre. Bonne chance à la fin! Les deux lits étaient là, dans la situation qu'il se rappelait parfaitement, et le feu brûlait encore. Cependant sa chandelle, qui n'était pas des plus longues lorsqu'il l'avait reçue, avait coulé dans les courants d'air qu'il venait de traverser, et s'abîma dans le chandelier, au moment où il fermait la porte derrière lui. « C'est égal, pensa M. Pickwick, je puis me déshabiller tout aussi bien à la lumière du feu. »

Les deux lits étaient placés à droite et à gauche de la porte. Entre chacun d'eux et la muraille il se trouvait une petite ruelle, terminée par une chaise de canne, et justement assez large pour permettre de monter au lit ou d'en descendre du côté de la muraille, si on le jugeait convenable. Après avoir exactement fermé les rideaux du lit du côté de la chambre, M. Pickwick s'assit dans la ruelle, sur la chaise de canne, et se débarrassa tranquillement de ses souliers et de ses guêtres. Ensuite il ôta et plia son habit, son gilet, sa cravate, et tirant lentement son bonnet de nuit de sa poche, il l'attacha solidement sur sa tête, en nouant sous son menton des cordons qui étaient toujours fixés à cette portion de son ajustement. Pendant cette opération l'absurdité de son récent embarras vint frapper plus fortement ses facultés risibles, et, se renversant sur sa chaise de canne, il se mit à rire en lui-même, de si bon cœur, que ç'aurait été un véritable délice, pour tout esprit bien constitué, de contempler le sourire qui épanouissait son aimable physionomie, sous son bonnet de coton orné d'une vaste mèche.

« C'est la plus drôle de chose, se dit M. Pickwick à lui-même, en riant si démesurément qu'il en fit presque craquer les cordons de son bonnet; c'est la plus drôle de chose dont j'aie jamais entendu parler, que de me voir ainsi perdu dans cette auberge, et errant dans tous ces escaliers. Drôle! drôle! très-drôle! » M. Pickwick, souriant de nouveau, d'un sourire plus prononcé qu'auparavant, allait continuer à se déshabiller, lorsqu'il fut arrêté, tout à coup, par l'entrée inattendue d'une personne qui tenait une chandelle, et qui, après avoir fermé la porte, s'avança jusqu'auprès de la toilette et y posa sa lumière.

Le sourire qui se jouait sur les traits de M. Pickwick fut instantanément absorbé par l'expression de la surprise et de la stupeur la plus complète. La personne, quelle qu'elle fût, était arrivée si soudainement et avec si peu de bruit, que M. Pickwick n'avait pas eu le temps de crier ni de s'opposer à son entrée. Qui pouvait-ce être? un voleur? quelque individu mal intentionné, qui peut-être l'avait vu monter les escaliers, tenant à la main une belle montre. En tout cas que devait-il faire?

Le seul moyen pour M. Pickwick d'observer son mystérieux visiteur, sans danger d'être vu lui-même, était de grimper sur le lit pour lorgner dans la chambre, et d'entr'ouvrir les rideaux. Il eut donc recours à cette manœuvre, et les tenant d'une main soigneusement fermés de manière à ne laisser passer que sa tête et son bonnet de coton, il mit sur son nez ses lunettes, rassembla tout son courage, et regarda.

Mais il s'évanouit presque d'horreur et de confusion lorsqu'il vit, debout devant la glace, une dame d'un certain âge, ornée de papillotes de papier brouillard, et activement occupée à brosser ce que les dames appellent *leur queue*. De quelque manière qu'elle fût venue dans la chambre, il était évident, à son air tranquille et dégagé, qu'elle comptait y passer la nuit tout entière. Elle avait apporté avec elle une chandelle de jonc garnie de son écran, et avec une louable précaution contre les dangers du feu, elle l'avait placée dans une cuvette pleine d'eau, sur le plancher, où cette chandelle brillait comme un phare gigantesque dans une mer singulièrement petite.

« Dieu me protége! pensa M. Pickwick. Quelle chose épouvantable!

— Hem! fit la dame; et aussitôt la tête du philosophe rentra derrière les rideaux, avec une rapidité digne d'une marionnette.

— Je n'ai jamais ouï parler d'une aventure aussi terrible, se dit le pauvre M. Pickwick, dont le bonnet était trempé d'une sueur froide. Jamais! Cela est effroyable! »

Cependant, ne pouvant résister au désir de voir ce qui se passait, il fit de nouveau sortir sa tête entre les rideaux.

La situation s'empirait. La dame d'un certain âge ayant fini d'arranger ses cheveux, les avait soigneusement enveloppés dans un bonnet de nuit de mousseline orné d'une petite garniture plissée, et contemplait le feu d'un air mélancolique et rêveur.

« Cette affaire devient alarmante, raisonna M. Pickwick en lui-même. Je ne puis pas laisser aller les choses de cette manière. Il est clair pour moi, d'après la tranquillité de cette dame, que je serai entré dans une chambre qui n'est pas la mienne. Si je parle, elle alarmera la maison; mais si je reste ici, les conséquences en seront plus effrayantes encore. »

M. Pickwick, il est inutile de le dire, était un des mortels les plus modestes et les plus délicats qui aient jamais existé. La seule idée de se présenter devant une dame en bonnet de nuit, le remplissait de confusion. Mais il avait fait un nœud à ses maudits cordons, et malgré tous ses efforts il ne pouvait parvenir à les défaire. Il devenait indispensable de briser la glace, et il n'y avait pour cela qu'un seul moyen. Il se retira derrière les rideaux, et toussa tout haut : « Hom! hom! »

A ce bruit inattendu la dame tressaillit évidemment, car elle renversa l'écran de sa chandelle. Mais bientôt elle se persuada qu'elle s'était alarmée sans raison, et lorsque M. Pickwick, croyant qu'elle était pour le moins évanouie de terreur, s'aventura à regarder à travers les rideaux, elle s'était remise à contempler le feu avec le même air mélancolique et rêveur.

« Voilà une femme bien extraordinaire, pensa M. Pickwick en rentrant sa tête. Hom! hom! »

Cette fois ces deux syllabes étaient prononcées trop distinctement pour qu'il fût encore possible de les prendre pour une imagination.

« Mon Dieu! mon Dieu! s'écria la dame; qu'est-ce que cela?

— C'est.... c'est seulement un gentleman, madame, dit M. Pickwick derrière le rideau.

— Un gentleman! répéta la dame avec terreur.

— C'en est fait! pensa M. Pickwick.

— Un homme dans ma chambre! s'écria la dame, et elle se précipita vers la porte. M. Pickwick entendit le frôlement de sa robe. Un instant de plus et toute la maison allait être alarmée.

— Madame, dit-il en montrant sa tête, dans l'excès de son désespoir; madame.... »

M. Pickwick, en mettant sa tête hors des rideaux, n'avait certainement point de but bien déterminé. Cependant cela produisit instantanément un bon effet. La dame, comme nous avons dit, était déjà près de la porte. Il fallait l'ouvrir pour arriver à l'escalier, et elle l'aurait fait sans aucun doute en un instant, si l'apparition soudaine du bonnet de nuit philosophique ne l'avait pas fait reculer jusqu'au fond de la chambre. Elle y resta immobile, considérant d'un air effaré M. Pickwick, qui à son tour la contemplait avec égarement.

« Misérable! dit la dame, couvrant ses yeux de ses mains; que faites-vous ici?

— Rien, madame.... rien du tout, madame.... répondit M. Pickwick avec feu.

— Rien! répéta la dame en levant les yeux.

— Rien, madame, sur mon honneur, reprit M. Pickwick en secouant sa tête d'une manière si énergique que la mèche de son bonnet s'agitait convulsivement. Madame, je me sens accablé de confusion en m'adressant à une lady avec mon bonnet de nuit sur ma tête (ici la dame arracha brusquement le sien); mais je ne puis l'ôter, madame. (En disant ces mots, M. Pickwick donna à son bonnet une secousse prodigieuse pour preuve de son allégation.) Maintenant, madame, il est évident pour moi que je me suis trompé de chambre à coucher, en prenant celle-ci pour la mienne. Je n'y étais pas depuis cinq minutes lorsque vous êtes entrée tout d'un coup.

— Si cette histoire improbable est réellement vraie, monsieur, répliqua la dame en sanglotant violemment, vous quitterez cette chambre sur-le-champ.

— Oui, madame, avec le plus grand plaisir.

— Sur-le-champ! monsieur.

— Certainement, madame, certainement. Je.... je suis très-fâché, madame, poursuivit M. Pickwick en faisant son apparition au pied du lit; très-fâché d'avoir été la cause innocente de cette alarme et de cette émotion; profondément affligé, madame.... »

La dame montra la porte. Dans ce moment critique, dans cette situation si embarrassante, une des excellentes qualités de M. Pickwick se déploya encore admirablement. Quoiqu'il eût placé à la hâte son chapeau sur son bonnet de coton, à la manière des patrouilles bourgeoises, quoiqu'il portât ses souliers et ses guêtres dans ses mains, et son habit et son gilet sur son bras, rien ne put diminuer sa politesse naturelle.

« Je suis excessivement fâché, madame, dit-il en saluant très-bas.

— Si vous l'êtes, monsieur, vous quitterez cette chambre sur-le-champ.

— Immédiatement, madame. A l'instant même, madame, dit M. Pickwick en ouvrant la porte et en laissant tomber ses souliers avec grand fracas. Je me flatte, madame, reprit-il en ramassant ses chaussures et en se retournant pour saluer encore, je me flatte que mon caractère sans tache et le respect plein de dévotion que je professe pour votre sexe plaideront en ma faveur dans cette circonstance. » Mais avant qu'il eût pu conclure cette sentence, la dame l'avait poussé dans le passage, et avait fermé et verrouillé la porte derrière lui.

Quelque satisfaction que notre philosophe dût ressentir d'avoir terminé aussi aisément cette épouvantable aventure, sa situation présente n'était nullement agréable. Il était seul, à moitié habillé, dans un passage ouvert, dans une maison inconnue, au milieu de la nuit. Il n'était pas supposable qu'il pût retrouver, dans une parfaite obscurité, la chambre qu'il n'avait pu découvrir lorsqu'il était armé d'une lumière, et s'il faisait le plus petit bruit, dans ses inutiles recherches, il courait la chance de recevoir un coup de pistolet et peut-être d'être tué par quelque voyageur réveillé en sursaut. Il n'avait donc pas d'autre ressource que de rester où il était, jusqu'à la pointe du jour. Ainsi, après avoir fait encore quelques pas dans le corridor, en trébuchant, à sa grande alarme, sur plusieurs paires de bottes, il s'accroupit dans un angle du mur, pour attendre le matin aussi philosophiquement qu'il le pourrait.

Cependant il n'était point destiné à subir cette nouvelle épreuve de patience, car il n'y avait pas longtemps qu'il était retiré dans son coin, lorsqu'à son horreur inexprimable un homme, portant une lumière, apparut au bout du corridor. Mais cette horreur fut soudainement convertie en transports de joie lorsqu'il reconnut son fidèle serviteur. C'était en effet M. Samuel Weller qui regagnait son domicile, après être resté jusqu'alors en grande conversation avec le garçon qui attendait la diligence.

« Sam ! dit M. Pickwick, en paraissant tout à coup devant lui ; où est ma chambre à coucher ? »

Sam considéra son maître avec la surprise la plus expressive, et celui-ci avait déjà répété trois fois la même question, lorsque son domestique tourna sur son talon et le conduisit à la chambre si longtemps cherchée.

« Sam, dit M. Pickwick en se mettant dans son lit ; j'ai fait cette nuit un des quiproquos les plus extraordinaires qu'il soit possible de faire.

— Ça ne m'étonne pas, monsieur, répliqua sèchement le valet.

— Mais je suis bien déterminé, Sam, quand je devrais rester six mois dans cette maison, à ne plus jamais me risquer tout seul hors de ma chambre.

— C'est la résolution la plus prudente que vous pourriez prendre, monsieur. Vous avez besoin de quelqu'un pour vous surveiller quand votre raison s'en va en visite.

— Qu'est-ce que vous entendez par là ? Sam, demanda M. Pickwick, qui, se levant sur son séant, étendit la main comme s'il allait faire un discours ; mais tout à coup il parut se raviser, se recoucha et dit à son domestique : Bonsoir.

— Bonsoir, monsieur, » répliqua Sam, et il sortit de la chambre. Arrivé dans le corridor, il s'arrêta, secoua la tête, fit quelques pas, s'arrêta encore, moucha sa chandelle, secoua la tête de nouveau, et finalement se dirigea lentement vers sa chambre, enseveli, en apparence, dans les plus profondes méditations.

CHAPITRE XXIII.

Dans lequel Samuel Weller s'occupe énergiquement de prendre sa revanche de M. Trotter.

A une heure un peu plus avancée de cette même matinée dont le commencement avait été signalé par l'aventure de M. Pickwick avec la dame aux papillotes jaunes, dans la petite chambre située auprès des écuries, M. Weller aîné faisait les préparatifs de son retour à Londres. Il était parfaitement posé pour se faire peindre, et, profitant de l'occasion, nous allons esquisser son portrait.

Son profil avait pu présenter dans sa jeunesse des lignes hardies et fortement accentuées, mais grâce à la bonne chère, grâce à un caractère qui se pliait aux circonstances avec une extrême facilité, les courbes charnues de ses joues s'étaient étendues bien audelà des limites qui leur avaient été originairement assignées par la nature; si bien qu'à moins de le regarder en face, il était difficile de distinguer dans son visage autre chose que le bout d'un nez rubicond. La même cause avait fait acquérir à son menton la forme grave et imposante que l'on décrit communément, en faisant précéder de l'épithète *double* le nom de ce trait expressif de la physionomie humaine. Enfin, son teint présentait cette combinaison de couleurs qui ne se rencontrent guère que chez les gentlemen de sa profession, ou sur un filet de bœuf mal rôti. Autour de son cou il portait un châle de voyage écarlate, qui s'adaptait si parfaitement à son menton qu'il était difficile de distinguer les plis de l'un d'avec les plis de l'autre; par-dessus ce châle il mit un long gilet d'une grosse étoffe rouge à larges raies roses, et par-dessus ce gilet un immense habit vert, orné de gros boutons de cuivre; et parmi ces boutons ceux qui garnissaient la taille étaient si éloignés l'un de l'autre, que nul mortel ne les avait jamais vus tous les deux à la fois. Les cheveux de M. Weller étaient courts, lisses, noirs, et s'apercevaient à peine sous les bords gigantesques d'un chapeau brun à forme basse. Ses jambes étaient encaissées dans une culotte de velours à côtes et dans des bottes à revers; enfin, une grande chaîne de cuivre, terminée par une clef et un cachet du même métal, se dandinait gracieusement à sa vaste ceinture.

Nous avons dit que M. Weller faisait les préparatifs de son retour à Londres. Pour être plus explicite, il s'occupait de la question des vivres. Sur la table, devant lui, se trouvait un pot d'ale, un plat de bœuf froid et un pain d'une dimension fort respectable, à chacun desquels il distribuait tour à tour ses faveurs, avec la plus rigide impartialité. Il venait de couper une bonne tranche de pain lorsqu'un bruit de pas dans la chambre lui fit lever les yeux. L'espoir de sa vieillesse était devant lui.

« 'Jour! Sammy, » dit le père.

Le fils s'approcha du pot d'ale et prit, en guise de réponse, une longue gorgée de liquide.

« Tu aspires les liquides avec facilité, Sammy, dit M. Weller en regardent l'intérieur du pot, lorsque son premier-né l'eut reposé, à moitié vide, sur la table; tu aurais fait une fameuse sangsure si tu étais né dans cette profession-là, Sammy.

— Oui, je me figure que ce talent-là m'aurait permis de vivre à mon aise, répliqua Sam en s'attaquant au bœuf froid avec une vigueur considérable.

— Je suis très-vexé, Sammy, reprit M. Weller en décrivant de petits cercles avec le pot pour secouer son ale avant de la boire, je suis très-vexé, Sammy, de voir que tu t'es laissé enfoncer par cet homme violet. J'avais toujours pensé, jusqu'à l'autre jour, que les mots de *Weller* et *enfoncé* ne viendraient jamais en contract, Sammy.... Jamais.

— Excepté, sans doute, le cas où il serait question d'une veuve, reprit Sam.

— Les veuves, Sammy, répliqua M. Weller en changeant un peu de couleur, les veuves sont des exceptions à toutes les règles. J'ai entendu dire combien une veuve vaut de femmes ordinaires, pour vous mettre dedans. Je crois que c'est 25, Sammy; mais ça pourrait bien être davantage.

— Eh mais, c'est déjà assez gentil.

— D'ailleurs, poursuivit M. Weller, sans faire attention à l'interruption, c'est ben différent. Tu sais ce que disait l'avocat de ce gen'lm'n qui battait sa femme à coups de pincettes quand il était en ribotte. « Après tout, m'sieu le président, qu'i' dit, « c'n est qu'une aimable faiblesse. » J'en dis autant par rapport aux veuves, Sammy; et tu en diras autant quand tu auras mon âge.

— Je sais bien, confessa Sam, je sais bien que j'aurais dû en savoir plus long.

— En savoir plus long! répéta M. Weller, en frappant la table avec son poing; en savoir plus long! Mais je connais un jeune moutard, qui n'a pas eu le quart de ton inducation, qui n'a pas seulement fréquenté les marchés pendant.... non pas six mois, et qui aurait rougi de se laisser enfoncer comme ça, rougi jusqu'au blanc des yeux, Sammy! » L'angoisse que réveilla cette amère réflexion obligea M. Weller à tirer la sonnette et à demander une nouvelle pinte d'ale.

« Allons! à quoi bon parler de ça maintenant, fit observer Sam. Ce qui est fait est fait, il n'y a plus de remède, et cette pensée doit nous consoler, comme disent les Turcs, quand ils ont coupé la tête d'un individu par erreur. Mais chacun son tour, gouverneur, et si je rattrape ce Trotter, il aura affaire à moi.

— Je l'espère, Sammy, je l'espère, répondit gravement M. Weller. A ta santé, Sammy, et puisses-tu effacer bientôt la tache dont tu as soulié notre nom de famille. » En l'honneur de ce toast, le corpulent cocher absorba, d'un seul trait, les deux tiers au moins de la pinte nouvellement arrivée : puis il tendit le reste à son fils, qui en disposa instantanément.

« Et maintenant, Sammy, reprit M. Weller en consultant l'énorme montre d'argent que soutenait sa chaîne de cuivre; maintenant il est temps que j'aille au bureau pour prendre ma feuille de route et pour faire charger la voiture; car les voitures, Sammy, c'est comme les canons, i' faut les charger avec beaucoup de soin avant qu'i' partent. »

Sam Weller accueillit avec un sourire filial ce bon mot paternel et professionnel. Son respectable père continua d'un ton grave et ému : « Je vas te quitter, Sammy, mon garçon, et on ne sait pas quand est-ce que nous nous reverrons. Ta belle-mère peut avoir fait mon affaire, il peut arriver un tas d'accidents avant que tu reçoives de nouvelles nouvelles du célèbre monsieur Weller de la *Belle Sauvage*. L'honneur de la famille est dans tes mains, Samivel, et j'espère que tu feras ton devoir. Quant au reste, je sais que je peux me fier à toi comme à moi-même. Aussi je n'ai qu'un petit conseil à te donner. Si tu dépasses la cinquantaine et que l'idée te vienne d'épouser quelqu'un, n'importe qui, vite enferme-toi dans ta chambre, si tu en as une, et empoisonne-toi sur-le-champ. C'est comme un de se pendre; ainsi pas de ces bêtises-là. Empoisonne-toi, Sammy, mon garçon, empoisonne-toi et plus tard tu seras bien aise de m'avoir écouté. »

M. Weller gardait fixement son fils en prononçant ces touchantes paroles. Lorsqu'il eut terminé il tourna lentement sur le talon et disparut.

Les derniers conseils de son père ayant éveillé dans l'esprit de M. Samuel Weller mille idées contemplatives et lugubres, il sortit de l'auberge du *Cheval blanc* dès que le vieil automédon l'eut quitté, et dirigea ses pas vers l'église de Saint-Clément, essayant de dissiper sa mélancolie en se promenant dans les antiques dépendances de cet édifice. Il y avait déjà quelque temps qu'il flânait dans les environs, quand il se trouva dans un endroit solitaire, une espèce de cour, d'un aspect vénérable, et qui n'avait pas d'autre issue que le passage par lequel il était entré. Il allait donc retourner sur ses pas, lorsqu'il fut pétrifié sur place par une apparition que nous allons décrire ci-dessous.

M. Samuel Weller, était occupé à contempler les vieilles maisons de brique rouge, et malgré son abstraction profonde, lançait de temps en temps une œillade assassine aux fraîches servantes qui ouvraient une fenêtre ou levaient une jalousie, lorsque la porte verte d'un jardin, au fond de la cour, s'ouvrit tout à coup. Un homme en sortit, qui referma soigneusement, après lui, ladite porte et s'avança d'un pas rapide vers l'endroit où se trouvait Sam.

Or, si l'on prend ce fait isolément, et sans s'occuper des circonstances concomitantes, il n'a rien de fort extraordinaire, car, dans beaucoup de parties du monde, un homme peut sortir d'un jardin et fermer derrière lui une porte verte, il peut peut même s'éloigner d'un pas rapide, sans attirer pour cela l'attention publique. Il est donc clair qu'il devait y avoir, pour éveiller l'intérêt de Sam, quelque chose de particulier dans le costume de l'homme, ou dans l'homme lui-même, ou dans l'un et dans l'autre. C'est ce que le lecteur pourra facilement conclure, lorsque nous lui aurons décrit avec précision la conduite de l'individu dont il s'agit.

Il avait donc fermé derrière lui la porte verte, il s'avançait dans la cour d'un pas rapide, comme nous l'avons déjà dit deux fois; mais il n'eut pas plus tôt aperçu M. Weller qu'il hésita, s'arrêta et parut ne pas trop savoir quel parti prendre. Cependant, comme la porte verte était fermée derrière lui, et comme il n'y avait pas d'autre issue que celle qui était devant lui, il ne fut pas longtemps à remarquer que, pour sortir de là, il fallait nécessairement passer devant M. Samuel Weller. Il reprit donc son pas délibéré et s'avança en regardant droit devant lui. Ce qu'il y avait de plus extraordinaire dans cet homme, c'est la façon hideuse dont il contournait ses traits, faisant les grimaces les plus étonnantes et les plus effroyables qu'on ait jamais vues. Jamais l'œuvre de la nature n'avait été déguisée plus artistement que ne le fut en un instant le visage en question.

« Parole d'honneur, se dit Sam à lui-même, en voyant approcher le quidam, voilà qui est drôle! j'aurais juré que c'était lui! »

L'homme avançait toujours, et à mesure qu'il s'approchait, sa figure devenait de plus en plus bouleversée.

« Je pourrais prêter serment, quant à ces cheveux noirs et à cet habit violet; mais c'est bien sûr la première fois que je vois cette boule-là. »

Pendant ce soliloque, la physionomie de l'étranger avait pris un aspect surnaturel et parfaitement hideux. Cependant il fut obligé de passer très-près de Sam, et un regard scrutateur de celui-ci lui permit de découvrir, sous ce masque de contorsions effrayantes, quelque chose qui ressemblait trop aux petits yeux de M. Job Trotter pour qu'il fût possible de s'y tromper.

« Ohé! monsieur! » cria Sam d'une voix irritée.

L'étranger s'arrêta.

« Ohé! » répéta Sam d'une voix encore plus féroce.

L'homme à l'horrible visage regarda avec la plus grande surprise au fond de la cour, à l'entrée de la cour, aux fenêtres de chaque maison, partout enfin, excepté du côté de Sam Weller; puis il fit un autre pas en avant, mais il fut arrêté par un nouveau hurlement de Sam:

« Ohé! monsieur! »

Il n'y avait plus moyen de prétendre méconnaître d'où venait la voix, et l'étranger, n'ayant pas d'autre ressource, regarda Sam en face.

« Ça ne prend pas, Job Trotter, dit celui-ci. Allons! allons! pas de bêtises. Vous n'êtes pas assez beau naturellement pour vous permettre de vous gâter comme ça la physionomie. Remettez-moi vos petits yeux à leur place, ou bien je les enfoncerai dans votre tête. M'entendez-vous! »

Comme M. Weller paraissait disposé à agir suivant la lettre

et l'esprit de ce discours, M. Trotter permit peu à peu à son visage de reprendre son expression habituelle, et tout à coup, tressaillant de joie, il s'écria :

« Que vois-je? monsieur Walker!

— Ha! reprit Sam, vous êtes bien content de me rencontrer, n'est-ce pas?

— Content! s'écria Job Trotter enchanté! Oh! monsieur Walker, si vous saviez combien j'ai désiré cette rencontre! Mais c'en est trop pour ma sensibilité, monsieur Walker; je ne puis pas contenir ma joie; en vérité je ne le puis pas! »

En sanglotant ces paroles, M. Trotter répandit un véritable déluge de pleurs, et, jetant ses bras autour de ceux de Sam, il l'embrassa étroitement, avec un transport d'affection.

« A bas les pattes! lui cria Sam, grandement indigné de cette conduite, et s'efforçant inutilement de se soustraire aux embrassements de son enthousiaste connaissance. A bas les pattes! vous dis-je. Pourquoi me pleurez-vous comme ça sur le dos, pompe à incendie?

— Parce que je suis si content de vous voir, répliqua Job Trotter, en relâchant Sam, à mesure que les symptômes de son courroux diminuaient. Ah! monsieur Walker, c'en est trop!

— Trop? Je le crois bien! Voyons, qu'avez-vous à me dire, eh? »

M. Trotter ne fit pas de réplique, car le petit mouchoir rouge était en pleine activité.

« Qu'avez-vous à me dire avant que je vous casse la tête? répéta Sam d'une manière menaçante.

— Hein? fit M. Trotter d'un ton de vertueuse surprise.

— Qu'est-ce que vous avez à me dire?

— Mais, monsieur Walker!...

— Ne m'appelez pas Walker; je me nomme Weller, vous le savez bien. Qu'est-ce que vous avez à me dire?

— Dieu vous bénisse, monsieur Walker,... je veux dire Weller.... Bien des choses, si vous voulez venir quelque part où nous puissions parler à notre aise. Si vous saviez comme je vous ai cherché, monsieur Weller!

— Très-soigneusement je suppose, reprit Sam, sèchement.

— Oh! oui, monsieur, en vérité! affirma M. Trotter sans qu'on vît remuer un muscle de sa physionomie. Donnez-moi une poignée de main, M. Weller. »

Sam considéra pendant quelques secondes son compagnon, et

ensuite, comme poussé par un soudain mouvement, il lui tendit la main.

« Comment va votre bon cher maître, demanda Job à Sam, tout en cheminant avec lui. Oh! c'est un digne gentleman, monsieur Weller. J'espère qu'il n'a pas attrapé de fraîcheurs dans cette épouvantable nuit. »

Une expression momentanée de malice étincela dans l'œil de Job, pendant qu'il prononçait ces paroles. Sam s'en aperçut, et ressentit dans son poing fermé une violente démangeaison, mais il se contint et répondit simplement que son maître se portait très-bien.

« Oh! que j'en suis content. Est-il ici?

— Et le vôtre y est-il?

— Hélas! oui, il est ici. Et ce qui me peine à dire, monsieur Weller, c'est qu'il s'y conduit plus mal que jamais.

— Ah! ah!

— Oh! ça fait frémir! c'est terrible!

— Dans une pension de demoiselles?

— Non! non! pas dans une pension, réplique Job avec le même regard malicieux que Sam avait déjà remarqué, pas dans une pension.

— Dans la maison avec une porte verte? demanda Sam en regardant attentivement son compagnon.

— Non! non! oh! non pas là! répondit Job avec une vivacité qui ne lui était pas habituelle. Pas là!

— Que faisiez-vous là vous-même? reprit Sam avec un regard perçant. Vous y êtes entré par accident, peut-être?

— Voyez-vous, monsieur Weller, je ne regarde pas à vous dire mes petits secrets, parce que, comme vous savez, nous avons eu tant de goût l'un pour l'autre la première fois que nous nous sommes rencontrés. Vous vous rappelez la charmante matinée que nous avons passée ensemble.

— Eh! oui, réplique Sam, je m'en souviens. Eh bien!

— Eh bien! poursuivit Job avec grande précision et du ton peu élevé d'un homme qui communique un secret important. Dans cette maison à la porte verte, monsieur Weller, il y a beaucoup de domestiques.

— Je m'en doute bien, interrompit Sam.

— Oui, et il y a une cuisinière qui a épargné quelque chose, monsieur Weller, et qui désire ouvrir une petite boutique d'épicerie, voyez-vous.

— Oui dà?

— Oui, monsieur Weller, hé bien! monsieur, je l'ai rencontrée à une petite chapelle où je vais. Une bien jolie petite chapelle de cette ville, monsieur Weller, où on chante ce recueil d'hymnes que je porte habituellement sur moi et que vous avez peut-être vu entre mes mains, et j'ai fait connaissance avec elle, monsieur Weller; et puis il s'est établi une petite intimité, et je puis me hasarder à dire que je compte devenir l'épicier.

— Ah! et vous ferez un très-aimable épicier, répliqua Sam en examinant de côté M. Trotter avec un profond dégoût.

— Le grand avantage de ceci, monsieur Weller, continua Job, dont les yeux se remplissaient de larmes; le grand avantage de ceci c'est que je pourrai quitter le service déshonorant de ce méchant homme, et me dévouer tout entier à une vie meilleure et plus vertueuse. Une vie plus conforme à la manière dont j'ai été élevé, monsieur Weller.

— Vous devez avoir été joliment éduqué, hein?

— Oh! avec un soin! avec un soin incroyable, monsieur Weller! et en se rappelant la pureté de son enfance, M. Trotter tira de nouveau le mouchoir rose et pleura copieusement.

— Qu'on devait être heureux d'aller à l'école avec un enfant aussi pieux que vous!

— Je crois bien, monsieur, répliqua Job en poussant un profond soupir. J'étais l'idole de l'école.

— Ah! ça ne m'étonne pas. Quelle consolation vous deviez être pour votre bénite mère! »

En entendant ces mots Job inséra un bout du mouchoir rose dans le coin de chacun de ses yeux, et recommença à fondre en larmes.

« Qu'est-ce qu'il a maintenant, s'écria Sam, rempli d'indignation. La pompe à feu n'est rien auprès de lui. Qu'est-ce qui vous fait fondre en eau maintenant? La conscience de votre coquinerie, pas vrai?

— Je ne puis pas modérer ma sensibilité, monsieur Weller reprit Job après une courte pause. Quand je songe que mon maître a soupçonné la conversation que j'avais eue avec le vôtre, et qu'il m'a emmené en chaise de poste, après avoir engagé la jeune lady à dire qu'elle ne le connaissait pas et après avoir gagné la maîtresse de pension! Ah! monsieur Weller, cela me fait frissonner!

— Ah! c'est comme ça que la chose s'est passée, hein?

— Sans doute, répliqua Job. »

Tout en parlant ainsi les deux amis étaient arrivés près de l'hôtel. Sam dit alors à son compagnon : « Si ça ne vous dérangeait pas trop, Job, je voudrais bien vous voir au *Grand Cheval blanc*, ce soir, vers les huit heures.

— Je n'y manquerai pas.

— Et vous ferez bien, reprit Sam avec un regard expressif Autrement je pourrais aller demander de vos nouvelles de l'autre côté de la porte verte ; et alors ça pourrait vous nuire, vous voyez.

— Je viendrai, sans faute, répéta Job, et il s'éloigna après avoir donné à Sam une chaleureuse poignée de main.

— Prends garde, Job Trotter, prends garde à toi, dit Sam en le regardant partir; car je pourrais bien t'enfoncer, cette fois. » Ayant terminé ce monologue et suivi Job des yeux jusqu'au détour de la rue, Sam rentra et monta à la chambre de son maître.

« Tout est en train, monsieur, lui dit-il.

— Qu'est-ce qui est en train, Sam ?...

— Je les ai trouvés, monsieur.

— Trouvé qui ?

— Votre bonne pratique, et le pleurnichard aux cheveux noirs.

— Impossible ! s'écria M. Pickwick avec la plus grande énergie. Où sont-ils, Sam ! où sont-ils ?

— Chut ! chut ! » répéta le fidèle valet, et tout en aidant son maître à s'habiller, il lui détailla le plan de campagne qu'il avait dressé.

« Mais quand cela se fera-t-il, Sam ?

— Au bon moment, monsieur, au bon moment. »

Le lecteur apprendra dans le subséquent chapitre, si cela fut fait au bon moment.

CHAPITRE XXIV.

Dans lequel M. Peter Magnus devient jaloux, et la dame d'un certain âge, craintive; ce qui jette les pickwickiens dans les griffes de la justice.

Quand M. Pickwick descendit dans la chambre où il avait passé la soirée précédente avec M. Peter Magnus, il le trouva en train de se promener dans un état nerveux d'agitation et d'attente, et remarqua que ce gentleman avait disposé, au plus grand avantage possible de sa personne, la majeure partie du contenu des deux sacs, du carton à chapeau, et du paquet papier gris.

« Bonjour, monsieur, dit M. Magnus. Comment trouvez-vous ceci, monsieur?

— Tout à fait meurtrier, répondit M. Pickwick en examinant avec un sourire de bonne humeur le costume du prétendant.

— Oui, je pense que cela fera l'affaire, monsieur Pickwick; monsieur, j'ai envoyé ma carte.

— Vraiment!

— Oui, et le garçon est venu me dire qu'*elle* me recevrait à onze heures. A onze heures, monsieur, et il ne s'en faut plus que d'un quart d'heure maintenant. »

Ah! c'est bientôt!

« Oui, c'est bientôt! Trop tôt, peut-être, pour que ce soit agréable. Eh! monsieur Pickwick, monsieur.

— La confiance en soi-même est une grande chose dans ces cas là.

— Je le crois, monsieur. J'ai beaucoup de confiance en moi-même. Réellement, monsieur Pickwick, je ne vois pas pourquoi un homme sentirait la moindre crainte dans une circonstance semblable. Quoi de plus simple en somme, monsieur? Il n'y a rien là de déshonorant. C'est une affaire de convenances mutuelles, rien de plus. Mari d'un côté, femme de l'autre. C'est là mon opinion de la matière, monsieur Pickwick.

— Et c'est une opinion très-philosophique. Mais le déjeuner nous attend, monsieur Magnus, allons. »

Ils s'assirent pour déjeuner : cependant malgré les vanteries de M. Magnus, il était évident qu'il se trouvait sous l'influence d'une grande agitation, dont les principaux symptômes étaient des essais lugubres de plaisanterie, la perte de l'appétit, une propension à renverser les tasses et la théière, et une inclination irrésistible à regarder la pendule, toutes les deux secondes.

« Hi ! hi ! hi ! balbutia-t-il en affectant de la gaieté, mais en tremblant d'agitation ; il ne s'en faut plus que de deux minutes, monsieur Pickwick. Suis-je pâle, monsieur ?

— Pas trop. »

Il y eut un court silence.

« Je vous demande pardon, monsieur Pickwick. Avez-vous jamais fait cette sorte de chose, dans votre temps ?

— Vous voulez dire une demande en mariage ?

— Oui.

— Jamais ! répliqua M. Pickwick avec grande énergie, jamais !

— Alors vous n'avez pas d'idées sur la meilleure manière d'entrer en matière ?

— Eh ! je puis avoir quelques idées à ce sujet ; mais comme je ne les ai jamais soumises à la pierre de touche de l'expérience, je serais fâché si vous vous en serviez pour régler votre conduite. »

M. Magnus jeta un autre coup d'œil à la pendule : l'aiguille marquait cinq minutes après onze heures. Il se retourna vers M. Pickwick en lui disant : « Malgré cela, monsieur, je vous serai bien obligé de me donner un avis.

— Eh bien ! monsieur, répondit le savant homme avec la solennité profonde qui rendait ses remarques si impressives quand il jugeait qu'elles en valaient la peine ; je commencerais, monsieur, par payer un tribut à la beauté et aux excellentes qualités de la dame. De là, monsieur, je passerais à ma propre indignité.

— Très-bien, s'écria M. Magnus.

— Indignité, par rapport à *elle* seule, monsieur. Faites bien attention à cela ; car pour montrer que je ne serais pas *absolument* indigne, je ferais une courte revue de ma vie passée et de ma condition présente : j'établirais, par analogie, que je serais un objet très-désirable pour toute autre personne. Ensuite je m'étendrais sur la chaleur de mon amour, et sur la profondeur de mon dévouement. Peut-être pourrais-je, alors, essayer de m'emparer de sa main.

— Oui, je vois. Cela serait un grand point.

— Ensuite, continua M. Pickwick, en s'échauffant à mesure que son sujet se présentait devant lui sous des couleurs plus brillantes; ensuite j'en viendrais à cette simple question : Voulez-vous de moi? Je crois pouvoir supposer raisonnablement que la dame détournerait la tête....

— Pensez-vous qu'on puisse prendre cela pour accordé? interrompit M. Magnus. Parce que, voyez-vous, si elle ne détournait pas la tête au moment précis, cela serait embarrassant.

— Je crois qu'elle la détournerait à ce moment-là, monsieur; et là-dessus je saisirais sa main, et je pense, je *pense*, monsieur Magnus, qu'après avoir fait cela, supposant qu'elle n'eût point proféré de refus, je retirerais doucement le mouchoir qu'elle aurait porté à ses yeux, si ma faible connaissance de la nature humaine ne me trompe point, et je déroberais un baiser respectueux : oui, je pense que je le déroberais; et je suis convaincu que dans cet instant même, si la dame devait m'accepter, elle murmurerait à mon oreille un pudique consentement. »

M. Magnus se leva de sa chaise, regarda pendant quelque temps M. Pickwick en silence et avec un regard intelligent, puis il lui secoua chaleureusement la main et s'élança, en désespéré, hors de la porte. L'aiguille de la pendule marquait onze heures dix minutes.

M. Pickwick fit quelques tours dans la chambre, et l'aiguille suivant son exemple, était arrivée à la figure qui indique la demi-heure, lorsque la porte s'ouvrit soudainement. M. Pickwick se retourna pour féliciter M. Magnus, mais à sa place il aperçut la joyeuse physionomie de M. Tupman, la figure guerrière de M. Winkle, et les traits intellectuels de M. Snodgrass.

Pendant que M. Pickwick les complimentait, M. Peter Magnus se précipita dans l'appartement.

« Mes bons amis, dit le philosophe, voici le gentleman dont je vous parlais, M. Magnus.

— Votre serviteur, messieurs, dit M. Magnus qui était évidemment dans un état d'exaltation. Monsieur Pickwick, permettez-moi de vous parler un moment, monsieur. »

En prononçant ces mots M. Magnus insinua son index dans une des boutonnières de M. Pickwick, et l'attirant dans l'ouverture d'une fenêtre : « Félicitez-moi, monsieur Pickwick; j'ai suivi votre avis à la lettre.

— Était-il bon ?

— Oui, monsieur, il ne pouvait pas être meilleur. Elle est à moi, monsieur Pickwick.

— Je vous en félicite de tout mon cœur, répondit le philosophe, en secouant cordialement la main de sa nouvelle connaissance.

— Il faut que vous la voyiez, monsieur. Par ici, s'il vous plaît. Excusez-nous pour un instant, messieurs. » En parlant ainsi l'amant triomphant entraîna rapidement M. Pickwick hors de la chambre, s'arrêta à la porte voisine dans le corridor, et y tapa doucement.

« Entrez, » dit une voix de femme.

Ils entrèrent.

« Miss Witherfield[1], dit M. Magnus, permettez-moi de vous présenter un de mes meilleurs amis, M. Pickwick. — Monsieur Pickwick, permettez-moi de vous présenter à miss Witherfield. »

La dame était à l'autre bout de la chambre. M. Pickwick la salua, et en même temps, tirant adroitement ses lunettes de sa poche, il les ajusta sur son nez; mais à peine les y avait-il posées qu'il poussa une exclamation de surprise, et recula plusieurs pas. La dame, de son côté, jetait un cri involontaire, cachait son visage dans ses mains, et se laissait tomber sur sa chaise; tandis que M. Peter Magnus, qui semblait pétrifié sur la place, les contemplait tour à tour avec une physionomie défigurée par un excès d'étonnement et d'horreur.

Un semblable coup de théâtre paraît inexplicable; mais le fait est que M. Pickwick, aussitôt qu'il avait mis ses lunettes, avait reconnu tout à coup, dans la future Mme Magnus, la dame chez laquelle il s'était si odieusement introduit la nuit précédente; et qu'à peine lesdites lunettes avaient-elles croisé le nez de M. Pickwick, lorsque la dame s'aperçut de l'identité de sa physionomie avec celle qu'elle avait vue, environnée de toutes les horreurs d'un bonnet de coton. En conséquence la dame cria et le philosophe tressaillit.

« Monsieur Pickwick, que signifie cela, monsieur ? Dites-moi ce que signifie cela, monsieur ? s'écria M. Magnus d'un ton de voix élevé et menaçant.

— Monsieur, je refuse de répondre à cette question, répli-

1. En français : De champ sec.

que M. Pickwick, un peu échauffé par la manière soudaine dont M. Magnus l'avait interrogé, au mode impératif.

— Vous le refusez, monsieur?

— Oui, monsieur. Je ne consentirai pas, sans la permission de cette dame, à dire quelque chose qui puisse la compromettre, ou réveiller dans son sein de désagréables souvenirs.

— Miss Witherfield, reprit M. Magnus, connaissez-vous monsieur?

— Si je le connais? répondit en hésitant la dame d'un certain âge.

— Oui, si vous le connaissez! Je demande si vous le connaissez? répéta M. Magnus avec férocité.

— Je l'ai déjà vu, balbutia la dame.

— Où? demanda M. Magnus, où, madame?

— Voilà, dit la dame en se levant et détournant la tête; voilà ce que je ne révélerais pas pour un empire....

— Je vous comprends, madame, interrompit M. Pickwick, et je respecte votre délicatesse. Cela ne sera jamais divulgué par moi. Vous pouvez y compter.

— Sur ma parole, madame! reprit M. Magnus, avec un amer ricanement, sur ma parole, madame! vu la situation où je suis placé vis-à-vis de vous, vous vous conduisez, vis-à-vis de moi, avec assez de sang-froid, assez de sang-froid, madame!

— Cruel monsieur Magnus! » balbutia la dame d'un certain âge, et elle se prit à pleurer abondamment.

M. Pickwick s'interposa. « Adressez-moi vos observations, monsieur. S'il y a quelqu'un de blâmable ici, c'est moi seul.

— Ah! c'est vous seul qui êtes blâmable, monsieur! Je vois, je vois. Oui, je comprends, monsieur. Vous vous repentez de votre détermination, maintenant.

— Ma détermination! répéta M. Pickwick.

— Votre détermination, monsieur. Oh! ne me regardez pas comme cela, monsieur. Je me rappelle vos paroles d'hier au soir. Vous êtes venu ici pour démasquer la fausseté et la trahison d'une personne, dans la bonne foi de laquelle vous aviez placé une entière confiance. Eh! monsieur? » Ici M. Peter Magnus se laissa aller à un ricanement prolongé; puis ôtant ses lunettes bleues, qu'il jugea probablement superflues dans un accès de jalousie, il se mit à rouler ses petits yeux d'une manière effrayante.

« Eh? dit-il, sur nouveaux frais en répétant son ricanement, avec un effet redoublé. Mais vous m'en répondrez, monsieur !

— De quoi répondrai-je ? demanda M. Pickwick.

— Ne vous inquiétez pas, monsieur ! vociféra M. Magnus en arpentant la chambre ; ne vous inquiétez pas ! »

Il faut que ces quatre mots aient une signification fort étendue, car nous ne nous rappelons pas d'avoir jamais observé une querelle dans la rue, au spectacle, dans un bal public, ou ailleurs, dans laquelle cette phrase ne servît pas de réponse principale à toutes les questions belliqueuses. « Croyez-vous être un gentleman, monsieur ? Ne vous inquiétez pas, monsieur ! — Est-ce que j'ai dit quelque chose à la jeune femme, monsieur ? Ne vous inquiétez pas, monsieur ! — Avez-vous envie de vous faire casser les reins, monsieur ? Ne vous inquiétez pas, monsieur ! » En même temps il faut observer qu'il semble y avoir une provocation cachée dans cet universel *ne vous inquiétez pas ;* car il éveille dans le sein des individus auxquels il s'adresse plus de courroux qu'une grave injure.

Nous ne prétendons pas cependant que l'application de cette expression à M. Pickwick remplit son âme de l'indignation qu'elle aurait infailliblement excitée dans un esprit vulgaire. Nous racontons simplement le fait. En entendant ces mots, M. Pickwick ouvrit la porte de la chambre, et cria brusquement.

« Tupman, venez ici ! »

M. Tupman arriva immédiatement avec un air de considérable surprise.

« Tupman, dit M. Pickwick, un secret de quelque délicatesse et qui concerne cette dame est la cause d'un différend qui vient de s'élever entre ce gentleman et moi-même. Mais je l'assure, devant vous, que ce secret n'a aucune relation avec lui-même, ni aucun rapport avec ses affaires. Après cela je n'ai pas besoin de vous faire remarquer que s'il continuait à en douter, il douterait en même temps de ma véracité, ce que je considérerais comme une insulte personnelle. »

A ces mots, le philosophe lança à M. P. Magnus un regard qui renfermait toute une encylopédie de menaces.

La figure honorable et assurée de M. Pickwick, jointe à la force, à l'énergie du langage qui le distinguaient si éminemment, auraient porté la conviction dans tout esprit raisonnable ; mais malheureusement, dans l'instant en question, l'esprit de M. Peter Magnus n'était nullement dans un état raisonnable.

Au lieu donc de recevoir, d'une manière convenable l'explication du philosophe, il procéda immédiatement à se monter sur un diapazon dévorant de colère et de menaces, parlant avec rage de ce qui était dû à sa délicatesse, à sa sensibilité, et donnant de la force à ses déclamations en marchant furieusement à travers la chambre, et en arrachant ses cheveux; amusement qu'il interrompait quelquefois pour agiter son poing sous le nez philanthropique de M. Pickwick.

Cependant, fort de sa rectitude et de son innocence, contrarié d'avoir malheureusement embarrassé la dame d'un certain âge, dans une affaire aussi désagréable, M. Pickwick, à son tour, était dans une disposition moins paisible qu'à son ordinaire. En conséquence, on parla plus vivement; on se servit de plus gros mots, et à la fin, M. Magnus dit à M. Pickwick qu'il aurait bientôt de ses nouvelles. M. Pickwick, avec une politesse digne de louange, lui répondit que le plus tôt serait le mieux. A ces mots la dame d'un certain âge se précipita en pleurant hors de la chambre, et M. Tupman entraîna son savant ami, abandonnant le prétendu désappointé à ses sombres méditations.

Si la dame d'un certain âge avait vécu dans la société, ou si elle avait tant soit peu connu les coutumes et les manières de ceux qui font les lois et établissent les modes, elle aurait su que cette espèce de férocité est la chose du monde la plus innocente. Mais elle avait principalement habité la province, n'avait jamais lu les débats parlementaires, et était peu versée, par conséquent, dans le code d'honneur raffiné des nations civilisées. Aussitôt donc qu'elle eut gagné sa chambre à coucher et soigneusement verrouillé sa porte, elle commença à méditer sur les scènes dont elle venait d'être témoin. Des idées de massacre et de carnage se présentèrent à son imagination, et, dans cette fantasmagorie, le tableau le moins sanglant représentait M. Peter Magnus, enrichi d'une livre de plomb dans le côté gauche, et rapporté à l'hôtel sur un brancard. Plus la dame d'un certain âge méditait, plus elle était épouvantée, et à la fin elle se détermina à aller trouver le principal magistrat de la ville, et à le requérir de faire empoigner sans délai M. Pickwick et M. Tupman.

La dame d'un certain âge fut poussée à prendre ce parti par un grand nombre de considérations; mais la principale était la preuve incontestable qu'elle donnerait ainsi à M. Peter Magnus du dévouement qu'elle lui avait voué, de l'anxiété qu'elle ressentait pour le salut de sa personne. Elle connaissait trop bien la jalousie de son tempérament, pour s'aventurer à faire la plus légère allusion à la cause réelle de son agitation, en voyant M. Pickwick, et elle se fiait à son influence et à ses moyens de persuasion, pour apaiser le petit homme, pourvu que l'objet de ses soupçons fût éloigné, et qu'il ne s'élevât plus de nouvelles occasions de querelles. La tête remplie de ces réflexions, elle ajusta son chapeau et son châle, et se rendit en droite ligne au domicile du maire.

Or, George Nupkins, esquire, maire de la ville d'Ipswich, était un grand personnage; si grand qu'un bon marcheur pourrait à peine en rencontrer un semblable entre le lever et le coucher du soleil, même le 21 juin, jour qui lui offrirait naturellement le plus de chances pour cette recherche, puisque, suivant tous les almanachs, c'est le plus long jour de l'année. Dans la matinée en question, M. Nupkins se trouvait dans un état d'irritation extrême, car il y avait eu une rébellion dans la ville. Tous les externes de la plus grande école avaient conspiré pour briser les carreaux d'une marchande de pommes qui leur déplaisait; ils avaient hué le bedeau; ils avaient jeté des pierres à la police chargée de comprimer l'emeute, et représentée par un bonhomme en bottes à revers, qui remplissait ses fonctions depuis au moins un quart de siècle. M. Nupkins était donc assis dans sa bergère, fronçant majestueusement ses sourcils et bouillant de rage, lorsqu'une dame fut annoncée pour une affaire pressante, importante, particulière. M. Nupkins, prenant un air calme et terrible, donna ordre d'introduire la dame, et cet ordre, comme tous ceux des magistrats, des empereurs et des autres puissances de la terre, ayant été immédiatement exécuté, miss Witherfield, dont l'agitation était visible et intéressante, se présenta devant le grand homme.

« Muzzle ! dit le magistrat. »

Muzzle était un domestique rabougri, dont le coffre était long, les jambes courtes.

« Muzzle !

— Oui, Votre Honneur.

— Donnez un fauteuil, et quittez la chambre.

— Oui, Votre Vénération.

— Maintenant, madame, voulez-vous exposer votre affaire.

— Elle est d'une nature très-pénible, monsieur.

— Je ne dis pas le contraire, madame. Calmez-vous madame. (Ici M. Nupkins prit un air de douceur.) Et dites-moi quelle affaire légale vous amène devant moi, madame. (Ici le magistrat reprit le dessus et M. Nupkins se donna un air sévère et grandiose.)

— Il est fort affligeant pour moi, monsieur, de vous faire cette dénonciation. Mais je crains bien qu'il n'y ait un duel ici.

— Ici, madame ? — Où madame ?

— Dans Ipswich.

— Dans Ipswich ! madame. Un duel dans Ipswich ! s'écria le magistrat parfaitement stupéfait à cette seule idée. Impossible, madame ! Rien de la sorte ne peut arriver dans cette ville ; j'en suis persuadé. Dieu du ciel ! madame, connaissez-vous l'activité de notre magistrature locale ? N'avez-vous pas entendu dire, madame, que le quatre mai passé, suivi seulement par soixante constables spéciaux, je me précipitai entre deux boxeurs, et qu'au risque d'être sacrifié aux passions furieuses d'une multitude irritée, j'empêchai une rencontre pugilastique entre le champion de Middlesex et celui de Suffolk. Un duel dans Ipswich, madame ! Je ne le pense pas. Non, je ne pense pas qu'il puisse y avoir deux mortels assez audacieux pour projeter un tel attentat dans cette ville.

— Ce que j'ai l'honneur de vous dire n'est malheureusement que trop exact, reprit la dame d'un certain âge. J'étais présente à la querelle.

— C'est la chose la plus extraordinaire ! s'écria le magistrat étonné. Muzzle !

— Oui, Votre Vénération.

— Envoyez-moi M. Jinks, sur-le-champ, à l'instant même.

— Oui, Votre Vénération. »

Muzzle se retira, et bientôt on vit entrer dans la chambre un clerc d'âge raisonnable, mal vêtu, et évidemment mal nourri, comme l'annonçaient son visage pâle et son nez aigu.

« Monsieur Jinks, dit le magistrat, monsieur Jinks.

— Monsieur, répliqua Jinks.

— Cette dame est venue ici pour nous informer d'un duel qui doit avoir lieu dans cette ville. »

M. Jinks, ne sachant pas exactement que dire, sourit d'un sourire d'inférieur.

« De quoi riez-vous, monsieur Jinks ? » demanda le magistrat.

M. Jink prit à l'instant un air sérieux.

« Monsieur Jinks, poursuivit le magistrat, vous êtes un sot, monsieur. (M. Jinks regarda humblement le grand homme, et mordit le haut de sa plume.) Vous pouvez voir quelque chose de très-comique dans cette information, monsieur; mais je vous dirai, monsieur Jinks, que vous avez très-peu de raisons de rire. »

Le clerc à l'air affamé soupira, comme un homme convaincu qu'il avait en effet fort peu de motifs d'être gai. Puis, ayant reçu l'ordre de noter la déposition de la dame, il se glissa jusqu'à son siége, et se mit à écrire.

« Ce Pickwick est le principal, à ce que j'entends, dit le magistrat, lorsque la déclaration fut terminée.

— Oui, monsieur, répondit la dame d'un certain âge.

— Et l'autre perturbateur? Quel est son nom, monsieur Jinks?

— Tupman, monsieur.

— Tupman est le témoin, madame?

— Oui, monsieur.

— L'autre combattant a quitté la ville, dites-vous, madame?

— Oui, répondit miss Witherfield avec une petite toux.

— Très-bien. Ce sont deux coupe-jarrets de Londres, qui sont venus ici pour détruire la population de Sa Majesté, pensant que le bras de la loi est faible et paralysé à cette distance de la capitale. Mais nous en ferons un exemple. Expédiez le mandat d'amener, monsieur Jinks. Muzzle!...

— Oui, Votre Vénération.

— Grummer est-il en bas?

— Oui, Votre Vénération.

— Envoyez-le ici. »

L'obséquieux Muzzle se retira et revint presque immédiatement avec le représentant de l'autorité, constable depuis son enfance, et qui était principalement remarquable par son nez vineux, sa voix enrouée, son habit couleur de tabac, ses bottes à revers et son regard errant.

« Grummer! dit le magistrat.

— Votre Vin-à-ration.

— La ville est-elle tranquille maintenant?

— Pas mal, Votre Vin-à-ration; la populace s'est apaisée par conséquent que les garçons s'en est allé jouer à la crosse.

— Grummer, reprit le magistrat d'un air déterminé; dans un temps comme celui-ci, il n'y a que des mesures vigoureuses qui puissent réussir. Si l'on méprise l'autorité des officiers du *roi*, il faut faire lire le *riot-act*[1]. Si le pouvoir civil ne peut pas protéger les fenêtres, il faut que le militaire protége le pouvoir civil et les fenêtres aussi. Je pense que c'est une maxime de la constitution, monsieur Jinks?

— Certainement, monsieur.

— Très-bien, dit le magistrat en signant le mandat d'amener. Grummer, vous ferez comparaître ces personnes devant nous cette après-midi; vous les trouverez au *Grand Cheval blanc*. Vous vous rappelez l'affaire des champions de Middlesex et de Suffolk, Grummer? »

M. Grummer exprima par une secousse de sa tête qu'il ne l'oublierait jamais; ce qui, en effet, n'était guère probable, aussi longtemps surtout que cette affaire continuerait à lui être citée tous les jours.

« Ceci, poursuivit le magistrat, est peut-être encore plus inconstitutionnel. C'est une plus grande violation de la paix; c'est une plus grave atteinte aux prérogatives de Sa Majesté. Je pense que le duel est un des priviléges les plus incontestables de Sa Majesté, monsieur Jinks.

— Expressément stipulé dans la *magna Charta*, monsieur.

— Un des plus beaux joyaux de la couronne, arraché à Sa Majesté par l'union politique des barons..., n'est-ce pas, monsieur Jinks?

— Justement, monsieur.

— Très-bien, continua le magistrat en se redressant avec orgueil. Cette prérogative royale ne sera pas violée dans cette portion des domaines de Sa Majesté. Grummer, procurez-vous du secours, et exécutez ce mandat avec le moins de délai possible. Muzzle.

— Oui, Votre Vénération....

— Reconduisez cette dame. »

Miss Witherfield se retira, profondément impressionnée par la science et par la dignité du magistrat. M. Nupkins se retira pour déjeuner. M. Jinks se retira en lui-même, car c'était le seul endroit où il pût se retirer; si l'on excepte le lit-sofa du petit parloir, qui était occupé pendant le jour par la famille de son hôtesse. Enfin M. Grummer se retira pour laver, par la manière dont il exécuterait sa présente commission, l'insulte qui était tombée dans la matinée sur lui-même et sur l'autre représentant de Sa Majesté, le bedeau.

1. Sommation pour inviter la foule à se disperser.

Tandis que l'on faisait des préparatifs si formidables pour conserver la paix du roi, M. Pickwick et ses amis, tout à fait ignorants des prodigieux événements qui se machinaient, étaient tranquillement assis autour d'un excellent dîner. La bonne humeur la plus expansive régnait dans leur petite réunion. M. Pickwick était précisément en train de raconter, au grand amusement de ses sectateurs, et principalement de M. Tupman, ses aventures de la nuit précédente, lorsque la porte s'ouvrit, et laissa voir une physionomie assez rébarbative qui s'allongea dans la chambre. Les yeux de la physionomie rébarbative se fixèrent attentivement sur M. Pickwick pendant quelques secondes, et ils furent apparemment satisfaits de leur investigation, car le corps auquel appartenait la physionomie rébarbative s'introduisit lentement dans l'appartement, sous la forme d'un individu en bottes à revers. Enfin, pour ne pas tenir plus longtemps le lecteur en suspens, ces yeux étaient les yeux errants de M. Grummer, et ce corps était le corps du susdit gentleman.

M. Grummer procéda d'une manière légale, mais particulière. Son premier acte fut de verrouiller la porte à l'intérieur; le second, de polir très-soigneusement sa tête et son visage avec un mouchoir de coton; le troisième, de placer son mouchoir de coton dans son chapeau, et son chapeau sur la chaise la plus proche; et le quatrième enfin, de tirer de sa poche un gros bâton court, surmonté d'une couronne de cuivre, avec laquelle il fit signe à M. Pickwick aussi gravement que la statue du commandeur.

M. Snodgrass fut le premier à rompre le silence d'étonnement qui régnait dans la chambre. Durant quelques minutes, il regarda fixement M. Grummer et dit ensuite avec force : « Ceci est une chambre particulière, monsieur! une chambre particulière! »

M. Grummer secoua la tête et répondit : « Il n'y a point de chambres particulières pour Sa Majesté, quand une fois la porte de la rue est passée; v'là la loi. Y en a qui disent que la maison d'un Anglais, c'est sa forteresse; eh bien! ceux-là disent une bêtise. »

Les pickwickiens échangèrent entre eux des coups d'œil étonnés.

« Lequel c'est-il qu'est M. Tupman? » demanda M. Grummer. Il avait reconnu M. Pickwick du premier coup par une perception intuitive.

« Mon nom est Tupman, dit ce gentleman.

— Mon nom est la loi, reprit M. Grummer.

— Quoi? demanda M. Tupman.

— La loi, répliqua M. Grummer. La loi, le pouvoir incivil et éxécutif, c'est mon titre, et v'là mon autorité. « Tupman (nom « de baptême en blanc); Pickwick (idem) : contre la paix de « notre seigneur le roi, vu les estatuts et ordonnances.... » C'est en règle, vous voyez! je vous empoigne les susdits Pickwick et Tupman.

— Qu'est-ce que signifie cette insolence? s'écria M. Tupman en se levant. Quittez cette chambre! sortez sur-le-champ!

— Ohé! cria M. Grummer en se retirant rapidement vers la porte et en l'entre-bâillant, Dubbley!

— Voilà! dit une voix grave dans le corridor.

Au même instant, un homme qui avait près de six pieds de haut et une grosseur proportionnée se fourra dans la porte entr'ouverte, avec des efforts qui rendirent tout rouge son visage malpropre, et entra dans l'appartement.

« Dubbley, dit M. Grummer, les autres constables spécial est-il dehors? »

En homme laconique, M. Dubbley ne répondit que par un signe affirmatif.

« Faites entrer la division qu'est sous vos ordres, Dubbley. »

M. Dubbley obéit, et une demi-douzaine d'hommes, porteurs de gros bâtons courts, avec une couronne de cuivre, se précipitèrent dans la chambre. M. Grummer empocha son bâton, et regarda M. Dubbley; M. Dubbley empocha son bâton, et regarda la division; la division empocha ses bâtons, et regarda MM. Tupman et Pickwick.

Le philosophe et ses partisans se levèrent comme un seul homme.

« Que signifie cette violation atroce de mon domicile, s'écria M. Pickwick?

— Qui oserait m'arrêter? demanda M. Tupman.

— Que venez-vous faire ici, coquins? murmura M. Snodgrass. »

M. Winkle ne dit rien, mais il fixa ses yeux sur Grummer avec un regard qui lui aurait percé la cervelle et serait ressorti de l'autre côté, si le constable n'avait pas eu la tête plus dure que du fer; mais, à cause de cette circonstance, le regard de M. Winkle n'eut sur lui aucun effet visible quelconque.

Quand les exécutifs s'aperçurent que M. Pickwick et ses amis étaient disposés à résister à l'autorité de la loi, ils relevèrent les manches de leurs habits d'une manière très-significative, comme si c'était une chose toute simple, un acte purement professionnel, de jeter les délinquants par terre, pour les ramasser ensuite et les emporter. Cette démonstration ne fut pas perdue pour M. Pickwick. Il conféra à part pendant quelques instants avec M. Tupman, et déclara ensuite qu'il était prêt à se rendre à la résidence du maire, ajoutant seulement qu'il prenait à témoin tous les citoyens présents de cette monstrueuse atteinte aux priviléges d'un anglais, et de son engagement solennel de s'en faire rendre raison aussitôt qu'il serait en liberté. A cette déclaration, tous les *citoyens* présents éclatèrent de rire, excepté cependant M. Grummer, qui paraissait considérer comme une espèce de blasphème intolérable la moindre réflexion sur le droit divin des magistrats.

Mais lorsque M. Pickwick eut déclaré qu'il était prêt à obéir aux lois de son pays, et justement lorsque les garçons, les palefreniers, les servantes et les postillons, que sa résistance avait flattés d'un charmant spectacle, commençaient à se retirer avec désappointement, une autre difficulté s'éleva qui menaça le *Grand Cheval blanc* d'une confusion nouvelle. Malgré ses sentiments de vénération pour les autorités constituées, M. Pickwick refusa résolûment de paraître dans la rue, entouré, comme un malfaiteur, par les officiers de la justice. Dans l'état incertain de l'opinion publique (car c'était presque fête, et les écoliers n'étaient pas encore rentrés chez eux), M. Grummer refusa tout aussi résolûment de marcher avec sa suite d'un côté de la rue, et d'accepter la parole de M. Pickwick qu'il suivrait l'autre côté pour se rendre directement chez le magistrat. Enfin, M. Pickwick et M. Tupman se refusèrent vigoureusement à faire la dépense d'une chaise de poste, ce qui était le seul moyen de transport respectable qu'on pût se procurer. La dispute dura longtemps et sur une clef très-haute. Enfin, M. Pickwick, continuant de refuser de se rendre à pied chez le magistrat, les exécutifs étaient sur le point de recourir à l'expédient bien simple de l'y porter, lorsque quelqu'un se rappela qu'il y avait dans la cour une vieille chaise à porteurs, construite originairement pour un gros rentier goutteux, et qui par conséquent devait contenir les deux coupables aussi commodément, pour le moins, qu'un cabriolet moderne. La chaise fut donc louée et apportée dans la salle d'en bas; M. Pickwick et M. Tupman s'insinuèrent dans l'intérieur, et baissèrent les stores; une couple de porteurs fut facilement trouvée; enfin, la procession se mit en marche dans le plus grand ordre. Les constables spéciaux entouraient le char; M. Grummer et M. Dubbley s'avançaient triomphalement en tête; M. Snodgrass et M. Winkle marchaient bras dessus, bras dessous, par derrière, et les malpeignés d'Ipswich formaient l'arrière-garde.

Les boutiquiers de la ville, quoiqu'ils n'eussent qu'une idée fort indistincte de la nature de l'offense, ne pouvaient s'empêcher d'être tout à fait édifiés et réjouis par ce spectacle. Ils reconnaissaient le bras infatigable de la loi, qui était descendu, avec la force de vingt presses hydrauliques, sur deux coupables de la métropole elle-même. Cette puissante machine, mise en mouvement par leur propre magistrat, et dirigée par leurs propres officiers, avait comprimé les deux malfaiteurs dans l'étroite enceinte d'une chaise à porteurs. Nombreuses furent les expressions d'admiration qui saluèrent M. Grummer pendant qu'il conduisait le cortége, son bâton de commandement à la main; bruyantes et prolongées étaient les acclamations des malpeignés; et parmi ces témoignages unanimes de l'approbation publique, la procession s'avançait lentement et majestueusement.

Sam Weller, vêtu de sa jaquette du matin et avec ses manches de calicot noir, s'en revenait d'assez mauvaise humeur, car il avait inutilement examiné la mystérieuse maison à la porte verte, lorsqu'il aperçut, en levant les yeux, un flot de populaire qui s'avançait autour d'un objet ressemblant fort à une chaise à porteur. Charmé de trouver une distraction à son désappointement, il se rangea pour laisser passer les mal peignés, et voyant qu'ils applaudissaient en chemin, à leur grande satisfaction apparente, il commença immédiatement (par pur désœuvrement) à applaudir aussi de toutes ses forces et de tous ses poumons.

M. Grummer passa, et M. Dubbley passa, et la chaise à porteurs passa, et les gardes du corps spéciaux passèrent, et Sam répondait toujours aux acclamations enthousiastes de la populace, en agitant son chapeau au-dessus de sa tête, comme s'il eût été entraîné par la joie la plus vive, quoique, bien entendu, il n'eût pas la plus légère idée de ce qu'il applaudissait. Tout à coup il resta immobile, en voyant inopinément apparaître MM. Winkle et Snodgrass.

« Qu'est-ce qu'est arrivé, gentlemen ? demanda Sam. Qu'est-ce qu'ils ont pincé dans cette guérite en deuil ? »

Les deux amis répondirent ensemble : ma's leurs paroles étaient dominées par le tumulte.

« Qu'est-ce qu'est dedans ? » cria Sam de nouveau.

Une seconde réplique lui fut donnée en commun, et quoiqu'il n'en pût distinguer les paroles, il vit par le mouvement des deux paires de lèvres qu'elles avaient prononcé le mot magique : *Pickwick.*

C'en est assez ; en une minute l'héroïque valet s'ouvre un chemin à travers la foule, arrête les porteurs, et vient affronter le majestueux Grummer.

« Ohé ! vieux gentleman, lui dit-il ; qu'est-ce que vous avez coffré dans cette boîte ici ?

— Gare de delà ! s'écria avec emphase M. Grummer, dont l'importance, comme celle de beaucoup d'autres grands hommes, était singulièrement enflée par le vent de la popularité.

— Faites-y prendre un billet de parterre, cria M. Dubbley.

— Je vous suis fort obligé pour votre politesse, vieux gentleman, reprit Sam ; et je suis encore plus obligé à l'autre gentleman qui a l'air échappé d'une caravane de géants, pour son agréable avis ; mais j'aimerais mieux que vous répondissiez à ma question, si ça vous est égal. — Comment vous portez-vous, monsieur ? » Cette dernière phrase était adressée, d'un air protecteur, à M. Pickwick, dont les lunettes étaient perceptibles entre les stores et le châssis inférieur de la portière de la chaise.

M. Grummer, que l'indignation avait rendu muet, agita devant les yeux de Sam son gros bâton, orné d'une couronne de cuivre.

« Ah ! dit celui-ci, c'est fort gentil ; spécialement la couronne, qui est hermétiquement pareille à la véritable.

— Gare de delà ! » vociféra de nouveau le fonctionnaire offensé ; et comme pour donner plus de force à cet ordre, il saisit Sam d'une main, tandis que de l'autre il introduisai dans sa cravate le métallique emblème de la royauté. Notre héros répondit à ce compliment en jetant par terre son auteur, après avoir charitablement renversé le premier porteur, pour lui servir de tapis.

M. Winkle fut-il alors saisi d'une attaque temporaire de

cette espèce d'insanité produite par le sentiment d'une injure, ou fut-il mis en train par le spectacle de la valeur de Sam? C'est ce qui est incertain. Mais il est certain qu'à peine avait-il vu tomber Grummer, qu'il fit une terrible invasion sur un petit gamin qui se trouvait près de lui. Échauffé par cet exemple, M. Snodgrass, dans un esprit véritablement chrétien, et afin de ne prendre personne en traître, annonça hautement qu'il allait commencer; aussi fut-il entouré et empoigné pendant qu'il ôtait son habit avec le plus grand soin. Au reste, pour lui rendre justice, ainsi qu'à M. Winkle, nous devons déclarer qu'ils ne firent pas la plus légère tentative pour se défendre, ni pour délivrer Sam; car celui-ci, après la plus vigoureuse résistance, avait enfin été accablé par le nombre et était demeuré prisonnier. La procession se reforma donc, les porteurs firent leur office, et la marche recommença.

Pendant toute la durée de ces opérations, l'indignation de M. Pickwick n'avait pas connu de bornes. Il distinguait confusément que Sam renversait les constables et distribuait des horions autour de lui; mais c'était tout ce qu'il pouvait voir, car la portière de la chaise refusait de s'ouvrir, et les stores ne voulaient pas se relever. A la fin, avec l'assistance de son compagnon de captivité, M. Pickwick parvint à soulever l'impériale, monta sur la banquette, se haussa le plus qu'il put en appuyant ses deux mains sur les épaules de M. Tupman, et commença à haranguer la multitude. Il la prit à témoin que son domestique avait été assailli le premier. Il s'étendit éloquemment sur la brutalité inexcusable avec laquelle lui-même avait été traité, et ce fut de cette manière que la caravane atteignit la maison du magistrat; les porteurs trottant, les prisonniers suivant, M. Pickwick haranguant, et la populace vociférant.

CHAPITRE XXV.

Montrant combien M. Nupkin était majestueux et impartial, et comment Sam Weller prit sa revanche de M. Job Trotter; avec d'autres événements qu'on trouvera à leur place.

M. Snodgrass et M. Winkle écoutaient avec un sombre respect le torrent d'éloquence qui découlait des lèvres de leur mentor, et que ne pouvaient arrêter ni le mouvement rapide de la chaise à porteurs, ni les supplications instantes de M. Tupman pour abaisser le couvercle de la voiture. Mais l'indignation de Sam, tandis qu'on l'emportait, avait un caractère plus bruyant. Il faisait de nombreuses allusions à la tournure de M. Grummer et de ses compagnons, et il exhalait son mécontentement par de courageux défis qu'il lançait indistinctement à six des plus valeureux spectateurs. Cependant sa colère fit promptement place à la curiosité, lorsque la procession entra précisément dans la cour où il avait rencontré le fuyard Job Trotter; et la curiosité fut remplacée par le sentiment du plus joyeux étonnement, lorsque l'important M. Grummer s'avança, d'un pas noble, justement vers la porte verte d'où Job Trotter était sorti. Au bruit de la sonnette, qu'il fit retentir fortement, accourut une jeune servante très-jolie et très-pimpante qui, après avoir levé ses mains vers le ciel, à l'apparence rebelle des prisonniers et au langage passionné de M. Pickwick, appela M. Muzzle. M. Muzzle ouvrit à moitié la porte cochère pour admettre la chaise à porteurs, les captifs et les spéciaux; puis la referma violemment au nez de la populace. Justement indignée d'une telle exclusion et vivement désireuse de voir ce qui arriverait ensuite, la dite populace soulagea son ennui en frappant à la porte et en tirant la sonnette pendant une heure ou deux, amusement auquel prirent part, tour à tour, tous les mal peignés, excepté trois ou quatre qui eurent le bonheur de découvrir dans la porte un vasistas grillé, à travers lequel on n'apercevait rien. Ceux-ci restèrent pendus à cette ouverture, avec la persévérance infatigable qui fait que certaines gens s'aplatissent le nez contre les carreaux d'un apothicaire, quand un homme saoul, renversé par un dog-cart, subit une opération chirurgicale dans l'arrière-parloir.

La chaise à porteurs s'arrêta devant un escalier de pierre conduisant à la porte de la maison, et gardé, de chaque côté, par un aloès américain, debout dans une caisse verte. Déposés-là, M. Pickwick et ses amis furent ensuite amenés dans la grande salle, et, ayant été annoncés par Muzzle, furent admis en la présence du vigilant M. Nupkins.

La scène était pleine de grandeur et bien calculée pour frapper de terreur le cœur des coupables, et pour leur inculquer une haute idée de la sévère majesté des lois. Devant un énorme cartonnier, dans un énorme fauteuil, derrière une énorme table, et appuyé sur un énorme volume, était assis M. Nupkins, qui paraissait encore plus énorme que tous ces objets réunis. La table était ornée de piles de papiers, de l'autre côté desquels apparaissaient la tête et les épaules de M. Jinks, activement occupé à avoir l'air aussi occupé que possible. La caravane étant entrée, Muzzle ferma soigneusement la porte et se plaça derrière le fauteuil de son maître, pour attendre ses ordres, tandis que M. Nupkins, se penchant en arrière avec une solennité importante, scrutait la figure de ses hôtes forcés.

M. Pickwick, interprète ordinaire de ses amis, se tenait debout, son chapeau à la main, et saluait avec la plus respectueuse politesse. « Quel est cet individu? dit M. Nupkins, en le montrant du doigt à l'homme d'un âge mûr.

—Cti-ci, c'est Pickwick, Votre Vin-à-ration, répondit Grummer.

— Allons, allons, en voilà assez, vieux gobe-mouche, interrompit Sam, en s'ouvrant, avec les coudes, un passage jusqu'au premier rang. Je vous demande pardon, monsieur, mais cet officier-ci, avec ses bottes à revers nankin, il ne gagnera jamais sa vie nulle part comme maître des cérémonies. Voilà ici, continua Sam, en mettant de côté M. Grummer et en s'adressant au magistrat avec une agréable familiarité, voilà ici Samuel Pickwick, esquire; voilà ici M. Tupman; voilà ici M. Snodgrass; et plus loin, à côté de lui, de l'autre côté, M. Winkle, tous des gentlemen bien gentils, monsieur, et dont vous auriez du plaisir à faire la connaissance. Aussi, plus tôt vous aurez coffré tous ces bedeaux-là, pour un mois ou deux, au *Tread-mill* [1], et plus tôt nous serons bons amis. Les

1. Moulin que les condamnés font mouvoir en marchant sur un cylindre (*Note du traducteur.*)

affaires d'abord, les plaisirs après, comme dit le roi Richard quand il poignarde l'autre dans la tour, avant d'étouffer les moutards. »

Après avoir débité cette adresse, Sam s'occupa à polir son chapeau avec son coude droit, et fit d'un air benin un signe de tête à M. Jinks, qui l'avait entendu d'un bout à l'autre avec une indicible terreur.

« Quel est cet homme, Grummer ? balbutia le magistrat.

— Un malfaiteur très-dangereux, Votre Vin-à-ration. Il a voulu délivrer les prisonniers et il a attaqué les agents de l'autorité. Com'ça nous l'avons empoigné.

— Vous avez bien fait, Grummer. C'est évidemment un bandit audacieux.

— C'est mon domestique, monsieur, dit M. Pickwick, avec un peu d'irritation.

— Ah ! c'est votre domestique ? — Conspiration pour arrêter le cours de la justice et pour assassiner ses officiers. Domestique de Pickwick. Ecrivez cela, monsieur Jinks. »

M. Jinks écrivit.

« Comment vous appelez-vous, drôle ? poursuivit le magistrat.

— Weller, répondit Sam.

— Un excellent nom pour le calendrier de Newgate, » observa M. Nupkins.

C'était une plaisanterie ; aussi Grummer, Dubbley, tous les spéciaux, et Muzzle éclatèrent-ils de rire, avec des convulsions qui durèrent pendant cinq minutes.

« Écrivez son nom, monsieur Jinks, reprit le magistrat.

— Mettez deux *l*, vieux pigeon, dit Sam. »

Ici, un malheureux spécial se mit à rire encore et le magistrat le menaça de le faire empoigner sur-le-champ. Il est dangereux, quelquefois, de rire mal à propos.

« Où vivez-vous ? demanda le magistrat.

— Où je me trouve, répondit Sam.

— Notez cela, monsieur Jinks ! cria le magistrat, dont la colère s'augmentait rapidement.

— Et n'oubliez pas de souligner, poursuivit Sam.

— C'est un vagabond, monsieur Jinks ! c'est un vagabond d'après son propre aveu. N'est-ce pas vrai, monsieur Jinks, que c'est un vagabond ?

— Certainement, monsieur.

— Hé bien ! s'écria M. Nupkins en frappant la table de son

poing; écrivez sur-le-champ son mandat de dépôt. Il faut lui apprendre à vivre!

— Bien obligé, mon magistrat, répliqua Sam. Mais vous devriez bien aller à c'te école-là pendant quelques mois. »

A cette saillie un autre spécial éclata de rire, et ensuite prit un air de gravité tellement surnaturelle que M. Nupkins le découvrit immédiatement.

« Grummer! s'écria-t-il en rougissant de courroux, comment osez-vous choisir pour constable spécial un être aussi nul et aussi inconvenant que cet homme! Répondez, monsieur!

— J'en suis bien infligé, Votre Vin-à-ration, balbutia Grummer.

— Bien affligé! répéta le magistrat furieux. Vous avez raison de l'être! je vous apprendrai à négliger ainsi votre devoir, M. Grummer! je ferai un exemple sur vous. Otez le bâton de ce drôle. Il est ivre. Vous êtes ivre, drôle!

— Non Fotre Fénération, répondit l'homme; je ne suis pas ifre.

— Vous êtes ivre! réplique le magistrat. Comment osez-vous dire que nous n'êtes pas ivre, monsieur, quand je vous dis que vous êtes ivre. Est-ce qu'il ne sent pas l'eau-de-vie, Grummer?

— Horriblement, Votre Vin-à-ration, répondit M. Grummer, dont les nerfs olfactifs éprouvaient effectivement une vague impression de rhum.

— J'en étais sûr, reprit M. Nupkins. Quand il est entré dans la chambre, j'ai vu à son œil enflammé qu'il était ivre. Avez-vous remarqué son œil enflammé, M. Jinks?

— Certainement, monsieur.

— Che n'ai pas touché une koutte d'eau-te-fie t'aujourd'hui, déclara l'homme, qui était peut-être le plus sobre de toute la bande.

— Monsieur Jinks, poursuivit le magistrat, je l'enverrai en prison pour avoir insulté la cour. Écrivez son mandat de dépôt, M. Jinks. »

Cependant M. Jinks, qui était le conseiller de M. Nupkins, et qui avait eu une éducation légale, car il avait passé trois années dans l'étude d'un procureur de province; M. Jinks, disons-nous, fit observer tout bas au magistrat que cela ne pourrait pas aller ainsi. Le magistrat improvisa donc un discours, dans lequel il déclara que par considération pour la famille du spécial il se contentait de le réprimander et de le chasser. En conséquence, le malheureux coupable fut violemment injurié pendant un quart d'heure, puis renvoyé à ses affaires; et Grummer, Dubbley, Muzzle et tous les autres spéciaux murmurèrent, pendant un autre quart d'heure, leur admiration de la conduite magnanime du magistrat.

« Maintenant, monsieur Jinks, reprit celui-ci, faites prêter serment à Grummer. »

Grummer prêta serment immédiatement, mais comme il s'égarait dans sa déposition, et comme le dîner de M. Nupkins était prêt, le magistrat, pour couper court, se mit à faire des questions à M. Grummer, et M. Grummer lui répondait affirmativement autant qu'il le pouvait, si bien que l'instruction marcha très-rapidement et très-confortablement. Sam Weller fut convaincu de voies de fait, M. Winkle de menaces, M. Snodgrass de résistance; et quand tout ceci fut fait à la satisfaction du magistrat, le magistrat et M. Jinks se consultèrent à voix basse.

La consultation ayant duré environ dix minutes, M. Jinks se retira à son bout de la table, et le magistrat, après une toux préparatoire, se redressa dans son fauteuil et allait prononcer un discours lorsque M. Pickwick prit la parole.

« Monsieur, dit-il, je vous demande pardon de vous interrompre; mais avant que vous exprimiez l'opinion que vous pouvez avoir formée, et avant que vous agissiez en conséquence, je dois réclamer mon droit d'être entendu, pour ce qui me regarde personnellement, du moins.

— Taisez-vous, monsieur? s'écria le magistrat d'un ton péremptoire.

— Il faut bien que je me soumette à votre autorité, monsieur, répondit M. Pickwick.

— Taisez-vous, monsieur! reprit le magistrat, ou je vous ferai emmener par un de mes officiers.

— Vous pouvez ordonner à vos officiers de faire tout ce qu'il vous plaira, monsieur; et d'après ce que j'ai vu de leur subordination je n'ai pas le plus petit doute qu'ils n'exécutent tout ce qu'il vous plaira de leur ordonner; mais je prendrai la liberté de réclamer le droit que j'ai d'être entendu, et je le réclamerai jusqu'à ce qu'on m'éloigne d'ici par la violence.

— Pickwick et les principes! s'écria Sam d'une voix sonore.

— Sam, tenez-vous tranquille, lui dit son maître.

— Muet comme un tambour troué, » répliqua le personnage.

M. Nupkins, frappé d'étonnement par une témérité si extraordinaire, lança à M. Pickwick un regard courroucé, et allait apparemment lui répondre très-sévèrement, lorsque M. Jinks le tira par la manche et lui chuchota quelque chose à l'oreille. Le magistrat fit une réponse à demi haut ; puis le chuchotement fut renouvelé. Il était évident que M. Jinks lui adressait des remontrances.

A la fin, le magistrat, avalant de fort mauvaise grâce le dépit qu'il éprouvait d'en entendre plus long, se retourna vers M. Pickwick et lui dit brusquement : « Qu'est-ce que vous avez à dire?

— D'abord, répondit le philosophe, en lançant à travers ses lunettes un regard qui intimida M. Nupkins sur son siége ; d'abord je désire connaître pourquoi mon ami et moi nous avons été amenés ici?

— Suis-je tenu de le lui dire? chuchota le magistrat à M. Jinks.

— Je pense que oui, monsieur, chuchota M. Jinks au magistrat.

— On a déposé devant moi, sous la foi du serment, qu'il y avait lieu de craindre que vous ne voulussiez vous battre en duel ; et que cet autre homme, Tupman, devait être votre fauteur et votre complice dans le dit duel ; c'est pourquoi.... eh ! monsieur Jinks?

— Certainement, monsieur.

— C'est pourquoi, je vous condamne tous les deux à.... Je pense que voilà l'affaire, monsieur Jinks.

— Certainement, monsieur.

— Je vous condamne à.... à.... à quoi, monsieur Jinks? demanda le magistrat avec dépit.

— A fournir caution, monsieur.

— Oui. C'est pourquoi Je vous condamne tous les deux, comme j'allais dire lorsque j'ai été interrompu par mon clerc, à fournir caution.

— Bonne caution, chuchota M. Jinks.

— J'exigerai deux bonnes cautions, reprit le magistrat.

— Bourgeois de la ville, chuchota M. Jinks.

— Qui doivent être des bourgeois de la ville, poursuivit le magistrat.

— Cinquante guinées chacune et des propriétaires, comme il va sans dire.

— J'exigerai deux cautions de cinquante guinées chacune, continua le magistrat à voix haute et avec grande dignité; et je n'accepterai que des propriétaires, comme il va sans dire.

— Mais, monsieur, fit observer M. Pickwick, qui, ainsi que M. Tupman, était rempli d'étonnement et d'indignation, mais monsieur, nous sommes parfaitement étrangers à la ville et j'y connais autant de propriétaires que j'ai envie d'y avoir ur duel

— Oui, oui, on connaît ça, dit le magistrat. N'est-ce pas, monsieur Jinks?

— Certainement, monsieur.

— Avez-vous quelque chose à ajouter? » reprit le magistrat.

M. Pickwick avait bien des choses à ajouter, et il les aurait ajoutées sans aucun doute, avec aussi peu de profit pour lui-même que de satisfaction pour le magistrat, s'il n'avait pas été engagé alors avec Sam, dans une conversation tellement intéressante qu'il n'entendit point la question qui lui était adressée. M. Nupkins n'était point homme à demander deux fois une chose de cette nature. Il toussa donc de nouveau, d'une manière préparatoire, et prononça sa décision au milieu du silence admirateur et respectueux des constables.

Il condamnait Weller à deux guinées d'amende pour les premières voies de fait, et à trois guinées pour les secondes; il condamnait Winkle à deux guinées; Snodgrass à une guinée; et les requérait, en outre, de jurer qu'ils ne commettraient de violences sur aucun sujet de Sa Majesté, et notamment sur ses hommes liges, Daniel et Grummer: il avait déjà requis Pickwick et Tupman de fournir des cautions.

Aussitôt que le magistrat eut cessé de parler, M. Pickwick, dont la physionomie était de nouveau animée par un sourire de bonne humeur, fit un pas en avant, et dit:

« Je prie le magistrat de vouloir bien m'accorder quelques minutes de conversation en particulier. Il s'agit d'une affaire qui est d'une grave importance pour lui-même.

— Quoi! » s'écria M. Nupkins.

M. Pickwick répéta sa requête.

« Voilà une demande bien extraordinaire! dit le magistrat. Une conversation en particulier!

— Une conversation en particulier, répéta M. Pickwick avec fermeté. Seulement, comme c'est par mon domestique que j'ai appris une partie de ce que j'ai à vous communiquer, je désirerais qu'il fût présent. »

Le magistrat regarda M. Jinks. M. Jinks regarda le magistrat, et les officiers se regardèrent l'un l'autre avec étonnement. Tout à coup M. Nupkins devint pâle. Peut-être ce Weller, dans un moment de remords, avait-il confessé quelque complot formé pour assassiner le magistrat. C'était une horrible pensée! En effet, M. Nupkins était un homme politique; et il devint encore plus pâle en songeant à Jules César et à M. Perceval.

Il regarda de nouveau M. Pickwick et fit un signe à M. Jinks.

« Que pensez-vous de cette demande, monsieur Jinks, » murmura-t-il à son oreille.

M. Jinks, qui ne savait pas exactement qu'en penser, et qui avait peur d'offenser son patron, sourit faiblement, d'une manière douteuse; puis, serrant les coins de sa bouche, secoua lentement sa tête.

« Monsieur Jinks, dit le magistrat gravement, vous êtes un âne, monsieur. »

En entendant cette petite expression familière, M. Jink sourit encore, peut-être plus faiblement que la première fois, et se retira par degrés dans son coin.

Pendant quelques secondes M. Nupkins débattit la question en lui-même. Ensuite, se levant d'un air résolu, il invita M. Pickwick et Sam à le suivre, et les conduisit dans une petite chambre qui s'ouvrait sur la salle de justice. Là, il leur fit signe d'aller jusqu'au fond, et lui-même resta à l'entrée, tenant sa main sur la porte à demi fermée, afin de pouvoir facilement battre en retraite s'il découvrait chez ses justiciables la plus légère manifestation d'intentions hostiles. Enfin il déclara qu'il était prêt à entendre leurs communications, quelles qu'elles pussent être.

« Monsieur, dit M. Pickwick, j'arriverai au fait tout d'un coup, car il s'agit d'une chose qui affecte notablement votre personne et votre honneur. J'ai tout lieu de croire, monsieur, que vous recevez dans votre maison un vil imposteur.

— Deux ! interrompit Sam; le valet en livrée violette enfonce tout le monde, en fait de larmes et de la scélératesse !

— Sam, dit M. Pickwick, je vous prie de vous modérer, afin que je puisse me rendre intelligible à ce gentleman.

— Très-fâché, monsieur, répliqua Sam; mais quand je

pense à ce Job ici, je ne peux pas m'empêcher d'ouvrir un peu la soupape de sûreté, autrement j'éclaterais.

— En un mot, monsieur, reprit M. Pickwick, mon domestique a-t-il raison de supposer qu'un certain capitaine Fitz-Marshall est dans l'habitude de vous faire des visites. Je vous demande cela, ajouta M. Pickwick en voyant que M. Nupkins était sur le point de l'interrompre avec indignation; je vous demande cela parce que je sais que cet individu est un....

— Chut! chut! dit M. Nupkins en fermant la porte. Vous savez qu'il est quoi, monsieur?

— Un vagabond sans principes, un misérable aventurier, qui vit aux dépens de la société; qui prend les gens faciles à tromper pour ses dupes, monsieur; pour ses absurdes, ses malheureuses, ses ridicules dupes, monsieur, s'écria M. Pickwick surexcité.

— Dieu nous assiste! dit M. Nupkins en rougissant jusqu'aux oreilles, et en changeant sur-le-champ toutes ses manières. Dieu nous assiste, monsieur....

— Pickwick, souffla Sam.

— Pickwick, répéta le magistrat. Dieu nous assiste, monsieur Pickwick. Asseyez-vous, je vous en prie. Que me dites-vous là! Le capitaine Fitz-Marshall!

— Ne l'appelez pas capitaine, interrompit Sam; ni Fitz-Marshall non plus. Il n'est ni l'un ni l'autre. C'est un cabotin qui s'appelle Jingle; et si jamais il y a eu un loup en habit violet, c'est ce Job Trotter ici.

— Cela est très-vrai, monsieur, dit M. Pickwick en réponse au regard d'étonnement du magistrat; et ma seule affaire dans cette ville, était de démasquer l'individu dont nous parlons. »

Alors M. Pickwick répandit dans l'oreille épouvantée du magistrat, un récit abrégé de toutes les atrocités de M. Jingle. Il rapporta comment leur connaissance s'était faite; comment Jingle s'était échappé avec miss Wardle; comment il avait joyeusement renoncé à cette demoiselle pour une somme d'argent; comment il avait attiré M. Pickwick, à minuit, dans une pension de jeunes demoiselles; et comment lui, M. Pickwick, regardait comme un devoir de dévoiler sa présente usurpation de nom et de qualité.

A mesure que cette narration s'avançait, tout le sang qui circulait habituellement dans le corps de M. Nupkins, se rassemblait dans les veines de son visage et jusqu'aux extrémités de ses oreilles. Il avait ramassé le capitaine à une course de chevaux du voisinage, et l'avait présenté à mistress Nupkins et à miss Nupkins. Celles-ci, charmées par la longue liste des connaissances aristocratiques du capitaine Fitz-Marshall, par ses lointains voyages, par sa tournure fashionable, avaient exhibé le capitaine Fitz-Marshall, cité le capitaine Fitz-Marshall, jeté le capitaine Fitz-Marshall au nez de toutes leurs connaissances ; tellement que leurs amis de cœur, madame Porkenham, et les misses Porkenham, et M. Sidney Porkenham étaient près d'en crever de jalousie et de désespoir ; et maintenant, après tout cela, il se trouvait que c'était un pauvre aventurier, un acteur ambulant, et sinon un escroc, du moins quelque chose qui y ressemblait tellement qu'il était bien difficile d'en faire la différence ! Juste ciel ! que diraient les Porkenham ! quel serait le triomphe de M. Sidney Porkenham quand il connaîtrait le rival à qui ses galanteries avaient été sacrifiées ! Comment M. Nupkins oserait-il soutenir les regards du vieux Porkenham aux prochaines assises ? Et si l'histoire se répandait, quel texte pour l'opposition magistrale !

Il y eut un long silence.

« Mais après tout, s'écria M. Nupkins, en redevenant radieux pour un instant ; après tout, ceci n'est qu'une simple allégation. Le capitaine Fitz-Marshall a des manières fort engageantes, et j'ose dire qu'il s'est fait plus d'un ennemi. Quelles preuves avez-vous de la vérité de cette accusation ?

— Confrontez-moi avec lui, voilà tout ce que je vous demande, tout ce que j'exige. Confrontez-le avec moi et avec mes amis. Aurez-vous besoin d'autres preuves ?

— Vraiment, cela serait très-facile, car il vient ici ce soir, et alors il n'y aurait pas besoin de rendre l'affaire publique, dans l'intérêt.... dans l'intérêt du jeune homme seulement ; vous voyez.... cependant, je.... je voudrais d'abord consulter Mme Nupkins, sur la convenance de cette démarche. Mais à tous événements, monsieur Pickwick, il faut expédier cette affaire légale avant de nous occuper d'autre chose. Revenez, je vous prie, dans la salle.

Lorsqu'on y fut réinstallé : « Grummer ! dit le magistrat, d'une voix majestueuse :

— Votre Vin-à-ration, répondit Grummer avec le sourire d'un favori.

— Allons, allons, monsieur, reprit le magistrat sévèrement ; pas de légèreté ici : c'est fort inconvenant, et je vous assure que vous avez peu de raison de sourire. Le récit que vous m'avez fait tout à l'heure était-il exactement vrai? Faites attention à vos réponses, monsieur.

— Votre Vin-à-ration balbutia Grummer, je....

— Ah! vous vous troublez, monsieur! Monsieur Jinks, remarquez-vous qu'il se trouble?

— Certainement, monsieur.

— Hé bien! voyons, répétez votre déposition, Grummer; et je vous avertis encore de prendre garde à vous. Monsieur Jinks, écrivez sa déposition. »

L'infortuné Grummer commença donc à redire sa plainte. Mais grâce à ce que M. Jinks recueillait ses paroles, tandis que le magistrat les relevait, grâce aussi à sa diffusion naturelle et à sa confusion présente, en moins de trois minutes il parvint à s'embarrasser dans un tel gâchis de contradictions, que M. Nupkins déclara positivement qu'il ne le croyait pas. Les amendes furent donc annulées; M. Jinks trouva en moins de rien une couple de cautions, et toutes ces opérations solennelles ayant été terminées d'une manière satisfaisante, M. Grummer fut ignominieusement renvoyé : exemple terrible de l'instabilité des grandeurs humaines, et du peu de confiance qu'on doit avoir dans la faveur des grands.

Mme Nupkins était une femme dédaigneuse et sévère, en turban de gaze bleue et en perruque brune. Miss Nupkins possédait toute la hauteur de sa mère, moins le turban, et toute sa mauvaise humeur, moins la perruque. Or, chaque fois que l'exercice de ces deux aimables qualités embarrassait la mère et la fille dans quelque dilemme désagréable, ce qui arrivait assez fréquemment, elles se réunissaient pour jeter tout le blâme sur les épaules de M. Nupkins. Ainsi, lorsque celui-ci alla trouver son épouse, et lui communiqua les détails qui lui avaient été donnés par M. Pickwick, madame Nupkins se rappela tout à coup qu'elle avait toujours soupçonné quelque chose de la sorte; qu'elle avait toujours dit que cela devait arriver; qu'on n'avait jamais voulu écouter ses avis; que réellement elle ne savait pas pour qui M. Nupkins la prenait, etc., etc.

« Est-il possible, s'écria miss Nupkins en fabriquant, dans le coin de chaque œil, une larme d'une très-maigre dimension, est-il possible que j'aie été ainsi tournée en ridicule!

— Ah! ma chère, dit Mme Nupkins, vous pouvez en remercier votre papa. Combien je l'ai supplié de s'informer de la famille du capitaine! combien je l'ai pressé de prendre un parti décisif. Je suis sûre que personne ne voudrait le croire à présent.

— Mais ma chère.... fit observer M. Nupkins.

— Ne me parlez pas, être insupportable!

— Mon amour, vous aimiez tant le capitaine Fitz-Marshall; vous l'invitiez constamment ici, et vous ne perdiez aucune occasion de l'introduire chez nos amis.

— Ne le disais-je pas, Henriette! s'écria Mme Nupkins en s'adressant à sa fille avec l'air d'une femme injuriée; ne vous le disais-je pas, que votre papa se retournerait et mettrait tout cela sur mon dos. Ne le disais-je pas!... » Ici Mme Nupkins fondit en larmes.

« Oh! pa! fit miss Nupkins, d'un ton de reproche; » et elle se mit également à pleurer.

« N'est-ce pas trop fort, sanglotait Mme Nupkins, n'est-ce pas trop fort de me reprocher que je suis la cause de tout ceci, quand c'est lui-même qui a attiré ce ridicule sur notre famille!

— Comment pourrons-nous jamais nous remontrer dans la société? murmura miss Nupkins.

— Comment pourrons-nous envisager les Porkenham?

— Ou les Grigg?...

— Ou les Slummintowkens? Mais qu'est-ce que cela fait à votre papa? qu'est-ce que cela lui fait, à lui! » A cette terrible réflexion, l'angoisse mentale de Mme Nupkins ne connut plus de bornes, et miss Nupkins poussa des soupirs déchirants.

Les pleurs de Mme Nupkins continuèrent à jaillir avec grande vitesse, jusqu'au moment où elle eut décidé dans son esprit que la meilleure chose à faire, était d'engager M. Pickwick et ses amis à rester chez elle jusqu'à l'arrivée du capitaine. Si l'imposture de celui-ci était alors avérée, on l'exclurait de la maison sans divulguer la véritable cause de ce renvoi; et l'on dirait aux Porkenham, pour expliquer sa disparition, que le capitaine, grâce à l'influence de sa famille, était nommé gouverneur général de Sierra-Leone, ou de Sangur-Point, ou de quelque autre de ces pays salubres, dont les Européens sont ordinairement si enchantés qu'ils n'en reviennent presque jamais.

Quand Mme Nupkins eut séché ses larmes, miss Nupkins sécha aussi les siennes, et M. Nupkins s'estima fort heureux de terminer l'affaire comme le lui proposait son aimable moitié. En conséquence, M. Pickwick et ses amis, ayant lavé toutes les traces de leur *rencontre*, furent présentés aux dames, et peu de temps après au dîner. Quant à Sam Weller, le magistrat, avec sa sagacité particulière, reconnut en un clin d'œil que c'était le meilleur garçon du monde, et le consigna aux soins hospitaliers de M. Muzzle, avec l'ordre spécial de l'emmener en bas, et d'avoir le plus grand soin de lui.

— Comment vous portez-vous, monsieur? dit Muzzle à Sam Weller, en le conduisant à la cuisine.

— Hé! hé! il n'y a pas grand changement depuis que je vous ai vu si bien redressé derrière la chaise de votre gouverneur, dans la salle.

— Je vous demande excuse de ne pas avoir fait attention à vous pour lors. Vous voyez que mon patron ne nous avait pas présentés, pour lors. Dame! il vous aime bien, monsieur Weller!

— Ah! c'est un bien gentil garçon.

— N'est-ce pas?

— Si jovial!

— Et un fameux homme pour parler! Comme ses idées sont coulantes, hein?

— Étonnant! elles débondent si vite qu'elles se cognent la tête l'une sur l'autre que c'en est étourdissant, et qu'on ne sait pas seulement de quoi il s'agit.

— C'est le grand mérite de son style d'éloquence.... Prenez garde au dernier pas, monsieur Weller. Voudriez-vous vous laver les mains avant de rejoindre les ladies? Voilà une fontaine, et il y a un essuie-mains blanc accroché derrière la porte.

— Je ne serai pas fâché de me rincer un brin, répliqua Sam, en appliquant force savon noir sur le torchon. Combien y a-t-il de dames?

— Seulement deux dans notre cuisine. Cuisinière et bonne. Nous avons un garçon pour faire les ouvrages sales et une fille de plus; mais ça dîne dans la buanderie.

— Ah! ça dîne dans la buanderie!

— Oui, nous en avons essayé à notre table quand c'est arrivé; mais nous n'avons pas pu y tenir; les manières de la fille sont horriblement vulgaires, et le garçon fait tant de bruit en mâchant, que nous avons trouvé impossible de rester à table avec lui.

— Oh! quel jeune popotame!

— C'est dégoûtant! voilà ce qu'il y a de pire dans le service de province, monsieur Weller; les jeunes gens sont si tellement mal élevés.... Par ici, monsieur, s'il vous plaît. » Tout en parlant ainsi et en précédant Sam avec la plus exquise politesse, Muzzle le conduisit dans la cuisine.

« Mary, dit-il à la jolie servante, c'est M. Weller, un gentleman que notre maître a envoyé en bas pour être fait aussi confortable que possible.

— Et votre maître s'y connaît. Il m'a envoyé au bon endroit pour ça, ajouta Sam en jetant un regard d'admiration à la jolie bonne; si j'étais le maître de cette maison ici, je serais toujours où Mary serait.

— Oh! monsieur Weller! fit Mary en rougissant.

— Eh bien! et moi, donc! s'écria la cuisinière.

— Ah! cuisinière, je vous avais oubliée, dit M. Muzzle. Monsieur Weller, permettez-moi de vous présenter.

— Comment vous portez-vous, madame? demanda Sam à la cuisinière. Très-enchanté de vous voir, et j'espère que notre connaissance durera longtemps, comme dit le gentleman à la banknote de cinq guinées. »

Après les cérémonies de la présentation, la cuisinière et Mary se retirèrent dans leur cuisine pour chuchoter pendant dix minutes, et lorsqu'elles furent revenues toutes minaudantes et rougissantes, on s'assit pour dîner.

Les manières aisées de Sam et ses talents de conversation eurent une influence si irrésistible sur ses nouveaux amis, qu'à la moitié du dîner il était déjà avec eux sur un pied d'intimité complète, et les avait mis en pleine possession des perfidies de Job Trotter.

« Je n'ai jamais pu supporter cet homme-là, dit Mary.

— Et vous ne le deviez pas non plus, ma chère, répliqua Sam.

— Pourquoi cela?

— Parce que la laideur et l'hypocrisie ne va jamais d'accord avec l'élégance et la vertu. C'est-il pas vrai, monsieur Muzzle?

— Certainement. »

A ces mots Mary se prit à rire et assura que c'était à cause de la cuisinière, et la cuisinière, assurant que non, se prit à rire aussi.

« Tiens, je n'ai pas de verre, dit Mary.

— Buvez avec moi, ma chère, reprit Sam, mettez vos lèvres sur ce verre ici, et alors je pourrai vous embrasser par procuration.

— Fi donc! monsieur Weller!

— Pourquoi fi, ma chère?

— Pour parler comme ça.

— Bah! il n'y a pas de mal. C'est dans la nature. Pas vrai, cuisinière?

— Taisez-vous, impertinent, » répliqua celle-ci avec un visage de jubilation. Et là-dessus la cuisinière et Mary se prirent à rire encore, jusqu'à ce que le rire et la bière et la viande combinés eussent mis la charmante bonne en danger d'étouffer. Elle ne fut tirée de cette crise alarmante qu'au moyen de fortes tapes sur le dos et de plusieurs autres petites attentions, délicatement administrées par le galant Sam.

Au milieu de ces joyeusetés, on entendit sonner violemment, et le jeune gentleman qui prenait ses repas dans la buanderie, alla immédiatement ouvrir la porte du jardin. Sam était dans le feu de ses galanteries auprès de la jolie bonne ; M. Muzzle s'occupait de faire les honneurs de la table, et la cuisinière ayant cessé de rire un instant portait à sa bouche un énorme morceau, lorsque la porte de la cuisine s'ouvrit pour laisser entrer M. Job Trotter.

Nous avons dit pour laisser *entrer* M. Job Trotter, mais cette expression n'a pas l'exactitude scrupuleuse dont nous nous piquons. La porte s'ouvrit et M. Job Trotter parut. Il serait entré, et même il était en train d'entrer, lorqu'il aperçut Sam. Reculant involontairement un pas ou deux, il resta muet et immobile à contempler avec étonnement et terreur la scène qui s'offrait à ses yeux.

« Le voici ! s'écria Sam, en se levant plein de joie. Eh bien ! je parlais de vous dans ce moment ici, comment ça va-t-il ? pourquoi donc êtes-vous si rare ? Entrez. » En disant ces mots, il mit la main sur le collet violet de Job, le tira sans résistance dans la cuisine, ferma la porte et en passa la clef à M. Muzzle, qui l'enfonça froidement dans une poche de côté, et boutonna son habit par-dessus.

« Eh bien ! en voilà une farce ! s'écria Sam. Mon maître qui a le plaisir de rencontrer votre maître là haut, et moi qui a le plaisir de vous rencontrer ici en bas. Comment ça vous va-t-il ? Et notre petit commerce d'épiceries, ça marche-t-il bien ? Véritablement, je suis charmé de vous voir. Comme vous avez l'air content ! C'est charmant. N'est-il pas vrai, M. Muzzle ?

— Certainement.

— Il est si jovial !

— De si bonne humeur !

— Et si content de nous voir ! C'est ça qui fait le plaisir d'une réunion. Asseyez-vous, asseyez-vous. »

Job se laissa asseoir sur une chaise, au coin du feu, et dirigea ses petits yeux d'abord sur Sam, puis sur Muzzle; mais il ne dit rien.

« Eh bien ! maintenant, reprit Sam, faites-moi l'amitié de me dire devant ces dames ici, si vous croyez être le gentleman le plus gentil et le mieux éduqué qui a jamais employé un mouchoir rouge et les hymnes n° 4.

— Et qui a jamais été pour être marié à une cuisinière, le mauvais gueux ! s'écria la cuisinière avec une sainte indignation.

— Et pour mener une vie plus vertueuse et pour s'établir dans l'épicerie, ajouta la bonne.

— Jeune homme? vociféra Muzzle, enragé par ces deux dernières allusions ; écoutez-moi-z-un peu maintenant. Cette lady ici (montrant la cuisinière) est ma bonne amie. Et quand vous avez le toupet de parler de tenir une boutique d'épiceries avec elle, vous me blessez, monsieur, dans l'endroit le plus sensible où un homme pût en blesser un autre. Me comprenez-vous, monsieur? »

Ici Muzzle, qui, comme son maître, avait une grande idée de son éloquence, s'arrêta pour attendre une réponse, mais Job ne paraissant pas disposé à parler, Muzzle poursuivit avec solennité.

« Il est très-probable, monsieur, qu'on n'aura pas besoin de vous là-haut d'ici à quelque temps, parce que mon maître est en train de faire l'affaire de votre maître, monsieur : ainsi, vous aurez le temps de me parler un petit peu en particulier, monsieur. Me comprenez-vous, monsieur? »

M. Muzzle se tut encore, attendant toujours une réponse, et M. Trotter le désappointa de nouveau.

« Eh bien, pour lors, reprit-il, je suis très-fâché d'être obligé de m'expliquer devant ces dames, mais la nécessité du cas sera mon excuse. L'arrière-cuisine est vide, monsieur, si vous voulez y passer, monsieur, M. Weller sera témoin, et nous aurons une satisfaction mutuelle jusqu'à ce que la sonnette sonne. Suivez-moi, monsieur. »

En disant ces mots le vaillant domestique fit un pas ou deux vers la porte, tout en ôtant son habit afin de ne point perdre de temps.

Mais aussitôt que la cuisinière entendit les dernières paroles de ce défi mortel, aussitôt qu'elle vit M. Muzzle se préparer pour le combat singulier, elle poussa un cri déchirant, et se précipita sur M. Trotter, qui se leva vainement, à l'instant même; elle souffleta, elle égratigna son large visage, et entortillant ses mains dans les cheveux plats du nouveau Job, elle en arracha de quoi faire cinq ou six douzaines de bagues. Ayant accompli cet exploit avec l'ardeur que lui inspirait son amour dévoué pour M. Muzzle, elle chancela et tomba évanouie sous la table, car c'était une dame douée de sentiments fort délicats et fort excitables.

En ce moment la sonnette retentit.

« C'est pour vous, Job Trotter, » dit Sam, et avant que celui-ci pût résister ou faire des remontrances, avant même qu'il eût étanché le sang qui coulait de ses blessures, Sam le prit par un bras, Muzzle par l'autre, et le premier le tirant, le second le poussant, ils lui firent monter les escaliers et l'introduisirent dans le parloir.

La scène qui s'y passait était remplie d'intérêt. Alfred Jingle, esquire, autrement le capitaine Fitz-Marshall, était debout près de la porte, son chapeau à la main, avec un sourire sur son visage, et une physionomie qui n'était nullement émue par sa désagréable situation. En face de lui se trouvait M. Pickwick, qui, évidemment, lui avait inculqué quelque leçon d'une haute morale, car sa main gauche était cachée sous les pans de son habit, et sa main droite, étendue en l'air, comme c'était son habitude quand il prononçait un discours destiné à faire impression. Un peu en arrière on voyait M. Tupman, bouillant d'indignation, mais soigneusement retenu par ses deux jeunes amis. Enfin, à l'extrémité de la chambre se tenaient M. Nupkins, Mme Nupkins et miss Nupkins, tous avec un air hautain et sombre, plein de menaces et de vexations.

Au moment où Job fut amené, M. Nupkins déclamait avec une dignité magistrale :

« Qui m'empêche, disait-il, de faire détenir ces individus comme des fripons et des imposteurs ? Pourquoi céder à une folle compassion ? Qui m'en empêche ?

— L'orgueil, vieux camarade, l'orgueil, répliqua Jingle d'un air calme. Mauvais effet — attrapé un capitaine ! Ha ! ha ! — l'excellente charge ! — bon parti pour notre fille. — A trompeur trompeur et demi ! — Rendre cela public ? — Pas pour un empire ; — on en dirait trop, beaucoup trop.

Misérable ! s'écria Mme Nupkins, nous méprisons vos basses insinuations.

- Je l'ai toujours détesté, ajouta Henrietta.

— Oh ! nécessairement. — Grand jeune homme, — vieux

adorateur. — Sidney Porkenham, — riche, joli garçon. — Pas si riche que le capitaine, malgré ça..., eh! son congé. — On fait tout au monde pour le capitaine, — le capitaine n'a pas son pareil. — Toutes les demoiselles folles de lui, eh! Job, eh? »

Ici M. Jingle se mit à rire de tout son cœur, et Job, frottant ses mains avec délices, laissa échapper le premier son qu'il se fût encore permis, depuis qu'il était entré dans la maison; c'était un ricanement sans bruit, retenu, qui semblait indiquer qu'il en jouissait trop pour en laisser évaporer aucune partie en vaines démonstrations.

« M. Nupkins, dit l'aînée des deux dames, voilà une conversation que les domestiques n'ont pas besoin d'entendre. Faites éloigner ces deux misérables.

— Certainement, ma chère. — Muzzle.

— Votre Vénération....

— Ouvrez la porte.

— Oui, Votre Vénération....

— Quittez cette maison, misérables! s'écria M. Nupkins d'une manière emphatique. »

Jingle sourit et se dirigea vers la porte.

« Arrêtez, » dit M. Pickwick.

Jingle s'arrêta.

« J'aurais pu, poursuivit M. Pickwick, j'aurais pu me venger davantage du traitement que vous m'avez fait éprouver, de concert avec votre ami l'hypocrite.... (Ici Job salua avec la plus grande politesse, en posant la main sur son cœur.) Je dis, continua M. Pickwick, en s'échauffant graduellement, je dis que j'aurais pu me venger davantage; mais je me contente de vous démasquer, car c'est un devoir envers mes semblables. Je me flatte, monsieur, que vous n'oublierez pas cette modération. (En cet endroit Job Trotter, avec une facétieuse gravité, appliqua sa main à son oreille comme pour ne pas perdre une syllabe de ce que disait M. Pickwick.) Je n'ai plus qu'une chose à ajouter, continua le philosophe, tout à fait irrité: c'est que je vous regarde comme un fripon.... et un.... un coquin... le plus mauvais coquin que j'aie jamais rencontré.... excepté ce pieux vagabond en livrée violette!

— Ha! ha! ha! ricana Jingle. Bon garçon, — Pickwick; bon cœur! — vieux gaillard solide! — mais il ne faut pas être si colère, — mauvaise chose. — Adieu, adieu; vous reverrai quelque jour. — Ne vous chagrinez pas. — Job, trotte! »

En prononçant ces mots, M. Jingle enfonça son chapeau à sa

mode et s'éloigna d'un pas mesuré. Job s'arrêta, regarda autour de lui, sourit, puis, adressant à M. Pickwick un salut sérieusement moqueur, et à Sam un coup d'œil dont l'audacieuse malice surpasse toute description, il suivit les pas de son estimable maître.

« Sam, dit M. Pickwick, en voyant que son domestique prenait le même chemin.

— Monsieur.

— Restez ici. »

Sam parut incertain.

« Restez ici, répéta M. Pickwick.

— Est-ce que je ne pourrais pas rabattre un peu ce Job Trotter dans le jardin ?

— Non certainement.

— Est-ce que je ne peux pas le reconduire à coups de pied, monsieur ?

— Non, sous aucun prétexte. »

Pendant un moment, pour la première fois depuis son engagement, Sam eut l'air mécontent et malheureux. Mais sa contenance s'éclaircit immédiatement, car le rusé Muzzle, qui s'était caché derrière la porte, en sortit vivement à l'instant précis, et parvint fort habilement à faire rouler Jingle et son acolyte le long des escaliers, et jusque dans les aloès américains, qui les attendaient en bas.

« Maintenant, monsieur, dit M. Pickwick à M. Nupkins, maintenant, monsieur, ayant accompli notre dessein, mes amis et moi, nous allons vous faire nos adieux, et tout en vous remerciant pour l'hospitalité que nous avons reçue, permettez-moi de vous assurer, en leur nom comme au mien, que nous ne l'aurions pas acceptée, et que nous n'aurions pas consenti à sortir ainsi de la situation où nous nous trouvions, si nous n'y avions pas été incités par un vif sentiment de devoir. Nous retournons à Londres demain matin : votre secret est en sûreté avec nous. »

Ayant ainsi protesté contre ce qui s'était passé dans la matinée, M. Pickwick fit un profond salut aux dames, et malgré les sollicitations de la famille, quitta la chambre avec ses amis.

« Prenez votre chapeau, Sam, dit-il à son domestique.

— Il est en bas, monsieur, » répliqua Sam, et il courut le quérir dans la cuisine.

Le chapeau étant égaré, Sam fut obligé de le chercher et

Mary, qui se trouvait là toute seule, l'éclaira. Après avoir regardé de tous les côtés, la jolie bonne, dans son anxiété pour trouver le chapeau perdu, se mit sur ses genoux et retourna tous les objets entassés dans un petit coin derrière la porte C'était un petit coin fort incommode. On ne pouvait y arriver sans commencer par fermer la porte.

« Le voilà, dit enfin la jolie bonne, n'est-ce pas cela?

— Voyons, » fit Sam.

Mary avait posé la chandelle sur le plancher, et, comme elle éclairait fort peu, Sam fut obligé de se mettre aussi à genoux pour voir si c'était réellement son chapeau. Le recoin était remarquablement petit, et ainsi, sans qu'il y eût de la faute de personne, excepté de l'architecte qui avait bâti la maison Sam et la jolie bonne se trouvaient nécessairement fort près l'un de l'autre.

« C'est bien lui, dit Sam, adieu.

— Adieu, répondit la jolie bonne.

— Adieu, répéta Sam, et en disant cela il laissa tomber le chapeau qu'il avait eu tant de peine à trouver.

— Comme vous êtes maladroit! dit Mary. Vous le perdrez encore si vous n'y prenez pas garde. » Et pour qu'il ne se perdît plus, elle le lui mit sur la tête.

Le visage de la jolie bonne paraissait plus joli encore, étant ainsi levé vers Sam : or, soit à cause de cela, soit par une simple conséquence de leur juxtaposition, il arriva que Sam l'embrassa.

« J'espère que vous ne l'avez pas fait exprès! s'écria-t-elle en rougissant.

— Non, ma chère, mais je vais le faire exprès à présent; » et il l'embrassa une seconde fois.

« Sam! cria M. Pickwick par-dessus la rampe.

— Voilà, monsieur, répondit Sam, en montant les marches quatre à quatre.

— Vous avez été bien longtemps.

— Il y avait quelque chose derrière la porte, qui nous a empêchés de l'ouvrir pendant tout ce temps-là, monsieur. »

Tel fut le premier chapitre des amours de Sam.

CHAPITRE XXVI.

Contenant un récit abrégé des progrès de l'action *Bardell contre Pickwick*.

Ayant accompli le principal objet de son voyage en démasquant l'infamie de Jingle, M. Pickwick résolut de retourner immédiatement à Londres, afin de savoir quelles mesures Dodson et Fogg avaient prises contre lui. Exécutant cette résolution avec toute l'énergie de son caractère, il monta à l'extérieur de la première voiture qui quitta Ipswich, le lendemain du jour où se passèrent les mémorables événements que nous venons de rapporter, et arriva dans la métropole le même soir, en parfaite santé, accompagné de ses trois disciples et de Sam.

Là, nos amis se séparèrent pour quelque temps. MM. Tupman, Winkle et Snodgrass se rendirent à leurs domiciles, afin de faire les préparatifs nécessaires pour leur voyage prochain à Dingley-Dell : M. Pickwick et Sam s'établirent dans un hôtel fort bon quoique fort antique, le *George et Vautour*, George Yard, Lombard-street.

M. Pickwick avait dîné et fini sa seconde pinte d'excellent porto ; il avait enfoncé son mouchoir de soie sur sa tête, et posé ses pieds sur le garde-feu ; enfin il s'était renversé dans sa bergère, lorsque l'entrée de Sam avec son sac de nuit le tira de sa tranquille méditation.

« Sam, dit-il.

— Monsieur?

— Je pensais justement que j'ai laissé beaucoup de choses chez mistress Bardell, rue Goswell, et qu'il faudra que je les fasse prendre avant de repartir.

— Très-bien, monsieur.

— Je pourrais les envoyer pour le moment chez M. Tupman. Mais avant de les faire enlever, il faudrait les mettre en ordre. Je désirerais que vous allassiez jusqu'à la rue Goswell et que vous arrangeassiez tout cela, Sam.

— Tout de suite, monsieur?

— Tout de suite. Et.... attendez, Sam, ajouta M. Pickwick

en tirant sa bourse. Il faut payer le loyer. Le terme n'est dû qu'à Noël, mais vous le payerez pour que tout soit fini. Je puis donner congé en prévenant un mois d'avance. Voici le congé. Donnez-le à Mme Bardell. Elle mettra écriteau quand elle voudra.

— Très-bien, monsieur. Rien de plus ?

— Rien de plus, Sam. »

Sam se dirigea à petits pas vers l'escalier, comme s'il eût attendu encore quelque chose. Il ouvrit lentement la porte, et étant sorti lentement, l'avait doucement refermée, à deux pouces près, lorsque M. Pickwick cria :

« Sam !

— Oui, monsieur, répondit Sam, en revenant vivement et fermant la porte après soi.

— Je ne m'oppose pas à ce que vous tâchiez de savoir comment Mme Bardell semble personnellement disposée envers moi, et s'il est réellement probable que ce procès infâme et sans base soit poussé à toute extrémité. Je dis que je ne m'oppose pas à ce que vous essayiez de découvrir cela, si vous le désirez, Sam. »

Sam fit un léger signe d'intelligence et quitta la chambre. M. Pickwick enfonça de nouveau le mouchoir de soie sur sa tête et s'arrangea pour faire un somme.

Il était près de neuf heures lorsque Sam atteignit la rue Goswell. Une paire de chandelles brûlaient dans le parloir, et l'ombre d'une couple de chapeaux se distinguait sur la jalousie. Mistress Bardell avait du monde.

Sam frappa à la porte. Après un assez long intervalle, pendant lequel mistress Bardell tâchait de persuader une chandelle réfractaire de se laisser allumer, de petites bottes se firent entendre sur le tapis et master Bardell se présenta.

« Eh bien ! jeune homme, dit Sam, comment va c'te mère ?

— Elle ne va pas mal, ni moi non plus.

— Eh bien ! j'en suis charmé. Dites-lui que j'ai à lui parler, mon jeune phénomène. »

Master Bardell, ainsi conjuré, posa la chandelle réfractaire sur la première marche de l'escalier, et disparut, avec son message, derrière la porte du parloir.

Les deux chapeaux dessinés sur les carreaux étaient ceux des deux amies les plus intimes de mistress Bardell. Elles venaient d'arriver pour prendre une paisible tasse de thé et un petit souper chaud de pommes de terre et de fromage rôti; et tandis que le fromage bruissait et friait devant le feu, tandis que les pommes de terre cuisaient délicieusement dans un poêlon, mistress Bardell et ses deux amies se régalaient d'une petite conversation critique concernant toutes leurs connaissances réciproques. Master Bardell interrompit cette intéressante revue en rapportant le message qui lui avait été confié par Sam.

« Le domestique de M. Pickwick ! s'écria mistress Bardell en pâlissant.

— Bonté divine! fit mistress Cluppins.

— Eh bien ! réellement je n'aurais pas cru ça, si je n'y avais pas t'été, » déclara mistress Sanders.

Mistress Cluppins était une petite femme vive et affairée; mistress Sanders une personne grosse, grasse et pesante. Toutes les deux formaient la compagnie.

Mistress Bardell trouva convenable d'être agitée, et comme aucune des trois amies ne savait s'il était bon d'avoir des communications avec le domestique de M. Pickwick, autrement que par le ministère de Dodson et Fogg, elles se trouvaient prises au dépourvu. Dans cet état d'indécision, la première chose à faire était évidemment de taper le petit garçon pour avoir trouvé M. Weller à la porte. La tendre mère n'y manqua pas, et il se mit à crier fort mélodieusement.

« Ne m'étourdissez pas les oreilles, méchante créature! lui dit mistress Bardell.

— Ne tourmentez pas votre pauvre chère mère! cria mistress Cluppins.

— Elle en a assez des tourments, ajouta mistress Sanders avec une résignation sympathisante.

— Ah! oui, l'est-elle malheureuse! pauvre agneau! » reprit mistress Cluppins.

Pendant ces réflexions morales, master Bardell hurlait de plus en plus fort.

« Qu'allons-nous faire maintenant? demanda mistress Bardell à mistress Cluppins.

— Je pense que vous devriez le voir, devant un témoin, s'entend.

— Deux témoins, serait plus légal, fit observer mistress Sanders, qui, ainsi que son amie, crevait de curiosité.

— Peut-être qu'il vaudrait mieux le faire venir ici, » reprit mistress Bardell.

Mistress Cluppins adopta avidement cette idée. « Bien

sûr ! s'écria-t-elle. Entrez, jeune homme, et fermez d'abord la porte, s'il vous plaît. »

Sam saisit l'occasion aux cheveux, et se présentant dans le parloir, exposa, ainsi qu'il suit, sa commission à mistress Bardell :

« Très-fâché de vous déranger, madame, comme disait le chauffeur à la vieille dame en la mettant sur le gril; mais comme je viens justement d'arriver avec mon gouverneur et que *nous nous* en allons incessamment, il n'y a pas moyen d'empêcher ça, comme vous voyez.

— Effectivement le jeune homme ne peut pas empêcher les fautes de son maître, fit observer mistress Cluppins, sur laquelle l'apparence et la conversation de Sam avaient fait beaucoup d'impression.

— Non certainement, répondit mistress Sanders, en jetant un regard attendri sur le petit poêlon, et en calculant mentalement la distribution probable des pommes de terre, au cas où Sam serait invité à souper.

— Ainsi donc, poursuivit l'ambassadeur, sans remarquer l'interruption, voilà pourquoi je suis venu ici : primo, d'abord, pour vous donner congé : le voilà ici ; secondo, pour payer le loyer : le voilà ici; *troiso*, pour dire que vous mettiez toutes nos histoires en ordre, pour donner à la personne que nous enverrons pour les prendre ; quatro, que vous pouvez mettre l'écriteau aussitôt que vous voudrez. Et voilà tout.

— Malgré ce qui est arrivé, soupira mistress Bardell, je dirai toujours et j'ai toujours dit que, sous tous les rapports, excepté un, M. Pickwick s'est toujours conduit comme un gentleman parfait ; son argent était toujours aussi solide que la banque, toujours. »

En disant ceci, mistress Bardell appliqua son mouchoir à ses yeux.... et sortit de la chambre pour faire la quittance.

Sam savait bien qu'il n'avait qu'à rester tranquille et que les deux invitées ne manqueraient point de parler ; aussi se contenta-t-il de regarder alternativement le poêlon, le fromage, le mur et le plancher, en gardant le plus profond silence.

« Pauvre chère femme ! s'écria mistress Cluppins.

— Pauvre criature ! » rétorqua mistress Sanders.

Sam ne dit rien; il vit qu'elles arrivaient au sujet.

« Riellement je ne puis pas me contenir, dit mistress Cluppins, quand je pense à une trahison comme ça. Je ne veux rien dire pour vous vexer, jeune homme, mais votre maître est une vieille brute, et je désire que je l'eusse ici pour lui dire à lui-même.

— Je désire que vous l'eussiez, répondit Sam.

— C'est terrible de voir comme elle dépérit et qu'elle ne prend plaisir à rien, excepté quand ses amies viennent, par pure charité, pour causer avec elle et la rendre confortable, reprit mistress Cluppins en jetant un coup d'œil au poêlon et au fromage. C'est choquant.

— Barbaresque ! ajouta mistress Sanders.

— Et votre maître, qu'est un homme d'argent, qui ne s'apercevrait tant seulement pas de la dépense d'une femme. Il n'a pas l'ombre d'une excuse. Pourquoi ne l'épouse-t-il pas ?

— Ah ! dit Sam. Bien sûr, voilà la question.

— Certainement, qu'elle lui demanderait la question, si elle avait autant de courage que moi, poursuivit mistress Cluppins avec grande volubilité. Quoi qu'il en soit, il y a une loi pour nous autres femmes, malgré que les hommes voudraient nous rendre comme des esclaves. Et votre maître saura ça à ses dépens, jeune homme, avant qu'il soit plus vieux de six mois. »

A cette consolante réflexion, mistress Cluppins se redressa, et sourit à mistress Sanders, qui lui renvoya son sourire.

« L'affaire marche toujours, » pensa Sam, tandis que mistress Bardell rentrait avec le reçu.

— Voilà le reçu, monsieur Weller, dit l'aimable veuve, et voilà votre reste. J'espère que vous prendrez quelque chose pour vous tenir l'estomac chaud, quand ça ne serait qu'à cause de la vieille connaissance.... »

Sam vit l'avantage qu'il pouvait gagner, et accepta sur-le-champ. Aussitôt mistress Bardell tira d'une petite armoire une bouteille avec un verre ; et sa profonde affliction la préoccupait tellement qu'après avoir rempli le verre de Sam, elle aveignit encore trois autres verres et les remplit également.

« Ah ça ! mistress Bardell, s'écria mistress Cluppins, voyez ce que vous avez fait !

— Eh bien ! en voilà une bonne ! éjacula mistress Sanders.

— Ah ! ma pauvre tête ? » fit mistress Bardell, avec un faible sourire.

Sam, comme on s'en doute bien, comprit tout cela. Aussi

s'empressa-t-il de dire qu'il ne buvait jamais, avant souper, à moins qu'une dame ne bût avec lui. Il s'ensuivit beaucoup d'éclats de rire, et enfin mistress Sanders s'engagea à le satisfaire et but une petite goutte. Alors Sam déclara qu'il fallait faire la ronde, et toutes ces dames burent une petite goutte. Ensuite la vive mistress Cluppins proposa pour toast : *Bonne chance à Bardell contre Pickwick ;* et les dames vidèrent leurs verres en honneur de ce vœu : après quoi elles devinrent très-parlantes.

« Je suppose, dit mistress Bardell, je suppose que vous avez appris ce qui se passe, monsieur Weller ?

— Un petit brin, répondit Sam.

— C'est une terrible chose, monsieur Weller, que d'être traînée comme cela devant le public ; mais je vois maintenant que c'est la seule ressource qui me reste, et mon avoué, M. Dodson et Fogg, me dit que nous devons réussir, avec les témoins que nous appellerons. Si je ne réussissais pas, je ne sais pas ce que je ferais ! »

La seule idée de voir mistress Bardell perdre son procès affecta si profondément mistress Sanders qu'elle fut obligée de remplir et de vider son verre immédiatement, sentant, comme elle le dit ensuite, que si elle n'avait pas eu la présence d'esprit d'agir ainsi, elle se serait infailliblement trouvée mal.

« Quand pensez-vous que ça viendra ? demanda Sam.

— Au mois de février ou de mai, répliqua mistress Bardell.

— Quelle quantité de témoins il y aura ! dit mistress Cluppins.

— Ah ! oui ! fit mistress Sanders.

— Et si la plaignante ne gagne pas, MM. Dodson et Fogg seront-ils furieux, eux qui font tout cela par spéculation, à leurs risques ! continua mistress Cluppins.

— Ah ! oui.

— Mais la plaignante doit gagner, ajouta mistress Cluppins.

— Je l'espère, dit mistress Bardell.

— Il n'y a pas le moindre doute, répliqua mistress Sanders.

— Eh bien ! dit Sam en se levant et en posant son verre sur la table, tout ce que je peux dire c'est que je vous le souhaite.

— Merci, monsieur Weller ! s'écria mistress Bardell avec ferveur.

— Et tant qu'à ce Dodson et Fogg, qui fait ces sortes de

choses par spéculation, poursuivit Sam, et tant qu'aux bons et généreux individus de la même profession qui mettent les gens par les oreilles gratis, pour rien, et qui occupent leurs clercs à trouver des petites disputes chez leurs voisins et connaissances pour les accorder avec des procès, tout ce que je peux dire d'eux, c'est que je leur souhaite la récompense que je leur donnerais.

— Ah! s'écria mistress Bardell, attendrie, je leur souhaite la récompense que tous les cœurs généreux et compatissants seraient disposés à leur accorder.

— Amen! répondit Sam. Et ils gagneraient joliment de quoi mener joyeuse vie et s'engraisser, s'ils avaient ce que je leur souhaite! — Je vous offre le bonsoir, mesdames. »

Au grand soulagement de mistress Sanders, leur hôtesse permit à Sam de partir, sans faire aucune allusion aux pommes de terre ni au fromage rôti, et peu après, avec l'assistance juvénile qu'on pouvait attendre de master Bardell, les trois dames rendirent la plus ample justice à ces mets délicieux, qui s'évanouirent complétement sous leurs courageux efforts.

Sam, arrivé à l'auberge le *George et Vautour*, rapporta fidèlement à son maître les indices qu'il avait recueillis des manœuvres de Dodson et Fogg; et son récit fut complétement confirmé le lendemain par M. Perker, avec qui notre philosophe eut une entrevue. Il fut donc obligé de se préparer pour sa visite de Noël à Dingley-Dell, avec l'agréable perspective d'être actionné publiquement, deux ou trois mois plus tard, par la cour des *Common Pleas*, pour violation d'une promesse de mariage; la plaignante ayant tout l'avantage inhérent à ce genre d'action, et résultant de l'excessive habileté de Dodson et Fogg.

CHAPITRE XXVII.

Samuel Weller fait un pèlerinage à Dorking, et voit sa belle-mère.

Comme il restait un intervalle de deux jours avant l'époque fixée pour le départ des Pickwickiens pour Dingley-Dell, Sam, après avoir dîné de bonne heure, s'assit dans l'arrière-salle de l'auberge le *George et Vautour*, pour réfléchir au meilleur emploi possible de cet espace de temps. Il faisait un temps superbe, et Samuel n'avait pas ruminé pendant dix minutes, lorsqu'il sentit tout à coup naître en lui un sentiment filial et affectueux. Le besoin d'aller voir son père et de rendre ses devoirs à sa belle-mère se présenta alors si fortement à son esprit, qu'il fut frappé d'étonnement de n'avoir pas songé plus tôt à cette obligation morale. Impatient de réparer ses torts passés, dans le plus bref délai possible, il gravit les marches de l'escalier, se présenta directement devant M. Pickwick, et lui demanda un congé afin d'exécuter ce louable dessein.

« Certainement, Sam, certainement, » répondit le philosophe, dont les yeux se remplirent de larmes de joie à cette manifestation des bons sentiments de son domestique.

Sam fit une inclination de tête reconnaissante.

« Je suis charmé de voir que vous comprenez si bien vos devoirs de fils.

— Je les ai toujours compris, monsieur,

— C'est une réflexion fort consolante, dit M. Pickwick d'un air approbateur.

— Tout à fait, monsieur. Quand je voulais quelque chose de mon père, je le lui demandais d'une manière très-respectueuse et obligeante ; s'il ne me le donnait pas, je le prenais, dans la crainte d'être enduit à mal faire, si je n'avais pas ce que je voulais. Je lui ai évité comme ça une foule d'embarras, monsieur.

— Ce n'est pas précisément ce que j'entendais, Sam, dit M. Pickwick en secouant la tête avec un léger sourire.

— J'ai agi dans un bon sentiment, monsieur, avec les meilleures intentions du monde, comme disait le gentleman qui avait planté là sa femme, parce qu'elle était malheureuse avec lui....

— Vous pouvez aller, Sam.

— Merci, monsieur. » Et ayant fait son plus beau salut et revêtu ses plus beaux habits, Sam se percha sur l'impériale de l'Hirondelle et se rendit à Dorking.

Le marquis de Granby, du temps de Mme Weller, pouvait servir de modèle aux meilleures auberges ; assez grande pour qu'on y eût ses coudées franches, assez petite et assez commode pour qu'on s'y crût chez soi. Du côté opposé de la route, un poteau élevé supportait une vaste enseigne, où l'on voyait représentées la tête et les épaules d'un gentleman doué d'un teint apoplectique. Son habit rouge avait des revers bleus, et quelques taches de cette dernière couleur étaient placées au-dessus de son tricorne pour figurer le ciel. Plus haut encore, il y avait une paire de drapeaux, et au-dessous du dernier bouton de l'habit rouge du gentleman, une couple de canons. Le tout offrait incontestablement un portrait frappant du marquis de Granby, de glorieuse mémoire. Les fenêtres du comptoir laissaient voir une collection de géraniums et une rangée bien époussetée de bouteilles de liqueur. Les volets verts étalaient en lettres d'or force panégyriques des bons lits et des bons vins de la maison ; enfin le groupe choisi de paysans et de valets qui flânaient autour des écuries, autour des auges, disait beaucoup en faveur de la bonne qualité de la bière et de l'eau-de-vie qui se vendaient à l'intérieur. En descendant de voiture, Sam s'arrêta pour noter, avec l'œil d'un voyageur expérimenté, toutes ces petites indications d'un commerce prospère, et, quand il entra, il était grandement satisfait du résultat de ses observations.

« Eh bien ? dit une voix aigrelette lorsque la tête de Sam se montra à la porte du comptoir. Qu'est-ce que vous voulez, jeune homme ? »

Sam regarda dans la direction de la voix. Elle provenait d'une dame d'une encolure assez puissante, confortablement assise auprès de la cheminée, et qui s'occupait à souffler le feu, afin de faire chauffer l'eau pour le thé. La dame n'était pas seule, car de l'autre côté de la cheminée, tout droit dans un antique fauteuil, était assis un homme dont le dos était presque aussi long et presque aussi roide que celui du fauteuil lui-même.

Cet individu, qui attira sur-le-champ l'attention spéciale de Sam, paraissait long et fluet. Son visage était couperosé, son nez rouge ; ses yeux méchants et bien éveillés tenaient beaucoup de ceux d'un serpent à sonnettes. Il portait un habit noir râpé, un pantalon très-court et des bas de coton noir qui, comme le reste de son costume, avaient une teinte rouillée. Son air était empesé, mais sa cravate blanche ne l'était pas, et pendait toute chiffonnée et d'une manière fort peu pittoresque sur son gilet boutonné jusqu'au menton. Sur une chaise, à côté de lui, étaient placés une paire de gants de castor, vieux et usés ; un chapeau à larges bords ; un parapluie fort passé, qui laissait voir une quantité de baleines, comme pour contre-balancer l'absence d'une poignée : enfin, tous ces objets étaient arrangés avec un soin et une symétrie qui semblaient indiquer que l'homme au nez rouge, quel qu'il fût, n'avait pas l'intention de s'en aller de sitôt.

Pour lui rendre justice, il faut convenir que s'il avait eu cette intention, il eût fait preuve de bien peu d'intelligence; car, à en juger par les apparences, il aurait fallu qu'il possédât un cercle de connaissances bien désirable, pour pouvoir raisonnablement espérer s'installer ailleurs plus confortablement. Le feu flambait joyeusement sous l'influence du soufflet, et la bouilloire chantait gaiement sous l'influence de l'un et de l'autre ; sur la table était disposé tout l'appareil du thé : un plat de rôties beurrées chauffait doucement devant le foyer, et l'homme au nez rouge, armé d'une longue fourchette, s'occupait activement à transformer de larges tranches de pain en cet agréable comestible. Auprès de lui était un verre d'eau et de rhum brûlant, dans lequel nageait une tranche de limon; et chaque fois qu'il se baissait pour amener les tartines de pain auprès de son œil, afin de juger comment elles rôtissaient, il sirotait une goutte ou deux de grog, et souriait en regardant la dame à la puissante encolure, qui soufflait le feu.

La contemplation de cette scène confortable avait tellement absorbé les facultés pensantes de Sam, qu'il laissa passer sans y faire attention les premières interrogations de l'hôtesse, qui fut obligée de les répéter trois fois, sur un ton de plus en plus aigre, avant qu'il s'aperçût de l'inconvenance de sa conduite.

« Le gouverneur y est-il ? demanda-t-il enfin.

— Non, il n'y est pas, répondit Mme Weller, car la dame n'était autre que la ci-devant veuve et la seule et unique exécutrice testamentaire de feu M. Clarke. Non, il n'y est pas, et qui plus est je ne l'attends pas.

— Je suppose qu'il conduit aujourd'hui ? reprit Sam.

— Peut-être que oui, peut-être que non, répliqua Mme Weller en beurrant la tartine que l'homme au nez rouge venait de faire rôtir. Je n'en sais rien, et de plus je ne m'en soucie guère. — Dites un *Benedicite*, monsieur Stiggins. »

L'homme au nez rouge fit ce qui lui était demandé, et attaqua aussitôt une rôtie avec une voracité sauvage.

Son apparence, dès le premier coup d'œil, avait induit Sam à suspecter qu'il voyait en lui le substitut du berger dont lui avait parlé son estimable père. Aussitôt qu'il le vit manger, tous ses doutes à ce sujet s'évanouirent, et il reconnut en même temps que s'il avait envie de s'installer provisoirement dans la maison, il fallait qu'il se mît sans délai sur un bon pied. Commençant donc ses opérations, il passa son bras par-dessus la demi-porte du comptoir, l'ouvrit, entra d'un pas délibéré, et dit tranquillement :

« Ma belle-mère, comment vous va ?

— Eh bien ! je crois que c'est un Weller ! s'écria la grosse dame en regardant Sam d'un air fort peu satisfait.

— Un peu, que c'en est un ! rétorqua l'imperturbable Sam, et j'espère que ce révérend gentleman m'excusera si je dis que je voudrais bien être le Weller qui vous possède, belle-mère. »

C'était là un compliment à deux tranchants. Il insinuait que Mme Weller était une femme fort agréable, et en même temps que M. Stiggins avait une apparence ecclésiastique. Effectivement, il produisit sur-le-champ un effet visible, et Sam poursuivit son avantage en embrassant sa belle-mère.

« Voulez-vous bien finir ! s'écria Mme Weller en le repoussant.

— Fi ! jeune homme, fi ! dit le gentleman au nez rouge.

— Sans offense, monsieur, sans offense, répliqua Sam. Mais malgré ça vous avez raison. Ces sortes de choses-là sont défendues quand la belle-mère est jeune et jolie, n'est-ce pas, monsieur ?

— Tout ça n'est que vanité, observa M. Stiggins.

— Oh ! c'est bien vrai, » dit mistress Waller en rajustant son bonnet.

Sam pensa la même chose, mais il retint sa langue.

Le substitut du berger ne paraissait nullement satisfait de l'arrivée de Sam, et quand la première effervescence des compliments fut passée, Mme Weller elle-même prit un air qui semblait dire qu'elle se serait très-volontiers passée de sa visite. Quoi qu'il en soit, Sam était là, et comme on ne pouvait décemment le mettre dehors, on l'invita à s'asseoir et à prendre le thé.

« Comment va le père ? » demanda-t-il au bout de quelques instants.

A cette question, Mme Weller leva les mains et tourna les yeux vers le plafond, comme si c'était un sujet trop pénible pour qu'on osât en parler.

M Stiggins fit entendre un gémissement.

« Qu'est-ce qu'il a donc, ce monsieur? demanda Sam.

— Il est choqué de la manière dont votre père se conduit.

— Comment! C'est à ce point là?

— Et avec trop de raison, » répondit Mme Weller gravement.

M. Stiggins prit une nouvelle rôtie et soupira bruyamment.

« C'est un terrible réprouvé, poursuivit Mme Weller.

— Un vase de perdition! » s'écria M. Stiggins, et il fit dans sa rôtie un large segment de cercle et poussa un gémissement sourd.

Sam se sentit violemment enclin à donner au révérend personnage une volée qui permît à ce saint homme de gémir avec plus de raison, mais il réprima ce désir et demanda simplement :

« Le vieux fait donc des siennes, hein?

— Hélas! oui, répliqua Mme Weller. Il a un cœur de rocher. Tous les soirs, cet excellent homme.... ne froncez pas le sourcil, monsieur Stiggins, je soutiens que *vous êtes* un excellent homme.... Tous les soirs, cet excellent homme passe ici des heures entières, et cela ne produit point le moindre effet sur votre réprouvé de père.

— Eh bien! voilà qui est drôle! rétorqua Sam. Ça en produirait un prodigieux sur moi, si j'étais à sa place. Je vous en réponds!

— Mon jeune ami, dit solennellement M. Stiggins, le fait est qu'il a un esprit endurci. Oh! mon jeune ami, quel autre aurait pu résister aux exhortations de seize de nos plus aimables sœurs, et refuser de souscrire à notre humble société pour procurer aux enfants nègres, dans les Indes occidentales, des gilets de flanelle et des mouchoirs de poche moraux.

— Qu'est-ce que c'est qu'un mouchoir moral? demanda Sam. Je n'ai jamais vu ce meuble-là.

— C'est un mouchoir qui combine l'amusement et l'instruction, mon jeune ami; où l'on voit des histoires choisies, illustrées de gravures sur bois.

— Bon, je sais; j'ai vu ça aux étalages des merciers, avec des pièces de vers et tout le reste, n'est-ce pas? »

M. Stiggins fit un signe affirmatif et commença une troisième rôtie.

« Et il n'a pas voulu se laisser persuader par les dames?

— Il s'est assis, répondit Mme Weller, il a allumé sa pipe, et il a dit que les enfants nègres étaient.... Qu'est-ce qu'il a dit que les enfants nègres étaient, monsieur Stiggins?

— Une blague, soupira le révérend, profondément affecté.

— Il a dit que les enfants nègres étaient une blague! » répéta tristement Mme Weller; après quoi, la dame et le révérend recommencèrent à gémir sur l'atroce conduite de M. Weller.

Beaucoup d'autres iniquités de la même nature auraient pu être racontées, mais toutes les rôties étant mangées, le thé étant devenu très-faible, et Sam ne montrant aucune inclination à partir, M. Stiggins se rappela soudainement qu'il avait un rendez-vous très-pressant avec le berger, et se retira en conséquence.

Le plateau était à peine enlevé, le foyer à peine balayé, lorsque la voiture de Londres déposa M. Weller à la porte. Peu après ses jambes le déposèrent dans le comptoir, et ses yeux lui révélèrent la présence de son fils.

« Ha! ha! Sammy! s'écria le père.

— Ho! ho! vieux farceur! » cria le fils; et ils se donnèrent une poignée de main vigoureuse.

« Charmé de te voir, Sammy, dit l'aîné des Weller. Comment diantre as-tu pu venir à bout de ta belle-mère? Ça me passe. Tu devrais me passer ta recette. Je ne te dis que ça!

— Chut! fit Sam. Elle est dans la maison, mon vieux gaillard.

— Elle n'est pas à portée d'oreille. Elle reste toujours en bas, à tracasser le monde pendant une heure ou deux après le thé. Ainsi donc, nous pouvons nous humecter l'intérieur, Sammy. »

En parlant ainsi, M. Weller mêla deux verres de grog et aveignit une couple de pipes. Le père et le fils s'assirent en face l'un de l'autre, Sam d'un côté du feu, dans le fauteuil au dos élevé, M. Weller de l'autre côté, dans une bergère, et ils commencèrent à goûter le double plaisir de leur pipe et de leur réunion inattendue, avec toute la gravité convenable.

« Venu quelqu'un, Sammy? » demanda laconiquement M. Weller, après un long silence.

Sam fit un signe exprimant l'affirmation.

« Un gaillard au nez rouge? »

Sam répéta le même signe.

« Un bien aimable homme que ce gaillard-là! Sammy, fit observer M. Weller en fumant avec précipitation.

— Il en a tout l'air.

— Et joliment fort sur le calcul!

— Vraiment!

— Le lundi, il emprunte dix-huit pence; le mardi, il demande un shilling pour compléter la demi-couronne; le vendredi, il remprunte une autre demi-couronne pour faire un compte rond de cinq shillings, et il va comme ça, en doublant, jusqu'à ce qu'il arrive, en un rien de temps, à empocher une bank-note de cinq livres. Ça ressemble à ce calcul du liv'e d'arusmétique où l'on arrive à des sommes folles en doublant les clous d'un fer à cheval. »

Sam indiqua par un geste qu'il se rappelait le problème auquel son père faisait allusion.

« Comme ça, vous n'avez pas voulu souscrire pour les gilets de flanelle, demanda Sam après avoir lancé de nouveau quelques bouffées de tabac silencieuses.

— Non certainement. A quoi des gilets de flanelle peuvent-ils servir à ces négrillons? Mais vois-tu, Sammy, ajouta M. Weller en baissant la voix et en se penchant vers son compagnon, je souscrirais bien volontiers une jolie somme s'il s'agissait d'offrir des camisoles de force à certains particuliers que nous connaissons. »

Ayant exprimé cette opinion, M. Weller reprit lentement sa position première, et cligna de l'œil d'un air très-sagace.

« C'est une drôle d'idée, tout de même, de vouloir envoyer des mouchoirs à des gens qui ne connaissent pas la manière de s'en servir, fit remarquer Sam.

— I' sont toujours à faire quelque bêtise de ce genre, Sammy. L'autre dimanche, je flânais sur la route, qu'est-ce que j'aperçois debout à la porte d'une chapelle? Ta belle-mère avec un plat de faïence bleue à la main, oùs que les patards tombaient comme la grêle.... Tu n'aurais jamais cru qu'un plat mortel aurait pu y tenir. Et pour quoi penses-tu que c'était, Sammy?

— Pour donner un autre thé, peut-être!

— Tu n'y es pas, c'était pour la rente d'eau du berger

— La rente d'eau du berger!

— Ni plus ni moins. I' y avait trois trimestres que le berger n'avait pas payé un liard, pas un liard. Au fait il n'a guère besoin d'eau, i' ne boit que très-peu de c'te liqueur-là, très-peu, Sammy.... pas si chose! Comme ça, la rente n'était pas payée et le receveur avait arrêté son filet. V'là donc le berger qui s'en va à la chapelle. Il dit qu'il est un saint martyrisé, qu'il désire que le tourne-robinet qu'a coupé son filet obtienne son pardon du ciel, mais qu'il a bien peur qu'on ne lui ait déjà retenu dans l'autre monde une place où il ne sera pas à son aise. Là-dessus les femelles font un meeting, chantent des hymnes, nomment ta belle-mère présidente, votent une quête pour le dimanche suivant, et repassent tout le quibus au berger. Et si l' n'a pas eu de quoi payer sa rente d'eau, sa vie durant, dit M. Weller en terminant, je ne suis qu'un Hollandais et tu en es un autre, voilà tout. »

M. Weller fuma en silence pendant quelques minutes, puis il ajouta :

« Le pire de ces bergers, mon garçon, c'est qu'i' tournent la tête à toutes les jeunes filles. Dieu bénisse leurs petits cœurs! elles s'imaginent que c'est tout miel, et elles n'en savent pas plus long. Elles donnent toutes dans la charge, Sammy, elles y donnent toutes.

— Ça me fait cet effet-là, dit Sam.

— Ni pus ni moins, poursuivit M. Weller en secouant gravement la tête; et ce qui m'agace le plus, Samivel, c'est de leur voir perdre leur temps et leur belle jeunesse à faire des habits pour des gens cuivrés qui n'en ont pas besoin, sans jamais s'occuper des chrétiens qui ont des couleurs naturelles et qui savent mettre un pantalon. Si j'étais le maître, Sammy, j'attèlerais quelques-uns de ces faignants de bergers à une brouette bien chargée et je la leur ferais monter et descendre, pendant vingt-quatre heures de suite, le long d'une planche de dix-huit pouces de large. Ça leur ôterait un peu de leur bêtise, ou rien n'y réussira. »

M. Weller, ayant débité cette aimable recette, avec beaucoup d'emphase et une multitude de gestes et de contorsions, vida son verre d'un seul trait, et fit tomber les cendres de sa pipe avec une dignité naturelle.

Il n'avait pas encore terminé cette dernière opération, lorsqu'une voix aigre se fit entendre dans le passage.

« Voici ta chère belle-mère, Sammy, » dit-il à son fils, et au même instant Mme Weller entra, d'un pas affairé, dans la chambre.

« Oh! vous voilà donc revenu! s'écria-t-elle.

— Oui, ma chère, répliqua M. Weller en bourrant de nouveau sa pipe.

— M. Stiggins est-il de retour? demanda mistress Weller.

— Non, ma chère, répondit M. Weller en allumant ingénieusement sa pipe au moyen d'un charbon embrasé qu'il pri avec les pincettes; et qui plus est, ma chère, je tâcherais de ne pas mourir de chagrin s'il ne remettait plus les pieds ici.

— Ouh! le réprouvé! s'écria Mme Weller.

— Merci, mon amour, dit son époux.

— Allons! allons! père, observa Sam; pas de ces petites tendresses devant des étrangers. Voilà le révérend gentleman qui revient. »

A cette annonce, Mme Weller essuya précipitamment les larmes qu'elle s'était efforcée de verser, et M. Weller tira, d'un air chagrin, son fauteuil dans le coin de la cheminée.

M. Stiggins ne se fit pas beaucoup prier pour prendre un autre verre de grog; puis il en accepta un second, puis un troisième, puis il consentit à accepter sa part d'un léger souper, afin de recommencer sur nouveaux frais. Il était assis du même côté que M. Weller aîné; et lorsque celui-ci supposait que sa femme ne pouvait pas le voir, il indiquait à son fils les émotions intimes dont son âme était agitée, en secouant son poing sur la tête du berger. Cette plaisanterie procurait à son respectueux enfant une satisfaction d'autant plus pure, que M. Stiggins continuait à siroter paisiblement son rhum, dans une heureuse ignorance de cette pantomime animée.

La conversation fut soutenue, en grande partie, par Mme Weller et le révérend M. Stiggins, et les principaux sujets qu'on entama furent les vertus du berger, les mérites de son troupeau, et les crimes affreux, les détestables péchés de tout le reste du monde. Seulement, M. Weller interrompait parfois ces dissertations par des remarques et des allusions indirectes à un certain vieux farceur généralement désigné sous le nom de *Walker*[1], et se permit çà et là divers commentaires non moins ironiques et voilés.

Enfin, M. Stiggins, qui, à en juger par divers symptômes indubitables, avait emmagasiné autant de grog qu'il en pouvait ingurgiter sans trop s'incommoder, prit son chapeau et son congé. Immédiatement après, Sam fut conduit par son père dans une chambre à coucher. Le respectable gentleman, en lui donnant une chaleureuse poignée de main, paraissait se disposer à lui adresser quelques observations; mais il entendit

1. M. Walker est un personnage mystérieux qui jouit en Angleterre d'une grande réputation de hâbleur. Son nom, employé comme interjection « Walker » est devenu un terme de mépris et d'incrédulité.

(*Note du traducteur.*)

monter Mme Weller, et changeant aussitôt d'intention, il lui dit brusquement bonsoir.

Le lendemain, Sam se leva de bonne heure. Ayant déjeuné à la hâte, il s'apprêta à retourner à Londres, et il sortait de la maison, lorsque son père se présenta devant lui.

« Tu pars, Sam ?

— Tout de gô.

— Je voudrais bien te voir museler ce Stiggins, et l'emmener avec toi.

— Vraiment ? répondit Sam d'un ton de reproche ; je rougis de vous avoir pour auteur, vieux capon. Pourquoi lui laissez-vous montrer son nez cramoisi chez le *Marquis de Granby* ? »

M. Weller attacha sur son fils un regard sérieux, et répondit :

« Parce que je suis un homme marié, Sammy, parce que je suis un homme marié. Quand tu seras marié, Sammy, tu comprendras bien des choses que tu ne comprends pas maintenant. Mais ça vaut-il la peine de passer tant de vilains quarts d'heure pour apprendre si peu de chose, comme disait cet écolier quand il a-t-été arrivé à savoir son alphabet, voilà la question ? C'est une affaire de goût. Mais, pour ma part, je suis très-disposé à répondre : Non !

— Dans tous les cas, dit Sam, adieu.

— Bonjour, Sammy, bonjour.

— Je n'ai plus qu'un mot à vous dire, reprit Sam en s'arrêtant court : Si j'étais le propriétaire du *Marquis de Granby*, et si cet animal de Stiggins venait faire des roties dans mon comptoir, je le....

— Que ferais-tu ? interrompit M. Weller avec grande anxiété, que ferais-tu ?

— J'empoisonnerais son grog.

— Bah ! s'écria Weller en donnant à son fils une poignée de main reconnaissante, tu ferais cela réellement, Sammy ? tu ferais cela ?

— Parole ! Je ne voudrais pas me montrer trop cruel envers lui tout d'abord. Je commencerais par le plonger dans la fontaine, et je remettrais le couvercle pour l'empêcher de s'enrhumer ; mais si je voyais qu'il n'y avait pas moyen d'en venir à bout par la douceur, j'emploierais une autre méthode de persuasion. »

M. Weller aîné lança à son fils un regard d'admiration inexprimable, et, lui ayant de nouveau serré la main, s'éloigna lentement en roulant dans son esprit les réflexions nombreuses auxquelles cet avis avait donné lieu.

Sam le suivit des yeux jusqu'au détour de la route et s'achemina ensuite vers Londres. Il médita d'abord sur les conséquences probables de son conseil, et sur la vraisemblance ou l'invraisemblance qu'il y avait de voir adopter cet avis par son père ; mais bientôt il écarta toute inquiétude de son esprit par cette réflexion consolante, qu'il en saurait le résultat avec le temps. C'est un avantage que le lecteur aura, aussi bien que lui.

CHAPITRE XXVIII.

Un joyeux chapitre des fêtes de Noël, contenant le récit d'une noce et de quelques autres passe-temps qui sont, dans leur genre, d'aussi bonnes coutumes que le mariage, mais qu'on ne maintient pas aussi religieusement, dans ce siècle dégénéré.

Aussi diligents que des abeilles, et presque aussi légers que des papillons, les quatre Pickwickiens se rassemblèrent, au matin du 22 décembre de l'an de grâce 1831. Noël s'approchait rapidement, dans toute sa joyeuse et cordiale hospitalité. La vieille année se préparait, comme un gymnosophiste indien, à réunir ses amis autour de soi, et à mourir doucement et tranquillement au milieu des festins et des bombances. C'était une époque de jubilation, et parmi les nombreux mortels que réjouissait la même cause, nos quatre héros étaient remarquablement enjoués et heureux.

Car ils sont nombreux les mortels à qui Noël apporte un court intervalle de gaieté et de bonheur ! Combien de familles dispersées au loin par les soins, par les luttes incessantes de la vie, se réunissent alors dans cet heureux état de familiarité et de bonne volonté mutuelle, qui est la source de tant de pures délices ; douce et paisible communion d'esprit qui semble si incompatible avec les soucis de l'existence, si au dessus des plaisirs de ce monde, que les nations les plus civilisées, comme les peuplades les plus sauvages, en font également une des premières jouissances réservées aux élus, dans le séjour du bonheur éternel. Combien de vieilles sympathies, combien de souvenirs assoupis se réveillent au temps de Noël!

Nous écrivons ces lignes à bien des lieues de l'heureux endroit où, pendant de longues années, nous avons rencontré, la veille de Noël, un cercle amical et joyeux. La plupart des cœurs qui palpitaient alors avec ivresse, ont cessé de battre; les mains que nous aimions à serrer, sont devenues froides; les visages gracieux qui nous charmaient, sont décharnés; les regards que nous cherchions, ont perdu leur éclat; et cependant la vieille maison, la grande salle, les plaisanteries, les rires, les voix joyeuses et les visages souriants, les circonstances les plus frivoles de ces heureuses réunions, se pressent en foule dans notre esprit, à chaque retour de cette fête. Il semble que nous n'ayons cessé de nous voir que d'hier. Heureux, heureux le jour de Noël, qui redonne au vieillard les illusions de sa jeunesse, et qui transporte le marin, le voyageur, éloigné de plusieurs milliers de lieues, parmi les joies tranquilles de la maison paternelle.

Nous nous sommes laissé entraîner par les bonnes qualités de Noël, qui, pour le dire en passant, est tout à fait un gentilhomme campagnard de la vieille école, et nous faisons attendre, au froid, M. Pickwick et ses amis. Ils viennent d'arriver à la voiture de Muggleton, soigneusement enveloppés de châles et de grandes redingotes. Les portemanteaux, les sacs de nuit sont placés, et Sam s'efforce avec le garde[1] d'insinuer dans le coffre de devant une énorme morue, soigneusement empaquetée dans un long panier brun garni de paille, et qui doit reposer sur une demi-douzaine de barils d'huîtres, appartenant, comme elle, à M. Pickwick. La physionomie de celui-ci exprime le plus vif intérêt, tandis que Sam et le garde font tout ce qu'ils peuvent pour fourrer la morue dans le réceptacle, quoiqu'elle soit deux ou trois fois trop grande pour y entrer. D'abord ils veulent la mettre la tête la première, ensuite la queue la première, puis le fond du panier en haut, puis l'ouverture en haut, puis sur le côté, puis diagonalement. Mais l'implacable morue résiste opiniâtrément à tous ces artifices. Enfin, cependant, le garde, frappant par hasard sur le milieu du panier, le poisson disparaît soudainement, et cette condescendance inat-

1. Le conducteur. Cette appellation est un reste du temps où les routes étaient si peu sûres que chaque voiture était accompagnée d'un véritable garde. *(Note du traducteur.)*

tendue, faisant perdre l'équilibre au garde lui-même, sa tête et ses épaules s'enfoncent en même temps dans le coffre, à la satisfaction inexprimable de tous les porteurs et assistants. M. Pickwick sourit avec bonne humeur, tire un shilling de son gilet, et lorsque le garde sort de sa botte, le prie de boire à sa santé un verre d'eau-de-vie et d'eau chaude. Sur cela, le garde sourit aussi, et MM. Snodgrass, Winkle et Tupman sourient tous de compagnie. Le garde et Sam Weller disparaissent pendant cinq minutes, probablement pour avaler le grog, car ils sentent l'eau-de-vie en revenant. Le cocher monte sur son siége, Sam saute derrière, les Pickwickiens tirent leurs redingotes sur leurs jambes et leurs châles sur leur nez, les valets d'écurie ôtent les couvertures des chevaux, le cocher crie : « En route! » et les voilà partis.

Ils ont circulé à travers les rues, ils ont été cahotés sur le pavé, et, à la fin, ils atteignent la campagne. Les roues glissent sur le terrain dur et gelé. Au claquement aigu du fouet, les chevaux partent au petit galop et entraînent à leurs talons voiture, voyageurs, morue, barils d'huîtres, et le reste, comme si ce n'était qu'une plume légère. Ils ont descendu une pente douce et se trouvent sur une chaussée horizontale, de deux milles de long, aussi sèche, aussi compacte qu'un bloc de granit. Un autre claquement de fouet, et ils s'élancent au grand galop, secouant leur tête et leur harnais, sous l'influence excitante de leur mouvement rapide. Cependant le cocher, tenant le fouet et les guides d'une main, ôte son chapeau avec l'autre, le pose sur ses genoux, tire son mouchoir et essuie son front ; partie parce qu'il a l'habitude d'agir ainsi, et partie pour montrer aux voyageurs comme il est à son aise, et combien c'est une chose facile de conduire quatre chevaux, quand on a autant de pratique que lui. Ayant fait cela fort tranquillement (car autrement l'effet en serait notablement diminué), il replace son mouchoir, remet son chapeau, ajuste ses gants, équarrit ses coudes, fait claquer son fouet de nouveau, et au galop ! plus gaiement que jamais !

Quelques maisons, éparpillées des deux côtés de la route, annoncent l'entrée d'un village. Le cornet du garde fait vibrer dans l'air pur et frais des notes animées, qui réveillent le vieux gentleman de l'intérieur. Il abaisse la glace à moitié, regarde un instant au dehors, et relevant soigneusement la glace, informe l'autre habitant de l'intérieur que l'on va relayer dans quelques minutes. D'après cet avis, celui-ci se secoue, et se détermine à remettre son premier somme jusqu'à ce qu'on soit reparti. Le cornet résonne encore vigoureusement, et, à ce bruit, les femmes et les enfants du village viennent regarder à la porte de leur chaumière, et suivent des yeux la voiture jusqu'à ce qu'elle tourne le coin, puis ils rentrent s'étendre autour d'un feu brillant et y jettent un autre morceau de bois *pour quand le père reviendra*. Cependant le père lui-même, à un mille de là, vient d'échanger un signe de tête amical avec le cocher, et s'est retourné pour examiner longuement la voiture qui s'enfuit loin de lui.

Et maintenant, pendant que ses roues retentissent dans les rues mal pavées d'une ville provinciale, le cornet joue un air guilleret. Le cocher, défaisant la boucle qui réunit ses guides, s'apprête à les jeter au moment même où il arrêtera. M. Pickwick sort du collet de sa redingote, et regarde autour de lui avec grande curiosité; le cocher, qui s'en aperçoit, l'instruit du nom de la ville, et lui dit que c'était hier jour de marché; double information que M. Pickwick s'empresse de faire passer à ses compagnons de voyage, et qui les décide à sortir aussi de leurs collets et à regarder autour d'eux. M. Winkle, qui est assis à l'extrémité de la banquette, avec une jambe dandinante en l'air, est presque précipité dans la rue lorsque la voiture tourne brusquement pour entrer dans la place du marché; et M. Snodgrass, qui se trouve assis auprès de lui, n'est point encore remis de son effroi, lorsqu'elle arrête dans la cour de l'auberge, où les chevaux frais, avec leurs couvertures, piaffent déjà. Le cocher jette les guides et descend de son siége; les voyageurs extérieurs descendent aussi, excepté ceux qui n'ont pas grande confiance dans leur habileté pour remonter. Ceux-là restent où ils sont, frappent leurs pieds contre la voiture pour se les réchauffer, et regardent avec un œil d'envie le feu qui brille dans la salle, et le buis, orné de baies rouges, qui pare les fenêtres de l'auberge.

Cependant le garde a déposé, à la boutique du grènetier, le paquet de papier gris qu'il a tiré de la petite besace pendue sur son épaule, à un baudrier de cuir. Il a soigneusement examiné les nouveaux chevaux; il a jeté sur le pavé la selle apportée de Londres, sur l'impériale; il a assisté à la conférence tenue par le cocher et par le valet d'écurie sur la jument grise, qui s'est blessée à la jambe de devant mardi passé; il est remonté derrière la voiture avec Sam; le cocher est juché sur son siége; le vieux gentleman du dedans, qui avait tenu la glace baissée de deux doigts, durant tout ce temps, l'a relevée, et les couvertures des chevaux sont ôtées, et tout est prêt pour partir, excepté *les deux gros gentlemen*, dont le cocher s'enquiert avec grande impatience; puis le cocher, et le garde, et Sam, et M. Winkle, et M. Snodgrass, et tous les palefreniers, et tous les flâneurs, qui sont plus nombreux que tous les autres ensemble, se mettent à brailler à tue-tête après les voyageurs manquants. Une réponse lointaine s'entend au fond de la cour: M. Pickwick et M. Tupman la traversent en courant, tout hors d'haleine, car ils ont bu chacun un verre d'ale, et les doigts de M. Pickwick sont si froids, qu'il a été cinq grandes minutes avant de pouvoir tirer six pence pour payer. Le cocher vocifère d'un air mécontent : « Allons, gentlemen, allons ! » Le garde répète le même cri; le vieux gentleman de l'intérieur trouve fort extraordinaire qu'on veuille descendre, quand on sait qu'on n'en a pas le temps; M. Pickwick s'efforce de grimper d'un côté, M. Tupman de l'autre; M. Winkle crie. *Ça y est*, et les voilà repartis! Les châles sont remis, les collets d'habits sont rajustés, le pavé cesse, les maisons disparaissent, et nos voyageurs s'élancent de nouveau sur la grande route, et l'air clair et piquant baigne leur visage et les réjouit jusqu'au fond du cœur.

C'est ainsi que le *Télégraphe* de Muggleton transportait M. Pickwick et ses amis sur le chemin de Dingley-Dell. A trois heures de l'après-midi, ils débarquaient tous, sains et saufs, sur les marches du *Lion bleu*, ayant pris sur la route assez d'ale et d'eau-de-vie pour défier la gelée, qui couvrait, de ses belles dentelles blanches, les arbres et les haies.

M. Pickwick était sérieusement occupé à surveiller l'exhumation de la morue, lorsqu'il se sentit tirer doucement par le pan de son habit. Il se retourna et reconnut le page favori de M. Wardle, mieux connu des lecteurs de cette véridique histoire sous le nom du gros joufflu.

« Ha! ha! fit M. Pickwick.

— Ha! ha! fit le gros joufflu en regardant amoureusement la morue et les barils d'huîtres. Il était plus gros que jamais.

— Eh bien! mon jeune ami, dit M. Pickwick, vous m'avez l'air assez rougeaud.

— J'ai dormi devant le feu de la buvette, répondit le gros joufflu, qu'une heure de somme avait monté au ton d'une brique. Maître m'a envoyé avec la charrette pour porter votre bagage à la maison. Il aurait envoyé quelques chevaux de selle; mais, comme il fait froid, il a pensé que vous aimeriez mieux marcher.

— Oui! oui! nous aimons mieux marcher, répliqua précipitamment M. Pickwick, car il se rappelait la cavalcade qu'il avait déjà faite sur la même route. Sam!

— Monsieur!

— Aidez le domestique de M. Wardle à mettre les paquets dans la charrette, et montez-y avec lui; nous allons aller en avant. »

Ayant donné ces instructions et terminé son compte avec le cocher, M. Pickwick, suivi de ses amis, prit le sentier de traverse et s'éloigna d'un pas gaillard.

Sam, qui se trouvait pour la première fois confronté avec le gros joufflu, l'examinait curieusement, mais sans rien dire: quand il l'eut bien considéré, il commença à arranger rapidement tous les paquets dans la charrette, tandis que Joe le regardait d'un air tranquille, et paraissait trouver un immense plaisir à voir avec quelle activité Sam faisait cette opération.

« Voilà, dit Sam, en jetant le dernier sac dans la charrette: ils y sont tous.

— Oui, observa Joe d'un ton satisfait: ils y sont tous....

— Savez-vous, mon petit, que vous auriez bien pu obtenir le prix au grand concours.

— Bien obligé.

— Est-ce que vous avez quelque chose dessus votre cœur qui vous affecte?

— Non, je ne crois pas.

— J'aurais pourtant imaginé, en vous regardant, que vous aviez une passion malheureuse. »

Joe secoua la tête d'une manière négative.

« Eh bien! poursuivit Sam; tant mieux! Buvez-vous?

— J'aime mieux manger.

— Ah! j'aurais imaginé ça. Mais je veux dire, voulez-vous prendre une goutte de quelque chose qui vous réchaufferait votre petit estomac? Du reste vous êtes gentiment rembourré et vous ne devez pas avoir froid souvent.

— Quelquefois, et j'aime bien à boire la goutte, quand c'est du bon.

— Ah! c'est-il vrai? Hé bien, venez par ici alors. »

Nos nouveaux amis furent bientôt transportés à la buvette du *Lion bleu*, et le gros joufflu avala un verre d'eau-de-vie sans sourciller, exploit qui l'avança considérablement dans la bonne opinion de Sam. Lorsque celui-ci eut opéré pour son propre compte, ils montèrent dans la charrette.

« Savez-vous conduire ? demanda le page de M. Wardle.

— Un peu, mon neveu !

— Voilà alors, dit le gros joufflu en mettant les guides dans la main de Sam et en lui montrant une ruelle. Il n'y a qu'à aller tout droit, et vous ne pouvez pas vous tromper. »

Ayant prononcé ces mots, il se coucha affectueusement à côté de la morue, et plaçant un baril d'huîtres sous sa tête, en guise de traversin : il s'endormit instantanément.

« Eh bien ! par exemple, fit Sam : pour un jeune homme sans gêne, voilà un jeune homme sans gêne ! Allons, réveillez-vous, jeune hydropique. »

Mais comme le jeune *hydropique* ne montrait aucun symptôme d'animation, Sam s'assit sur le devant du char, et faisant partir le vieux cheval par une secousse des guides, le conduisit d'un trot soutenu vers Manoir-Ferme.

Cependant M. Pickwick et ses amis, ayant rétabli par la marche une active circulation dans leur système veineux et artériel, poursuivaient gaiement leur chemin. La terre était durcie, le gazon blanchi par la gelée ; l'air froid et sec était fortifiant, et l'approche rapide du crépuscule grisâtre (couleur d'ardoise serait une expression plus convenable dans un temps de gelée), rendait plus séduisante pour nos voyageurs l'agréable perspective des conforts qui les attendaient chez leur hôte. C'était précisément l'espèce d'après-midi, qui, dans un champ solitaire, pourrait induire un couple de barbons à ôter leurs habits et à jouer à saute-mouton, par pure légèreté d'esprit. Aussi sommes-nous fermement persuadés que si dans cet instant M. Tupman s'était courbé, en appuyant les mains sur ses genoux, M. Pickwick aurait profité, avec la plus grande avidité, de cette invitation indirecte.

Quoi qu'il en soit, M. Tupman ne s'étant pas posé de cette manière, nos amis continuèrent à marcher, en conversant joyeusement. Comme ils entraient dans une ruelle qu'ils devaient traverser, un bruit confus de voix vint frapper leurs oreilles, et avant d'avoir eu le temps de former une conjecture sur les personnes à qui ces voix appartenaient, ils se trouvèrent au milieu d'une société nombreuse qui attendait leur arrivée.

C'était le vieux Wardle, qui poussait de bruyants hourras, et qui, s'il est possible, avait l'air encore plus jovial que de coutume ; c'était Bella et son fidèle Trundle ; c'était Emily enfin, et huit ou dix autres jeunes demoiselles, qui étaient venues pour assister aux opérations matrimoniales du lendemain, et qui se trouvaient toutes dans cette disposition de gaieté et d'importance ordinaire aux jeunes ladies dans ces intéressantes occasions. Les champs et les ruelles retentissaient au loin des éclats de rire de cette bande joyeuse.

Les cérémonies des présentations furent bientôt terminées, ou plutôt les présentations furent bientôt parfaites, sans aucune cérémonie. Au bout de deux minutes, M. Pickwick, aussi à son aise, aussi peu contraint que s'il avait connu toute sa vie ces jeunes demoiselles, plaisantait avec celles qui ne voulaient pas passer par-dessus les barrières quand il regardait, ou qui ayant de jolis pieds et des chevilles sans reproche, avaient soin de rester debout sur la balustrade pendant cinq ou six minutes, en déclarant qu'elles avaient trop peur pour oser faire aucun mouvement. Il est digne de remarque que M. Snodgrass offrit à Émily Wardle beaucoup plus d'assistance que les terreurs de la barrière ne semblaient l'exiger, quoiqu'elle eût bien trois pieds de haut et qu'il fallût y monter sur une couple de pierres, servant de marches. Enfin l'on observa qu'une jeune demoiselle, qui avait des yeux noirs et de très-jolis petits brodequins garnis de fourrures, poussa de grands cris lorsque M. Winkle lui offrit la main pour l'aider à descendre.

Quand les difficultés des barrières furent surmontées, quand on se retrouva sur un terrain plat, M. Wardle apprit à M. Pickwick qu'on venait d'examiner, en corps, l'ameublement de la maison où le jeune couple devait habiter après les fêtes de Noël. A cette communication, Bella et Trundle devinrent tous les deux aussi rouges que le gros joufflu après son somme au coin du feu. Cependant la jeune lady aux yeux noirs et aux brodequins garnis de fourrure murmura quelque chose dans l'oreille d'Émily, en regardant malicieusement M. Snodgrass. Émily lui répondit : Vous êtes folle ; mais elle rougit beaucoup malgré cela ; et M. Snodgrass, qui était aussi modeste que le sont ordinairement tous les grands génies, sentit le rouge lui monter jusqu'au sommet de la tête, et souhaita dévotement, dans le fond de son cœur, que la jeune lady susdite, ses yeux noirs, sa malice et ses brodequins garnis de fourrure, fussent tous confortablement déposés à l'autre bout de l'Angleterre.

Si les Pickwickiens avaient été reçus d'une manière amicale hors de la maison, imaginez quelles furent la chaleur et la cordialité de leur réception quand on arriva à la ferme. Les domestiques eux-mêmes grimaçaient de plaisir en voyant M. Pickwick; et la femme de chambre, Emma, lança à M. Tupman un regard de reconnaissance, moitié modeste, moitié impudent, et si joli qu'il aurait suffi pour décider la statue de Bonaparte, située dans le vestibule, à ouvrir ses bras et à la presser sur son sein.

La vieille lady était assise dans le parloir, avec sa majesté accoutumée. Mais elle était d'assez mauvaise humeur, et par conséquent très-complétement sourde. Elle ne sortait jamais, et comme beaucoup d'autres vieilles dames de la même étoffe, lorsque d'autres faisaient ce qu'elle ne pouvait pas faire elle-même, elle croyait que c'était un crime de haute trahison domestique. Aussi se tenait-elle toute droite dans son grand fauteuil, et avait-elle l'air aussi sévère qu'elle le pouvait. Mais après tout, que Dieu la bénisse! c'était encore un air bénévole.

« Maman, dit M. Wardle, voilà M. Pickwick. Vous vous en souvenez.

— C'est bien! c'est bien! répliqua-t-elle avec dignité: Ne tourmentez pas M. Pickwick pour une vieille créature comme moi. Personne ne se soucie plus de moi, maintenant, et c'est fort naturel. En prononçant ces mots elle secouait sa tête, et détirait d'une main tremblante les plis de sa robe de soie.

— Allons! allons! madame, dit M. Pickwick; ne repoussez pas comme cela un vieil ami. Je suis venu exprès pour avoir une longue conversation avec vous, et pour faire un autre rob. Et puis nous montrerons à ces enfants à danser un menuet avant qu'ils soient plus vieux de quarante-huit heures. »

La vieille dame s'adoucissait rapidement, mais elle n'aimait pas avoir l'air de céder tout à coup, aussi se contenta-t-elle de dire: « Ah! je ne peux pas l'entendre.

— Allons! maman, quel enfantillage! reprit M. Wardle: ne soyez donc pas de mauvaise humeur; pensez à Bella, pauvre fille; il faut que vous l'encouragiez. »

La bonne vieille dame entendit ceci, car ses lèvres tremblèrent pendant que son fils parlait. Mais l'âge a ses petites infirmités mentales, et elle n'était point encore tout à fait apaisée. Elle recommença donc à détirer sa robe, et se tournant vers M. Pickwick: « Ah! monsieur Pickwick, lui dit-elle, les jeunes gens étaient bien différents dans mon temps.

— Sans aucun doute, madame, et c'est pour cela que j'aime tant ceux qui ont quelques traces de l'ancienne roche. » En disant ces mots notre excellent ami attira doucement Isabelle, et déposant un baiser sur son front, la fit asseoir sur le petit tabouret aux pieds de sa grand'mère. Alors, soit que l'expression de ce jeune visage, levé vers la vieille dame, lui rappelât des souvenirs d'autrefois, soit qu'elle fût touchée par la bienveillante bonhomie de M. Pickwick, quelle qu'en fût la cause enfin, el. s'amollit complétement; elle jeta ses bras au cou de Bella, et toute cette petite mauvaise humeur s'évapora en larmes silencieuses.

Ce fut une heureuse soirée. Le whist où M. Pickwick et la vieille lady jouaient ensemble, était grave et solennel, mais la joie de la table ronde était bruyante et tumultueuse. Longtemps après que les dames se furent retirées, le vin chaud bien assaisonné d'eau-de-vie et d'épices, circula à la ronde et recircula fréquemment. Le sommeil qu'il produisit fut profond, et les rêves qu'il amena furent agréables. C'est un fait remarquable que ceux de M. Snodgrass se rapportaient constamment à Emily Wardle, et que la principale figure des visions de M. Winkle était une jeune demoiselle, avec des yeux noirs, un sourire malin, et des brodequins remarquablement petits.

M. Pickwick fut réveillé de bonne heure, le lendemain, par un murmure de voix, par un bruit confus de pas, qui auraient suffi pour tirer le gros joufflu lui-même de son pesant sommeil. Il se leva sur son séant et écouta. Les domestiques et les hôtes féminins couraient constamment de tous côtés, et il y avait tant et de si instantes demandes d'eau chaude, tant de supplications répétées pour des aiguilles et du fil, tant de : « Oh ! venez m'agrafer ma robe, vous serez bien gentille ! » que M. Pickwick, dans son innocence, commença à s'imaginer qu'il était arrivé quelque chose d'épouvantable. Cependant ses idées s'éclaircissant de plus en plus, il se rappela que c'était le jour des noces. L'occasion étant importante, il s'habilla avec un soin particulier, et descendit dans la chambre où l'on devait déjeuner.

Toutes les servantes de la maison, vêtues d'un uniforme de mousseline, couraient çà et là dans un état d'agitation et d'inquiétude impossible à décrire. La vieille lady était parée d'une robe de brocart, qui depuis vingt années n'avait pas vu la lumière, excepté lorsque quelque rayon vagabond s'était glissé à travers les fentes de la boîte où elle était enfermée. M. Trundle resplendissait de satisfaction, mais on voyait pourtant que ses nerfs n'étaient pas bien solides Quant au cordial amphitryon il échouait complétement dans ses efforts pour paraître tranquille et gai. Excepté deux ou trois favorites, demeurées en haut, et honorées d'une vue particulière de la mariée et des demoiselles d'honneur, toutes les jeunes personnes étaient en larmes et en robe de mousseline. Les pickwickiens avaient également revêtu des costumes appropriés à la circonstance. Enfin l'on entendait sur le gazon, devant la grande porte, de terribles hurlements, poussés par tous les hommes, jeunes gars et gamins, dépendant de la ferme, et portant chacun une cocarde blanche à leur boutonnière. C'était Sam qui dirigeait leurs cris, du précepte et de l'exemple; car il était déjà parvenu à se rendre fort populaire, et se trouvait là aussi à son aise que s'il avait été conçu et enfanté sur les terres de M. Wardle.

Un mariage est un sujet privilégié de plaisanteries; et cependant après tout, il n'y a pas grande plaisanterie dans l'affaire. Nous parlons simplement de la cérémonie, et demandons qu'il soit bien entendu que nous ne nous permettons aucun sarcasme caché contre la vie maritale. Aux plaisirs, aux espérances qu'apporte le mariage, est mêlé le regret d'abandonner sa maison, sa famille, de laisser derrière soi les tendres amis de la portion la plus heureuse de la vie, pour en affronter les soucis avec une personne qu'on n'a pas encore éprouvée et qu'on connaît peu. Mais en voilà assez sur ce sujet : nous ne voulons pas attrister notre chapitre par la description de ces sentiments naturels, et nous regretterions encore bien plus de les tourner en ridicule.

Nous dirons donc brièvement que le mariage fut célébré par le vieil ecclésiastique, dans l'église paroissiale de Dingley-Dell; et que le nom de M. Pickwick est inscrit sur le registre, conservé jusqu'à ce jour dans la sacristie; que la jeune demoiselle aux yeux noirs ne signa pas son nom d'une main ferme, coulante et dégagée; que la signature d'Emily et celle de l'autre demoiselle d'honneur sont presque illisibles; que d'ailleurs tout se passa très-bien et d'une manière fort agréable; que les jeunes demoiselles trouvèrent, généralement, que la cérémonie était bien moins terrible qu'elles ne se l'étaient imaginé; et que si la propriétaire des yeux noirs et du sourire malicieux jugea convenable d'informer M. Winkle, qu'assurément elle ne pourrait jamais se soumettre à une chose aussi odieuse, nous avons, d'autre part, les meilleures raisons pour supposer qu'elle se trompait. A tout cela nous pouvons ajouter que M. Pickwick fut le premier qui embrassa la mariée, et qu'en même temps il lui jeta autour du cou une riche chaîne d'or, avec une montre du même métal, qui n'avaient été vues auparavant par les yeux d'aucun mortel, excepté ceux du joaillier. Enfin les cloches de la vieille église sonnèrent aussi gaiement qu'elles le purent, et tout le monde s'en retourna déjeuner.

« Où les petits pâtés de Noël se placent-ils, jeune mangeur d'opium? demanda Sam au gros joufflu, en aidant cet intéressant fonctionnaire à mettre sur la table les articles de consommation qui n'avaient point été arrangés le soir précédent.

Joe indiqua la destination des pâtés.

« Très-bien! dit Sam : Mettez un rameau de Noël dedans. L'autre plat à l'opposite. Maintenant nous avons l'air compact et confortable, comme observait le papa en coupant la tête de son moutard pour l'empêcher de loucher. »

En faisant cette citation savante, Sam recula d'un pas ou deux pour examiner les préparatifs du festin. Il était encore plongé dans cette délicieuse contemplation, lorsque la société arriva et se mit à table.

« Wardle, dit M. Pickwick, presque aussitôt qu'on fût assis; un verre de vin en honneur de cette heureuse circonstance.

— J'en serai charmé, mon vieux camarade, répliqua M. Wardle. Joe.... damné garçon! il est allé dormir.

— Non, monsieur, je ne dors pas, répondit le gros joufflu en sortant d'un coin de la chambre, où, comme l'immortel Jack Horner, patron des gros garçons, il s'occupait à dévorer un pâté de Noël, sans toutefois s'acquitter de cette besogne avec le sang-froid qui caractérisait les opérations gastronomiques de l'illustre héros de la ballade enfantine.

— Remplissez le verre de M. Pickwick.

— Oui, monsieur. »

Le gros joufflu emplit le verre de M. Pickwick et se retira ensuite derrière la chaise de son maître, d'où il observa avec une espèce de joie sombre et inquiète, le jeu des fourchettes et des couteaux, et le trajet des morceaux choisis depuis les plats jusqu'aux assiettes, et des assiettes jusqu'aux bouches des convives.

« Que Dieu vous bénisse, mon vieil ami, dit M. Pickwick.

— Je vous en dis autant, mon garçon, répliqua Wardle, et ils se firent raison du fond du cœur.

— Mme Wardle, reprit M. Pickwick, nous autres vieilles gens nous devons boire un verre de vin ensemble en honneur de cet heureux événement. »

La vieille lady était en ce moment dans une posture pleine de grandeur, car elle était assise au haut bout de la table, dans sa robe de brocart, ayant la nouvelle mariée d'un côté et M. Pickwick de l'autre, pour découper. M. Pickwick n'avait pas parlé très-haut, mais elle l'entendit du premier coup, et but un verre de vin tout entier à sa longue vie et à son bonheur. Ensuite la bonne vieille créature se lança dans un récit circonstancié de son propre mariage, accompagné d'une dissertation sur la mode des talons hauts, et de quelques particularités concernant la vie et les aventures de la charmante lady Tollimglower, décédée. A chaque pose de son récit, la vieille dame riait de tout son cœur, et les jeunes ladies en faisaient autant; puis elles se demandaient entre elles de quoi leur grand'maman pouvait parler si longtemps. Or, quand les jeunes ladies riaient, la vieille dame éclatait dix fois plus fort, et déclarait que son histoire avait toujours été regardée comme excellente; ce qui faisait rire de nouveau tout le monde, et inspirait à la vieille dame la meilleure humeur possible.

Cependant le fameux *plum-cake*, le gâteau de noce, fut découpé et circula autour de la table. Les jeunes demoiselles en gardèrent des morceaux, pour mettre sous leur traversin et rêver de leur futur époux, ce qui occasionna une grande quantité de rougeurs et d'éclats de rire.

« Monsieur Miller, un verre de vin, dit M. Pickwick à sa vieille connaissance, le gentleman dont la tête ressemblait à une pomme de reinette.

— Avec grande satisfaction, monsieur, répondit celui-ci d'un air solennel.

— Vous me permettrez d'en être, dit le vieil ecclésiastique bénévole.

— Et à moi aussi, ajouta sa femme.

— Et à moi aussi, et à moi aussi, » répétèrent du bas de la table une couple de parents pauvres, qui avaient bu et mangé de tout leur cœur, et qui s'empressaient de rire à tout ce qui se disait.

M. Pickwick, dont les yeux rayonnaient de bienveillance et de plaisir, exprima son intime satisfaction à chaque addition nouvelle. Ensuite, se levant tout d'un coup :

« Ladies et gentlemen, dit-il.

— Écoutez! écoutez! écoutez! écoutez! écoutez! écoutez! cria Sam, emporté par l'exaltation du moment.

— Faites entrer tous les domestiques, dit le vieux Wardle

en s'interposant pour prévenir la rebuffade publique que Sam aurait infailliblement reçue de son maître; et donnez-leur à chacun un verre de vin pour boire le toast : maintenant, Pickwick.... »

Parmi le silence de la compagnie, le chuchotement des domestiques femelles, et l'embarras craintif des mâles, M. Pickwick poursuivit :

« Ladies et gentlemen.... non.... je ne dirai pas ladies et gentlemen, je vous appellerai mes amis, mes chers amis, si les dames veulent m'accorder une si grande liberté.... » Ici M. Pickwick fut interrompu par les applaudissements frénétiques des dames, répétés par les gentlemen, et durant lesquels la propriétaire des yeux noirs fut entendue déclarer distinctement qu'elle embrasserait volontiers ce cher M. Pickwick; M. Winkle demanda galamment si cela ne pourrait pas se faire par procuration; mais la jeune lady aux yeux noirs lui répliqua ; « par exemple! » en accompagnant cette réponse d'une œillade qui disait clairement : essayez!

« Mes chers amis, reprit M. Pickwick, je vais proposer la santé du marié et de la mariée, que Dieu les bénisse! (Larmes et applaudissements.) Mon jeune ami Trundle est, comme je crois, un excellent et brave jeune homme; et je sais que sa femme est une très-aimable et très-charmante fille, bien capable de transférer dans une autre sphère le bonheur qu'elle a répandu autour d'elle pendant vingt années dans la maison paternelle » (Ici le gros joufflu laissa éclater des pleurnicheries stentoriennes, et Sam, le saisissant par le collet, l'entraîna hors de la chambre.) « Je voudrais, poursuivit M. Pickwick, je voudrais être assez jeune pour devenir le mari de sa sœur. (Applaudissements.) Mais cela n'étant pas, je suis heureux de me trouver assez vieux pour être son père, afin de ne pas être soupçonné d'avoir quelques projets cachés si je dis que je les admire, que je les estime et que je les aime toutes les deux. (Applaudissements et sanglots.) Le père de la mariée, notre bon ami ici présent, est un noble caractère, et je suis orgueilleux de le connaître. (Grand tapage.) C'est un homme excellent, indépendant, affectueux, hospitalier, libéral. (Cris enthousiastes des pauvres parents à chacun de ces adjectifs, et spécialement aux deux derniers.) Puisse sa fille jouir de tout le bonheur que lui-même peut lui souhaiter, puisse-t-il trouver dans la contemplation de ce bonheur toute la satisfaction de cœur et d'esprit qu'il mérite si bien. Tels sont, j'en suis bien sûr, les vœux de chacun de nous. Buvons donc à leur santé, en leur souhaitant une longue vie et toutes sortes de prospérités. »

M. Pickwick cessa de parler au milieu d'une tempête d'applaudissements. Les poumons des auxiliaires, sous le commandement de Sam, se faisaient surtout distinguer par leur active et solide coopération. Ensuite M. Wardle proposa la santé de M. Pickwick, et M. Pickwick celle de la vieille lady. M. Snodgrass proposa M. Wardle, et M. Wardle proposa M. Snodgrass. Un des pauvres parents proposa M. Tupman, l'autre pauvre parent proposa M. Winkle, et tout fut bonheur et festoiement, jusqu'au moment où la disparition mystérieuse des deux pauvres parents sous la table, avertit la compagnie qu'il était temps de se séparer.

Sur la recommandation de M. Wardle, la partie masculine de la société entreprit une promenade de quatre ou cinq lieues, pour se débarrasser des fumées du vin et du déjeuner. Les pauvres parents seulement demeurèrent au lit, toute la journée, pour tâcher d'obtenir le même résultat; mais n'ayant pu y parvenir ils furent obligés d'en rester là. Cependant Sam entretenait les domestiques dans un état d'hilarité perpétuelle, et le gros joufflu charmait ses loisirs en mangeant et en dormant tour à tour.

Aux larmes près, le dîner fut aussi affectueux que le déjeuner, et tout aussi bruyant; ensuite vint le dessert et de nouveaux toasts, puis le thé et le café, puis enfin le bal.

Au bout d'une longue salle, garnie de sombres lambris, étaient assis, sous un berceau de houx et d'arbres verts, les deux meilleurs violons et l'unique harpe de Muggleton. Dans toutes espèces de recoins, et sur toutes sortes de supports, luisaient de vieux chandeliers d'argent massif. Le tapis était ôté, les bougies brillaient gaiement, le feu petillait dans l'énorme cheminée, sur le chambranle de laquelle aurait pu rouler facilement un cabriolet de nos temps dégénérés. Des voix enjouées, des éclats de rires joyeux retentissaient dans toute la salle : enfin c'était justement l'endroit où les anciens *yeomen* anglais, devenus lutins après leur mort, auraient aimé à donner une fête.

Si quelque chose pouvait ajouter à l'intérêt de cette agréable cérémonie, c'était le fait remarquable que M. Pickwick apparut sans ses guêtres, pour la première fois de sa vie, s'il faut en croire ses plus anciens amis.

« Vous vous proposez de danser ? lui demanda M. Wardle.

— Nécessairement ; ne voyez-vous pas que je suis habillé pour cela, répondit-il, en faisant remarquer avec complaisance ses bas de soie chinés et ses fins escarpins.

— Vous, en bas de soie ! s'écria gaiement M. Tupman.

— Et pourquoi pas, monsieur, pourquoi pas ? rétorqua M. Pickwick avec chaleur, en se retournant vers son ami.

— Oh ! effectivement, répondit M. Tupman. Il n'y a aucune raison pour que vous n'en portiez pas.

— Je le suppose, monsieur, je le suppose, dit M. Pickwick d'un ton péremptoire. »

M. Tupman avait voulu rire, mais il s'aperçut que c'était un sujet sérieux. Il prit donc un air grave et déclara que les bas étaient d'un joli dessin.

— Je l'espère, reprit le philosophe en regardant fixement son interlocuteur. Je me flatte, monsieur, que vous ne voyez rien d'extraordinaire dans ces bas, en tant que bas.

— Non certainement. Oh ! non certainement ! se hâta de répondre M. Tupman. Il s'éloigna, et la contenance de M. Pickwick reprit l'expression bénévole qui lui était habituelle.

— Nous sommes tous prêts, dit M. Pickwick, qui s'était placé avec la vieille lady à la tête de la danse, et qui avait déjà fait trois faux départs, dans son excessive impatience de commencer.

— Allons, s'écria Wardle, maintenant ! »

Soudain sonnèrent les deux violons et la harpe, et vite partit M. Pickwick, les bras entrelacés avec sa danseuse ; mais il fut interrompu par un battement de mains général et par des cris de « Arrêtez ! arrêtez !

— Qu'est-ce qu'il y a ? demanda le philosophe qui n'avait pu être ramené à sa place, que lorsque les deux violons et la harpe eurent fait silence, et qui n'aurait été retenu par aucun autre pouvoir sur la terre, quand même la maison aurait été en feu.

— Où est Arabella Allen ? crièrent une douzaine de voix.

— Et Winkle ? ajouta M. Tupman.

— Nous voici, s'écria M. Winkle, en sortant, avec son aimable compagne, d'une embrasure de fenêtre. Pendant qu'il disait ces mots, il aurait été difficile de décider lequel des deux était le plus rouge, lui ou la jeune lady aux yeux noirs.

— C'est bien extraordinaire, Winkle, que vous ne puissiez pas prendre votre place ! s'écria M. Pickwick avec dépit.

— Pas du tout, répondit M. Winkle.

— Oh! vous avez raison, reprit M. Pickwick, en reposant ses yeux sur Arabella, avec un sourire fort expressif. Vous avez raison; cela n'est pas extraordinaire, après tout. »

Quoi qu'il en soit, on n'eut pas le temps de penser davantage à cette petite aventure, car les violons et la harpe commencèrent pour tout de bon. M. Pickwick s'élança aussitôt: Les mains croisées, promenade jusqu'à l'extrémité de la chambre, et au retour, jusqu'au milieu de la cheminée; poussée, de tous les côtés, de bruyants frappements de pieds sur le plancher. Au tour de l'autre couple. En route sur nouveaux frais. Toute la figure se répète, les frappements de pieds recommencent pour marquer la mesure. Un autre couple, et un autre, et un autre encore! Jamais on ne vit une danse aussi animée; et enfin, lorsque la vieille lady épuisée eut été remplacée par la femme du bénévole ecclésiastique, lorsque quatorze couples eurent fait la figure, lorsque M. Pickwick et sa nouvelle partner se trouvèrent à la queue des danseurs, on vit cet illustre savant, quoiqu'il n'eût aucun motif quelconque de faire tant d'efforts, continuer de danser perpétuellement à sa place, en souriant tout le temps à sa compagne, avec une douceur angélique et qui défie toute description.

Longtemps avant que M. Pickwick fût fatigué de danser, les nouveaux mariés s'étaient éclipsés de la scène. Il y eut cependant, au rez-de-chaussée, un glorieux souper, et à la suite une longue séance autour de la table. Aussi M. Pickwick s'éveilla-t-il assez tard le lendemain. Il lui sembla alors se rappeler, d'une manière confuse, qu'il avait invité particulièrement et confidentiellement environ quarante-cinq personnes à dîner chez lui, au George et Vautour, la première fois qu'elles viendraient à Londres; ce qui, comme lui-même le pensa avec raison, indiquait d'une manière à peu près certaine, qu'il ne s'était pas contenté de danser la nuit précédente.

Cependant la journée s'écoula joyeusement, et lorsque le soir fut venu, « Eh! bien, ma chère, demanda Sam à Emma, votre famille a donc des histoires dans la cuisine, à cette heure?

— Oui, monsieur Weller, répondit Emma. C'est toujours comme cela la veille de Noël : notre maître ne négligerait pas les vieilles coutumes pour un empire.

— Votre maître a une idée fort judicieuse, ma chère. Je

n'ai jamais vu un homme aussi judicieux, un si véritable gentleman.

— C'est bien vrai, dit le gros joufflu en se mêlant à la conversation. N'engraisse-t-il pas de beaux cochons ? »

Tandis que l'épais jouvenceau parlait ainsi, une étincelle semi-cannibale brillait dans ses yeux, au souvenir des pieds rôtis.

« Oh ! vous voilà réveillé à la fin, » lui dit Sam.

Le gros joufflu fit un signe affirmatif.

« Hé ! bien, je vais vous dire, jeune boa constructeur, reprit Sam, d'un son de voix imposant : si vous ne dormez pas un petit peu moins, et si vous ne faites pas un petit peu plus d'exercice, quand vous arriverez à être un homme vous vous exposerez au même genre d'inconvénient personnel qui fut infligé sur le vieux gentleman qui portait une queue de rat.

— Qu'est-ce donc qui lui est arrivé ? demanda Joe d'une voix mal assurée.

— C'est ce que je vas vous dire. Il était du plus large patron qui a jamais été inventé ; un véritable homme gras, qui n'avait pas entrevu ses propres chaussures depuis quarante et cinq ans.

— Bonté divine ! s'écria Emma.

— Non, ma chère, pas une fois ; et si vous aviez mis devant lui un modèle de ses propres jambes sur la table où il dînait, il ne les aurait pas reconnues. Il allait toujours à son bureau avec une très-belle chaîne d'or qui pendait, en dandinant, environ un pied et demi, et une montre d'or dans son gousset qui valait bien.... j'ai peur de dire trop.... mais autant qu'une montre peut valoir ; une grosse montre ronde, aussi conséquente dans son espèce comme il était pour un homme. « Vous feriez mieux de ne pas porter cette montre ici, disaient les amis du gentleman, vous en serez volé. — Bah ! qu'il dit. — Oui, disent-ils, vous le serez. — Bien, dit-il ; j'aimerais à voir le voleur qui pourrait tirer cette montre ici, car je veux que Dieu me bénisse si je peux jamais la tirer moi-même, qu'il dit ; elle est si serrée dans mon gousset que quand je veux savoir quelle heure-s-qu'il est, je suis obligé de regarder dans la boutique du boulanger, qu'il dit. — Pour lors, en disant ça il riait de si bon cœur qu'on avait peur de le voir éclater. Il sort avec sa tête poudrée et sa queue de rat, vlà qu'il roule sa bosse dans le Strand avec sa chaîne dandinant plus que jamais, et la grosse montre qui crevait presque son pantalon. Il n'y avait pas un filou dans tout Londres qui n'eût pas tiré à cette chaîne; mais la chaîne ne voulait jamais se casser et la montre ne voulait pas sortir. Ainsi ils se fatiguaient bien vite de traîner un gros homme comme ça sur le pavé, et l'autre s'en retournait chez lui, et il riait tant que sa queue de rat se trémoussait comme le pendule d'un vieux coucou. A la fin, un jour, il roulait tranquillement; vlà qu'il voit un filou qu'il connaissait de vue, bras dessus, bras dessous avec un petit moutard qui avait une très-grosse tête. — En voilà une farce, que le vieux gentleman se dit à lui-même : ils vont s'essayer encore un coup, mais ça ne prendra pas. Ainsi il commence à ricaner bien joyeusement, quand tout d'un coup le petit garçon quitte le bras du filou et se jette la tête la première droit dans l'estomac du vieux gentleman, si fort qu'il le fait doubler en deux par la douleur. Il se met à crier oh là! là! mais le filou lui dit tout bas à l'oreille : Le tour est fait, monsieur, et quand il se redresse la montre et la chaîne avaient fichu le camp, et ce qu'il y a de plus pire, la digestion du vieux gentleman a toujours été embrouillée après ça, pour tout le reste de sa vie naturelle. — Ainsi faites attention à vous, mon jeune gaillard, et prenez garde que vous ne deveniez pas trop gras. »

Lorsque Sam eut conclu ce récit moral, dont le gros joufflu parut fort affecté, nos trois personnages se rendirent dans la cuisine.

C'était une vaste pièce où se trouvait rassemblée toute la famille, suivant la coutume annuellement observée, depuis un temps immémorial, par les ancêtres de M. Wardle. Il venait de suspendre de ses propres mains, au milieu du plafond, une énorme branche de gui [1], qui donna instantanément naissance à une scène délicieuse de luttes et de confusion. Au milieu du désordre, M. Pickwick, avec une galanterie qui aurait fait honneur à un descendant de lady Tollimglower elle-même, prit la vieille lady par la main, la conduisit sous l'arbuste mystique, et l'embrassa avec courtoisie et décorum. La vieille dame se soumit à cet acte de politesse avec la dignité qui convenait à une solennité si importante et si sérieuse; mais les jeunes ladies, n'étant point aussi profondément imbues d'une

1. Aux fêtes de Noël, on a coutume de suspendre une branche de houx dans la salle de réunion, et quiconque peut entraîner une dame sous la branche a le droit de l'embrasser.

superstitieuse vénération pour cette coutume, ou s'imaginant que la saveur d'un baiser est singulièrement relevée quand on a un peu de peine à l'obtenir, criaient, se débattaient, couraient dans tous les coins, faisaient des menaces et des remontrances, faisaient tout, enfin, excepté de quitter la chambre, et luttaient ainsi jusqu'au moment où les gentlemen les moins aventureux paraissaient sur le point de renoncer à leur entreprise. Tout d'un coup, alors, elles s'apercevaient qu'il était inutile de résister plus longtemps, et se soumettaient de bonne grâce à être embrassées. M. Winkle embrassa la jeune demoiselle aux yeux noirs; M. Snodgrass embrassa Émily; les pauvres parents embrassaient tout le monde, sans en excepter les jeunes ladies les plus laides, qui, dans leur excessive confusion se précipitaient justement sous le gui, sans le savoir. Quant à Sam, ne croyant point à la nécessité d'être sous l'arbuste sacré, il embrassait Emma et les autres servantes quand il pouvait les attraper. Cependant M. Wardle se tenait debout près de la cheminée, le dos au feu, considérant cette scène avec la plus grande satisfaction, tandis que le gros joufflu profitait de l'occasion pour dévorer sommairement un admirable petit pâté de Noël, qui avait été soigneusement mis de côté par quelque autre personne.

Enfin les cris s'étaient apaisés, les visages étaient couverts de rougeur, les cheveux pendaient défrisés, et M. Pickwick, après avoir embrassé la vieille dame, comme nous l'avons dit plus haut, était resté debout sous le gui, regardant avec une physionomie riante ce qui se passait autour de lui. Tout d'un coup, la jeune demoiselle aux yeux noirs, après quelques chuchotements avec les autres jeunes personnes, s'élança vers M. Pickwick, lui jeta ses bras autour du cou, et le baisa tendrement sur la joue gauche. Aussitôt toute la troupe des jeunes ladies entoura le savant philanthrope, et avant qu'il eût eu le temps de se reconnaître et de savoir de quoi il s'agissait, il fut baisé par chacune d'elles.

C'était un gracieux spectacle de voir M. Pickwick au centre de ce groupe, tantôt tiré d'un côté, tantôt de l'autre; baisé, d'abord sur le menton, puis sur le nez, puis sur ses lunettes, et d'entendre les éclats de rire qui retentissaient de toutes parts. Mais bientôt après ce fut un spectacle plus charmant encore, de voir M. Pickwick, les yeux couverts d'un mouchoir de soie, se précipiter sur les murailles, s'embarrasser dans les coins, et accomplir, enfin, avec délices, tous les mystères de colin-maillard, jusqu'au moment où il attrapa l'un des pauvres parents. A son tour, alors, il s'occupa d'éviter le colin-maillard, et il s'en acquitta avec une agilité et une prestesse que arrachèrent des applaudissements aux assistants. Les pauvres parents attrapaient précisément les gens à qui ils supposaient que cela serait agréable, et se laissaient prendre, par hasard, lorsque quelqu'un trimait trop longtemps.

Quand tout le monde fut fatigué de colin-maillard on alluma un grand *snap-dragon* [1], et lorsqu'on se fut suffisamment brûlé les doigts, on s'assit auprès d'un énorme feu de troncs enflammés, et autour d'un souper substantiel.

« Ceci, dit M. Pickwick, en regardant autour de lui, ceci, en vérité, est du comfort.

— C'est notre coutume invariable, répondit M. Wardle. Tout le monde, domestiques et travailleurs, s'assoit à notre table la veille de Noël, comme vous le voyez. Nous restons ici à conter de vieilles histoires jusqu'à ce que minuit sonne et nous annonce l'arrivé de la fête. — Trundle, mon garçon, attisez le feu. »

Des myriades d'étincelles brillantes petillèrent dans les airs, lorsque les troncs d'arbre furent remués, et la flamme rouge qui s'en éleva répandit une chaude lumière, qui pénétra dans les coins les plus éloignés de la chambre et illumina tous les visages.

— Allons, dit Wardle, une chanson; une chanson de Noël. Je vous en chanterai une, à défaut de meilleure.

— Bravo, s'écria M. Pickwick.

— Remplissez les verres, reprit Wardle, il se passera bien deux heures avant que vous voyiez le fond de ce bol. Remplissez à la ronde; et maintenant, la chanson. »

A ces mots le joyeux vieillard entonna, sans plus de cérémonie, d'une voix forte et franche, la chanson que voici :

NOËL.

J'aime peu le printemps; sur son aile inconstante
Il apporte, il est vrai, les boutons et les fleurs,
Mais ce qu'épanouit son haleine enivrante,

1. Un *snap-dragon* est un plat de noisettes, de raisins, etc., plongés dans une légère quantité d'eau-de-vie allumée, dont il s'agit de les retirer sans se brûler.

Il le brûle aussitôt par ses folles rigueurs.
Sylphe capricieux, ignorant ce qu'il aime,
Il change, en un moment, d'aspect et de vouloir,
Il vous sourit, vous berce, et puis à l'instant même,
Il brise, dans sa fleur, votre naissant espoir.

J'aime peu de l'été le soleil magnifique.
Quand il darde sur nous ses rayons énervants,
Il enfante souvent la fièvre frénétique,
La rage, et de l'amour les douloureux tourments.
Je pourrais préférer la nuit calme et glacée,
Qui suit, modestement, un beau jour de moisson;
Mais la feuille qui tombe attriste ma pensée,
Et l'automne n'est point encore ma saison.

Je préfère Noël, le gentleman antique,
Qui ramène l'hiver et les festins joyeux;
Vidons en son honneur, dans la salle gothique,
D'innombrables flacons de nos vins les plus vieux!
Noël est le gardien des vertus domestiques,
Le plus doux souvenir de nos vieilles maisons.
Poussez donc avec moi trois hourras sympathiques,
Pour saluer le Roi de toutes les saisons!

Cette chanson fut accueillie par un tonnerre d'applaudissements. Un auditoire composé d'amis et de serviteurs est toujours si bénévole! Les parents pauvres, surtout, tombaient dans de véritables extases de ravissement.

Le feu fut garni de nouveaux troncs, et le bol accomplit une ronde nouvelle.

« Comme il neige, dit un des hommes à voix basse.

— Comment! il neige? répéta Wardle.

— Oui, monsieur, la nuit est noire et froide. Le vent vient de se lever, et il fouette la neige en tourbillons dans la plaine.

— Qu'est-ce qu'il dit donc? demanda la vieille lady; est-ce qu'il est arrivé quelque chose?

— Non, non, maman. Il dit qu'il neige et que le vent souffle fort; et il a raison, car on entend un fameux tapage dans la cheminée.

— Ha! reprit la vieille dame, il faisait un vent comme cela, et il tombait aussi de la neige, il y a bien des années.... Attendez, que je me rappelle.... juste cinq ans avant la mort de votre pauvre père. C'était la veille de Noël aussi, et je me souviens qu'il nous raconta l'histoire du vieux Gabriel Grub, qui a été enlevé par les goblins[1].

— L'histoire de qui? demanda M. Pickwick avec curiosité.

— Oh! rien, répliqua M. Wardle. L'histoire d'un vieux sacristain, que les bonnes gens d'ici supposent avoir été emporté par les goblins.

— Supposent! s'écria la vieille lady. Y a-t-il quelqu'un d'assez téméraire pour en douter? Supposent! N'avez-vous pas toujours entendu dire, depuis votre enfance, qu'il a été emporté par les goblins, et ne savez-vous pas que c'est la vérité?

— Très-bien, maman, répliqua M. Wardle, en riant, il fut emporté si vous voulez. — Il fut emporté par les goblins, Pickwick, et voilà toute l'histoire.

— Non pas, non pas, je vous assure, reprit M. Pickwick. Ce n'est pas toute l'histoire, car il faut que j'apprenne comment il fut enlevé, et pourquoi, et les tenants et les aboutissants. »

M. Wardle sourit, en voyant toutes les têtes se pencher pour l'écouter. Ayant donc rempli son verre d'une main libérale, il porta une santé à M. Pickwick, par un geste familier, et commença ainsi qu'il suit....

Mais que Dieu bénisse notre cerveau d'éditeur. A quel long chapitre nous sommes-nous laissé entraîner! Nous le déclarons solennellement, nous avions complétement oublié toutes ces petites entraves qu'on appelle *chapitres*. C'est égal : nous allons donner le champ libre aux revenants en leur ouvrant un nouveau chapitre. Point de passe-droits à leur préjudice, s'il vous plaît, messieurs et mesdames.

CHAPITRE XXIX.

Histoire du sacristain emporté par les goblins.

Dans une vieille ville abbatiale de ce comté, vivait, il y a bien longtemps; si longtemps, que l'histoire doit être vraie,

1. Espèce de lutins.

puisque tous nos pères, grand-pères et arrière-grand-pères l'ont crue pieusement, vivait, dis-je, un certain Gabriel Grub, qui remplissait les fonctions de sacristain et de fossoyeur. Parce qu'un homme est sacristain et constamment entouré d'emblèmes de mort, il ne s'ensuit pas du tout qu'il doive être morose et mélancolique. Les entrepreneurs des pompes funèbres sont les gens les plus gais du monde, et j'avais autrefois l'honneur d'être intime avec un *muet* [1], lequel, hors de ses fonctions et dans la vie privée, était le plus comique, le plus jovial petit gaillard qui ait jamais braillé une chanson bachique, sans le moindre hoquet de mémoire, ou avalé un rude verre de grog, sans s'arrêter pour reprendre haleine. Toutefois il n'en était pas ainsi de Gabriel Grub. C'était une espèce de vieux hibou, grognon, rechigné, hargneux; ne se plaisant avec personne, si ce n'est avec une grosse bouteille d'osier, aussi vieille que lui, qu'il portait fidèlement enfoncée dans une large poche. Lorsque par hasard les yeux caverneux du sacristain apercevaient une physionomie heureuse, son regard se chargeait à l'instant même d'une expression de haine si malfaisante, qu'on ne pouvait le rencontrer sans en être tout bouleversé.

Une certaine veille de Noël, un peu avant le crépuscule, Gabriel mit sa bêche sur son épaule, alluma sa lanterne, et se dirigea vers le cimetière; il avait une fosse à finir pour le lendemain matin, et, se sentant mal disposé, il espérait se ragaillardir un peu en y travaillant. Pendant qu'il cheminait dans la rue étroite, il voyait briller, à travers la plupart des fenêtres, la lumière joyeuse d'un feu petillant; il entendait les éclats de rire et les cris plaisants de ceux qui étaient réunis autour du foyer; il remarquait les préparatifs de bonne chère qui se faisaient pour le lendemain; enfin il sentait les succulentes odeurs qui s'exhalaient des cuisines en nuages savoureux. Tout cela était du fiel et de l'absinthe sur le cœur de Gabriel Grub; et lorsque des troupes d'enfants, s'élançant hors des maisons, bondissaient à travers les rues pour rejoindre d'autres petits coquins, aux têtes bouclées, qui chantaient en riant les plaisirs de la veille de Noël, Gabriel serrait convulsivement le manche de sa bêche, et ricanait sardoniquement, en pensant aux rougeoles, aux coqueluches, aux fièvres scarlatines, au

1. *Designator*, l'homme qui dirige les assistants dans les cérémonies funèbres. (*Note du traducteur.*)

croup, et encore à beaucoup d'autres sources de consolation.

Dans cette heureuse disposition d'esprit, Gabriel poursuivait son chemin, répondant par un grognement bref et triste au salut cordial des voisins qu'il rencontrait, jusqu'à ce qu'enfin il tourna dans la sombre ruelle qui menait au cimetière. Or, il avait attendu avec impatience l'instant d'y arriver, parce que c'était un endroit selon son cœur, toujours lugubre et funèbre, et dans lequel les gens de la ville n'aimaient pas à s'aventurer si ce n'est en plein jour, quand le soleil brillait. Gabriel ne fut donc pas légèrement indigné d'entendre une voix d'enfant, qui répétait un joyeux Noël, dans cette espèce de sanctuaire, appelé la ruelle aux bières, depuis le temps de la gothique abbaye et des moines tonsurés. Comme le sacritain continuait de marcher, et que la voix s'approchait de plus en plus, il reconnut qu'elle provenait d'un petit garçon, qui se hâtait de rejoindre les enfants de la grande rue, et qui, partie pour se donner du courage, partie pour se mettre en train, chantait à gorge déployée une vieille chanson. Gabriel attendit que le bambin fût près de lui, et le poussant dans un coin, il lui administra cinq ou six tapes avec sa lanterne, seulement pour lui apprendre à moduler en mesure. L'enfant s'enfuit avec ses mains sur sa tête, chantant sur un ton fort différent, et Gabriel Grub, en ricanant de tout son cœur, entra dans le cimetière, dont il ferma la porte derrière lui.

Il ôta son habit, posa par terre sa lanterne, descendit dans la fosse commencée, et travailla vigoureusement pendant une heure environ. Mais la terre était durcie par la gelée, et il n'était pas facile de la couper, ni de la jeter dehors. D'ailleurs, quoiqu'il y eût de la lune, c'était une lune fort jeune, et elle n'éclairait pas la fosse, qui se trouvait à l'ombre de l'abbaye. Dans tout autre temps, ces inconvénients auraient rendu Gabriel très-chagrin et très-misérable, mais il était si satisfait d'avoir interrompu la sérénade du petit garçon, qu'il ne s'inquiéta pas beaucoup du peu de progrès qu'il faisait. Lorsqu'il eut fini son travail, il examina la fosse avec une sombre satisfaction, et en ramassant ses outils, il grommelait entre ses dents :

C'est un logement fort honnête
Pour un modeste trépassé;
Quelques pieds de terrain glacé,
Avec une pierre à la tête;

Pour couverture un beau gazon,
Pour matelas la terre humide :
Quand on est là tout de son long,
On n'y sent jamais aucun vide;
On est toujours bien entouré,
Des milliers de vers vous font fête...
C'est un logement fort honnête
Surtout dans un terrain sacré.

Gabriel riait tout seul en s'asseyant sur une tombe plate, qui était son lieu de repos favori. Il tira sa bouteille d'eau-de-vie en grommelant : « Une fosse à Noël ! En voilà une fête! ho! ho! ho!

— Ho! ho! ho! » répéta une voix derrière lui.

Gabriel laissa retomber le bras qui portait la bouteille à ses lèvres, et regarda alentour avec inquiétude; mais le silence et le calme de la tombe régnaient dans tout le cimetière. Aux pâles rayons de la lune, la gelée blanche argentait les pierres tumulaires et brillait, en rangées de perles, sur les arceaux sculptés de la vieille église; la neige, dure et craquante, formait sur les monticules pressés une couverture si blanche et si unie, qu'on aurait pu croire que les cadavres étaient là, enveloppés seulement dans leur blanc linceul; nul souffle de vent ne troublait le repos de cette scène solennelle; le son même paraissait gelé, tant les objets environnants étaient froids et tranquilles.

« C'était l'écho, » dit Gabriel en portant de nouveau la bouteille à ses lèvres.

Une voix creuse articula près de lui : « Ce n'était pas l'écho. »

Gabriel tressaillit et se leva; mais l'étonnement et la terreur l'enchaînèrent à sa place, son sang se figea dans ses veines, car, tout auprès de lui, se trouvait un être d'une apparence étrange, surnaturelle, et qui venait évidemment d'un autre monde. Il était assis sur une haute pierre levée, et avait croisé ses longues jambes grêles d'une manière fantasque, impossible; ses bras nus faisaient anse, et ses mains reposaient sur ses genoux. Ses souliers à la poulaine se recourbaient en longues pointes; un justaucorps tailladé étranglait son petit corps rond; à son dos pendait un court manteau, dont le collet, curieusement découpé en étroites lanières, lui servait de fraise ou, si l'on veut, de cravate; sur sa tête, il portait un chapeau pointu, à grands bords, garni d'une seule plume, et ce chapeau était si bien couvert de gelée blanche, l'être fantastique était si confortablement assis sur cette tombe, qu'il avait l'air d'y être installé depuis deux cents ans, pour le moins. Il se tenait parfaitement immobile; mais il tirait la langue d'un demi-pied pour se moquer de Gabriel, et il ricanait d'un ricanement que des goblins[1] seuls peuvent exécuter.

« Ce n'était pas l'écho, » dit le lutin.

Gabriel était paralysé.

« Qu'est-ce que vous faites ici, la veille de Noël? demanda le goblin sévèrement.

— Monsieur, balbutia Gabriel, je suis venu ici pour creuser une fosse.

— Qui donc se promène parmi des tombes dans une nuit comme celle-ci? s'écria le goblin d'un ton sépulcral.

— Gabriel Grub! Gabriel Grub! » répondirent en chœur des voix aiguës et sauvages qui semblaient remplir le cimetière. Gabriel regarda avec terreur autour de lui, mais il ne vit rien.

« Qu'est-ce que vous avez dans cette bouteille? demanda le goblin.

— Du genièvre, monsieur, répliqua le sacristain en tremblant plus fort que jamais, car il l'avait acheté des contrebandiers, et il pensait que le personnage qui l'interrogeait était peut-être dans la douane des goblins.

— Qui donc boit tout seul du genièvre au milieu d'un cimetière et dans une nuit comme celle-ci? reprit le lutin solennellement.

— Gabriel Grub! Gabriel Grub! » crièrent de nouveau les voix sauvages.

Le goblin ricana malicieusement en lorgnant le sacristain épouvanté; puis, enflant sa voix comme un ouragan, il s'écria : « Qui devient ainsi notre proie légitime? »

Le chœur invisible répondit encore à cette demande, et le sacristain crut entendre une multitude d'enfants de chœur mêler leurs chants aux accords majestueux des orgues de la vieille abbaye. C'était une musique surnaturelle qui semblait portée par un doux zéphyr, et qui passait et mourait avec lui; mais le refrain de cet air mystérieux était toujours le même, et répétait encore : « Gabriel Grub! Gabriel Grub! »

1. Espèce de lutin anglais.

Le goblin fendit sa bouche jusqu'à ses oreilles en disant : « Que pensez-vous de ceci, Gabriel ? »

Gabriel ne répondit que par un soupir.

« Que pensez-vous de ceci, Gabriel ? » répéta le goblin en dressant négligemment ses pieds en l'air, de chaque côté de la tombe, et en examinant la pointe relevée de sa chaussure avec autant de complaisance que si c'avait été la paire de bottes la plus fashionable de Bond-Street.

« C'est.... c'est.... très-curieux, monsieur, répondit le sacristain, à moitié mort de peur. Très-curieux et très-joli...; mais je pense qu'il faut que j'aille finir mon ouvrage, s'il vous plaît.

— Quel ouvrage ? demanda le goblin.

— Ma fosse, monsieur, la fosse que j'ai commencée, balbutia le sacristain.

— Ah ! votre fosse, ah ! Qui donc s'amuse à creuser des fosses dans un temps où tous les autres hommes ne songent qu'à se réjouir ? »

Les voix mystérieuses répliquèrent encore : « Gabriel Grub ! Gabriel Grub !

— J'ai peur que mes amis ne puissent pas se séparer de vous, Gabriel, dit le goblin en fourrant dans sa joue sa langue énorme ! J'ai peur que mes amis ne puissent pas se séparer de vous, Gabriel !

— Sous votre bon plaisir, monsieur, répliqua le sacristain terrifié, je ne le pense pas, monsieur ; ils ne me connaissent pas, monsieur. Je ne crois pas que ces illustres gentlemen m'aient jamais vu, monsieur.

— Oh ! que si, reprit le goblin, nous le connaissons tous l'homme au visage sombre, au regard sinistre, qui traversait la rue ce soir en jetant *un mauvais œil* aux enfants et en serrant plus fort sa bêche de fossoyeur. Nous connaissons l'homme plein d'envie et de malice, qui a cassé la tête d'un bambin parce qu'il était heureux, et que cet homme ne pouvait pas l'être. Nous le connaissons ! nous le connaissons ! »

Ici le lutin fit retentir les échos d'un ricanement aigu ; puis, jetant ses jambes en l'air, il se planta au bord de la pierre tumulaire, debout sur sa tête, ou plutôt sur la pointe de son chapeau ; ensuite, faisant la culbute avec une incroyable agilité, il se retrouva juste aux pieds du sacristain, dans l'attitude favorite des tailleurs et des odalisques.

« Je crains.... je crains d'être obligé de vous quitter mon

sieur, murmura le sacristain en faisant un effort pour se mouvoir.

— Nous quitter! s'écria le goblin, Gabriel Grub, nous quitter! oh! oh! oh! »

Tandis que le goblin riait, le sacristain vit une lumière brillante illuminer les fenêtres de la vieille église. Au bout d'un moment, cette lumière s'éteignit; les orgues modulèrent un air guilleret, et des volées de lutins, en tout semblables au premier, s'abattirent dans le cimetière et commencèrent à jouer à saute-mouton sur les pierres des tombeaux, les franchissant l'une après l'autre, avec une dextérité merveilleuse, et sans s'arrêter un seul instant pour prendre haleine. Mais le premie goblin était le sauteur le plus étonnant de tous, et pas un de nouveaux venus ne pouvait en approcher. Malgré son extrême frayeur, le sacristain ne pouvait s'empêcher de remarquer que les autres goblins se contentaient de sauter par-dessus les pierres ordinaires, mais que le premier faisait passer entre ses jambes, grilles, cyprès et caveaux de famille, avec autant d'aisance que s'il avait eu affaire à de simples bornes.

A la fin l'intérêt du jeu devint intense. L'orgue jouait de plus en plus vite; les goblins sautaient de plus en plus fort, se tordant, se roulant, faisant mille culbutes, en bondissant comme des ballons, par-dessus les tombeaux. Les jambes de Gabriel se dérobaient sous lui, la tête lui tournait rien que de voir le tourbillon de lutins qui passaient devant ses yeux; lorsque tout à coup le roi des goblins, se précipitant sur le pauvre homme, le saisit par le collet et s'enfonça avec lui dans les entrailles de la terre.

Quand Gabriel put respirer, après une descente rapide, il se trouva dans une vaste caverne, entouré de toutes parts d'une multitude de goblins horribles et grimaçants. Dans le milieu de la pièce, sur un trône élevé, était fantastiquement assis son ami du cimetière, et Gabriel Grub lui-même était placé auprès de lui, mais incapable de faire aucun mouvement.

« Il fait froid, cette nuit, dit le roi des lutins. Donnez-nous quelque chose de chaud. »

Une demi-douzaine d'officieux goblins, ayant un perpétuel sourire sur les lèvres, et que Gabriel reconnut à cela pour des courtisans, disparurent d'un air empressé et revinrent un instant après, avec un verre de feu liquide, qu'ils présentèrent au roi.

« Ah! dit le goblin dont les joues et la gorge étaient devenues tout à fait transparentes, pendant le passage de la flamme, cela réchauffe un peu. Apportez-en un verre à M. Grub. »

L'infortuné sacristain protesta vainement qu'il ne prenait jamais rien de chaud pendant la nuit; l'un des courtisans le tint par le nez et le menton, pendant qu'un autre versait dans son gosier l'ardent liquide, et toute l'assemblée se mit à rire avec des hurlements, tandis qu'il suffoquait et qu'il essuyait, avec son mouchoir, le ruisseau de larmes occasionné par cette boisson brûlante.

« Maintenant, dit le roi fantasque, en fourrant plaisamment la pointe de son chapeau dans l'œil du sacristain, de manière à lui causer une nouvelle souffrance; maintenant montrez à l'homme atrabilaire et misanthrope, quelques peintures de notre musée. »

Lorsque le goblin eut prononcé ces paroles, un nuage épais qui obscurcissait l'un des coins de la caverne, se dissipa graduellement, et laissa apercevoir, apparemment à une grande distance, une chambre petite et mal meublée, où régnait cependant un ordre et une propreté charmante. Auprès d'un bon feu se prélassait un fauteuil vide, tandis que sur la table était arrangé un repas frugal. Une jeune mère, entourée d'enfants allait de temps en temps à la fenêtre et en soulevait le rideau pour découvrir un peu plus tôt celui qu'elle attendait. Un coup frappé à la porte se fit entendre; la mère alla ouvrir et les enfants pleins de joie battirent des mains lorsque le père entra. Il était mouillé et fatigué. Il secoua la neige de ses vêtements, et les enfants s'empressèrent de l'entourer pour emporter, l'un son chapeau, l'autre son manteau, l'autre son bâton, l'autre ses gants. Ensuite le père s'assit, pour prendre son repas, auprès du feu; les enfants grimpèrent sur ses genoux, la mère se plaça à côté de lui : la paix et le bonheur brillaient sur leur visage.

Mais un changement se fit dans le tableau, d'une manière presque imperceptible. La scène représenta une petite chambre à coucher, où le plus jeune et le plus joli des enfants gisait sur son lit de mort. Les roses de ses joues étaient flétries, la lumière de ses yeux était éteinte, et tandis que le sacristain lui-même le considérait avec un intérêt qu'il n'avait jamais ressenti auparavant, le pauvre enfant rendit le dernier soupir. Ses jeunes frères et ses sœurs se pressèrent autour de son berceau, et saisirent sa main; mais elle était froide et roidie.

Ils reculèrent et regardèrent, avec une terreur religieuse, son visage enfantin; car, quoique l'expression en fût calme et tranquille, quoique le bel enfant parût dormir en paix, ils voyaient bien que la mort était là, et ils savaient que maintenant leur petit frère était un ange dans les cieux, d'où il les contemplait et les bénissait.

Un léger nuage passa de nouveau sur la peinture et le sujet en fut changé. Le père et la mère étaient devenus vieux et infirmes, et le nombre de ceux qui les entouraient avait diminué de plus de moitié. Cependant la paix et le contentement régnaient encore sur tous les visages. La famille était réunie autour du feu et les parents racontaient, les enfants écoutaient avec délices des histoires des anciens temps et des jours écoulés. Doucement et tranquillement le vieux père descendit dans la tombe, et bientôt après, celle qui avait partagé tous ses soins et toutes ses peines, le suivit dans le séjour de l'éternel repos. Les enfants qui leur survivaient s'agenouillèrent en pleurant sur le gazon du cimetière; puis ils se relevèrent et s'éloignèrent lentement, tristement, mais sans cris amers, sans lamentations désespérées, car ils étaient sûrs de les revoir bientôt dans le royaume céleste. Ils se mêlèrent donc de nouveau aux scènes actives du monde, et la tranquillité, le contentement revinrent habiter avec eux.

Le nuage descendit alors sur le tableau et le déroba aux yeux du sacristain.

« Qu'est-ce que vous pensez de cela? » demanda le goblin à Gabriel en tournant vers lui sa large face.

Gabriel balbutia que c'était un spectacle fort amusant, mais il paraissait honteux et mal à l'aise, car le lutin fixait sur lui des yeux farouches.

« Misérable égoïste! s'écria celui-ci d'un ton plein de mépris. Misérable égoïste! » Il paraissait disposé à ajouter quelque chose, mais l'indignation l'empêchait de prononcer. Il leva une de ses jambes flexibles, et l'agitant au-dessus de sa tête afin de mieux ajuster, il la déchargea solidement sur le dos de Gabriel. Aussitôt tous les goblins qui faisaient leur cour, suivirent l'exemple du maître; car c'est l'usage invariable des courtisans, même sur la terre, de flageller ceux que le pouvoir flagelle, et de cajoler ceux qu'il cajole.

« Montrez-lui encore quelque chose, » dit ensuite le roi des lutins.

A ces mots le nuage se dissipa, comme la première fois, et

laissa apercevoir un riche et beau paysage, semblable à celui que l'on découvre encore aujourd'hui, à un quart de lieue de la vieille abbaye. Le soleil resplendissait dans le bleu firmament, l'eau étincelait sous ses rayons, et grâce à son influence bienfaisante, les arbres paraissaient plus verts et les fleurs plus jolies. L'onde ruisselait avec son agréable murmure; un vent tiède agitait les feuilles; les oiseaux chantaient dans les buissons et l'alouette charmait les airs de ses hymnes matinales; car c'était le matin, le matin étincelant et embaumé d'un beau jour d'été; et les feuilles les plus menues, les plus petits brins d'herbe paraissaient remplis de vie; la fourmi diligente accomplissait son travail journalier; le papillon voltigeait sur les fleurs et se baignait dans les chauds rayons du soleil; des myriades d'insectes étendaient leurs ailes transparentes et jouissaient de leur courte mais heureuse existence : l'homme enfin se montrait, son esprit s'exaltait en voyant la grandeur de la création, et tout dans la nature était harmonie et splendeur.

Cependant Gabriel Grub ne paraissait point touché.

« Misérable égoïste ! » répéta le roi des goblins d'un ton plus méprisant encore, et derechef il agita sa jambe au-dessus de sa tête, et la fit descendre vivement sur les épaules du sacristain. Les gens de sa suite ne manquèrent pas d'en faire autant.

Bien des fois le nuage s'obscurcit et se dissipa, et de nombreux tableaux donnèrent à Gabriel des leçons, qu'il considérait avec un intérêt de plus en plus vif, quoique ses épaules devinssent brûlantes, par l'application répétée des pieds des lutins. Il vit que les hommes qui travaillent péniblement et qui gagnent, à la sueur de leur front une modique subsistance, sont cependant gais et heureux. Il apprit que, même pour les plus ignorants, le doux aspect de la nature est une source toujours nouvelle de délices et de tranquillité. Il vit des femmes, nourries délicatement et tendrement élevées, supporter joyeusement des privations, surmonter des souffrances qui auraient écrasé des créatures d'une étoffe plus grossière; et cela parce qu'elles portaient dans leur sein une source inépuisable d'affection et de dévouement. Par-dessus tout, il vit que les hommes qui s'affligent du bonheur des autres, sont semblables aux plus mauvaises herbes dont la surface de la terre est infectée. Enfin balançant ensemble le bien et le mal qu'il observait, il arriva à cette conclusion que le monde, après tout, est une espèce de monde assez honnête et assez respectable.

Aussitôt qu'il en fut venu là, le nuage qui avait voilé le dernier tableau sembla s'abaisser sur ses sens et l'inviter au repos. L'un après l'autre les goblins s'effacèrent, et lorsque le dernier eut disparu, Gabriel Grub s'endormit profondément.

Le jour était avancé, quand le sacristain s'éveilla. Il se trouva étendu tout de son long dans le cimetière, sur la tombe plate qu'il affectionnait. Sa bouteille d'osier, entièrement vide, gisait à ses côtés, et son habit, sa bêche, sa lanterne, tout blanchis par la gelée de la nuit, étaient éparpillés autour de lui sur la terre. La pierre sur laquelle il avait d'abord vu le goblin, se dressait là tout près de la fosse à laquelle il avait travaillé le soir précédent. Cependant, Gabriel commençait à douter de la réalité de ses aventures, mais les douleurs aiguës qu'il ressentit dans ses épaules, lorsqu'il essaya de se lever, l'assurèrent que les coups de pieds qu'il avait reçus n'étaient pas imaginaires. Il fut ébranlé de nouveau en ne voyant pas de traces de pas sur la neige où les lutins avaient joué à saute-mouton avec les tombes; mais bientôt après il s'expliqua cette circonstance en se rappelant que des esprits ne peuvent laisser derrière eux aucune impression visible.

Quoi qu'il en soit, Gabriel se mit sur ses jambes aussi bien que le lui permettait la roideur de son épine dorsale; puis ayant secoué la gelée blanche de dessus son habit, il l'endossa, et se dirigea vers la ville.

Mais son esprit était entièrement changé, et il ne pouvait supporter la pensée de retourner dans un endroit où son repentir serait mis en doute, sinon ridiculisé. Il hésita pendant quelques instants, puis il se dirigea vers la campagne pour aller gagner son pain dans un nouveau pays, quel qu'il fût.

On trouva ce jour-là dans le cimetière, sa lanterne, sa bêche et sa bouteille d'osier. On fit d'abord beaucoup de suppositions sur sa destinée, mais on décida promptement qu'il avait été enlevé par les goblins. Il se trouva même des témoins très-véridiques, qui déclarèrent l'avoir vu distinctement emporté à travers les airs, sur le dos d'un cheval brun, lequel cheval était borgne, avait la queue d'un ours, et le train de derrière d'un lion. Au bout de quelque temps, cela fut cru dévotement, et le nouveau sacristain avait coutume de montrer aux curieux, pour une bagatelle, un morceau assez considérable du coq de cuivre du clocher, détaché par un coup de pied du cheval pendant sa course aérienne, et ramassé par ledit sacristain, dans le cimetière, un an ou deux après l'événement.

Malheureusement, la véracité de ce récit fut légèrement infirmée par la réapparition inattendue de Gabriel Grub lui-même, qui revint au bout d'une dizaine d'années, vieillard pauvre et infirme, mais content. Il raconta ses aventures au pasteur et au maire, de sorte qu'après un certain temps, elles passèrent dans le domaine de l'histoire, où elles sont restées jusqu'à ce jour. Seulement ceux qui avaient cru à la brèche du coq de cuivre, s'apercevant qu'ils avaient été attrapés une fois, ne voulurent plus rien croire du tout. Ils prirent donc un air aussi malin qu'ils purent, levèrent les épaules, touchèrent leur front, et murmurèrent quelque chose sur ce que Gabriel Grub avait bu toute son eau-de-vie, et s'était endormi sur la tombe plate. Quant à ses observations dans la caverne des goblins, c'était tout simplement qu'il avait vu le monde et était devenu plus sage. Néanmoins cette opinion ne fut jamais populaire, et s'éteignit graduellement. Quelle que soit la version véritable, comme Gabriel Grub fut affecté de rhumatismes jusqu'à la fin de ses jours, son histoire a tout au moins une moralité : c'est qu'un homme atrabilaire, qui boit tout seul la veille de Noël, peut être bien sûr de ne pas s'en trouver mieux, quand même son eau-de-vie serait aussi bien rectifiée que celle du roi des goblins.

FIN DU PREMIER VOLUME.

TABLE DES MATIÈRES.

CONTENUES DANS LE PREMIER VOLUME.

FIN DE LA TABLE DES MATIÈRES.

COULOMMIERS
Imprimerie Paul Brodard.

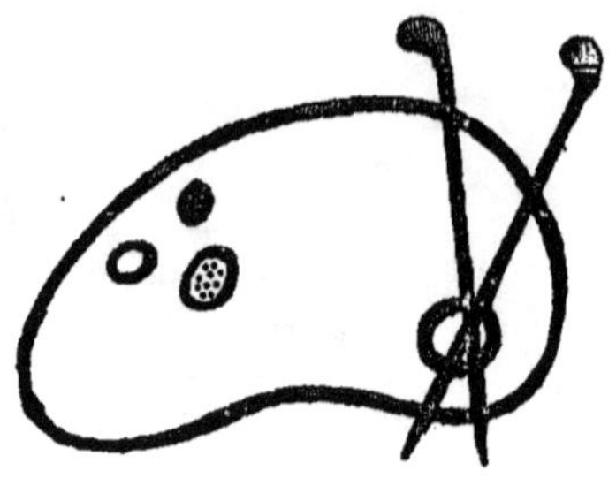

www.ingramcontent.com/pod-product-compliance
Lightning Source LLC
LaVergne TN
LVHW020556110826
845149LV00002B/286

* 9 7 8 2 0 1 1 8 5 0 0 6 5 *